HEYNE BÜCHER

SCIENCE FICTION

Herausgegeben
von Wolfgang Jeschke

HEYNE SCIENCE FICTION JAHRESBAND 1980

zusammengestellt und herausgegeben von Wolfgang Jeschke

WILHELM HEYNE VERLAG
MÜNCHEN

HEYNE-BUCH Nr. 3729
im Wilhelm Heyne Verlag, München

Deutsche Übersetzungen von Rose Aichele, Birgit Reß-Bohusch, Charlotte Winheller, Walter Ernsting, René Mahlow und Fritz Steinberg
Redaktion: Wolfgang Jeschke

Printed in Germany 1980
Titelbild: Tim White
Umschlaggestaltung: Atelier Heinrichs & Schütz, München
Gesamtherstellung: Mohndruck Graphische Betriebe GmbH, Gütersloh
ISBN 3-453-30633-3

VORBEMERKUNGEN

Das Gebiet der Unterhaltungsliteratur, das als ›Science Fiction‹ bezeichnet wird, ist riesig groß und höchst vielfältig. George Orwells ›1984‹ und Aldous Huxleys ›Schöne Neue Welt‹ gehören ebenso dazu wie ›Barbarella‹ und ›Superman‹, einige Romane und Erzählungen von Jack London, Rudyard Kipling, Jorge Luis Borges, Doris Lessing oder Carl Amery ebenso wie ›Starwars‹ oder Groschenheftchen wie ›Perry Rhodan‹ und ›Sun Koh, der Erbe von Atlantis‹.

Von was handelt Science Fiction?

Von Robotern, von der Zukunft, vom Flug zu den Sternen, von Ufos, von kleinen grünen Männchen oder scheußlichen Ungeheuern aus dem Weltraum – so die landläufige Meinung. Dabei stimmt das gar nicht! Gewiß, es gibt Roboter in der SF, sympathische und unsympathische, es gibt Raumfahrt, den Flug zu den Sternen, es gibt Monster, die die Erde heimsuchen, aber es gibt auch eine Vielzahl von Romanen und Erzählungen, in denen überhaupt nicht die Rede von solchen Dingen ist.

Und die Zukunft? Es gibt viele Leute, die Science Fiction insgesamt immer noch als so eine Art illustrierte Futurologie betrachten. Weit gefehlt! Sicher wird sie auch von Autoren geschrieben, die sich mehr oder weniger ernsthaft mit zukünftigen Entwicklungen auseinandersetzen, wie sie sich heute – den einen hoffnungsvoll, den meisten bedrohlich – am Horizont abzeichnen, doch sie bilden nur eine kleine Gruppe. Der größte Teil der SF schildert imaginäre und unwahrscheinliche Zukünfte, ja es gibt sogar Romane, die in der Vergangenheit oder in sogenannten Parallelwelten spielen.

Wir möchten hier keine Definition der Science Fiction versuchen – seit mehr als einem halben Jahrhundert haben sich Autoren und andere Kenner der Materie bemüht herauszufinden, was diese Literatur exakt ist. Es gibt bislang keine Erklärung, die restlos befriedigte. Wir werden deshalb mit dieser Anthologie versuchen, die Bandbreite der Science Fiction zu demonstrieren und vorzuführen, was sie alles zu bieten hat. Die breite Palette reicht von der »Hardware«-SF (Isaac Asimov) bis zu den Weird Tales, den Gespenstergeschichten (Ray Bradbury), von der Fantasy, der romantischen Variante des Genres (Tanith Lee), bis zur Space Opera, dem galaktischen Abenteuer- und Kriegsroman (Alfred Elton van Vogt). Und natürlich vieles andere mehr.

Seit zwanzig Jahren gibt es Heyne Science Fiction, längst die größte und erfolgreichste SF-Reihe in deutscher Sprache. Das Jubiläum war mit ein Grund, diesen Band zusammenzustellen, als Dank an unsere treuen SF-Leser, aber auch als Einladung an alle jene, die bisher diese Art phantastischer Literatur nicht kannten oder ihr unschlüssig gegenüberstanden. Wir hoffen, sowohl den einen wie auch den anderen eine Freude zu bereiten.

Wolfgang Jeschke

Poul Anderson

Poul (William) Anderson wurde 1926 in Bristol/Pennsylvania geboren. Seine Vorfahren waren dänische Einwanderer, die ursprünglich den Namen Andersen trugen. Er wuchs in Texas auf und studierte in Minnesota Physik. Bereits während des Studiums, das er mit Auszeichnung abschloß, begann er Science Fiction zu schreiben. Seine erste Publikation war die Erzählung »Tomorrow's Children« (gemeinsam verfaßt mit F. N. Waldrop) 1947 in dem Magazin »Astounding Science Fiction«. Er wohnte während seiner Studentenzeit Tür an Tür mit Gordon R. Dickson, der dieselbe Universität besuchte und um diese Zeit ebenfalls seine Karriere als SF-Autor begann. Anderson faßte nach seinem Examen den Entschluß, es als freier Schriftsteller zu versuchen – mit großem Erfolg. In den folgenden 20 Jahren entstanden mehr als 50 Bücher und etwa 200 Erzählungen, hauptsächlich Science Fiction und Fantasy, aber auch Krimis, Jugendbücher, historische Romane, Unterhaltungsromane und eine Reihe Sachbücher.

Anderson wurde mehrfach mit Preisen ausgezeichnet. So erhielt er den August Derleth Award, den Tolkien Memorial Award, zweimal den Nebula Award des amerikanischen Science-Fiction-Schriftstellerverbandes und nicht weniger als fünfmal den Hugo Gernsback Award. Mit der folgenden Erzählung, »Jägermond« (»Hunter's Moon«), gelang es ihm ein sechstes Mal, die begehrte Trophäe zu erringen. Im August 1979 wurde ihm auf dem SF-Worldcon im englischen Seebad Brighton der Preis für die beste Erzählung des Jahres 1978 verliehen. Sie erscheint hier erstmals in deutscher Sprache.

Von Poul Anderson erschienen folgende Titel in der Reihe Heyne Science Fiction:
Kontakt mit Jupiter · Band 3063
Der Sternenhändler · Band 3079
Die Macht des Geistes · Band 3095
Korridore der Zeit · Band 3115
Das letzte Sternenschiff · Band 3169
Rebellion auf Alpha Crucis · Band 3253
Universum ohne Ende · Band 3306
Unternehmen Chaos · Band 3329
Der Außenweltler · Band 3338
Höllenzirkus · Band 3350
Die Tänzerin von Atlantis · Band 3404
Zeit des Feuers · Band 3599
Das Erdenbuch von Sturmtor · (in Vorbereitung)

Poul Anderson

Jägermond

Wir erleben die Realität nicht, sondern erschaffen sie. Etwas anderes anzunehmen, hieße katastrophale Überraschungen heraufbeschwören. Die tragische Natur der Geschichte hat ihre Wurzeln zum Großteil in diesem sich stets wiederholenden Fehler. Oskar Häml,
Betrachtungen über die menschliche Verlegenheit

. . . Beide Sonnen waren nun untergegangen. Die Berge im Westen bildeten eine schwarze Woge, erstarrt, als habe die Kälte des Jenseits sie angerührt und eingefroren, noch während sie sich auftürmte, eine erste Meeres-Barriere auf dem Flug zur Verheißung; doch darüber stand purpurn der Himmel mit den ersten Sternen und zwei kleinen Monden, ockergelb gerändert mit silbrigen Sicheln, wie die Verheißung selbst. Nach Osten hin blieb der Himmel blau. Dort, dicht über dem Ozean, stand Ruii in nahezu voller Helle, seine Ringe gleich Leuchtbändern um den flammendroten Schein geschlungen. In seiner Lichtfurche zitterten die Wasser, sichtbar gemachter Wind.

A'i'ach spürte den Wind auch, kühl und wispernd. Jedes einzelne feine Körperhärchen sprach darauf an. Er benötigte nicht viel Schub, um seinen Kurs einzuhalten, gerade genug Kraft, daß er ein Gefühl der eigenen Stärke und der Einheit mit dem Schwarm in Bewegung und Ziel erhielt. Ihre Kugeln umringten ihn mit fahlem Schillern, verdeckten ihm fast die Sicht auf den Boden, über den sie dahinzogen; er war bei denen, die am höchsten schwebten. Ihre Lebensdünste, süß, berauschend, überlagerten alles andere, was in der Luft mitschwang, und sie sangen gemeinsam, ein Chor von vielen hundert Stimmen, damit ihre Seelen sich vereinten und *eine* Seele wurden – ein Vorgeschmack dessen, was sie im fernen Westen erwartete. Heute nacht, wenn P'a vor das Antlitz von Ruii trat, kam die Zeit des Strahlens zurück. Schon schwelgten sie in der Glückseligkeit, die ihrer harrte.

A'i'ach allein sang nicht mit den anderen, und nur ein Teil seines Ichs versank in Träume vom Feiern und Lieben. Zu sehr lastete das, was er mit sich schleppte, auf ihm. Dieses Ding, das der Mensch an seinem Körper befestigt hatte, wog zwar nicht viel, aber was es in seine Seele legte, war bitter und schwer. Der ganze Schwarm wußte natürlich um die Gefahren eines Angriffs, und viele umklammerten Waffen – Steine zum Herunterschleudern oder die spitzen Äste von Ü-Bäumen – in den Tentakeln, die unter ihren Kugeln dahinwehten. A'i'ach besaß ein Stahlmesser, sein Preis dafür, daß er dem Menschen erlaubt hatte, ihm eine Bürde aufzuladen. Dennoch lag es nicht in der Natur des *Volkes*, das zu fürchten, was aus der Zukunft herabsinken mochte. A'i'ach war seltsam verändert durch das, was sich in seinem Innern abspielte.

Das Wissen war gekommen, er wußte nicht wie, behutsam genug, daß es ihn nicht erstaunte. Inzwischen aber hatte sich eine Kälte in ihm festgesetzt. Irgendwo in jenen Hügeln und Wäldern lief eine der *Bestien* umher, die das gleiche Ding trug wie er und auch in gespenstischem Schwarm-Kontakt mit einem Menschen stand. Er konnte sich nicht vorstellen, was das brachte – außer Verdruß für das *Volk*. Doch er hielt es für unklug, danach zu fragen. Deshalb hatte er einen Entschluß gefaßt, der seiner Rasse fremd war: er wollte der Bedrohung ein Ende bereiten.

Da seine Augen sich an der Unterseite des Körpers befanden, konnte er weder den hoch droben verstauten Gegenstand noch das aufwärts gerichtete Strahlen erkennen. Seine Gefährten aber sahen es, und man hatte ihm das Ding vorgeführt, ehe er sich einverstanden erklärte, es zu tragen. Der Strahl war schwach, schwach, sichtbar allein in der Nacht und selbst da nur gegen einen dunklen Hintergrund. Er würde Ausschau halten nach einem Schimmer inmitten der Landschatten. Früher oder später mußte er darauf stoßen. Die Gelegenheit war jetzt, in der Zeit des Strahlens, nicht ungünstig; die *Bestien* wußten, daß sich das *Volk* in großen Scharen zum Schwelgen traf, und würden sicher versuchen, einige davon zu töten.

A'i'ach hatte das Messer als Kuriosität gewollt und nur nebenbei an den Nutzen gedacht. Er beabsichtigte es in den Zweigen eines Baumes zu verstecken und auszuprobieren, wenn ihn die Laune überkam. Angehörige des *Volkes* bewahrten hin und wieder zufällig gefundene Gegenstände wie einen spitzen Stein für flüchtige Zwecke auf, etwa um die Kapseln einer Federblume aufzubohren und die köstlichen Samen in die Luft zu streuen. Vielleicht konnte er mit einem Messer Hölzer zu Werkzeug verarbeiten und sich einen kleinen Vorrat anlegen.

Mit seinem neuen Wissen aber erkannte A'i'ach den wahren Zweck der Klinge. Er konnte von oben zustechen, bis eine der *Bestien* – nein, bis d i e *Bestie* – tot war.

A'i'ach befand sich auf der Jagd . . .

Einige Stunden vor Sonnenuntergang bereiteten sich Hugh Brokket und seine Frau Jannika Rezek auf ihren nächtlichen Einsatz vor, als Chrisoula Gryparis eintraf, mit großer Verspätung übrigens. Ein Sturm hatte ihre Maschine erst in Enrique festgehalten und sie dann, als er mit ungewohnter Hartnäckigkeit nach Westen weiterzog, zu einem langen Umweg nach Hansonia gezwungen. Sie sah den Ring-Ozean erst, als sie gut tausend Kilometer des Festlands überquert hatte; danach mußte sie eine etwa gleich lange Strecke nach Süden fliegen, um die große Insel zu erreichen.

»Wie einsam Port Kato von oben aussieht«, stellte sie fest. Trotz eines Akzents sprach sie fließend Englisch, die Umgangssprache auf dieser Station. Mit ein Grund, weshalb sie herausgekommen war, lag nämlich darin, daß sie einen Posten hier in Erwägung zog.

»Kein Wunder – wir haben es einsam«, entgegnete Jannika in ihrem eigenen Akzent. »Ein Dutzend Wissenschaftler, doppelt so viele Assistenten und eine Handvoll Versorgungspersonal. Das macht Sie doppelt willkommen.«

»Was, Sie fühlen sich isoliert?« fragte Chrisoula verwundert. »Sie können doch jede Holokom-Station der Nahküste anwählen, stimmt's?«

»Klar – oder auch mal rasch in die nächste Stadt flitzen, sei es geschäftlich oder zum reinen Vergnügen«, sagte Hugh. »Aber egal, wie naturgetreu so ein Stereobild ist – es bleibt ein Bild. Man kann sein Gegenüber nicht auf einen Drink einladen, sobald die Konferenz zu Ende ist, oder? Und was Besuche in den Nachbarorten betrifft – nach kurzer Zeit hat man doch wieder die altgewohnten Gesichter um sich. Außenposten sind, gesellschaftlich gesehen, ganz schön abgeriegelt. Das werden Sie noch merken, falls Sie sich nach hierher verpflichten.« Hastig setzte er hinzu: »Nicht, daß ich Sie vergraulen möchte. Jan hat recht; wir wären mehr als froh, wenn wir ein paar neue Leute bekämen.«

Seinen eigenen Akzent verdankte er dem Wandel der Zeit. Englisch war seine Muttersprache, aber er selbst gehörte der dritten Generation von Medea an. Mit anderen Worten: Seine Großeltern hatten Nordamerika vor so langer Zeit verlassen, daß die Sprache dort sich wie die meisten Dinge verändert hatte. Nun, Chrisoula war auch nicht auf dem neuesten Stand; ein Laserstrahl benötigte fast fünfzig Jahre, um vom Sol-System nach Colchis zu gelangen, und das Schiff, in dem sie angereist war, bewußtlos und in Stase, hatte beträchtlich länger gebraucht . . .

»Und dann noch von der Erde!« Jannikas Stimme verriet Wärme.

Chrisoula zuckte zusammen. »Es war nicht schön dort, als ich fortging, aber vielleicht hat sich inzwischen wieder einiges gebessert. Bitte, ich erzähle euch irgendwann gern mehr davon, aber im Moment schaue ich lieber nach vorn.«

Hugh klopfte ihr auf die Schulter. Sie sah nicht schlecht aus, fand er; nicht zu vergleichen mit Jan natürlich – den Vergleich bestanden ohnehin nur die wenigsten Frauen – aber er würde sich freuen, wenn sich ihre Bekanntschaft in Richtung Bett entwikkelte. Abwechslung ist die Würze des Ehelebens.

»Sie haben heute wirklich Pech, nicht wahr?« sagte er leise. »Erst die Verzögerung, bis Roberto . . . äh, Dr. Venosta . . . zum Außendienst aufbricht – während Dr. Feng ausgerechnet zur gleichen Zeit seine neuesten Proben in die Zentrale schafft.« Er bezog sich auf den Chefbiologen und den Chefchemiker. Chrisoulas Fachgebiet war Biochemie; man hoffte, daß sie, erst jüngst mit einem der seltenen Sternenschiffe eingetroffen, einen entscheidenden Beitrag zum besseren Verständnis der Lebensformen auf Medea leisten würde.

Sie lächelte. »Nun, dann lerne ich eben die anderen zuerst kennen, angefangen bei euch beiden.«

Jannika schüttelte den Kopf. »Tut mir leid«, sagte sie. »Wir bereiten auch gerade unseren Auszug vor und kommen vermutlich erst nach Sonnenaufgang zurück.«

»Das hieße – in etwa sechsunddreißig Stunden? Ja. Ist das nicht ganz schön lang in einer – nun, sagen wir mal – in einer derart gespenstischen Umgebung?«

Hugh lachte. »Das gehört zu unserer Aufgabe als Xenologen«, erklärte er. »Aber ich schätze, daß zumindest mir noch ein wenig Zeit bleibt, Sie herumzuführen und bekanntzumachen, damit Sie sich etwas heimischer fühlen.« Da sie zu einem Zeitpunkt eingetroffen war, da die meisten Leute schliefen, hatte man Chrisoula zu seinem und Jannikas Quartier gebracht. Jeder wußte, daß sie früh wach sein würden, um ihre Expedition vorzubereiten.

Jannika warf ihm einen prüfenden Blick zu. Sie sah einen robusten Mann, der sein Alter mit einundvierzig Erdjahren angab: gedrungen, ein wenig plump in seinen Bewegungen, mit einem ersten Bauchansatz; scharfkantiges Gesicht, strohblondes, kurzgeschorenes Haar, blaue Augen; glattrasiert, aber schlampig gekleidet; Jacke, Hose und Stiefel im Stil der Bergleute, unter denen er aufgewachsen war. »*Ich* habe keine Zeit«, stellte sie fest.

Hugh machte eine weitausholende Geste. »Sicher, laß dich nicht stören, Liebes.« Er faßte Chrisoula unter dem Ellbogen. »Kommen Sie, sehen wir uns um!«

Verwirrt begleitete sie ihn aus dem chaotischen Durcheinander der Hütte. Dann blieb sie mitten im Lager stehen und starrte umher, als sähe sie Medea zum ersten Mal.

Port Kato war in der Tat winzig. Um die einheimische Ökologie nicht mit Dingen wie UV-Lampen über Feldern und Entwässerungsgräben zu stören, bezog die Station alles Notwendige von den älteren und größeren Siedlungen des Nahkontinents. Und obgleich sie nahe dem Ostrand von Hansonia lag, hatte man sie doch einige Kilometer landeinwärts auf höherem Grund errichtet, eine Vorsichtsmaßnahme gegen die Fluten des Ring-Ozeans, die sich monströs auftürmen konnten. So bedrängte und bedrückte und überwältigte die Natur die hingeduckten Hütten, wohin man schaute –

– oder horchte, roch, tastete, schmeckte, sich bewegte. Die Schwerkraft war etwas schwächer als auf der Erde, was Chrisoulas Schritten einen elastischen Schwung verlieh. Auch der zusätzliche Sauerstoff schien ihre Energie zu erhöhen, wenngleich ihre Schleimhäute immer noch prickelten. Trotz des tropischen Standorts war die Luft mild und nicht übermäßig feucht, denn die Insel lag dicht genug am Fernkontinent, um seine Kühle zu spüren. Sie war erfüllt von Düften, und nur einige erinnerten Chrisoula an vertraute Dinge wie Moschus oder Jod. Fremd waren auch die Laute – das Rascheln, Trillern, Krächzen, Murmeln – welche die dichte Atmosphäre laut in ihren Ohren dröhnen ließ.

Die Station selbst bot einen exotischen Anblick. Die Bauwerke bestanden aus einheimischem Material und hatten Formen, die sich gut in die Umgebung eingliederten; nicht einmal den flachen Energiekonverter konnte man als solchen erkennen. Die Mehrfachschatten waren seltsam getönt; überhaupt veränderte das rötliche Licht alle Farben. Die Bäume, die hoch über die Dächer aufragten, hatten ein bizarres Aussehen, und ihr Laub schimmerte orange, gelb oder braun. Kleine Geschöpfe huschten und kletterten zwischen den Ästen umher. Und die Glitzerschleier, die hin und wieder mit der Brise vorbeizogen, schienen nicht einfach Staub zu sein.

Der Himmel wirkte tief und dunkel. Ein paar Wolken waren in blasses Rosa und Gold getaucht. Die Zwillingssonne Colchis – Castor C war mit einem Mal eine viel zu nüchterne Bezeichnung – kippte dem Westen entgegen, beide Gestirne so schwach, daß Chrisoula ohne Gefahr für ihre Augen eine Zeitlang in das Licht schauen konnte; Phrixus hatte den maximalen Winkelabstand zu Helle fast erreicht.

Ihnen gegenüber beherrschte Argo den Himmel, wie immer auf der inneren Hemisphäre von Medea. Aber hier hing der Hauptplanet sehr tief; Baumwipfel verdeckten einen Teil der großen, abgeflachten Scheibe. Das Tageslicht dämpfte die Röte seiner Strahlung, die nach Einbruch der Dunkelheit gespenstisch wirkte. Dennoch war der Planet ein Koloß, für das Auge fünfzehn oder sechzehnmal so breit wie der Mond über der Erde. Die farblich fein abgestuften, ständig wechselnden Bänder und Flecken auf seinem Antlitz waren Wolken, größer als Kontinente, und Wirbelstürme, deren Trichter den Mond, auf dem sie stand, ohne weiteres hätten verschlingen können.

Chrisoula begann zu zittern. »Der Anblick geht tiefer als irgendwo in Enrique«, sagte sie leise. »Oder auch vom Raum aus . . .«

Hugh legte ihr einen Arm um die Taille. Er war nicht sonderlich redegewandt, und so sagte er nur: »Nun, hier *ist* einiges anders. Wir haben Port Kato eigens errichtet, um ein Gebiet, das während eines längeren Zeitraums isoliert war, gründlich studieren zu können; es heißt, daß der Isthmus zwischen Hansonia und dem Festland vor fünfzehntausend Jahren verschwand. Die hiesigen Dromiden hatten bis zu unserer Ankunft jedenfalls keine Ahnung von der Existenz der Menschen. Die Ouraniden kannten Gerüchte, die sie vielleicht ein wenig beeinflußten, aber sicher nicht allzu sehr.«

»Dromiden – Ouraniden . . . hm.« Als Griechin verstand sie sofort, was gemeint war. »Die Füchse und die Ballons, habe ich recht?«

Hugh zog die Stirn kraus. »Finden Sie nicht auch, daß so etwas abgeschmackt klingt? Ich weiß, man hört diese Namen oft in der Stadt, aber ich bin der Meinung, beide Rassen verdienen Bezeichnugen, die ihre Würde besser wahren. Vergessen Sie nicht, sie besitzen Intelligenz.«

»Tut mir leid.«

Er drückte sie leicht an sich. »Schon gut, Chris. Sie sind neu hier. Wenn zwischen Frage und Antwort von dieser Welt zur Erde hundert Jahre vergehen . . .«

»Ja. Ich habe mir oft überlegt, ob die hohen Ausgaben gerechtfertigt sind, die beim Aufbau neuer Kolonien jenseits des Sonnensystems entstehen – wenn wissenschaftliche Erkenntnisse eine halbe Ewigkeit brauchen, bis sie die Heimat erreichen.«

»Dabei besitzen Sie viel jüngere Daten als ich.«

»Nun, bei meinem Aufbruch gewann man noch laufend neue Einsichten zur Planetologie, Biologie und Chemie. Ähnliches galt für die anderen Fachgebiete – von der Medizin bis zur Kontrolle der Vulkantätigkeit.« Die Frau richtete sich ein wenig auf. »Vielleicht liegt der nächste Schritt nach vorn auf Ihrem Sektor, der Xenologie? Wenn es uns gelingt, die Gedanken und Gefühle eines Nichthumanoiden zu durchschauen – oder sogar, wie auf dieser Welt, die Gedanken und Gefühle zweier unterschiedlicher Fremdrassen . . .« Sie holte tief Luft. »Nun, dann erhöht sich vielleicht die Chance, daß wir uns eines Tages selbst verstehen.« Er hatte den Eindruck, daß sie echte Anteilnahme zeigte und nicht nur versuchte, sich bei ihm einzuschmeicheln, als sie fortfuhr: »Was machen Sie und Ihre Frau nun wirklich? In Enrique hieß es, Sie arbeiteten an einem ganz speziellen Projekt.«

»Es ist ein Experiment, das sei vorausgeschickt.« Um nicht als aufdringlich zu gelten, ließ er sie los. »Eine verwickelte Geschichte. Möchten Sie nicht lieber zuerst die große Besichtigungstour durch unsere Metropole antreten?«

»Das kann ich später allein machen, wenn Sie an der Arbeit sind. Alles, was ich bisher von Ihrem Projekt gehört habe, fasziniert mich. Sie versuchen, die Gedanken der Fremdrasse zu lesen?«

»Das ist schon wieder zuviel gesagt.« Er deutete auf eine Bank vor dem Maschinenschuppen. »Setzen wir uns doch – wenn Sie wirklich mehr darüber hören wollen.«

Während sie Platz nahmen, tauchte Piet Marais, der Botaniker, aus seiner Hütte auf. Zu Hughs Erleichterung begrüßte er sie nur kurz und eilte dann davon. Bestimmte Pflanzen auf Hansonia verhielten sich um diese Tageszeit äußerst merkwürdig. Sonst rührte sich kaum etwas. Der Koch und sein Helfer bereiteten das Frühstück, aber alle anderen waren noch in ihren Quartieren und richteten sich für die nächste Arbeitsschicht her.

»Ich kann mir denken, daß Sie einigermaßen erstaunt sind«, begann Hugh. »Die Technik der elektronischen Neuroanalyse steckte auf der Erde noch in den Kinderschuhen, als Ihr Schiff in den Raum startete. Kurz danach nahm sie einen gewaltigen Aufschwung, und natürlich trafen die Daten eher hier ein als Sie. Da man die neue Methode sowohl bei niederen Tieren wie bei Menschen angewandt hatte, war es – bei den hellen Köpfen in der Zentrale – nicht allzu schwer für uns, die Apparate nach den Erfordernissen unserer Dromiden und Ouraniden abzuwandeln. Schließlich besitzen beide Rassen wie wir Nervensysteme mit elektrischen Impulsen. Im Grunde war es schwieriger, die Programme und das Drumherum zu entwickeln als die Hardware selbst. Daran arbeiten Jannika und ich im Moment. Wir sammeln empirische Daten, welche den Psychologen, Semantikern und Computerfachleuten zukommen.

Aber mißverstehen Sie mich bitte nicht! Für *uns* ist das Ganze eher eine Nebenaufgabe. Gedankenlesen – ein schlechtes Wort, aber irgendwie kommen wir nicht los davon – Gedankenlesen kann eines Tages ein wertvolles Werkzeug bei unserer *wahren* Aufgabe werden, dem Erforschen fremder Völker – wie sie leben, was sie denken und fühlen, und so fort. Im Moment jedoch ist alles noch sehr neu, sehr eingeengt und mehr als unsicher.«

Chrisoula strich sich über das Kinn. »Ich versuche Ihnen jetzt einmal die Zusammenhänge so darzulegen, wie ich sie sehe – und dann erzählen Sie mir, in welchen Punkten ich unrecht habe.«

»In Ordnung.«

Sie begann regelrecht zu dozieren: »Man kann Synapsen-Schemen erfassen und aufzeichnen, die das Gegenstück zu motorischen Impulsen, sensorischen Reizen, deren Umwandlung – und, theoretisch, letzten Endes auch zu Gedanken darstellen. Aber als Vorstudie muß man in mühevoller Kleinarbeit Daten sammeln, sie interpretieren und die Ergebnisse in Bezug mit der Sprache bringen. Sämtliche Daten, die man erhält, lassen sich in einem Computerprogramm als n-dimensionale Karte speichern, von der Informationen abgefragt werden. Weitere Informationen erhält man durch Interpolation.«

»Donnerwetter!« rief er. »Nur weiter so.«

»Stimmt bis jetzt alles? Das hatte ich gar nicht erwartet.«

»Nun, Sie versuchen natürlich mit wenigen Worten eine Sache zu skizzieren, für die man, um sie halbwegs richtig zu beschreiben, ganze Bände Mathematik und symbolischer Logik benötigen würde. Dennoch, Sie machen das besser, als ich es könnte.«

»Ich fahre fort. Nun gibt es seit kurzem Systeme, die Vergleiche zwischen verschiedenen Karten anstellen können. Sie übertragen die Gedankenmuster eines Gehirns auf die Schemen eines anderen. Außerdem ist eine Direktverbindung zwischen einzelnen Nervensystemen möglich. Ein Schema wird erfaßt, zur Übersetzung durch einen Computer geschickt und auf elektromagnetischem Wege in ein »Empfangs«-Gehirn geleitet. Kommt das nicht nahe an Telepathie heran?«

Hugh wollte den Kopf schütteln, aber dann meinte er nachdenklich: »Hmm – höchstens in ganz primitiver Form. Selbst zwei Menschen, die in der gleichen Sprache denken und einander in- und auswendig kennen, erhalten nur Teilinformationen – einfache Botschaften, stark verzerrt, mit einem niedrigen Signal-Rausch-Verhältnis und langsamer Übermittlung. Wieviel stärker gilt das erst, wenn man den Versuch mit einer anderen Lebensform wagt! Die Sprachunterschiede allein – ganz zu schweigen von der neurologischen Struktur, der Chemie . . .«

»Dennoch nahmen Sie das Problem in Angriff – und mit beträchtlichem Erfolg, wie ich höre.«

»Nun, wir haben auf dem Festland gewisse Fortschritte erzielt, mit Dromiden wie auch mit Ouraniden. Aber glauben Sie mir, der Ausdruck ›beträchtlicher Erfolg‹ wäre eine dicke Übertreibung.«

»Und als nächstes wandten Sie sich Hansonia zu, mit seinen völlig fremdartigen Kulturen. Mehr noch, diese Ouraniden, von denen es hier auf der Insel vielleicht zwei Arten gibt . . . Warum eigentlich das Ganze? Erschweren Sie sich Ihre Aufgabe nicht unnötig?«

»Es stimmt, daß wir uns eine Reihe zusätzlicher Probleme aufladen, aber als unnötig würde ich das nicht bezeichnen. Sehen Sie, die meisten Eingeborenen, die sich für unsere Experimente zur Verfügung stellten, haben ihr ganzes Leben in der Nähe von Menschen zugebracht. Viele von ihnen sind professionelle Studienobjekte; die Dromiden, weil sie Geld dafür bekommen; die Ouraniden, weil es sie amüsiert, ihnen eine Art psychologischer Befriedigung verschafft. Sie sind entwurzelt; sie haben oft selbst keine Ahnung, weshalb ihre ›wilden‹ Artgenossen dies oder jenes tun. Wir wollten herausfinden, ob man das Gedankenlesen zu einem Werkzeug entwickeln kann, das uns nicht nur in der Neurologie, sondern auch auf anderen Gebieten unterstützt. Dazu benötigten wir Geschöpfe, die verhältnismäßig – nun – unverdorben waren. Weiß Gott, es gibt auch auf dem Nahkontinent genug unberührte Gebiete. Aber Port Kato stand bereits, der ideale Platz für die intensive Studie einer Region, die zugleich isoliert und scharf begrenzt ist. Jan und ich kamen zu dem Schluß, daß wir den Versuch des Gedankenlesens hier in unser Forschungsprojekt einbauen sollten.«

Hughs Blicke schweiften hinüber zu der mächtigen Scheibe Argos und blieben daran hängen. »Soweit es uns betrifft«, sagte er leise, »ist es eine Nebenaufgabe . . . eine von vielen Annäherungen an das Problem, weshalb Dromiden und Ouraniden hier Krieg führen.«

»Sie töten einander doch auch anderswo, oder nicht?«

»Ja, auf verschiedene Weise und aus den verschiedensten Gründen, soweit wir das entscheiden können. Nur ganz beiläufig – ich persönlich halte nichts davon, Informationen um jeden Preis zu sammeln, also auch zum Schaden des Studienobjekts. Eines steht jedenfalls fest: in den meisten Gebieten führen Dromiden und Ouraniden ein friedliches Zusammenleben.« Hugh zuckte die Achseln. »Auch die Völker auf der Erde waren nicht alle gleich. Weshalb sollten wir annehmen, daß sie es auf Medea sind?«

»Auf Hansonia allerdings herrscht eindeutig Krieg?«

»Man muß es wohl so nennen. Oh, keine der beiden Gruppen besitzt eine Regierung oder hat formell den Krieg erklärt. Aber es läßt sich nicht leugnen, daß in den letzten zwanzig Jahren – seit die Menschen hier zur Beobachtung sind, wenn nicht schon länger – die Dromiden hier auf der Insel in immer stärkerem Maße den Ouraniden nach dem Leben trachten. Sie auszurotten versuchen! Die Ouraniden sind friedliebend, aber sie verteidigen sich natürlich, manchmal sogar mit offensiven Maßnahmen wie einem Hinterhalt.« Hugh verzog das Gesicht. »Ich war Augenzeuge von einigen Kämpfen und habe die Folgen von anderen gesehen. Scheußlich. Wenn es uns gelänge, auf Port Kato zu vermitteln, Frieden zu stiften – nun, ich meine, das allein würde die Anwesenheit der Menschen auf Medea rechtfertigen.«

Er versuchte zwar, sie mit seiner Haltung zu beeindrucken, aber seine Worte waren nicht geheuchelt. Trotz seines Pragmatismus hatte er sich hin und wieder gefragt, ob die Menschen überhaupt das Recht besaßen, hier zu sein. Wissenschaftliche Langzeitstudien waren ohne eine selbständige Kolonie nicht möglich, was auf der anderen Seite eine Bevölkerung erforderte, die nur zu einem winzigen Teil aus Wissenschaftlern selbst bestand. Er beispielsweise war der Sohn eines Bergmanns und hatte seine Kindheit im Hinterland verbracht. Gewiß, die Besiedlung sollte nicht über den gegenwärtigen Grad ausgedehnt werden, und der größte Teil dieses riesigen Mondes war so schroff, daß ein weiteres Wachstum gar nicht möglich erschien. Aber – wenn durch nichts sonst, so hatten die Erdbewohner die beiden einheimischen Rassen allein durch ihre Anwesenheit unweigerlich verändert.

»Man kann nicht fragen, weshalb sie kämpfen?« überlegte Chrisoula.

Hugh lächelte schwach. »Sicher, wir können fragen. Inzwischen beherrschen wir die einheimischen Dialekte so, daß wir uns im Alltag zurechtfinden. Nur – wie tief geht unser Verständnis?

Sehen Sie, ich bin der Spezialist für Dromiden, meine Frau beschäftigt sich mit den Ouraniden, und wir haben uns beide redlich bemüht, die Freundschaft einzelner Geschöpfe zu gewinnen. Für mich ist das noch härter als für Jan, denn die Dromiden weigern sich, nach Port Kato zu kommen, solange die Möglichkeit besteht, daß sie hier auf Ouraniden stoßen. Sie geben zu, daß es ihre heilige Pflicht ist, den Ouraniden nach dem Leben zu trachten – und sie zu verzehren; das scheint ein wichtiger symbolischer Akt zu sein. Sie wissen, daß sie damit unsere Gastfreundschaft verletzen würden. Deshalb muß ich mich hinaus zu ihren Lagern und Höhlen begeben. Doch obwohl das meine Arbeit verzögert, findet Jan, daß sie keinen Schritt weiter gekommen ist als ich. Wir stehen beide vor einem Rätsel.«

»Was *sagen* diese Ureinwohner nun?«

»Nun, jede der beiden Rassen gesteht, daß man früher friedlich nebeneinander herlebte – wenig oder gar kein Kontakt, aber doch beträchtliches Interesse am Nachbarn. Dann, vor zwanzig oder dreißig Jahren begannen die Fortpflanzungsprobleme der Dromiden, die sich ständig verschlimmerten. Immer öfter geschieht es, daß abgestoßene Segmente nicht gebären, sondern absterben. Die Führer sind zu dem Schluß gelangt, daß die Schuld bei den Ouraniden liegt und man sie daher ausrotten muß.«

»Warum?«

»Ein Glaubensartikel. Ich kann keine Logik dahinter erkennen. Gewisse Motivationen, wie etwa der Wunsch nach einem Sündenbock, sind natürlich denkbar. Unsere Pathologen suchen nach dem echten Grund, aber Sie können sich vorstellen, wie lange so was dauert. Inzwischen gehen die Angriffe und Gemetzel weiter.«

Chrisoula ließ ihre Blicke über den staubbedeckten Boden schweifen. »Haben sich die Ouraniden irgendwie verändert? Das könnte die Dromiden vielleicht zu dem Schluß *post hoc, propter hoc* verleiten.«

»Wie bitte?« Als sie erklärt hatte, was sie meinte, lachte Hugh. »Tut mir leid, ich bin nicht sehr gebildet«, sagte er. »Die Steinbuddler und Busch-Ranger, unter denen ich aufwuchs, haben zwar Respekt vor dem Wissen – ohne Wissen könnten wir hier auf Medea nicht überleben –, aber sie behaupten nicht, daß sie selbst allzuviel davon besitzen. Ich schlitterte rein zufällig in die Xenologie hinein, weil ich als Kind einen Dromiden-Freund hatte und ihr/ihm durch den gesamten Lebenszyklus folgte – Weibchen, Männchen, Zwitter. Ein derart exotisches Leben stachelte meine Phantasie und Lernbegier an.«

Sein Versuch, das Gespräch in persönliche Bahnen zu lenken, schlug fehl. »Was haben die Ouraniden getan?« beharrte sie.

»O . . . sie haben sich eine neue Religion geschaffen – nein, keine neue Religion. Das würde nur einen bestimmten Teil ihrer Existenz betreffen, nicht wahr? Und Ouraniden teilen ihr Leben nicht in Abschnitte auf. Nennen wir es einen neuen Weg, ein neues *Tao*. Es besteht im wesentlichen darin, daß sie mit dem Ostwind über das Meer treiben, um in der Kälte des Fernen Kontinents zu sterben. Irgendwie führt das zur Transzendenz. Bitte, fragen Sie mich nicht, wie oder warum. Und weder Jan noch ich verstehen, weshalb die Dromiden dieses Verhalten der Ouraniden für ein so fürchterliches Verbrechen halten. Ich habe mir zwar einiges zurechtgelegt, aber es ist und bleibt ein Ratespiel. Jan erklärt halb im Scherz, daß sie die geborenen Fanatiker seien.«

Chrisoula nickte. »Kulturelle Abgründe. Angenommen, ein moderner Materialist mit schwachem Einfühlungsvermögen hätte eine Zeitmaschine und kehrte damit ins Erd-Mittelalter zurück, um herauszufinden, welche Motive hinter einem Kreuzzug oder einer Dschihad standen. Er würde keinen Sinn darin finden und wohl den Schluß ziehen, daß alle Beteiligten den Verstand verloren haben und der einzig mögliche Weg zum Frieden der totale Sieg der einen oder anderen Seite ist. Was nicht stimmt, wie wir heute wissen.«

Der Mann erkannte, daß diese Frau in vielen Dingen wie Jannika dachte. Sie fuhr fort: »Könnte es sein, daß die Einflüsse des Menschen diese Veränderungen hervorgerufen haben, vielleicht indirekt?«

»Möglich«, gab er zu. »Ouraniden kommen weit herum. Auf diese Weise könnten die Stämme auf Hansonia aus zweiter oder dritter Hand Geschichten über das Paradies gehört haben, die ja unzertrennlich mit der Menschenrasse verbunden sind. Ich halte es für natürlich, wenn man das Paradies mit der Richtung des Sonnenuntergangs in Bezug bringt. Nicht, daß irgendeiner von uns je versucht hätte, einen Eingeborenen zu bekehren. Aber es geschieht hin und wieder, daß die Bewohner hier nach unseren Anschauungen fragen. Und Ouraniden haben einen fast zwanghaften Hang zu Mythen und Legenden; sie stürzen sich auf jede neue Idee. Außerdem geraten sie leicht in Ekstase. Selbst über Dinge wie den Tod.«

»Während Dromiden dazu neigen, über Nacht neue militante Religionen zu entwickeln, wie ich hörte. Auf dieser Insel scheint sich eine davon gegen die Ouraniden gewandt zu haben, oder? Tragisch – aber nicht viel anders als die Religionsverfolgungen auf der Erde, schätze ich.«

»Jedenfalls können wir erst dann helfend eingreifen, wenn wir sehr viel mehr Wissen besitzen. Jan und ich bemühen uns darum. In der Hauptsache mit den gewohnten Mitteln – Studien an Ort und Stelle, Beobachtungen, Gespräche, und so fort. Das Gedankenlesen ist nur ein Experiment in diesem Zusammenhang. Aber heute nacht stehen wir vor einem entscheidenden Test.«

Chrisoula richtete sich auf. »Was habt ihr vor?«

»Wahrscheinlich ziehen wir wieder eine Niete. Sie sind selbst Wissenschaftlerin und wissen, wie selten ein echter Durchbruch gelingt. Wir tasten uns halbblind vorwärts.«

Als sie dazu schwieg, holte Hugh tief Luft und fuhr fort: »Um genau zu sein, Jan hat einen ›wilden‹ Ouraniden gezähmt, ich einen ›wilden‹ Dromiden. Wir konnten die beiden überreden, Minitransmitter zum Gedankenlesen anzulegen, und arbeiteten mit ihnen, um unsere eigenen Fähigkeiten weiterzuentwickeln. Was wir empfangen und auswerten können, ist nicht viel. Unsere Augen und Ohren vermitteln uns weit mehr Informationen. Dennoch, es handelt sich um Zusatzdaten ganz besonderer Art.

Wie das in der Praxis aussieht? Nun, unser Eingeborener trägt ein knopfgroßes Gerät, das an seinem Kopf befestigt ist – soweit man bei einem Ouraniden von Kopf sprechen kann. Eine Quecksilberzelle liefert den Strom. Die Einheit sendet ein Kennsignal auf der Funkfrequenz – Mikrowatt, aber das reicht zum Verfolgen. Die Datenübertragung erfordert natürlich eine große Bandbreite und erfolgt deshalb über einen UV-Strahl.«

»Was?« fragte Chrisoula verwirrt. »Ist das nicht gefährlich für die Dromiden? Ich habe gehört, daß sie wie die meisten Geschöpfe in Verstecke fliehen, wenn die Sonnentätigkeit zu stark wird.«

»Der Strahl ist schwach genug, schon wegen der begrenzten Energie«, erwiderte Hugh. »Er beschränkt sich auf Sehlinie und einige Kilometer in der Luft. Außerdem erklärten uns Eingeborene beider Rassen, daß sie die Fluoreszenz von Gasen auf ihren Wegen erkennen können – nicht daß sie es in dieser Weise ausdrückten, versteht sich.

Jan und ich starten also jeder in einer Maschine. Wir kreisen so hoch droben, daß man uns nicht sieht, aktivieren die Transmitter per Signal und ›peilen‹ unsere jeweiligen Versuchsexemplare durch Verstärker und Computer an. Wie ich schon sagte, bis jetzt haben wir mehr als spärliche Ergebnisse erhalten; es ist eine armselige Form der Telepathie. Heute nacht planen wir einen intensiven Kontakt, weil etwas von großer Bedeutung geschehen wird.«

Sie erkundigte sich nicht sofort, was er meinte, sondern fragte statt dessen: »Haben Sie je versucht, Gedanken auszusenden, anstatt nur zu empfangen?«

»Was? Nein, das hat bisher keiner getan. Zum einen wollen wir ihnen nicht verraten, daß ihre Gedanken abgetastet werden. Das würde vermutlich ihr Verhalten beeinflussen. Zum anderen besitzen die Bewohner von Medea auch nicht annähernd eine technische Zivilisation. Ich bezweifle, daß sie dieses Konzept verstehen könnten.«

»Wirklich? Bei ihrem hochentwickelten Stoffwechsel würde ich sagen, daß sie sogar schneller denken als wir.«

»Den Eindruck haben wir auch, obwohl sich das erst messen läßt, wenn wir das Gedankenlesen so weit verbessert haben, daß wir es verbal entschlüsseln können. Alles, was wir bis jetzt identifizieren, sind sensorische Eindrücke. In hundert Jahren wissen wir vielleicht mehr.«

Das Gespräch war so fachlich geworden, daß Hugh das Auftauchen eines Ouraniden als Ablenkung geradezu begrüßte. Er erkannte das Geschöpf, obwohl es seine Kugelgestalt mit Hilfe von Wasserstoff zum vollen Durchmesser von vier Metern aufgebläht hatte und viel größer aussah als sonst. Auch das Fell wirkte dadurch dünn und zeigte nicht den gewohnten Perlmuttschimmer. Dennoch genoß Hugh den Anblick, als das Wesen an den Baumkronen vorbei sanft zu Boden schaukelte. Die Greif-Tentakel unter dem Leib strömten in variabler Anordnung durch die Luft; sie halfen beim Aussteuern der Gasstrahlen, welche zur Fortbewegung dienten. Der Spitzname »Fliegende Qualle« erschien Hugh ungerechtfertigt; aber er war auch ein Typ, der Bilder von alten portugiesischen Schlachtschiffen schön fand. Jedenfalls verstand er Jannikas Begeisterung für diese Rasse.

Er stand auf. »Darf ich Sie mit einer hiesigen Lebensform bekanntmachen?« lud er Chrisoula ein. »Sie kann ein wenig Englisch. Aber erwarten Sie nicht, daß Sie ihre Aussprache sofort verstehen. Wahrscheinlich ist sie gekommen, um ein kleines Tauschgeschäft zu machen, ehe sie sich ihrem Schwarm für das große nächtliche Ereignis anschließt.«

Die Frau erhob sich ebenfalls. »Tauschgeschäft?«

»Ja. Niallah beantwortet Fragen, erzählt Legenden, singt Lieder, führt Flugmanöver vor – was immer wir verlangen. Dafür müssen wir ihr Musik unserer Rasse vorspielen. Schönberg im allgemeinen; sie ist vernarrt in Schönberg.«

Erakoum erspähte Sarhouth klar gegen Mardudek, als sie einen Klippenrand entlanglief. Der Mond schwoll rund an, als er an jener düsteren Glut vorüberzog. Seine Scheibe wirkte vor dem gewaltigen Gestirn im Hintergrund kümmerlich, war für das Auge kleiner als der Fleck, der ebenfalls in Sicht kam, und ihr kaltes Leuchten erlosch beinahe, als sie über einen der Ringe wanderte, die Mardudek gleich losen Bändern umschlangen. Sie schimmerten hell nach Einbruch der Dunkelheit, jene Bänder; Denker wie Yasari glaubten, daß sie das Licht der Sonnen zurückwarfen.

Einen Moment lang war Erakoum von dem Bild gefangen; Kugeln, die durch den unbegrenzten Raum kreisten und kreisten ... Sie hoffte, daß sie es einst selbst zur Denkerin bringen würde. Aber die Zeit lag noch fern. Erst mußte sie ein zweites Mal empfangen und gebären und das Junge, das aus dem abgestoßenen Segment schlüpfte, großziehen helfen. Danach wurde sie dann ein Männchen mit der Aufgabe, selbst Nachwuchs zu zeugen – ehe auch dieser Drang nachließ und die Zeit der Heiterkeit kam.

Wie ein Stich durchzuckte es sie, als sie an den Schmerz nach der ersten, vergeblichen Geburt dachte. Das abgestoßene Segment war eine Zeitlang schwach umhergewankt, bis es zusammenbrach und starb, wie so viele andere, so viele. Die *Flieger* hatten diesen Fluch auf das *Volk* herabgebracht. Nur so konnte es sein, predigte der Prophet Illdamen. Ihre neue Sitte, nach Westen zu wandern, wenn sie alt wurden, und nie mehr zurückzukehren, anstatt herabzusinken und im Boden zu verfaulen, wie es Mardudek bestimmt hatte, verärgerte ganz sicher den Roten Wächter. Und es war nun die Aufgabe des *Volkes*, diese Sünde wider die natürliche Ordnung der Dinge zu rächen. Der Beweis lag in der Tatsache, daß Weibchen, welche einen *Flieger* kurz vor der Paarung erschlugen und verzehrten, gesunde Segmente abstießen, aus denen sich kräftige Junge entwickelten.

Erakoum schwor sich, daß sie heute nacht zu diesen Weibchen gehören würde.

Sie hielt an, um Atem zu schöpfen und das Gelände abzusuchen. Diese Steilhänge umschlossen einen Fjord, dessen Wasser stiller dalagen als das Meer weit draußen, auf dem der Glanz des Ostens schimmerte. Ein dunkler Fleck zeugte von Tangknäueln, die dahintrieben. Konnten es jene Pflanzen sein, aus denen die widerlichen Larven der *Flieger* sprossen? Erakoum vermochte es bei dem großen Abstand nicht zu erkennen. Manchmal hatten sich kühne Angehörige ihrer Rasse auf Baumstämmen hinausgewagt, um jene Pflanzenmassen zu erreichen und zu zerstören; aber es war ihnen mißlungen, und oft hatten sie in den trügerischen hohen Wogen den Tod gefunden.

Nach Westen hin erhoben sich schroffe, bewaldete Berge, in denen Dunkelheit nistete. Und vor den Schatten tanzten zu Tausenden, ja Millionen, golden glitzernde Funken über das Land. Es waren die Feuermücken. Im Laufe von mehr als hundert Tagen und Nächten hatten sie erst als Eier, dann als Würmer in der Tiefe des Waldmoders gelegen. Nun schob sich Sarhouth an Mardudek vorbei, in genau jener Bahn, welche sie auf geheimnisvolle Weise an die Oberfläche lockte. Sie krochen ins Licht, breiteten die Flügel aus, die ihnen gewachsen waren, und stiegen funkelnd auf, um sich zu paaren.

Einst war das für das *Volk* nicht mehr gewesen als ein schöner Anblick. Dann stellte sich die Notwendigkeit ein, *Flieger* zu töten . . . und *Flieger* versammelten sich in ganzen Schwärmen, um jene Mücken zu verzehren. Niedrig dahinschwebend, sorglos in ihrer Gier, ließen sie sich leichter überrumpeln als zu normalen Zeiten. Erakoum wog einen Wurfspeer mit Obsidianspitze in der Hand. Fünf weitere waren auf ihrem Rücken befestigt. Viele aus dem *Volk* hatten tagsüber Netze gespannt und Fallen errichtet, aber sie fand, das nützte nichts; *Flieger* waren keine gewöhnliche Jagdbeute. Sie jedenfalls wollte eigenhändig einen Speer schleudern, ein Opfer zu Boden bringen, die Fänge in das schwache Fleisch schlagen . . .

Um sie murmelte die Nacht. Sie trank die Dünste der Erde – Wachstum, Verfall, Nektar, Blut, Kampf. Mardudeks Wärme sickerte durch die frostige Brise und rieselte auf ihren Pelz. Huschende Schatten, kaum zu sehen, kaum zu hören, wenn sie sich durch das Strauchwerk arbeiteten, waren ihre Gefährten. Sie liefen nicht in dichten Rudeln dahin, sondern jeder suchte sich den günstigsten Weg; aber sie blieben mehr oder weniger in Hörweite, und wer immer einen *Flieger* zuerst sah oder witterte, würde die anderen mit einem Pfiff verständigen.

Erakoum allein hatte sich weit von ihren Artgenossen abgesondert. Die anderen fürchteten, daß der Lichtstrahl, der von dem winzigen Gehäuse auf ihrem Kopf in den Himmel stach, sie verraten könnte. Sie selbst fand das unwahrscheinlich; der bläuliche Schein war viel zu schwach. Der Mensch namens Hugh hatte ihr viele Tauschgüter dafür bezahlt, daß sie den Talisman trug, wann immer er sie darum bat, und ihm später ihre Erfahrungen schilderte. Was sie betraf, so empfand sie zu solchen Zeiten ein dumpfes Prickeln, mit nichts auf der Welt zu vergleichen, und Wissen strömte in sie, wie durch Träume, aber doch greifbarer. Das war ihr eine leichte Behinderung auf manchen Streifzügen wert . . . selbst auf der Jagd heute nacht.

Außerdem – da war noch etwas, das sie Hugh nicht erzählt hatte, weil auch er es mit keinem Wort berührte. Es gehörte zu den Dingen, die sie ohne Worte von dem Leuchtkästchen erfuhr. Ein bestimmter *Flieger* trug wie sie ein Ding, das ihn durch Zauberei mit einem Menschen verband.

Die großen grotesken Geschöpfe erklärten ganz offen, daß sie in dem Streit zwischen *Volk* und *Fliegern* neutral bleiben wollten. Erakoum verübelte ihnen das nicht. Dies hier war nicht ihre Heimat, und man konnte kaum erwarten, daß sie Trauer zeigten, wenn sich das Land in eine Öde verwandelte. Dennoch hatte sie klug gefolgert, daß die Menschen versuchen würden, ihre Vertrautheit mit beiden Rassen lieber geheimzuhalten.

Hugh war begierig darauf gewesen, diese Nacht mit ihr in Kontakt zu bleiben; zweifellos hatte ein anderer Mensch das gleiche Ansinnen an jenen *Flieger* gestellt. Es wäre eine besondere Genugtuung für sie, ihren »Gegenspieler« zu töten. Außerdem entdeckte sie die Feinde vielleicht am ehesten, wenn sie während der Jagd nach einem blassen Strahl inmitten von Feuermücken Ausschau hielt. Ausgeruht begann sie landeinwärts zu laufen.

Erakoum befand sich auf der Jagd –

Jannika Rezek empfand ewiges Heimweh nach einem Land, in dem sie nie gelebt hatte. Ihre Eltern hatten das Regime der Donau-Föderation verunglimpft. Man ließ sie wissen, daß man von Zwangsmaßnahmen zur Reindoktrination absehen würde, wenn sie als Vertreter ihres Landes freiwillig mit der nächsten Schiffsladung nach Medea gingen. Ihnen blieb kaum eine andere Wahl. Ihr Vater erzählte ihr später, sein letzter Gedanke vor dem Versinken in Stase habe der Ironie des Schicksals gegolten, daß beim Wiedererwachen keiner seiner Richter mehr leben konnte und kein Mensch sich erinnern oder darum scheren würde, welche politischen Ansichten er vertreten hatte. Mehr noch, am Ziel angelangt, erfuhr er, daß es die Donau-Föderation längst nicht mehr gab.

Das Gesetz blieb in Kraft, daß keiner außer der Schiffsbesatzung den Rückflug antreten durfte. Eine Raumreise war so teuer, daß man es sich nicht leisten konnte, einen Passagier mitzuschleppen, der als Gestrandeter aus der Vergangenheit auf der Erde landen würde. Ihre Eltern machten das Beste aus dem Exil. Da beide Ärzte waren, empfing man sie in Armstrong und seinem bäuerlichen Hinterland mit offenen Armen. Nach dem bescheidenen Standard von Medea brachten sie es zu Wohlstand und gewannen letzten Endes sogar ein seltenes Privileg: Die Menschenkolonie hatte sich, den Statuten gemäß, stabilisiert. Ein Mehr an Bewohnern würde die wenigen Gebiete, die sich für eine Besiedlung eigneten, überlasten und die Umwelt negativ beeinflussen. Um das Geburtengleichgewicht zu halten, bekamen nur wenige Paare pro Generation die Erlaubnis, Kinder zur Welt zu bringen. Jannikas Leute gehörten zu ihnen.

So fand jeder, auch sie selbst, daß sie eine glückliche Kindheit verlebte. Und sie wuchs in einer gebildeten Umgebung auf. In den Mikrokassetten der Zentrale waren nahezu alle Daten der terranischen Kultur gespeichert. Die Industrie hatte einen Entwicklungsstand erreicht, da sich begüterte Familien Terminals leisten konnten, von denen sie Informationen je nach Wunsch in vollem Stereo oder Hologrammen erhielten. Ihre Eltern nutzten diese Möglichkeit, um das eigene Heimweh zu mildern, ohne je daran zu denken, welche Folgen so etwas für ein junges Gemüt haben könnte. Jannika wuchs unter leibhaftigen Gespenstern auf: alte Türme in Prag, Frühling im Böhmerwald, Weihnachten in einem Dorf, wo die Zeit stillzustehen schien, ein Konzertsaal mit rauschender Musik vor einem festlich gekleideten Publikum, dessen Zahl die Einwohner von Armstrong weit übertraf, Kopien von Ereignissen, die einst die Erde zum Erzittern gebracht hatten, Lieder, Lyrik, Bücher, Legenden, Märchen . . . Sie fragte sich manchmal, ob sie sich der Xenologie zugewandt hatte, weil die Ouraniden wie sanfte, helle Zauberwesen in einem Märchen wirkten.

Heute, als Hugh Chrisoula nach draußen führte, war sie einen Moment lang einfach dagestanden und hatte den beiden nachgeschaut. Gleich darauf schienen die Wände näherzurücken und ihr die Luft abzupressen. Sie hatte getan, was sie konnte, um das Zimmer durch Stoffe, Bilder und Andenken aufzuhellen. Im Augenblick jedoch lagen überall Expeditionsgegenstände herum; und sie haßte Unordnung. Ihm war das egal.

Die Frage erhob sich von neuem: Was lag ihm überhaupt noch an ihr? Sie waren verliebt gewesen, als sie heirateten, ganz sicher, aber selbst damals hatte sie schon gefühlt, daß es sich im hohen Maße um eine Zweckehe handelte. Beide suchten eine Stelle auf einer Außenstation, wo ihre Chancen, wirklich wichtige, ursprüngliche Forschung zu betreiben, am größten waren. Ehepaare wurden bevorzugt, aufgrund der Theorie, daß sie sich weniger von der Arbeit ablenken ließen als Einzelpersonen. Wenn sie dann Kinder bekamen, wurden sie im allgemeinen zurück in eine Stadt versetzt.

Was das betraf, hatten sie und Hugh oft Streit. Der Druck von außen – Scherze, Andeutungen, ein verlegenes Umgehen des Themas –, daß sie sich endlich Kinder anschaffen sollten, nahm zu. Innerhalb der vorgegebenen Bevölkerungsgrenzen war es wünschenswert, das Gen-Potential so groß wie möglich zu halten. Und sie überschritt allmählich das Alter für eine Schwangerschaft ohne Komplikationen. Er war sehr für Kinder. Aber er nahm es als selbstverständlich, daß sie dann den Haushalt führen und einen Schreibtisch-Job haben sollte, während *er* weiter in der unmittelbaren Forschung arbeitete . . .

Sie durfte ihm keine Vorwürfe machen, wenn er von seinem kleinen Flirt zurückkam. Sie verlor in letzter Zeit zu oft die Nerven, suchte den Streit geradezu, bis er aus der Hütte stürmte oder zur Whiskyflasche griff und sich vollaufen ließ. Er war kein schlechter Mann – im Kern war er sogar ein guter Mann, fügte sie hastig hinzu –, gedankenlos in vielen Dingen, aber ohne es böse zu meinen. Unter den gegebenen Umständen hätte sie kaum einen besseren erwischen können.

Allerdings – sie spürte, wie Hitze in ihre Wangen stieg, und machte eine Geste, als wolle sie die Erinnerung verscheuchen. Aber es gelang ihr nicht. Die Sache war zwei Tage her.

A'i'ach hatte ihr von der Zeit des Strahlens erzählt, und sie beschloß, ein paar Exemplare der Leuchtkäfer-Larven zu sammeln. Bis dahin hatten die Menschen nur gewußt, daß die ausgeschlüpften Insekten etwa einmal im Jahr ausschwärmten. Wenn dieser Moment allerdings für die Bewohner von Hansonia wichtig war, dann mußte sie mehr darüber erfahren. Das Phänomen selbst beobachten, die Hilfe der Biologen, Ökologen und Chemiker erbitten. – Sie fragte Piet Marais, wo sie am besten suchen sollte, und er bot an, sie zu begleiten. »Daß mir die Idee nicht schon selbst gekommen ist!« meinte er. »Da die Würmer im Humus leben, müssen sie das Pflanzenwachstum wohl irgendwie beeinflussen.«

Das Gelände um Port Kato war nicht feucht genug. Sie wanderten ein paar Kilometer hinaus zu einem See. Der Marsch fiel ihnen nicht schwer, denn dichte Laubkronen verhinderten, daß allzuviel Unterholz wuchs. Der weiche Grund dämpfte ihre Schritte, Bäume wölbten sich zu hohen Kathedralen, Bündel von Lichtstrahlen sanken durch Dämmerung und Düfte, um hier Kringel auf den Boden zu zeichnen und dort von winzigen Schwingen abzugleiten. Ein Klang wie von Leiern ertönte aus der Ferne.

»Wie schön«, sagte Piet nach einer Weile.

Er schaute sie an, nicht nach vorn. Ihr kam zum erstenmal sein Aussehen und seine Jugend zu Bewußtsein. Blond war er und gut gebaut, dachte sie, und sicher an die zehn Jahre jünger als sie – aber durchaus reif, aufmerksam, gebildet, männlich. »Ja«, stammelte sie. »Ich wollte, ich könnte das alles so genießen wie du.«

»Wir leben hier nicht auf der Erde«, stellte er fest. Sie erkannte, daß ihre Antwort weniger neutral als beabsichtigt ausgefallen war.

»Das sollte kein Selbstmitleid sein«, sagte sie rasch. »Bitte, glaub das nicht! Ich sehe durchaus Schönheit hier und Faszination und Freiheit – o ja, wir sind glücklich auf Medea.« Mit einem erzwungenen Lachen: »Was hätte ich auf der Erde wohl ohne meine Ouraniden angefangen?«

»Du liebst diese Geschöpfe, nicht wahr?« fragte er ernst. Sie nickte. Er legte eine Hand auf ihren bloßen Arm. .»Du steckst überhaupt voll von Liebe, Jannika.«

Sie machte den wirren Versuch, sich durch seine Augen zu betrachten. Mittelgroß, mit einer, wie sie wußte, immer noch atemberaubenden Figur; dunkles, schulterlanges Haar, durchsetzt von grauen Strähnen, die für ihre Begriffe viel zu früh gekommen waren; hohe Wangenknochen, Stupsnase, spitzes Kinn, große braune Augen, helle Haut. Dennoch und auch wenn Piet noch keine feste Partnerin gefunden hatte – bei seinem Aussehen war er nicht auf sie angewiesen. Er konnte Mädchen in der Stadt kennenlernen und die Verbindung per Holoschirm aufrechterhalten. Er sollte sie nicht so bewundern. Und sie sollte keine Reaktion darauf zeigen. Sicher, sie hatte hin und wieder andere Männer gehabt, vor und nach ihrer Heirat. Aber nie in Port Kato; die Gefahr von Komplikationen war zu groß, und jedesmal, wenn Hugh hier ein Techtelmechtel anfing, hatte sie bitteren Zorn gefühlt. Schlimmer noch, sie hegte den Verdacht, daß Piet mehr in ihr sah als eine flüchtige Partnerin. Und so etwas konnte mehr als ein Leben kaputtmachen.

»Schau doch!« sagte sie und löste sich von ihm, um auf ein Büschel Samenpyramiden zu deuten. In der Zwischenzeit schaltete sich ihr Verstand wieder ein. »Ich hatte ganz vergessen, dir zu erzählen, daß ich heute einen Anruf von Professor al-Ghazi erhielt. Wir glauben herausgefunden zu haben, was die Metamorphose und das Ausschwärmen der Leuchtkäfer hervorruft.«

»Wie?« Er schaute sie überrascht an. »Ich wußte gar nicht, daß sich jemand mit diesem Thema beschäftigt.«

»Nun, es war eine – eine Idee, die mir kam, nachdem mein gezähmter Ouranide mich darauf gestoßen hatte. Er, A'i'ach, meine ich, erklärte mir, der Moment sei nicht streng von der Jahreszeit abhängig – das spielt hier in den Tropen keine so große Rolle –, sondern werde von Jason bestimmt. Dem Mond Jason . . .«, fügte sie hinzu, denn der Name, den die Menschen dem innersten der großen Trabanten gegeben hatten, ähnelte zufällig einem Wort, welches von den Dromiden der Enrique-Region stammte und dort eine Art Scirocco-Wind bezeichnete.

»Er behauptet, die Metamorphose fände statt, wenn Jason während einer ganz bestimmten Konstellation an Argo vorüberzieht«, fuhr sie fort. »Etwa jedes vierhundertste Mal. Oder alle einhundertsiebenundzwanzig Medea-Tage, plus oder minus ein paar Stunden. Die Eingeborenen hier beobachten die Gestirne nicht weniger genau als die Bewohner aller anderen Welten. Die Ouraniden halten beim Ausschwärmen der Leuchtkäfer ein großes Fest ab; sie verzehren die kleinen Geschöpfe als eine Delikatesse. Nun, das alles gab mir zu denken, und so nahm ich Kontakt mit der Zentrale auf und bat um ein paar astronomische Berechnungen. Es scheint, daß ich recht hatte.«

»Astronomie – bei einem Wurm, der im Innern des Bodens heranwächst?« rief Marais verwundert.

»Nun, du erinnerst dich sicher, daß Jason in der Atmosphäre von Argo elektrische Vorgänge bewirkt, ähnlich wie Io bei Jupiter – das Sonnensystem, in dem auch die Erde zu finden ist. In diesem Fall handelt es sich um einen Richtstrahleffekt auf einer der Radiofrequenzen, die erzeugt werden, eine Art natürlichen Maser. Deshalb erreichen jene Wellen Medea nur, wenn die beiden Monde an ihrer Schnittlinie liegen. Und das ist exakt der Zeitpunkt, den mein Freund beschrieb. Die Phase stimmt ebenfalls.«

»Aber können die Würmer ein derart schwaches Signal erkennen?«

»Sie tun es, daran besteht wohl kein Zweifel. Wie – das vermag ich ohne Hilfe der Experten noch nicht zu sagen. Aber überleg mal! Phrixus und Helle schaffen kaum Interferenzen. Und es gibt hochempfindliche Organismen. Hast du gewußt, daß weniger als fünf Photonen die Purpursicht im Auge anregen? Ich vermute, die Wellen von Argo dringen ein paar Zentimeter tief in den Boden ein und lösen dort eine Kette biochemischer Reaktionen aus. Vermutlich ist das ein Evolutionsrelikt aus einer Zeit, da die Bahnen von Jason und Medea genau parallel zu den Jahreszeiten verliefen. Du mußt wissen, die Perturbation verändert tatsächlich die Mondbewegungen.«

Er schwieg eine Weile, ehe er sagte: »Ich weiß nur, daß du eine außergewöhnliche Frau bist, Jannika.«

Sie hatte ihr inneres Gleichgewicht so weit wiedergefunden, daß sie das Gespräch unter Kontrolle hielt, bis sie den See erreichten. Dort geriet ihr Inneres wieder einen Moment lang in Aufruhr. Ein Wall von Schilfrohr verbarg das Wasser vor ihren Blicken. Sie arbeiteten sich hindurch und standen mit einem Mal an einem mit bernsteingoldenem Moos gepolsterten Ufer. Unberührt in seinem Waldkelch lag der See da, schaumbedeckt, blubbernd, faulig. Die gedeckten Farben und die Dünste des Lebens waren nicht unangenehm – beides gehörte zu Medea. Aber wie klar und silberblau leuchtete der Neusiedlersee in der alten Heimat! Sie atmete schwer.

»Was ist los?« Piet folgte ihrem Blick. »Die Dromiden?«

Eine Herde der Eingeborenen stand ein Stück entfernt an einer Tränke. Jannika starrte hinüber, als sähe sie die Geschöpfe zum erstenmal.

Am nächsten stand ein halberwachsenes Exemplar, allem Anschein nach jungfräulich, da es noch seine sechs Beine hatte. Aus dem schlanken Körper mit dem langgestreckten Schweif erhob sich ein Zentauren-Torso mit zwei Armen, auf dem wiederum der merkwürdig fuchsähnliche Kopf saß; in voller Größe reichte ein Dromide einem Menschen etwa bis zur Brust. Der Pelz schimmerte blauschwarz unter den Sonnen; Argo verbarg sich hinter den Bäumen.

Drei Mütter, erkennbar an den vier Beinen, bewachten eine Schar von acht Jungen. Zwei davon verrieten durch ihre Größe, daß die Muttergeschöpfe sich bald wieder paaren und dann das zweite Segment abstoßen würden, um es zu versorgen, bis ein

Junges herangereift war. Ein weiteres Mitglied der Herde ging auf zwei Beinen, kein Weibchen mehr, aber noch ohne die Geschlechtsmerkmale des Männchens. Offenbar hatte es eben erst ein zweites Mal geboren.

Kein geschlechtsreifes Männchen war in der Nähe. Diese Geschöpfe waren für die Gemeinschaft zu brünstig, nervös, ungeduldig und streitsüchtig. Aber es gab drei Zwitter mit ergrauten Pelzen, immer noch kraftvolle Beschützer der Herde, in ihren Bewegungen schnell für menschliche Begriffe, aber träge im Vergleich zu dem Blitztempo, mit dem ihre jüngeren Gefährten umherschossen.

Alle Erwachsenen waren mit Speeren, Steinbeilen und Steinmessern bewaffnet; obendrein besaßen sie gefährlich scharfe Zähne.

Kaum hatte Jannika sie erspäht, als sie auch schon wieder verschwanden, nicht aus Furcht, sondern weil ihre Körperchemie und das ganze Leben auf Medea schneller ablief als bei den Menschen.

»Die Dromiden«, stammelte sie.

Piet betrachtete sie eine Zeitlang, ehe er leise sagte: »Ich weiß, sie verfolgen die Ouraniden, an denen du so hängst. Und wenn ich dich recht verstanden habe, dann wird es in der Nacht, da die Leuchtkäfer ausschwärmen, ein Gemetzel geben. Aber du darfst sie deshalb nicht hassen. Sie sind in eine Tragödie verstrickt.«

»Ja, sicher, das Problem der Unfruchtbarkeit. Aber weshalb zerren sie die Ouraniden mit ins Verderben?« Sie ballte die Fäuste mit einer entschlossenen Geste. »An die Arbeit! Sammeln wir rasch unsere Exemplare und kehren wir dann heim, ja?«

Er zeigte sich mehr als verständnisvoll.

– Sie verdrängte die Erinnerung und stürzte sich wieder in die Vorbereitungen für die Nacht.

Hugh Brocket und seine Frau brachen kurz vor Sonnenuntergang auf. Ihre Gleiter starteten kaum hörbar, erreichten eine mittlere Höhe und kreisten eine Minute lang, während die Piloten sich orientierten und per Funk noch einmal Grüße austauschten. Von unten betrachtet, sahen sie im letzten Glanz von Colchis wie zwei Tränen aus.

»Gute Jagd, Jan!«

»Verdammt, fällt dir nichts Besseres ein?«

»Entschuldige!« sagte er steif und schaltete abrupt aus. Klar, es war ein wenig taktlos von ihm gewesen, aber warum spielte sie immer die Zartbesaitete?

Egal. Er hatte eine Menge zu tun. Erakoum hatte versprochen, um diese Zeit an den Seeklippen zu sein, da ihre Herde vom Lagerplatz aus zuerst nach Norden entlang der Küste ziehen wollte, ehe sie sich landeinwärts wandte. Danach war ihr jeweiliger Standort ungewiß. Er mußte bald ihren Transmitter anpeilen. Jannikas Maschine schrumpfte zu einem Nichts, als sie dem eigenen Ziel entgegeneilte. Hugh stellte den Autopiloten ein, lehnte sich in den Haltegurten zurück und überprüfte noch einmal die Instrumente. Das geschah rein mechanisch, denn er wußte genau, daß alles in Ordnung war. Seine Gedanken schweiften umher.

Von der Kanzel aus genoß er eine herrliche Rundsicht. Unter ihm lagen Berge in gefleckten Schattenmassen, hier und da aufgehellt durch das Silberband eines Wasserlaufs oder hochaufgetürmte Grate und Steilhänge. Der Ring-Ozean, der die Hemisphären teilte, verwandelte den Horizont im Osten in Quecksilber. Im Westen hatte die Zwillingssonne einen purpurroten Streifen am Himmel zurückgelassen. Über ihm wölbte sich samtenes Dunkel, in dem mit jedem Herzschlag mehr Sterne flimmerten. Zwei Monde standen nah genug, daß er sie als Scheiben sehen konnte, beleuchtet von beiden Seiten, rostrot und weiß. Dann machte er andere aus, die ihren Wachrundgang um die Konstellationen antraten; sie waren nur helle Punkte für seine Augen, aber er kannte ihre Positionen. Dicht über dem Meer glomm, nein, leuchtete Argo, denn die oberen Wolkenschichten befanden sich im vollen Tageslicht, gleißende Streifen über düsterem Rot. Obwohl Jason, mit einem Winkeldurchmesser von mehr als zwanzig Bogenminuten, sich bereits anschickte, an der breiten Scheibe vorüberzuwandern, hatte Hugh Schwierigkeiten, ihn am Rande dieses Gleißens zu finden.

Das Ufer kam in Sicht. Er schaltete den Detektor ein und brachte den Gleiter in Schwebestellung. Eine Anzeigelampe blinkte grün; er hatte seinen Kontakt. Sofort steuerte er das Flugzeug nach oben, volle drei Kilometer. Er tat das zum einen, weil er sich auf das Gedankenlesen konzentrieren wollte und genug Spielraum brauchte, um notfalls einen Flugfehler auszugleichen – zum anderen, um außer Sicht- und Hörweite der Eingeborenen zu bleiben, da seine Anwesenheit ihr Handeln beeinflussen konnte. Nachdem er seinen Beobachtungsstandort eingenommen hatte, legte er den Empfangshelm an – das Ding wog nicht viel – und schaltete ein. Übertragen, verstärkt, umgewandelt, zwischenverstärkt, reinduziert . . . vermischten sich die Ereignisse in Erakoums Nervensystem mit denen seines eigenen Nervensystems.

Er erreichte auch nicht entfernt die volle Erlebnisfähigkeit des Dromiden. Er hatte sein gesamtes bisheriges Berufsleben damit zugebracht, so viel Verständnis für die Rasse zu entwickeln, daß er – bei unendlicher Geduld von beiden Seiten – allmählich damit beginnen konnte, die Signale zu interpretieren, die er erhielt. Die Gedankenschnelligkeit der Eingeborenen war weniger eine Hilfe – durch rasches Wiederholen und Verstärken – als ein zusätzliches Hindernis. Man konnte das Ganze grob damit vergleichen, daß jemand versuchte, einer schnellen, sehr leise geführten Unterhaltung in einer Sprache zu lauschen, die er nicht sonderlich gut beherrschte. Genaugenommen empfing Hugh überhaupt keine verbalen Informationen; er sah Bilder und hörte Klänge, nahm ein Gewirr von Eindrücken auf, einschließlich Gleichgewichts- und Hungergefühlen, einschließlich traumdumpfen Ahnungen von Sinnen, die er seines Wissens nach nicht besaß.

Er sah das Land vorbeiziehen, Strauch, Ast, Hang, mit Sternen und Monden über zerklüfteten Graten; er spürte wechselnde Umrisse und Strukturen unter den schnellen Sohlen; er hörte die Vielfalt gedämpfter Laute; die Eindrücke nahmen kein Ende; die meisten waren flüchtig, verschwommen, nur die allerstärksten intensiv genug, um ihn aus sich selbst zu lösen und in die Tiefe zu ziehen, damit er verschmolz mit dem Geschöpf dort unten.

Am klarsten empfing er das Gefühl der Entschlossenheit, vielleicht weil es seine Triebe stimulierte: Erakoum war auf der Jagd nach einem Flieger.

Es wurde sicher eine lange, wahrscheinlich eine qualvolle Nacht. Hugh rechnete damit, daß er eine oder zwei Wachpillen brauchen würde. Die Menschen hatten sich nie aus den alten Rhythmen der Erde lösen können. Dromiden hielten unterwegs kleine Schlafpausen; Ouraniden meditierten – waren Tagträumer?

Wie so oft empfand er Neugier, wie wohl Jans Verhältnis zu ihrem Eingeborenen aussehen mochte. Keiner von ihnen war in der Lage, dem anderen diese Gefühle zu schildern.

. . . Weit in den Bergen fand A'i'achs Schwarm eine reiche Beute an Glitzerschwingen. Die Höhen waren weniger dicht bewaldet als das Flachland, was sich als günstig erwies, denn die flirrenden Wolken stiegen nie sehr hoch auf, und unter dem Laubdach war das *Volk* den Angriffen der *Bestien* hilflos ausgeliefert. Hier dagegen gab es in den dunklen Massen genug Schneisen, grasbewachsen und mit Felsblöcken durchsetzt. Eine enge Schlucht durchzog die größte jener Lichtungen, bis an den Rand gefüllt mit Schwärze.

Gleich einem endlosen Funkenschauer tanzten, trudelten, taumelten die Myriaden Glitzerschwingen umher, und ihr einziger Lebenszweck bestand in der Ekstase ihres Paarungsfluges und der Orgie des *Volkes*, das sie verzehrte. Trotz seiner Vorsicht vermochte A'i'ach kaum besser zu widerstehen als die anderen. Er beherrschte sich immerhin so weit, daß er seinem Körper in der Hast des Herabsinkens keine allzu großen Gasmengen entströmen ließ; das würde den Aufstieg verlangsamen. Statt dessen bewegte er sich mit schwachen Kontraktionen durch die verschiedenen Luftschichten in die Tiefe, pendelte im Rhythmus der leichten Brise dahin. Er hatte keine Eile. Die Glitzerschwingen waren so zahlreich, daß der Schwarm sie gar nicht alle verzehren konnte. Viele würden entkommen und Eier für die neue Brut ablegen.

A'i'ach schwebte nun inmitten des Sternenstaubs und inhalierte in vollen Zügen. Die süße Hitze sang in seinem Fleisch. Dichtgedrängt schaukelten, wippten, wirbelten seine Artgenossen, die Tentakel wirr verschlungen. Sie hatten jede Vorsicht vergessen. Ihre Musik erfüllte den Himmel. Die Zeit der Liebe begann. Sie war kein leerer Rausch, wenngleich sich nur die Samen, die ins Wasser fielen, weiterentfalteten. Sie vereinte alle. Lebensstaub trieb wie Rauch in Ruiis Strahlenglanz; der Anblick, der Duft, der Geschmack verwandelte die Freude des Festmahls in Fieber. Immer wieder stieß A'i'ach trunken seine Samen aus. Er verließ seinen Körper, wurde zur Zelle eines großen göttlichen Wesens, das selbst ein Mahlstrom der Liebe war. Eines Tages, wenn er das Alter herannahen spürte, würde er über das Meer nach Westen hin treiben, ins kalte Jenseits. Und während er dort die letzte Körperwärme abgab, würde sein Geist den Lohn der Verheißung empfangen, würde für immer und ewig die Freuden dieser kurzen Nacht genießen . . .

Geheul zerriß die Nacht. Schatten jagten unter den Bäumen

hervor ins Freie. A'i'ach sah, wie ein Speer die Kugelgestalt neben ihm durchbohrte. Blut spritzte, Gas zischte, sein Gefährte sank faltig wie ein welkes Blatt. Die Tentakel zuckten noch, als eine der *Bestien* ihn zu Boden riß und ihre Fänge in das Fleisch schlug.

In dem wilden Chaos ließ sich nicht erkennen, wie viele andere den Tod fanden. Die meisten entkamen, weil sie hoch genug aufstiegen und die Wurfgeschosse sie nicht mehr erreichten. Jene, die sich bewaffnet hatten, begannen ihre Steine und Ü-Äste nach unten zu schleudern. Es war wenig wahrscheinlich, daß sie auch nur eine der *Bestien* töteten.

A'i'ach hatte die Muskeln seines Körpers völlig entspannt und schoß senkrecht nach oben. Er war in Sicherheit und hätte sich dem Rest des Schwarms anschließen können, der auf der Suche nach einem neuen Festschmaus weiterzog. Aber Zorn und Trauer brodelten zu heftig. Ein winziger Teil tief in seinem Innern wunderte sich darüber: das *Volk* nahm den Tod des Einzelnen nicht besonders schwer. Dieses Ding, das er trug und das ihm irgendwie Geheimnisse zuraunte . . .

Außerdem trug er ein Messer!

Ohne Rücksicht verströmte er sein Gas und jagte wieder in die Tiefe. Die meisten *Bestien* waren im Schutz des Waldes verschwunden. Die übrigen verschlangen noch ihre Beute auf der Lichtung. A'i'ach pendelte in einer Höhe, die gerade noch Sicherheit zu bieten schien, und lauerte auf seine Chance. Da er nicht wie ein Stein nach unten plumpsen konnte, mußte er eine der *Bestien* antäuschen, sich mit einem kurzen Gasstrahl einer anderen entgegenwerfen, zustechen, aufsteigen und von neuem angreifen.

Ein blasser Lichtstrahl richtete sich auf ihn. Er kam vom Kopf einer Bestie, die aus den Schatten trat, stehenblieb und nach oben starrte.

A'i'achs Wille loderte heiß. Da unten stand das Ungeheuer, das sich wie er den Menschen verschrieben hatte. Ihm hatten sie ein Messer geschenkt – was mochte der Feind besitzen, um noch Schlimmeres anzurichten als bis jetzt? Selbst wenn A'i'ach weiter nichts erreichte – der Tod des anderen würde die *Bestien* zumindest erschrecken, ihnen die Mordlust austreiben!

A'i'ach stellte sich zum Kampf. Um ihn wirbelten die Glitzerschwingen in ihrem seligen Paarungstanz.

Jannika mußte eine Stunde lang suchen, ehe sie Kontakt fand. Ein Ouranide konnte einfach nicht zu einer vorgegebenen Zeit an einem bestimmten Ort sein. Der ihre hatte ihr, als sie den Transmitter befestigte, mitgeteilt, daß sich seine Gruppe meist in der Gegend des Mount MacDonald aufhielt. Sie flog dorthin und kreiste in der zunehmenden Dunkelheit, bis ihre Anzeigelampe grün blinkte. Nachdem sie die Verbindung hatte, stieg sie drei Kilometer auf und stellte den Autopiloten so ein, daß die Maschine langsame Runden drehte. Von Zeit zu Zeit, wenn ihr Studienobjekt nach Nordosten weiterzog, verschob sie den Mittelpunkt der Kreise.

Ansonsten versuchte sie, eins zu werden mit ihrem Ouraniden, ein Ziel, das sie natürlich nie erreichte, aber sie erfuhr dabei Dinge, welche durch das gesprochene Wort niemals zu ihr gelangt wären. Sie dachte nicht daran, richtige Fragen zu stellen – nach Volksbräuchen, Glaubenslehren, Musik, Dichtkunst, Himmelsballetten –, denn von den Antworten hätte sie doch nur Bruchstücke verstanden. Ganz in der Tiefe ihres Wesens spielten sich die Dinge ab, verworren, aber um so packender – unbrauchbar für einen wissenschaftlichen Bericht: das Ahnen einer Ekstase, Sehnsüchte, Wind, Leuchten, Düfte, Wolken, Regen, unendliche Fernen, ein Gefühl dessen, was es hieß, ein Himmelsbewohner zu sein. Nicht vollständig, nein, ein paar flüchtig schimmernde Einblicke, schwer festzuhalten. Und doch reichten sie aus, um Jannika in eine neue, strahlende Wunderwelt zu führen.

Die Spannung war in dieser Nacht verstärkt durch A'i'achs erregten Zustand. Jannikas Eindrücke waren nie klarer und schärfer gewesen. Sie schwebte auf Luftströmungen, Lebensdünsten, und Gesang ergriff Besitz von ihr, sie war ein Tropfen in einem Meer, bestrahlt von Ruii, dem Mächtigen, es gab keine Heimat, nach der sie sich sehnte, denn die Heimat war überall.

Der Schwarm stieß endlich auf eine Wolke von Leuchtkäfern, und Jannikas Kosmos sackte in einen Strudel.

Einen Moment lang wollte sie erschreckt ihren Helm ausschalten. Die Vernunft zügelte ihre Hand. Was hier geschah, war nichts als ein Extrem oft erlebter Situationen. Ouraniden nahmen selten Nahrung zu sich; wenn sie es taten, hatte es eine berauschende Wirkung. Jannika hatte auch schon früher ihre Sexualität gespürt; A'i'achs Männlichkeit war im allgemeinen zu weit entfernt von ihren eigenen Gefühlen, um sie mitzureißen, anders als bei Hugh, den die Paarung der Dromiden und das anschließende Abstoßen des Hintersegments stark erregte. Aber heute nacht hielten die Ouraniden eine Orgie ab ...

Sie überließ sich dem Ansturm, Höhepunkt um Höhepunkt, wenn sie nur einen Mann hier hätte, aber nein, das wäre anders, würde den heiligen Glanz verwischen, die Verheißung, die Verheißung!

Dann stürmten die Bestien herbei. Entsetzen brach aus. Irgendwo schrie eine fremde Stimme nach Rache, weil diese Wonne so jäh zu Ende gegangen war.

– Während sie über eine nackte Klippe stieg, hatte Erakoum geglaubt, weit entfernt einen schwachblauen Lichtstrahl am Himmel zu sehen, und ihr Puls schlug härter. Sie war nicht ganz sicher bei dem hellen Glanz, den Mardudek verströmte, aber voller Hoffnung änderte sie ihren Kurs. Während sie zwischen Felsblökken und Dornen umherirrte, verschwand der Schimmer. Es war wohl eine Täuschung der Nacht gewesen, vielleicht Mondlicht auf Nebelschwaden. Aber diese Erkenntnis linderte ihren Zorn nicht! Alles an den Fliegern war fluchbeladen.

Wegen ihres Umwegs blieb sie ein Stück hinter der Herde. Erst das Geschrei der anderen machte sie aufmerksam, daß sie auf Beute gestoßen waren.

»Hei-eii! Hei-eii! Hei-eiii!« Langgezogene Echos von allen Seiten – und sie fauchte enttäuscht. Sicher kam sie nun zu spät, um selbst einen Fang zu machen. Dennoch hetzte sie in Richtung der Schreie. Wenn die Flieger keinen guten Aufwind erwischten, konnte sie ihnen von Deckung zu Deckung folgen, ungesehen. Vielleicht reichte ihre Kraft, bis sie erneut auf eine Schar Feuermücken stießen und sich nach unten stürzten. Der Atem rasselte rauh in ihrer Kehle, die Füße stießen gegen unsichtbare Felsbrokken, aber der Wille trieb sie voran, bis sie den Ort des Kampfes erreichte.

Es war eine Lichtung, schraffiert von Schatten, in zwei Hälften geschnitten durch eine kleine Schlucht. Die Feuermücken wirbelten gegen die düstere Wand des Waldes, glitzernder Staub. Einige Weibchen kauerten im Gras und verschlangen gierig den Rest ihrer Beute. Die übrigen verfolgten bereits die entkommenen *Flieger*, genau wie Erakoum es im Sinn hatte.

Sie blieb keuchend am Waldrand stehen, schaute auf und erstarrte. Die große Masse der *Flieger* schwebte in einem wirren Haufen nach Westen, aber einige waren zurückgeblieben, um ihre armseligen Waffen in die Tiefe zu schleudern. Von einem der Verteidiger stieg ein schwacher Lichtschein auf. Sie hatte ihr Ziel gefunden.

»*Ii-haa!*« kreischte sie, jagte vorwärts und schwang ihren Wurfspeer. »Komm nur, komm, du Unheilbringer! Töten werde ich dich und dein Blut trinken, um meinem nächsten Kind die Kraft zu geben, welche du dem ersten geraubt hast!«

Sie empfand kein Staunen, sondern sah es als ihr Geschick an, als sich das unheimliche Geschöpf in Spiralen herabsenkte. In dieser Nacht würde sich mehr entscheiden als die Frage, wer von ihnen beiden überlebte. Sie, Erakoum, stand im Banne einer fremden Macht, war ein Werkzeug des Propheten geworden.

Geduckt warf sie den Speer. Der Ruck ging durch alle Muskeln. Sie sah ihn geradeaus fliegen wie die Verdammnis, die er trug – aber ihr Feind wich aus, die Waffe verfehlte ihn um Haaresbreite. Und dann ging er unvermittelt auf sie los!

So etwas taten sie doch sonst nicht! Und was glitzerte im Tang-Geflecht seiner Tentakel?

Erakoum riß einen neuen Wurfspieß vom Rücken. Jede Schlinge der Haltegurte war so angebracht, daß sie sich auf einen Ruck hin öffnete, aber ausgerechnet die hier hatte sich verheddert, und sie mußte ein zweites Mal zerren. Inzwischen schwebte der Feind riesig über ihr. Sie erkannte, was er umklammerte, ein Messer der Menschen, scharf wie eine neue Obsidianklinge, dabei dünner und spitzer. Sie wich zurück. Ihr Spieß war jetzt frei. Kein Platz mehr für einen Wurf. Sie stach zu.

Mit wilder Freude sah sie, wie die Spitze sich ins Fleisch grub. Der *Flieger* rollte zur Seite, ehe sie ihm die Waffe bis ans Heft in den verhaßten Leib stoßen konnte, aber Blut und Gas strömten dunkel aus einem Riß seiner bleichen Haut.

Er jagte vorwärts, war plötzlich in ihre Deckung eingedrungen. Das Messer traf und traf. Erakoum spürte die Stiche, aber noch nicht den Schmerz. Sie ließ den Speer fallen, wehrte sich mit den Armen, ihre Zähne schnappten zu, verbissen sich in Fleisch. Durch Mund und Kehle rieselte ein Schwall neuer Kraft.

Unvermittelt hatte sie keinen Boden mehr unter den Füßen, stürzte nach vorn, suchte verzweifelt nach einem Halt – und fiel. Sie schlug an der Böschung der Schlucht auf, rollte über harte

Baumstümpfe in die Tiefe. Einen Moment lang sah sie den Himmel über sich, Sterne und Feuermücken und den Flieger, der blutüberströmt im Licht von Mardudek trieb. Dann riß das Nichts sie mit sich. –

Die Bewohner von Port Kato wunderten sich, was Jannika Rezek und Hugh Brocket so früh zurückführte und weshalb sie so aufgewühlt waren. Sie wichen allen Fragen aus und eilten in ihre Hütte. Die Tür schlug hinter ihnen zu. Gleich darauf verdunkelten sie auch das Fenster.

Eine Zeitlang starrten sie einander an. Der vertraute Raum bot keinen Trost. Das Licht, bestimmt für Menschenaugen, war messinghart, die Luft, abgeschnitten vom Wald, wirkte tot, die schwachen Geräusche, die von der Siedlung draußen hereindrangen, verstärkten nur das Schweigen im Innern.

Schließlich schüttelte er verständnislos den Kopf und wandte sich ab von ihr. »Erakoum nicht mehr da«, murmelte er. »Wie soll ich das je begreifen?«

»Bist du ganz sicher?« flüsterte sie.

»Ich . . . ich spürte, wie sich ihr Inneres verschloß – das war fast, als bekäme ich selbst einen Todesstoß . . . aber du warst ja völlig aufgelöst mit deinem heißgeliebten Ouraniden . . .«

»A'i'ach ist *verwundet*! Sein Volk versteht nichts von Medizin. Hätte ich mich nicht verpflichtet gefühlt, dich heimzubringen, ehe du ganz den Verstand verlorst und mitsamt deinem Gleiter in Lebensgefahr gerietest . . .«

Jannika sprach nicht weiter. Sie schluckte, öffnete die geballten Fäuste und fuhr dann mühsam fort: »Nun, das Unglück ist geschehen und läßt sich nicht rückgängig machen. Sollten wir nicht versuchen, Schritt für Schritt zu überlegen, was an unserem Experiment schiefgelaufen ist, damit wir in Zukunft eine ähnliche Katastrophe vermeiden?«

»Ja, sicher.« Er trat an den Küchenschrank. »Willst du was trinken?« rief er.

Sie zögerte. »Wein.«

Er brachte ihr ein Glas mit. Seine Rechte umklammerte einen bis zum Rand gefüllten Whiskybecher, den er sofort an die Lippen setzte.

»Ich spürte, wie Erakoum starb«, sagte er.

Jannika zog einen Stuhl näher und nahm Platz. »Ja, und ich

spürte, daß A'i'ach schwere Verletzungen erlitt, die sich als tödlich erweisen können. Bitte, setz dich doch!«

Er plumpste in einen Sessel. Sie nahm einen Schluck Wein, er kippte sein Glas mit einem Zug. Neuankömmlinge auf Medea stellten immer fest, daß Wein und Schnaps hier eigenartiger schmeckten als das Essen. Ein Lyriker hatte diese Tatsache zum Ausgangspunkt eines ergreifenden Gedichts über die Einsamkeit gemacht. Als man es mit anderen Schriften zur Erde schickte, kam ein Jahrhundert später die Antwort, daß niemand sich denken konnte, was die Kolonisten so Besonderes daran fanden.

Hugh zog die Schultern hoch. »Also gut«, knurrte er. »Vergleichen wir unsere Daten, ehe wir das Wichtigste vergessen. Morgen, wenn wir die Sache überdacht haben, können wir uns dann noch einmal zusammensetzen.«

Er streckte die Hand nach dem Tonbandgerät aus und schaltete es ein. Seine Stimme blieb dumpf, während er die Kennziffern diktierte.

»In Ordnung«, meinte Jannika. »Außerdem verscheucht Arbeit und logisches Nachdenken die Alpträume.«

»Ein Alptraum – so kann man es nennen.« Seine Stimme gewann an Ausdruckskraft. »Fangen wir an! Versuchen wir zu rekonstruieren, was geschah.

Die Ouraniden waren auf der Jagd nach Leuchtkäfern, und die Dromiden waren auf der Jagd nach Ouraniden. Du und ich, wir haben einen Kampf miterlebt. Natürlich hatten wir gehofft, das würde uns erspart bleiben – du hast sogar dafür gebetet, stimmt's? – aber wir wußten, daß es an vielen Orten zu Feindseligkeiten kommen würde. Was uns an den Rand des Wahnsinns brachte, war die Tatsache, daß sich unsere beiden auserwählten Eingeborenen eine Schlacht lieferten, während wir mit ihnen in Kontakt standen.«

Jannika biß sich auf die Lippe. »Schlimmer noch«, sagte sie. »Die beiden suchten die Begegnung. Es war kein zufälliges Zusammentreffen, es war ein Duell.« Sie hob den Blick. »Du hast doch weder Erakoum noch einem anderen Dromiden erzählt, daß wir auch mit einem Ouraniden in Verbindung standen, oder?«

»Nein, ganz sicher nicht. Ebensowenig traue ich dir zu, daß du etwas ausgeplaudert hast. Wir sind beide zu erfahren, um eine solche Variable in ein ohnehin schwieriges Programm einzuführen.«

»Und die übrigen Stationsbewohner haben in beiden Sprachen einen zu begrenzten Wortschatz, um sich verständlich zu machen. Schön. Aber ich kann dir versichern, daß A'i'ach Bescheid wußte. Ich merkte das allerdings erst, als der Kampf begann. Da schob sich das Wissen in den Vordergrund, schrie mir entgegen, nicht in Worten, aber dennoch klar verständlich.«

»Das gleiche war mehr oder weniger bei Erakoum der Fall.«

»Geben wir es also zu, Liebes, auch wenn es uns mehr als schwerfällt. Wir haben nicht nur von unseren Eingeborenen Daten empfangen. Wir haben selbst welche ausgestrahlt. Rückkoppelung.«

Er hob die Hand und ließ sie hilflos wieder sinken. »Was zum Teufel könnte denn als Träger für solche Signale dienen?«

»Wenn sonst nichts, dann der Funkstrahl, der uns mit den Versuchsexemplaren verbindet. Induzierte Modulation. Wir wissen vom Beispiel der Leuchtkäfer-Larven – und sicher gibt es andere Fälle, von denen wir keine Ahnung haben – daß die Organismen auf Medea extrem empfindlich auf Radiowellen ansprechen.«

»M-hm . . . der unglaublich schnelle Lebensrhythmus hier . . . labilere Schlüsselmoleküle als bei den entsprechenden Verbindungen unserer Körperchemie . . . He, Moment mal! Weder Erakoum noch A'i'ach besaßen mehr als oberflächliche Kenntnisse der englischen Sprache. Und Tschechisch, das zumindest deine Gedankenwelt beherrscht, wie du sagst, verstehen sie überhaupt nicht. Außerdem – erinnere dich, wie schwer es war, Kontakt mit ihnen zu bekommen, trotz der Erfahrungen, die wir mit ihren Artgenossen auf dem Festland gesammelt hatten. Es gab für sie keinen Grund, dieses Experiment mitzumachen, sie hatten keine Ahnung von wissenschaftlichen Methoden. Als wir ihnen die Sender aufschwätzten, mußten sie annehmen, das sei nur eine Laune von uns oder ein Zaubertrick oder sonst etwas.«

Jannika zuckte die Achseln. »Vielleicht benutzen wir, sobald der Kontakt besteht, stärker ihre eigene Sprache, als wir es selbst merken. Und beide Rassen auf Medea denken, beobachten und lernen schneller als wir Menschen. Ich will nicht behaupten, daß ihr Kontakt mit uns genauso aufschlußreich war wie umgekehrt. Allein der Funkstrahl hat eine viel geringere Bandbreite. Ich könnte mir denken, daß die Dinge, die sie von uns aufnehmen, eher aus dem Unterbewußtsein stammen.«

»Ich schätze, du hast recht.« Hugh seufzte. »Wir werden Elektroniker und Neurologen auf das Problem ansetzen müssen. Mir selbst fällt keine bessere Erklärung ein als das, was du eben sagtest.«

Er beugte sich vor. Die Energie, die nun in seiner Stimme mitschwang, wirkte beinahe haßerfüllt. »Aber versuchen wir die Sache doch im Zusammenhang zu sehen. Vielleicht gibt uns das einen Hinweis, welche Art von Informationen die Eingeborenen von uns empfangen haben. Überlegen wir noch einmal, weshalb sich die Dromiden und Ouraniden von Hansonia bekämpfen. Auf einen kurzen Nenner gebracht: die Dromiden sterben aus und geben den Ouraniden die Schuld daran. Können wir – könnte Port Kato dafür verantwortlich sein?«

»Also – kaum«, erwiderte Janniker erstaunt. »Du weißt selbst, welche Vorsichtsmaßnahmen wir treffen.«

Hugh lächelte hart. »Ich denke mehr an eine psychologische Verseuchung.«

»Was? Unmöglich! Nirgendwo sonst auf Medea . . .«

»Halt endlich den Mund, ja?« fauchte er. »Ich versuche mir ins Gedächtnis zurückzurufen, was ich von meinem Eingeborenen erfuhr, ehe ihn dein Eingeborener umbrachte.«

Sie sprang auf, schneeweiß im Gesicht, setzte sich wieder und wartete. Das Weinglas zitterte in ihren Fingern.

»Du hast doch ständig davon geschwärmt, wie sanft und zart und ästhetisch Ouraniden sind«, murmelte er, mehr zu sich selbst, als an sie gewandt. »Du bist entzückt von diesem herrlichen neuen Glauben, den sie entwickelt haben – mit dem Wind zum Fernen Kontinent schweben, in Würde zu sterben, Nirwana – ich weiß nicht, was noch alles! Zum Teufel mit den primitiven Dromiden! Was können die schon? Feuer machen, Werkzeug herstellen, auf die Jagd gehen, für ihre Jungen sorgen, in Gemeinschaften leben, Kunst und Philosophien schaffen – genau wie die Menschen! Was interessiert das dich?

Aber ich wiederhole, was ich dir schon hundertmal zu erklären versucht habe! Die Dromiden besitzen auch ihren Glauben! Und wenn es möglich wäre, einen Vergleich zu ziehen, dann würden sie neben deinen Ouraniden gar nicht so schlecht aussehen. Sie bemühen sich, ihrer Welt einen Sinn zu entnehmen. Kannst du dafür gar keine Achtung aufbringen?

Sicher, sie haben einen großen Respekt vor dem, was sich schickt. Wenn etwas Schlimmes geschieht – ein Verbrechen, eine große Sünde, eine Blamage – dann trauert die ganze Welt. Und wenn es nicht gelingt, das Unrecht wiedergutzumachen, dann wirkt sich das auf alle Lebensbereiche aus. Das zumindest glauben die Dromiden von Hansonia, und ich kann nur sagen, daß ich darin eine echte Weltanschauung erkenne.

Deine ätherischen Ouraniden haben sich nie viel um die plumpen Dromiden geschert, aber das gilt nicht umgekehrt. Die Ouraniden fallen auf wie Argo, Colchis – wie jeder Bestandteil der Natur. In den Augen der Dromiden besitzen auch sie einen festen Platz und Zyklus.

Ganz plötzlich nun ändern sich die Ouraniden. Sie kehren nicht in den Schoß des Bodens zurück, wenn sie sterben, so wie es der gewohnte Rhythmus war – nein, sie ziehen nach Westen, zu jenem unbekannten Ort, wo jeden Tag die Sonnen untergehen. Begreifst du nicht, wie widernatürlich das den Dromiden erscheinen muß? Als ob ein Baum plötzlich zu gehen anfinge oder ein Toter sich erheben würde! Und es bleibt kein einmaliges Ereignis. Nein, es findet Jahr für Jahr für Jahr statt . . .

Psychosomatische Fehlgeburten? Was weiß ich? Ich kann nur sagen, daß die Dromiden bis ins Mark von diesem Verhalten der Ouraniden erschüttert sind. Egal, wie lächerlich das Ritual sein mag – ihnen bereitet es einen tiefen Schmerz.«

Sie fuhr auf. Ihr Glas klirrte zu Boden. »Lächerlich!« schrie sie. »Jenes *Tao*, jene Vision? Nein, lächerlich wäre das, was deine – deine Füchse glauben – wenn es sie nicht dazu brächte, unschuldige Geschöpfe anzugreifen und zu verschlingen! Ich – ich kann es kaum erwarten, bis diese Bestien ausgerottet sind!«

Er hatte sich ebenfalls erhoben. »Dir ist es egal, ob ihre Kinder sterben!« schrie er zurück. »Klar! Welche Muttergefühle hast du denn, zum Henker? Die gleichen wie so ein Ballon! Frei dahinschweben, Samen verschwenden und sich nicht mehr darum kümmern! Er wird schon irgendwie knospen und gedeihen, bis ihn der Schwarm aufnimmt! Totale Gleichgültigkeit – nur das Vergnügen zählt!«

»Pah, du – wenn man dich so hört, könnte man glauben, an dir sei eine Mutter verlorengegangen!« spottete sie.

Seine Hand sauste näher. Sie konnte dem Schlag gerade noch ausweichen. Entsetzt standen sie da und starrten sich an.

Er wollte etwas sagen, brachte jedoch kein Wort heraus und griff zum Glas. Nach einer langen Pause sagte sie ganz leise:

»Hugh, unsere Eingeborenen haben in der Tat Botschaften von uns empfangen. Ohne Worte. Aus dem Unterbewußtsein. Durch sie . . .« Sie schluckte. »Sag, hassen wir uns wirklich so, daß wir einander umbringen wollten?«

Er starrte sie mit offenem Mund an, dann stellte er unsicher das Glas ab und breitete die Arme aus. »O nein, nein, nein«, stammelte er. Sie schmiegte sich an ihn.

Danach gingen sie ins Bett, doch er blieb wie gelähmt. Im Medizinschrank gab es ein Mittel dagegen. Aber was folgte, hätte sich auch zwischen zwei Maschinen abspielen können. Am Ende lag sie da und weinte still vor sich hin, während er sich draußen vollaufen ließ.

Der Wind weckte sie. Sie lag eine Zeitlang da und horchte, wie er sich gegen die Mauern warf. Der Schlaf wollte sich nicht mehr einstellen. Sie schlug die Augen auf und schaute zur Uhr hinüber. Die Leuchtskala verriet ihr, daß drei Stunden vergangen waren. Sie konnte ebensogut aufstehen. Vielleicht gelang es ihr, Hugh zu trösten.

Im Wohnzimmer brannte noch Licht. Er schlief, ausgestreckt im Sessel, eine Flasche auf dem Tisch. Wie ausgeprägt die Furchen in seinem Gesicht waren!

Der Wind heulte. Allem Anschein nach war die Sturmfront, die der Wetterdienst über dem Meer gemeldet hatte, unerwartet umgeschwenkt. Auf Medea war die Meteorologie noch keine exakte Wissenschaft. Arme Ouraniden, sicher nahm ihr Fest dadurch ein jähes Ende. Die Böen würden sie umherblasen, den Schwarm zerstreuen. Im allgemeinen hielten sie auch starke Stürme aus, aber einige wurden immer gegen eine Klippe gedrückt oder verstrickten ihre Tentakel hilflos in eine Baumkrone. Die Kranken und Schwachen würden am meisten leiden.

A'i'ach.

Jannika schloß ganz fest die Augen und dachte angestrengt nach, wie schwer er verwundet gewesen war. Aber in der Erinnerung verwirrte sich alles; Hugh hatte ihre Aufmerksamkeit abgelenkt; bald darauf war der Abstand zu groß für eine Übertragung geworden. Außerdem – wie sollte A'i'ach seinen eigenen Zustand abschätzen können? Vielleicht war alles halb so schlimm. Oder auch nicht. Vielleicht war er inzwischen tot, lag im Sterben oder wartete sehnlichst auf Hilfe . . .

Sie trug die Verantwortung – vielleicht nicht die Schuld, vom moralischen Standpunkt betrachtet – aber die Verantwortung.

Ihr Entschluß reifte heran. Wenn das Unwetter sie nicht daran hinderte, würde sie ihn suchen.

Allein? Ja. Sie mußte damit rechnen, daß Hugh, um sie zu schützen, ihren Aufbruch verzögerte oder sie gar mit Gewalt daran hinderte. Sie sprach eine kurze Nachricht auf Band, überlegte, ob die Worte zu unpersönlich klangen, und ließ sie dann doch unverändert. Gewiß, sie wollte eine Versöhnung, und er wohl auch, aber deswegen kroch sie noch längst nicht zu Kreuze. Sie schlüpfte in ihre Arbeitskleider, nahm noch eine Windjacke, in deren Taschen sie ein paar Proviantriegel verstaute, und verließ die Hütte.

Draußen schlug ihr der Sturm entgegen, *wuuu-huu-huu*, eine Mauer, gegen die sie ankämpfen mußte. Wolken trieben dahin, niedrig und aufgeplustert, rot gefärbt von Argos Glanz. Die gewaltige Kugel des Planeten schien inmitten zerfetzter Schleier dahinzujagen. Staub wirbelte durch den Hof der Station, scheuerte an ihrer Haut. Niemand außer ihr war im Freien.

Im Hangar rief sie den Wetterbericht ab. Die Aussichten waren nicht gut, aber, wie sie meinte, auch nicht furchterregend. (Und *wenn* sie abstürzte, war das ein so großer Verlust? Für sie oder sonst jemanden?) »Ich fliege noch einmal in mein Beobachtungsgebiet«, erklärte sie dem Mechaniker. Als er ihr diese Absicht auszureden versuchte, spielte sie die Vorgesetzte. Die Rolle lag ihr nicht, aber sie hatte von den Gespenstern der Donau-Föderation gelernt. »Keine Diskussion, ja? Öffnen Sie bitte das Tor, und halten Sie sich bereit, falls ich Ihre Hilfe brauche! Das ist ein Befehl.«

Die kleine Maschine zitterte und federte gegen den Boden. Der Start erforderte Geschick – einen beängstigenden Moment lang versuchte eine Böe sie nach unten zu drücken – aber sobald sie abgehoben hatte, glitt sie recht ruhig dahin. Jannika durchbrach die Wolkenschicht, die nun unter ihr wogte wie ein Meer, Argo war ein Fels in der Brandung, und hoch droben flimmerten die Sterne und anderen Monde. Im Norden lauerte eine undurchdringliche Schwärze – die Sturmfront. Während der nächsten Stunden würde sich das Unwetter noch verschärfen. Wenn sie nicht bald umkehren konnte, war es besser, sie wartete das Schlimmste drunten ab.

Der Flug zum Ort des Kampfgeschehens dauerte nicht lange. Sie ließ die Maschine kreisen, setzte den Helm auf und schaltete das System ein. Ihr Puls flatterte, und ihr Mund war völlig trokken. »A'i'ach«, flüsterte sie, »bitte, sei am Leben – bitte, sei am Leben!«

Das grüne Licht blinkte. Zumindest der Transmitter befand sich noch hier. Und er selbst? Sie mußte sich zwingen, den Kontakt aufzunehmen.

Schwäche, Schmerz, wild raschelnde Blätter, knackende Zweige . . . »A'i'ach, halte durch, ich komme!«

Erleichtertes Zusammenzucken. Ja, er empfing sie noch!

Das Landen selbst stellte ein echtes Risiko dar. Ihre Maschine konnte zwar senkrecht starten und aufsetzen, sie besaß ausgezeichnete Radar- und Sonargeräte, einen Computer und Servo-Aggregate, die ihr die Hauptarbeit abnahmen. Aber es gab kaum freies Gelände da unten, weil sich quer durch die Lichtung eine Schlucht zog; und wenngleich der umliegende Wald einen guten Windschutz bot, mußte sie mit bösen Turbulenzen und Böen rechnen. »Gott, in deine Hände empfehle ich mich!« murmelte sie. Wieder einmal kam ihr flüchtig der Gedanke, wie Hugh dieses Leben als Atheist ertragen konnte.

Nun, wenn sie noch lange wartete, verließ sie der Mut. In die Tiefe!

Der Sinkflug verlief noch schlimmer, als sie erwartet hatte. Zuerst verschlangen die Wolken sie in einem wilden Strudel, dann, jenseits der zähen Schicht, mußte sie sich gegen einen tosenden Sturm behaupten, und am Ende schienen die Baumwipfel nach ihr zu greifen. Die Maschine schlingerte, kippte, kam vom Kurs ab. Benahm sie sich nicht wie eine Idiotin? Sie wollte doch nicht im Ernst aus dem Leben scheiden . . .

Irgendwie schaffte sie es, das Flugzeug aufzusetzen, aber noch Minuten danach saß sie völlig erschöpft da. Als sie sich bewegte, merkte sie, daß ihr ganzer Körper von der Anspannung schmerzte. Aber A'i'achs Not war in ihr. Getrieben von seiner Angst, öffnete sie die Gurte und kroch ins Freie.

Der Lärm in der schwarzen Baumpalisade um sie war überwältigend: Stämme knarrten und Kronen schäumten. Aber drunten am Boden wirkte die Luft ruhiger, fast warm. Argo blieb unsichtbar, doch sein roter Schimmer hüllte die Wolken ein, und sie mußte ihre Taschenlampe nicht einschalten. Von den getöteten

Ouraniden fand sie keine Spur. Nun, sie besaßen kein Knochengerüst; die Dromiden hatten sie vollständig verschlungen. Was für ein grauenhafter Aberglaube ... Wo war A'i'ach?

Sie fand ihn nach einigem Suchen. Er lag hinter einem dornigen Strauch, in den er seine Tentakel verflochten hatte. Sein Körper war schlaff, wie ein leerer Sack; aber in seinen Augen glomm Leben, und er konnte sprechen, in der schrillen, keuchenden Sprache seines Volkes, die Jannika inzwischen als melodisch empfand.

»Möge Glück dir entgegenwehen! Ich hatte nicht mehr auf deine Ankunft gehofft. Willkommen, meine Freundin! Es war einsam hier.« Ein Schauder lag in dem letzten Satz. Ouraniden ertrugen es nicht lange, von ihrem Schwarm getrennt zu leben. Einige Xenologen glaubten, daß sie eher ein Kollektivbewußtsein besaßen als einen ausgeprägten Individualismus. Jannika lehnte diesen Gedanken ab, zumindest für die Ouraniden von Hansonia. A'i'ach hatte eine eigene Seele!

Sie kauerte nieder. »Wie geht es dir?« Sie konnte seine Laute nicht besser wiedergeben als er die ihren, aber er hatte gelernt, sie richtig zu deuten.

»Besser – jetzt, da du in meiner Nähe bist. Ich habe viel Blut und Gas verloren, aber inzwischen sind die Wunden geschlossen, Geschwächt, wie ich war, klammerte ich mich in einer Baumkrone fest, bis die Bestien verschwanden. Dann erhob sich das Unwetter. Ich hielt es nicht für ratsam, in meinem Zustand weiterzufliegen. Aber in dem Baum konnte ich auch nicht bleiben, sonst hätte mich der Sturm fortgerissen. So ließ ich den Rest meiner Gase ab und kroch hier in den Schutz des Strauches.«

Die Schilderung enthielt weit mehr als nüchterne Fakten. Was hinter den lakonischen, stoischen Worten steckte, war dies: A'i'ach brauchte mindestens einen Tag, bis er genügend Wasserstoff für den Aufstieg entwickelt hatte – wie lange genau, hing davon ab, ob er in seinem verletzten Zustand genügend Nahrung erreichen konnte – es sei denn, ein Raubtier entdeckte ihn vorher, was durchaus im Bereich des Möglichen lag. Jannika stellte sich vor, welche Flut von Leid, Furcht und Tapferkeit ihr entgegengeschlagen wäre, wenn sie ihren Helm getragen hätte.

Sie nahm die schlaffe Form in ihre Arme. Der Ouranide wog fast nichts. Er fühlte sich warm und seidig an. Er unterstützte sie, so gut er konnte. Dennoch, ein Teil seiner Tentakel schleifte über den Boden, was sicher schmerzhaft für ihn war.

Sie mußte ihn noch schlimmer behandeln, als sie ihn ins Flugzeuginnere hievte. Es war kaum freier Raum vorhanden; er lag praktisch zusammengefaltet im Heck. Sie entschuldigte sich nicht, als er stöhnte, und versuchte ihn auch nicht mit Worten zu trösten, sondern sang ihm etwas vor. Er kannte die alten terrestrischen Worte nicht, aber er liebte die Melodien und begriff, was sie dadurch zum Ausdruck bringen wollte.

Die Maschine war für einfache medizinische Hilfsleistungen ausgerüstet, und Jannika hatte auch in der Vergangenheit schon kranke Eingeborene versorgt. A'i'achs Wunden gingen nicht tief, weil sein Körper in der Hauptsache aus einem Sack bestand; aber die Außenhaut hatte doch an mehreren Stellen Risse, die im Moment zwar geschlossen waren, beim Fliegen aber von neuem platzen würden, wenn man sie nicht verstärkte. Nach einer örtlichen Betäubung und Antibiotikagaben – soviel wußte man inzwischen über die Biochemie auf Medea – nähte sie die Wunden.

»So, jetzt kannst du ausruhen«, meinte sie, als sie ihre Arbeit beendet hatte. Sie fühlte sich steif, verschwitzt und zittrig. »Später gebe ich dir eine Gasinjektion, dann kannst du jederzeit aufsteigen. Ich halte es jedoch für vernünftiger, wenn wir beide den Sturm hier abwarten.«

Ein Mensch hätte gestöhnt: »Es ist viel zu *eng* in diesem Flugzeug!«

»Ja, ich weiß, was du meinst, aber – A'i'ach, ich werde meinen Helm wieder überstreifen.« Sie deutete auf das Gerät. »Das wird uns vereinen, wie schon so oft in der Vergangenheit. Vielleicht lenkt es dich von deinen Schmerzen ab. Und der nahe Kontakt –« Eifer überkam sie. »Was könnten wir nicht alles voneinander lernen!«

»Gut«, stimmte er zu. »Vielleicht genießen wir einmalige Erfahrungen.« Der Begriff des Entdeckens um seiner selbst willen war ihm fremd . . . aber seine Suche nach Lust und Vergnügen ging weit über Hedonismus hinaus.

Der Wissensdrang überwog ihre Müdigkeit. Jannika nahm in ihrem Sitz Platz und griff nach dem Helm. Ausgerechnet in diesem Moment rührte sich der Funkempfänger, der auf der Standardfrequenz immer offen stand.

Argo im Osten warf seinen düsteren Glanz der näher rückenden, von Blitzen durchzuckten Sturmwand entgegen. Die Wolken in der Tiefe brodelten rot und schwarz. Der Wind schrillte. Hughs Maschine schlingerte und ruckte. Trotz der eingeschalteten Heizung sickerte Kälte durch die Kanzel, drang herein mit dem Licht der Sterne und Monde.

»Jan, bist du dort?« rief er. »Ist alles in Ordnung?«

Ihre Stimme war wie die Erlösung. »Hugh? Du, Liebling?«

»Ja, sicher, wen zum Henker hast du sonst erwartet? Ich wachte auf und spielte deine Nachricht ab und – und wie geht es dir?«

»Ich befinde mich in Sicherheit. Aber ich wage nicht, bei diesem Sturm zu starten. Und du darfst auf keinen Fall landen, das wäre inzwischen viel zu gefährlich. Bleib nicht, Liebster, *rosto mili* – ach, daß du gekommen bist!«

»Herrgott, Mädchen, was hätte ich sonst tun sollen? Sag, wie steht es da unten?«

Sie erklärte ihm die Lage. Am Ende nickte er, den Kopf immer noch schwer vom Alkohol, trotz der Tablette, die er geschluckt hatte. »Schön«, sagte er, »du wartest also auf ruhiges Wetter, pumpst deinen Freund auf und kommst heim.« Ein Gedanke, der ihn seit geraumer Zeit plagte, schob sich in den Vordergrund. »Ich – ich frage mich, ob er in diese Schlucht hinunterfliegen und Erakoums Transmitter holen könnte ... Die Dinger sind teuer und selten, wie du weißt.« Er machte eine Pause. »Es ist wohl zuviel verlangt, wenn du ihn bittest, ein wenig Erde über sie zu werfen.«

In Jannikas Tonfall schwang tiefes Verständnis mit. »Das kann ich selbst tun.«

»Nein, eben nicht. Ich erhielt ein klares Bild von Erakoums Sturz, ehe sie sich das Genick brach – oder was immer ihr das Bewußtsein raubte. Kein Mensch könnte von oben ohne Sicherung an diese Stelle vordringen. Man kommt nicht wieder hoch. Und selbst mit einem Seil wäre die Bergung verrückt gefährlich. Ihre Gefährten versuchten sie auch nicht zu retten, oder?«

Zögern. »Ich werde ihn fragen. Auch wenn es mir nicht leicht fällt. Funktioniert der Transmitter denn noch?«

»Ja, du hast recht, das sollte ich zuerst überprüfen. Bis gleich. Ich liebe dich.«

Er wußte, daß er sie liebte, egal, wie oft sie ihn in Zorn brachte. Der Gedanke, daß er ihr irgendwo in den Abgründen seiner Seele den Tod gewünscht haben könnte, ließ sich kaum ertragen. Er wäre ihr durch ein schlimmeres Unwetter als dieses gefolgt, nur um das Gegenteil zu beweisen.

Nun, im Moment konnte er beruhigt heimkehren und auf ihre Ankunft warten – aber danach? Die Unsicherheit höhlte sein Inneres aus.

Die Bordanzeige blinkte grün. Gut, Erakoums Gerät arbeitete noch, war also unbeschädigt. Der Einsatz lohnte sich. Wenn nur sie selbst . . .

Er spannte sich an. Hart rasselte der Atem in seinen Lungen. Wußte er denn, daß sie tot war?

Er schob den Helm über die Schläfen. Seine Hände zitterten so, daß es ihm schwerfiel, die Kabel anzuklemmen. Er drückte auf die Taste. Er zwang sich zum Empfang . . .

Weißglühende Spiralen des Schmerzes, Kraft, die verebbte und sich in Nichts auflöste – aber immer noch wehrte sich Erakoum. Der Himmelsstreifen, den sie in ihrem engen Spalt sehen konnte, war erfüllt von Sturm . . . Sie fuhr entsetzt zusammen. Wieder spürte sie Hughs Gegenwart.

»Knochenbrüche, wenn ich mich nicht täusche. Starker Blutverlust. In ein paar Stunden wird sie tot sein – außer du kannst ihr Erste Hilfe leisten, Jan. Dann hält sie vielleicht durch, bis es uns gelingt, sie nach Port Kato zu fliegen.«

»O, ich kann die Wunden nähen und verbinden und auch die Brüche schienen – das ist kein Problem. Und Nedolor wirkt bei Dromiden ebenfalls schmerzlindernd, nicht wahr? Vielleicht hilft schon ein Schluck Wasser; die Ärmste muß halb verdurstet sein. Nur – wie komme ich zu ihr?«

»Dein Ouranide kann sie nach oben tragen, wenn du ihn aufgepumpt hast.«

»Das darf doch nicht dein Ernst sein! A'i'ach ist verletzt und geschwächt – und Erakoum hat versucht, ihn umzubringen!«

»Das war gegenseitig, oder?«

»Nun . . .«

»Jan, ich werde sie nicht im Stich lassen. Sie ist da unten lebendig begraben, ein Geschöpf, das die Freiheit über alles liebte, und der Kontakt zu mir gibt ihr mehr, als ich je geahnt hatte. Ich bleibe hier, bis sie gerettet ist – oder bis sie stirbt.«

»Nein, Hugh, das darfst du nicht! Der Sturm . . .«

»Ich versuche dich nicht zu erpressen, Liebling. Im Gegenteil, ich bin deinem Ouraniden nicht böse, wenn er sich weigert. Aber ich kann Erakoum nicht allein lassen. Ich bringe es einfach nicht fertig.«

»Ich – ich lerne nie aus, wenn es um dich geht. Also gut, ich versuche es . . .«

. . . A'i'ach hatte Jannika nicht verstanden. Er glaubte nicht, daß er zum Frieden beitragen konnte, wenn er einer *Bestie* half. Jenes Geschöpf war und blieb ein mörderisches Ungeheuer. Und doch, einst hatte es keine Probleme mit den *Bestien* gegeben, einst hatten sie Neugier und Freude im *Volk* geweckt. Er erinnerte sich noch gut an Balladen über ihre Schnelligkeit und ihre Feuer. In jenen verlorenen Tagen hatte man sie die *Flammentänzer* genannt.

Er begriff selbst nicht, was ihn auf Jannikas Bitte eingehen ließ. Sie hatte ihm wahrscheinlich das Leben gerettet und ihr eigenes dabei aufs Spiel gesetzt, und das war für ihn ein überwältigender neuer Gedanke. Er wollte unbedingt die Einheit mit ihr aufrechterhalten, die seine Welt bereicherte, und deshalb zögerte er, einen Wunsch abzulehnen, der ihr so wichtig zu sein schien. Er glaubte zu fühlen, was sie meinte, als sie mit Wasser in den Augen sagte: »Ich möchte gutmachen, was *ich* angerichtet habe . . .« Und jene Art des Fühlens war transzendent, wie die Zeit des Strahlens, und das gab letzten Endes den Ausschlag.

Sie half ihm aus dem Ding-das-sie-trug und rollte einen Schlauch auf. Durch die Öffnung jenes Schlauches trank er Gas, eine Flut neuen Lebens. Seine Wunden schmerzten, als sich die Haut spannte, aber das ertrug er gern.

Er brauchte sie als Ankergewicht, um über den Boden zur Schlucht zu gelangen. Finger und Tentakel ineinander verschlungen, wären sie dennoch um ein Haar abgetrieben. Zu seiner vollen Größe aufgebläht, hätte er sie mit Leichtigkeit in den Himmel tragen können. Die Luft schnob und schob, zerrte an ihm, wollte ihn gegen die Dornensträucher drücken – das Leben so dicht am Boden war voll von Grauen!

Wieviel schlimmer noch, in die Tiefe zu tauchen! Sein ganzes Wesen pulste in einem Gefühl, das er kaum kannte. Wäre Jannika in Kontakt mit ihm gewesen, so hätte sie ihm ein Wort ihrer eigenen Sprache dafür nennen können – »Entsetzen«. Ein Mensch oder ein Dromide, die es in diesem Ausmaß gespürt hätten, wären zurückgeschreckt vor der Tiefe. A'i'ach machte es zu einer Kraft, die ihn vorantrieb, weil es ihn zugleich von den Fesseln seines Körpers befreite.

Am Rande der Schlucht umarmte ihn Jannika, so gut es ging, drückte das Gesicht an seinen Pelz und sagte: »Viel Glück, mein lieber A'i'ach, mein lieber, tapferer A'i'ach, viel Glück! Gott schütze dich!« So jedenfalls klangen die Laute in ihrer Sprache. Er begriff sie ebensowenig wie ihre Gesten.

Ein Zylinder, den sie ihm zum Halten gegeben hatte, sandte einen starken Lichtstrahl aus. Er sah den zerklüfteten Steilhang abfallen und dachte, daß alles aus war, wenn er gegen die Felsen stieß. Dann mußte sein Geist eine Reise der Schrecken zurücklegen, ohne den Schutz des Körpers, ehe er das Jenseits erreichte – wenn er es überhaupt erreichte, wenn er nicht vorher in alle Winde zerstreut und verweht wurde. Rasch, ehe die tosenden Luftstrudel ihn erfassen konnten, schoß er über die Kante. Er zog seinen Leib zusammen. Er sank.

Die Furcht, als Finsternis und Wände sich um ihn schlossen, weckten einen bis dahin unbekannten Rausch in ihm. Er spürte, wie sein Bewußtsein hell zu leuchten begann. Ja, das Menschengeschöpf hatte ihn in der Tat zu fremden Himmeln geleitet.

Durch das Dunkel wehte ein scharfer Geruch zu ihm herauf. Er steuerte hin. Sein Licht fiel auf die *Bestie*; sie lag hingestreckt auf hartem Geröll, keuchend und mit funkelnden Augen. Er steuerte in eine Höhe, wo sie ihn nicht angreifen konnte, und formte mühsam Worte der Menschensprache: »Ich bin hier – um zu – retten . . .«

Aus der Tiefe ihres Sterbeplatzes schaute Erakoum hinauf zu dem *Flieger*. Sie konnte ihn kaum ausmachen, einen großen blassen Mond hinter gleißendem Licht. Staunen riß sie aus ihrem Dämmerzustand. Hatte der Feind in seinem Haß sie bis hier nach unten verfolgt?

Gut! Lieber im Kampf sterben, als von Schmerzen gequält auf den Tod zu warten! »Komm doch und greif an!« rief sie heiser. Wenn sie ein letztes Mal die Fänge in sein Fleisch graben, sein Blut saugen konnte . . . Die Erinnerung an jenen Geschmack weckte süße Ekstase. Während der Zeit danach, die sich ewig hinzudehnen schien, war sie zu der Überzeugung gelangt, daß sie längst tot wäre, wenn sie nicht das Blut des Feindes getrunken hätte.

Doch allmählich ließ die Wunderwirkung nach. Sie bewegte sich, suchte eine Abwehrstellung. Wilder Schmerz durchzuckte sie, gefolgt von Nacht.

Als sie wieder zu sich kam, schwebte der *Flieger* immer noch über ihr. Durch das Dröhnen in ihrem Kopf hörte sie wieder und wieder: »Ich bin hier – um zu – retten . . .«

Menschensprache? Dann mußte er der andere Auserwählte sein, jenes Geschöpf, das wie sie einen blauen Schimmer aussandte. Sie konnte ihn jetzt nicht erkennen; das Lichtbündel in seinen Tentakeln verschluckte ihn. War es möglich, daß Hugh die ganze Zeit über mit beiden den Kontakt aufrechterhalten hatte?

Erakoum mühte sich ab mit Silben, die nicht für ihren Gaumen und ihre Kehle geschaffen waren. »Was – willst du? Geh weg – *geh*!«

Der *Flieger* antwortete. Sie verstand ihn ebensowenig, wie er sie verstanden hatte. Er war wohl heruntergekommen, um sich an ihrem Unglück zu weiden oder von ihrem Tod zu überzeugen. Erakoum tastete schwach nach einem Speer. Sie konnte ihn nicht werfen, aber . . .

Aus dem dunklen Ungewissen, in dem Hughs Seele wohnte, erfuhr sie mit einem Mal: *Er will dich retten.*

Unmöglich! Aber – aber der *Flieger* war da. Obwohl halb im Delirium, erinnerte sich Erakoum, daß *Flieger* selten Geduld zeigten.

Was außer dem Tod konnte ihr widerfahren? Nichts. Sie ließ sich zurück auf das scharfkantige Geröll fallen. Sollte der *Flieger* ihr Schicksal, ihr Mardudek sein! Sie hatte den Mut aufgebracht, sich zu ergeben.

Die Gestalt schwebte über ihr. Sie spürte schwache Windstöße im Pelz, und verschwommen überlegte sie, daß dieser Ort auch für ihn Gefahren barg. Worte umschrillten sie. Er versuchte etwas zu erklären, aber sie war zu schwer verletzt und zu müde, um darauf zu achten. Sie schlug beide Hände vor die Schnauze. Würde er wissen, was diese Geste bedeutete?

Vielleicht. Zögernd kam er näher. Sie rührte sich nicht. Selbst als seine Tentakel sie streiften, blieb sie reglos liegen.

Sie tasteten an ihrem Körper entlang, fanden Halt, spannten sich an. Durch einen Schmerzschleier sah sie, wie er sich aufblähte. Er wollte sie nach oben tragen – hinauf zu Hugh?

Ein Ruck durchfuhr sie, und die Messerstiche platzten von neuem auf. Sie schrie, ehe sie das Bewußtsein verlor . . .

Als nächstes merkte sie, daß sie im Gras lag, unter einem sturmgepeitschten, roten Himmel. Ein Menschengeschöpf beugte sich über sie und sprach in einen kleinen Kasten, aus dem Hughs Stimme antwortete. Hinter ihr lag zusammengeschrumpft der *Flieger* und hielt sich an einem Busch fest. Wind heulte; die ersten harten Regentropfen klatschten nieder.

Der Jägerinstinkt verriet ihr, daß sie im Sterben lag. Das Menschengeschöpf mochte die Stiche und Risse noch so gut verschließen – es konnte Erakoum nicht mehr zurückgeben, was sie verloren hatte.

Erinnerungen – was man sich im *Volk* erzählte, was sie selbst für kurze Zeit gespürt hatte . . . »Blut des Fliegers! Es wird mich retten. Blut des Fliegers – wenn er mir ein paar Tropfen schenkt.« Sie war nicht sicher, ob sie die Worte sagte oder träumte. Sie sank zurück ins Dunkel.

Als sie von neuem erwachte, war der *Flieger* neben ihr und umklammerte sie, damit der Sturm sie nicht forttrug. Das Menschengeschöpf setzte vorsichtig ein Messer an eines seiner Tentakel. Der *Flieger* hielt das Tentakel zwischen Erakoums Fänge. Als der Regen mit voller Wucht auf sie herabzuprasseln begann, trank sie das Blut des *Fliegers*.

Der doppelte Sonnenaufgang war immer noch ein großes Ereignis.

Jannika hatte Hugh absichtlich noch nichts erzählt. Sie wollte ihn mit der Neuigkeit überraschen, wenn seine Angst um den Dromiden nachgelassen hatte. Das Schlimmste war nun vorbei; Erakoum mußte noch einige Tage in Port Kato bleiben, um ihre Wunden auszuheilen – ein interessantes Experiment für alle Beteiligten – aber sie würde genesen. A'i'ach war bereits zu seinem Schwarm zurückgekehrt.

Als Hugh nach der langen Krankenwache aus dem Schlaf der Erschöpfung erwachte, schlug Jannika ein Frühstück im Freien vor und war gerührt, wie rasch er zustimmte. Sie flogen zu einem Platz an den Meeresklippen, den sie von früher kannten, breiteten ihre Decke aus und warteten.

Zuerst schienen nur Argo, die Sterne und zwei von den Monden. Langsam zog Helligkeit herauf. Ein Silberschimmer legte sich auf das tiefblaue Meer, und Phrixus und Helle wanderten an dem großen Planeten vorbei. Trillernd stiegen Gesänge in den Himmel, getränkt mit dem Duft der Roanblüte, die an Veilchen erinnerte.

»Ich erhielt einen Anruf von der Zentrale«, erklärte sie und nahm seine Hand. »Es gibt keinen Zweifel mehr. Die chemischen Zusammenhänge waren rasch aufgedeckt, nachdem wir den Tip mit der Heilwirkung des Blutes geben konnten.«

Er drehte sich um. »Wovon redest du?«

»Es war Mangan-Mangel«, erklärte sie. »Nur ein Spurenelement in den Bio-Zyklen von Medea, aber lebenswichtig, besonders für die Dromiden und ihre Fortpflanzung – allem Anschein nach aber auch irgendwie für die Ouraniden, die es in großen Mengen aufnehmen. Wie sich herausstellte, gibt es auf Hansonia kaum Manganvorkommen. Die Ouraniden, die nach Westen flogen, um dort zu sterben, trugen also einen wesentlichen Bestandteil der hiesigen Ökologie fort. Das Problem ist einfach zu lösen. Für den Übergang können wir den Dromiden einen Mangan-Ersatz anbieten. Auf lange Sicht läßt sich das Erz dort abbauen, wo es in großen Mengen vorkommt, und als Staub über die Insel verteilen. Deine Freunde werden nicht aussterben, Hugh.«

Er schwieg eine Zeitlang. Dann – er konnte sie immer noch in Staunen versetzen, dieser Sohn eines Hinterwäldlers – sagte er: »Das ist Klasse. Die technische Lösung. Aber die Bitterkeit wird nicht über Nacht weichen. Wir dürfen nicht mit einem schnellen, glücklichen Ende rechnen. Vielleicht auch nicht für uns beide.« Er zog sie an sich. »Aber versuchen wollen wir es, verdammt noch mal!«

Aus dem Amerikanischen übersetzt von Birgit Reß-Bohusch

Isaac Asimov

Isaac Asimov ist wohl der heute bekannteste SF-Schriftsteller überhaupt, dabei hat er sich viel mehr seinen Namen als Sachbuchautor gemacht; sein Anteil an der SF ist eher schmal, doch er hat einige wichtige Romane und Erzählungen geschrieben, vor allem seine Roboter-Geschichten sind aus der Science Fiction nicht wegzudenken und seit mehr als 20 Jahren Dauerseller.

Isaac Asimov wurde 1920 in Petrowitsch, einem Vorort von Smolensk, in der UdSSR geboren. 1923 wanderte die Familie in die USA aus und ließ sich in New York nieder. Er bildete sich zunächst als Autodidakt (»Er brachte sich ungeheuer viel bei«, sagte Brian Aldiss einmal spottisch, »und nun kann er nicht aufhören, uns das auch alles beizubringen.«), begann ein Studium der Chemie an der Columbia University und war Mitbegründer der »Futurian Science Literary Society« (1938), einem Science-Fiction-Club, über den er namhafte SF-Autoren kennenlernte, die ihn zum Schreiben anregten. 1941 schloß er sein Studium mit dem Magister-Examen ab, 1948 erwarb er den Doktorgrad und erhielt bald darauf eine Professur für Biochemie an der Universität Boston.

Seine erste Erzählung veröffentlichte Asimov 1939 in dem Magazin »Amazing«. John W. Campbell, der Herausgeber des namhaften Magazins »Astounding«, wurde auf ihn aufmerksam und nahm ihn unter seine Fittiche. Fortan schrieb Asimov fast ausschließlich für diese Zeitschrift. Mit der Foundation-Trilogie (»Der Tausendjahresplan«, »Der galaktische General« und »Alle Wege führen nach Trantor«) gelang ihm der Durchbruch. Berühmtheit erlangte er durch seine Roboter-Geschichten, die unter dem unmittelbaren Einfluß Campbells entstanden, mit dem zusammen er die drei Regeln der Robotik postulierte, die von zahllosen SF-Autoren in aller Welt übernommen wurden. Nachdem er fast 15 Jahre kaum SF geschrieben hatte, gelang ihm 1972 mit »The Gods Themselves« (»Lunatico«) ein bemerkenswertes Comeback. Der Roman wurde sowohl mit dem Hugo Gernsback Award wie mit dem Nebula Award ausgezeichnet. Dieser Erfolg gelang ihm 1977 erneut mit seiner Erzählung »The Bicentennial Man« (»Der Zweihundertjährige«).

Von Isaac Asimov erschienen folgende Titel bei Heyne:
Der Mann von drüben · Band 3004
Die nackte Sonne · Band 3009/3517
Geliebter Roboter · Band 3066
Der Tausendjahresplan · Band 3080
Der galaktische General · Band 3082
Alle Wege führen nach Trantor · Band 3084
Das Ende der Ewigkeit · Band 3088
Science Fiction Kriminalgeschichten · Band 3135
Ich, der Robot · Band 3217
Der Zweihundertjährige · Band 3621
Lunatico · Band 5126
Als Herausgeber:
Isaac Asimov's Science Fiction Magazin 1. Folge · Band 3608
Isaac Asimov's Science Fiction Magazin 2. Folge · Band 3636
Isaac Asimov's Science Fiction Magazin 3. Folge · Band 3664
Issac Asimov's Science Fiction Magazin 4. Folge · Band 3695
Isaac Asimov's Science Fiction Magazin 5. Folge · Band 3735
Isaac Asimov's Science Fiction Magazin 6. Folge · Band 3748
Isaac Asimov's Science Fiction Magazin 7. Folge · Band 3761

Isaac Asimov

Die Maschine, die den Krieg gewann

Die Feierlichkeiten hatten ihren Höhepunkt erreicht. Sogar in den stummen Tiefen der unterirdischen Kammern von Multivac spürte man etwas davon, wenn auch nur durch die einfache Tatsache der ungewöhnlichen Stille: zum ersten Male seit einem Jahrzehnt hasteten keine Techniker über die lebenswichtigen Teile der gigantischen Rechenanlage, und die Leuchtschirme, auf denen die Muster des ein- und ausgehenden Informationsstroms in ständigem Wechsel geblinkt hatten, blieben dunkel und leer.

Dieser Zustand würde natürlich nicht lange andauern, denn auch der Frieden würde seine Probleme bringen. Aber jetzt, für einen Tag, oder vielleicht sogar für eine Woche, konnte sogar Multivac den großen Sieg feiern und sich ausruhen.

Lamar Swift, Präsident der Solar Federation, nahm seine Offiziersmütze ab und schaute den langen und leeren Hauptgang der enormen Rechenanlage hinunter. Ziemlich erschöpft ließ er sich auf einem der Drehstühle für die Ingenieure nieder, und seine Uniform, in der er sich nie so recht wohlgefühlt hatte, wirkte steif und zerknittert zugleich. »In gewisser Hinsicht wird mir das alles sehr fehlen. Solange man zurückdenken kann, standen wir mit Deneb im Krieg, und es scheint unnatürlich, jetzt Frieden zu haben und nicht mehr voller Besorgnis zu den Sternen aufzublikken.« Seine beiden Begleiter waren jünger als er. Keiner von ihnen sah so grau, so müde aus wie Swift.

Dem schmallippigen John Henderson fiel es schwer, die Erleichterung, die er mit dem Triumph verspürte, zu verbergen. »Sie sind vernichtet! Vernichtet! Das wiederhole ich immer wieder und kann es doch noch nicht recht begreifen. Die ganzen Jahre über haben wir so viel über die Drohung gesprochen, die über der Erde und all ihren Welten, über jedem Menschen schwebte. Jetzt leben wir – und die Denebianer sind geschlagen und vernichtet. Nie wieder werden sie zu einer Bedrohung werden.«

»Das verdanken wir Multivac«, sagte Swift und blickte den unerschütterlichen Jablonsky an, der während des ganzen Krieges für die Datenverarbeitung des technischen Orakels verantwortlich gewesen war. »Nicht wahr, Max?«

Jablonsky zuckte die Achseln. Automatisch fischte er nach einer Zigarette, entschloß sich dann aber anders. Ihm allein, unter all den Tausenden, die mit Multivac in den Tunnels gelebt hatten, war das Rauchen erlaubt gewesen, aber als es gegen das Ende zuging, hatte er den entschlossenen Versuch unternommen, dieses Privileg nicht auszunutzen. »Ja. Das sagen *die* da«, sagte er. Sein breiter Daumen deutete über die rechte Schulter nach oben.

»Eifersüchtig, Max?«

»Weil sie Multivac bejubeln? Weil Multivac der große Held ist, der den Krieg gewonnen hat?« Jablonskys unebenes Gesicht nahm einen Ausdruck von Verachtung an. »Was macht mir denn das? Soll Multivac eben die Maschine sein, die den Krieg gewonnen hat, wenn es ihnen so beliebt.«

Henderson beobachtete die anderen beiden aus den Augenwinkeln heraus. In dieser kurzen Pause, die die drei instinktiv in einer ruhevollen Ecke einer Metropole, die außer Rand und Band geraten war, zusammengetrieben hatte, in diesem Zwischenakt zwischen den Gefahren des Krieges und den Schwierigkeiten des Friedens, in dem alle ein wenig Entspannung suchten und fanden, wurde er sich seiner Schuld erst richtig bewußt. Plötzlich war ihm, als könne er ihre Last nicht länger ertragen. Er mußte sie jetzt abschütteln, zusammen mit dem Krieg– in dieser Minute!

»Multivac hatte mit dem Sieg nichts zu tun!« sagte Henderson. »Sie ist nur eine Maschine.«

»Eine große Maschine«, sagte Swift.

»Dann eben nur eine große Maschine. Nicht besser als die Daten, die sie empfängt.« Einen Augenblick hielt er inne, über seine eigenen Worte plötzlich betroffen.

Jablonsky blickte ihn groß an; wieder griffen die dicken Finger nach einer Zigarette, und wieder zog er sie im letzten Augenblick zurück. »Du mußt es ja wissen. Du hast sie mit Daten versorgt. Oder willst du damit sagen, daß dir das Verdienst zukommt?«

»Nein«, sagte Henderson wütend. »Das gibt es nicht. Was weißt denn du über die Daten, die Multivac benutzen mußte, die von Hunderten von Hilfsrechnern hier auf der Erde, auf dem Mond, auf dem Mars, sogar auf Titan vorsortiert wurden? Wobei die von Titan immer verspätet eintrafen; man hatte immer das Gefühl, daß gerade diese Angaben ein unerwartetes Übergewicht bringen würden.«

»Jeden würde das wahnsinnig machen«, sagte Swift.

Henderson schüttelte den Kopf. »Es war nicht nur das. Ich gebe zu, daß ich vor acht Jahren, als ich Lepont als Chefprogrammierer ersetzte, ziemlich nervös war. Aber in jenen Tagen nahm man die Dinge nicht so ernst. Der Krieg war noch nicht in unmittelbarer Reichweite – ein Abenteuer ohne wirkliche Gefahr. Das Stadium, in dem unbemannte Schiffe eingesetzt werden mußten, war noch nicht erreicht, die Zeit, in der interstellare Geschosse, wenn sie richtig eingestellt waren, einen ganzen Planeten vernichten konnten. Aber später, als die wirklichen Schwierigkeiten begannen –« Wütend – denn endlich konnte er seinen Ärger loswerden, stieß er hervor: »Ihr habt ja nicht die geringste Ahnung!«

»Dann klären Sie uns auf«, sagte Swift. »Der Krieg ist vorbei. Wir haben gesiegt.«

»Ja.« Henderson nickte. Das mußte er sich vor Augen halten. Die Erde hatte gewonnen, also war alles zum Besten gewesen. »Nun gut. Also, die Daten wurden bedeutungslos.«

»Bedeutungslos? Meinst du das wörtlich?« sagte Jablonsky.

»Ja, wörtlich. Was hättest du erwartet? Was euch beiden fehlt, ist die praktische Erfahrung. Ihr wart nicht draußen in der dicken Tinte. Du, Max, hast Multivac nie verlassen, und Sie, Herr Direktor, sind auch nur zu Staatsbesuchen herausgekommen, auf denen Sie genau das zu sehen bekamen, was die anderen für richtig hielten.«

»Ich war mir dessen vielleicht mehr bewußt, als Sie glauben mögen«, sagte Swift.

»Wissen Sie, in welchem Ausmaß die Daten, die unsere Produktionskapazität betrafen, unsere Nachschubmöglichkeiten, unsere trainierten Menschenkräfte – alles Dinge, die für die Kriegführung von ungeheurer Wichtigkeit sind – während der letzten Hälfte des Krieges unzuverlässig und unglaubwürdig geworden waren?« fragte Henderson. »Zivile und militärische Gruppenführer waren darauf bedacht, ihre eigene veredelte Vorstellung zu projizieren, wenn ich es mal so sagen will, so vertuschten sie das Schlechte und frisierten das Gute auf. Was immer die Maschinen tun würden, die Männer, die sie programmierten und die Ergebnisse auswerteten, mußten an ihre eigene Haut denken und ihre Konkurrenten außer Gefecht setzen. Das war nicht zu ändern. Ich habe es versucht – und versagt.«

»Natürlich«, sagte Swift tröstendend. »Ich verstehe, warum.«

Jablonsky zündete seine Zigarette an. »Trotzdem nehme ich an, daß du Multivac mit Daten gefüttert hast. Du hast uns gegenüber nie Unzuverlässigkeiten erwähnt.«

»Wie hätte ich euch davon sagen können? Und wenn – ihr hättet es euch nicht leisten können, mir zu glauben«, erwiderte Henderson. »Unsere Kriegführung war eng mit Multivac verbunden. Sie war unsere einzige große Waffe, der die Denebianer nichts entgegenhalten konnten. Was anders hielt angesichts des Verhängnisses die Moral aufrecht als die Sicherheit, daß Multivac jede Bewegung der Denebianer vorhersagen und vereiteln würde und daß sie stets unsere Handlungen dirigieren und ihr Mißlingen verhindern würde? Du Großer Raum, nachdem unsere Spionageketten im Hyperraum total zersprengt worden waren, entbehrten wir jeder verläßlichen, denebianischen Daten, um Multivac zu füttern! Wir haben doch nicht gewagt, das bekanntzugeben!«

»Stimmt«, sagte Swift.

»Na, also«, sagte Henderson, »wenn ich Ihnen gesagt hätte, daß die Daten unzuverlässig seien, was hätten Sie anderes tun können, als mich durch jemand anders zu ersetzen und sich zu weigern, mir zu glauben? Das konnte ich nicht zulassen.«

»Was hast du getan?« fragte Jablonsky.

»Ich habe die Daten korrigiert.«

»Wie denn?« fragte Swift.

»Eingebung wahrscheinlich. Ich mischte sie, bis sie richtig erschienen. Zuerst habe ich mich nicht recht getraut. Hier und da änderte ich ein wenig, was zu offensichtlich unmöglich war. Als der Himmel nicht über uns einstürzte, wurde ich mutiger. Ganz zum Schluß kümmerte ich mich um gar nichts mehr. Ich schrieb einfach die notwendigen Daten aus, wie sie gerade gebraucht wurden. Ich ließ mir sogar vom Multivac-Zusatz gemäß einem privaten Programmierungsmuster, das ich für diesen Zweck entworfen hatte, Daten vorbereiten.«

»Zufallszahlen?« sagte Jablonsky.

»Nein. Ich fügte eine Anzahl notwendiger Schwerpunkte ein.«

Ganz unerwartet breitete sich auf Jablonskys Gesicht ein Lächeln aus, seine Augen glänzten hinter den zerfältelten Lidern. »Dreimal erhielt ich einen Bericht über unerlaubtes Benutzen des Zusatzgerätes, und jedesmal ließ ich es durchgehen. Wenn es etwas bedeutet hätte, wäre ich der Sache natürlich nachgegangen und dir auf die Schliche gekommen, John. Aber natürlich hatte in jenen Tagen alles, was mit Multivac zu tun hatte, nichts zu sagen, und so bist du damit durchgekommen.«

»Was meinst du damit, nichts hatte etwas zu sagen?«

»Nichts. Ich nehme an, daß es dir, wenn ich es dir damals erzählt hätte, deine Qualen erspart hätte; andererseits hättest du mir meine erspart, wenn du mir gesagt hättest, was du tatest. Was veranlaßte dich dazu, zu glauben, daß Multivac in Funktion war, ganz gleich, welche Daten du ihr eingabst?«

»War sie nicht in Funktion?« sagte Swift.

»Nicht wirklich. Nicht zuverlässig. Schließlich – wo waren denn meine Techniker während der letzten Kriegsjahre? Jetzt kann ich es ja sagen – sie waren draußen und fütterten die Rechenanlagen von Tausenden verschiedenen Raumvorrichtungen. Weg waren sie! Ich mußte mit jungen Leuten arbeiten, denen ich nicht trauen konnte, und mit Veteranen, die lange hinter unserer Zeit herhinkten. Und außerdem – glauben Sie, ich konnte mich auf die unbeweglichen Komponenten verlassen, die in den letzten Jahren von Cyogenics kamen? Cyogenics war, was das Personal betrifft, nicht besser bestellt als ich. Für mich hatte es nichts zu sagen, ob die Daten, die Multivac erhielt, zuverlässig waren oder nicht. Die Ergebnisse waren es nicht. Soviel wußte ich.«

»Was hast du getan?« fragte Henderson.

»Genau das gleiche wie du, John. Ich richtete mich nach einem Zufallsschema. Ich berichtigte die Dinge in Übereinstimmung mit Intuition – und so hat die Maschine den Krieg gewonnen.«

Swift lehnte sich im Stuhl zurück und streckte die Beine weit von sich. »Was für Offenbarungen! Es stellt sich heraus, daß das Material, das mir übergeben wurde, um mich in meinen Entscheidungen zu leiten, eine willkürlich von Menschen gemachte Interpretation willkürlich von Menschen gegebener Daten war. Das stimmt doch?«

»Sieht so aus«, sagte Jablonsky.

»Dann habe ich also richtig gehandelt, als ich mich nicht allzusehr darauf verließ«, sagte Swift.

»Haben Sie das etwa nicht?« Trotz dem, was er gerade selbst erzählt hatte, brachte es Jablonsky fertig, wie einer in seiner beruflichen Ehre Gekränkter auszusehen.

»Ich fürchte, nein. Multivac schien meistens zu sagen: Schlag hier zu, nicht dort; tu dieses oder jenes, nicht das; warte, handle nicht. Aber ich konnte doch nie gewiß sein, daß Multivac das, was sie zu sagen schien, auch wirklich aussagte. Oder ob sie das, was sie aussagte, auch wirklich meinte. Ich konnte nie sicher sein.«

»Aber der letzte Bericht war stets klar, Herr Direktor«, sagte Jablonsky.

»Vielleicht für die, die nicht die Entscheidungen zu treffen hatten. Nicht jedoch für mich. Das Gespenst der Verantwortung solcher Entscheidungen war unerträglich, und selbst Multivac reichte nicht aus, dieses Gewicht von mir zu nehmen . . . Aber das wichtigste ist, daß meine Zweifel gerechtfertigt waren, und das bedeutet für mich große Erleichterung.«

Jablonsky ließ alle Formalitäten fallen: »Was haben Sie denn dann getan, Lamar? Trotz allem, Sie haben ja schließlich doch Entscheidungen getroffen. Aber wie?«

»Nun, es wird Zeit, daß wir zurückgehen, aber – ich werde es Ihnen zuerst noch schnell erzählen. Warum sollte ich nicht? Ich habe eine Rechenmaschine benutzt, Max, aber eine viel ältere als Multivac, viel, viel älter.« Er wühlte in seiner Tasche und brachte einen Haufen Wechselgeld hervor – altmodische Münzen aus den Jahren, bevor die Metallknappheit eine an ein Verrechnungssystem gebundene Zahlungsweise notwendig gemacht hatte.

Swift lächelte vor sich hin. »Die brauche ich noch immer, um mir Geld als etwas Wirkliches erscheinen zu lassen. Für einen alten Mann ist es schwer, die Gewohnheiten der Jugend abzutun.« Er ließ die Münzen in seine Tasche zurückgleiten.

Die letzte behielt er zwischen den Fingern und starrte mit abwesender Miene darauf. »Multivac ist nicht die erste Rechenmaschine, meine Freunde, auch nicht die bekannteste und erst recht nicht die, die die Bürde der Entscheidung am wirksamsten von den Schultern des Staatspräsidenten befreien kann. Eine Maschine hat tatsächlich den Krieg gewonnen, John, sogar eine sehr einfache Rechenanlage – eine, die ich jedesmal, wenn ich eine besonders schwere Entscheidung zu treffen hatte, benutzte.«

Mit einem schwachen Lächeln der Erinnerung schnippte er die Münze hoch, sie blitzte beim Drehen in der Luft und fiel in Swifts flache Hand zurück. Seine Finger schlossen sich fest darum, und er legte die geballte Faust auf den Rücken der Linken. Die Rechte, mit der darin verborgenen Münze, lag fest darauf.

»Kopf oder Zahl, meine Herren?«

Aus dem Amerikanischen übersetzt von Charlotte Winheller

Ray Bradbury

Raymond Douglas Bradbury, 1920 in Waukegan/Illinois geboren, gehört neben Kurt Vonnegut zu den wenigen SF-Autoren, die sich über das Genre Science Fiction hinaus einen Namen als Schriftsteller gemacht haben und einer breiteren Öffentlichkeit bekannt geworden sind. Für viele Leute, die mit SF wenig vertraut sind, gilt er als *der* SF-Schriftsteller überhaupt, dabei ist er ein ganz und gar untypischer Autor auf diesem Gebiet. Das mag daran liegen, daß ausschließlich seine mehr utopischen Romane und Erzählungen, die kaum die Hälfte seines Werkes ausmachen, erfolgreich verfilmt worden sind wie »Fahrenheit 451« mit Oskar Werner, »Der illustrierte Mann« mit Rod Steiger und »Die Mars-Chroniken« mit Maria Schell, Rock Hudson und Vadim Glowna.

Ray Bradbury entstammt einer Verlegerfamilie aus der amerikanischen Provinz und wuchs mit Gedrucktem auf. Er verschlang Tarzan-, Buck-Rogers-, Flasch-Gordon- und Prinz-Eisenherz-

Comics, ließ sich von Grusel- und Gespenstergeschichten faszinieren und hatte in Arizona – die Familie zog dorthin um, als er 12 Jahre alt war – einen Nachbarn, der eine große SF-Sammlung besaß und es dem Jungen erlaubte, sie zu benutzen – was dieser in jeder freien Minute ausgiebig tat. Die Familie zog schließlich nach Kalifornien, wo Ray Bradbury die High School besuchte und für eine Schülerzeitung Gedichte und nebenbei Theaterstücke schrieb. In Los Angeles nahm er Kontakt mit SF-Autoren wie Kuttner, Brackett, Hamilton, Rocklynne, Heinlein, Williamson und Henry Hasse und zu dem SF-Sammler und »Superfan« Forest Ackerman auf, denen er unverdrossen seine Erzählungen vorlegte und die er um Ratschläge und Kritik anging. Nach seinem Schulabschluß 1938 verdiente er Geld als Zeitungsverkäufer und als Laienschauspieler und gab eine Fan-Zeitschrift heraus, die er mit eigenen Erzählungen unter verschiedenen Pseudonymen füllte. Die erste Story, die er verkaufte, war eine Satire mit dem Titel »It's Not the Heat, it's the Hu-« (1940). Fünf Jahre später gehörte er bereits zu den begehrtesten Erzählern und schrieb regelmäßig für »American Mercury«, »Collier's« und »Mademoiselle«. In der letztgenannten Zeitschrift erschien auch die hier abgedruckte Geschichte (1946), eine typische Bradbury-Erzählung, in der seine in der Kindheit gehegte Sehnsucht nach übernatürlichen Fähigkeiten sehr gut zum Ausdruck kommt, um die der Protagonist (als einziger »normaler« Mensch in einer Familie von Vampiren, Zauberern und phantastischen Kreaturen) seine Verwandten beneidet. »Homecoming«, eher den Weird Tales (Gespenstergeschichten) zuzurechnen, wurde als eine der besten Erzählungen des Jahres in die »O. Henry Memorial Award Prize Stories«-Anthologie 1947 aufgenommen.

Von Ray Bradbury erschienen folgende Titel in der Reihe Heyne Science Fiction:
Der illustrierte Mann · Band 3057
Fahrenheit 451 · Band 3112
Medizin für Melancholie · Band 3267
Geh nicht zu Fuß durch stille Straßen · Band 3292
Die Mars-Chroniken · Band 3410

Ray Bradbury

HEIMKEHR

»Da kommen sie«, sagte Cecy, ausgestreckt auf ihrem Bett.

»Wo?« rief Timothy von der Tür her.

»Manche von ihnen sind über Europa, manche über Asien, manche von ihnen über den Inseln, manche über Südamerika!« erwiderte Cecy, die Augen geschlossen, und ihre langen, braunen Wimpern zuckten.

Timothy kam über die nackten Planken der Bodenkammer. »Wer alles?«

»Onkel Einar und Onkel Fry, und da ist Vetter William, und ich sehe Frulda und Helgar, Tante Morgiana und Kusine Vivian, und ich sehe Onkel Johann! Sie eilen alle herbei.«

»Sind sie droben am Himmel?« rief Timothy, und seine kleinen grauen Augen leuchteten. Wenn er so neben dem Bett stand, merkte man ihm an, daß er erst vierzehn war. Draußen blies der Wind, das Haus war dunkel und nur vom Sternenschein durchdrungen.

»Sie kommen durch die Luft und wandern über die Erde, in mannigfacher Gestalt«, sagte Cecy in ihrem Schlaf. Sie rührte sich nicht auf dem Bett; sie dachte in sich selbst hinein und erzählte, was sie sah. »Ich sehe, wie ein Wolfswesen über einen dunklen Fluß setzt – an der Furt – gleich oberhalb eines Wasserfalls, und Sternenlicht schimmert in seinem Pelz. Ich sehe ein braunes Eichenblatt hoch droben am Himmel wirbeln. Ich sehe eine kleine Fledermaus fliegen. Ich sehe viele andere Wesen zwischen den Bäumen des Waldes dahineilen und durch die höchsten Äste schlüpfen; und sie *alle* kommen zu uns.«

»Werden sie bis morgen nacht hier sein?« Timothy umkrampfte das Bettzeug. Die Spinne an seinem Kragenaufschlag schwang wie ein schwarzes Pendel, kreiselte aufgeregt. Er beugte sich über seine Schwester. »Werden sie alle rechtzeitig zur Feier der Heimkehr hier sein?«

»Ja, ja, Timothy, ja«, seufzte Cecy. Sie erstarrte. »Stell keine Fragen mehr! Geh jetzt! Laß mich zu meinen Lieblingsplätzen schweifen!«

»Danke, Cecy«, sagte er. Draußen im Korridor rannte er zu seinem Zimmer. Er machte in aller Eile sein Bett. Er war erst vor ein paar Minuten erwacht, bei Sonnenuntergang, und als die ersten Sterne am Himmel auftauchten, hatte er sich auf den Weg gemacht, um seine Vorfreude über das Fest bei Cecy loszuwerden. Nun schlief sie so still, daß man keinen Laut hörte. Die Spinne hing an einem silbrigen Lasso um Timothys mageren Hals, als er sich das Gesicht wusch. »Denk doch, Spid, morgen ist Allerheiligen-Nacht!«

Er hob das Gesicht und schaute in den Spiegel. Er besaß den einzigen Spiegel im ganzen Haus. Es war ein Zugeständnis seiner Mutter an seine Krankheit. Ah, wenn er bloß nicht so behindert wäre!

Er machte den Mund auf, betrachtete die armseligen, unzulänglichen Zähne, mit der die Natur ihn geschlagen hatte. Kaum größer als Maiskerne – rund, weich und fahl saßen sie im Kiefer. Etwas von der Hochstimmung erstarb in ihm.

Es war nun völlig dunkel, und er steckte eine Kerze an, um besser sehen zu können. Er fühlte sich erschöpft. Während der letzten Woche hatte die ganze Familie nach der Sitte der alten Heimat gelebt. Hatte tagsüber geschlafen, um sich bei Sonnenuntergang zu erheben und umherzuwandeln. Blaue Schatten lagen um seine Augen.

»Spid, ich tauge zu gar nichts«, sagte er leise zu dem kleinen Geschöpf. »Ich kann mich nicht mal an den Tagschlaf gewöhnen wie die anderen.«

Er nahm den Kerzenhalter auf. Ah, einmal kräftige Zähne haben, mit Reißfängen wie stählerne Dornen! Oder gar starke Hände, oder einen starken Willen! Mehr noch, die Macht besitzen, seinen Geist nach Belieben umherschweifen zu lassen, wie Cecy es tat! Aber nein, er war der Schwächling, der Kranke. Er fürchtete sich sogar – mit einem Schaudern zog er die flackernde Kerze näher heran – vor der Finsternis. Seine Brüder verspotteten ihn. Bion und Leonard und Sam. Sie lachten ihn aus, weil er in einem Bett schlief. Bei Cecy war das eine andere Sache; sie brauchte die Bequemlichkeit eines Bettes, wenn sie dalag und ihre Gedanken auf die Suche schickte. Aber Timothy, schlief er etwa in den herrlich gewachsten Kästen wie die anderen? Eben nicht! Mutter überließ ihm ein eigenes Bett, ein eigenes Zimmer, einen eigenen Spiegel. Kein Wunder, daß die Familie ihn mied wie das Kruzifix eines geweihten Mannes. Wenn nur die Flügel aus den Schulterblättern sprießen wollten! Er entblößte seinen Rücken, starrte ihn an und seufzte wieder. Nichts zu machen. Nie.

Von drunten kamen erregende und geheimnisvolle Laute, als der raschelnde schwarze Krepp in allen Gängen, entlang der Decken und an die Türen gespannt wurde. Schwarze Wachskerzen brannten knisternd im geländerumrahmten Stiegenhaus. Mutters Stimme, schrill und bestimmt. Vaters Stimme, ein dumpfes Hallen aus dem feuchten Keller. Bion, der von draußen mächtige Zweigallonenkrüge in das alte Landhaus schleppte.

»Ich muß ganz einfach auf das Fest, Spid«, sagte Timothy. Die Spinne trudelte am Ende ihres Seidenfadens, und Timothy fühlte sich einsam. Er würde Kästen einwachsen, Kröten und Spinnen sammeln, Krepp aufhängen, aber wenn das Fest anfing, würde ihn keiner beachten. Je weniger man von dem behinderten Sohn sah oder sprach, desto besser.

Unten lief Laura durch das ganze Haus. »Die Heimkehr!« trällerte sie. »Die Heimkehr!« Überall zugleich ihre Schritte.

Timothy kam wieder an Cecys Zimmer vorbei, aber sie schlief ganz fest. Einmal im Monat ging sie nach unten. Sonst blieb sie immer im Bett. Schöne Cecy. Am liebsten hätte er sie gefragt: »Wo bist du jetzt, Cecy? *In* wem? Und was geschieht gerade? Bist du jenseits der Hügel? Wie sieht es dort aus?« Aber statt dessen ging er weiter zu Ellens Zimmer.

Ellen saß an ihrem Schreibtisch, wo sie viele verschiedenartige blonde, rote und schwarze Haare sortierte und winzige Fingernägelsicheln, die sie bei ihrer Arbeit als Maniküre im Schönheits-Salon des Dorfes Mellin, fünfzehn Meilen entfernt von hier, gesammelt hatte. In einer Ecke stand ein solider Mahagonikasten mit ihrem Namen drauf.

»Hau ab!« sagte sie, ohne ihm auch nur einen Blick zu gönnen. »Ich kann nicht arbeiten, wenn du dastehst und gaffst!«

»Allerheiligen-Nacht, denk doch mal, Ellen!« Er bemühte sich, freundlich zu bleiben.

»Hmm.« Sie legte ein paar Fingernägelschnipsel in einen kleinen weißen Beutel und kennzeichnete sie. »Was bedeutet das schon für dich? Was weißt du davon? Einen Riesenschrecken wirst du kriegen. Geh wieder schlafen!«

Seine Wangen brannten. »Ich muß beim Einwachsen und Herrichten und Auftragen helfen.«

»Wenn du nicht abhaust, findest du morgen ein Dutzend roher Austern in deinem Bett«, sagte Ellen nüchtern. »Adieu, Timothy!«

Er rannte wütend die Treppe hinab und stieß mit Laura zusammen.

»Paß doch auf, wohin du gehst!« kreischte sie mit gefletschten Zähnen.

Sie rauschte davon. Er lief zur offenen Kellertür, roch die Säule feuchter, modriger Luft, die von drunten aufstieg. »Vater?«

»Na, endlich!« rief Vater die Stufen nach oben. »Beeil dich, sonst sind sie da, ehe wir hier fertig werden!«

Timothy horchte noch einen Moment lang auf die Millionen anderer Geräusche im Haus. Brüder kamen und gingen wie Züge in einer Bahnstation, plauderten und stritten. Wenn man lange genug an einem Fleck stehenblieb, zogen sämtliche Haushaltsmitglieder an einem vorbei, die bleichen Hände vollbeladen mit Sachen. Leonard mit seiner kleinen schwarzen Arzttasche; Samuel mit dem dicken, eingestaubten, düsteren Buch unter dem Arm und einem Nachschub an schwarzem Krepp; und Bion, der immer wieder zum Wagen hinausging und viele Gallonen Getränke hereinschaffte.

Vater unterbrach sich beim Einwachsen, um Timothy mit gerunzelter Stirn einen Lappen in die Hand zu drücken. Er klopfte auf den großen Mahagonikasten. »Los, polier das Ding hier nach, damit ich mit dem nächsten anfangen kann! Du verschläfst noch dein ganzes Leben.«

Als Timothy den Deckel wienerte, warf er einen Blick ins Innere.

»Onkel Einar ist ein großer Mann, nicht wahr, Papa?«

»M-hm.«

»Wie groß ist er denn?«

»Das siehst du an dem Kasten da.«

»Ich hab' ja bloß gefragt. Zwei Meter zehn?«

»Rede nicht dauernd!«

Gegen neun Uhr ging Timothy hinaus in das Oktoberwetter. Zwei Stunden lang streifte er im bald warmen, bald kühlen Wind durch die Wiesen und sammelte Kröten und Spinnen. Die Vorfreude ließ sein Herz wieder schneller schlagen. Wie viele Verwandte wollten kommen? Hatte Mutter was von siebzig gesagt? Oder hundert?

Er ging an einem Bauernhaus vorüber. Ihr habt ja keine Ahnung, was bei uns los ist! sagte er zu den hellen Fenstern. Er stieg einen Hügel hinauf und schaute zur Meilen entfernten Stadt, die allmählich in Schlaf versank, mit ihrer Rathausturmuhr, hoch und weiß und rund in der Ferne. Die Stadt hatte auch keine Ahnung. Er brachte viele Gläser Kröten und Spinnen heim.

In der kleinen Kapelle drunten wurde eine kurze Feier abgehalten. Sie war wie alle Zeremonien im Laufe der Jahre, wo Vater die dunklen Zeilen sang, Mutters schöne Elfenbeinhände den Segen rückwärts erteilten und sich alle Kinder einfanden, bis auf Cecy, die droben im Bett lag. Aber Cecy war trotzdem dabei. Mal sah man sie aus Bions Augen gucken, mal aus Mutters oder Samuels, und man spürte eine Bewegung, und dann war sie in einem selbst, ein Hauch, der verwehte.

Timothy betete zu dem Gott der Finsternis, und sein Magen verkrampfte sich. »Bitte, bitte, mach, daß ich wachse, mach, daß ich werde wie meine Brüder und Schwestern. Laß mich nicht anders bleiben! Wenn ich nur wie Ellen Haare in Wachsabbilder kneten oder wie Laura die Leute dazu bringen könnte, daß sie mich mögen! Wenn ich nur fremdartige Bücher lesen könnte wie Sam oder einen angesehenen Beruf hätte wie Leonard und Bion. Oder gar eines Tages eine Familie großziehen dürfte wie Mutter und Vater . . .«

Um Mitternacht beutelte ein Unwetter das Haus. Draußen fuhren fürchterliche grellweiße Blitze nieder. Es war, als käme ein suchender, saugender Wirbelsturm näher, der einen Trichter in die feuchte Nachterde wühlte. Dann hörte die Vordertür, halb aus den Angeln gerissen, zu schlagen auf, und herein stapften Großmama und Großpapa nach ihrer langen Reise aus der alten Heimat!

Von nun an trafen mit jeder Stunde mehr Leute ein. Da war ein Flattern an einem Seitenfenster, ein Pochen an der Vorderveranda, ein Hämmern gegen die Hintertür. Aus dem Keller drangen Spukgeräusche; Herbstböen orgelten und sangen dröhnend durch die Kehle des Kamins. Mutter füllte eine scharlachrote Flüssigkeit aus den Krügen, die Bion heimgeschleppt hatte, in die große kristallene Punschterrine. Vater hastete von Zimmer zu Zimmer und steckte mehr Kerzen an. Laura und Ellen hackten Berge von Wolfsfingerhut. Und Timothy stand inmitten dieser wilden Hektik, mit leerem Gesichtsausdruck, die Hände zitternd an den Seiten herunterhängend, und starrte bald hierhin und bald dorthin. Türenschlagen, Gelächter, das Gluckern beim Einschenken, Finsternis, Sturmgeheul, der Donner ledrig gespreizter Schwingen, Füßegetrappel, lautes Begrüßungsgeschrei an den Eingängen, die ratternde Transparenz von Fensterflügeln, Schatten, die vorbeizogen, kamen, gingen, flickerten.

»Schön, schön, und das hier *muß* Timothy sein!«

»Was?«

Kalte Finger nahmen seine Hand. Ein längliches, stark behaartes Gesicht beugte sich zu ihm herunter. »Ein guter Junge, ein prächtiger Junge«, sagte der Fremde.

»Timothy«, erklärte seine Mutter. »Das ist Onkel Jason.«

»Guten Abend, Onkel Jason.«

»Und hier drüben . . .« Mutter zog Onkel Jason fort. Onkel Jason warf einen Blick über die capeverhüllte Schulter und blinzelte Timothy zu.

Timothy war allein.

Tausend Meilen weg im kerzendurchsetzten Dunkel hörte er eine helle, melodische Stimme; das war Ellen. »Und meine Brüder, *die* sind klug. Rate mal, wo sie arbeiten, Tante Morgiana?«

»Keine Ahnung.«

»Sie führen das Bestattungsinstitut in der Stadt!«

»Nein!« Ein Keuchen.

»Doch.« Schrilles Gelächter. »Ist das nicht köstlich?«

Timothy stand ganz still.

Eine Pause zwischen den Lachsalven. »Sie besorgen Nahrung für Papa, Mama und uns alle«, erklärte Laura. »Mit Ausnahme von Timothy natürlich . . .«

Ein unbehagliches Schweigen. »Na los, so redet schon!« forderte Onkel Jason. »Was ist mit Timothy?«

»Oh, Laura, du vorlautes Ding!« tadelte Mutter.

Laura ließ sich nicht zum Schweigen bringen. Timothy schloß die Augen. »Timothy – nun – er *mag* kein Blut. Er ist heikel.«

»Das kommt noch«, warf Mutter ein. »Das kommt noch. Er ist erst vierzehn.«

»Aber ich wurde mit dem Zeug hochgepäppelt«, meinte Onkel Jason, und seine Stimme wanderte von einem Raum in den nächsten. Der Wind schlug die Bäume draußen an wie Harfen. Leiser Regen klopfte gegen die Scheiben. »Aufgepäppelt . . .«, klang es von weit her.

Timothy biß sich auf die Lippen und öffnete die Augen.

»Also, es war ganz allein meine Schuld.« Mutter führte sie jetzt in die Küche. »Ich wollte ihn dazu zwingen. Kinder kann man nicht zwingen, da wird ihnen nur schlecht, und sie sträuben sich ihr Leben lang dagegen. Seht euch Bion an, der war auch dreizehn, ehe er . . .«

»Ich verstehe«, murmelte Onkel Jason. »Das gibt sich bestimmt noch bei Timothy!«

»Ganz sicher«, entgegnete Mutter trotzig.

Kerzenflammen zitterten, als Schatten hin und her durch das Dutzend modriger Räume huschten. Timothy fror. Der Geruch von heißem Talg stieg ihm in die Nase, und instinktiv ergriff er eine Kerze, wanderte damit durch das ganze Haus und tat, als müsse er den Krepp glattstreichen.

»*Timothy*«, flüsterte jemand hinter einer dekorierten Wand, wisperte und zischelte und seufzte die Worte. »*Timothy fürchtet sich vor dem Dunkel!*«

Leonards Stimme. Verhaßter Leonard!

»Ich mag Kerzen, das ist alles«, entgegnete Timothy leise und vorwurfsvoll.

Mehr Blitze, mehr Donner. Kaskaden dröhnenden Gelächters. Poltern und Klacken und Rufe und Kleiderrascheln. Feuchtkalte Schwaden sickerten durch die Vordertür. Aus dem Nebel trat ein hochgewachsener Mann, faltete die Schwingen.

»Onkel Einar!«

Timothy rannte auf seinen dünnen Beinen los, mitten durch den Nebel, unter die grünen ausgespannten Schatten. Er warf sich in Einars Arme. Einar hob ihn hoch.

»Du hast Flügel, Timothy!« Er warf den Jungen hoch, leicht wie Distelgewöll. »Flügel, Timothy – fliege!« Gesichter wirbelten unter ihm. Dunkel kreiste. Das Haus stob davon. Timothy fühlte sich wie ein Windhauch. Er schlug die Arme auf und nieder. Einars Hände fingen ihn und warfen ihn noch einmal in die Höhe. Die Decke sauste nieder wie eine verkohlte Wand. »Fliege, Timothy!« rief Einar mit lauter, tiefer Stimme. »Fliege mit deinen Flügeln! Fliege!«

Er spürte eine köstliche Ekstase in den Schulterblättern, als ob Wurzeln wüchsen, hervorbrächen, um in junge, feuchte Membranen zu explodieren und zu wuchern. Er brabbelte verrücktes Zeug; wieder schleuderte Einar ihn hoch.

Der Herbststurm brandete gegen das Haus, Regen stürzte nieder, erschütterte die Balken, brachte die Leuchter mit ihren zukkenden Kerzenflammen zum Schwingen. Und die hundert Verwandten spähten aus jedem der schwarzen, verwunschenen Zimmer, in allen Gestalten und Größen, drängten in einem immer engeren Kreis zu der Stelle, wo Einar das Kind gleich einem Spazierstock in das röhrende Nichts wirbelte.

»Genug!« rief Einar endlich.

Timothy, auf die Holzplanken des Bodens gestellt, taumelte begeistert und erschöpft gegen Onkel Einar, glücklich schluchzend: »Onkel, Onkel, Onkel!«

»Na, Timothy, war das Fliegen schön?« fragte Onkel Einar. Er bückte sich und fuhr Timothy durchs Haar. »Gut, ist ja schon gut.«

Es ging dem Morgengrauen zu. Fast alle waren angekommen und warteten darauf, sich bei Tagesanbruch niederzulegen, starr und stumm zu schlafen, bis die Sonne wieder unterging, um dann mit Geschrei aus ihren Mahagonikästen zu steigen und weiterzufeiern.

Onkel Einar, gefolgt von Dutzenden anderer, ging auf den Keller zu. Mutter zeigte ihnen den Weg zu den langen Reihen blankpolierter Kästen. Einar, die Schwingen gleich einem Zelt aus seegrüner Leinwand hochgestülpt, schlenderte den Korridor entlang und pfiff eine seltsame Melodie; wo seine Flügel aneinanderstießen, klangen sie wie leise Trommelwirbel.

Droben lag Timothy erschöpft, in Gedanken verloren, bemüht, das Dunkel zu mögen. Im Dunkel konnte man so vieles tun, wofür man nicht getadelt wurde, weil es die anderen einfach nicht sahen. Er liebte die Nacht schon, aber es war eine bedingte Liebe; manchmal gab es so viel Nacht, daß er sich schreiend gegen sie auflehnte.

Im Keller klappten Mahagonitüren nach unten, betätigt von bleichen Händen. In den Ecken drehten sich gewisse Verwandte dreimal im Kreis, um sich dann niederzulegen, das Kinn in die Pfoten gestützt, die Augen geschlossen. Die Sonne stieg auf. Das Schlafen begann.

Sonnenuntergang. Die Orgie brach los, als habe man in ein Fledermausnest gestochen, mit Kreischen, Flattern, Schwingenspreizen. Schritte hasteten aus der Kellerfeuchte. Nachzügler donnerten gegen Vorder- und Hintereingang und wurden eingelassen.

Es regnete. Durchnäßte Besucher bürdeten ihre Umhänge, tropfenden Hüte und benetzten Schleier Timothy auf, der sie zu einem Ankleideraum schleppte. In den Zimmern drängten sich Leute. Das Lachen eines Vetters, abgefeuert aus einem Raum, brach sich an der Wand eines anderen, prallte ab, jagte um die Kurve und erreichte Timothys Ohr unverändert zynisch aus einem vierten Zimmer.

Eine Maus hetzte über den Boden.

»Du bist erkannt, Nichte Leibersrouter!« rief Vater aus.

Die Maus umkreiste die Füße von drei Frauen und verschwand in eine Ecke. Sekunden später tauchte in der gleichen Ecke eine schöne Frau aus dem Nichts und bedachte sie alle mit ihrem bleichen Lächeln.

Etwas schmiegte sich an die tropfnasse Scheibe des Küchenfensters. Es seufzte und wimmerte und klopfte ohne Unterlaß, gegen das Glas gepreßt, aber Timothy konnte nichts damit anfangen, er sah nichts. In Gedanken war er draußen und starrte herein. Der Regen fiel auf ihn, der Wind zerrte an ihm, und die kerzengesprenkelte Finsternis drinnen lockte. Man tanzte Walzer; hohe, schlanke Gestalten drehten sich zu exotischer Musik. Lichtsterne glitzerten von erhobenen Flaschen; Erdkrümel bröckelten von Helmen, und eine Spinne fiel herab und krabbelte lautlos über den Boden.

Timothy schauderte. Er war wieder im Innern des Hauses. Mutter befahl ihm, bald hierhin, bald dorthin zu laufen, helfen, auftragen, in die Küche jetzt, hol dies, hol jenes, bring die Teller, teil das Essen aus – immerzu – das Fest umwogte ihn, aber er nahm nicht teil daran. Die hochgewachsenen Leute kesselten ihn zu Dutzenden ein, schubsten ihn, übersahen ihn.

Endlich wandte er sich ab und huschte die Treppe hinauf.

»Cecy!« rief er leise. »Wo bist du gerade, Cecy?«

Sie wartete lange Zeit, ehe sie Antwort gab. »Im Kaisertal«, murmelte sie schwach. »Am Salton-Meer, ganz in der Nähe der Schlammkrater und der Dämpfe und des Schweigens. Ich bin in der Frau eines Farmers. Ich sitze auf einer Veranda. Ich kann ihre Bewegungen steuern, wenn ich will, oder ihr eingeben, was sie tun und denken soll. Die Sonne geht unter.«

»Erzähl, Cecy!«

»Man hört die Schlammkrater zischen«, sagte sie, feierlich, wie in der Kirche. »Kleine graue Dampfblasen schieben den Schlamm hoch, wie kahle Männer, die mit dem Kopf voraus in zähem Sirup aufsteigen, hinauf in die brodelnden Kanäle. Die grauen Köpfe zerschnalzen wie Gummi, fallen schmatzend in sich zusammen. Und fedrige Dampfkräusel entweichen dem zerrissenen Gewebe. Und es riecht nach Schwefel, der in den Tiefen verbrennt, und nach grauer Vorzeit. Hier hat sich der Dinosaurier zehn Millionen Jahre lang gesuhlt.«

»Ist er schon ausgestorben, Cecy?«

»Ja, das ist er. Völlig ausgestorben.« Cecys Lippen bewegten sich im Schlaf. Träge Worte tropften, langsam geformt, von ihrem Mund. »Im Schädel dieser Frau sitze ich, schaue hinaus, betrachte die See, die sich nicht regt, und es ist so still, daß man Angst davon kriegt. Ich sitze auf der Veranda und warte, daß mein Mann heimkommt. Hin und wieder springt ein Fisch aus dem Wasser hoch, fällt zurück, gesäumt von Sternenlicht. Das Tal, die See, die wenigen Wagen, die hölzerne Veranda, mein Schaukelstuhl, ich, die Stille!«

»Was jetzt, Cecy?«

»Ich erhebe mich aus meinem Schaukelstuhl«, sagte sie.

»Ja?«

»Ich verlasse die Veranda, gehe auf die Schlammkrater zu. Flugzeuge ziehen über den Himmel wie Urvögel. Dann ist es wieder still, so still.«

»Wie lange wirst du in ihr bleiben, Cecy?«

»Bis ich genug gehört und gesehen und gefühlt habe: bis ich ihr Leben irgendwie verändert habe. Ich verlasse die Veranda und betrete die Holzbretter. Meine Füße dröhnen über die Planken, müde, schleppend.«

»Und jetzt?«

»Jetzt hüllen mich die Schwefeldämpfe von allen Seiten ein. Ich starre die Blasen an, wie sie zerplatzen und glatt werden. Ein Vogel jagt kreischend an meiner Schläfe vorbei. Plötzlich bin ich in dem Vogel und fliege davon! Und im Fluge, in meinen neuen kleinen Glasperlenaugen, sehe ich unter mir eine Frau auf einem hölzernen Gehsteig, und sie tut einen, zwei, drei Schritte auf die Schlammkrater zu. Ich höre ein Geräusch, als plumpste ein Felsbrocken in geschmolzene Tiefen. Ich fliege immer noch, kehre in einer Schleife zurück. Ich sehe eine weiße Hand sich krümmen, spinnengleich, und im grauen Lavapfuhl verschwinden. Die Lava schließt sich. Nun fliege ich heim, schnell, schnell, schnell.«

Etwas pochte gegen das Fenster. Timothy zuckte zusammen.

Cecy schlug die Augen auf; sie glänzten, waren weit vor Glück und Begeisterung.

»Jetzt bin ich *daheim*!« sagte sie.

Nach einigem Warten meinte Timothy zaghaft: »Drunten feiern sie die Heimkehr. Und alle sind da.«

»Was treibst du dann hier oben?« Sie nahm seine Hand. »Also gut, frag schon!« Sie lächelte listig. »Frag, was du fragen wolltest!«

»Ich bin nicht heraufgekommen, um dich etwas zu fragen«, erklärte er. »Oder vielleicht doch. Es . . . ach, Cecy!« Er sprudelte alles in einem einzigen, langen Ausbruch hervor. »Ich will etwas auf dem Fest tun, damit sie mich beachten, etwas, das mich ihnen ebenbürtig macht, etwas, das mich zu ihnen gehören läßt, aber ich schaffe es nicht, und mir ist ganz elend, und da dachte ich eben, daß du vielleicht . . .«

»Vielleicht«, sagte sie, schloß die Augen und lächelte innerlich. »Stell dich mal ganz aufrecht hin! Und rühr dich nicht!« Er gehorchte. »Nun schließ die Augen und denke an gar nichts!«

Er stand sehr aufrecht da und dachte an nichts oder dachte wenigstens, daß er an nichts dachte.

Sie seufzte. »Sollen wir jetzt nach unten gehen, Timothy?« Wie eine Hand in einem Handschuh, so war Cecy in ihm.

»Seht mal alle her!« Timothy hob das Glas mit der warmen roten Flüssigkeit. Er hob das Glas so hoch, daß sich alle im Haus umdrehten und ihn anstarrten. Tanten, Onkel, Vettern, Kusinen, Brüder und Schwestern.

Er trank es in einem Zug leer.

Eine Hand zuckte zu seiner Schwester Laura. Er hielt ihren Blick fest, flüsterte ihr mit leiser Stimme etwas entgegen, das sie erstarren und verstummen ließ. Er fühlte sich baumhoch, als er auf sie zuging. Das Fest hielt inne. Es verharrte ringsum, war auf ihn ausgerichtet. Von allen Zimmertüren spähten die Gesichter her. Niemand lachte. Mutters Miene war erstaunt. Papa schaute verwirrt drein, aber auch erfreut, und sein Stolz wuchs mit jedem Moment.

Er biß sanft in Lauras Hals, über der Schlagader. Die Kerzenflammen schwankten wie betrunken. Der Wind kroch draußen über das Dach. Verwandte starrten aus allen Türen. Er stopfte sich Kröten in den Mund, verschlang sie, dann schlug er die Arme gegen die Seiten und bewegte sich im Kreis. »Schau, Onkel Einar! Ich kann endlich fliegen!« Auf und ab schlugen seine Arme. Auf und ab pumpten die Füße. Die Gesichter sausten an ihm vorbei.

Er schwebte am oberen Treppenende und hörte seine Mutter rufen: »Schluß jetzt, Timothy!« Weit weg. »He!« schrie Timothy und ließ sich wild rudernd in den Treppenschacht fallen.

Auf halbem Wege in die Tiefe lösten sich die Flügel, die er zu besitzen glaubte, in Nichts auf. Er stieß einen Schrei aus. Onkel Einar fing ihn auf.

Timothy strampelte bleich in den Armen, die ihn bargen. Eine Stimme entquoll seinen Lippen, ohne daß er es wollte. »Hier spricht Cecy! Hier spricht Cecy! Los, besucht mich alle droben – die erste Tür links!« Es folgte ein hohes, schrilles Gelächter. Timothy biß sich in die Zunge, um es zu ersticken.

Alle lachten. Einar stellte ihn ab. Als die Verwandten die Treppe zu Cecys Zimmer hinaufströmten, um sie zu beglückwünschen, rannte Timothy durch die sich verdichtende Finsternis und stieß die Vordertür auf.

»Cecy, ich hasse dich, ich hasse dich!«

Im tiefen Schatten unter dem Maulbeerfeigenbaum. Timothy spie sein Abendessen heraus, schluchzte bitterlich und wühlte sich in einen Haufen Herbstlaub. Dann lag er still. Aus der Tasche seines Kittels, aus dem Schutz der Streichholzschachtel, die ihr als Zuflucht diente, kam die Spinne hervorgekrochen. Spid wanderte über Timothys Arm. Spid krabbelte ihm den Hals entlang, bis hin zum Ohr, und kletterte in seine Ohrmuschel, um ihn zu kitzeln. Timothy schüttelte den Kopf. »Laß das, Spid. Laß das.«

Das sanfte Tasten eines neugierigen Fühlers in seinem Trommelfell ließ Timothy erschauern. »Laß das, Spid!« Er schluchzte etwas schwächer.

Die Spinne kroch dem Jungen über die Wange, machte halt unter seiner Nase, schaute hinauf in die Nasenlöcher, als suchte sie das Gehirn, und erklomm dann sachte den Nasenrücken, wo sie hockte, kauerte und Timothy mit grünen Edelsteinaugen anguckte, bis er in ein verrücktes Gelächter ausbrach. »Geh doch weg, Spid!«

Timothy setzte sich raschelnd im Laub auf. Das Land war in helles Mondlicht getaucht. Aus dem Haus, wo sie Spieglein, Spieglein spielten, drangen derbe Zoten. Verschwommen hörte er das Grölen der Feiernden, als sie versuchten, die zu erkennen, deren Abbilder nicht im Spiegel erschienen, nie in einem Spiegel erschienen waren.

»Timothy.« Onkel Einars Schwingen spannten sich, flatterten, erreichten ihn wie Paukenschläge. Timothy fühlte sich gleich einem Nichts hochgehoben und auf Einars Schulter gesetzt. »Mach dir nichts draus, Neffe Timothy! Jeder, wie er kann, und jeder, wie es seine Art verlangt. Wieviel schöner hast du es doch! Um wieviel reicher du bist! Für uns ist die Welt tot. Glaub mir, wir haben uns an ihr sattgesehen. Das Leben ist am schönsten für jene, die es am kürzesten genießen. Je kleiner das Stück, desto kostbarer, Timothy, merk dir das!«

Den Rest des schwarzen Vormittags, von Mitternacht an, führte ihn Onkel Einar im Haus umher, von Zimmer zu Zimmer, erzählte Geschichten und sang ihm vor. Eine Horde Nachzügler entfachte das fröhliche Treiben von neuem. Ur-ur-ur-mal-tausend-und-mehr-Großmutter war da, in ein ägyptisches Totengewand gehüllt. Sie sagte kein Wort, sondern lehnte aufrecht wie ein versengtes Bügelbrett an der Wand, in den Augenhöhlen einen fernen, weisen, stillen Glanz. Beim Frühstück um vier Uhr morgens saß Ur-mal-tausend-und-mehr-Großmutter steif am oberen Ende der längsten Tafel.

Die vielen jungen Vettern und Kusinen umlagerten die kristallene Punschterrine. Ihre glänzenden Olivenkernaugen, ihre kegeligen Teufelsgesichter mit den roten Kringelhaaren schwebten über dem Trinktisch, und ihre hart-weichen, halb knaben- und halb mädchenhaften Leiber prallten aneinander, als sie in ihrer Trunkenheit widerlich und streitsüchtig wurden. Der Wind heulte schriller, die Sterne brannten mit feuriger Kraft, der Lärm verstärkte sich, die Tänze wurden wilder, die Zecherei nahm ihren Lauf. Für Timothy gab es tausend Dinge zu hören und zu sehen. Die vielen Schichten Dunkel wogten, brodelten, die vielen Gesichter zogen wieder und wieder vorbei . . .

»Hört!«

Das Fest stockte. Weit entfernt schlug die Stadtuhr und kündete die sechste Stunde. Das Fest ging zu Ende. Im Takt zu den Schlägen der Uhr begannen die hundert Stimmen Lieder zu singen, die vierhundert Jahre alt waren, Lieder, die Timothy nicht kennen konnte. Die Arme verschlungen, gingen sie langsam im Kreis und sangen, und irgendwo in der kalten Morgenferne schlug die Stadtuhr ein letztes Mal und schwieg.

Timothy sang. Er kannte keine Worte, keine Melodie, doch er sang die Worte und die Melodie rein und hell und richtig. Und er spähte zu der verschlossenen Tür am oberen Ende der Treppe.

»Danke, Cecy«, wisperte er. »Ich habe dir alles verziehen. Danke.«

Dann entspannte er sich einfach und ließ die Worte mit Cecys Stimme frei von seinen Lippen fließen.

Der Abschied kam, ein großer Aufbruch begann. Mutter und Vater standen an der Tür, um den Verwandten der Reihe nach die Hand zu drücken und sie zu umarmen. Der Himmel jenseits der offenen Tür färbte sich im Osten. Ein kalter Wind drang herein. Und Timothy fühlte sich gepackt und in einen Körper nach dem anderen verpflanzt, fühlte, wie Cecy ihn in Onkel Frys Kopf stopfte, bis er aus dem runzligen Ledergesicht blickte, um gleich darauf mit dem Herbstlaub über das Haus und die erwachenden Hügel zu stieben . . .

Dann trottete er einen Feldweg entlang, fühlte seine roten Augen brennen und Morgenreif auf dem Pelz, während er mit Vetter William durch eine Senke keuchte und verschwand . . .

Gleich einem Kiesel in Onkel Einars Mund, flog Timothy mit dröhnenden Schwingen, füllte den Himmel aus. Und dann war er endgültig zurück in seinem eigenen Körper.

Im wachsenden Frühlicht umarmten sich die Allerletzten. Sie weinten und machten sich Gedanken, weil die Welt immer weniger der rechte Ort für sie war. Es hatte eine Zeit gegeben, da sie sich jedes Jahr trafen, aber nun vergingen Dekaden ohne eine einzige Zusammenkunft. »Vergeßt nicht!« rief jemand. »1970 treffen wir uns in Salem!«

Salem. Timothys betäubter Verstand wälzte die Worte um und um. Salem, 1970. Und Onkel Fry würde kommen und Ur-mal-tausend-Großmutter in ihrem brüchigen Totenhemd und Mutter und Vater und Ellen und Laura und Cecy und all die anderen. Aber würde er da sein? Konnte er sicher sein, daß er bis dahin noch lebte?

Mit einem letzten Donnerschlag waren sie fort, all die Tücher, all die huschenden Säugetiere, all die welken Blätter, all die wimmernden und scharrenden Laute, all die Mitternächte mit ihrem Wahn und ihren Träumen.

Mutter schloß die Tür. Laura griff nach einem Besen. »Nein«, sagte Mutter, »wir räumen heute abend auf. Jetzt brauchen wir Schlaf.« Und die Familie verschwand im Keller oder im Obergeschoß. Und Timothy schlenderte mit gesenktem Kopf durch die kreppübersäte Diele. Als er an einem Festspiegel vorbeikam, sah er die bleiche Sterblichkeit seines Gesichts, eiskalt und zittrig.

»Timothy!« sagte Mutter.

Sie kam und strich ihm mit der Hand übers Gesicht. »Mein Sohn«, sagte sie, »wir lieben dich. Denk daran. Wir lieben dich alle. Ganz gleich, wie anders du bist, ganz gleich, ob du uns eines Tages verläßt.« Sie küßte ihn auf die Wange. »Und wenn – falls du wirklich stirbst, werden deine Gebeine ungestört bleiben, dafür sorgen wir. Du wirst für alle Zeiten in Frieden ruhen, und jede Allerheiligen-Nacht werde ich dich besuchen und fest zudekken.«

Im Haus war es still. Weit entfernt jagte der Wind seine letzte Fracht dunkler Fledermäuse über einen Hügel, ein greinender Widerhall.

Timothy erklomm die Stufen, eine nach der anderen, und weinte den ganzen Weg still vor sich hin.

Aus dem Amerikanischen übersetzt von Birgit Reß-Bohusch

Robert A. Heinlein

Robert Anson Heinlein ist neben Isaac Asimov und Frank Herbert der wohl populärste und erfolgreichste Science-Fiction-Autor der Welt. Er wurde 1907 in Butler/Missouri geboren. Er besuchte die High School und die Akademie der US-Navy in Annapolis. 1939 verkaufte er seine erste Story, »Lifeline«, an »Astounding«. Er hatte auf Anhieb Erfolg und schrieb fortan regelmäßig SF. Es verging kein Monat, in dem nicht eine seiner Erzählungen in irgendeinem Magazin auftauchte. Bereits 1941 wurde er auf dem Weltcon in Denver zum populärsten SF-Autor gewählt. Darauf trat eine Pause in seinem Schaffen ein, denn nach Eintritt der USA in den Zweiten Weltkrieg fand Heinlein eine Anstellung als Marineingenieur bei der Navy. Erst 1947 trat er wieder als SF-Autor in Erscheinung und publizierte regelmäßig Erzählungen und Romane, die ihm alljährlich, als wäre er darauf abonniert, den Hugo Gernsback Award einbrachten.

Man kann deutlich drei Schaffensepochen bei Heinlein unterscheiden. Seine ungeheure Popularität gewann er mit seinen Jugendromanen wie »Der Rote Planet«, »Farmer im All«, »Piraten im Weltraum«, »Tunnel zu den Sternen« und »Weltraumpiloten«. In seiner zweiten Periode während der fünfziger Jahre entstanden berühmt gewordene Romane wie »Weltraummollusken erobern die Erde«, »Die Reise in die Zukunft«, »Revolte auf Luna« und »Tür in die Zukunft«. Die vorliegende Erzählung stammt ebenfalls aus dieser Zeit; sie entstand 1950. Die sechziger und siebziger Jahre zeigten dagegen einen völlig anderen Heinlein. Wurde »Ein Mann in einer fremden Welt« (1961) noch zu einem Kultbuch der Hippie-Bewegung, muteten seine späteren Romane »Das geschenkte Leben«, »Die Leben des Lazarus Long« und »Die Zahl des Tiers« die Heinlein-Verehrer eher fremdartig an, weil sie stark biographische Züge aufweisen und historische und philosophische Aspekte einbeziehen.

Von Robert A. Heinlein erschienen folgende Titel bei Heyne:
Weltraum-Mollusken erobern die Erde · Band 3043
Ein Doppelleben im Kosmos · Band 3049
Bewohner der Milchstraße · Band 3054
Die lange Reise · Band 3101
Revolte auf Luna · Band 3132
Ein Mann in einer fremden Welt · Band 3170
Die Straße des Ruhms · Band 3179
Farmer im All · Band 3184
Die Zeit der Hexenmeister · Band 3220
Die Entführung in die Zukunft · Band 3229
Die sechste Kolonne · Band 2343
Unternehmen Alptraum · Band 3251
Utopia 2300 · Band 3262
Der Mann, der den Mond verkaufte · Band 3270
Welten · Band 3277
Nächste Station: Morgen · Band 3285
Abenteuer im Sternenreich · Band 3336
Das geschenkte Leben · Band 3358
Die Leben des Lazarus Long · Band 3481
Die Reise in die Zukunft · Band 3535
Der Rote Planet · Band 3698
Die Zahl des Tiers · Band 3796 (in Vorbereitung)
Weltraumpiraten · (in Vorbereitung)
Zwischen den Planeten · (in Vorbereitung)

Robert A. Heinlein

Der Mann, der den Mond verkaufte

»Man muß an die Sache glauben, George!«

George Strong schnaubte auf diese Worte seines Partners nur verächtlich vor sich hin. »D. D.«, sagte er nach einer Weile, »warum geben Sie es denn nicht endlich auf? Immer das alte Lied! Vielleicht fliegen eines Tages wirklich Menschen auf den Mond. Aber auf keinen Fall werden Sie und ich es noch erleben. Der Verlust des Energiesatelliten hat der Sache für unsere Generation einen Schlußpunkt gesetzt.«

D. D. Harriman fuhr herum. »Wir werden es jedenfalls dann nicht mehr erleben, wenn wir auf unseren fetten Hintern sitzen und nichts tun, damit es wahr wird!«

»Frage Nummer eins: Wie? Frage Nummer zwei: Warum?«

»Warum? Der Mann fragt warum! George! Gibt es in Ihrem Schädel nichts als Diskontsätze und Dividenden? Haben Sie niemals in sanften Sommernächten mit einem Mädchen dagesessen, zum Mond hinaufgestarrt und sich gefragt, was dort ist?«

»Ja, einmal schon. Ich habe mich erkältet.«

Harriman warf einen verzweifelten Blick zur Bürodecke. »Ich könnte Ihnen ja sagen, warum. Aber Sie würden mich nicht verstehen. Sie wollen die Antwort in Form eines Saldos hören. Sie wollen wissen, wie Harriman & Strong einen Profit herausschlagen können.«

»Ja«, gab Strong zu. »Und kommen Sie mir nicht mit diesem Gerede über Touristenverkehr und legendäre Mondjuwelen. Das kenne ich schon.«

»Sie fordern mich auf, über einen völlig neuen Unternehmenstyp Zahlen zu nennen, weil Sie genau wissen, daß man das nicht kann. Das ist, als ob Sie die ersten Flieger, die Wrights in Kitty Hawk, um eine Vorausschätzung bitten wollen, wieviel Geld die Firma Boeing eines Tages am Bau von Düsenverkehrsmaschinen verdienen mag. Ich will Ihnen mal etwas anderes sagen: Sie wollten damals ja auch nicht, daß wir uns mit Plastikhäusern befassen, oder? Wenn Sie sich durchgesetzt hätten, wären wir immer noch in Kansas City und würden Kuhweiden in Parzellen unterteilen und Mietverträge ausfertigen!«

Strong zuckte die Achseln.

»Wieviel hat unsere Beteiligungsfirma *Neues Heim* bis heute eingenommen?«

Strong blickte abwesend vor sich hin, während er das Talent einsetzte, das er in die Partnerschaft eingebracht hatte.

»Äh . . . 172946994,62 Dollar nach Abzug der Steuern am Ende des letzten Steuerjahres. Die laufende Schätzung bis heute ist . . .«

»Schon gut. Was war unser Anteil daran?«

»Also, die Partnerschaft, wenn man Ihren persönlichen Anteil abzieht, den Sie dann an mich verkauft haben, hat über *Neues Heim* während derselben Zeitperiode 13010437,20 Dollar eingenommen, abzüglich Steuern. – Delos, diese Doppelbesteuerung muß aufhören! Diese indirekte Bestrafung gutgehender Geschäfte ist ein sicherer Weg, um unser Land direkt in . . .«

»Hören Sie auf, hören Sie auf! Wieviel haben wir aus den Firmen *Himmelsfracht* und *Antipoden-Transport* erlöst?«

Strong sagte es ihm.

»Und doch habe ich Sie körperlich bedrohen müssen, bevor Sie ein paar Cents lockergemacht haben, damit wir die Kontrolle des Injektor-Patents ankaufen konnten. Sie sagten, Raketen wären eine vorübergehende Mode.«

»Wir hatten unverdientes Glück«, widersprach Strong. »Sie konnten ja überhaupt nicht wissen, daß es in Australien diesen großen Uranfund geben würde. Ohne diesen Fund hätte uns die Himmelstraßen-Gruppe in die roten Zahlen gebracht. Und übrigens wäre auch *Neues Heim* ein Fehlschlag geworden, wenn nicht die Straßenstädte gekommen wären und uns einen Markt gebracht hätten, der die örtlichen Baubestimmungen umgeht.«

»Quatsch in beiden Punkten! Schnelle Verkehrsmittel zahlen sich aus; sie haben sich immer ausgezahlt. Was *Neues Heim* betrifft – wenn zehn Millionen Familien neue Häuser brauchen und wir sie ihnen billig verkaufen können, dann werden sie kaufen! Durch Baubestimmungen läßt sich so etwas auf die Dauer nicht aufhalten. Nein, nein – wir haben damals auf eine sichere Sache gesetzt. Denken Sie zurück, George: Bei welchen Unternehmungen haben wir Geld verloren, und welche haben sich ausgezahlt? Jede einzelne von meinen total verrückten Ideen hat Geld eingebracht! Wo wir unsere Einlagen verloren haben, das waren Ihre konservativen, hochangesehenen Geschichten.«

»Aber wir haben bei konservativen Geschäften auch Gewinne erzielt!« protestierte Strong.

»Nicht genug, um Ihre Jacht zu bezahlen. Seien Sie fair, George: die Anden-Entwicklungsgesellschaft, das Patent für den integrierenden Pantographen – in jede einzelne Schnapsidee habe ich Sie förmlich hineinschleifen müssen – und jede einzelne hat sich gelohnt.«

»Ich habe Blut schwitzen müssen, bevor sie sich lohnten!« grollte Strong.

»Darum sind wir ja Partner: Ich habe die Schnapsidee, und Sie setzen sie in die Praxis um. Jetzt fliegen wir zum Mond – und Sie werden dafür sorgen, daß es sich lohnt.«

»Sprechen Sie für sich selbst. Ich fliege nicht zum Mond.«

»Aber ich.«

»Idiotisch! Delos, ich gebe ja zu, daß wir reich geworden sind, indem wir mit Ihren Ahnungen spekuliert haben, aber wir werden eines Tages unser letztes Hemd verlieren, wenn wir das so weiter treiben. Es gibt da ein altes Sprichwort über den Krug, der zu oft zum Brunnen geht . . .«

»Verdammt, George – ich fliege zum Mond! Wenn Sie mich dabei nicht unterstützen, dann wollen wir unsere Partnerschaft liquidieren, und ich mache es allein!«

Strong trommelte auf der Tischplatte herum. »Nun, nun, Delos! Niemand hat etwas davon gesagt, Sie nicht zu unterstützen.«

Das Taxi brachte sie zu dem Dach des Energiezentrums. Sie fuhren hinunter zum Konferenzraum des Syndikats.

Er lag ebenso tief unter der Erde, wie die Landeplattform darüber aufragte. In jenen Tagen kamen Geldleute trotz des jahrelangen Friedens gewohnheitsmäßig an Orten zusammen, die vor Atombomben sicher waren. Freilich sah der Raum nicht wie ein Atombunker aus: Ein »Panoramafenster« hinter dem Stuhl des Vorsitzenden bot einen weiten Blick über die Stadt. Das Fenster war in Wirklichkeit ein Stereo-Fernsehbild, das vom Dach übertragen wurde.

Sämtliche anderen Direktoren waren schon vor ihnen da. Dixon nickte, als sie hereinkamen. Er sah auf seinen Uhrfinger und sagte: »Schön, meine Herren, unsere schwarzen Schafe sind hier. Wir können jetzt anfangen.« Er setzte sich auf den Platz des Vorsitzenden und klopfte auf die Tischplatte.

»Die Protokollpunkte unserer letzten Sitzung liegen schriftlich vor Ihnen, wie üblich. Bitte geben Sie Ihr Zeichen, wenn wir in die Tagesordnung eintreten können.« Harriman blickte flüchtig auf die Zusammenfassung, die vor ihm lag, und legte einen Schalter um; an seinem Platz leuchtete ein kleines grünes Licht auf. Die meisten Direktoren taten dasselbe – aber nicht alle.

»Wer hält denn uns nun wieder auf?« fragte Harriman und sah sich in der Runde um. »Oh, Sie, George! Nun machen Sie schon.«

»Ich ziehe es nun einmal vor, die Zahlen zu prüfen«, antwortete sein Partner gereizt. Nach einer Weile legte er seinen Schalter ebenfalls um. Vor dem Vorsitzenden Dixon leuchtete einige Zentimeter über der Tischplatte das Wort PROTOKOLLIERT auf.

»Geschäftsbericht«, sagte Dixon und legte seinerseits einen Schalter um. Aus einem Lautsprecher verlas eine weibliche Stimme den Text. Harriman folgte dem Text auf einem weiteren Blatt Papier, das vor ihm lag. 13 Reaktoren des Curie-Typs waren nunmehr in Betrieb, fünf mehr als zur Zeit der letzten Zusammenkunft. Die Reaktoren in Susquehanna und Charleston hatten . . .

Alles sehr interessant, aber nicht für Harriman. Die Energiekrise nach Explosion des Energiesatelliten war weitgehend eingedämmt – sehr gut, aber die Hoffnung auf interplanetarische Reisen hatte durch diese Explosion einen Rückschlag erlitten, der vielleicht nie mehr gutzumachen war.

Nach Erprobung der künstlichen Isotopentreibstoffe vor drei Jahren war der riesige Arizona-Reaktor in die größte Antipoden-Rakete eingebaut worden. Die Rakete war mit dem isotopischen Brennstoff angetrieben worden, den der Reaktor selbst herstellte, und das Ganze war aus wohlbegründeter Vorsicht in eine Erdumlaufbahn geschossen worden. Eine kleinere Rakete hatte als Fähre zwischen dem Satelliten und der Erde verkehrt, um Vorräte für das Reaktor-Team nach oben zu bringen und auf dem Rückweg radioaktiven Brennstoff für die energiehungrige Erde mitzunehmen.

Als einer der Direktoren des Energiesyndikats hatte Harriman die Idee des Energiesatelliten unterstützt – mit einem privaten Hintergedanken: Er wollte mit dem neuen Antriebsstoff ein Mondschiff betanken. Er hatte damals nicht einmal versucht, das Verteidigungsministerium aus seiner Ruhe aufzustören; Regierungsgelder bedeuten Einmischung.

Er hatte sogar das Schiff für den Mondflug schon besessen. Es war ursprünglich ein Frachter seiner eigenen Antipodenlinie gewesen. Die Maschine, die mit chemischem Antriebsstoff gearbeitet hatten, hatte er durch Isotopenmotoren ersetzen, die Flügel demontieren lassen.

Aber zunächst war der hochwirksame Satellitentreibstoff für die Rakentenfähre zurückgestellt worden; an zweiter Stelle stand der Energiebedarf eines energierationierten Kontinents. Und dieser Bedarf war schneller gestiegen, als der Satellit Treibstoff ausstoßen konnte. Ihn für eine »nutzlose« Mondreise zu verwenden, war der Kontrollkommission nicht eingefallen.

Harriman war widerstrebend zu der Ansicht gelangt, daß er politische Pressionen würde anwenden müssen, um die notwendige Treibstoff-Priorität zu bekommen. Da war der Energiesatellit explodiert . . .

Eine Stunde später wurde er von Dixons Stimme aus seinen düsteren Gedanken gerissen. »Die Angelegenheit scheint also auch zufriedenstellend geregelt, meine Herren? Wenn sich kein Widerspruch erhebt . . . Vielen Dank! Da die reguläre Tagesordnung hiermit abgeschlossen ist, steht unserem Kollegen Herrn Harriman Zeit zur Verfügung, um über ein Thema seiner eigenen Wahl zu sprechen. Er hat nicht gesagt, was es ist, aber wir werden ihm zuhören, bis wir uns vertagen wollen.«

Einer der Direktoren blickte sauer zu Harriman herüber: »Ich beantrage, daß wir uns jetzt vertagen!«

Harriman grinste. »Für zwei Cents würde ich diesen Antrag unterstützen und Sie dann vor Neugierde sterben lassen.« Der Antrag fiel durch. Harriman stand auf.

»Herr Vorsitzender, Freunde: Wie Sie wissen, interessiere ich mich für die Weltraumfahrt.«

Dixon sah scharf zu ihm hinüber. »Nicht schon wieder, Delos! Wenn ich nicht den Vorsitz führen würde, würde ich jetzt selbst den Antrag stellen, daß wir uns sofort vertagen.«

»Schon wieder!« bekräftigte Harriman. »Jetzt und in alle Ewigkeit! Hören Sie mich an. Vor drei Jahren, als wir gezwungen waren, den Arizona-Reaktor in den Weltraum zu befördern, sah es so aus, als ob wir dadurch einen zusätzlichen Vorteil in Gestalt interplanetarischer Reisen erlangen würden. Einige von Ihnen hier haben gemeinsam mit mir die Firma *Weltraumstraßen GmbH* gegründet – zum Experimentieren, zur Erforschung, zur Ausbeutung. Denn es schien doch so, als hätte der isotopische

Treibstoff Weltraumflüge möglich gemacht – mit so großer Gewißheit, daß ich nicht einmal widersprach, als die ersten Treibstoff-Zuteilungen aus dem Satelliten für die Industrie reserviert wurden.«

Er blickte sich um. »Ich hätte damals nicht still sein dürfen. Ich hätte schreien und politischen Druck anwenden und lästig fallen sollen, bis Treibstoff für das Mondschiff abgezweigt worden wäre, nur um mich loszuwerden. Denn jetzt haben wir unsere beste Chance verpaßt. Der Satellit ist weg; die Treibstoffquelle ist weg. Sogar die Raketenfähre ist weg. Wir sind genau da, wo wir vorher waren. Daher . . .«

Er machte eine neue Pause. »Daher schlage ich vor, daß wir ein Raumschiff für chemische Treibstoffe bauen und es zum Mond schicken.«

Dixon fragte in die Stille hinein: »Delos, sind Sie noch normal? Gerade haben Sie selbst gesagt, daß es nicht mehr möglich ist – jetzt sagen Sie wieder, wir sollen ein Raumschiff bauen.«

»Ich habe nicht gesagt, daß es unmöglich geworden ist. Ich habe gesagt, daß unsere Chance verpaßt wurde. Die Zeit ist gerade deswegen überreif für die Raumschiffahrt! Dieser Erdball wird jeden Tag enger. Trotz technischer Fortschritte ist das tägliche Nahrungsmittelaufkommen der Erde geringer als vor 30 Jahren – und es gibt 46 neue Babys pro Minute, 65 000 jeden Tag, 25 Millionen jedes Jahr. Unsere Rasse steht kurz davor, die Grenzen dieses Planeten zu sprengen – und wenn wir auch nur die gleiche Willenskraft haben wie eine Miesmuschel, dann werden wir ihr dabei helfen! Ja, wir haben unsere beste Chance verpaßt – aber die technischen Probleme können gelöst werden. Die wirkliche Frage ist: Wer unterschreibt die Rechnung? Darum spreche ich Sie darauf an, meine Herren. Denn hier in diesem Raum ist das Geld des Planeten versammelt. Ich beantrage, daß wir eine Reise zum Mond finanzieren.«

Der Antrag verursachte keine besondere Aufregung. Diese Männer kannten Harriman. Schließlich sagte Dixon: »Unterstützt jemand D. D.'s Antrag?«

»Augenblick, Herr Vorsitzender!« Der Zwischenruf kam von Jack Entenza, dem Präsidenten der Kontinentalen Freizeit AG. »Ich möchte Delos ein paar Fragen stellen. D. D., Sie wissen, daß ich sofort mitgemacht habe, als Sie die Weltraumstraßen GmbH gründeten. Das schien ein billiges Unternehmen zu sein, es versprach Gewinne in Form von Erziehungs- und wissenschaftlichen Werten. Es macht mir nichts aus, in begrenztem Maße auf Ihre Träume einzugehen. Ich bin aber niemals auf die Idee mit den Linienraumschiffen hereingefallen, die regelmäßig zwischen den Planeten verkehren; das ist doch wirklich zu phantastisch.

Wie wollen Sie denn zum Mond kommen? Wie Sie selbst sagen, fehlt es Ihnen an Treibstoff.«

Harriman grinste. »Jack, ich weiß genau, warum Sie damals mitgemacht haben. Wegen der Wissenschaft jedenfalls nicht; dafür haben Sie nie einen Groschen ausgegeben. In Wirklichkeit haben Sie sich für Ihre Unternehmensgruppe ein Bild- und Fernsehmonopol sichern wollen. Warum auch nicht? Genau das bekommen Sie, wenn Sie weiter dabei sind.«

Dixon sagte: »Nehmen wir einmal an, daß es klappt. Dann scheint es mir immer noch so, als ob Sie uns darum bitten, das Syndikat geradewegs in den Bankrott zu treiben – damit Sie ein Unternehmen finanzieren können, das nicht den geringsten realen Wert besitzt; abgesehen von seinem Wert für die reine Wissenschaft und abgesehen auch von einer einmaligen Unterhaltungsauswertung. Ich bin nicht gegen Sie – es würde mir nichts ausmachen, zehn- oder fünfzehntausend hineinzustecken, um ein förderungswürdiges Experiment zu unterstützen. Aber als Geschäftsvorschlag kann ich die Sache wirklich nicht betrachten.«

Harriman lehnte sich auf seine Fingerspitzen und starrte den langen Tisch hinunter. »Zehn- oder fünfzehntausend Bucks! Dan, ich habe vor, aus Ihnen mindestens ein paar Millionen herauszuholen, und bevor wir fertig sind, werden Sie noch selbst nach mehr Anteilen schreien! Dies wird das größte Grundstücksunternehmen, seit der Papst die Neue Welt zwischen Spanien und Portugal aufgeteilt hat. Fragen Sie mich nicht, woraus wir überall Profit machen werden – ich kann es im einzelnen nicht aufzählen. Aktivposten ist ein Himmelskörper – ein ganzer Himmelskörper, Dan, der niemals berührt worden ist! Wenn uns kein Weg einfällt, aus einer so herrlichen Gelegenheit ein paar schnelle Scheine herauszuholen, dann sollten wir uns lieber gleich von der Fürsorge unterstützen lassen. Es ist gerade so, als ob einem die Manhattan-Insel für vierundzwanzig Dollar und einen Kasten Whisky angeboten wird!«

»Wenn man Sie so reden hört, klingt es wie die Chance des Lebens.«

»Chance des Lebens? Das ist die größte Chance in der ganzen Geschichte! Es regnet Suppe – füllen Sie sich einen Eimer ab!«

Neben Entenza saß Gaston P. Jones, Direktor von Transamerika und einem halben Dutzend anderer Banken; er war einer der reichsten Männer im Raum. Er streifte sorgfältig fünf Zentimeter Zigarrenasche ab. Dann sagte er trocken: »Herr Harriman, ich verkaufe Ihnen alle meine gegenwärtigen und künftigen Ansprüche auf den Mond für 50 Cents.«

»Einverstanden!«

Entenza hatte seine Unterlippe langgezogen und mit einem brütenden Gesichtsausdruck zugehört. Jetzt wachte er auf. »Moment, Herr Jones – ich gebe einen Dollar dafür.«

»Ich gebe einsfünfzig«, antwortete Harriman.

»Zwei Dollar!« antwortete Entenza.

»Fünf!«

Sie schaukelten sich gegenseitig hoch. Bei zehn Dollar gönnte Entenza Harriman den Zuschlag und setzte sich nachdenklich zurück. Harriman sah sich fröhlich um. »Wer von euch Dieben ist Rechtsanwalt?« Die Bemerkung war nicht ernst gemeint: unter den 17 Direktoren befanden sich 11 Rechtsanwälte. »Tony«, sagte er, »entwerfen Sie mir gleich hier einen Vertrag, der diese Transaktion so festnagelt, daß sie vor keinem Gericht der Welt mehr angefochten werden kann. Alle Ansprüche, Rechte, Titel, Aktienbesitz und so weiter und so weiter, alles. Verwenden Sie eine Menge Latein. Der Grundgedanke muß sein, daß jeder Anspruch auf den Mond, den Herr Jones jetzt hat oder erwerben könnte, mir gehört – für einen Zehndollarschein in bar.« Harriman klatschte den Geldschein auf den Tisch. »Ist das richtig, Herr Jones?«

Jones lächelte flüchtig. »Das ist richtig, junger Mann.« Er steckte den Geldschein ein. »Ich werde das für meine Enkel einrahmen lassen, damit sie sehen, wie leicht es ist, Geld zu machen!«

Entenzas Augen schossen von Jones zu Harriman.

»Gut!« sagte Harriman. »Meine Herren, Herr Jones hat soeben einen Marktpreis errichtet. Da es auf der Erde ungefähr drei Milliarden Personen gibt, setzt dies den Preis für den Mond auf 30 Milliarden Dollar fest.« Er legte ein Geldbündel vor sich hin. »Gibt es hier noch ein paar Unvorsichtige, die verkaufen? Ich kaufe jeden Anteil, der mir angeboten wird, zu je 10 Dollar.«

»Ich zahle 20!« platzte Entenza heraus.

Harriman sah ihn traurig an. »Jack, machen Sie das doch nicht! Wir sind doch in derselben Mannschaft! Lassen Sie uns bei 10 Dollar bleiben.«

Dixon klopfte auf den Tisch. »Meine Herren, bitte tätigen Sie solche Transaktionen nach der Sitzung. Beantragt jemand, daß wir über Herrn Harrimans Antrag abstimmen?«

Gaston Jones sagte: »Ich schulde es Herrn Harriman. Ich beantrage Abstimmung.«

Niemand widersprach. Die Abstimmung ging elf zu drei gegen Harriman aus. Harriman, Strong und Entenza waren dafür, alle anderen dagegen. Harriman sprang auf, bevor irgend jemand sonst aufstehen konnte:

»Ich habe das schon erwartet. Da das Energiesyndikat nicht mehr an der Raumfahrt interessiert ist – würde es mir all das verkaufen, was ich an Patenten, Fertigungsmethoden und Einrichtungen brauche und was das Syndikat in Verbindung mit seinen früheren Raumfahrt-Aktivitäten noch besitzt? Unsere kurzen Flitterwochen mit dem Energiesatelliten haben eine Hinterlassenschaft, von der ich sehr gern Gebrauch machen würde. Ich beantrage daher eine Entschließung, daß es ein Geschäftsgrundsatz des Syndikats ist, mir in jeder Weise zu helfen, die sich nicht gegen seine Interessen richtet. Wie wär's damit, meine Herren? Dann wären Sie meine Raumfahrt-Anträge ein für allemal los.«

Jones studierte wieder seine Zigarre. »Ich sehe keinen Grund, warum wir Herrn Harriman damit nicht bedienen sollten, meine Herren ... und ich spreche als komplett Uninteressierter.«

»Das werden wir wohl können, Delos«, stimmte Dixon zu. »Nur daß wir Ihnen nichts verkaufen. Wir werden es Ihnen leihen. Wenn Sie dann einen Treffer erzielen, hat die Gesellschaft doch noch einen Fuß in der Tür. Hat irgend jemand Bedenken?«

Niemand hatte Bedenken; die Angelegenheit wurde zu Protokoll genommen, die Sitzung war vertagt.

Harriman hielt bei Entenza an, flüsterte ihm etwas zu und machte einen Termin aus. Gaston Jones stand in der Nähe der Tür und unterhielt sich privat mit Dixon. Er winkte Strong heran. »George, darf ich Ihnen eine persönliche Frage stellen?«

»Ich garantiere nicht für die Antwort. Aber fragen Sie.«

»Sie sind mir immer als ein vernünftiger Mann erschienen. Nun sagen Sie nur – wieso bleiben Sie mit Harriman zusammen? Der Mann ist doch ein Phantast.«

Strong wand sich. »Ich sollte das bestreiten, er ist mein Freund ... aber ich kann es nicht bestreiten. Nur: Jedesmal, wenn Delos so eine verrückte Ahnung hat, stellt es sich heraus, daß es *die* Sache war. Ich finde es abscheulich, immer wieder mit ihm zusammenzubleiben, es macht mich kribbelig; aber ich habe gelernt, mich auf seine Ahnung mehr zu verlassen als auf den beeideten Finanzbericht eines jeden anderen Mannes.«

Jones zog eine Augenbraue hoch. »So eine Art König Midas, bei dem alles, was er berührt, zu Gold wird?«

»So könnte man es nennen.«

»Na gut, dann erinnern Sie sich nur daran, was dem König Midas am Ende passiert ist – ihm wuchsen Eselsohren. Guten Tag, meine Herren.«

Harrimans Kammerdiener wartete auf ihn, als er nach Hause kam. Jenkins sprang hastig auf und begann Harrimans Bad einzulassen. »Hauen Sie ab«, brummte Harriman. »Ich kann mich selbst ausziehen.«

»Werden Sie heute abend noch irgend etwas benötigen, Herr Harriman?«

»Nichts. Aber bleiben Sie vielleicht doch noch einen Moment. Setzen Sie sich und gießen Sie sich einen ein.«

»Sehr gern, wenn ich darf.«

»Ed, wenn Sie nicht für mich arbeiten würden, was würden Sie dann machen?«

»Tja, also, meine Frau und ich haben schon oft darüber gesprochen, ein kleines Restaurant zu eröffnen. Nichts Großartiges, mehr etwas Solides. Ein Ort, wo Herrengesellschaften eine gute Mahlzeit genießen können.«

»Nur für Herren, wie?«

»Nicht ganz, Herr Harriman – aber ein Salon, in dem nur Herren eingelassen werden, wäre mindestens dabei. Ich würde in diesem Raum selbst bedienen.«

»Ich habe da auch so eine Sache vor, die meinen letzten Dollar kosten wird; und hoffentlich nur den. Sehen Sie sich bald nach etwas Passendem um, Ed. Sie sind praktisch schon Gastwirt.«

Strong betrat ihre gemeinsamen Büroräume am nächsten Morgen pünktlich um neun Uhr, wie üblich. Er war völlig perplex, als er dort schon Harriman antraf. Wenn Harriman einen Tag lang überhaupt nicht kam, bedeutete das gar nichts; wenn er aber früher als das Bodenpersonal da war, mußte der Himmel eingestürzt sein.

Harriman war jedoch nur mit einem Erdglobus und mit einem Buch beschäftigt. Es war der neueste Nautische Almanach, sah Strong.

Harriman blickte kaum auf: »Morgen, George. Sagen Sie, haben wir Verbindungen nach Brasilien?«

»Wieso?«

»Ich brauche ein paar Stempel in portugiesischer Schrift. Und auch ein paar auf spanisch. Nicht zu vergessen drei oder vier Dutzend Stempel aus den Vereinigten Staaten. Ich bin auf etwas sehr, sehr Interessantes gestoßen. Sehen Sie her. Diesen Tabellen zufolge kreist der Mond immer nur über einem Erdstreifen, der vom Äquator aus zum 28. Grad nördlicher und südlicher Breite reicht.« Er hielt einen Bleistift gegen den Globus und drehte ihn. »Etwa so. Sagt Ihnen das etwas?«

»Nein. Außer daß Sie auf einem 60-Dollar-Globus Bleistiftstriche machen.«

»Und Sie wollen ein alter Grundstücksmakler sein! Also andersherum: Was gehört einem Mann, der ein Stück Land kauft?«

»Das kommt auf den Rechtstitel an. Normalerweise muß man Schürfrechte und andere Rechte unter der Oberfläche wohl . . .«

»Nein, das brauchen wir nicht. Nehmen wir an, er kauft alles ohne Ausschluß irgendwelcher Einzelrechte: Wie tief hinunter geht dann sein Eigentum? Wie weit hinauf ist er Eigentümer?«

»Nun, ihm gehört sozusagen ein Keil, der bis zum Erdmittelpunkt reicht. Das ist in diesen großen Prozessen um das Schrägbohren nach Öl vor ein paar Jahren festgestellt worden. Theoretisch gehört ihm auch der Raum über dem Land, und zwar bis in alle Unendlichkeit. Aber das ist in einer anderen Prozeßreihe zweifelhaft geworden, bei denen es um Flugverkehrsrechte ging. Und für uns ist das auch gut so, denn sonst würden wir jedesmal, wenn eine unserer Raketen nach Australien startet, private Zölle bezahlen müssen.«

»Nein, nein, George! Sie haben diese Prozeßprotokolle nicht richtig gelesen! Das Recht, Grundstücke zu überfliegen, wurde darin begründet. Aber das Eigentum des Raumes über dem Land blieb unverändert. Und sogar das Recht des Durchfluges ist nicht absolut; man kann einen tausend Meter hohen Turm auf dem eigenen Land genau dahin bauen, wo Flugzeuge und Raketen oder was immer bisher entlanggeflogen sind – und die Luftfahrzeuge müssen dann eben höher fliegen, ohne daß man selbst einen Nachteil davon hat. Erinnern Sie sich noch, wie wir den Luftraum südlich des Hughes-Flughafens mieten mußten, um sicherzugehen, daß unser Anflugraum nicht zugebaut wurde?«

Strong war nachdenklich geworden. »Ja. Ich sehe, was Sie damit sagen wollen. Das Prinzip des Landeigentums blieb dabei unangetastet – hinunter zum Erdmittelpunkt, hinauf in die Unendlichkeit. Aber das ist wirklich eine rein theoretische Angelegenheit. Sie haben doch nicht etwa vor, für diese Raumschiffe, über die Sie immer sprechen, Zölle zu bezahlen, oder?« Er rang sich über seinen eigenen Witz ein Lächeln ab.

»Den Teufel werde ich tun. Ich bin hinter einer ganz anderen Sache her, George – *wem gehört der Mond?*«

Strongs Unterkiefer fiel herunter. »Delos, Sie haben schon bessere Witze gemacht.«

»Ich mache gar keine Witze. Ich frage Sie noch einmal: Wenn das Gesetz grundsätzlich bestimmt, daß ein Mann den Himmelskeil über seinem Bauernhof bis in alle Unendlichkeit des Weltraums hinein besitzt, wem gehört dann der Mond? Sehen Sie sich den Globus an und sagen Sie es mir.«

Strong sah hin. »Aber das ist doch ohne jede Bedeutung, Delos. Kein Gesetz der Erde bezieht sich auf den Mond.«

»Die Gesetze gelten hier, und das ist alles, worüber ich mir Gedanken mache. Der Mond bleibt ständig über einer Erdscheibe, die von dem 28. Breitengrad nördlich und südlich begrenzt wird; wenn einem Mann diese ganze Erdscheibe gehören würde – es ist ungefähr die tropische Zone –, dann würde ihm auch der Mond gehören, oder?«

»Das ist doch irre!«

»George, wann lernen Sie endlich, daß ›irre‹ ein Wort ist, an dem Rechtsanwälte keinen Anstoß nehmen?«

»Sie planen doch nicht etwa, die Tropenzone aufzukaufen?«

»Nein«, sagte Harriman langsam, »das wäre ein bißchen teuer. Aber man könnte von jedem der souveränen Länder in diesem Gürtel Rechte, Titel und Interessen am Mond aufkaufen. Wenn es stillschweigend zu machen wäre, ohne den Preis hochzutreiben, dann würde ich es vielleicht sogar versuchen. Man kann eine Sache furchtbar billig haben, wenn der bisherige Eigentümer denkt, daß sie wertlos ist; und wenn er daher rasch verkaufen will, bevor man wieder zu Verstand kommt. Aber das ist nicht der Plan. George, hören Sie zu: »Ich möchte in allen diesen Ländern örtliche Zweigfirmen gründen. Ich möchte, daß die gesetzgebenden Körperschaften der Tropenländer diesen Firmen die ausschließlichen Rechte für Mondforschung, Mondausbeutung und so weiter übertragen. Und natürlich auch Eigentumsrechte, die der patriotischen Firma, die die Idee aufgebracht hat, nebenbei auf einem Silbertablett zu überreichen wären. Und ich möchte weiter, daß all dies lautlos geschieht, so daß die Bestechungsgelder nicht zu hoch werden. Wenn die große Balgerei um den Mond losgeht, dann müssen die Karten so gezinkt sein, daß wir nicht verlieren können, ganz egal, wie sie verteilt werden!«

»Das wird verdammt teuer, Delos! Sie wissen ja nicht einmal, ob Sie überhaupt je zum Mond fliegen; viel weniger noch, ob es die Sache wert ist, wenn Sie einmal oben sind.«

»Wir fliegen hin! Es wird viel teurer, sich diese Rechte nicht zu sichern. Überhaupt braucht es gar nicht sehr teuer zu sein. In der Mitte des 19. Jahrhunderts fuhren vier Männer von Kalifornien nach Washington. Sie hatten 40000 Dollar in der Tasche. Das war alles, was ihnen gehörte. Ein paar Wochen später waren sie pleite – aber der Kongreß hatte ihnen Eisenbahnrechte zugestanden, die eine Milliarde Dollar wert waren. Die richtige Anwendung von Bestechungsgeldern ist eine homöopathische Kunst. Man darf die Preise nicht selbst hochtreiben.«

Strong schüttelte den Kopf. »Ihr Rechtstitel wird Ihnen gar nichts nützen. Der Mond bleibt nicht am selben Ort. Er schwebt zwar über Land hinweg, das in bestimmten Händen ist. Aber das tut auch eine Wildgans.«

»Und die Wildgans gehört niemandem: Ich sehe, was Sie meinen. Aber der Mond bleibt immer über diesem einen Erdstreifen. Wenn Sie einen Geröllbrocken in Ihrem Garten umherbewegen, verlieren Sie dann Ihren Rechtstitel daran? Wird er dadurch ein gesondertes Grundstück? Es ist wie in dieser Reihe von Grundstücksprozessen wegen der wandernden Inseln im Mississippi, George. Das Land bewegte sich, sobald der Fluß sich neue Kanäle schnitt – aber irgend jemand besaß es immer.«

Strong zog seine Augenbrauen zusammen. »Ich glaube, ich erinnere mich, daß einige dieser Insel- und Uferanlegerprozesse so entschieden wurden und einige wieder anders.«

»Wir suchen uns die Entscheidungen heraus, die uns passen. Was meinen Sie, warum die Frauen von Rechtsanwälten Nerzmäntel tragen? Kommen Sie, George, fangen wir an!«

»Womit?«

»Damit, das Geld aufzutreiben.«

»Oh.« Strong sah erleichtert aus. »Ich dachte schon, Sie wollten unser eigenes Geld dazu hernehmen.«

»Das will ich! Aber es wird nicht annähernd genug sein. Wir werden unser eigenes Geld einsetzen, um grundlegende Dinge zu finanzieren, damit sich schon einmal etwas tut. In der Zwischenzeit müssen wir Mittel und Wege ausfindig machen, um für den Hauptkostenteil weiteres Geld hereinzukriegen.« Er drückte den Knopf auf seinem Tisch; Saul Kamens, der Chef ihres juristischen Stabes, sah ihn aus dem Bildschirm an. »Hallo, Saul, können Sie mal auf einen Sprung vorbeikommen?«

»Egal, worum es geht – sagen Sie nein. Die Gründe finde ich dann schon«, sagte der Rechtsanwalt.

»Großartig! Diesmal will ich aber Ja sagen. Kommen Sie her – die Hölle wird ausverkauft, und ich habe ein Vorkaufsrecht auf die ersten zehn Wagenladungen.«

Einige Minuten später hatte ihm Harriman seine Idee erklärt, wie er den Mond in Besitz nehmen wollte, bevor er überhaupt einen Fuß darauf gesetzt hatte. »Außer diesen Attrappenfirmen«, fuhr er fort, »brauchen wir eine Agentur, die Beiträge und Spenden entgegennehmen kann, ohne daß der Spender irgendwelche finanziellen Eigeninteressen zugeben muß – etwa so wie die Nationale Geographische Gesellschaft.«

Kamens schüttelte den Kopf. »Die Nationale Geographische Gesellschaft können Sie nicht kaufen.«

»Verdammt, wer hat denn gesagt, daß ich es will? Wir gründen unseren eigenen gemeinnützigen Laden.«

»Das wollte ich gerade sagen.«

»Wie ich es sehe, brauchen wir mindestens eine steuerfreie gemeinnützige Gesellschaft ohne sichtbares Profitstreben, die von den richtigen Leuten geleitet wird. Wahrscheinlich brauchen wir sogar mehr als eine; wir werden sie gründen, wie wir sie gerade brauchen. Und außerdem brauchen wir mindestens eine neue gewöhnliche Firma. Steuerfrei braucht sie nicht zu sein, aber sie wird keinen Pfennig Gewinn ausweisen, bis wir soweit sind. Dann schieben wir die Aktivposten zwischen Firmen und Gesellschaften völlig legal hin und her, bis die gemeinnützigen Gesellschaften uns die Unkosten zahlen. Wenn ich darüber nachdenke, haben wir besser mindestens zwei normale Firmen, so daß wir eine von ihnen bankrott gehen lassen können, wenn wir es für nötig halten sollten, Ballast abzuwerfen. Das ist nur eine allgemeine Skizze. Also ran, Saul! Kriegen Sie es mir so hin, daß alles legal ist!«

Kamens sagte: »Wissen Sie, Delos, es wäre sehr viel ehrlicher, wenn Sie sich das Geld nachts mit einem geladenen Revolver holen würden.«

»Ein Rechtsanwalt redet zu mir von Ehrlichkeit! Kümmern Sie sich nicht darum, Saul; in Wirklichkeit werde ich überhaupt niemanden betrügen . . .«

»Na!«

»Ich biete ja den ersten Mondflug! Das ist es, wofür alle bezahlen sollen; das werden sie auch bekommen. Nun bauen Sie alles so auf, daß es schön legal ist – hm, Saul?«

»Ich fühle mich an etwas erinnert, was der Rechtsanwalt des älteren Vanderbilt unter ähnlichen Umständen zu dem alten Mann gesagt hat: ›Es ist doch wunderschön, wie es jetzt ist; warum sollen wir es verderben, indem wir es legal machen?‹ Also schön! Ich werde Ihre Fallen aufstellen. Wäre sonst noch etwas?«

»Bleiben Sie hier, vielleicht haben Sie ein paar Ideen. George, würden Sie Montgomery bitten, hereinzukommen?«

Montgomery, der Chef ihrer Abteilung für Ideen, Kontakte und Beziehungen, hatte in den Augen seines Arbeitgebers zwei Tugenden: Er war Harriman gegenüber persönlich loyal, und er konnte die Öffentlichkeit davon überzeugen, daß Lady Godiva auf ihrem berühmten Ritt einen Gürtel aus Harriman-Fabriken getragen hatte. Er kam mit einer großen Mappe unter dem Arm. »Trifft sich gut, daß Sie mich rufen lassen, Chef. Sehen Sie sich das mal an . . .« Er öffnete die Mappe auf Harrimans Tisch und fing an, Skizzen und grafische Entwürfe auszubreiten. »Kinskys Arbeit. Na – ist der Junge nicht gut?«

Harriman machte die Mappe zu. »Für welchen Laden ist das?«

»Für *Neues Heim* natürlich.«

»Ich will es jetzt nicht sehen. Wir lassen *Neues Heim* fallen. Moment, fangen Sie nicht gleich an zu weinen. Die Jungs sollen ruhig damit weitermachen. Ich möchte den Preis hochhalten, bis wir das Ding abgeladen haben. Aber nun machen Sie mal Ihre Ohren auf für eine andere Sache.« Er erklärte schnell das neue Unternehmen.

Schließlich nickte Montgomery. »Wann fangen wir an, ,und wieviel geben wir aus?«

»Wir fangen jetzt an, und Sie geben aus, was Sie brauchen. Seien Sie mit den Unkosten nicht zu ängstlich; das ist die größte Sache, die wir je angefaßt haben.« Strong zuckte zusammen.

Harriman fuhr fort: »Machen Sie sich heute eine schlaflose Nacht damit; kommen Sie morgen früh wieder, und wir kauen es durch.«

»Sekunde mal, Chef. Wie wollen Sie denn die ganzen Rechte festnageln von den, äh, den Mondstaaten, von diesen Ländern, über denen der Mond kreist – während gleichzeitig ein großer Werbefeldzug für den ersten Mondflug läuft? Drängen Sie sich damit selbst nicht in eine Ecke?«

»So blöd sehe ich doch wohl nicht aus! Wir bringen die Rechte unter Dach und Fach, bevor Sie auch nur einen Waschzettel verteilen. Das Festnageln werden Sie übrigens selbst besorgen, Sie und Kamens.«

»Hm.« Montgomery kaute an einem Daumennagel. »Schön, in Ordnung. Ich sehe ein paar Anknüpfungspunkte. Wie schnell müssen wir die Rechte in der Tasche haben?«

»Ich gebe Ihnen sechs Wochen. Sonst können Sie Ihr Entlassungsgesuch einreichen. Geschrieben auf Ihrer Haut.«

»Ich schreibe es jetzt gleich, wenn Sie mir helfen und einen Spiegel halten.«

»Monty, ich weiß, daß Sie es in sechs Wochen nicht schaffen! Aber machen Sie schnell; bevor Sie diese Rechte haben, können wir keinen einzigen Cent einnehmen, um die Sache am Laufen zu halten. Wenn Sie trödeln, dann verhungern wir alle, und zum Mond kommen wir auch nicht.«

Strong sagte: »D. D., wieso machen Sie eigentlich solche Winkelzüge mit einer Bande von mottenzerfressenen Bananenrepubliken? Wenn Sie schon so eisern entschlossen sind, zum Mond zu fliegen, dann lassen Sie uns doch Ferguson rufen und mit der Sache anfangen.«

»Ich mag Ihre direkte Art, George«, sagte Harriman stirnrunzelnd. »Aber . . . wissen Sie, damals so um 1845 oder 46 eroberte ein übereifriger amerikanischer Armeeoffizier Kalifornien. Wissen Sie, was das Außenministerium in Washington gemacht hat?«

»Nein.«

»Sie zwangen ihn, das Land den Mexikanern zurückzugeben. Es scheint, daß er den Instanzenweg nicht eingehalten hatte, oder irgend so etwas. Also mußte er sich die Arbeit machen, Kalifornien ein paar Monate später noch einmal zu erobern. Ich möchte nicht, daß uns das passiert. Es ist nicht genug, daß man einfach den Fuß auf den Mond setzt und ihn für sich beansprucht; wir müssen diesen Anspruch vor den Gerichten der Erde verteidigen können, oder wir haben großen Ärger vor uns. Wie, Saul?«

Kamens nickte. »Denken Sie daran, was Kolumbus passierte.«

»Genau. Wir werden uns nicht so übers Ohr hauen lassen wie Kolumbus.«

Montgomery spuckte ein Stückchen Daumennagel aus. »Aber Chef – Sie wissen doch ganz genau, daß diese Bananenstaat-Ansprüche keine zwei Cents wert sind. Warum holen wir uns die Rechte nicht gleich von den UN? Lieber nehme ich noch die auf mich als zwei Dutzend bornierte gesetzgebende Körperschaften. Ich habe da schon einen Anknüpfungspunkt – wir bringen es durch den Sicherheitsrat ein, und . . .«

»Vergessen Sie diesen Anknüpfungspunkt nicht, wir verwenden ihn später. Sie überblicken noch nicht die volle Arbeitsweise des Planes, Monty. Natürlich sind diese Ansprüche an sich nichts wert. Aber lassen Sie uns mal auf dem Mond sein. Bleiben unsere Bananenpartner dann still? Nein, sie quaken. Und wo quaken sie um Anerkennung ihrer nagelneuen Mondrechte? Bei der UNO. Da sitzen aber auch die großen Länder dieses Globus, die reichen und die wichtigsten. Alle aus der nördlichen Klimazone. Sie blikken hastig auf den Globus: Tatsächlich, der Mond geht nie direkt über eines von ihnen hinweg. Dem größten Land von allen, der Sowjetunion, gehört nicht ein einziger Spaten voll Dreck südlich des 28. Grades nördlicher Breite. Also lehnen sie sämtliche Ansprüche ab. Oder etwa doch nicht? Die USA stutzen nämlich. Der Mond kommt ja über Florida und den südlichen Teil von Texas lang! Washington gerät in nervöses Zittern. Sollen sie nun die tropischen Länder unterstützen und für die traditionelle Theorie des Landbesitztitels sein, oder sollen sie sich mit ganzem Gewicht hinter die Idee stellen, daß der Mond jedem gehört? Oder sollen die Vereinigten Staaten versuchen, das ganze Ding überhaupt zu beanspruchen, da es ja Amerikaner waren, die dort zuerst hingekommen sind? An diesem Punkt kriechen wir aus unserem Versteck. Da scheint es doch plötzlich, daß das Mondschiff einer gemeinnützigen Gesellschaft gehört, die wiederum von der UNO selbst beauftragt ist . . .«

»Halt, halt!« unterbrach ihn Strong. »Ich wußte gar nicht, daß die UNO solche Gesellschaften ins Leben rufen kann?«

»Wir haben die Gesellschaft schon. Ich habe sie vor ein paar Jahren extra dafür errichten lassen. Sie kann fast alles tun, was pädagogischen oder wissenschaftlichen Anstrich trägt; und Bruderherz – darunter kann man eine Menge verstehen! Diese Gesellschaft, diese Schöpfung der UNO, bittet nun ihren Schöpfer darum, die Mondkolonie zum autonomen Territorium zu erklären, das unter dem Schutz der UNO steht. Wir bitten nicht sofort um Vollmitgliedschaft, weil wir die Sache einfach halten wollen . . .

»Einfach nennt er das!« sagte Montgomery.

»Einfach. Natürlich einfach: Diese neue Kolonie wird de facto ein souveräner Staat sein, dem der ganze Mond gehört und – jetzt hören Sie genau zu! – in der Lage ist, Land zu verkaufen, Gesetze zu verabschieden, Monopole zu errichten, Steuern einzuziehen und so weiter. Und uns gehört dieser Staat. Nun fragen Sie mich, wieso das alles so kommen muß. Der Grund ist, daß die großen Staaten in der UNO sich keinen eigenen Anspruch ausdenken können, der so legal klingt wie der Anspruch, den die Tropenstaaten erheben. Es gibt also keine Einigung. Die Vereinigten Staaten gönnen es nicht den Tropenstaaten, und die Sowjetunion gönnt es nicht den Vereinigten Staaten. Also werden alle den Weg des geringsten Widerstandes gehen und sämtliche Rechte in die Hände der UNO legen. Von dort aus fallen sie schnurstracks an unsere gemeinnützige Gesellschaft. Sehen Sie jetzt klar, Monty?«

Montgomery grinste. »Verdammt will ich sein, wenn ich weiß, ob das alles nötig ist, Chef, aber ich finde es köstlich.«

»Da bin ich ganz anderer Meinung«, brummte Strong. »Delos, ich habe Sie schon manche krummen Abschlüsse hinbiegen sehen. Ein paar davon waren so teuflisch, daß es sogar mir den Magen umgedreht hat. Aber das hier ist der schlimmste. Ich glaube, in diesem Fall schießen Sie doch weit über das Ziel hinaus; einfach, weil es Ihnen Spaß macht, komplizierte Geschäfte auszukochen, bei denen irgend jemand übers Ohr gehauen wird.«

Harriman entlockte seiner Zigarre gewaltige Wolken, bevor er antwortete: »Ich kümmere mich einen Dreck darum, George. Nennen Sie es, wie Sie wollen. Ich fliege jedenfalls zum Mond! Und wenn ich eine Million Leute hinters Licht führen muß, um es zu schaffen – ich werde es tun.«

»Aber es ist doch nicht notwendig, daß Sie es machen.«

»Na schön, wie würden Sie es denn machen?«

»Ich? Ich würde eine geradlinige, ehrliche Firma aufbauen. Dann würde ich vom Kongreß eine Entschließung erlangen, durch die meine Firma das von den Vereinigten Staaten ausgewählte Instrument ist . . .«

»Bestechung, George? Bestechung? Was muß ich hören!«

»Nicht unbedingt. Einfluß und ein bißchen Druck genügen vielleicht auch schon. Dann würde ich mich daran machen, das Geld aufzutreiben. Ja – und dann würde ich den Flug verwirklichen.«

»Und den Vereinigten Staaten würde dann der Mond gehören?«

»Natürlich«, antwortete Strong etwas steif.

Harriman stand auf und fing an, hin und her zu gehen. »Sie merken es nicht, George – Sie merken es nicht! Der Mond darf nicht einem einzigen Land gehören! Nicht einmal den Vereinigten Staaten.«

»Er soll lieber Ihnen gehören, nehme ich an.«

»Wenn er mir gehören sollte – und dann mit Gewißheit nur für kurze Zeit –, würde ich ihn nicht militärisch mißbrauchen; ich würde außerdem scharf darauf achtgeben, daß andere es ebensowenig versuchen. Aber können Sie sich denn gar nicht vorstellen, was geschehen würde, wenn die Vereinigten Staaten den Mond für sich beanspruchen würden? Die meisten anderen Länder erkennen diesen Anspruch nicht an, so fängt es schon an. Sie müßten ja sonst in tödlicher Furcht vor den Vereinigten Staaten leben. Sie würden nachts zum Himmel hinaufsehen, und von dort würde die größte Atomraketenbasis der Vereinigten Staaten auf sie herunterstarren. Lassen sie sich das gefallen? Nein, mein Herr – sie werden versuchen, sich ein Stück Mond für den eigenen Gebrauch abzusäbeln. Der Mond ist zu groß, als daß man ihn plötzlich haben und auch halten könnte – zu groß selbst für die Vereinigten Staaten. Außer der amerikanischen Basis würde es da oben bald andere Stationen geben; und mit einem Mal hätten wir den gottverdammtesten Krieg, den dieser Planet je gesehen hat. Möchten Sie daran schuld sein? Nein, wir müssen zu einer Regelung kommen, bei der jedermann von Anfang an stillhält. Außerdem, George: Wenn wir den Mond im Namen der Vereinigten Staaten in Besitz nehmen, wissen Sie, wo wir dann als Geschäftsleute bleiben?« – »Im Fahrersitz«, antwortete Strong.

»Im Arm des Propheten! In Nullkommanichts sind wir draußen! Das Verteidigungsministerium wird sagen: ›Danke, Herr Harriman, danke, Herr Strong. Wir übernehmen die Sache jetzt im Interesse der nationalen Sicherheit selbst; Sie können beide nach Hause gehen!‹ und genau das müßten wir dann tun – nach Hause gehen und auf den nächsten Atomkrieg warten. Ich mache das nicht mit, George. Ich lasse es nicht zu, daß sich die medaillenklimpernden Uniformhengste auch da noch breitmachen. Ich werde eine Mondkolonie gründen und auf sie aufpassen, bis sie groß genug ist, um auf eigenen Beinen zu stehen. Handhaben Sie das aber auf die falsche Art, und es ist eine Einbahnstraße zum letzten Gefecht.«

Strong sagte: »Bist du fertig mit deiner Predigt, Delos?«

Harriman blickte auf seinen Bauch hinunter und sagte grob: »In Ordnung – zurück zum Geschäft. Was das Geld betrifft: Zunächst einmal können wir uns um Spenden für eine der gemeinnützigen Gesellschaften kümmern. Wir müssen uns an die Großverdiener halten, wo Steuerabzüge wirklich ins Gewicht fallen. Wieviel können wir auf diese Weise zusammenbekommen?«

»Nicht viel«, meinte Strong. »Diese Kuh ist fast trockengemolken.«

»Sie ist niemals trockengemolken, solange es reiche Männer gibt, die lieber Geschenke machen als Steuern bezahlen wollen. Wieviel mag ein Mann bezahlen, damit ein Krater auf dem Mond nach ihm benannt wird?«

»Ich dachte, die haben alle schon Namen?« bemerkte der Rechtsanwalt.

»Viele haben noch keinen. Und wir haben noch die ganze Rückseite, wo bisher überhaupt nichts benannt ist. Wir wollen heute nicht versuchen, die Summe zu schätzen, die da herauskommen kann; aber merken sollten wir es uns. Monty, ich brauche eine Methode, um aus Schulkindern Zehncentstücke herauszuholen. 40 Millionen Schulkinder zu je einem Zehncentstück, das macht vier Millionen Dollar; das können wir gebrauchen.«

»Warum nur ein Zehncentstück?« fragte Montgomery. »Wenn sich ein Kind wirklich für etwas interessiert, bringt es auch einen Dollar zusammen.«

»Ja, aber was bieten wir ihm dafür? Abgesehen von der Ehre, an einem edlen Unternehmen teilzuhaben, und so weiter?«

»Hm.« Montgomery verbrauchte noch mehr Daumennagel. »Für ein Zehncentstück bekommt der Junge eine Karte, auf der geschrieben steht, daß er Mitglied des Mondscheinklubs ist . . .«

»Nein, Mitglied der Junior-Weltraumfahrer.«

»In Ordnung, die Mondscheinchen sind dann die Mädchen, und vergessen Sie nicht, die Pfadfinder und die Pfadfindermädchen anzusprechen. Wir geben jedem Kind eine Karte; wenn es noch ein Zehncentstück bezahlt, lochen wir sie. Wenn ein Dollar darauf ausgelocht ist, geben wir ihm ein Zertifikat, das man einrahmen kann, worauf sein Name und noch irgend etwas Eingraviertes steht. Und auf der Rückseite das Bild des Mondes.«

»Auf der Vorderseite!« antwortete Harriman. »Dann brauchen wir dafür nur einen Druckvorgang; das ist billiger und sieht auch besser aus. Außerdem geben wir dem Kind eine eiserne Garantie, daß sein Name auf den Mitgliederrollen der jungen Mondpioniere stehen wird, welch selbige in ein Denkmal gesenkt werden, das auf dem Mond am Landeplatz des ersten Mondschiffes errichtet werden soll. In Mikrofilm natürlich; wir müssen mit dem Fluggewicht sparen.«

»Fein!« stimmte Montgomery zu. »Wollen wir unsere Jobs tauschen, Chef? Wenn er auf zehn Dollar kommt, geben wir ihm eine echte Golddoublénadel, die einen Kometen zeigt, und er ist Seniorpionier mit dem Recht, zu wählen, oder irgend so etwas. Und sein Name erscheint außen auf dem Denkmal, in Mikrogravur auf einem Platinstreifen.«

Strong sah aus, als ob er in eine Zitrone gebissen hätte. »Was passiert, wenn ein Kind hundert Dollar erreicht?« fragte er.

»Ach, dann«, antwortete Montgomery fröhlich, »geben wir ihm noch eine Karte, und es kann von vorn anfangen. Machen Sie sich keine Sorgen, Herr Strong. Falls irgendein Kind so hoch kommt, wird es seine Belohnung erhalten. Wahrscheinlich lassen wir es das Mondschiff vor dem Start besichtigen und geben ihm absolut kostenlos ein Erinnerungsfoto dazu, auf dem es vor dem Schiff zu sehen ist; mit einem Autogramm des Piloten, das eine Sekretärin quer über den unteren Rand geschrieben hat.«

»Geld von Kindern ergaunern. Pfui Teufel.«

»Überhaupt nicht!« antwortete Montgomery in verletztem Ton. »Ungreifbare Ideen sind die ehrlichste Handelsware, die irgend jemand verkaufen kann. Sie sind immer genau das wert, was der Käufer bereit ist, zu zahlen. Und sie nutzen sich nur wenig ab. Er kann sie unzerkratzt mit ins Grab nehmen.«

Strong knurrte etwas.

»Wenn ihr beiden Leichenfresser damit fertig seid, die Jugend dieses Landes hinzuopfern«, sagte Kamens, »habe ich auch noch eine Idee.«

»Na?«

»George, Sie sammeln doch Briefmarken?«

»Ja.«

»Wieviel würde ein Briefumschlag wert sein, der frankiert auf dem Mond gewesen und dort abgestempelt worden wäre?«

»He? Aber das können Sie gar nicht, wissen Sie.«

»Ich denke, wir könnten unser Mondschiff ohne größere Schwierigkeiten zur Postamtzweigstelle erklären lassen. Was wäre das wert?«

»Äh . . . das kommt darauf an, wie selten solche Umschläge sind.«

»Es müßte doch eine größtmögliche Zahl geben, die das größtmögliche Geld bringt. Können Sie das abschätzen?«

Strong nahm einen altmodischen Drehbleistift aus der Tasche und begann zu rechnen. Harriman erkundigte sich: »Saul, was meinen Sie dazu, wenn wir Baugrundstücke auf dem Mond verkaufen?«

»Nun sollten wir aber doch ernst bleiben, Delos. Das können Sie nicht machen, bevor Sie dort gelandet sind.«

»Ich bin ganz ernst. Ich weiß, Sie denken an diese Regelung aus den vierziger Jahren, wonach Neuland abgesteckt und genau beschrieben sein muß. Aber ich sage Ihnen, ich möchte jetzt und hier Land auf dem Mond verkaufen. Finden Sie also eine Methode heraus, um das legal zu machen, und ich verkaufe den ganzen Mond – Oberflächenrechte, Schürfrechte, alles.«

»Nehmen wir aber mal an, die Käufer wollen dann auch auf diesem Land da oben leben?«

»Je mehr, desto besser! Wir wären auf dem Mond nämlich auch in der Lage, Steuern festzusetzen. Wenn die Käufer das Land nicht in Gebrauch nehmen oder keine Steuern zahlen, fällt es nach einer gewissen Zeit automatisch an uns zurück. Kümmern Sie sich nur darum, wie wir es anbieten, ohne dafür ins Gefängnis zu gehen. Vielleicht müssen wir das Verkaufsangebot im Ausland bekanntmachen.«

Kamens wirkte nachdenklich. »Wir könnten die Landverkaufsgesellschaft in Panama gründen und die Werbung per Fernsehen und Rundfunk von Mexiko aus herüberstrahlen. Meinen Sie wirklich, daß wir Mondparzellen an den Mann bringen können?«

»Haben Sie mal etwas über den Florida-Landboom gelesen, Saul? Die Leute haben Grundstücke gekauft, die sie nie gesehen hatten, und sie haben diese Grundstücke zum dreifachen Preis verkauft, ohne je einen Blick darauf geworfen zu haben. Manchmal wechselte eine Parzelle dutzendmal den Eigentümer, bevor jemand herausfand, daß dieses Land drei Meter unter Wasser lag. Wir können bessere Angebote machen – einen garantiert trockenen Hektar mit viel Sonnenschein, vielleicht für 10 Dollar – oder 1000 Hektar für je einen Dollar. Wer lehnt schon so ein Angebot ab? Besonders wenn das Gerücht aufkommt, daß auf dem Mond ein Haufen Uran vermutet wird?«

»Wird das denn vermutet?«

»Wie soll ich das wissen? Wenn der Boom nachläßt, werden wir den voraussichtlichen Bauplatz von Luna City bekanntgeben – und wie es der Zufall so will, ist das Land rund um diese Stelle noch frei zum Verkauf. Machen Sie sich keine Gedanken darüber, Saul! Wo es Grundstücke gibt, können George und ich sie auch verkaufen. Da unten im Wumba-Blamba-Land, wo das Land aufrecht steht, haben wir beide Seiten des gleichen Hektars verkauft.« Harriman grinste gedankenvoll vor sich hin. »Aber ich glaube, wir werden die Schürfrechte doch selbst behalten – vielleicht ist da oben wirklich Uran!«

»Delos, innerlich sind Sie ein Kind. Ein minderjähriger Straffälliger.«

Strong richtete sich auf. »Ich komme auf eine halbe Million«, sagte er.

»Eine halbe Million wovon?« fragte Harriman.

»Abgestempelte Mondbriefumschläge. Darüber haben wir doch gerade geredet. 500000 Umschläge sind das Äußerste, was man unter seriösen Sammlern und Händlern verteilen kann.«

»In Ordnung«, stimmte Harriman zu. »Kümmern Sie sich

darum. Ich merke mir nur, daß wir Sie um eine halbe Million extra angehen können.«

»Bekomme ich keine Provision?« erkundigte sich Kamens. »Es war immerhin meine Idee.«

»Sie bekommen eine Dankadresse durch gemeinsames Aufstehen und fünf Hektar Mondboden. Welche anderen Verdienstquellen gibt es noch?«

»Wollen Sie nicht Aktien verkaufen?« fragte Kamens.

»Darauf wollte ich noch kommen. Natürlich – aber gewöhnliche Beteiligungen ohne Stimmrecht.«

»Klingt mir ganz nach einer weiteren Bananenstaatfirma.«

»Natürlich. Allerdings will ich einen Teil an die New Yorker Börse bringen, und Sie werden sich deswegen irgendwie mit der Börsenkommission verständigen müssen. Das wird unser Schaufenster. Wir müssen diese Aktien auf steigendem Kurs halten.«

»Möchten Sie nicht lieber, daß ich den Kanal durchschwimme?«

»Sie wollen mir . . . hoppla!«

Auf Harrimans Tisch war der Bildschirm angegangen. Ein Mädchen sagte: »Herr Harriman, Herr Dixon ist hier. Er hat keinen Termin, aber er sagt, daß Sie ihn empfangen werden.«

»Ich dachte, ich hätte diese Sache ausgeschaltet«, murmelte Harriman. »In Ordnung. Bitten Sie ihn herein.«

»Ja. Oh, Herr Harriman! In dieser Sekunde ist Herr Entenza hereingekommen.«

»Bitten Sie beide herein.« Harriman schaltete die Verbindung ab und wandte sich den anderen drei zu. »Macht den Mund zu, Leute, und haltet eure Brieftaschen fest!«

»Nun hört nur mal, wer uns diesen famosen Rat gibt«, sagte Kamens.

Dixon kam herein; Entenza dicht hinter ihm. Dixon setzte sich hin, blickte sich um, fing an zu sprechen, sah sich wieder um – besonders in Richtung Entenzas.

»Sprechen Sie ruhig, Dan«, ermunterte ihn Harriman. »Wir sind hier ganz unter uns Pfarrerstöchtern.«

»Ich möchte bei dem Mondunternehmen einsteigen, D. D. Als Zeichen des guten Willens habe ich mich der Mühe unterzogen, dies hier einzusammeln.« Dixon zog ein formell aussehendes Papier aus der Tasche und reichte es Harriman. Es war ein Verkauf aller möglichen Mondansprüche von Direktor Phineas Morgan an

Dixon, genau auf die gleiche Art formuliert wie derjenige, den Jones mit Harriman abgeschlossen hatte.

Entenza sah verblüfft zu. Dann fuhr er in seine Brusttasche. Heraus kamen drei weitere Verkaufsverträge von der gleichen Art – jeder mit einem anderen Direktor des Energiesyndikats.

Harriman sah seine Besucher nacheinander an. »Jack hat zwei mehr als Sie, Dan. Wollen wir es dabei belassen?«

Dixon lächelte reuevoll. »So viele habe ich gerade noch.« Er fügte dem Papierhaufen zwei weitere Verträge hinzu, grinste und bot Entenza seine Hand an.

Harriman entschloß sich, vorerst nichts über die sieben Verträge zu sagen, die in seinem eigenen Schreibtisch eingeschlossen waren. »Meine Herren, wie ernst ist es Ihnen damit? Wieviel Geld haben Sie mitgebracht?«

Entenza blickte auf Dixon. Dixon antwortete: »Wieviel wird denn gebraucht?«

»Wieviel können Sie aufbringen?« fragte Harriman zurück.

Dixon zuckte die Achseln. »So kommen wir nicht weiter. 100000.«

Harriman seufzte. »Ich entnehme dem, daß Sie in Wirklichkeit nur einen Flugschein für das erste regulär verkehrende Linien-Fluggastschiff zum Mond kaufen wollen. Einen solchen Flugschein können Sie zu diesem Preis haben.«

»Hören wir auf mit dem Schattenboxen, Delos. Wieviel?«

Harrimans Gesicht blieb unbeweglich, aber er dachte fieberhaft nach. Er war in großer Verlegenheit, weil er selbst noch zu wenig Information besaß. Er hatte noch nicht einmal mit seinem Chefingenieur darüber gesprochen. »Dan, wie ich Ihnen schon gesagt habe, kostet es Sie mindestens eine Million, um zu diesem Spiel überhaupt Platz zu nehmen.«

»Das habe ich mir schon gedacht. Und wieviel wird gebraucht, um im Spiel zu bleiben?«

»Alles, was Sie haben.«

»Werden Sie nicht albern, Delos. Ich habe mehr als Sie.«

Harriman zündete sich eine Zigarre an – das einzige Zeichen seiner Erregung. »Nehmen wir an, Sie bringen genauso viel auf, wie auf der anderen Seite Strong und ich aufgebracht haben. Dollar für Dollar.«

»Wofür ich zwei Anteile kriege?«

»Also gut – Sie legen einen Dollar hin, sobald jeder von uns einen hinlegt. Gleich zu gleich. Aber die Leitung des Ganzen liegt bei mir.«

»Sie leiten das Ganze«, stimmte Dixon zu. »Gut. Ich werde jetzt eine Million einbringen und danach mit Ihren Einlagen Schritt halten. Sie haben natürlich keine Einwände dagegen, daß ich meinen eigenen Buchprüfer mitbringe?«

»Wann habe ich Sie je betrogen, Dan?«

»Niemals; und es besteht keine Notwendigkeit, jetzt damit anzufangen.«

»Wie Sie wollen. Aber schicken Sie einen Mann, der seinen Mund halten kann.«

»Der wird still sein.«

Harriman dachte über Dixons umfangreiche Aktivposten nach. »Unter Umständen können Sie sich später mit einem zweiten Anteil einkaufen, Dan. Dieses Vorhaben wird teuer.«

Dixon legte sorgfältig seine Fingerspitzen aneinander. »Wir werden uns mit dieser Frage beschäftigen, wenn es soweit ist. Ich halte nichts davon, ein Unternehmen aus Mangel an Kapital zusammenbrechen zu lassen.«

Harriman wandte sich an Entenza. »Sie haben gehört, was Dan zu sagen hatte. Sind diese Bedingungen für Sie ebenso akzeptabel?

Entenzas Stirn war von Schweiß bedeckt. »Eine Million kann ich so schnell nicht flüssig machen.«

»Ihre Unterschrift ist uns gut dafür; Sie können sich damit Zeit lassen.«

»Aber Sie haben gesagt, daß eine Million nur der Anfang ist. Ich kann nicht unbegrenzt mit Ihnen Schritt halten. Sie müssen eine obere Grenze setzen. Sonst sind Sie in der Lage, mich rauszudrücken.«

Harriman wartete, ob Dixon etwas sagen würde. Dixon wartete ebenso. Endlich sagte er: »Wir drücken Sie nicht raus, Jack, solange Sie beweisen können, daß Sie alle Reserven mobilisiert haben.«

Harriman nickte. »Das erklären wir auch, Jack.« Bei sich dachte er, daß jedes Schrumpfen von Entenzas Anteil ihm und Strong eine klare Abstimmungsmehrheit verschaffen mußte.

Strong meldete sich plötzlich: »Das gefällt mir nicht. Vier gleiche Partner, da können wir uns viel zu leicht durch Stimmengleichheit blockieren.«

Dixon zuckte die Achseln. »Ich bin hier eingestiegen, weil ich glaube, daß Delos die Sache profitabel machen kann, ob wir nun zum Mond fliegen oder nicht. Ich habe den gestrigen Abend damit verbracht, mir die öffentlichen Geschäftsberichte verschiedener Harriman-Firmen anzusehen; sie sind sehr interessant. Ich schlage vor, daß wir jede mögliche Stimmengleichheit von vornherein auflösen, indem wir dem Direktor – das sind Sie, Delos – eine zweite Stimme geben. Einverstanden, Entenza?«

»Von mir aus ja.«

Harriman war dieses letzte Angebot nicht geheuer. Er traute Dixon nicht, wenn der Bankier mit Geschenken kam. Er stand plötzlich auf. »Ich muß mich beeilen. Ich lasse Sie mit Herrn Strong und Herrn Kamens zurück. Kommen Sie, Monty!« Kamens, da war er sicher, würde nicht zu früh plaudern, nicht einmal Teilhabern gegenüber. Was Strong anbetraf, der ließ nicht einmal seine linke Hand wissen, wie viele Finger die rechte hatte.

Er entließ Montgomery vor der Tür und ging über den Gang.

Andrew Ferguson, Chefingenieur der Harriman-Unternehmen, blickte auf, als er hereinkam. »Tag, Chef. Herr Strong hat mir heute morgen Ihre Idee für einen automatischen Lichtschalter gegeben. Erst sah sie ja nicht sehr praktisch aus, aber . . .«

»Legen Sie sie beiseite. Lassen Sie einen von Ihren Jungs daran arbeiten und vergessen Sie das. Wir fahren einen neuen Kurs.«

»Ich habe ein paar Gerüchte gehört«, sagte Ferguson.

»Entlassen Sie den Mann, der sie Ihnen erzählt hat. Nein – schicken Sie ihn in besonderer Mission nach Tibet und halten Sie ihn dort fest, bis wir mit dieser Sache durch sind. Also: Ich möchte, daß Sie mir so schnell wie möglich ein Mondschiff bauen.«

Ferguson legte ein Bein über die Armlehne des Sessels, nahm ein Federmesser heraus und begann, konzentriert seine Fingernägel zu beschneiden. »Sie sagen das, als ob es ein Auftrag wäre, eine Toilette zu bauen.«

»Warum nicht? Theoretisch gibt es geeignete Antriebsstoffe schon seit 1949. Bringen Sie die Mannschaft zusammen, die es konstruiert; bringen Sie dann eine zweite Mannschaft zusammen, die es baut. Ich bezahle die Rechnungen. Was könnte einfacher sein?«

Ferguson starrte zur Decke. »Geeignete Antriebsstoffe . . .«, wiederholte er träumerisch.

»Aber ja. Die Zahlen zeigen, daß Wasserstoff und Sauerstoff eine Stufenrakete zum Mond und zurück bringen. Es ist eine Frage der richtigen Konstruktion.«

»Richtige Konstruktion . . .«, sagte Ferguson mit der gleichen sanften Stimme. Dann stieß er das Messer in die narbige Tischplatte, fuhr herum und rief: »Was verstehen Sie schon von richtiger Konstruktion? Wo bekomme ich die Stahllegierung her? Wie verbrenne ich pro Sekunde genügend von Ihrer verrückten Mixtur, ohne daß das Zeug explodiert? Wie bekomme ich eine anständige Massenratio? Warum, zur Hölle, haben Sie das Schiff nicht bauen lassen, als wir den genau richtigen Treibstoff hatten?«

Harriman antwortete, als der Chefingenieur sich beruhigt hatte. »Was können wir jetzt und hier erreichen, Andy?«

»Ich habe darüber nachgedacht, als ich gestern abend im Bett lag; und meine alte Dame ist stocksauer auf Sie. Ich habe den Rest der Nacht auf einer Couch zubringen müssen. Zuerst einmal müssen Sie sich einen Forschungsauftrag vom Verteidigungsministerium besorgen. Dann können Sie . . .«

»Andy, kümmern Sie sich um die technischen Probleme und überlassen Sie mir die politischen und finanziellen Fragen. Ich brauche solche Ratschläge nicht.«

»Ich rede die ganze Zeit über nichts anderes als technische Probleme! Der Regierung gehört eine Menge Wissen über Raketen – alles geheim. Ohne einen Regierungsauftrag dürfen Sie diese Sachen nicht einmal von fern bewundern.«

»So viel kann das ja nun nicht sein. Schafft eine Regierungsrakete irgend etwas, was eine Himmelsstraßen-Rakete nicht schafft?«

»Ich fürchte, ich kann es laienverständlich kaum erklären. Sie müssen mir einfach abnehmen, daß wir diese Forschungsberichte der Regierung brauchen. Es hat keinen Sinn, uns für Hunderttausende Dollar an eine Arbeit zu machen, die längst gemacht ist.«

»Geben Sie die Hunderttausende aus.«

»Vielleicht Millionen.«

»Geben Sie die Millionen aus. Haben Sie keine Angst davor, Geld auszugeben. Andy, ich will nicht, daß sich die Militärs hier einmischen.«

Er überlegte, ob er dem Ingenieur die komplizierten politischen Erwägungen im Hintergrund dieser Entscheidung erklären sollte, fand es aber besser, nichts zu sagen. »Wie sehr brauchen Sie dieses Regierungszeug? Können Sie nicht an die gleichen Ergebnisse herankommen, wenn Sie Ingenieure einstellen, die vorher für die Regierung gearbeitet haben? Oder können Sie sie nicht sogar aus dem Regierungsdienst abwerben?«

»Wie können Sie von mir verlangen, daß ich Resultate bringe, wenn Sie gleichzeitig darauf bestehen, mich zu behindern?«

»Ich behindere Sie nicht. Ich sage Ihnen nur, dies wird kein Regierungsvorhaben. Wenn Sie es unter dieser Bedingung vorziehen, nicht daran zu arbeiten, dann lassen Sie es mich jetzt und hier wissen, damit ich jemand anderen finden kann, der es versucht.«

Ferguson fing an, nach seiner Tischplatte Messer zu werfen. Als das Messer zum erstenmal nicht steckenblieb, sagte er ruhig: »Ich habe da einen Jungen im Sinn, der für die Regierung in White Sands gearbeitet hat. Ein sehr intelligenter Jüngling. Konstruktionschef in seiner Abteilung.«

»Er könnte unser Team leiten?«

»Das ist die Idee.«

»Wie heißt er? Wo steckt er jetzt? Für wen arbeitet er?«

»Als die Regierung White Sands schloß, fand ich es schandbar, daß ein so guter Junge arbeitslos sein sollte, also habe ich ihn für *Himmelsstraßen* unter Vertrag genommen. Wie das so geht, ist er heute Chefingenieur unserer Instandhaltung an der Küste.«

»Instandhaltung? Was für ein bescheidener Job für einen schöpferischen Mann! Aber Sie meinen, daß er jetzt uns gehört? Holen Sie ihn an den Bildschirm! Nein – rufen Sie die Küste an, sie sollen ihn in einer Sonderrakete herschicken; wir werden mit ihm essen.«

»Ich bin heute nacht aufgestanden und habe mit ihm telefoniert – das war es, was die gnädige Frau so geärgert hat. Er wartet draußen. Coster – Bob Coster.«

»Andy, Sie alter Verbrecher! Warum mußten Sie erst so tun, als wollten Sie sich mit aller Gewalt querlegen?«

»Ich habe nicht nur so getan. Es gefällt mir hier, Herr Harriman, solange Sie sich nicht in meine Arbeit einmischen. Mein Gedanke ist nun so: Wir ernennen Coster zum Chefingenieur dieses Mondunternehmens und lassen ihn machen. Ich werde ihn nicht bevormunden. Ich werde nur seine Berichte lesen. Lassen Sie ihn also auch in Ruhe, hören Sie? Nichts macht einen guten Techniker ärgerlicher, als wenn ein nicht zuständiger Schwachkopf mit Scheckbuch ihm sagt, wie er seinen Job machen soll.«

»Das paßt mir. Und ich will auch nicht, daß ein pfennigfuchsender alter Dummkopf ihn aufhält. Sehen Sie zu, daß Sie sich ebensowenig einmischen, oder ich ziehe den Teppich unter Ihnen weg. Verstehen wir uns?«

»Ganz gut.«

»Dann holen Sie ihn herein.«

Offensichtlich war für Ferguson ein 35jähriger Mann ein Jüngling; denn auf dieses Alter schätzte Harriman Coster. Er war großgewachsen, schlank und still. Harriman überfiel ihn sofort, nachdem sie sich die Hände geschüttelt hatten: »Bob, können Sie eine Rakete bauen, die zum Mond fliegt?«

Coster blinzelte nicht einmal. »Haben Sie eine Quelle für X-Treibstoff«, fragte er, indem er die gebräuchliche Abkürzung des Raketenmannes für den Isotopentreibstoff verwendete, der vom Energiesatelliten produziert worden war.

»Nein.«

Coster blieb mehrere Sekunden lang völlig still, dann antwortete er: »Ich kann eine unbemannte Rakete auf die Mondoberfläche setzen.«

»Das reicht nicht. Es muß ein bemanntes Schiff sein. Ob das Schiff hier auf der Erde noch unter eigenem Antrieb landet, oder ob es sich von der Atmosphäre bremsen lassen muß, ist unwichtig.«

Es schien, daß Coster niemals prompt antwortete. Harriman hatte vorübergehend die Vorstellung, daß er hören könnte, wie sich im Kopf des Mannes die Räder drehten.

»Das wäre sehr teuer«, sagte Coster.

»Wer hat Sie danach gefragt, was es kostet? Können Sie es?«

»Ich könnte es versuchen.«

»Versuchen, nichts da! Glauben Sie, daß Sie es *können*? Würden Sie Ihr letztes Hemd darauf setzen? Wären Sie bereit, bei dem Versuch Ihr Genick zu riskieren? Wenn Sie selbst nicht an sich glauben, Mann, dann haben Sie hier keine Chance, und Sie werden nie eine haben!«

»Wieviel wollen Sie selbst riskieren? Ich habe gesagt, daß das teuer wird – und ich bezweifle, daß Sie sich eine Vorstellung davon machen, wie teuer.«

»Und ich habe Ihnen gesagt, Sie sollen sich über das Geld nicht den Kopf zerbrechen. Geben Sie aus, was Sie brauchen; es ist mein Job, die Rechnungen zu bezahlen. Können Sie es?«

»Ich kann es. Ich werde Sie in Kürze wissen lassen, wieviel es kostet und wie lange es dauern wird.«

»Gut. Fangen Sie an, Ihr Team zusammenzubringen. Wo machen wir das, Andy?« Er wandte sich an Ferguson. »Australien?«

»Nein.« Es war Coster, von dem die Antwort kam. »Australien nicht. Ich brauche ein Bergkatapult. Das wird uns eine Raketenstufe sparen.«

»Wie groß muß der Berg sein«, fragte Harriman. »Ist Pikes Peak hoch genug?«

»Es sollte in den Anden sein«, antwortete Ferguson. »Die Berge dort sind höher und näher am Äquator. Schließlich haben wir dort eigene Einrichtungen; oder die Andenentwicklungsgesellschaft hat sie, an der wir ja beteiligt sind.«

»Richten Sie das ein, wie Sie wollen«, sagte Harriman zu Bob Coster. »Ich würde Pikes Peak vorziehen, aber es liegt bei Ihnen.« Er dachte an die ungeheuren Geschäftsvorteile, die sich ergäben, wenn der erste Raumhafen innerhalb der Vereinigten Staaten lag.

»Ich werde es Sie wissen lassen.«

»Jetzt Ihr Gehalt. Vergessen Sie, was wir Ihnen bisher gezahlt haben. Wieviel wollen Sie haben?«

Coster winkte ab. »Ich arbeite für Kaffee und Kuchen.«

»Erzählen Sie keinen Unsinn.«

»Lassen Sie mich ausreden. Kaffee und Kuchen und eine andere Sache: Ich fliege mit zum Mond.«

Harriman blinzelte. »Das kann ich verstehen«, sagte er langsam. »In der Zwischenzeit gebe ich Ihnen ein Konto, von dem Sie nach Bedarf abheben können.« Er fügte hinzu: »Kalkulieren Sie ein Dreimannschiff durch. Es sei denn, Sie sind als Pilot ausgebildet.«

»Das bin ich nicht.«

»Drei Mann also. Ich fliege nämlich auch mit.«

»Gut, daß wir miteinander reden, Dan«, sagte Harriman.

Dixon strich Butter auf ein Brötchen und wartete.

»Wir werden auf der anderen Seite des Mondes Hochleistungsreaktoren aufstellen, vom gleichen Typ wie der Satellitenreaktor, der uns um die Ohren geflogen ist. Wir werden sie fernsteuern; wenn einer explodiert, wird das kaum etwas ausmachen. Und ich werde in einer Woche mehr X-Treibstoff produzieren, als das Energiesyndikat in drei Monaten ausstieß. Wir werden es damit in die Pfanne hauen. Nehmen Sie es nicht persönlich; es ist nur, daß ich eine Treibstoffquelle für interplanetarischen Linienverkehr haben will. Wenn wir hier kein gutes Zeug bekommen, dann werden wir es auf dem Mond selbst herstellen.«

»Interessant. Aber wo wollen Sie da oben das Uran für diese Reaktoren herbekommen? Soweit ich gehört habe, ist von der Atomenergiekommission die voraussichtliche Förderung auf 20 Jahre im voraus eingeteilt worden.«

»Uran? Das bekommen wir auf dem Mond.«

»Auf dem Mond? Gibt es auf dem Mond denn Uran?«

»Haben Sie das noch nicht gewußt? Ich habe gedacht, das wäre der Grund, weshalb Sie sich mir angeschlossen haben?«

»Nein, ich habe nichts dergleichen gewußt«, sagte Dixon. »Welchen Beweis gibt es dafür?«

»Es ist eine Tatsache, über die sich alle einig sind. Spektroskopie. Fragen Sie einen von den Professoren. Aber zeigen Sie nicht zuviel Interesse – wir sind noch nicht soweit, die Karten aufzudecken.«

Harriman stand auf. »Ich muß mich beeilen, oder ich verpasse die Raketenfähre nach Rotterdam. Vielen Dank für das Essen.« Er nahm seinen Hut und ging.

Harriman stand auf. »Tun Sie, was Sie für richtig halten, Mijnheer van der Velde. Ich gebe Ihnen und Ihren Kollegen die Möglichkeit, einzusteigen. Ihre Geologen stimmen alle darin überein, daß Diamanten aus vulkanischer Tätigkeit resultieren. Was, glauben Sie, werden wir dort finden?« Er warf eine große Fotografie des Mondes auf den Tisch des Holländers.

Der Diamantenhändler blickte ungerührt den abgebildeten Himmelskörper mit seinen tausend riesigen Kraterpocken an. »Falls Sie dort hinkommen, Herr Harriman.«

Harriman nahm das Bild wieder an sich. »Wir werden dort hinkommen. Und wir werden Diamanten finden – obwohl ich der erste bin, der zugibt, daß es vielleicht 20 oder sogar 40 Jahre dauert, bevor ein Fund groß genug ist, um sich zu lohnen. Ich bin zu Ihnen gekommen, weil ich glaube, daß der schlimmste Verbrecher in unserem Gesellschaftssystem derjenige ist, der einen größeren neuen Wirtschaftsfaktor einführt, ohne die Neuheit in einer Weise zu planen, die konfliktlose Anpassung erlaubt. Ich liebe Paniken nicht. Aber alles, was ich tun kann, ist, Sie zu warnen. Guten Tag.«

»Setzen Sie sich noch einmal, Herr Harriman. Es verwirrt mich immer, wenn mir jemand erklärt, wie er mir etwas Gutes antun will. Wie wäre es, wenn Sie mir statt dessen sagen würden, was Ihnen das Gutes einbringt? Dann können wir uns darüber unterhalten und den Weltmarkt vor einem plötzlichen Monddiamantenstrom schützen.«

Harriman setzte sich wieder.

Später suchte er verschiedene andere Diamantenhändler auf, bei denen er aber nicht vom Mond sprach. Dann nahm er das Raketentaxi nach London und setzte bei den dortigen Repräsentanten des Diamantensyndikats ein Gerücht in Umlauf. Außerdem richtete er es mit seinen Londoner Anwälten so ein, daß er durch einen Strohman bei Lloyd's gegen einen erfolgreichen Mondflug versichert wurde. Schließlich rief er sein Büro in Amerika an. Er ließ sich zahlreiche Berichte durchgeben und fand heraus, daß Montgomery in Neu-Delhi war. Er rief ihn dort an, sprach längere Zeit mit ihm, dann raste er zum Flughafen – gerade noch rechtzeitig, um sein Raketenschiff zu erreichen. Am nächsten Morgen war er in Colorado.

Am Peterson-Flugfeld östlich von Colorado Springs hatte er Schwierigkeiten, durch das Tor hineinzukommen, obwohl das Flugfeld ihm seit einigen Wochen gehörte. Natürlich hätte er Coster anrufen können, aber er wollte sich erst etwas umsehen, bevor er mit dem jungen Chefingenieur sprach. Glücklicherweise kannte ihn der Chef der Wache vom Sehen; er kam hinein und wanderte eine Stunde lang umher. An seinem Mantel war ein dreifarbiges Abzeichen geheftet, damit er innerhalb der Absperrung überall hinkam.

In der Maschinenhalle herrschte mäßige Geschäftigkeit, ebenso in der Gießerei. Die meisten anderen Werkstätten wirkten verlassen. Harriman ging ins Hauptgebäude. Der Zeichenraum und die Lagerhalle waren ziemlich aktiv, ebenso die Berechnungsabteilung. Aber in der Rohbaugruppe gab es leere Tische. In der Metallgruppe und im angrenzenden metallurgischen Laboratorium herrschte eine kirchengleiche Stille. Er wollte gerade zum Chemie- und Materialanbau überwechseln, als Coster auftauchte. »Herr Harriman! Ich habe gerade gehört, daß Sie hier sind.«

»Spione überall«, sagte Harriman. »Ich wollte Sie nicht stören.«

»Überhaupt nicht. Gehen wir in mein Büro.«

Als sie einige Augenblicke später dort saßen, fragte Harriman: »Na, wie geht es?«

Coster runzelte die Stirn. »Muß wohl gehen.«

Harriman bemerkte, daß die Schreibtischplatte des Ingenieurs voller gestapelter Papiere lag, die teilweise über die Tischkante hinausragten. Bevor Harriman antworten konnte, leuchtete Costers Telefon auf, und eine weibliche Stimme sagte: »Herr Coster, Herr Morgenstern möchte Sie sprechen.«

»Ich bin beschäftigt.«

Nach einer kurzen Pause antwortete das Mädchen unbeirrt: »Herr Morgenstern sagt aber, daß er Sie trotzdem sprechen muß, Herr Coster.«

Coster machte eine finstere Miene. »Entschuldigen Sie mich einen Moment, Herr Harriman. – Stellen Sie ihn durch.«

Statt des Mädchens tauchte ein Mann auf dem Bildschirm auf. »Ah, da sind Sie ja. Was war das nun wieder für eine Verzögerung? Hören Sie, Chef, mit diesen Lastwagen haben wir nichts als Schwierigkeiten. Jeder einzelne, den wir gemietet haben, muß überholt werden. Und jetzt stellt es sich heraus, daß die *Straßenflotte GmbH* nichts daran tun will. Die bestehen auf dem Kleingedruckten in dem Vertrag. Also, wie ich es sehe, annullieren wir diesen Vertrag besser und kommen mit Peak City Transport ins Geschäft. Die haben einen Wagenpark, der mir ganz gut auszusehen scheint. Sie garantieren, daß . . .«

»Kümmern Sie sich darum!« raunzte Coster. »Sie haben den Vertrag gemacht, Sie haben auch die Vollmacht, ihn zu annullieren; das wissen Sie ja wohl.«

»Ja, aber Chef, ich dachte mir, daß das bestimmt eine Sache ist, die Sie persönlich machen wollen. Das hängt mit Geschäftspolitik zusammen, wissen Sie, und da . . .«

»Kümmern Sie sich darum! Es interessiert mich nicht im geringsten, was Sie machen, solange wir Transportmöglichkeiten haben, wenn wir sie brauchen.« Er unterbrach die Verbindung, ohne auf weitere Einwände zu warten.

»Wer ist dieser Mann?« fragte Harriman.

»Wer? Oh, das ist Morgenstern, Claude Morgenstern.«

»Nicht sein Name – was macht er hier?«

»Er ist einer meiner Assistenten, zuständig für Gebäude, Bodenflächen und Transport.«

»Werfen Sie ihn raus.«

Coster sah Harriman störrisch an. Bevor er antworten konnte, kam eine Sekretärin herein und stand mit einem Stoß Papier beharrlich an seinem Ellbogen. Er runzelte die Stirn, unterschrieb ein dutzendmal und schickte sie hinaus.

»Das war keine Anordnung«, sagte Harriman. »Es war mehr ein Rat. Ich werde Ihnen doch in Ihrem eigenen Hinterhof keine Anordnungen geben. Aber würden Sie vielleicht doch den einen oder anderen Rat anhören?«

»Natürlich«, antwortete Coster steif.

»Ist dies Ihr erster Job im Spitzenmanagement?«

Coster gab es zögernd zu.

»Ich habe Sie auf Fergusons Glauben hin eingestellt, daß Sie der Ingenieur sind, der ein funktionierendes Mondschiff bauen kann. Ich habe keinen Grund, diese Meinung zu ändern. Aber Spitzenmanagement ist keine Ingenieurarbeit. Auf diesem Gebiet kann ich Ihnen noch ein paar Tricks zeigen. Das ist wie mit dem Sex; bis man ihn praktisch erfahren hat, weiß man gar nichts darüber.«

Harriman machte bei sich den Vorbehalt, daß dieser Junge bald arbeitslos sein würde, wenn er keinen Rat annahm; ob Ferguson das nun paßte oder nicht.

Coster trommelte auf seinem Tisch herum. »Ich weiß nicht, was hier eigentlich nicht stimmt. Ich kann buchstäblich nichts einem anderen in die Hand geben und mich darauf verlassen, daß es anständig gemacht wird. Ich komme mir vor, als ob ich in Treibsand schwimme.«

»Sind Sie in letzter Zeit viel zum Konstruieren gekommen?«

»Ich versuche es.« Coster zeigte auf einen zweiten Schreibtisch in der Ecke. »Dort arbeite ich nachts.«

»Das taugt nichts. Ich habe Sie als Ingenieur eingestellt. Bob, dieser ganze Laden liegt schief. Er müßte laufen, aber das tut er nicht. Ihr Büro dagegen müßte so ruhig wie ein Grab sein. Stattdessen läuft Ihr Büro, und alles andere sieht wie ein Friedhof aus.«

Coster vergrub sein Gesicht in den Händen, dann sah er auf. »Das weiß ich. Ich weiß, was getan werden muß – aber jedesmal, wenn ich versuche, ein technisches Problem anzugehen, will irgend so ein Dummkopf, daß ich eine Entscheidung über Lastwagen treffe. Oder über Telefon. Oder über irgendeine kleinkarierte Nebensächlichkeit. Tut mir leid, Herr Harriman. Ich hatte gedacht, ich würde es schaffen.«

Harriman sagte leise: »Lassen Sie sich davon nicht umwerfen, Bob. Sie haben in letzter Zeit nicht viel Schlaf gehabt, oder? Ich will Ihnen etwas sagen – wir beide jubeln Ferguson jetzt mal einen unter. Ich baue Ihnen einen Apparat auf, der Sie vor solchen Dingen künftig schützt. Ich will, daß dieses Gehirn in Ihrem Kopf über Reaktor-Vektoren nachdenkt, nicht über Lastwagenverträge.«

Harriman ging zur Tür, sah sich im Vorzimmer um und entdeckte einen Mann, der der Bürovorsteher sein mochte. »He, Sie! Kommen Sie her.«

Der Mann schrak zusammen. Er kam zur Tür und sagte: »Ja?«

»Ich möchte, daß dieser Tisch in der Ecke und das ganze Zeug, das darauf liegt, in einen leeren Büroraum auf dieser Etage geschafft wird. Sofort.«

Der Schreiber hob seine Augenbrauen. »Und wer sind Sie, wenn ich fragen darf?«

»Tun Sie, was Herr Harriman Ihnen sagt«, schaltete sich Coster ein.

»Ich möchte, daß es in 20 Minuten erledigt ist«, ergänzte Harriman. »Nun machen Sie schon!«

Er wandte sich zurück zu Costers anderem Scheibtisch, wählte eine Nummer und sprach mit dem Hauptbüro seiner Firma *Himmelswege.*

»Jim, ist Jock Berkeley gerade dort? Beurlauben Sie ihn und schicken Sie ihn mir her. Ich bin auf dem Peterson-Flugfeld, und ich brauche ihn sofort. Sofort, verstehen Sie? Die Maschine, mit der er kommt, muß in zehn Minuten starten. Seine Sachen können Sie ihm nachschicken.« Harriman hörte einen Augenblick zu, dann antwortete er: »Nein, Ihre Organisation wird nicht auseinanderfallen, wenn Sie Jock verlieren; oder falls sie auseinanderfällt, zahlen wir vielleicht dem falschen Mann das höchste Gehalt. Schön, schön – Sie haben eine Gemeinheit bei mir gut. Aber schikken Sie Jock. Bis gleich.«

Er überwachte Costers Umzug in das andere Büro, vergewisserte sich, daß in diesem neuen Büro das Telefon abgeklemmt wurde, und ließ eine Couch hineinstellen. »Projektor, Zeichenmaschine, Bücherregale und anderes Zeug lassen wir heute nacht montieren«, sagte er Coster. »Machen Sie einfach eine Liste von allem, was Sie brauchen – um an *technischen* Problemen zu arbeiten. Und lassen Sie es mich wissen, wenn Sie sonst noch etwas brauchen.« Er ging wieder in das erste Büro und vergrub sich fröhlich in die Aufgabe, herauszufinden, wo die Organisation seines Mondfluges stand, und wo der Wurm darin war.

Rund vier Stunden später führte er Berkeley zu Coster. Der Chefingenieur schlief an seinem Schreibtisch. Harriman wollte leise wieder hinausgehen, aber Coster wachte auf. »Oh . . . tut mir leid«, sagte er und wurde rot. »Ich muß eingedöst sein.«

»Dafür haben wir Ihnen ja die Couch hereingestellt«, sagte Harriman. »Darauf kann man sich besser ausruhen.

Bob, dies ist Jock Berkeley. Er ist Ihr neuer Sklave. Sie bleiben unbestrittener Chef, Jock der hohe Herr für alles übrige. Von jetzt an brauchen Sie sich um absolut nichts mehr zu kümmern – ausgenommen die Kleinigkeit, ein Mondschiff zu bauen.«

Sie schüttelten sich die Hände. »Ich bitte nur um eins, Herr Coster«, sagte Berkeley. »Übergehen Sie mich, so oft Sie wollen; aber sprechen Sie unbedingt jede Entscheidung auf Band, damit ich weiß, was vorgeht. Ich lasse auf Ihren Tisch einen Schalter stellen, mit dem Sie ein Aufnahmegerät auf meinem Tisch bedienen können.«

»Gut.«

»Und wenn Sie irgend etwas haben wollen, was nicht technisch ist, tun Sie es nicht selbst. Kippen Sie einen Schalter und pfeifen Sie; ich lasse es tun!« Berkeley blickte auf Harriman. »Der Chef sagt, daß er mit Ihnen über den wirklichen Job reden will. Ich lasse Sie jetzt allein und fange an.« Er ging.

Harriman setzte sich. Coster sagte hinter Berkeley her: »Hui!«

»Fühlen Sie sich besser?«

»Dieser Berkeley gefällt mir.«

»Das ist gut; von jetzt an ist er Ihr Zwillingsbruder. Hören Sie also auf, sich Sorgen zu machen – ich habe ihn schon verschiedentlich bei besonderen Sachen eingesetzt. Sie werden glauben, daß Sie sich in einem gutgeführten Sanatorium befinden. Nebenbei, wo wohnen Sie?«

»In einer Pension in Colorado Springs.«

»Das ist lächerlich. Und hier haben Sie wahrscheinlich auch keinen Platz, an dem Sie schlafen können?« Harriman langte zu

Costers Schreibtisch hinüber und wählte Berkeley. »Jock – bestellen Sie für Herrn Coster unter falschem Namen eine Suite im Broadmoor.«

»Gut.«

»Und lassen Sie den Gebäudeteil hier neben seinem Büro als Appartement ausstatten.«

»Heute nacht.«

»Jetzt, Bob, zu dem Mondschiff. Wo stehen wir?«

Sie verbrachten die nächsten zwei Stunden damit, die Einzelheiten durchzugehen. Zugegebenermaßen war praktisch noch sehr wenig geschafft worden, aber Coster hatte beträchtliche theoretische Vorarbeiten und Berechnungen bewältigt, bevor er in den administrativen Einzelheiten untergegangen war. Harriman war zwar kein Ingenieur und ganz sicher kein Mathematiker, abgesehen von der primitiven Arithmetik des Geldes; aber er hatte von Kindheit an alles verschlungen, was über Raumfahrt gedruckt wurde. Deshalb konnte er Coster meist folgen.

»Ich sehe hier nichts über Ihr Bergkatapult«, sagte er schließlich.

Coster sah ihn unzufrieden an. »Oh, das! Herr Harriman, ich habe zu früh geschrien.«

»Wie das? Ich habe von Montgomerys Leuten bereits wunderschöne Bilder zeichnen lassen, wie alles aussehen wird, wenn wir regelmäßigen Linienverkehr haben. Ich habe vor, Colorado Springs zum Hauptraumhafen der Welt zu machen. Woran hapert's?«

»Ja – es ist sowohl Geld wie Zeit.«

»Vergessen Sie das Geld, das ist mein Bier.«

»Dann die Zeit. Ich meine immer noch, daß eine elektrische Kanone die beste Unterstützung für die Antriebsbeschleunigung eines chemisch angetriebenen Raumschiffes ist. Etwa so.« Er begann schnell zu skizzieren. »Dadurch könnten wir die erste Raketenstufe weglassen, die größer als alle anderen zusammengenommen wäre, und schrecklich unwirksam noch dazu. Aber man braucht für so eine Abschußrampe einen Turm, der drei Kilometer hoch ist. Und den kann ich nicht bauen. Jedenfalls keinen, der stark genug wäre, um die Schubkraft auszuhalten. Ganz bestimmt nicht in diesem Jahr. Also muß man einen Berg dazu nehmen. Pikes Peak ist so gut wie jeder andere. Aber um ihn dafür zu verwenden, muß ich einen Tunnel seitlich hineinführen, von

Manitou bis dicht unter den Gipfel; groß genug, um das beladene Schiff aufzunehmen.«

»Lassen Sie es doch von oben herunter«, schlug Harriman vor.

Coster antwortete: »Daran habe ich auch gedacht. Aber drei Kilometer hohe Aufzüge für beladene Raumschiffe werden nicht gerade aus Maschendraht gebaut. Tatsächlich werden sie aus keinem verfügbaren Material gebaut. Es ist auch möglich, das Katapult selbst so zu bauen, daß die Beschleunigungstaue rückwärts und langsamer laufen, damit das Schiff hinuntergelassen werden kann. Aber glauben Sie mir, Herr Harriman, das wirft wieder andere technische Probleme auf, die genauso groß sind. Zum Beispiel eine Rieseneisenbahn bis hinauf zur Spitze des Berges. Und dann ist immer noch der Schaft des Katapults selbst zu bauen. Er darf nicht so klein wie das Schiff sein, nicht wie ein Gewehrlauf. Er muß wesentlich weiter sein; straflos drückt man keine drei Kilometer hohe Luftsäule zusammen. Geradezu gesagt: Ein Bergkatapult ist technisch durchaus möglich, aber es dauert vielleicht zehn Jahre oder noch länger, bis wir es gebaut haben.«

»Dann lassen Sie das sein. Wir werden es nach dem ersten Mondflug für die Zukunft bauen, aber nicht jetzt. Nein, warten Sie: Was ist mit einem Außenkatapult? Wir glätten die Seiten des Berges und arbeiten am Ende eine Kurve ein?«

»Wenn ich offen sein soll, ich glaube, daß Raumschiffstarts irgendwann einmal auf diese Lösung hinauslaufen werden. Nur, heute bringt es nichts als neue Probleme mit sich. Das Schiff müßte für schreckliche Seitenspannungen gebaut sein, und dieses ganze zusätzliche Gewicht wäre überflüssig.«

»Also Bob: Was ist dann Ihre Lösung?«

Coster runzelte die Stirn. »Zurück zu dem, wovon wir etwas verstehen – eine Stufenrakete bauen.«

»Monty . . .«

»Ja, Chef?«

»Haben Sie schon mal dieses Lied gehört?« Harriman summte eine Melodie vor sich hin, dann sang er den Text:

Der Mond, der ist für alle da –
Die schönsten Dinge auf der Welt,
Die kosten dich kein Geld . . .«

»Kann nicht sagen, daß ich es schon mal gehört habe.«

»Das war vor Ihrer Zeit. Ich möchte, daß es wieder ausgegraben wird. Ich möchte, daß es neubelebt und aufgeschnulzt wird, bis es auf jedermanns Lippen ist.«

»In Ordnung.« Montgomery zog einen Notizblock heraus. »Wann soll es seine größte Beliebtheit erreichen?«

Harriman überlegte. »Sagen wir, in etwa drei Monaten. Zu dieser Zeit möchte ich, daß der erste Satz von der Werbung aufgegriffen wird.«

»Das kriegen wir hin.«

»Wie steht es in Florida, Monty?«

»Zuerst dachte ich, daß ich das ganze verdammte Staatsparlament von Florida kaufen müßte. Aber dann haben wir das Gerücht unter die Leute gebracht, daß Los Angeles in Kalifornien einen Vertrag mit uns abgeschlossen hat, wonach auf dem Mond ein Werbeschild mit der Aufschrift ›Stadtgrenze von Los Angeles‹ aufgestellt werden soll. Da hatten wir es geschafft.«

»Das ist übrigens keine schlechte Idee. Was glauben Sie, wieviel die Handelskammer von Los Angeles für ein solches Foto zahlen würde?«

Montgomery machte sich noch eine Notiz. »Ich werde es prüfen.«

»Ich nehme an, jetzt knacken Sie auch bald Texas, nachdem Sie Florida in der Tasche haben?«

»Müßte bald soweit sein. Zuerst verbreiten wir ein paar neue Gerüchte.«

Schlagzeile der Tageszeitung »Banner«, Dallas–Fort Worth:

DER MOND GEHÖRT TEXAS!

». . . und das, liebe Hörer, ist für alle alles vom Sender Pocahontas. Vergessen Sie nicht, diese Kartondeckel oder erkennbare Fotokopien einzusenden. Und vergessen Sie nicht, der erste Preis ist eine 500-Hektar-Ranch auf dem Mond, schulden- und steuerfrei. Der zweite Preis ist ein zwei Meter hohes Modell der Mondrakete. Und es gibt 50 – jawohl, 50! – dritte Preise: je ein eingerittenes Shetland-Pony. Ihre Hundertwortkomposition ›Warum ich zum Mond fliegen will‹ wird nach Aufrichtigkeit und Originalität beurteilt, nicht nach literarischen Verdiensten. Schicken Sie diese Kartondeckel an Onkel Taffy, Postfach 214, Juarez, Alt-Mexiko.«

Harriman wurde in das Büro des Präsidenten der Moka-Coka-Gesellschaft geführt (»Nur ein Moke ist wirklich ein Coke!«)' Er hielt bei der Tür an, einige zwanzig Fuß vom Schreibtisch des Präsidenten entfernt, und steckte sich schnell einen Knopf von fünf Zentimetern Durchmesser an das Revers.

Patterson Griggs blickte auf. »Das ist wirklich eine Ehre, D. D.! Kommen Sie herein und . . .« Der Getränke-Milliardär hörte plötzlich auf zu sprechen. Sein Gesichtsausdruck veränderte sich. »Was machen Sie, warum tragen Sie das?« bellte er. »Versuchen Sie mich zu ärgern?«

»Das«, war der fünf Zentimeter große Knopf; Harriman machte ihn ab und steckte ihn in die Tasche. Es war ein gelber Reklameknopf aus Zelluloid. Darauf stand schwarz gedruckt:6 +, die Handelsmarke von Moka-Cokas einzigem ernstzunehmendem Konkurrenten.

»Nein«, antwortete Harriman. »Obwohl ich es Ihnen nicht übelnehmen kann, wenn es Sie irritiert. Ich sehe, daß die Hälfte aller Schulkinder im Land diese albernen Knöpfe trägt. Ich bin hergekommen, um Ihnen einen freundschaftlichen Tip zu geben; nicht, um Sie zu ärgern.«

»So?«

»Als ich an Ihrer Tür stehenblieb, war dieses Ding von Ihrem Schreibtisch aus genauso groß zu sehen wie der Vollmond, wenn Sie in Ihrem Garten stehen und ihm hochsehen. Sie hatten keinerlei Schwierigkeit zu erkennen, was auf der Plakette war, nicht? Ich weiß, daß Sie keine Schwierigkeiten damit hatten. Sie haben mich ja angeschrien, bevor sich einer von uns bewegte.«

»Und?«

»Wie würden Sie sich vorkommen, und was wäre die Auswirkung auf Ihre Verkaufszahlen, wenn 6 + quer über dem Gesicht des Mondes statt auf den Pullis von Schulkindern leuchten würde?«

Griggs dachte darüber nach, dann sagte er: »D. D., machen Sie keine schlechten Scherze. Ich habe schon einen miserablen Tag hinter mir.«

»Ich mache keine Scherze. Wie Sie wahrscheinlich schon gehört haben, stehe ich hinter dem Mond-Unternehmen. Ganz unter uns, Pat, es ist ein ziemlich teures Unternehmen, sogar für mich. Vor ein paar Tagen kam nun ein Mann zu mir – Sie verstehen, daß ich keine Namen nenne? Sie können es sich sowieso selbst ausrechnen. Jedenfalls, dieser Mann vertrat einen Klienten, der eine Reklamekonzession für den Mond kaufen wollte. Er wußte, daß wir des Erfolges nicht hundertprozentig sicher sein können, aber er hat mir gesagt, sein Klient würde dieses Risiko schon tragen. Zuerst wurde ich überhaupt nicht schlau, was er eigentlich wollte. Er hat mich schnell aufgeklärt. Sehen Sie mal her . . .«

Harriman nahm ein großes Blatt Papier heraus und breitete es auf Griggs' Schreibtisch aus. »Sie erkennen, daß diese Apparate in der Nähe des Mondmittelpunktes eingezeichnet sind, wie wir ihn sehen. 18 Feuerwerksraketen schießen in 18 Richtungen wie die Speichen eines Rades, dabei aber in sorgfältig berechnete, unterschiedliche Entfernungen. Sie schlagen auf, und die Bomben, die sie tragen, explodieren. Dabei verstreuen sie über ebenfalls genau berechnete Flächen Kohlenstaub. Auf dem Mond gibt es keine Luft, Pat – feines Pulver läßt sich deshalb ebenso leicht schleudern wie ein Speer. Hier ist das Resultat.«

Er drehte das Papier um. Auf der Rückseite ein leichtgedrucktes Bild des Mondes, darauf leuchtete in schwerem, schwarzem Druck 6 +.

»Es ist also dieser Laden! Giftmischerbande!«

»Nein, nein, ich habe nicht gesagt, daß die es sind! Aber es veranschaulicht, was gemeint ist. 6 + sind nur zwei Symbole. Sie können durchaus groß genug auf das Gesicht des Mondes aufgesprüht werden, um von der Erde her deutlich lesbar zu sein.«

Griggs starrrte auf die fürchterliche Werbung. »Ich, ich glaube nicht, daß das geht!«

»Eine verläßliche Feuerwerksfirma hat garantiert, daß es klappen wird, vorausgesetzt, daß wir ihre Apparate dort hinbringen. Immerhin ist keine besondere Schubkraft erforderlich, damit eine Feuerwerksrakete auf dem Mond lange Strecken fliegt. Sie selbst könnten dort einen Baseball drei Kilometer weit werfen – geringe Schwerkraft, Sie wissen ja.«

»Das würden die Leute niemals dulden. Das ist Gotteslästerung!«

Harriman machte ein trauriges Gesicht. »Ich wünschte, Sie hätten recht. Aber die Leute dulden ja auch Himmelsschrift. Sie dulden sogar unsere Fernsehreklame!«

Griggs kaute an seiner Unterlippe. »Aber ich verstehe nicht, warum Sie damit zu mir kommen!« explodierte er. »Sie wissen verdammt gut, daß der Name meines Produktes nicht auf das Gesicht des Mondes paßt! Die Buchstaben wären viel zu klein, um noch lesbar zu sein.«

Harriman nickte. »Genau deshalb bin ich zu Ihnen gekommen, Pat. Diese Sache ist für mich ja kein großes Geschäftsunternehmen – sie ist mein Herz und meine Seele. Der Gedanke, daß wirklich jemand das Gesicht des Mondes für Werbezwecke verschandeln will, hat mich ganz krank gemacht. Wie Sie selbst sagen, ist es Gotteslästerung. Aber irgendwie haben diese Schakale herausgefunden, daß ich dringend Geld brauche. Sie sind in einem Augenblick zu mir gekommen, als sie genau wußten, daß ich ihnen zuhören würde. Ich habe sie vertröstet und ihnen meine Antwort für Donnerstag versprochen. Dann bin ich nach Hause gefahren und habe wachgelegen. Nach einer Weile habe ich an Sie gedacht.«

»An mich?«

»An Sie. Sie und Ihre Gesellschaft. Schließlich machen Sie ein gutes Produkt und brauchen legitime Werbemöglichkeiten dafür. Mir ist eingefallen, daß es ja noch eine andere Möglichkeit gibt, den Mond für Werbezwecke zu benutzen, ohne ihn zu verschmieren. Nehmen wir nur einmal an, daß Ihre Firma diese Konzession kaufen würde. Aber mit dem verantwortungsvollen Versprechen, niemals zuzulassen, daß sie benutzt wird. Nehmen wir an, Sie würden diese Tatsache in Ihrer Werbung herausstellen? Nehmen wir an, Sie würden Bilder von einem Jungen und einem Mädchen bringen, die unter dem Vollmond sitzen und sich eine Flasche Moke teilen? Nehmen wir weiter an, daß Moke das einzige Limonadengetränk wäre, das bei der ersten Mondreise dabei wäre? Aber ich muß Ihnen ja nicht erzählen, wie man so was macht.«

Harriman blickte auf seinen Uhrfinger.

»Ich muß weiter und will Sie nicht hetzen. Wenn Sie mit mir ins Geschäft kommen wollen, hinterlassen Sie bis morgen mittag eine Nachricht in meinem Büro. Dann veranlasse ich, daß unser Mann Montgomery sich mit Ihrem Anzeigenchef in Verbindung setzt.«

Der Chef der großen Zeitungskette ließ ihn nur jene minimale Zeitspanne warten, die er für große Geldleute und für Regierungsmitglieder reserviert hatte. Wieder blieb Harriman an der Schwelle eines großen Chefbüros stehen und steckte sich einen Knopf ins Revers.

»Hallo, Delos«, sagte der Verleger. »Wie geht das Geschäft mit dem grünen Mondkäse?« Dann runzelte er die Stirn und zeigte auf den Knopf. »Wenn das ein Scherz sein soll, finde ich ihn geschmacklos.«

Harriman steckte den Knopf ein; darauf war nicht 6 + zu sehen, sondern das Zeichen von Hammer und Sichel.

»Nein«, sagte er. »Das ist kein Scherz, Oberst. Das ist ein Alptraum. Sie und ich gehören zu den wenigen Leuten in diesem Land, denen bewußt ist, daß der Kommunismus die gleiche Gefahr geblieben ist.«

Kurze Zeit später sprachen sie so freundschaftlich miteinander, als ob die Zeitungskette des Obersten Harrimans Mond-Unternehmen nie vom ersten Tag an bekämpft hätte. Der Verleger deutete mit seiner Zigarre auf den Tisch. »Wie sind Sie zu diesen Plänen gekommen? Gestohlen?«

»Sie sind fotografiert worden«, antwortete Harriman ebenso zweideutig wie wahrheitsgemäß. »Aber sie sind nicht wichtig. Das wichtigste ist, vor denen dazusein. Eine feindliche Raketenbasis auf dem Mond dürfen wir nun wirklich nicht riskieren. Jahrelang verfolgt mich jetzt schon diese Vorstellung: Eines Morgens wache ich auf und sehe Schlagzeilen, daß die Russen auf dem Mond gelandet sind und ihn zur Sowjetrepublik erklärt haben. Es weiß natürlich keiner, ob sie wirklich Hammer und Sichel auf das Gesicht des Mondes malen würden, aber so etwas würde zu denen passen. Sehen Sie sich doch diese riesigen Plakate an, die sie dauernd überall aufhängen.«

Der Verleger biß hart auf seine Zigarre. »Gibt es irgendeine Möglichkeit, Ihren Start zu beschleunigen?«

»Herr Harriman?«

»Was gibt's?«

»Dieser Herr LeCroix ist wieder hier.«

»Sagen Sie ihm, daß ich ihn nicht empfangen kann.«

»Ja. – Herr Harriman, er hat es neulich nicht erwähnt, aber er sagt, daß er Raketenpilot ist.«

»Verdammt, schicken Sie ihn doch zum Personalbüro von *Himmelswege!* Ich stelle keine Piloten ein.«

Das Gesicht eines Mannes drängte Harrimans Empfangssekretärin vom Bildschirm. »Herr Harriman – ich bin Lesley LeCroix, zweiter Pilot der ›Charon‹.«

»Es würde mich nicht einmal interessieren, wenn Sie der Erzengel Gab . . . sagten Sie ›Sharon‹? Die Raketenfähre des Energiesatelliten, die bei der Explosion mit hochgegangen ist?«

»Ich sagte ›Charon‹. Ich muß mit Ihnen reden.«

»Kommen Sie herein.«

Harriman begrüßte seinen Besucher, bot ihm etwas zu rauchen an und musterte ihn dann mit sichtlichem Interesse. Die ›Charon‹, die Raketenfähre zu dem verlorenen Energiesatelliten, war das Raumschiffähnlichste, was die Welt bisher gesehen hatte. Ihr umgekommener Pilot war in gewisser Weise der erste eines kommenden Typs von Weltraumbewohnern gewesen.

Harriman fragte sich, wie es ihm hatte entgehen können, daß die ›Charon‹ mehrere Piloten gehabt hatte, die einander ablösten. Er hatte natürlich davon gewußt – aber er hatte den Satelliten abgeschrieben, ebenso die Raketenfähre und alles darum herum. Er hatte aufgehört, daran zu denken. Jetzt sah er LeCroix neugierig an. Er sah einen kleinen, ordentlichen Mann mit dünnem, intelligentem Gesicht und den großen Händen eines Jockeys. LeCroix gab den prüfenden Blick ohne Verlegenheit zurück. Er schien ruhig und seiner selbst gewiß zu sein.

»Also, Capitän LeCroix?«

»Sie bauen ein Mondschiff.«

»Wer sagt das?«

»Es wird ein Mondschiff gebaut. Die Jungs sagen alle, daß Sie dahinterstehen.«

»Ja?«

»Ich möchte es fliegen.«

»Warum gerade Sie?«

»Ich bin der beste Mann dafür.«

Harriman stieß eine Tabakswolke aus. »Wenn Sie das beweisen können, dann gehört der Job Ihnen.«

»Abgemacht.« LeCroix stand auf. »Ich lasse meinen Namen und meine Adresse draußen bei der Sekretärin.«

»Moment mal! Ich sagte ›wenn‹. Erst müssen wir darüber reden. Ich selbst fliege auch mit; bevor ich Ihnen mein Genick anvertraue, möchte ich schon etwas mehr über Sie wissen.«

Sie sprechen über den Mondflug, über interplanetarische Reisen, über den Stand der Raketentechnik, darüber, was sie auf dem Mond vorfinden mochten. Nach und nach erwärmte sich Harriman für LeCroix, weil er einen Geist gefunden hatte, der seinem so ähnlich war, ebenso besessen von dem gleichen wundervollen Traum. Unterbewußt hatte er LeCroix schon akzeptiert; das Gespräch ging unter der stillschweigenden Voraussetzung weiter, daß sie gemeinsam fliegen würden.

Nach einer langen Zeit sagte Harriman: »Mit Ihnen darüber zu reden, macht ungeheuren Spaß, Les. Aber ich muß heute noch ein paar Angelegenheiten erledigen, oder niemand von uns wird zum Mond fliegen. Fahren Sie hinaus zum Peterson-Flugfeld und machen Sie sich mit Bob Coster bekannt. Wenn Sie sich mit ihm verstehen, reden wir über einen Vertrag.« Er schrieb eine Notiz und reichte sie LeCroix. »Geben Sie das beim Hinausgehen Fräulein Perkins. Sie wird Sie auf die Gehaltsliste setzen.«

»Das kann warten.«

»Man muß essen.«

LeCroix nahm den Zettel, aber er ging noch nicht. »Da ist noch eine Einzelheit, die ich nicht verstehe, Herr Harriman.«

»Ja?«

»Warum planen Sie eigentlich ein Schiff mit chemischem Antrieb? Nicht, daß ich dagegen bin; ich werde es schon fliegen. Aber warum machen Sie es auf die schwierigere Art? Ich weiß, daß Sie die ›City of Brisbane‹ haben umbauen lassen, so daß sie mit X-Treibstoff fliegen könnte . . .«

Harriman starrte ihn an. »Spinnen Sie, Les? Sie fragen mich, warum Schweine keine Flügel haben! Es gibt keinen X-Treibstoff mehr, und es wird auch keinen geben, bis wir ihn auf dem Mond selbst herstellen.«

»Wer sagt das?«

»Was meinen Sie damit?«

»Nach dem, was ich gehört habe, hat die Atomenergiekommission den X-Treibstoff auch verschiedenen anderen Ländern zugeteilt – ein paar von ihnen waren aber noch gar nicht so weit, daß sie etwas damit anfangen konnten. Sie bekamen ihn trotzdem. Was ist mit diesen Zuteilungen passiert?«

»Oh, das! Sicher. Verschiedene von den kleinen Ländern in Mittel- und Südamerika haben ihr Stückchen vom Kuchen aus politischen Gründen bekommen, obwohl sie gar nicht wußten, wie sie es essen sollten. Aber die Vereinigten Staaten haben das Zeug zurückgekauft, um damals die unmittelbare Energieknappheit zu lindern.« Harriman bekam schmale Augen. »Trotzdem haben Sie recht. Ich hätte mir damals etwas von dem Stoff greifen sollen.«

»Sind Sie denn sicher, daß alles weg ist?«

»Nein, da bin ich nicht sicher. Ich werde mich darum kümmern. Wiedersehen, Les.«

Binnen kurzer Zeit waren seine Kontaktleute in der Lage, den Verbleib jedes einzelnen Pfundes Treibstoff nachzuweisen – außer der Zuteilung für Costa Rica. Dieses Land hatte es abgelehnt, seinen Vorrat an die Vereinigten Staaten zu verkaufen, weil sein Kernkraftwerk zur Zeit des Unglücks fast fertiggestellt worden war. Eine zweite Nachforschung ergab, daß dieses Kernkraftwerk niemals zu Ende gebaut worden war.

Montgomery befand sich gerade in der Stadt Managua; Nikaragua hatte einen etwas überraschenden Regierungswechsel erlebt, und Montgomery vergewisserte sich, daß die besondere Position der örtlichen Mondgesellschaft gesichert blieb. Harriman schickte ihm eine verschlüsselte Weisung, wonach er sich sofort nach San José begeben, den X-Treibstoff aufkaufen und in die USA schicken sollte – zu jedem Preis. Dann suchte er den Vorsitzenden der Atomenergiekommission auf. Harriman erklärte ihm, daß er eine Lizenz für experimentelle Arbeiten mit Isotopen brauche – genauer gesagt, mit X-Treibstoff.

»Das sollten Sie besser auf dem üblichen Instanzenweg klären, Herr Harriman.«

»Werde ich auch. Ich ziehe hier nur eine Vorerkundigung ein. Ich möchte gern wissen, wie Sie auf einen solchen Antrag reagieren würden.«

»Ja, wissen Sie, ich bin nicht der einzige Atomkommissar. Und wir folgen fast immer den Empfehlungen unserer technischen Abteilung.«

»Spielen Sie nicht Versteck mit mir, Carl. Wir wissen doch genau, daß Sie eine Arbeitsmehrheit kontrollieren. Also unter uns: Was würden Sie sagen?«

»Nun, D. D., ganz unter uns: Sie bekommen nirgendwo X-Treibstoff, wozu brauchen Sie also die Lizenz?«

»Lassen Sie das meine Sorge sein.«

»Wir waren gesetzlich nicht verpflichtet, dem weiteren Verbleib jedes einzelnen Gramms X-Treibstoff nachzugehen, da er nach außen hin nicht als verwendungsfähig für Massenvernichtungswaffen deklariert wurde. Dennoch wissen wir, was damit geschehen ist. Es gibt keinen mehr.«

Harriman blieb still.

»Zweitens, D. D. – eine Lizenz für X-Treibstoff können Sie gern haben, wenn Sie das unbedingt wollen – für jeden Verwendungszweck außer Raketenantrieb.«

»Warum diese Einschränkung?«

»Sie bauen doch ein Mondschiff.«

»Ich?«

»Nun verstecken Sie sich mal nicht vor mir. Es gehört zu meinen Aufgaben, solche Dinge zu wissen. Sie können X-Treibstoff für Raketen nicht verwenden, selbst wenn Sie welchen finden. Aber Sie werden keinen finden.« Der Vorsitzende ging zu einem Tresor hinter seinem Schreibtisch und kam mit einem großen Quartband zurück, den er vor Harriman hinlegte. Er trug den Titel: »Theoretische Untersuchung über die Stabilität verschiedener radio-isotopischer Treibstoffe im Hinblick auf das Unglück Charon-Energiesatellit.« Auf dem Einband stand eine Exemplarnummer, und darüber war das Wort GEHEIM gestempelt.

Harriman schob den Band fort. »Geheimsachen sind für mich nicht freigegeben – und ich würde das auch gar nicht verstehen, wenn ich es lesen würde.«

Der Kommissionsvorsitzende lächelte. »Schön, ich werde Ihnen sagen, was darin steht. Ich binde Ihnen absichtlich die Hände, indem ich Ihnen ein Verteidigungsgeheimnis anvertraue . . .«

»Ich will es nicht hören, sage ich Ihnen!«

»Versuchen Sie nicht, ein Raumschiff mit X-Treibstoff anzutreiben, D. D. Es ist ein wunderschöner Treibstoff – aber er kann im Weltraum jeden Augenblick wie ein Feuerwerkskörper losgehen. Dieser Bericht sagt, warum das so ist.«

»Unsinn! Wir haben die ›Charon‹ fast drei Jahre in Betrieb gehabt!«

»Sie hatten Glück. Es ist die offizielle, wenn auch streng vertrauliche Ansicht der Regierung, daß die ›Charon‹ zuerst explodiert ist und damit die Explosion des Energiesatelliten ausgelöst hat – nicht umgekehrt. Es gab da ein paar eigentümliche Radarberichte. Sie deuteten darauf hin, daß das Schiff den Bruchteil einer Sekunde früher explodiert sei als der Satellit. Also haben wir eine intensive theoretische Nachforschung angestellt. X-Treibstoff ist zu gefährlich für Raketen.«

»Das ist doch lächerlich! Auf jedes Pfund, das in der ›Charon‹ verbrannt wurde, wurden mindestens 100 Pfund in Kraftwerken auf der Erdoberfläche verbraucht. Wie kommt es denn, daß die nicht explodiert sind?«

»Es ist eine Sache der Abschirmung. Raketen haben notwendigerweise eine geringere Abschirmung als Industriewerke. Aber das schlimmste ist, daß sich die Rakete draußen im Weltraum befindet. Das Unglück wurde wahrscheinlich von kosmischer Strahlung ausgelöst. Wenn Sie wollen, rufe ich einen von den Physikern. Er könnte das näher beleuchten.«

Harriman schüttelte den Kopf. »Sie wissen, daß ich diese Wissenschaftlersprache nicht verstehe.« Er überlegte. »Das ist dann ja wohl alles?«

»Ich fürchte, ja. Es tut mir ehrlich leid.« Harriman stand auf, um zu gehen.

»Noch etwas, D. D.: Sie wollen doch jetzt nicht einen meiner untergebenen Kollegen darum angehen, oder?«

»Natürlich nicht. Warum sollte ich?«

»Ich freue mich, das zu hören. Wissen Sie, manche unserer Leute sind nicht gerade die brillantesten Wissenschaftler der Welt – es ist eben sehr schwer, Klasse-Leute unter den Bedingungen des Regierungsdienstes bei Laune zu halten. Aber einer Sache bin ich sicher; alle unsere Leute sind völlig unbestechlich. Da ich das weiß, würde ich es als persönlichen Affront ansehen, wenn irgend jemand versuchen sollte, sie zu beeinflussen – als sehr persönlichen Affront.«

»So?«

»Ja.«

»Ich stelle mit Ihren Jungen nichts an, Carl. Das wäre viel zu sehr, als ob man einen Verhungernden zu bestechen versucht. Bis bald.«

Als Harriman in sein Büro zurückkam, rief er einen seiner persönlichen Sekretäre herein. »Setzen Sie noch eine chiffrierte Nachricht an Herrn Montgomery ab. Weisen Sie ihn an, das Zeug nach Panama City bringen zu lassen, nicht in die Staaten.« Er begann eine Nachricht an Coster zu diktieren. Darin wollte er ihn anweisen, die Arbeit an der »Pionier« abzubrechen. Das Skelett des Schiffes reichte in der Prärie von Colorado himmelwärts. Dennoch sollte Coster sich jetzt auf die »Santa Maria« konzentrieren, die früher »City of Brisbane« geheißen hatte.

Dann überlegte er es sich anders. Der Start würde außerhalb der Vereinigten Staaten erfolgen müssen. Da die Atomenergiekommission Schwierigkeiten machte, würde es nicht sinnvoll sein, die »Santa Maria« außer Landes zu bringen: Das würde seine Absichten verraten.

Außerdem konnte dieses Schiff gar nicht bewegt werden, ohne daß es wieder für chemischen Treibstoff umgebaut worden wäre. Nein, er würde ein anderes Schiff der Brisbane-Klasse außer Dienst stellen und nach Panama schicken. Der Antriebsreaktor der »Santa Maria« konnte ausgebaut und ebenfalls dorthin geschickt werden.

Coster konnte das neue Schiff in sechs Wochen fertig haben, vielleicht früher – und er, Coster und LeCroix würden zum Mond starten! Zum Teufel mit der Angst vor kosmischer Strahlung! Wenn Kolumbus auf bessere Schiffe gewartet hätte, wären die Amerikaner heute noch Europäer. Ein Mann mußte auch manchmal Risiken eingehen, oder er kam nicht weit.

Befriedigt begann er die Mitteilung zu entwerfen, die den neuen Plan vorwärtsbringen sollte.

Er wurde von einer Sekretärin unterbrochen. »Herr Harriman, Herr Montgomery möchte Sie sprechen.«

»Eh? Hat er meine chiffrierte Nachricht schon erhalten?«

»Das weiß ich nicht, Herr Harriman.«

»Gut, stellen Sie ihn durch.«

Montgomery hatte die zweite Nachricht noch nicht erhalten. Aber er wußte Neues: Costa Rica hatte seinen ganzen X-Treibstoff kurz nach dem Unglück an den britischen Energieminister verkauft. Weder in Costa Rica noch in England war ein einziges Gramm davon übriggeblieben.

Einige Minuten, nachdem Montgomery von dem Bildschirm verschwunden war, saß Harriman da und ließ den Kopf hängen. Dann rief er Coster an. »Bob? Ist LeCroix bei Ihnen?«

»Ja, wir wollten gerade zusammen essen gehen. Hier ist er.«

»Hallo, Les. Das war ein sehr guter Gedanke von Ihnen, aber das Resultat ist gleich Null. Jemand war schneller.«

»Wie? Oh, ich verstehe. Das tut mir leid.«

»Verwenden Sie nie Zeit darauf, sich etwas leid tun zu lassen. Wir machen weiter, wie ursprünglich geplant.«

Aus der Juni-Ausgabe des Magazins »Populäre Technik«: URANBERGBAU AUF DEM MOND – TATSACHENBERICHT ÜBER EINE GROSSE INDUSTRIE VON MORGEN

Aus dem »Freizeit-Magazin«: HOCHZEITSREISE AUF DEN MOND – DARSTELLUNG EINES WUNDERBAREN NEUEN FERIENORTES, AN DEM UNSERE KINDER SICH ERHOLEN WERDEN

Aus dem »Amerikanischen Sonntags-Magazin«: DIAMANTEN AUF DEM MOND? – WELTBERÜHMTER WISSENSCHAFTLER BEWEIST, DASS DIAMANTEN IN MONDKRATERN DICHT GESÄT WIE KIESELSTEINE LIEGEN

»Natürlich, Clem, verstehe ich nichts von Elektronik, aber folgendermaßen ist es mir erklärt worden: Man kann den Fernsehsenderstrahl heutzutage bis auf eine Gradausdehnung bündeln . . .«

»Durchaus, wenn der Reflektor, den man benutzt, groß genug ist.«

»Vom Mond aus gesehen, ist die Erde zwei Grad groß. Gewiß, es ist eine ziemliche Entfernung, aber Sie würden keinerlei Energieverluste haben, die Sendebedingungen wären perfekt. Sobald Sie sich eingerichtet hätten, würde es nicht teurer sein, als von einem Berggipfel auf der Erde zu senden. Und sicher wäre es viel, viel billiger als diese Sache mit den Hubschraubern, die während Ihrer Sendungen von Küste zu Küste in der Luft sein müssen, so wie jetzt.«

»Das ist doch ein Hirngespinst, Delos.«

»Hirngespinst? Wo denn? Wie wir zum Mond kommen, ist meine Sorge, nicht Ihre. Wenn wir einmal da sind, wird es auch Fernsehsendungen hinunter zur Erde geben, da können Sie Gift darauf nehmen. Der Mond ist ein naturgegebener Träger für Sichtliniensender. Wenn Sie nicht interessiert sind, finde ich jemand anderen, der Interesse hat.«

»Ich habe nicht gesagt, daß ich nicht interessiert bin.«

»Dann entscheiden Sie sich. Da fällt mir noch etwas anderes ein, Clem – ich will meine Nase nicht in Ihre Arbeit stecken, aber haben Sie nicht ziemlich viel Ärger, seit Sie den Energiesatelliten als Relaisstation verloren haben?«

»Sie kennen ja die Antwort, sticheln Sie also nicht. Die Unkosten sind in schwindelnde Höhen gestiegen, ohne daß es eine einzige Gebührenerhöhung gegeben hätte.«

»Das habe ich nicht gemeint. Wie steht es mit der Zensur?«

Der Fernsehmann warf beide Hände in die Luft. »Sprechen Sie dieses Wort nicht aus! Wie irgend jemand anständige Programme verlangen kann, wenn jeder Wichtigtuer im Land sich ein Veto darüber anmaßt, was wir sagen dürfen und was wir nicht sagen dürfen und was wir zeigen dürfen und was wir nicht zeigen dürfen . . .! Da kommt einem der Kaffee von vorgestern wieder hoch. Das ganze Prinzip ist falsch – es ist, als ob verlangt würde, daß alle erwachsenen Männer von Magermilch leben, weil Babys keine Steaks essen können. Wenn ich diese verfluchten, insgeheim doppelt lüsternen . . .«

»Sachte, sachte!« unterbrach Harriman. »Ist es Ihnen eigentlich schon einmal aufgegangen, daß absolut niemand die Möglichkeit hat, sich in Fernsendungen vom Mond einzumischen, weil keine Moralbehörde dort auch nur die geringste Befugnis hat?«

»Wie?«

»LIFE fliegt zum Mond! LIFE-TIME Inc. ist stolz darauf, ankündigen zu können, daß die Vorbereitungen abgeschlossen sind, um LIFE-Leser auf die erste Reise zu unserem Zwillingsplaneten mitzunehmen. Anstelle des üblichen Wochenberichtes ›LIFE besucht eine Party‹ beginnt unmittelbar nach der Rückkehr des ersten erfolgreichen . . .«

»Herr Harriman, könnten Sie auf das Flugfeld herauskommen?«

»Was gibt's, Bob?«

»Ärger«, antwortete Coster kurz.

»Was für eine Art von Ärger?«

Coster zögerte. »Ich möchte darüber lieber nicht am Bildschirm sprechen. Wenn Sie nicht kommen können, kommen Les und ich zu Ihnen.«

»Ich bin heute abend draußen.«

Als Harriman ankam, sah er, daß LeCroix' unbewegtes Gesicht Bitterkeit verbarg und daß Coster stur geradeaus blickte. Er wartete, bis er mit den beiden in Costers Büro allein war.

»Also raus damit.«

LeCroix blickte Coster an. Der Ingenieur kaute auf seiner Lippe herum. Er sagte: »Herr Harriman, Sie kennen die Stufen, durch die diese Konstruktion gegangen ist.«

»Mehr oder minder.«

»Zuerst haben wir die Idee mit dem Katapult aufgeben müssen. Dann wollten wir das hier bauen . . .« Coster kramte in seinem Schreibtisch und holte die Perspektivzeichnung einer Vierstufenrakete heraus; groß, aber überraschend grazil. »Theoretisch war es eine Möglichkeit, praktisch blieb es undurchführbar. Wir waren gezwungen, das hier anzufangen . . .« Er holte eine andere Skizze heraus. Sie war grundsätzlich wie die erste, aber untersetzter, fast pyramidenförmig. »Wir haben die fünfte Stufe in Form eines Ringes um die vierte dazukonstruiert. Wir haben es sogar geschafft, Gewicht einzusparen, indem wir das meiste von den Kontrollgeräten der vierten Stufe zur Steuerung der fünften gleich mitverwendeten. Der Durchmesser ist immer noch so, daß das Ding ohne allzu große Luftwirbel durch die Atmosphäre kommen könnte, selbst wenn es schwerfällig aussieht.«

Harriman nickte. »Auf lange Sicht müssen wir aber von der Stufenrakete loskommen, bevor wir einen regelmäßigen Linienverkehr nach dem Mond einrichten können.«

»Ich sehe nicht, wie Sie mit chemisch angetriebenen Raketen davon loskommen können.«

»Wenn man ein anständiges Katapult hätte, könnte man eine einstufige, chemisch angetriebene Rakete in eine Umlaufbahn um die Erde schicken. Richtig?«

»Ja, das stimmt schon . . .«

»Genau das werden wir tun. Dann werden wir sie in der Umlaufbahn neu auftanken.«

»Das alte Prinzip der Raumstation. Ja, das ergibt einen Sinn. Am wirtschaftlichsten wären Spezialschiffe, die niemals landen und den Sprung von einer Raumtankstelle über der Erde zu einer zweiten über dem Mond machen. Dann würden wir . . .«

LeCroix zeigte eine höchst uncharakteristische Ungeduld. »Das alles bedeutet jetzt überhaupt nichts! Erzählen Sie endlich weiter, was hier los ist.«

»Richtig«, stimmte Harriman zu.

»Also, dieses Modell hätte es nach allem Dafürhalten schaffen müssen. Der Meinung bin ich immer noch.«

Harriman tappte im dunkeln: »Aber, Bob – das ist doch die Konstruktion, auf die wir uns geeinigt haben, oder nicht? Sie reden so, als ob das nun auch wieder nicht geht; aber das Schiff steht ja schon zu zwei Dritteln draußen auf dem Feld!«

Coster sah Harriman mit höchster Betroffenheit an. »Auch dieses Schiff schafft es nicht.«

»Warum nicht?«

»Weil ich zu viel totes Gewicht einbauen mußte. Herr Harriman, Sie sind kein Ingenieur. Sie machen sich keine Vorstellung davon, wie schnell die Sache hinfällig wird, wenn Sie ein Raumschiff mit antriebsfremden Gegenständen vollstopfen müssen. Nehmen Sie nur die Landevorrichtungen für den Energiering der fünften Stufe. Wir verbrauchen diese Stufe in eineinhalb Minuten, dann werfen wir sie weg. Aber natürlich kann man es nicht riskieren, daß das Ungeheuer auf Wichita oder auf Kansas City fällt. Also müssen wir eine Fallschirmglocke einbauen. Damit die Fallschirme sich öffnen, müssen wir Radiokontrollgeräte einbauen. Gewicht, Gewicht und wieder Gewicht! Wenn wir das alles durchkonstruiert haben, bekommen wir aus dieser ganzen Stufe höchstens zwei Sekundenkilometer mehr heraus. Es reicht nicht!«

Harriman bewegte sich in seinem Sessel. »Es war ein Fehler, daß ich unbedingt von den Vereinigten Staaten aus starten wollte. Nehmen wir an, wir würden von irgendeinem unbewohnten Ort aus starten, zum Beispiel an der brasilianischen Küste. Dann würden die ersten Stufen in den Atlantik fallen. Wieviel würde Ihnen das einsparen?«

Coster hantierte mit einem Rechenschieber. »Könnte gehen.«

»Was müßten Sie tun, um das Schiff in diesem Baustadium dorthin zu bewegen?«

»Es müßte völlig auseinandergebaut werden, darunter wäre es nicht zu machen, ich kann Ihnen keine Kostenrechnung aus dem Ärmel schütteln, aber ein solcher Transport wäre auf jeden Fall sehr teuer.«

»Wie lange würde es dauern?«

»Hm. Ja, Herr Harriman, auf Anhieb kann ich das nicht beantworten. Zwei Jahre – achtzehn Monate, wenn wir Glück haben. Wir müßten einen neuen Montageplatz vorbereiten und neue Werkstätten bauen.«

Harriman überlegte, obwohl er in seinem Innern die Antwort schon gehört hatte. Der Faden, an dem er hing, war bis zum Gefahrenpunkt angespannt. Mit Worten allein konnte das Unternehmen nicht noch einmal zwei Jahre am Leben gehalten werden. Er brauchte einen erfolgreichen Mondflug, und das schnell – oder die ganze wackelige Finanzstruktur brach unter ihm zusammen. »Geht nicht, Bob.«

»Das habe ich befürchtet. Schön, ich habe versucht, eine sechste Stufe anzubauen.« Er hielt eine Skizze hoch. »Sehen Sie dieses Monstrum? Ich habe damit den Punkt rückläufiger Ergebnisse erreicht. Die effektive Endgeschwindigkeit dieser Mißgeburt ist tatsächlich noch geringer als bei dem Fünfstufenschiff.«

»Das heißt, Sie sind am Ende, Bob? Sie können kein Mondschiff bauen?«

»Nein, ich . . .«

LeCroix sagte unvermittelt: »Kansas evakuieren!«

»Was?« fragte Harriman.

»Machen Sie Kansas und Ost-Colorado für die Zeit nach dem Start menschenleer. Lassen Sie die vierte und die fünfte Stufe irgendwo in diese Gegend fallen. Die dritte Stufe fällt in den Atlantik, die zweite schwenkt in eine Dauerumlaufbahn ein, und das Schiff ist auf dem Weg zum Mond. Man könnte es auf diese Weise schaffen. Fragen Sie Bob.«

»Bob?«

»Das habe ich ja schon vorhin gesagt. Es sind die nutzlosen Gewichte, die uns den Mondflug kosten. Die Grundkonstruktion ist in Ordnung.«

»Hat mal jemand einen Atlas?«

Harriman sah sich Kansas und Colorado an und stellte eine ungefähre Kostenrechnung auf. Er starrte ins Leere und sah dabei überraschend so aus wie Coster. Schließlich sagte er: »Geht nicht.«

»Warum nicht?«

»Geld. Ich habe Ihnen gesagt, Sie sollen sich über das Geld keine Gedanken machen. Über Geld für das Schiff! Das hier schaffe ich nicht mehr. Es würde mindestens sechs oder sieben Millionen Dollar kosten, um dieses Gebiet auch nur für einen Tag zu evakuieren. Belästigungsklagen müßten wir sofort auf dem Vergleichswege beilegen. Und dann würde es immer noch ein paar Dickschädel geben, die nicht mitmachen.«

LeCroix sagte hitzig: »Wenn einer hirnrissig genug ist, sich querzulegen, dann lassen Sie ihn doch hierbleiben, damit ihm das Ding auf den Kopf fällt!«

»Ich verstehe Sie, Les. Aber dieses Vorhaben ist zu groß, um es heimlich zu machen, und auch zu groß, um nach Brasilien umzuziehen. Und wenn wir hier Unbeteiligte nicht schützen, dann wird die Sache gerichtlich verboten. Ich kann nicht sämtliche Richter in zwei Bundesstaaten kaufen. Ein paar von ihnen sind bestimmt nicht bestechlich.«

»Ich dachte, es wäre doch noch eine Lösung, damit wir alle drei fliegen könnten«, sagte der Pilot.

Harriman wurde verlegen. »Sie kennen die bisherigen Pläne für das Schiff. Wir haben sie für drei Mann Besatzung gemacht.«

»Ja. Worauf wollen Sie hinaus?«

»Es müssen nicht drei Männer sein. Teilen Sie die erste Stufe in zwei Abschnitte, bauen Sie das Schiff nur bis zum absoluten Lebensminimum für einen Mann zu Ende, werfen Sie alles übrige über Bord! Das ist noch ein letzter Weg zum Mond.« Er nahm eine neue Skizze heraus. »Hier. Ein Mann mit Vorräten für weniger als eine Woche. Keine Luftschleuse – der Pilot bleibt im Raumanzug. Keine Küchennische. Keine Betten. Das bloße Minimum, mit dem ein Mann für höchstens 200 Stunden am Leben bleibt. Das würde funktionieren.«

»Das würde funktionieren«, echote LeCroix. Sie blickten auf Harriman.

Harriman sah die Skizze mit einem seltsamen Gefühl an. Ja, ohne Zweifel funktionierte das. Um das Unternehmen am Leben zu halten, kam es nicht darauf an, ob nun drei Männer oder nur einer zum Mond flogen und zurückkamen. Es war genug, daß es geschah. Er wußte, daß ein erfolgreicher Mondflug Geld hereinschwemmen würde.

»Wenn es das ist, womit ich mich einverstanden erklären muß, dann werde ich es wohl müssen«, sagte er langsam.

Coster wirkte erleichtert. »Fein. Aber es ist noch ein anderer Haken dabei. Sie erinnern sich wohl an die Bedingungen, unter denen ich mich bereit erklärt habe, den Job zu übernehmen: Nur wenn ich mitkomme. Nun wedelt mir Les mit einem Vertrag unter der Nase herum und sagt, daß er der Pilot sein soll und infolgedessen er jetzt derjenige ist.«

»Sie würden sich umbringen und das ganze Unternehmen ruinieren, Bob«, sagte LeCroix.

»Ich werde lernen, das Ding zu fliegen! Schließlich habe ich es konstruiert! Herr Harriman, es wäre mir außerordentlich unangenehm, Sie verklagen zu müssen (Les sagt, daß er ganz bestimmt klagt), aber mein Vertrag ist älter als seiner. Ich habe vor, ihn auch durchzusetzen.«

»Lassen Sie ihn klagen, Herr Harriman! Ich werde dieses Schiff zum Mond fliegen und zurückbringen – er fliegt es nur zu Bruch.«

»Entweder fliege ich, oder ich baue das Schiff nicht zu Ende!«

Harriman brachte beide mit einer Handbewegung zum Schweigen. »Sie können mich beide verklagen, wenn es Ihnen Spaß macht, aber weiter bringt es uns nicht. Bob, hören Sie auf, Unsinn zu reden. In diesem Baustadium kann ich andere Ingenieure anstellen, die die Arbeit zu Ende führen. Sie sagen also beide, daß nur ein Mann fliegen darf.«

»Richtig.«

»Sie sehen ihn vor sich.«

Sie starrten ihn beide an.

»Machen Sie den Mund zu!« schnauzte Harriman. »Was ist daran so komisch? Sie haben beide von Anfang an gewußt, daß ich mitkommen wollte. Sie glauben doch nicht im Ernst, daß ich mir diese ganze Arbeit nur gemacht habe, damit Sie einen Freifahrschein zum Mond bekommen? Oder wie sehe ich das? Ich habe nach wie vor die Absicht, zu fliegen! Nichts spricht gegen mich – ich bin gesund, meine Augen sind gut, ich bin immer noch intelligent genug, um zu lernen, was ich lernen muß. Wenn ich die Kiste selbst steuern muß, dann werde ich es tun! Ich mache niemandem Platz – niemandem, ist das klar?«

Coster fand seinen Atem als erster wieder. »Chef, Sie wissen nicht, was Sie sagen.«

Zwei Stunden später stritten sie sich immer noch. Die meiste Zeit über hatte Harriman stillgesessen und auf ihre Argumente keine Antwort gegeben. Zuletzt ging er unter dem üblichen Vorwand für ein paar Minuten hinaus. Als er zurückkam, fragte er: »Bob, was wiegen Sie?«

»Ich? Etwas über zweihundert.«

»Zweihundertzwanzig werden wohl näher bei der Wahrheit liegen. Les, was wiegen Sie?«

»Hundertsechsundzwanzig.«

»Dann wird das Schiff für eine Nettoladung von hundertsechsundzwanzig Pfund weitergebaut.«

»Was? Also, Augenblick mal, Herr Harriman . . .«

»Schnauze! Wenn ich es in sechs Wochen nicht lernen kann, Pilot zu spielen, dann können Sie es auch nicht!«

»Aber ich beherrsche die Mathematik, ich habe das Grundwissen, um . . .«

»Ich sagte, Sie sollen den Mund halten! Les hat ebenso lange gebraucht, um seinen Beruf zu erlernen, wie wir gebraucht haben, um unsere Berufe zu erlernen. Kann er in sechs Wochen Ingenieur werden? Kaum. Was gibt Ihnen dann das Recht, zu glauben, daß Sie in dieser Zeit Pilot werden können? Ich werde Sie nicht mein Schiff demolieren lassen, nur um Ihr aufgeblasenes Selbstgefühl zufriedenzustellen. Sie haben selbst den Schlüssel zu allem genannt, als Sie die Konstruktion besprachen. Der Grenzfaktor ist das Gewicht des Mondfliegers. Alles verhält sich in direkter Proportion zu dieser einen Masse, stimmt das?«

»Ja, aber . . .«

»Stimmt das oder nicht?«

»Ja. Das ist richtig. Ich wollte nur . . .«

»Ein kleiner Mann kann mit weniger Wasser leben. Er atmet weniger Luft ein. Er nimmt weniger Raum ein. Les fliegt.« Harriman ging zu Coster herüber und legte ihm eine Hand auf die Schulter. »Nehmen Sie es sich nicht so zu Herzen, mein Sohn. Es kann für Sie gar nicht schlimmer sein, als es für mich ist. Dieser Flug muß nun einmal gelingen, und daher müssen Sie und ich auf die Ehre verzichten, der erste Mensch auf dem Mond zu sein. Aber ich verspreche Ihnen das eine: Wir werden beim zweiten Flug dabeisein, dann ist Les unser Privatchauffeur. Es wird der erste in einer langen Reihe von Passagierflügen zum Mond sein. Bob, Sie können in diesem Spiel ein großer Mann sein, wenn Sie jetzt mitmachen! Wie würde es Ihnen gefallen, Chefingenieur der ersten Mondkolonie zu sein?«

Coster gelang ein Grinsen. »Nicht schlecht.«

»Es würde Ihnen gefallen. Schon auf dem Mond zu leben, das ganz allein wäre Ingenieursarbeit. Sie und ich haben uns darüber unterhalten; wie wäre es, Ihre Theorien in die Praxis umzusetzen? Die erste Stadt zu bauen? Das große Observatorium, das wir da oben vorhaben? Sich umzusehen und zu wissen, daß Sie der Mann sind, von dem das alles aufgerichtet wurde?«

Coster fing an, sich darauf einzustellen. »Es klingt gut, was Sie sagen. Und was wollen Sie selbst da oben machen?«

»Ich? Na, vielleicht werde ich der erste Bürgermeister von Luna City.« Der Gedanke war ihm in diesem Augenblick zum erstenmal gekommen; er ließ es sich auf der Zunge zergehen: »Der Ehrenwerte Delos David Harriman, Bürgermeister von Luna City. Sagen Sie mal, das gefällt mir! Ich habe noch nie ein öffentliches Amt ausgeübt.« Er sah sich in der Runde um. »Wir sind uns also einig?«

»Ich glaube, ja«, sagte Coster langsam. Plötzlich streckte er seine Hand LeCroix hin. »Sie fliegen das Ding, Les, ich baue es.«

»Das ist ein Wort. Sie und der Chef fangen inzwischen schon an, Pläne für das nächste Schiff zu entwerfen – groß genug für uns alle.«

»Genau.«

Harriman legte seine Hand auf ihre Hände. »Das ist die Art, in der ich euch reden hören möchte. Wir werden zusammenhalten, und der Tag ist nicht mehr weit, an dem wir Luna City gründen.«

»Ich meine, wir sollten die Stadt ›Harriman‹ nennen«, sagte LeCroix ernsthaft.

»Nein, ich habe sie mir schon als Luna City vorgestellt, als ich noch ein Kind war; Luna City soll sie auch heißen. Vielleicht, äh, könnten wir in der Mitte einen Harriman-Platz bauen«, sagte er.

Harriman flog sofort zurück. Obwohl die Lösung gefunden war, wollte er den beiden anderen nicht länger als notwendig in die Augen sehen. Sie hätten sonst in seinem Blick lesen können, wie er sich fühlte: wie ein Tier, das sich ein Bein durchgenagt hatte, um einer Falle zu entkommen.

Strong war allein im Büro der beiden Partner, als er den Anruf von Dixon erhielt. »George, ich suche D. D. – ist er dort?«

»Nein, er ist wieder nach Washington geflogen. Irgendwelche behördlichen Genehmigungen. Ich erwarte ihn eigentlich jeden Augenblick zurück.«

»Entenza und ich müssen mit ihm sprechen. Wir kommen mal zu Ihnen.«

Sie waren bald da. Entenza war ganz offensichtlich über irgend etwas sehr aufgebracht; Dixon wirkte glatt und undurchdringlich wie immer. Nachdem sie sich begrüßt hatten, wartete Dixon einen Moment, dann sagte er: »Jack, Sie wollten hier doch eine geschäftliche Transaktion vornehmen?«

Entenza zuckte zusammen, dann riß er einen Scheck aus seiner Tasche. »O ja! George, ich möchte mich doch noch zu gleichen Teilen beteiligen. Hier.«

Strong nahm den Scheck entgegen. »Delos wird sich freuen.« Er verwahrte ihn in einem Schubfach.

»Nun!« sagte Dixon scharf. »Wollen Sie keine Quittung ausschreiben?«

»Wenn Jack eine wünscht. Aber der kassierte Scheck ist doch

ebenso beweiskräftig.« Dennoch schrieb Strong ohne weiteren Kommentar eine Quittung aus. Entenza nahm sie.

Sie warteten eine Weile. Schließlich sagte Dixon: »George, Sie stecken hier ziemlich tief drin, nicht wahr?«

»Möglich.«

»Wollen Sie sich nicht besser absichern?«

»Wie?«

»Also ehrlich gesagt, auch ich möchte mich absichern. Wollen Sie mir ein halbes Prozent Ihres Anteils verkaufen?«

Strong verfiel in stummes Brüten. Tatsächlich machte er sich Sorgen. Das Vorhandensein von Dixons Buchprüfer hatte sie gezwungen, ohne Kredite zu arbeiten – und nur Strong allein wußte, wie dicht das die Partner an den Abgrund geführt hatte. »Warum wollen Sie das?«

»Ich würde es keineswegs dazu gebrauchen, mich in Delos' Geschäftsführung einzumischen. Er ist unser Mann, wir unterstützen ihn. Aber ich würde mich erheblich sicherer fühlen, wenn ich das Recht hätte, ihn rechtzeitig zurückzuhalten, falls er uns an etwas binden will, das wir nicht bezahlen können. Sie kennen Delos; er ist ein unverbesserlicher Optimist. Wir sollten allmählich eine Bremse einbauen.«

Strong dachte darüber nach. Was ihn daran schmerzte, war, daß er mit allem übereinstimmte, was Dixon sagte. Er hatte dabeigestanden und zugesehen, wie Harriman zwei Vermögen in der Gegend verstreute, die sie Jahrzehnte hindurch mühsam zusammengetragen hatten. D. D. schien das alles kaum noch zu interessieren. Gerade an diesem Morgen hatte er sich geweigert, auch nur einen Blick auf den serienreif entwickelten automatischen Lichtschalter zu werfen.

Dixon lehnte sich vor. »Nennen Sie einen Preis, George. Ich werde großzügig sein.«

Strong machte seine zusammengesunkenen Schultern wieder breit. »Ich werde verkaufen . . .«

»Sehr gut!«

. . . wenn Delos damit einverstanden ist. Andernfalls nicht.«

Dixon murmelte etwas. Entenza schnaubte verächtlich. Das Gespräch hätte noch bitter werden können, wenn in diesem Augenblick nicht Harriman hereingekommen wäre.

Niemand sagte etwas von dem Verkaufsangebot an Strong. Strong erkundigte sich, wie der Flug gewesen sei.

Harriman legte Daumen und Zeigefinger zusammen. »Alles klar! Aber es wird jeden Tag teurer, in Washington etwas zu erreichen.«

Er wandte sich an die anderen. »Na, was macht die Kunst? Hat diese Versammlung eine besondere Bedeutung? Befinden wir uns vielleicht in einer Teilhaberversammlung?«

Dixon warf Entenza einen Blick zu. »Na los, Jack!«

Entenza sah Harriman wütend an. »Was soll das heißen, daß Sie die Fernsehrechte anderweitig verkauft haben?«

Harriman zog eine Augenbraue hoch. »Ist das verboten?«

»Sie haben sie mir versprochen! Das ist die ursprüngliche Abmachung, ich habe es schriftlich!«

»Dann sehen Sie sich diese Abmachung lieber noch einmal an, Jack, und seien Sie nicht so voreilig. Sie haben die Auswertungsrechte für Radio, Fernsehen und andere Nachrichten- und Unterhaltungszwecke im Zusammenhang mit dem ersten Flug zum Mond. Niemand macht Ihnen die streitig. Ebenso sämtliche Sendungen von Bord des Schiffes, vorausgesetzt, daß solche Sendungen möglich sein sollten.« Er entschied, daß dies kein guter Zeitpunkt war, zu erwähnen, daß Gewichtsrücksichten solche Sendungen bereits ausschlossen. Die »Pionier« würde keinerlei elektronische Ausrüstung mit sich führen, die nicht für die Navigation benötigt wurde.

»Was ich verkauft habe«, fuhr Harriman fort, »war das Recht, auf dem Mond später eine Fernsehstation zu errichten. Nebenbei, es ist nicht einmal ein Exklusivrecht, obwohl Clem Haggerty es glaubt. Wenn Sie selbst so etwas kaufen wollen, kann ich Ihnen damit dienen.«

»Es *kaufen*! Hören Sie mal, Sie . . .«

»Oder Sie können es umsonst haben, wenn George und Dixon zustimmen. Ich will nicht als Geizhals dastehen. Noch etwas?«

Dixon schaltete sich ein. »Wo genau stehen wir jetzt eigentlich, Delos?«

»Meine Herren, Sie können sich darauf verlassen, daß die ›Pionier‹ am nächsten Mittwoch genau nach Plan startet. Und jetzt, wenn Sie mich entschuldigen wollen, muß ich zum Peterson-Flugfeld.«

Nachdem er gegangen war, saßen seine drei Teilhaber einige Zeit schweigend da. Entenza murmelte unverständliche Worte vor sich hin, Dixon verlor sich offensichtlich in seine Gedanken, und

Strong wartete nur. Schließlich sagte Dixon: »Wie ist es also mit diesem halben Prozent, George?«

»Sie selbst haben es ja nicht für richtig gehalten, es Delos gegenüber zu erwähnen.«

»Ach so.« Dixon streifte sorgfältig einige Zentimeter Zigarrenasche ab. »Er ist ein seltsamer Mensch, nicht wahr?«

Strong rutschte in seinem Sessel hin und her. »Ja.«

»Wie lange kennen Sie ihn schon?«

»Lassen Sie mal sehen – als er anfing, für mich zu arbeiten, das war ungefähr im Jahr . . .«

»Er hat für *Sie* gearbeitet?«

»Ein paar Monate. Dann gründeten wir die erste gemeinsame Firma.« Strong dachte zurück. »Ich glaube, er hatte schon damals einen Energie-Tick.«

»Nein«, sagte Dixon vorsichtig. »Nein, einen Energie-Tick würde ich das nicht nennen. Es sieht mir mehr nach einem Missionarskomplex aus.«

Entenza sah auf. »Er ist ein krummer Hund!«

Strong blickte ihn milde an. »Es wäre mir lieber, wenn Sie so nicht über ihn sprechen würden. Es wäre mir wirklich lieber.«

»Lassen Sie das, Jack«, sagte Dixon. »Aber eines von den seltsamen Dingen mit ihm ist doch, daß es ihm gelungen zu sein scheint, eine fast feudal zu nennende Loyalität anderen Menschen einzuflößen. Nehmen wir einmal Sie, George. Ich weiß, daß Sie kaum noch Geld haben – und trotzdem wollen Sie nicht, daß ich Ihnen helfe. Das übersteigt jede Logik. Es ist wohl sehr persönlich.«

Strong nickte. »Er ist ein sehr eigenartiger Mann. Manchmal denke ich, er ist der letzte Raubritter.«

Dixon schüttelte den Kopf. »Nicht der letzte. Der hat im Wilden Westen gelebt. Er ist der erste einer neuen Sorte Raubritter – und deren Ende werden Sie und ich nicht mehr erleben. Ganz ehrlich, ich glaube nicht einmal, daß Delos weiß, was er tut. Er richtet einen neuen Imperialismus auf. Bevor unsere Zivilisation das verdaut, wird die Hölle überkochen.« Er stand auf. »Vielleicht hätten wir warten sollen. Vielleicht hätten wir ihn hindern sollen – falls es im Rahmen unserer Möglichkeiten gelegen hätte. Na schön, es ist geschehen. Wir sitzen auf dem Karussell und können nicht mehr abspringen. Ich hoffe, wir haben an der Fahrt wenigstens Spaß. Kommen Sie, Jack.«

Die Prärie von Colorado tauchte in den Abenddunst. Die Sonne war hinter dem Berg, und das breite, weiße Gesicht des Mondes stieg voll und rund im Osten auf. In der Mitte des Peterson-Flugfeldes ragte die »Pionier« in den Himmel. Ein Stacheldrahtzaun hielt die Menge in beträchtlicher Entfernung. Unmittelbar innerhalb des Zaunes patrouillierten Wachen. Weitere Wachen bewegten sich durch die Menge. Innerhalb des Zaunes, dicht davor, standen Koffer und Kamerazubehör, jede Art von Geräten für Fernseh- und Rundfunksendungen. An den Enden vieler Kabel waren rings um das Schiff fernkontrollierte Aufnahmegeräte aufgestellt. Außerdem war dort eine Reihe von Lastwagen zu erkennen. Das Hin und Her organisierter Aktivität lag über allem.

Harriman wartete in Costers Büro; Coster selbst war draußen auf dem Feld, und Dixon und Entenza hatten ein Zimmer für sich. LeCroix, der noch unter der Wirkung schwerer Schlafmittel stand, lag in dem Schlafzimmer, das zu Costers Arbeits-Appartement gehörte.

Draußen waren Bewegung und laute Stimmen zu hören. Harriman öffnete die Tür einen Spalt. »Wenn das wieder ein Reporter ist, die Antwort ist nein. Schicken Sie ihn zu Herrn Montgomery gegenüber. Kapitän LeCroix gibt keine Interviews, die nicht vorher abgesprochen sind.«

»Delos! Lassen Sie mich hinein!«

»Oh – Sie sind's, George. Kommen Sie herein. Wir werden hier zu Tode gehetzt, daher die Wachen.«

Strong kam herein und hielt Harriman eine große, schwere Tasche entgegen. »Hier sind sie.«

»Hier sind was?«

»Die abgestempelten Briefumschläge für das Briefmarkensammlersyndikat. Delos, Sie haben sie glatt vergessen! Das bedeutet eine halbe Million Dollar! Wenn ich sie nicht zufällig in Ihrem Kleiderschrank gesehen hätte, säßen wir in der Tinte.«

Harriman beherrschte eisern seine Gesichtszüge. »George, Sie sind ein Felsen im Meer, wirklich.«

»Soll ich sie selbst im Schiff verstauen?« fragte Strong besorgt.

»He? Nein, nein. Les wird sich darum kümmern.« Er sah auf seine Uhr. »Wir müssen ihn sowieso gleich wecken. Die Briefumschläge werden nicht wieder vergessen, ich übernehme die Verantwortung dafür. Übrigens, kommen Sie jetzt nicht mehr mit hinein. Sie werden noch auf dem Feld Gelegenheit haben, sich zu verabschieden.«

Harriman ging in den Nebenraum, schloß die Tür hinter sich, wartete, bis die Krankenschwester dem schlafenden Piloten ein Weck- und Wachmittel eingespritzt hatte, und schickte sie hinaus. Als er sich herumdrehte, setzte sich der Pilot gerade auf und rieb sich die Augen.

»Wie fühlen Sie sich, Les?«

»Sehr gut. Es ist also soweit.«

»Es ist soweit. Die Begeisterung für Sie wird lautstark sein. Sie müssen in zwei Minuten hinausgehen und sich dem stellen. Alles ist fertig. Aber ich muß Ihnen noch eine oder zwei Sachen sagen.«

»Ja?«

»Sehen Sie diese Tasche?« Harriman erklärte ihm schnell, was sie war und was sie bedeutete.

LeCroix machte ein bestürztes Gesicht. »Aber ich kann sie nicht mitnehmen, Delos. Es ist alles bis zum letzten Gramm berechnet.«

»Wer sagt denn, daß Sie sie mitnehmen sollen? Natürlich bleibt sie hier; sie wiegt 60, 70 Pfund. Ich habe sie schlicht und einfach vergessen. Fürs erste werde ich sie hier drin verstecken.« Harriman stopfte die Tasche weit hinten in einen Kleiderschrank. »Wenn Sie wieder landen, werde ich sofort da sein. Dann ziehen wir einen Fingerfertigkeitstrick ab und holen das Ding aus dem Schiff.«

LeCroix schüttelte den Kopf. »Delos, das ist doch wieder so ein typisches Superding von Ihnen. Na schön, ich bin nicht in der Stimmung, mich zu streiten.«

»Ich bin froh, daß Sie nicht in dieser Stimmung sind; sonst müßte ich für eine läppische halbe Million Dollar ins Gefängnis. Wir haben dieses Geld nämlich schon ausgegeben. Es kommt doch sowieso nicht darauf an. Niemand außer Ihnen und mir wird je davon erfahren – und die Briefmarkensammler werden den Gegenwert ihres Geldes bekommen.« Er sah den jüngeren Mann an, als ob er ängstlich auf dessen Zustimmung wartete.

»Gut, gut«, antwortete LeCroix. »Warum sollte ich mich ausgerechnet heute abend darum kümmern, ob Briefmarkensammler beschummelt werden? Gehen wir.«

»Da ist noch etwas«, sagte Harriman und nahm eine kleine

Stofftasche heraus, »dies nehmen Sie mit – und das Gewicht ist in die Berechnung einbezogen worden. Ich habe dafür gesorgt. Folgendes werden Sie damit tun.« Er gab genaue und sehr ernste Anweisungen.

LeCroix war verwirrt. »Höre ich recht? Ich soll es die Reporter finden lassen – und dann die genaue Wahrheit darüber erzählen, wie es dahin gekommen ist?«

»Das ist richtig.«

»Na, gut.« LeCroix steckte den Beutel achselzuckend in eine Tasche des Pilotenanzuges und zog den Reißverschluß darüber zu. »Gehen wir hinaus aufs Feld. Es ist schon X minus einundzwanzig Minuten.«

Strong kam im Kontrollbunker zu Harriman, nachdem LeCroix in das Schiff gegangen war. »Sind sie an Bord gekommen?« fragte er besorgt. »LeCroix trug gar nichts.«

»Ganz bestimmt«, sagte Harriman. »Ich habe sie vorausgeschickt. Gehen Sie lieber an Ihren Platz, George. Die Leuchtkugel, die ›Startklar‹ signalisiert, ist schon hochgegangen.«

Dixon, Entenza, der Gouverneur von Colorado, der Vizepräsident der Vereinigten Staaten und ein rundes Dutzend anderer wichtiger Persönlichkeiten saßen bereits an Periskopen, die auf einem Innenbalkon über der Kontrollebene durch Schlitze hinaus auf das Schiff gerichtet waren. Strong und Harriman gingen eine Leiter hinauf und nahmen die zwei freien Stühle.

Harriman begann zu schwitzen, und es wurde ihm bewußt, daß er zitterte. Durch sein Periskop konnte er das Schiff sehen. Von unten konnte er Costers Stimme hören, die nervös die Berichte der verschiedenen Stationen verglich. Durch einen abgedämpften Lautsprecher neben sich hörte er einen Kommentar von einem der Fernsehreporter, die über das Ereignis berichteten.

Eine zweite Leuchtkugel stieg steil in den Himmel hinauf und zerbarst in rote und grüne Kugeln. Noch fünf Minuten.

Die Sekunden schlichen dahin. Bei minus zwei Minuten wurde es Harriman klar, daß er dieses Zusehen durch einen kleinen Schlitz nicht aushielt. Er mußte draußen sein, selbst beteiligt sein; er mußte. Er kletterte hinunter und eilte zum Ausgang des Bunkers. Coster sah ihn, machte ein alarmiertes Gesicht, versuchte ihn aber nicht aufzuhalten; Coster konnte seinen Platz nicht verlassen, ganz gleich, was geschah. Harriman schob den Wachtposten beiseite und trat hinaus.

Gegen Osten wuchs das Schiff himmelwärts. Die schlanke Pyramide zeichnete sich in scharfem Schwarz gegen den Vollmond ab. Er wartete. Und wartete.

Was war schiefgegangen? Weniger als zwei Minuten hatten gefehlt, als er herausgekommen war, dessen war er sicher – doch da stand das Schiff schweigend, dunkel, unbeweglich. Kein einziger Laut war zu hören, außer dem Heulen der Sirenen, das die Zuschauer hinter dem fernen Drahtzaun warnte. Harriman spürte, wie sein Herz pochte. Etwas war schiefgegangen. Fehlschlag.

Eine einzelne Leuchtrakete stieg vom Dach des Bunkers auf; eine Flamme leckte unten am Heck des Schiffes.

Sie breitete sich aus, ein Kissen aus weißem Feuer war unter dem Schiff. Langsam, fast schwankend erhob sich die »Pionier«, schien einen Augenblick auf ihrer Feuersäule zu balancieren – schoß dann mit einer Beschleunigung in den Himmel, die so groß war, daß das Schiff fast sofort über ihm war. Ganz über ihm am Zenit – ein blendender Feuerring. So schnell war sie über ihm, daß es schien, als fiele sie im Bogen auf ihn. Instinktiv riß er eine Hand vor sein Gesicht.

Das Geräusch – es war ein Dröhnen auf allen Frequenzen – in den hörbaren Wellenlängen, darunter, darüber: so unglaublich mit Energie aufgeladen, daß es ihn wie ein Schlag in die Brust traf. Er hörte es mit seinen Zähnen und mit seinen Knochen ebenso wie mit seinen Ohren.

Dem Geräusch folgte mit der Gewalt eines Hurrikans der Luftstoß der Startflamme. Er fetzte in seine Kleidung und riß den Atem von seinen Lippen. Er stolperte blindlings zurück, versuchte den Windschatten des Betongebäudes zu erreichen und wurde zu Boden geschleudert.

Er raffte sich hustend und würgend auf, und es fiel ihm wieder ein, zum Himmel zu blicken. Genau über ihm war ein schrumpfender Stern. Dann war nichts mehr zu sehen.

Er ging in den Bunker.

Der Raum war ein einziges Stimmgewirr. Harrimans Ohren, die noch immer nachklangen, hörten einen Lautsprecher schmettern: »Beobachtungsposten Eins! Beobachtungsposten Eins an Kontrollbunker! Raketenstufe Fünf nach Plan gelöst – Schiff und Stufe getrennte Radarpunkte . . .« Und Costers Stimme schnitt hinein: »Geben Sie mir Kurskontrolle Eins! Ist Stufe Fünf dort schon gesichtet? Wird Stufe Fünf dort verfolgt?«

Im Hintergrund war der Nachrichtenkomentator noch völlig aus dem Häuschen. »Ein großer Tag, meine Damen und Herren, ein großer Tag. Die mächtige ›Pionier‹ ist aufgestiegen wie ein Engel des Herrn mit dem Flammenschwert. Sie befindet sich jetzt auf ihrem ruhmreichen Weg zu unserem planetaren Nachbarn! Die meisten von Ihnen haben den Start auf den Bildschirmen verfolgt; ich wünschte, Sie hätten das Schiff selbst sehen können, wie ich es gesehen habe, in den Himmel aufsteigend, wie es seine kostbare Ladung . . .«

»Stellt das verdammte Ding ab!« ordnete Coster an. »Und seien Sie etwas leiser da oben! Ruhe!«

Der Vizepräsident der Vereinigten Staaten fuhr herum und machte den Mund auf. Dann erinnerte er sich daran, daß man in einer solchen Situation zu lächeln hat. Die anderen wichtigen Persönlichkeiten schwiegen einen Augenblick. Dann nahmen sie ihre Gespräche in gedämpftem Gewisper wieder auf. Die Stimme eines Mädchens durchbrach die Stille: »Kurskontrolle Eins an Kontrollbunker – Stufe Fünf plus zwei.« In einer Ecke schirmte eine große Haube aus Zeltplanen eine schwere Plexiglastafel von direktem Lichteinfall ab. Die Tafel lag flach da und wurde durch die Seitenkanten hindurch beleuchtet; sie zeigte eine Koordinatenkarte von Colorado und Kansas in dünnen weißen Linien. Die Städte und Dörfer waren rot. Nicht evakuierte Bauernhöfe waren kleine rote Warnlichter.

Ein Mann hinter der durchsichtigen Karte berührte das Glas mit einem Ölstift; der angegebene Standort von Stufe Fünf wurde sichtbar. Vor der Karte saß ein junger Mann still auf einem Stuhl, einen birnenförmigen Schalter in der Hand, den Daumen leicht auf den Knopf gelegt – ein Bombenschütze, der von der Luftwaffe zur Verfügung gestellt worden war. Sobald er den Knopf drückte, würde ein radiokontrollierter Stromkreis die Halterung des Landefallschirms an Stufe Fünf lösen. Die Stufe würde dann senkrecht zur Erde stürzen.

»Beobachtungsposten Eins an Kontrollbunker!« kam von neuem die Stimme eines Mannes. »Stufe Vier nach Plan gelöst.« Und fast unmittelbar darauf echote eine tiefe Stimme: »Kurskontrolle Zwei, wir haben Stufe Vier, gegenwärtige Höhe 1830 Kilometer, vorausberechneter Vektor . . .«

Niemand kümmerte sich um Harriman.

Unter der Haube wurde der beobachtete Kurs von Stufe Fünf

zu einer Linie leuchtender Fettstiftpunkte; nahe bei, aber nicht genau auf der gestrichelten Linie ihrer vorausberechneten Flugbahn. An jedem Standort war die gemeldete Höhe vermerkt.

Der Mann, der die Darstellung beobachtete, drückte plötzlich seinen Knopf. Dann stand er auf, streckte sich und sagte: »Hat jemand eine Zigarette?«

»Kurskontrolle Zwei!« bekam er zur Antwort. »Stufe Vier – erste Aufschlagsberechnung – 70 Kilometer westlich Charleston, Süd-Carolina.«

»Wiederholen Sie das!« schrie Coster.

Der Lautsprecher brüllte ohne Pause weiter: »Berichtigung, Berichtigung – 70 Kilometer östlich, ich wiederhole 70 Kilometer östlich.«

Coster seufzte. Der Seufzer wurde von einer neuen Meldung unterbrochen. »Beobachtungsposten Eins an Kontrollbunker – Stufe Drei minus 5 Sekunden.« Und eine Gegensprechanlage auf Costers Kontrollpunkt »Herr Coster! Herr Coster! Das Palomar-Observatorium will Sie sprechen.«

»Sagen Sie denen, sie sollen sich zur Hölle . . . Nein, sagen Sie ihnen, sie möchten bitte warten.« Unmittelbar darauf sagte eine andere Stimme: »Kurskontrolle Eins, Hilfsposten Fox – Stufe Fünf schlägt sofort nahe Dodge City, Kansas, ein.«

»Wie nahe?«

Keine Antwort. Schließlich sagte die Stimme von Kurskontrolle Eins: »Aufschlag Stufe Fünf annähernd 27 Kilometer südwestlich Dodge City.«

»Tote oder Verletzte?«

Beobachtungsposten Eins schaltete sich ein, bevor Kurskontrolle Eins beantworten konnte: »Stufe Zwei gelöst. Stufe Zwei gelöst – das Schiff ist jetzt frei.«

»Herr Coster, bitte, Herr Coster . . .«

Eine völlig neue Stimme: »Beobachtungsposten Zwei an Kontrollbunker – wir verfolgen jetzt das freie Schiff. Es folgen Entfernungen und Kursangaben. Es folgen . . .«

»Kurskontrolle Zwei an Kontrollbunker – Stufe Vier wird endgültig im Atlantik landen, geschätzter Aufschlagpunkt null-sieben-fünf Kilometer östlich Charleston, Standort null-neun-drei. Ich wiederhole . . .

Coster sah sich gereizt um. »Gibt es in diesem Schutthaufen denn überhaupt keine Flasche Wasser?«

»Herr Coster, bitte . . . Palomar sagt, sie müssen wirklich dringend mit Ihnen sprechen.«

Harriman schob sich zur Tür und ging hinaus. Plötzlich fühlte er sich sehr im Stich gelassen, entkräftet und niedergeschlagen.

Das Feld sah ohne das Schiff fremd aus. Er hatte es wachsen sehen. Es war weg. Der Mond, der am Himmel aufstieg, war vergessen – und die Raumfahrt ein so ferner Traum wie in seiner Kindheit.

Jemand trat in der Finsternis auf ihn zu. »Herr Harriman?«

»Eh?«

»Hopkins von A. P., können Sie mir etwas zu dem Start sagen?«

»Wie? Nein, kein Kommentar. Ich bin völlig erledigt.«

»Nur ein Wort. Wie fühlt man sich, wenn man den ersten erfolgreichen Mondflug unterstützt hat – falls er erfolgreich ist?«

»Er wird erfolgreich sein.« Er dachte einen Moment nach, raffte sich zusammen und sagte: »Berichten Sie Ihren Lesern, daß dies der Beginn des größten Zeitalters ist, das die menschliche Rasse je erleben wird. Berichten Sie ihnen, daß jeder von ihnen eine Chance haben wird, auf Kapitän LeCroix' Fußspuren den gleichen Weg zu gehen, neue Planeten zu suchen und neuem fremden Land eine Heimstatt abzuringen. Berichten Sie ihnen, daß dies neue weitere Grenzen bedeutet und auch einen neuen Wohlstand. Es bedeutet . . .« Er wußte nicht mehr weiter. »Das ist alles für heute. Ich bin wirklich ziemlich k. o., mein Sohn. Lassen Sie mich allein, ja?«

Endlich kam Coster heraus. Ihm folgten die wichtigsten Persönlichkeiten. Harriman ging zu Coster. »Alles in Ordnung?«

»Klar! Warum nicht? Kurskontrolle Drei hat ihn bis zur Reichweitengrenze verfolgt – alles in Ordnung. Stufe Fünf hat beim Aufschlag eine Kuh getötet.«

»Dann haben wir wenigstens ein Steak zum Frühstück.« Harriman mußte dann mit dem Gouverneur und dem Vizepräsidenten höfliche Worte wechseln und sie zu ihrem Fahrzeug hinausbegleiten. Dixon und Entenza gingen zusammen fort. Endlich waren Coster und Harriman allein. Abgesehen von Untergebenen, die sie nicht kannten; und abgesehen auch von den Wachen, die sie von der Menge abschirmten. »Wohin wollen Sie jetzt, Bob?«

»Hoch zum Broadmoor-Hotel und ungefähr eine Woche schlafen. Und was machen Sie?«

»Wenn Sie nichts dagegen haben, lege ich mich in Ihrem Appartement hin.«

»Bedienen Sie sich, Schlafpillen sind im Bad.«

»Die werde ich nicht brauchen.«

Sie tranken in Costers Dienstwohnung noch ein Glas miteinander, redeten ziellos über dies und das, dann bestellte sich Coster ein Hubschraubertaxi und flog ins Hotel. Harriman ging zu Bett, stand wieder auf, las eine gestrige Ausgabe der Denver Post, die mit Fotos der »Pionier« gefüllt war. Schließlich gab er es auf und nahm zwei von Costers Schlafkapseln.

Jemand rüttelte ihn. »Herr Harriman! Wachen Sie auf – Herr Coster ist am Telefon.«

»Ha? Was ist los? Ja, in Ordnung.« Er stand auf und tappte zum Telefon. Coster sah wuschelhaarig und aufgeregt aus. »He, Chef – er hat es geschafft!«

»Wie? Wer? Was meinen Sie damit?«

»Palomar hat mich gerade angerufen, sie haben seine Markierung gesehen, und jetzt haben sie das Schiff selbst entdeckt. Er . . .«

»Moment mal, Bob. Langsam. Er kann doch noch gar nicht da sein. Er ist doch erst gestern abend gestartet.«

Coster war fassungslos. »Was ist los, Herr Harriman? Fühlen Sie sich nicht gut? Er ist Mittwoch gestartet.«

Verschwommen begann Harriman in die Wirklichkeit zurückzufinden. Nein, der Start war nicht gestern abend gewesen. Verworren erinnerte er sich an eine Fahrt hinauf in die Berge, an einen Tag, den er in der Sonne verdöst hatte, an eine Art von Party, auf der er zu viel getrunken hatte. Welcher Tag ist heute? Er wußte es nicht. Wenn LeCroix auf dem Mond gelandet war, dann . . . Egal! »Schon gut; ich habe noch halb geschlafen. Ich glaube, ich habe den Start noch einmal geträumt. Jetzt erzählen Sie mir, was los ist. Aber langsam.«

Coster begann noch einmal: »LeCroix ist genau westlich des Archimedeskraters gelandet. Die vom Palomar-Observatorium können sein Schiff sehen. Sie sagen, es leuchtet wie ein Plakat, wenn man durch das große Fernrohr blickt.«

»Vielleicht sollten wir mal nach Palomar fliegen und es uns selbst ansehen. – Nein, später. Wir haben jetzt zu tun.«

»Ich sehe nicht, was wir noch tun können, Herr Harriman. Unsere zwölf besten ballistischen Computer rechnen im Augenblick mögliche Flugbahnen für Sie aus.«

Harriman wollte dem Mann schon sagen, er solle noch zwölf Computer einsetzen. Statt dessen unterbrach er die Verbindung. Er war noch auf dem Peterson-Flugfeld, und eines von den besten Stratoschiffen seiner Firma *Himmelswege* wartete draußen auf ihn – wartete darauf, ihn an den Punkt der Erdkugel zu bringen, wo LeCroix landen mochte. LeCroix war in der oberen Stratosphäre – schon länger als 24 Stunden. Der Pilot bremste dort seine Endgeschwindigkeit langsam und vorsichtig ab: Er verstreute die unglaubliche kinetische Energie seines Schiffes in Form einer Schockwelle und als Hitzestrahlung.

Sie hatten ihn über Radar rund um den Erdball verfolgt – und wieder und wieder . . . Und doch war noch nicht abzusehen, welchen Landeplatz und welche Art von Landung der Pilot sich aussuchen würde. Harriman lauschte auf die laufenden Radarmeldungen und verfluchte die Tatsache, daß sie sich beim Bau des Schiffes dafür entschieden hatten, das Gewicht der Funkausrüstung einzusparen.

Die Radarzahlen begannen dichter beieinanderzuliegen. Die Stimme brach ab und begann von neuem: »Er setzt zu einer Landegleitbahn an!«

»Die Maschine draußen soll sich fertig machen!« schrie Harriman. Er hielt seinen Atem an und wartete. Nach endlosen Sekunden meldete sich eine neue Stimme: »Das Mondschiff landet. Es wird westlich Chihuahua in Mexiko aufsetzen.«

Harriman rannte zur Tür.

Auf dem Weg durch Funk gesteuert, entdeckte Harrimans Pilot die »Pionier« als unglaublich kleinen Punkt im Wüstensand. Er setzte sein eigenes Schiff daneben auf. Harriman fummelte an der Kabinentür herum, bevor die Düsen abgeschaltet waren.

LeCroix saß auf dem Sandboden, lehnte seinen Rücken gegen das Mondschiff und genoß den Schatten seiner dreieckigen Stummelschwingen. Ein mexikanischer Schafhirte stand mit offenem Mund dabei. Als Harriman zu ihm hinübergelaufen kam, stand LeCroix auf, flippte seinen Zigarettenstummel fort und sagte: »Na, Chef?«

»Les!« Der ältere Mann warf seine Arme um den jüngeren. »Ist das gut, dich zu sehen, mein Junge.«

»Es ist gut, dich zu sehen, Meistergehirn! Pedro hier spricht nicht meine Sprache.« LeCroix blickte sich um. In der Nähe war niemand außer dem Piloten von Harrimans Schiff. »Wo sind die anderen? Wo ist Bob?«

»Ich habe nicht auf sie gewartet. Die sind sicher in ein paar Minuten hier. – Da kommen sie schon!«

Ein zweites Stratoschiff setzte zur Landung an. Harriman wandte sich an seinen Stratopiloten. »Bill – gehen Sie hinüber und bringen Sie sie hierher.«

»Ach, die kommen schon, da brauchen Sie sich keine Sorgen zu machen.«

»Tun Sie, was ich sage.«

»Sie sind der Boß.« Der Pilot trottete durch den Sand. LeCroix machte ein verwirrtes Gesicht.

»Schnell, Les – helfen Sie mir hiermit.«

»Hiermit« waren die 5000 abgestempelten Briefumschläge, die angeblich mit auf dem Mond gewesen waren. Sie schafften sie aus Harrimans Stratoschiff in das Mondschiff, wo sie sie in einem leeren Lebensmittelfach verstauten.

»Puh! Das war knapp. Eine halbe Million Dollar.«

»Ja, ja. Aber hör mal, die Di . . .«

»Schscht! Die anderen kommen. Was ist mit der anderen Sache? Alles bereit?«

»Ja. Aber ich versuche dir doch gerade zu sagen . . .«

»Ruhig!«

Es waren nicht ihre Freunde; es war eine Schiffsladung von Reportern, Kameramännern, Mikrophonleuten, Kommentatoren, Technikern. Sie brachen über sie herein.

Harriman winkte munter ihnen zu. »Bedient euch, Jungs. Macht einen Haufen Bilder. Klettert in dem Schiff herum. Fühlt euch ganz zu Hause. Seht euch alles an, was ihr wollt. Aber geht vorsichtig mit Kapitän LeCroix um – er ist müde.«

Ein drittes Schiff landete. Diesmal mit Coster, Dixon und Strong. Entenza kam in einem eigenen gecharterten Schiff und begann die Fernseh-, Film- und Radioleute herumzuscheuchen, wobei er fast in einen Faustkampf mit einer fremden Kameragruppe verwickelt wurde. Ein großer Transporthubschrauber setzte auf, und heraus sprang fast eine halbe Kompanie mexikanischer Soldaten. Aus dem Nichts – scheinbar aus dem Sand – tauchten verschiedene Dutzend Bauern auf. Harriman machte sich von den Reportern los und verwickelte den Hauptmann der Hubschraubergruppe in eine schnelle und teure Diskussion. Daraufhin wurde ein gewisses Maß an Ordnung hergestellt – gerade rechtzeitig, um die »Pionier« vor dem Auseinandernehmen zu bewahren.

»Lassen Sie das gefälligst!« Dies war jetzt LeCroix' Stimme aus dem Innern der »Pionier«. Harriman wartete und lauschte. »Das geht Sie überhaupt nichts an!« fuhr die Stimme des Piloten fort, dieses Mal schon erregter, »und legen Sie sie dahin, wo Sie sie hergenommen haben!«

Harriman bahnte sich einen Weg zur Tür des Mondschiffes. »Was ist denn los?«

In der vollgestopften Kabine, die kaum groß genug für eine Fernsehkamera war, standen drei Männer – LeCroix und zwei Reporter. Sie sahen sich wütend an. »Was ist denn los, Les?« wiederholte Harriman.

LeCoix hielt eine kleine Stofftasche, die leer zu sein schien. Auf dem Beschleunigungsbett des Piloten zwischen ihnen lagen verschiedene kleine Steine. Ein Reporter hielt einen solchen Stein ans Licht.

»Diese Kerle haben ihre Nase in Sachen gesteckt, die sie überhaupt nichts angehen!« sagte LeCroix ärgerlich.

Der Reporter blickte auf den Stein und sagte: »Sie haben uns doch erlaubt, alles anzusehen, was wir wollten, Herr Harriman?«

»Ja.«

»Ihr Pilot . . .«, er zeigte mit dem Daumen auf LeCroix, ». . . hat offensichtlich nicht erwartet, daß wir die hier finden werden. Er hatte sie im Polster versteckt.«

»Na und?«

»Das sind Diamanten.«

»Was bringt Sie auf diese Idee?«

»Das sind eben welche. Ich kenne mich da aus.«

Harriman stand schweigend da und wickelte eine Zigarre aus ihrer Zellophanhülle. Schließlich sagte er: »Diese Diamanten waren dort, wo Sie sie gefunden haben, weil ich sie dorthingetan habe.«

Ein Blitzlicht ging hinter Harriman los. Eine Stimme sagte: »Halt den Kiesel mal ein bißchen höher, Jeff.«

Der Reporter namens Jeff gehorchte. Dann sagte er: »Das ist doch aber merkwürdig, so etwas zu tun, Herr Harriman.«

»Ich interessiere mich nun mal für die Wirkung der Weltraumstrahlung auf Rohdiamanten. Auf meine Anordnung hat Kapitän LeCroix diesen Sack Diamanten mit ins Schiff genommen.«

Jeff pfiff gedankenvoll vor sich hin. »Wissen Sie, Herr Harriman, wenn Sie nicht diese Erklärung dafür hätten, könnte ich fast denken, daß LeCroix die Steinchen auf dem Mond gefunden hätte und jetzt versuchen würde, sie vor Ihnen zu verheimlichen.«

»Drucken Sie das, und Sie haben eine Verleumdungsklage am Hals. Ich habe jedes Vertrauen zu Kapitän LeCroix. Jetzt geben Sie mir mal die Diamanten.«

Jeffs Augenbrauen hoben sich. »Aber doch nicht Vertrauen genug zu ihm, um ihm die Diamanten zu lassen, wie?«

»Geben Sie mir die Steine. Dann verlassen Sie das Schiff.«

Harriman trennte Le Croix so schnell wie möglich von den Reportern und steuerte ihn in sein eigenes Schiff. »Das ist im Augenblick alles«, sagte er den Nachrichten- und Bildleuten. »Kommen Sie zum Peterson-Flugfeld.«

Als das Schiff in der Luft war, wandte er sich an LeCroix, »Das hast du großartig gemacht.«

»Dieser Reporter namens Jeff muß ziemlich verwirrt sein.«

»Wie? Oh, das. Nein, ich meine den Flug, du hast es geschafft!«

LeCroix zuckte die Achseln. »Bob hat ein gutes Schiff gebaut. Es war eine Lappalie. Was jetzt diese Diamanten betrifft . . .

»Hör auf mit den Diamanten. Die haben ihre Wirkung getan. Ehrlicher als wir kann überhaupt keiner sein. Es ist nicht unser Fehler, daß sie das nicht glauben.«

»Aber, Delos . . .«

»Was?«

LeCroix machte den Reißverschluß zu einer Tasche an seinem Pilotenanzug auf und holte ein schmutziges Taschentuch heraus, das er zu einem Beutel verknotet hatte. Er knotete es auf – und schüttete in Harrimans Hände viel mehr Diamanten, als in dem Schiff zu sehen gewesen waren. Größere, schönere Diamanten.

Harriman starrte minutenlang darauf. Dann begann er zu lachen. Sein Lachen wurde immer lauter.

Aus den Amerikanischen übersetzt von Fritz Steinberg

Robert Silverberg

Robert Silverberg, 1934 in New York geboren, studierte nach dem Besuch der High School Englische Sprache und Literatur und schloß sein Studium mit einem Bachelor of Arts an der Columbia University ab. Schon als Teenager war er ein begeisterter SF-Leser, gab eine SF-Zeitschrift heraus und begann Anfang der fünfziger Jahre selbst an SF-Kurzgeschichten zu schreiben. 1954 gelang es ihm, seine erste Erzählung zu verkaufen, worauf er beschloß, freiberuflicher Schriftsteller zu werden. Unter mehr als zwei Dutzend Pseudonymen produzierte und publizierte er eine Unmenge von SF-Geschichten und -Romanen, von denen aber die wenigsten erwähnenswert sind. Immerhin wurde er 1956 als bester Nachwuchsautor geehrt. Nach einer längeren Pause Anfang der sechziger Jahre, in der er eine Reihe von Sachbüchern verfaßte, erschien 1967 mit dem Roman »Thorns« (»Der Gesang der Neuronen«) ein völlig verwandelter Silverberg auf der SF-Szene: stilistisch ausgereift, mit überzeugend gezeichneten Charakteren, der

Mensch und seine psychischen und sozialen Probleme im Mittelpunkt. Es folgten »Verbannte der Ewigkeit«, »Schwingen der Nacht«, »Zeitpatrouille«, »Exil im Kosmos«, »Ein glücklicher Tag im Jahr 2381«, »Kinder der Retorte« und – als Höhepunkte – »Es stirbt in mir«, »Mit den Toten geboren« und »Der Seher«. Nach einer Pause von sieben Jahren, in der Silverberg nur als Herausgeber von Anthologien hervortrat, scheint er sich mit »Lord Valentine's Castle« wieder dem weniger anspruchsvollen Abenteuerroman zugewandt zu haben. Die hier abgedruckte Erzählung stammt aus dem Jahre 1972, der wohl glanzvollsten Zeit seines Schaffens.

Von Robert Silverberg erschienen folgende Titel in der Reihe Heyne Science Fiction:
Gast aus der Zukunft · Band 3193/94
Das heilige Atom · Band 3224
Die Sterne rücken näher · Band 3248
Die Seelenbank · Band 3256
Exil im Kosmos · Band 3269
Schwingen der Nacht · Band 3274
Macht über Leben und Tod · Band 3282
Die Mysterien von Belzagor · Band 3345
Der Gesang der Neuronen · Band 3392
Kinder der Retorte · Band 3441
Es stirbt in mir · Band 3445
Ein glücklicher Tag im Jahr 2381 · Band 3477
Der Seher · Band 3590
Schadrach im Feuerofen · Band 3626
Mit den Toten geboren · Band 3644

als Herausgeber:
Meschen und andere Ungeheuer · Band 3378
Titan 6 · Band 3558
Titan 7 · Band 3579
Titan 9 · Band 3614
Titan 15 · Band 3787 (in Vorbereitung)

Robert Silverberg

Reise ans Ende der Welt

Nick und Jane waren froh, daß sie die Reise zum Ende der Welt gemacht hatten, denn so hatten sie etwas Besonderes, worüber sie auf Mike und Rubys Party reden konnten. Man ist ja immer gerne mit einem guten Gesprächsstoff ausgerüstet, wenn man auf eine Party geht. Die Partys bei Mike und Ruby sind wunderbar. Ihr Haus ist phantastisch, eins der schönsten in der Gegend. Wahrlich ein Haus für alle Jahreszeiten, alle Stimmungen. Ihr ganz persönlicher Teil der Welt. Mit viel Platz drinnen und draußen . . . offen, weit und frei. Das Wohnzimmer mit seiner Decke aus Holzbalken ist ein natürlicher Brennpunkt der Geselligkeit. Nach ihren besonderen Wünschen gebaut, mit einer Versenkung im Boden, wo man sitzt und plaudert, und einem Kamin. Außerdem gibt es einen Familienraum mit Balken an der Decke und holzgetäfelten Wänden . . . und eine Bibliothek. Und ein herrliches Schlafzimmer der Hausherren, mit zwölf Quadratmeter großem Ankleideraum und eigenem Bad. Die äußere Gestaltung des Hauses ist sehr eindrucksvoll. Ein geschützter Innenhof. Hübsch bewaldetes Achtel-Hektar-Grundstück. Ihre Partys sind immer glanzvoll. Nick und Jane warteten, bis ihrer Meinung nach genug Leute eingetroffen waren. Dann stieß Jane Nick heimlich an, und Nick sagte munter: »Wißt ihr, was wir letzte Woche gemacht haben? Wir haben uns das Ende der Welt angeschaut.«

»Das Ende der Welt?« fragte Henry.

»Was, ihr seid hingefahren?« sagte Henrys Frau, Cynthia.

»Wie habt ihr das angestellt?« wollte Paula wissen.

»Das Programm wird seit März angeboten«, erklärte ihr Stan. »Ich glaube, eine Abteilung von American Express organisiert es.«

Es ärgerte Nick, daß Stan schon davon gehört hatte. Schnell, bevor Stan weiterreden konnte, sagte Nick: »Ja, es ist gerade losgegangen. Unser Reisebüro hat uns darauf aufmerksam gemacht. Es geht so: sie stecken einen in so eine Maschine, die schaut aus wie ein winziges U-Boot, mit Schaltern und Hebeln vorne, hinter einer Plastikwand, so daß man nichts anfassen kann, und damit schicken sie einen in die Zukunft. Man kann mit jeder normalen Kreditkarte bezahlen.«

»Das muß ja wahnsinnig teuer sein«, sagte Marcia.

»Sie bemühen sich, ihre Kosten zu senken«, sagte Jane. »Letztes Jahr konnten sich nur Millionäre die Reise leisten. Habt ihr wirklich noch nichts davon gehört?«

»Was habt ihr gesehen?« fragte Henry.

»Eine Zeitlang nichts als Grau in Grau draußen vor dem Bullauge«, sagte Nick. »Und ein gewisses Flackern.« Alle hatten ihre Blicke auf ihn gerichtet. Auf Janes Gesicht lag ein Ausdruck liebevoller Verzückung. »Dann lichtete sich der Dunst und eine Stimme sagte über Lautsprecher, wir hätten jetzt das Ende der Zeit erreicht, wo jedes Leben auf Erden unmöglich geworden sei. Natürlich waren wir in dieses U-Boot-Dings eingeschlossen und konnten nur rausschauen. Auf so einen Strand, einen leeren Strand. Das Wasser hatte eine komische graue Farbe, mit einem Schimmer von Rosa. Und dann ging die Sonne auf. Sie war rot, wie manchmal bei Sonnenaufgang, nur blieb sie rot, auch als sie ganz oben am Himmel stand, und sah klumpig und verquollen aus. Wie einige von uns, ha, ha. Klumpig und verquollen. Ein kalter Wind blies über den Strand.«

»Wenn ihr in das U-Boot eingeschlossen gewesen seid, wie wollt ihr wissen, daß ein kalter Wind wehte?« fragte Cynthia.

Jane warf ihr einen giftigen Blick zu. Nick sagte: »Wir haben gesehen, wie der Sand aufgewirbelt wurde. Und es sah irgendwie kalt aus. Das graue Meer. Wie im Winter.«

»Erzähl doch mal von dem Krebs«, sagte Jane.

»Ach ja, der Krebs. Die letzte Form des Lebens auf Erden. Es war natürlich nicht wirklich ein Krebs, sondern so ein Vieh, das ungefähr 50 Zentimeter breit und 30 Zentimeter hoch war, mit einem dicken, glänzenden, grünen Panzer und vielleicht zwölf Beinen, und ein paar gebogene Hörner kamen vorne raus; es bewegte sich vor uns langsam von rechts nach links. Es brauchte den ganzen Tag, um den Strand zu überqueren. Und gegen Abend starb es. Die Hörner wurden schlaff, und es hörte auf, sich zu bewegen. Die Flut kam und trug es weg. Die Sonne ging unter. Kein Mond. Die Sterne schienen nicht auf dem richtigen Platz zu sein. Der Lautsprecher erklärte uns, wir hätten soeben den Tod des letzten Lebewesens auf Erden miterlebt.«

»Wie *unheimlich*!« rief Paula.

»Wart ihr lange fort?« fragte Ruby.

»Drei Stunden«, sagte Jane. »Man kann Wochen oder Tage am

Ende der Welt zubringen, wenn man extra dafür zahlt, aber sie bringen einen immer zu einem Zeitpunkt drei Stunden nach der Abreise zurück. Damit der Babysitter nicht zu teuer wird.«

Mike bot Nick einen Joint an. »Das ist wirklich was«, sagte er. »Das Ende der Welt gesehen zu haben. Du, Ruby, vielleicht erkundigen wir uns mal bei unserem Reisebüro.«

Nick nahm einen tiefen Zug und reichte den Joint an Jane weiter. Er war zufrieden mit sich, mit der Art, wie er die Geschichte erzählt hatte. Alle waren sehr beeindruckt gewesen. Die verquollene rote Sonne, der krabbelnde Krebs. Die Reise hatte mehr gekostet als ein Monat Japan, war aber eine lohnende Ausgabe gewesen. Er und Jane waren in der Nachbarschaft die ersten gewesen, die die Reise gemacht hatten. Das war wichtig. Paula blickte ihn ehrfürchtig an. Nick wußte, daß sie ihn jetzt in völlig neuem Licht sah. Möglicherweise würde sie bereit sein, sich Dienstagmittag mit ihm in einem Motel zu treffen. Vor einem Monat hatte sie ihm einen Korb gegeben, aber jetzt hatte er für sie an Attraktivität gewonnen. Nick zwinkerte ihr zu. Stan hielt Cynthias Hand. Henry und Mike hockten beide auf dem Boden, Jane zu Füßen. Der zwölfjährige Sohn von Mike und Ruby kam herein und stand am Rand der Versenkung. Er sagte: »Da war gerade eine Durchsage im Radio. Mutierte Amöben sind aus einem Forschungslabor der Regierung entkommen und in den Michigan-See geraten. Sie tragen einen gewebezerstörenden Virus mit sich, und bis auf weiteres müssen in sieben Staaten alle Menschen ihr Wasser abkochen.« Mike blickte den Jungen finster an und sagte: »Du gehörst schon längst ins Bett, Timmy.« Der Junge zog sich zurück. Die Türglocke läutete. Ruby machte auf und kehrte mit Eddie und Frau zurück.

Paula sagte: »Nick und Jane haben das Ende der Welt gesehen. Sie haben uns gerade davon erzählt.«

»Waas«, sagte Eddie, »wir auch, am Mittwochabend.«

Nick fiel in sich zusammen. Jane nagte an ihrer Lippe und fragte Cynthia heimlich, warum Fran immer so auffallende Kleider trage. Ruby sagte: »Ihr habt die ganze Schau gesehen, ja? Den Krebs und alles?«

»Den Krebs?« fragte Eddie.»Was für einen Krebs? Wir haben keinen Krebs gesehen.«

»Der muß beim letzten Mal gestorben sein«, sagte Paula. »Als Nick und Jane da waren.«

Mike sagte: »Eine frische Ladung Blitz aus Cuernavaca ist eingetroffen. Hier, nehmt mal einen Zug.«

»Wann habt ihr die Reise gemacht?« fragte Eddie Nick.

»Sonntag nachmittag. Ich nehme an, wir waren so ziemlich die ersten.«

»Tolle Sache, nicht wahr?« sagte Eddie. »Ein bißchen bedrükkend allerdings schon. Wie das letzte Stück Erde vom Meer geschluckt wird.«

»Das haben wir nicht gesehen«, sagte Jane. »Und ihr habt den Krebs nicht gesehen? Vielleicht haben wir zwei verschiedene Reisen mitgemacht.«

Mike sagte: »Wie war es bei euch, Eddie?«

Eddie legte seinen Arm von hinten um Cynthia. Er sagte: »Sie haben uns in so eine kleine Kapsel gesteckt, mit einem Bullauge und vielen Instrumenten und . . .«

»Den Teil haben wir schon gehört«, sagte Paula. »Was habt ihr *gesehen*?«

»Na ja, das Ende der Welt«, sagte Eddie. »Wenn alles vom Wasser bedeckt wird. Sonne und Mond waren gleichzeitig am Himmel . . .«

»Den Mond haben wir überhaupt nicht gesehen«, bemerkte Jane. »Der war einfach verschwunden.«

»Er war auf der einen Seite, und die Sonne auf der anderen«, fuhr Eddie fort. »Der Mond war viel näher als üblich. Und er hatte eine komische Farbe, fast wie Bronze. Und das Meer stieg immer höher. Wir sind um die halbe Erde gefahren und haben nichts als Meer gesehen. Außer an einer Stelle, da ragte ein Stück Erde heraus, so ein Hügel, und der Führer erklärte uns, das wäre der Gipfel des Mount Everest.« Er winkte zu Fran hinüber. »Das war irre, was, wie wir in unserer Blechbüchse um den Gipfel des Mount Everest herumschwebten. Ungefähr drei Meter schauten raus. Und die ganze Zeit stieg das Wasser höher. Immer höher und höher. Und schließlich deckte es die Spitze ganz zu. Blub. Kein Land mehr übrig. Ich muß zugeben, ein bißchen enttäuschend war es schon, abgesehen natürlich von der *Idee* des Ganzen. Daß menschlicher Erfindungsgeist eine Maschine entwerfen kann, die uns Milliarden von Jahren vorwärts in die Zeit schicken und wieder zurückbringen kann, irre! Aber an und für sich war nur Wasser zu sehen.«

»Komisch«, sagte Jane. »Ein Meer haben wir auch gesehen,

aber wir waren an einem Strand, einem ziemlich trostlosen Strand, und eine Art Krebs krabbelte vorbei, und die Sonne – die war ganz rot. War die Sonne rot bei euch?«

»Eher grün – blaßgrün«, sagte Fran.

»Reden die Herrschaften vom Ende der Welt?« fragte Tom. Er und Harriet standen an der Tür und legten ihre Mäntel ab. Mikes Sohn mußte sie hereingelassen haben. Tom übergab Ruby seinen Mantel und sagte: »Mann, was für ein Spektakel!«

»Ihr wart also auch da?« fragte Jane mit einer Stimme, die ein bißchen hohl war.

»Vor zwei Wochen«, sagte Tom. »Unser Berater im Reisebüro rief uns an und sagte: Wißt ihr, was wir jetzt anbieten? Das Ende der Welt! Im Grunde war es gar nicht so teuer, mit all den Extras. Wird ja auch was geboten. Also sind wir gleich hingefahren ins Büro, am Samstag war es, glaube ich – oder war das Freitag? –, na ja, jedenfalls am Tag des großen Krawalls, als sie St. Louis in Brand steckten ...«

»Das war ein Samstag«, sagte Cynthia. »Ich erinnere mich, daß ich gerade vom Einkaufszentrum zurückkam, als es im Radio hieß, daß nukleare Gefechtswaffen eingesetzt ...«

»Samstag, ja«, sagte Tom. »Und wir sagten ihnen, wir hätten Lust, gleich einzusteigen, und schon ging's los.«

»Habt ihr einen Strand mit einem Krebs gesehen?« fragte Stan, »oder war es eine Welt voller Wasser?«

»Weder noch. Es war wie eine große Eiszeit. Alles war von Gletschern bedeckt. Kein Meer zu sehen, keine Berge. Wir sind einmal rund um die ganze Erde geflogen, und sie war ein einziger riesiger Schneeball. Unser Fahrzeug hatte Scheinwerfer, weil die Sonne erloschen war.«

»Ich war mir sicher, daß ich die Sonne noch gesehen habe«, warf Harriet ein. »Wie ein Ball aus Asche am Himmel. Aber der Führer sagte, nein, niemand könne sie sehen.«

»Wie kommt es, daß jeder ein anderes Ende der Welt zu sehen bekommt?« fragte Henry. »Man würde doch denken, daß es nur ein Ende der Welt gibt. Ich meine, sie hört auf, und das passiert auf eine ganz bestimmte Weise, und mehr als die eine Weise kann es doch nicht geben.«

»Könnte es sich um Schwindel handeln?« fragte Stan. Alle wandten sich um und blickten ihn an. Nicks Gesicht wurde sehr rot. Fran sah so böse aus, daß Eddie Cynthia losließ und anfing,

Frans Schulter zu streicheln. Stan zuckte die Achseln. »Ich will nichts behaupten«, sagte er defensiv. »Ich habe mich nur gewundert.«

»Mir kam das Ganze ziemlich echt vor«, sagte Tom. »Die Sonne brannte aus. Ein großer Ball aus Eis. Die Atmosphäre war eingefroren, versteht ihr? Das Ende der gottverdammten Welt.«

Das Telefon klingelte. Ruby ging hin. Nick lud Paula für Dienstag zum Mittagessen ein. Sie nahm an. »Treffen wir uns im Motel«, sagte er, und sie grinste. Eddie hatte sich wieder an Cynthia herangemacht. Henry sah schon sehr high aus und hatte Mühe, wach zu bleiben. Phil und Isabel trafen ein. Sie hörten Tom und Fran über ihre jeweiligen Reisen zum Ende der Welt reden, und Isabel sagte, sie und Phil seien erst vorgestern dortgewesen. »Zum Teufel«, sagte Tom, »Jeder war da! Wie war eure Reise?«

Ruby kam zurück. »Das war meine Schwester aus Fresno. Sie sagt, sie sei in Sicherheit. Fresno wurde von dem Erdbeben überhaupt nicht berührt.«

»Erdbeben?« sagte Paula.

»In Kalifornien«, erklärte ihr Mike. »Heute nachmittag. Hast du nichts davon gehört? Es hat Los Angeles zum größten Teil zerstört und lief genau an der Küste entlang praktisch bis Monterey. Man nimmt an, die unterirdischen Bombentests in der Mohave-Wüste hätten es ausgelöst.«

»Kalifornien hat immer solche furchtbaren Katastrophen«, sagte Marcia. Es klang wie ein Vorwurf.

»Nur gut, daß diese Amöben im Osten ausgebrochen sind«, sagte Nick. »Man stelle sich vor, wie kompliziert es wäre, wenn sie die in Los Angeles jetzt auch noch hätten.«

»Das kommt noch«, sagte Tom. »Sie vermehren sich mittels Luftsporen, und zwar rasend schnell.«

»Wie die Ruhr-Bakterien im letzten November«, sagte Jane.

»Das war Typhus«, korrigierte Nick.

»Wie auch immer«, sagte Phil, »ich habe Tom und Fran gerade erzählt, was wir am Ende der Welt gesehen haben. Die Sonne platzte. Und sie haben es sehr geschickt gezeigt. Ich meine, man kann nicht dasitzen und es tatsächlich *erleben*, klar, wegen der Hitze und den gefährlichen Strahlen und so, aber sie führen es einem sozusagen peripherisch vor, sehr elegant, im McLuhanschen Sinne des Wortes. Zuerst bringen sie einen zu einem Zeitpunkt etwa zwei Stunden vor der Explosion, ja? Das ist – ich weiß nicht wie viele – Xillionen Jahre von heute entfernt, jedenfalls sehr lange, denn die Bäume sind ganz anders, sie haben blaue Schuppen und so und seilartige Äste, und die Tiere sehen aus wie Dinger mit einem Bein, die auf Stelzen herumhüpfen . . .«

»Oh, also das glaube ich nicht«, sagte Cynthia gedehnt.

Phil ignorierte sie dezent. »Und wir haben nichts gesehen, was auf Menschen hingedeutet hätte, kein Haus, keinen Telefonmasten, nichts, also nehme ich an, daß wir schon lange zuvor ausgestorben sind. Na ja, jedenfalls haben sie uns das lange anschauen lassen. Natürlich konnten wir nicht raus aus unserer Zeitmaschine. Sie sagten, die Atmosphäre wäre nicht richtig für uns. Allmählich schwoll die Sonne auf. Wir waren ganz schön nervös – nicht wahr, Isa? –, ich meine, mal angenommen, sie hätten irgendwas falsch berechnet? Diese ganze Reise ist was völlig Neues, und da könnte doch mal was schiefgehen, oder? Die Sonne wurde größer und größer, und dann schien aus ihrer linken Seite so eine Art Arm herauszuwachsen, ein großer, glühender Arm, der durch den Weltraum fuhr und immer näher kam. Wir haben ihn durch angerußtes Glas betrachtet, wie man es bei einer Sonnenfinsternis benutzt. Für die Explosion hatten wir ungefähr zwei Minuten, und wir konnten schon spüren, wie es heiß wurde – nicht wahr, Isa? Dann übersprangen wir ein paar Jahre nach vorne. Die Sonne hatte wieder ihre normale Form, nur war sie kleiner, sozusagen eine kleine, weiße Sonne statt einer großen, gelben. Und auf der Erde war nur noch Asche – nicht wahr, Isa?«

»Asche«, sagte Isabel mit Nachdruck.

»Auf der Erde sah es aus wie in Detroit, nachdem die Regierung Ford es mit taktischen Atomwaffen ausradierte«, sagte Phil. »Nur noch viel schlimmer. Ganze Berge waren einfach abgeschmolzen. Die Meere waren ausgetrocknet. Alles lag in Asche.« Ein Schauder überlief ihn, und er nahm den Joint, den Mike ihm reichte. »Isabel hat geweint.«

»Diese einbeinigen Dinger«, sagte Isabel. »Die müssen alle *verglüht* sein.« Sie fing an zu schluchzen. Stan tröstete sie. »Ich möchte wissen, warum es jeder anders erlebt«, sagte er. »Eiszeit. Oder nichts als Meer. Oder die Explosion der Sonne. Oder das, was Nick und Jane gesehen haben.«

»Ich bin überzeugt, daß jeder von uns ein echtes Erlebnis in der fernen Zukunft hatte«, sagte Nick. Er fühlte, daß er sich irgendwie die Kontrolle über die Gruppe zurückerobern mußte. Es war so schön gewesen vorhin, als er seine Geschichte erzählt hatte, bevor die anderen gekommen waren. »Das heißt, die Welt erleidet eine Vielzahl natürlicher Katastrophen, sie hat nicht einfach nur *ein* Ende, und sie bringen die Dinge durcheinander und schicken die Leute zu verschiedenen Katastrophen. Aber ich habe keinen Augenblick daran gezweifelt, daß das, was ich gesehen habe, *echt* war.«

»Das müssen wir auch machen«, sagte Ruby zu Mike. »Es dauert nur drei Stunden. Wir sollten das Reisebüro gleich am Montag früh anrufen und für Donnerstagabend buchen.«

»Am Montag ist die Beerdigung des Präsidenten«, warf Tom ein. »Das Reisebüro wird geschlossen sein.«

»Hat man den Mörder schon gefaßt?« fragte Fran.

»In den Vier-Uhr-Nachrichten haben sie nichts erwähnt«, sagte Stan. »Ich glaube, der entkommt ihnen genau wie der letzte.«

»Kapier ich nicht, warum noch jemand Präsident werden will«, sagte Phil und zog einen durch.

Mike legte Musik auf. Nick tanzte mit Paula. Eddie tanzte mit Cynthia. Henry war eingeschlafen. Dave, Paulas Mann, mußte, seit man ihn überfallen und zusammengeschlagen hatte, Krücken benützen, und er bat Isabel, sich zu ihm zu setzen und mit ihm zu reden. Tom tanzte mit Harriet, obwohl er mit ihr verheiratet war. Sie war seit ihrer Herztransplantation erst ein paar Monate aus dem Krankenhaus, und er behandelte sie äußerst zärtlich. Mike tanzte mit Fran. Phil tanzte mit Jane. Stan tanzte mit Marcia. Ruby klatschte Eddie ab, der mit Cynthia getanzt hatte. Später tanzte Tom mit Jane, und Phil tanzte mit Paula. Das kleine Mädchen von Mike und Ruby wachte auf und kam herein, um guten Tag zu sagen. Mike schickte sie zurück ins Bett. Von ferne war eine Explosion zu hören. Nick tanzte wieder mit Paula, aber er wollte nicht, daß sie schon vor Dienstag seiner überdrüssig würde, und so entschuldigte er sich und begann ein Gespräch mit Dave. Dave war Nicks Investmentmakler. Ruby sagte zu Mike: »Sprichst du am Tag nach der Beerdigung gleich mit dem Reisebüro?« Mike nickte, aber Tom sagte, jemand würde wahrscheinlich auch den neuen Präsidenten erschießen, und dann wäre wieder eine Beerdigung fällig. Diese Beerdigungen beeinträchtigten das Bruttosozialprodukt, meinte Stan, weil die Betriebe ständig schließen müßten. Nick beobachtete, wie Cynthia Henry weckte und ihn scharf fragte, ob er mit ihr die Reise zum Ende der Welt machen werde. Herny blickte betreten drein. Seine Fabrik war Weihnachten während einer Friedensdemonstration in die Luft gesprengt worden, und alle wußten, daß er finanziell schlecht dran war. »Du kannst einen *Kredit* nehmen«, sagte Cynthia, und ihre schrille, heftige Stimme erhob sich über das Geplauder. »Und es muß so *schön* sein, Henry. Das Eis. Oder die Sonnenexplosion. Ich möchte es sehen.«

»Lou und Janet wollten heute abend auch kommen«, sagte Ruby zu Paula. »Aber ihr Jüngster kam mit dieser neuartigen Cholera aus Texas zurück, und sie mußten absagen.«

Phil sagte: »Ich habe gehört, daß ein Paar erlebt hat, wie der Mond auseinanderbrach. Er kam der Erde zu nah und zersplitterte, und die Stücke sausten nieder wie Meteore. Schlugen alles kurz und klein. Ein großer Brocken hätte beinahe ihre Zeitmaschine getroffen.«

»Das hätte mir gar nicht behagt«, versicherte Marcia.

»Unsere Reise war wunderbar«, sagte Jane. »Gar nichts Gewalttätiges. Nur die große rote Sonne und die Flut und dieser Krebs am Strand. Es hat uns beide sehr stark bewegt.«

»Unglaublich, was die Wissenschaft heute zuwege bringt«, sagte Fran.

Mike und Ruby einigten sich, daß sie gleich nach der Beerdigung versuchen würden, eine Reise zum Ende der Welt zu buchen. Cynthia trank zu viel, ihr wurde schlecht. Phil, Tom und Dave diskutierten über die Aktienkurse. Harriet erzählte Nick von ihrer Operation. Isabel flirtete mit Mike und zog ihren Ausschnitt tiefer. Um Mitternacht schaltete jemand die Nachrichten ein. Ein paar Aufnahmen von dem Erdbeben wurden gezeigt, und eine Warnung, das Wasser abzukochen, wenn man in den betroffenen Staaten lebte, wurde durchgegeben. Der Besuch der Witwe des Präsidenten bei der Witwe des letzten Präsidenten, von der sie sich Tips für die Beerdigung geben ließ, wurde gezeigt. Dann brachten sie ein Interview mit einem Manager der Firma, die die Zeit-Reisen betrieb. »Das Geschäft geht ungeheuer gut«, sagte er. »Zeit-Reisen werden nächstes Jahr die führende Wachstumsbranche des Landes sein.« Der Reporter fragte ihn, ob seine Firma demnächst auch Reisen zu anderen Zielen als dem Ende der Welt anbieten werde. »Später, ja«, sagte der Manager. »Wir wollen uns bald um die Zustimmung des Kongresses bemühen. Aber einstweilen ist die Nachfrage nach unserem gegenwärtigen Angebot sehr hoch. Sie können es sich nicht vorstellen. Natürlich war zu erwarten, daß apokalyptische Sachen in Zeiten wie diesen sehr gut ankommen.« Der Reporter fragte: »Was wollen Sie damit sagen, Zeiten wie diesen?«, aber als der Zeit-Reisen-Manager zu einer Antwort ansetzte, wurde er vom Werbespot unterbrochen. Mike schaltete den Apparat aus. Nick entdeckte, daß er äußerst deprimiert war. Wahrscheinlich, so sagte er sich, weil so viele seiner Freunde die Reise gemacht hatten, während er gedacht hatte, er und Jane wären die einzigen gewesen. Er stand neben Marcia und versuchte, die Gangart des Krebses zu beschreiben, aber Marcia zuckte nur die Achseln. Inzwischen redete niemand mehr über Zeitreisen. Die Party war über diesen Punkt hinausgeschritten. Nick und Jane brachen ziemlich früh auf und legten sich zu Hause gleich schlafen, ohne sich zu lieben. Am nächsten Morgen wurde die Sonntagszeitung wegen eines Streiks nicht ausgetragen, und im Radio hieß es, daß die mutierten Amöben doch schwerer auszurotten seien als ursprünglich angenommen. Sie sickerten in den Superior-See hinein, und in der ganzen Gegend mußte alles Trinkwasser abgekocht werden. Nick und Jane sprachen darüber, wo sie ihren nächsten Urlaub verbringen sollten.

»Wie wär's, wenn wir uns noch mal das Ende der Welt anschauen?« schlug Jane vor, und Nick lachte ziemlich ausgiebig.

Aus dem Amerikanischen übersetzt von René Mahlow

Tanith Lee

Die englische Science-Fiction- und Fantasy-Autorin Tanith Lee wurde 1947 geboren. Sie debütierte 1971 mit ihrem Roman »The Dragon Horde«, ihren Durchbruch schaffte sie aber erst, als Donald A. Wollheim auf das Talent aufmerksam wurde und ihre Romane, die bis dahin bei Macmillan in London herausgekommen waren und wenig Beachtung gefunden hatte, in seinem Verlag DAW-Books als Taschenbücher herausbrachte und ihr den amerikanischen Markt erschloß. In rascher Folge erschienen binnen acht Jahren 11 um Teil umfangreiche Romane, die durchweg von beachtlicher Qualität sind.

Tanith Lees Stärke ist die Fantasy, das Randgebiet der Science Fiction, in dem das Science durch Sorcery (Zauberei) ersetzt ist und die Welt der Schwertkämpfer seit Robert E. Howards »Conan« fröhliche (und blutige) Urständ feiert. Auch dieses Subgenre der SF hat seine Reize und immer mehr Liebhaber, die sich von dem technischen (und oft pseudotechnischen) Brimborium der »Hardware«-Science Fiction eher abgestoßen fühlen. Dieser Leserschaft kommt Tanith Lee geradezu ideal entgegen. Sie ist eine blendende Erzählerin, weiß geschickt schicksalsschwanger Mythisches einfließen zu lassen, sie geizt nicht mit Sex und Scorcery und ist eine Meisterin im Schaffen phantastisch-romantischer Stimmungsbilder. Ihre Fantasy-Trilogie »Im Herzen des Vulkans«, »Vazkor« und »Die weiße Hexe« erlebte in kürzester Zeit mehrere Neuauflagen und gewann ihr weltweit Anhänger und Verehrer. Tanith Lee lebt in London und schreibt neben Fantasy und SF Hörspiele für die BBC. Die hier abgedruckte Erzählung stammt aus dem Jahre 1975.

Von Tanith Lee erschienen folgende Titel der Reihe Heyne Science Fiction:
Im Herzen des Vulkans · Band 3616
Vazkor · Band 3638
Die weiße Hexe · Band 3687
Herr der Stürme · Band 3758 (in Vorbereitung)
Meister der Nacht · Band 3802 (in Vorbereitung)
Meister der Träume · (in Vorbereitung)

Tanith Lee

WEGGEFÄHRTEN

1

Avillis

Die Nacht, in der sie Avillis einnahmen, war eine Nacht des Blutes und der blutroten Flammen.

Es war die letzte Stadt diesseits des Großen Flusses, das Ende des langen Herbstfeldzugs, den der König befohlen hatte. Die Bäume ragten schwarz und blank wie alte Skelette auf, als die Truppen vom Süden heraufmarschiert kamen, am fahlen Himmel lauerte Schnee. Der König und seine Hauptleute hatten mit einer langen Belagerung gerechnet, und unter den Männern herrschte Unbehagen: die Soldaten hockten um ihre Feuer, die Offiziere redeten zu laut beim Wein in ihren Zelten. Denn ein Gerücht war ihnen über die schlammigen Karrenfurchen und entlang der zerstörten Straßen gefolgt, leise, aber mit einer ganz eigenen Hartnäckigkeit, während Stadt um Stadt dem König zufiel und die Schlachtlinien sich immer weiter in den Norden vorschoben.

In jener Nacht, der Nacht, in der Avillis fallen sollte, hing und wisperte es wie Nebel um das Lager. Denn der Herr von Avillis, so hieß es, stand mit den Mächten der Finsternis im Bunde.

Havor von Taon saß allein am Feuer, als die frühe Dämmerung hereinbrach. Es war der zweite Tag der Belagerung, und wie alle anderen hatte er sich auf ein langes Warten eingestellt. Ein dumpfes Gefühl der Sinnlosigkeit lastete in jener Dämmerung auf ihm, das mit der Öde des nahenden Winters zu tun hatte, vor allem aber mit seiner eigenen Ernüchterung gegenüber dem Krieg, in dem er nun schon zwei Jahre lang kämpfte.

Havor war ein Fremdländer aus dem fernen Norden, jenseits des Großen Flusses, hochgewachsen, schlank, langbeinig, mit pechschwarzem Haar und den gelbbraunen Augen eines Falken, die ihm seinen Spitznamen unter den Soldaten eingebracht hatten. Denn obwohl jünger als die meisten, hatte er zu Beginn des Herbstfeldzugs ein eigenes, wenn auch kleines Kommando erhalten. Nun, als Achtzehnjähriger, trug er das Bären-Abzeichen des

Königs und befehligte dreißig Mann. Kein schlechter Anfang für einen, der es sich in den Kopf gesetzt hatte, im Heer des Königs Stufe um Stufe aufzusteigen. Alles in allem war es ihm nicht schlecht ergangen in diesem Krieg, aber der Gestank, die Bilder und die Schmerzensschreie, die mit ihm zogen wie die Geier, hatten ihn elend gemacht und verbittert. Ja, er verstand zu kämpfen. Und zu töten. Er fürchtete das Sterben wie andere Männer, aber es gelang ihm, den Gedanken daran im Kampf zu vergessen, und er war kein Narr im Umgang mit Schwert oder Dolch. Doch seit den letzten rauchenden Ruinen war eine seltsame Wandlung in ihm vorgegangen. Er sah keinen rechten Sinn mehr in dem Krieg; das kam wohl daher, daß er nicht für sich selbst, sondern für die Ziele des Königs kämpfte.

Seine Familie war seit langem tot; er hatte sie kaum gekannt. Eine Seuche habe sie hingerafft, so hieß es später, und er selbst kam in eines der großen, von Priestern geführten Waisenhäuser des Nordens. Es hatte wenig Güte an jenem Ort gegeben, wo es von heimatlosen Kindern wimmelte, und überhaupt keine Liebe. Mit zehn war er durchgebrannt und hatte sich von da an allein durchgeschlagen. Er war Kaufmannsbote und Bäckerjunge gewesen, hatte für einen Hufschmied die Balgen getreten, den Fluß überquert und Segel vertäut, auf den Märkten im Osten Pferde verkauft, war älter geworden, ein wenig klüger und ein wenig härter, und hatte sich endlich, in der Sommerdürre vor drei Jahren, ins Heer des Königs aufnehmen lassen, weil die Werber jedem Neuen morgens und abends eine Kelle Wasser versprachen – was sich später als Lüge herausstellte.

Er ging all das noch einmal durch, seine Vergangenheit, in jener Nacht des Wisperns vor den Toren von Avillis.

Ein kleines Stück entfernt, in einer Mulde zwischen Bäumen, fluchten und lärmten seine Männer beim Bier, aber ihr Lachen hatte einen sonderbar unechten Klang.

»Nun«, sagte jemand hinter ihm, »ein düsterer Falke bist du heute abend, Havor!«

Es war eine lässige, wohlklingende Stimme, aber Havor mochte sie nicht. Feluce, sein Stellvertreter – nicht von ihm ernannt –, hatte sich wie ein Schatten herangeschlichen. Sein Tonfall war wie immer höflich, mit einer Spur von Spott. Feluce war der Sohn eines Tuchverkäufers aus dem Süden, ängstlich darauf bedacht, vornehmer zu erscheinen, als er war, denn er hielt sich für etwas

Besonderes. Er ging um das Feuer herum und stand lächelnd vor Havor, beide Daumen in den Gürtel gehakt, elegant, gutaussehend, weißblond und unglaublich arrogant. Er weckte in Havor einen bitteren Haß, der sich um so weniger verdrängen ließ, als er eines echten Grundes entbehrte. Aber es war ein Haß, den er sich nie anmerken ließ, und er spürte, daß Feluce, stets bereit, ihn zu reizen, sich darüber ärgerte.

»Nun«, fing Feluce wieder an, »weißt du schon das Neueste über den Herrn von Avillis? Allem Anschein nach hat er sich in eine schwarze Wolke verwandelt und ist dem Sonnenuntergang entgegengesegelt. Wenigstens hundert Mann schwören, sie hätten ihn mit eigenen Augen gesehen, und schlagen dazu das Zeichen des Heiligen Kreises.«

»Nein, davon hatte ich nichts gehört.«

»Ach – nichts als Schauermärchen und Spuk die letzten zwanzig Meilen! Blutopfer an die Mächte des Bösen – wobei der Herr von Avillis als Erz-Magus, sein Sohn als Zauberer und seine Tochter als Hexe auftreten! Es heißt, daß sie goldenes Haar besitzt . . .«, fügte Feluce hinzu. Er bildete sich etwas auf seine Erfolge bei den Weibern ein. »Jedenfalls müßte es einer Familie mit derart guten Beziehungen zu Teufeln und Dämonen leichtfallen, unserer armseligen kleinen Belagerung zu entkommen, oder?«

»Man sagt, daß die Bewohner von Avillis den Herrscher und seine Kinder hassen«, mischte sich eine andere Stimme ein.

Havor mußte sich nicht umdrehen; er hatte ein gutes Ohr. Die Stimme gehörte Lukon, einem seiner Leute, ein halbes Kind noch, gehorsam unterwegs, aber noch ungeübt im Kampf. Diese letzte Schlacht, wenn es dazu kam, würde seine erste sein.

»Ah, der Kleine«, sagte Feluce. Er nannte Lukon immer so, betont freundlich, und Lukon, an die Disziplin der Rangfolge gebunden, errötete vor gekränktem Stolz und unterdrücktem Zorn.

»Feluce«, sagte Havor ruhig, »sieh bitte nach, ob die Männer ihre Rationen erhalten haben, ja? Es gab vorhin ein wenig Ärger deswegen.«

Feluce lachte in seiner leisen, melodischen Art und verneigte sich wie ein Komödiant, ehe er das Feuer verließ und in Richtung Mulde davonschlenderte. Es war eine Ausrede gewesen, und das wußte er. Havor hatte in Lukon eine wirre Furcht gespürt, einen Drang zum Sprechen. Andererseits war es stets schwer gewesen, Feluce einen Befehl zu erteilen, ohne daß Streit entstand.

»Setz dich, wenn du Lust hast«, sagte Havor zu dem Jungen. »Hat du schon gegessen?«

Lukon nahm auf der anderen Seite des schwachen kleinen Feuers Platz. Über ihnen zeigten sich die kalten weißen Wintergestirne. Das Lager und die mächtigen Wälle, eine halbe Meile entfernt, waren zu einer dunklen Masse verschwommen, hie und da durchbrochen von roten Feuerwischern.

»Ich – ich habe kaum Hunger, Sir.«

Havor warf dem Jungen eine Lederflasche zu.

»Hier! Trink einen Schluck davon!«

Der Junge dankte ihm verlegen und setzte die Flasche an. Havor wunderte sich über sein eigenes Verhalten. Er dachte: In einer Woche, einem Monat – wann immer die Belagerung zu Ende geht und die Truppen sich auflösen – reite ich fort aus diesem Leben und seinen Verpflichtungen, und dann wird es keine Lukons mehr geben, die mir über die Flammen hinweg ihre Ängste zu erklären versuchen.

Aber Lukon überraschte ihn.

»Sir, ich bin noch nicht lange beim Heer – aber – darf ich Euch um einen Gefallen bitten – einen persönlichen Gefallen?«

»Worum geht es denn?«

»Um meine Familie, Hauptmann – meine Mutter und die beiden Schwestern. Sie leben auf einer Farm im Südwesten, nicht weit entfernt von Venca. Es ist kein fruchtbarer Boden. Ich habe versucht, einen Teil meines Solds für sie zu sparen. Und – wenn mir nun etwas . . . wenn ein Kampf um Avillis entbrennt und ich . . . könntet Ihr dann meinen Leuten das da zukommen lassen?«

Er streckte Havor einen kleinen Beutel aus Tuch entgegen, in dem leise die Münzen klirrten, so als zitterte Lukons Hand. Havor saß ganz still da, ohne das Geld entgegenzunehmen. Das Vertrauen des Jungen bewegte, erschütterte ihn.

»Ich weiß, es ist viel verlangt«, fügte Lukon hinzu und zog den Beutel halb zurück.

»Lukon«, sagte Havor langsam, »woher weißt du, daß ich dieses Geld nicht für mich behalte – egal, ob du nun stirbst oder am Leben bleibst?«

»O nein, Hauptmann. Das würdet Ihr nie tun!«

Havor lächelte schwach.

»Steht mir die Ehrlichkeit auf der Stirn geschrieben?« Er griff nach dem Beutel und steckte ihn ein. »Also gut. Mach dir keine

Sorgen! Ich bewahre ihn für dich auf, bis unser König Avillis erobert hat. Dann bekommst du ihn zurück und kannst ihn selbst deiner Mutter überreichen.«

Lukon stand auf und sagte ernst: »Vielen Dank, Hauptmann. Es führt eine alte Straße in der Nähe vorbei – und Ihr erkennt das Haus an einer großen Krüppelkiefer an seiner Westseite.« Dann atmete er tief ein und fügte ein wenig verlegen hinzu: »Jetzt kann ich ruhiger schlafen. Wenn es Euch nichts ausmacht – drüben in der Senke braten sie Fisch, und ich habe plötzlich doch Hunger . . .«

Seltsam, wie verschieden die Ängste der verschiedenen Menschen sein konnten!

Später rollte sich Havor unter freiem Himmel in seine Decke und starrte schläfrig ins Feuer. Er rechnete in dieser Nacht mit keiner Gefahr und keinem Angriff. Als er in den Schlaf hinüberdämmerte, hörte er einen Wolf heulen, irgendwo weit entfernt in den schwarzen Skelettwäldern – den ersten Wolf des Winters.

Gleich darauf, so schien es ihm, packte ihn ein Mann an der Schulter.

»Aufstehen, Hauptmann! Wecken Sie Ihre Männer!«

Havor starrte in die mondhelle Nacht. Der Wind schmeckte nach Rauch und Hast.

»Was ist los? Greifen sie uns an?«

»Nein.« Der Mann grinste. »Wir sie. Die Stadt haßt ihren Herrscher und will nicht seinetwegen eine Belagerung erdulden. Ein Verräter hat das Tor geöffnet und uns ein Zeichen gegeben.«

»Das könnte eine Falle sein.«

»Der König glaubt es nicht.«

Und der Mann huschte weiter, um den nächsten wachzurütteln.

Havor weckte seine Leute; während sie ihre Waffen anlegten, Befehle riefen und Erde über die Feuer warfen, stand Havor auf dem Hügelkamm und beobachtete das Lager. Der Aufbruch zum Kampf war ihm ein vertrauter Anblick; in dieser Nacht jedoch hatte er durch das Dunkel und die Heimlichkeit, in der alles geschehen mußte, etwas Fremdes, Verlogenes an sich. Pferde stampften, Rauch hing in der Luft. Da und dort erklang das monotone Leiern der vier oder fünf Feldprediger, die in aller Eile jenen, welche danach verlangten, die Beichte abnahmen. Havors Männer waren eine ungläubige Rotte. Allein Lukon hatte sich davongestohlen und kehrte kurz darauf mit jenem seltsamen Ausdruck des Trostes zurück, den Havor nie begreifen konnte. Er war als Kind zu dicht mit der schlimmen Seite der Religion in Berührung gekommen, um sie als Trost zu empfinden. Die Priester im Heim hatten ihn geprügelt und halb verhungern lassen, und diese Erinnerungen prägten sein Verhältnis zum Heiligen Kreis des Ewigen Lebens.

Eine halbe Stunde später ritten sie leise über das fahle Herbstgras der Hügel zum Ziegen-Tor der Stadt; der schmale Viehhändler-Einlaß war nun für sie entriegelt. Späher schlichen voran, um nach Posten Ausschau zu halten, drangen leise ein und kamen mit der Nachricht wieder, daß der Wachturm verlassen schien. In den Straßen huschten nur Ratten umher, denn es war das Elendsviertel, durch das sie Einzug hielten in die Stadt.

Für Havor spielte sich das Eindringen wie ein makabrer Traum ab. Düster und schweigsam drängte die gewaltige Heermasse durch das enge Tor, immer nur drei Reiter zur gleichen Zeit, wurde aufgesogen von der Finsternis und dem Schweigen der Spelunken und Gassen, um sich von neuem in Kommandos zu gliedern und in langen Ketten loszureiten. Keiner nahm Kenntnis von ihnen, kein Licht zeigte sich weit und breit. Sicher wußten die Leute in ihren Baracken, was da in Avillis vorging. War es der Haß gegen ihren Herrscher, den Magus, der sie zum Schweigen zwang, oder das Entsetzen vor den Eindringlingen?

Es ging auf Mitternacht zu. Die schwarze Stille und die schleichenden Schatten begannen schwer auf Havor zu lasten, doch nicht lange danach brach der Kampf los.

Die Straßen verbreiterten sich. Um die Herrenhäuser von Avillis gellte der Kriegsschrei und wurde weitergetragen, Fackeln züngelten rot und gelb, loderten in die Höhe, erfaßten die Stadt und den Himmel. Havor sah, wie das erste Haus in Flammen aufging, Feuerfäden im Mauerwerk, Streben, die sich Gerippen gleich gegen das glühende Herz abhoben, während die Menschen wie Ameisen ins Freie wuselten. Avillis war die letzte Stadt des Feldzugs und die aufsässigste. Der König, das wußte Havor, hatte seinen eigenen Gerechtigkeitssinn. Er würde Avillis plündern und zerstören lassen, ohne jedes Erbarmen. Daß ihm die Stadt durch Verrat zugefallen war, verschlimmerte die Strafe nur. Denn der

König haßte Verrat, wie er stets betonte, obwohl er ihn im Krieg oft zu seinem Vorteil genutzt hatte.

Als die Finsternis karminrot blutete, schlug das Kampfgewirr über Havor zusammen. Die gewundenen Straßen waren voll Lärm und Feuer. Später hatte er schwache Erinnerungen, wirr und feuergerändert, wie er die ansteigenden Straßen zur Zitadelle hinaufgeritten war. Sie nahmen die Festung im Sturm, Schwert traf auf Schwert mit dumpfem, brutalem Klang. Und auch hier verdrängte Funkengestöber und Scharlachröte bald das Dunkel der Nacht.

Die anfängliche Furcht der Soldaten schlug in rohe Gewalt um. Da sie keinen nennenswerten Widerstand fanden, geißelten sie Avillis, wie sie in ihren Heimatdörfern den Heiler gegeißelt hätten, weil sie ihn für einen Hexenmeister hielten. Aus der Zitadelle, die sich am höchsten Punkt der Stadt wie ein großes schwarzes Tier zusammenkauerte, schlugen plötzlich Flammen, und Rauchsäulen stiegen in den purpurnen Winterhimmel.

Havor stand allein in den flickernden Schatten und versuchte sein erregtes Pferd zu beruhigen. Sein Schwert blitzte zu rot im Schein der Flammen. Johlende Banden rannten durch die Straßen, und irgendwo bimmelte schrill eine Glocke. Droben brannte der Palast des Herrn von Avillis.

Er starrte hinauf, bis alles vorbei war, und er überlegte vage, ob sich der Herrscher und seine Kinder wohl ergeben hatten. Irgendwie glaubte er nicht daran. Er war also ihr Scheiterhaufen geworden, jener glimmende Hügel, der allmählich in sich zusammensank und nur ein Gitterwerk schwarzer Mauerreste zurückließ, durch welches das erste Morgengrauen sickerte.

Er führte das Pferd zurück durch die Straßen. Es herrschte jene seltsame Vordämmerung, die den Himmel hoch macht und die Landschaft ausbleicht, lang ehe sich der erste Finger des Lichts über den Horizont tastet. Die Stadt war ein Ort der Verwüstung, nun, da der falsche Glorienschein des Feuers in sich zusammenfiel. Überall plünderten Soldaten die Häuser: sie schienen die einzigen Lebewesen in Avillis zu sein, das einem gefledderten Leichnam gleich den Sonnenaufgang erwartete.

Hie und da gab es Ärger – ein Kämpfer, der noch nicht genug hatte und Streit suchte, aber die meisten waren betäubt vom Wein und leicht zu überwältigen. In einer Gasse fand er einen Soldaten, der einem verkrüppelten Mädchen die Ohrringe zu entreißen versuchte, und er schlug ihn nieder. Das Mädchen rannte sofort hinkend davon. Mit einem Mal erschien Havor der Einsatz sinnlos. In der ganzen Stadt geschahen ähnliche – und noch schlimmere – Dinge, und er konnte nicht überall gleichzeitig sein.

An einer bestimmten Straße trug man große Bündel Samt und Pelze zusammen und lud sie auf einen Wagen. Im Innern des geplünderten Herrenhauses übergab Havor sein Kommando und das Bären-Abzeichen einem fluchenden, stoppelbärtigen Oberst, der sein blutendes Bein auf einen rauchgeschwärzten Hocker gelegt hatte. Der Oberst machte seine Witze über Havor und beschimpfte im gleichen Atemzug den Feldscher, der ihn verband.

Havor trat ins Freie, einen salzigen Geschmack im Mund. Er hatte so wenig und, merkwürdig, doch so viel hergegeben. Die Kriegsausrüstung gehörte ihm – das Schwert und auch das schwarze Pferd mit der grauen Mähne; der König hielt nichts davon, die niederen Ränge mit mehr als dem Nötigsten auszustatten. Es waren ein gutes Pferd und eine gute Klinge, denn er besaß für beides einen Blick. Aber alles andere, das er in den letzten zwei Jahren erworben hatte, war ihm mit einem Mal genommen. Obwohl er seine Entscheidung schon vor langer Zeit getroffen hatte, fühlte er sich verwirrt, unschlüssig, vor allem aber todmüde.

Der Wind blies Asche vor sich her.

An einer Ecke stand eine winzige Weinbude. Die Tür schlug lose in den Angeln, aber Licht quoll heraus, und der Raum war vollgepackt mit Soldaten des Königs, die der gestohlene Schnaps laut und streitsüchtig gemacht hatte. Eine Gruppe, in der Havor verschwommen einige seiner Leute erkannte, lungerte im gelben Schein des Eingangs herum und schaute einem weißblonden jungen Kerl zu, der mit elegantem Schwung den Weinschlauch an die Lippen führte und trank.

Ein paar Männer schauten auf, entdeckten Havor und salutierten verlegen, vielleicht, weil sie merkten, daß das Bären-Abzeichen von seiner linken Schulter verschwunden war. Feluce senkte den Weinschlauch, drehte sich halb um und lachte.

»Ist das nicht der Falke von Taon – unser tapferer Hauptmann? Komm, Havor, trink mit uns auf den Sieg!«

»Ist Lukon bei euch?« fragte Havor.

»Lukon? Der doch nicht.« Feluce grinste. »Hat einer von euch den Kleinen gesehen? Ich nehme an, er hat Angst, sich in der rauhen Morgenluft zu erkälten.«

Einige lachten. Feluce besaß einen brutalen Charme, der manche Leute unwiderstehlich anzog. Sie bewunderten sein Aussehen, seine sanften, bösartigen Reden und die scharfe Zunge, die sie für geistreich hielten.

Aber am Rande des Haufens stand ein Mann mit einem Verband um den Kopf. Er scharrte mit den Füßen und schielte zu Havor hinüber, ohne ihm in die Augen zu schauen.

»Er wird sich nicht mehr erkälten, Hauptmann. Er liegt draußen vor der Ostmauer, wo sie die Gräber schaufeln. Und du hast kein Recht, Feluce, über die Toten zu spotten.«

Ein kurzes Schweigen breitete sich aus. Selbst jetzt empfand man es noch als unheilbringend, wenn einer vom Tod sprach.

»Pah!« Feluce spuckte aus. »Mach deine heiligen Kreise anderswo! Du bist am Leben geblieben, du Schafskopf, oder?«

Havor führte sein Pferd weg, die Straße hinauf. Irgendwo im Osten der zerstörten Stadt läutete dünn und trostlos ein Totenglöcklein.

Also war Lukon doch gefallen. Hatte er geahnt, daß Avillis ihn behalten würde, als er mit seinen spärlichen Münzen angekommen war und sie einem Mann anvertraute, den er nicht kannte? Havor tastete nach dem Beutel in seinem Gürtel. Nun, zumindest wußte er jetzt, wohin sein Weg führte. Eine schwarze, bittere Straße, mit einer schwarzen, bitteren Botschaft, die er am Ende überbringen würde, mit fremdem Schmerz, den er ansehen mußte. Weil er sein Versprechen gegeben hatte. Er war fast am Ende der Straße angelangt, als er merkte, daß Feluce ihm folgte. Mit einem Lächeln trat der blonde Soldat an seine Seite.

»Was nun, Havor? Winter in der Hauptstadt oder Abenteuer unterwegs? Ich sehe, du hast dein Bären-Abzeichen verloren.«

Havor sagte nichts. Er verfluchte Feluce und wünschte ihn vierzig Meilen weit weg, aber sein dunkles Nordländer-Gesicht und die braungoldenen Augen gaben seine Gedanken nicht preis; nur die altgewohnte, undurchdringliche Einsamkeit umgab ihn wie ein düsterer Hauch.

Feluce trank aus einem Weinschlauch, und Havor führte das schwarze Pferd am Zügel, als sie um die Ecke bogen. Unvermittelt, am Ende einer kurzen Allee, ragten die steinernen Sockel der Zitadelle auf, schwarz gegen den kalten blauweißen Himmel. Asche und Rauch hingen über dem eingestürzten Palast von Avillis.

»Hast du gehört?« fragte Feluce. »Der Magus und seine Sippe wollten sich unserem König nicht ergeben. Sie blieben in ihrem Horst und verbrannten.«

Im gleichen Moment schoß ein Mann aus einer Tornische.

Alles geschah blitzschnell, ,unerwartet. Der Fremde rempelte Havor an, stolperte, hielt sich wie zufällig an Feluce fest . . . Havor tastete nach seinem Messer, weil er mit einem Angriff rechnete. Er sah einen Moment lang das Kettenhemd der Südländer, einen roten Haarschopf und ein Fuchsgesicht mit schmalen Augen. Dann murmelte der Mann eine Entschuldigung, wich zurück und lief durch die Allee auf das große Palasttor zu.

Havor in seiner Müdigkeit blieb verwirrt stehen. Aber Feluce, mißtrauisch gegen Gaunerstreiche, weil sie ihm selbst nicht fern lagen, fauchte: »Der Teufel soll ihn holen – er hat meinen Sold!«

Havor griff nach seinem Gürtel und merkte, daß auch der kleine Tuchbeutel verschwunden war. Lukons Ersparnisse. Der einzige Trost, den er einer armen Frau auf einer Farm nahe Venca bringen konnte. Wilder Zorn wallte in ihm auf und trübte jeden klaren Gedanken.

»Hat uns sicher für betrunken gehalten«, stieß Feluce hervor. »Los, Falke, aufs Pferd! Mal sehen, ob wir den Gauner noch erwischen!«

Der bizarre Zwischenfall hatte sie zu Verbündeten gemacht. Havor sprang in den Sattel, Feluce saß hinter ihm auf und schlug das Pferd hart in die Flanken. Unvermittelt waren sie unter dem dunklen, kalten Schatten des Tores, tauchten wieder hervor, jagten im Galopp über die Terrassenstufen des Walles und standen vor den hohen Mauerresten, durch welche die Morgenhelle floß.

»Da läuft die Ratte!« Wieder hieb Feluce auf das Pferd ein.

Aber der Mann lief wieselflink weiter, vielleicht daran gewöhnt, gejagt zu werden.

Da tauchte eine Lücke in der Mauer auf – der fuchsgesichtige Dieb hechtete durch und war verschwunden. Das Pferd, das ihm nachsetzte, stolperte unvermittelt in einen Alptraumgarten. Jeder Strauch und jeder Baum hatten sich durch das Feuer in verkrüppelte schwarze Skelette verwandelt.

Feluce sprang ab und warf sich in eines der Knochengestrüppe. Eine schwarze Staubwolke flog auf, als er den roten kleinen Dieb ins Freie schleifte. Er setzte ihm das Messer an die Kehle.

Der Rote rührte sich nicht. Seine Blicke huschten zu Havor.

»Er ist dein Hauptmann, oder?« zischte er Feluce an. »Du darfst mich nicht umbringen, ehe er dir den Befehl dazu gibt!«

Feluce schlug ihm mit der flachen Hand ins Gesicht.

»Dreckiger kleiner Straßenräuber! Wo hast du mein Geld versteckt?«

»In meinem Gürtel, Herr.«

Feluce riß die beiden Beutel heraus, einen klein, den anderen größer und schwerer. Feluce schien stets mehr Geld zu besitzen als die anderen seines Ranges. Zweifellos hatte er seine eigenen Diebestricks, raffinierter vielleicht als die des Fuchses. Havor spürte ein Brennen im Hals und den übermächtigen Wunsch, jenen größeren Beutel an sich zu reißen und Lukons Familie zu bringen.

»So begreift doch«, sprudelte der kleine Mann ängstlich hervor, »ich wollte das Geld gar nicht stehlen – es – es ist mehr eine Gewohnheit bei mir . . .«

»Ich lasse dir Zeit für ein Gebet«, sagte Feluce. »Dann schlitze ich dir den nichtsnutzigen Hals auf!«

»Wartet!«

»Worauf? Ein Gebet, habe ich gesagt.«

»Ich schlage euch einen Handel vor. Ihr laßt mich am Leben, und ich – verrate euch, was ich über diesen Ort weiß . . .«

Feluce lächelte. »Was kannst du schon wissen?«

»Es ist wahr – ich schwöre es –, hier im Palast des Herrschers gibt es einen Schatz.«

»Vielleicht gab es einen. Nur ist er jetzt in Asche und Zunder verglüht.«

Die Augen des Roten glitzerten.

»Nein. Da sind Geheimkammern – *unter* dem Palast. Ich weiß, wie man hineingelangt – ich erfuhr es vor Monaten, drei Städte entfernt – ein alter Mann in einer Schänke, er war halbverrückt, aber er besaß eine Karte. Laß mich los, Herr, und ich führe euch.«

Feluce warf Havor einen Blick zu. »Was meinst du, Helden-Hauptmann?«

»Ich meine, daß er das Blaue vom Himmel lügen würde, um sein Leben zu retten«, erwiderte Havor und stieg ab. »Über das *du* nicht zu bestimmen hast!« Er bückte sich, um den Tuchbeutel aufzuheben, und schlug dabei mit einer schnellen Geste Feluces Messer zur Seite. Feluce fauchte wie eine Raubkatze.

Eine Sekunde später hatte sich der Rote losgerissen, doch er lief nicht weg.

»Fair ist fair«, sagte er mit gespieltem Edelmut. »Mein Wort gilt. Kachil ist mein Name, und ich freue mich, daß ich nicht allein da hinunter muß.«

2

Der Kelch

Im großen und ganzen schien er ein harmloser Gauner, dieser Kachil. Er gab Havor Rätsel auf, ähnlich wie das dunkle Gewirr des ausgebrannten Palastes, in dem sich hie und da unvermittelt ein großes Stück Silberhimmel zeigte.

Havors Kopf dröhnte vor Müdigkeit und dem ausgestandenen Ärger. Aber der Zorn war verraucht. Da draußen, während er das Pferd in dem gespenstischen Garten anpflockte, war eine harte, zähneknirschende Entschlossenheit über ihn gekommen. Auch er wollte plündern und stehlen, auch er würde nicht mehr davor zurückschrecken, die Taschen der Toten zu durchwühlen. Er wollte zusammenraffen, was er fand, und Lukons Beutel damit auffüllen, um die schlimme Nachricht, die er nach Venca zu tragen hatte, ein wenig abzumildern – nicht allein für die Mutter und die Schwestern des Jungen, sondern auch für den Überbringer. Etwas für sich zu behalten, kam ihm gar nicht in den Sinn. Reichtum oder viel Besitz hatten in seinen Augen etwas Beengendes. Sie schufen ihre eigenen Fesseln. Und da er das Leben im Kerker kennengelernt hatte, zog er es vor, frei dahinzustreifen.

Sie erreichten die Tiefen des Palastes. Auch hier herrschte Chaos. Über ihnen – ein Labyrinth schwarzer Säulengänge gegen das Licht.

Kachil führte sie durch ein schartiges Loch, das einst wohl ein Tor gewesen war, in einen schrägen Stollen. Sie traten aus dem Dämmerlicht in eine zweite Nacht.

»He, Langfinger!« rief Feluce. »Glaub ja nicht, daß du mich hier in der Finsternis hereinlegen kannst!«

»Geduld, Herr, ich habe ein Stück Kerze mitgebracht. Einen Augenblick!«

Funken, aus Stein geschlagen, und fahlgelbes, unruhiges Licht, das ihre Gesichter umtanzte. Ein Samtvorhang, schwarz und weich wie Rabengefieder, hing in Fetzen vor ihnen. Kachil schob ihn zur Seite, und sie gingen weiter.

Der Korridor wand sich in die Tiefe. Havor glaubte die Last der zerstörten Zitadelle über sich auf den Schultern zu spüren; das schwere Erdreich schien gegen seine Schläfen zu drücken. Es war kein Laut zu hören, nur die Geräusche, die sie selber machten – Atemzüge, Schritte, das schwache Spritzen des Wachsdochtes. Und all diese Laute wirkten seltsam stumpf und gedämpft, als ob Fetzen des Samtvorhangs um ihre Ohren flatterten gleich unsichtbaren Fledermäusen.

Kachil fürchtete sich in der Stille. Seine Blicke schossen umher, und die Kerze in seiner Hand zitterte. Feluce wirkte straff wie eine Harfensaite, vibrierte von der eigenen Anspannung. Nach einer Weile fauchte er: »Diese Gossenratte weiß nicht, wohin sie uns führt!«

»O doch, Herr. Die Karte – auf der Karte stand, daß der Gang einen Knick macht – und dahinter ist eine verborgene Kammer . . .«

»Wie sollen wir die sehen, wenn sie verborgen ist, du Strohkopf? Oder kannst du hexen?«

In diesem Moment bog der Gang scharf ab und endete an einer nackten schwarzen Wand.

Ha!« rief Feluce verächtlich und viel zu laut in der Totenstille. »Nun gut, dann werde ich eben hier unten deinem armseligen Leben ein Ende bereiten.«

»Was bedeuten die Zeichen da an der Wand?« fragte Havor. Er sah, in den Stein gehauen, die Umrisse von Fabeltieren und fremden Symbolen, und, ins Riesenhafte verzerrt von der Wachsflamme und seiner Müdigkeit, schienen sie sich umeinander zu winden, heller und wieder dunkel zu werden, die Gestalt zu ändern.

»Der Eingang«, sagte Kachil im Flüsterton. »Das müßte er sein. Einen Moment. Wenn ich hier drücke. Und hier . . .«

Sie hörten ein rauhes Schaben, das Knirschen von Stein auf Stein.

»Und – *da*!« rief Kachil leise, mit Triumph in der Stimme.

Gleich einem Blendwerk der Sinne oder des unruhigen Lichts, teilte sich die nackte Mauer und gab ein dunkles Viereck frei.

Feluce stieß einen leisen Fluch aus.

»Er war also gar nicht dumm, der Magus von Avillis!«

Havor bemerkte, wie ein erschreckter Ausdruck über das Fuchsgesicht des Diebes huschte. Dann zuckte seine Hand hoch, und er zog den Heiligen Kreis in die Luft. Feluce lachte und schob Kachil mitsamt seiner Kerze durch das gähnende Loch.

»Halt!« warnte Havor. »Bleibt die Tür auch offen, wenn wir drüben sind?«

»Ja, Herr. So lange, bis wir wieder auf die Symbole drücken. Jedenfalls stand das in der Karte des alten Mannes – und bis jetzt hat sich alles bewahrheitet.«

»Dieser Alte ...«, begann Feluce und trat über die Schwelle. »Weshalb kam er eigentlich nicht selbst hierher, während der Magus mit seiner Hexenbrut anderswo beschäftigt war?«

Kachil grinste, ein angsterfülltes Grinsen, das im Schein der Kerze dämonisch wirkte. Seine Stimme klang heiser, raschelnd: »Vielleicht war er da. Ich sagte schon, daß sein Verstand sich verworren hatte. In – in diesem Raum nämlich – beschworen sie die Mächte der Finsternis und brachten dem Bösen ihre Opfer.«

»Ein Wunder, daß sie hier nicht Zuflucht suchten, als die Truppen des Königs kamen.«

Havor, der als letzter das Gemach betrat, spürte, wie eine zähe, modrige Kälte gleich Brackwasser über ihn hinwegspülte und ihn umklammerte. Eine Kälte, redete er sich ein, wie sie in allen unterirdischen Räumen herrschte.

Feluce riß die Kerze an sich und hielt sie in die Höhe.

Ein gelber, zitternder Lichtbogen erhellte die Kammer. Sie war aus alten Quadern gemauert und schien nichts zu enthalten außer Schatten. Dann, kaum merklich, bewegte sich einer der Schatten. Kachil begann leise zu wimmern; Feluce sprang zurück und stieß gleich darauf ein rauhes Lachen aus. »Ein schwarzer Vorhang, genau wie draußen!« Er hielt die blakende Kerze hoch und ging darauf zu. »All die Mühe wegen eines schimmligen Samtfetzens, du Ratte!« Er zerrte an dem Vorhang, riß ihn herunter – und rang nach Luft wie ein Ertrinkender.

An der Wand dahinter hing ein scharlachrotes Tuch, bestickt mit den gleichen Tieren und Symbolen, die draußen in den Stein gehauen waren – Seidenfäden in zwanzig schillernden Farbtönen, von Grün und Blau über Safran und Purpur. Darunter stand ein Marmorblock in kaltem Weiß, dunkel gefleckt an manchen Stellen.

Havor fühlte, wie sein Herz hämmerte, bis es fast zu zerspringen drohte.

Auf dem Block ruhte nur ein Gegenstand: ein Kelch, so groß wie ein drei- bis vierjähriges Kind, getrieben aus reinem Gold.

Die Arbeit wirkte fremd und alt, uralt, vielleicht aus einer anderen Zeit oder gar von einer anderen Welt; die gewundenen Spiralen, die an Schlangen ohne Köpfe erinnerten, drehten und blähten sich unter einer fremden Sonne, und die Muscheln und Ranken bebten unter den Winden einer unbekannten Welt.

Eingefaßt in das Gold waren Steine, blauer als Saphire, feuriger als Diamanten, Rubine aus Blut und Topas aus Schwefelflammen. Das Licht der Kerze schäumte und zitterte wie ein Meer um den Kelch, floß in das gelbe Feuer, tauchte in glitzernden Kaskaden aus jeder Facette und jedem der brennenden Juwelen.

Plötzlich begann Kachil Luftsprünge zu vollführen. »Hab' ich es nicht gesagt! Hab' ich es nicht gesagt!«

»Ein Vermögen«, wisperte Feluce. »Ein Vermögen für einen Mann. Sogar für drei . . .«

Havor zog sein Schwert. Es rasselte rauh in der Kälte des Gemachs. Kachil wirbelte entsetzt herum.

»Willst *du* mich jetzt umbringen?«

»Nein«, erklärte Havor. »Ich will deine Haut retten. Auch die deine, Feluce, und meine eigene. Seht ihr den heiligen Kreis auf dem Griff hier? Legt eure Rechte darauf, so wie ich es tun werde, und schwört, diesen Schatz gerecht zu teilen oder gar nicht! Schwört, daß ihr die beiden anderen weder betrügen noch ermorden werdet! Bis zu dem Moment, da wir den Kelch veräußert haben und der Erlös in unseren Taschen klimpert, sind wir gezwungen, Gefährten zu bleiben.«

Feluce lächelte. »Sieh an, der gestrenge Falke! Du bist nicht mehr mein Hauptmann, Havor.«

»Also erstichst du mich nachts in irgendeiner Herberge«, entgegnete Havor. »Oder ich dich. Oder wir beide Kachil. Oder Kachil uns . . .«

Kachil musterte Feluce mit wissendem Blick und sagte schnell: »Ich schwöre. Hier ist meine Hand. Eine kluge Vorsichtsmaßnahme. Es kann sein, daß wir zusammenhalten *müssen*, wenn andere sich an unsere Fersen heften.«

Havor legte seine Hand auf die von Kachil, ins Innere des eingravierten Kreises.

»Jetzt du, Feluce«, sagte er.

»Ich weiß nicht recht, Nordländer. Du glaubst nicht an heilige Kreise und solches Zeug. Können wir deinem Schwur trauen?«

»Ich pflege mein Wort zu halten, egal, worauf ich schwöre. Mehr kann ich dazu nicht sagen.«

Feluce war wütend, aber er spürte die feste Entschlossenheit der beiden anderen und gab nach. So legte er seine Hand über die von Havor und schwor Bruderschaft. Havor tat es ihm nach. Es war eine dürftige Sicherheit, fand er, aber besser als gar nichts. Seine Blicke glitten hinüber zu der goldenen Pracht. Unvermittelt kam ihm ein Gedanke: Dieses Ding bringt uns den Tod, wenn wir nicht wachsam sind! Er hatte keinen besonderen Grund für diese Annahme; sie lag ganz einfach auf der Hand. Aber der Kelch übte inzwischen einen Zwang auf ihn aus, der nichts mehr mit dem Wunsch zu tun hatte, einen prallgefüllten Beutel nach Venca zu bringen. Auch das Gold war es nicht. Eher die makellose Schönheit. Er sehnte sich danach, die verschlungenen Muster zu berühren, die goldenen Blütenblätter, er wollte die Finger in das kalte Feuer der Juwelen tauchen . . .

Havor schob das Schwert in die Scheide, trat vor den hohen Kelch und hob ihn von seinem Sockel. Merkwürdig, er war überhaupt nicht schwer. Ein Mädchen hätte ihn tragen können. Vielleicht, kam ihm in den Sinn, hatte ihn ein Mädchen getragen.

Er drehte sich um, schaute Feluce und Kachil an und warf einen Blick an ihnen vorbei zur Tür. Dann ging er dem dunklen Rechteck entgegen, und die beiden folgten ihm, unterwürfig und stumm, die Augen starr auf den Kelch geheftet.

Draußen erwartete sie ein blasser, kalter Tag.

An Havors Sattel war ein Ledersack befestigt, in dem er Proviant, Feuerstein und die Kleinigkeiten des Alltags aufbewahrte. Nun schoben sie den Kelch hinein und stopften eine Menge anderer Dinge dazu, damit der Sack gewöhnlich aussah und man seinen Inhalt nicht schon an den Umrissen erkennen konnte.

Havor führte das Pferd, Kachil ging auf der anderen Seite, und Feluce machte den Schluß.

Sie kehrten zu der Weinschänke zurück, wo Feluce seinen Gaul, einen Rotschimmel, eingestellt hatte. Das Licht war erloschen, der Lärm verstummt, und Soldaten schnarchten im Hof. Kachil hatte kein Pferd, aber nach einer Weile stahl er sich davon und kam von irgendwo mit einer sanften Stute wieder, die bestimmt nicht ihm gehörte. Er schien auch um eine oder zwei Geldtaschen schwerer, als sie die Schänke verließen.

Es gab eine gepflasterte Straße, die sich von Avillis nach Südwesten wand, durch verstreute Dörfer und Märkte, welche bis jetzt der Stadt Tribut entrichtet hatten, seit dem Sieg jedoch dem König gehörten. Jenseits dieser Ansiedlungen machte die Straße einen Bogen nach Westen und führte auf Venca zu, der Stadt der Goldschmiede und Edelsteinhändler.

»Diesen Weg sollten wir einschlagen«, riet Kachil, »denn der größte Teil des Heeres zieht nach Süden, in die Hauptstadt. Je weniger Leuten wir begegnen, desto besser.«

Havor pflichtete ihm bei, da er an die Farm dachte.

Sie aßen Brot und Dörrfleisch vor den Mauern von Avillis. Die Straße begann am West-Tor, dessen zerbeulte Eisenportale immer noch fest verschlossen waren. Ein paar hohe, krähenschwarze Bäume mit hartem Winterlaub scharten sich um den Ausgangspunkt und begleiteten die Straße in regelmäßigen Abständen, gleich Wachtposten, die entlang der alten, gepflasterten Windungen durch das trostlose Hügelland marschierten, in den graublauen Dunst der Ferne.

Die Hufe ihrer Pferde schlugen mit einem dumpf metallischen Dröhnen gegen den Stein. Da und dort hatte sich Moos in den Ritzen gesammelt. Die Straße war uralt; erbaut von einer fremden Rasse, die einst dies Land beherrscht hatte.

Die blaßgelbe Sonne erklomm den Himmelsbogen, als sie fortritten von Avillis.

3

Der Abend in Axa

Die Sonne stand bald wieder niedrig, und das Licht des Nachmittags trübte sich. Sie waren während ihres drei Stunden langen Rittes allein geblieben; in dieser Richtung schienen keine lärmenden, fluchenden Soldatenhorden unterwegs, um ihre Waffen und ihre Kriegsbeute heimzuschleppen, mit lauerndem Blick und gierigen, diebischen Fingern. Auch sonst hatten sie keinen Menschen getroffen. Die Straße war wie ausgestorben.

Zu beiden Seiten fiel der Boden jetzt steil in ein dichtes Geflecht niedriger Wintersträucher ab, und nur da und dort ragte ein einsamer schwarzer Baum wie eine düstere Kerzenflamme in den Himmel. Jenseits des Buschlandes erstreckten sich die flimmernden blauen Wogen ferner Hügel. Es war sehr still, und die Pferdehufe dröhnten laut über das Pflaster. Einmal flatterte ein schwarzer Vogel mit verschlissenen Schwingen von einem Baum auf und zog lautlos seine Kreise. Sonst sahen sie keine Spur von Leben.

»He, Dieb! Du hast gesagt, daß du die Straße kennst«, rief Feluce dem Roten zu. »Gibt es hier in der Nähe ein Dorf oder wenigstens eine Herberge, wo wir ein Abendessen und eine Bleibe für die Nacht finden?«

»Ich selbst war noch nie in dieser Gegend«, wehrte Kachil hastig ab. »Aber wenn ich mich nicht täusche, müßten wir nach etwa einer Meile auf eine Ortschaft stoßen. Sie heißt Axa, und es gibt ein Wirtshaus dort.«

Feluce gähnte. »Sicher so ein schäbiges Loch, wo sie den Reisenden Rattenfleisch vorsetzen!«

Seit ihrem Aufbruch benahm sich Feluce hochmütiger und affektierter als je zuvor. Nun glitt sein Blick zu dem Ledersack, der an Havors Sattel festgemacht war.

»Ist der Schatz auch sicher verwahrt, edler Hauptmann?«

»Vollkommen sicher.«

Havors Müdigkeit war einem überwachen, angespannten, beinahe schwerelosen Zustand gewichen. Das Band der Straße und der Himmel pulsten in dem gleichen grellen Weiß. Jede Geste schien silbern gerändert, so daß sie einen Umriß in der Luft zurückließ. Und seit mehr als einer Stunde sah er die stets wiederkehrenden Linien von Kachils Rotschopf, der sich umwandte und ängstlich nach hinten spähte. Feluce war wohl das gleiche aufgefallen, denn er fragte:

»Angst vor Verfolgern, Langfinger?«

»Ich bin nur auf der Hut«, erklärte Kachil. Seine Furcht vor Feluce hatte sich allem Anschein nach immer noch nicht gelegt. »Wir wollen uns nicht übertölpeln lassen, oder?« Er machte eine Pause und fügte unsicher hinzu: »Mir scheint, als wären uns weit hinten ein paar Reiter auf der Spur. Ich spüre das seit einer Stunde, aber ich kann es nicht mit Gewißheit sagen . . .«

Feluce warf ebenfalls einen Blick über die Schulter.

»Nichts zu sehen, Rotfuchs. Leidest du an Hirngespinsten?«

»Komisch, ich hätte schwören mögen . . .«

»He, Havor, was meinst du? Streng dein Falkenauge an!«

Havor bemerkte Kachils Unbehagen; der Rote fingerte nervös am Zügel des gestohlenen Gauls herum. Auch Feluces Arroganz wirkte wie der Versuch, ein anderes Gefühl zu übertünchen.

Er drehte sich halb im Sattel herum und beobachtete den Weg, den sie gekommen waren.

Lange Zeit erschien die Straße ganz verlassen, gewunden und nackt, eine fahle Schlange. Aber weit weg, ganz am Rande seines Sichtfeldes, bewegte sich etwas. Anfangs traute er seinen Augen nicht so recht; er schien auf eine Spiegelung zu starren oder eine Wolke, ein Ding, das sich auflöste, seine Form veränderte, eine neue Gestalt annahm.

»Soldaten?« fragte Kachil.

»Nein«, antwortete Havor leise. »Drei dunkle Reiter – einer davon mit einem gelben Helm.«

Er wandte den Blick vom Weg ab und musterte die beiden Männer neben sich. Feluce gähnte wieder, betont lässig. Kachil nagte an seiner Unterlippe.

»Wer mögen sie sein?«

»Priester vielleicht«, spöttelte Feluce. »Damit wir alle drei in diesem verlausten Kaff unsere Schandtaten beichten können!«

Er warf den Kopf zurück und begann zu singen, ein Tanzlied aus dem Süden. Er hatte eine schöne Stimme, und er wußte es, aber an diesem Tag klang die Melodie hart, vielleicht wegen der Kälte.

Sie ritten weiter über das uralte Pflaster.

Die Sonne verglühte wie ein Schmelzofen hinter den Bäumen, als sich die Wälle von Axa quer über die nächste Hügelkuppe zogen. Mächtige Mauern waren es, aus dunkelrotem Stein, mit zwei oder drei schmalen, rötlichen Türmen und einer Vielzahl schräger Dächer im Hintergrund.

Sie hatten sich Zeit gelassen; Dunkel wusch über den Himmel, und am Wachhaus wollten die Posten eben die Tore verschließen. Sie ließen die drei Reiter ein, betrachteten aber voll Mißtrauen die Kettenhemden des Südens.

»Ihr da!« rief Feluce herrisch. »Wo ist hier das nächste anständige Wirtshaus?«

Die Männer tauschten Blicke. Einer antwortete zögernd, unterwürfig: »Versucht es im *Schwarzen Vogel* – erst links und dann entlang der Hühner-Gasse . . .« Er stockte und setzte hinzu: »Kommt ihr aus Avillis?«

»Avillis?« Feluce zuckte die Achseln. »*Avillis*? Ein paar Meilen weiter hinten liegt ein rauchender Trümmerhaufen. War das vielleicht Avillis?«

Der Mann erbleichte. Zitternd zog er das Zeichen des Heiligen Kreises.

»Und der Herr von Avillis?« fragte er weiter.

»Zu Asche verbrannt. Mitsamt seinem Sohn und der schönen Hexentochter.«

Mit einem spöttischen Salut lenkt Feluce seinen Gaul herum, und sie ritten los. Der Torwächter blieb wie versteinert in der dunklen Gasse stehen.

Während sie durch die engen Straßen ritten, zwischen schmalen Häusern, deren Giebel sich wie zum Klatsch einander zuneigten, jammerte Kachil: »Damit hättest du dich nicht brüsten sollen, Herr – das war nicht recht . . .«

»Ach, halt den Mund, du schleimiges Nichts! Sie sollen ruhig erfahren, was unser König mit Kaffs anstellt, die seine Soldaten belästigen. Man wird uns hier mit Samthandschuhen anfassen. Außerdem hatten diese Narren Angst vor dem Herrscher, das konnte man an ihren Gesichtern erkennen. Was meinst du, Havor?«

»Es sah so aus.«

Kachil murmelte vor sich hin. Er fröstelte, und seine Zähne klapperten, aber sein hageres Gesicht schien zu glühen. Ein Schüttelfieber hatte ihn vor einer Stunde befallen, und es machte ihn launisch und furchtsam. Unvermittelt stieß er ein Lachen aus.

»Was freut dich, du Hampelmann?« fauchte Feluce.

»Die anderen – diese anderen Reiter –, bis sie das Tor erreichen, ist es längst verschlossen.«

An dem purpurnen Himmelsstreifen zwischen den Dachgiebeln war der Mond aufgetaucht. Sie erreichten das Ende der Hühner-Gasse und fanden das Wirtshaus, ein breites Bauwerk mit bauchig vorgewölbten Fensterscheiben, in denen sich das warme Licht eines Kaminfeuers fing. Über dem Eingang schaukelte ein großer alter Messing-Käfig; eine Krähe saß darin, schwarzgelackt, mit nur einem Auge, das hart wie eine Glasperle blinkte. Sie zupfte an ein paar rohen Fleischfetzen herum, stieß jedoch ein krächzendes Jammern aus, als sie die Reiter entdeckte, und hüpfte an die Stangen. Den Kopf und den scharfen Schnabel durch das Gitter gestreckt, blinzelte sie ihnen einäugig entgegen.

Feluce lachte. Er hob sich in den Steigbügeln und stieß mit dem Heft seines Messers den Käfig an, so daß er heftig zu schwingen begann. Die Krähe rutschte haltlos umher, versuchte sich festzukrallen und begann laut zu kreischen.

Ein Mann kam ins Freie geeilt und blieb abrupt stehen, als er sie sah. Er hatte ein breites, ledriges Gesicht und eine bläulich geäderte Nase. Sein Blick streifte die Kettenhemden.

»Die Herren wünschen . . .?«

»Wir sind Männer des Königs«, erklärte Feluce mit einem Grinsen. »Sieh zu, daß wir ein gutes Abendessen bekommen, ein besseres, als es deine armseligen Gäste gewöhnt sind! Dazu den erlesensten deiner zweifellos miserablen Weine und später dann gut gelüftete Betten, möglichst ohne Wanzen und Flöhe!«

»Herr, das hier ist eine saubere Herberge!«

»Was du nicht sagst! Schick uns einen Stallburschen, der die Pferde versorgt, und trag schon mal Bier auf!«

Der Wirt ging mit ausdrucksloser Miene nach drinnen. Kachil fröstelte und kicherte in sich hinein. Ein Junge kam herausgelaufen und übernahm ihre Tiere, als sie abstiegen.

»Morgen früh sind sie gestriegelt und gut gefüttert, hast du verstanden?« rief Feluce ihm nach.

Bernsteingoldenes Licht von einem großen Kaminfeuer erhellte die Wirtsstube, und ein blondes Mädchen zündete eben Kerzen in wachsvertropften Wandhaltern an. Da und dort an den Schanktischen und um das Feuer saßen ein paar Gäste, keine Durchreisenden, sondern alles Einheimische, wie es schien. Die Gespräche verstummten beim Eintritt der drei Reiter. Aller Augen richteten sich auf sie; die Lippen der Beobachter wirkten verkniffen.

Feluce ging breitbeinig zum Kamin und musterte verächtlich die Gruppe, die es sich in der Wärme bequem gemacht hatte. Seine Hand ruhte elegant am Schwertgriff. Wortlos erhoben sich die Männer, einer nach dem anderen, und überließen das Feuer ihm und seinen Gefährten.

Feluce warf Havor einen spöttischen Blick zu. »Dich stört mein Auftreten? Das tut mir in der Seele weh! Wo hast du unser Souvenir?«

Havor legte den Ledersack auf die Bank neben Feluce.

Kachil betrachtete den Packen und kicherte wieder: *»Ich will meinen Wein aus einem goldenen Becher trinken!«* schrie er plötzlich los.

Feluce drückte ihn auf einen Stuhl. »Halt's Maul, Schwachkopf! Wann verschonst du uns endlich mit deiner höllischen Blödheit?«

»Laß ihn zufrieden«, warf Havor ruhig ein. »Er ist krank.«

»Und mich macht er krank mit seiner Einfalt.« Feluce drehte sich um und brüllte laut nach dem Bier. Das Mädchen floh mit erschrockenen Augen aus der Stube.

In der Schenke war nichts zu hören außer dem Knistern und Prasseln des großen Feuers, dem Echo von Feluces Stimme und den huschenden Schritten des Mädchens.

Der Wirt kam selbst aus der Küche und brachte das Bier. Seine Miene war immer noch ausdruckslos, als er die Krüge auf einen Tisch neben dem Kamin stellte.

»Und nun«, forderte Feluce, »trag gebratenen Fisch auf, Fleisch und Gemüse, deinen besten Käse, frisches Obst, Weißbrot und roten Wein!«

»Da muß ich Euch leider enttäuschen, Herr«, erwiderte der Wirt betont höflich »Wir haben weder Fisch noch Obst im Haus. Ich kann Euch Hammelfleisch mit Lauch anbieten, dazu Schafskäse und Beerenwein. Ihr müßt schon mit dem vorliebnehmen, was es hier gibt.«

Feluce spuckte ins Feuer. Seine Augen hatten einen gefährlich kalten Glanz. »Vielleicht sollten wir doch anderswo einkehren.«

»Vielleicht solltet ihr das.«

Der Wirt war ein Hüne von einem Mann. Nun wirkte er mit einem Mal noch mächtiger. Feluces Finger zuckten ans Schwert. Havor trat einen Schritt vor und schlug ihm die Hand beiseite.

»Ich bitte um Vergebung, Wirt. Mein Begleiter hat sich einen Scherz erlaubt. Wir sind zufrieden mit dem, was auf den Tisch kommt.«

Der Wirt starrte Havor lange an. Im Gesicht des jungen Nordländers regte sich kein Muskel. Schließlich nickte der Mann.

»Es ist gut, Herr.« Er drehte sich um und ging hinaus.

»Verdammt noch mal, Havor!« zischte Feluce. »Weshalb hast du mir das Spiel verdorben? Ich wäre mit dem Kerl auf meine Weise fertig geworden.«

»Deine Weise hätte unnötigen Ärger heraufbeschworen und keinesfalls unsere Mägen gefüllt.«

Feluce trank mit einem Fluch sein Bier aus; bald darauf erschien das Mädchen, das die Kerzen angesteckt hatte, und deckte den Tisch. Stockend nahmen die anderen Gäste ihre Gespräche wieder auf. Als das Essen kam, war es trotz des vorangegangenen Streites heiß und schmackhaft zubereitet.

Havor spürte, wie das Feuer und die Mahlzeit und der würzige Wein ihn entspannten und einschläferten. Aber er mußte wach bleiben. Kachil hatte in seinem Essen nur herumgestochert, dem Wein jedoch um so mehr zugesprochen. Nun glühte er im Fieber und lachte betrunken vor sich hin, die ideale Zielscheibe für Feluces boshafte Späße.

Havor verwünschte sie beide und war zugleich wütend, daß er sich in seiner Gier, Lukons Vermögen zu vergrößern, mit ihnen eingelassen hatte. Wenn er jetzt nach droben ging und sich schlafen legte, stellten sie in der Wirtsstube weiß Gott was an. Doch selbst wenn er hierblieb und die vor Müdigkeit tränenden Augen gewaltsam offenhielt, wenn er seine erschöpften Muskeln eisern anspannte, konnte er dann wirklich den Streit abwenden, der unausweichlich schien?

Feluce hieb mit dem leeren Krug auf die Tischplatte und schrie laut nach dem Wirt.

Der Mann kam. Es war sein Geschäft, die Leute zu bedienen. Aber er hatte einen ganz besonderen Blick, der sich mit jedem Mal, da Feluce ihn rief, vertiefte.

»Mir ist heute abend nach Feiern zumute«, erklärte Feluce mit dröhnender Stimme. »Bring jedem deiner Gäste einen Krug deines besten Biers!«

Die leise Unterhaltung im Raum brach ab. Während der letzten Stunde hatten sich einige Gäste davongemacht; neun Männer saßen inzwischen noch da.

Kurz darauf kam das Bier und machte die Runde. Die Leute starrten zu Boden. Feluce hob sein Glas und sah sich erwartungsvoll um. Nervös hoben die Männer ihre Krüge.

»Wer bezahlt, der bringt den Trinkspruch aus«, sagte Feluce. *»Auf den König!«*

Feluce trank und tat überrascht, daß keiner der anderen seinem Beispiel folgte. »Aber meine *Herren,* das grenzt an Hochverrat!«

Einer nach dem anderen nahm zögernd einen Schluck.

Feluce lachte, erfreut über den gelungenen Streich, während Kachil in die Flammen starrte und sinnlos vor sich hinkicherte. Wieder schmetterte Feluce seinen Krug auf den Tisch. »Wo ist dieses blonde Mädchen geblieben?«

Der Wirt straffte seine Schultern. »Sie wäscht das Geschirr.«

Feluce schnalzte mit der Zunge. »Was für ein Jammer! Sie wird rote, rissige Hände davon bekommen. Hat sie Ähnlichkeit mit der Tochter des Herrn von Avillis? Wie man hört, besaß die Hexe auch goldenes Haar.«

Kachil krähte vor Vergnügen, aber sonst machte sich ein unbehagliches Schweigen breit.

»Nein«, sagte der Wirt mit erstickter Stimme. »Sie ist nur meine Tochter. Die Herrin von Avillis stand in allen Dingen weit über ihr.«

Die Worte hatten für Havor einen seltsamen Klang. Sie wirkten wie ein Ritual der Beschwichtigung, das man aussprach, um ein Übel abzuwenden – fast wie ein Gebet oder das abergläubische Klopfen auf Holz.

»Schon gut. Kann deine Tochter singen oder tanzen? Wir aus dem Süden lieben es, beim Essen unterhalten zu werden.«

»Meine Tochter ist kein Tanzmädchen, Herr. Und was das Singen angeht – sie ist von Geburt an stumm.«

Ein kaltes Kribbeln lief Havor über den Rücken. »Jetzt reicht es, Feluce«, sagte er.

»Was reicht, Havor? Bis jetzt ist doch gar nichts geschehen. Aber ich werde diese traurige Bude in Schwung bringen. Los, Wirt, hol deine Tochter her! Vielleicht kann sie mit Messern jonglieren, wenn sie schon nicht singen und tanzen mag!«

»Meine Tochter hat ihre Arbeit. In der Küche.«

»Ach so? Stur bist du?« Feluce trank sein Bier leer, stand auf und trat neben den Wirt. Mit einem Lächeln schob er den Mann beiseite.

Havor sah zu, wie Feluce durch den niederen Kücheneingang wankte. In das Schweigen der Gaststube drang das spröde Klirren einer zerschmetterten Schüssel, hell wie ein Funkenschauer im Kamin. Kachils irres Gekicher setzte von neuem ein.

Das Gesicht des Wirts war dunkelrot vor Zorn, doch er beherrschte sich mühsam. Offenbar hatte auch er das Gerücht vernommen, daß der Bären-König sich grausam rächte, wenn man seine Männer schlecht behandelte.

Feluce tauchte wieder auf. Er zerrte das blonde Mädchen am Handgelenk hinter sich her, bis zu dem freien Raum vor dem Kamin, und hob sie mit einem einzigen Ruck auf den Tisch, wo die leeren Krüge standen. Dann begann er in die Hände zu klatschen, mit den Füßen zu stampfen und eine Melodie zu pfeifen.

»Los, Mädchen, tanz – immer im Kreis!«

Die Kleine, halb erstarrt vor Angst, machte ein paar unbeholfene Schritte.

Havor sprang auf, aber im gleichen Moment war der Wirt mit seiner Beherrschung am Ende. Er bewegte sich schneller, als man es bei seiner schwerfälligen Gestalt erwartet hätte. Ehe Feluce zur Seite springen oder sein Schwert ziehen konnte, versetzte ihm der Hüne einen hammergleichen Fausthieb gegen die Brust. Feluce stolperte mit einem Schmerzschrei zurück, griff nach der Tischkante, verfehlte sie und fiel gegen die langgestreckte Bank vor dem Kamin. Havor sah, wie der Ledersack zu Boden rutschte und mit dem dumpfen Klang einer großen Glocke auf die harten Steinfliesen schlug. Heraus quollen all die harmlosen Gegenstände, die sie zur Tarnung mit hineingesteckt hatten. Das Leder schien sich auf unheimliche Weise von selbst nach außen zu stülpen. Flammenlicht gleißte unvermittelt auf dem goldenen Rand des Kelches.

Schon zuvor hatte Stille geherrscht, eine schwüle, brütende Stille. Nun aber setzte ein neues Schweigen ein, welches die vorangegangene Ruhe in das lärmende Treiben eines Markttages zu verwandeln schien. Es strahlte von den Wänden ab, quoll aus den Ritzen des Steinfußbodens: ein Schweigen, geboren aus einer uralten Furcht, die von Generation zu Generation zugenommen hatte. Nichts regte sich. Die Männer waren wie versteinert. Alle Blicke richteten sich auf den einen Fleck am Boden, wo das Feuer einen hellen Kreis um schwarze Tiefen beschrieb. Havor dachte wie in Trance, daß er den großen Kelch bis jetzt noch nie aus diesem sonderbaren Winkel gesehen hatte – daß sich die Schönheit ganz verlor, wenn man in sein Inneres schaute, in diese Öffnung, die einem runden, weit aufgerissenen Maul ähnelte.

Dann sprach der Wirt, leise und tonlos, aber seine Stimme drang überlaut in der Stille.

»Ich hätte euch meinen Fluch nachgeschickt, Männer des Südens. Nun wird euch mein Mitleid begleiten.«

Feluce erhob sich, die hellen Augen zu einem Spalt zusammengekniffen. Er zog sein Schwert und richtete die Spitze gegen die

Brust des Wirtes. »Du hast es gewagt, mich niederzuschlagen! Dafür sollte ich dich töten!«

Der Wirt beachtete ihn nicht. Er war immer noch gefesselt von dem gelben Feuerkreis am Boden. Feluce stieß härter mit dem Schwert nach ihm.

»Ich warne dich! Rühr mir das Gold nicht an! Es gehört uns dreien. Wir verstehen zu kämpfen, und wir haben einen leichten Schlaf.« Er wirbelte herum. »Das gilt für euch alle, verstanden?«

Leere, bleiche Gesichter starrten ihm entgegen. Der Wirt antwortete genauso leise wie zuvor: »Kein Mensch in ganz Axa würde dieses Ding auch nur anrühren. Nicht, um seine Frau und seine Kinder vor dem Hungertod zu retten. Nicht einmal, um sich vom Henker freizukaufen!«

Feluce steckte stirnrunzelnd das Schwert ein. »Ich hoffe für deine eigene schäbige Haut, daß du die Wahrheit sagst.«

Das Mädchen war vom Tisch heruntergeklettert. Das blonde Haar hing ihr wirr ins blasse Gesicht. Sie schmiegte sich an den Arm ihres Vaters, und er wandte sich halb um, bereit, sie hinauszuführen.

»Einen Augenblick noch!« rief Havor ihm nach.

Der Mann blieb stehen, ohne ihn anzuschauen.

»Ihr wißt also, was wir mit uns tragen?«

»Und ob! Den Kelch von Avillis.«

»Was meint Ihr damit, wenn Ihr sagt, daß wir Euer Mitleid besitzen?«

Immer noch abgewandte sagte der Wirt: »Das werdet ihr bald selbst herausfinden.«

Er führte das Mädchen in die Küche zurück, und bald darauf erlosch dort das Licht.

Um das Haus fegte der Winterwind, rüttelte an den Mauern. Die Eingangstür schlug laut ins Schloß. Havor schaute auf und bemerkte, daß sie allein in der Gaststube waren. Er trat an eines der großen Fenster und schaute nach draußen. Hinter den wolkigen, gewölbten Scheiben drängten die engen Gassen und überhängenden Häuser gegen einen Himmel mit schweren, schnellen Wolken. Kein einziges Licht schien in ganz Axa.

In der Gaststube schrie ein Mann auf. Es war ein Schrei, wie ihn Havor aus Schlachten kannte – ein Gemisch aus Schmerz, Angst und Verzweiflung, ein Todesklang. Er wirbelte herum, die Hand am Messer.

Kachil kniete wimmernd neben dem Kamin, den Blick starr auf den Kelch gerichtet.

Havor trat zu ihm. Große Schweißperlen standen auf der Stirn des roten Diebes. »Wir müssen ihn nach oben schaffen«, sagte Havor. »Das Fieber hat ihn völlig verwirrt.«

Feluce zuckte die Achseln.

Die Kerzen flackerten und blakten.

Der Junge, der ihre Pferde in den Stall gebracht hatte, schlich herein, um ihnen die Zimmer zu zeigen. Er wagte es nicht, ihnen in die Augen zu schauen, und hielt sich fern von ihnen, als litten sie an einer ansteckenden Krankheit. Feluce und Havor blieb keine andere Wahl, als Kachil die schmale Holzstiege hinaufzuschleppen; der blonde Südländer fluchte bei jeder Stufe. Havor brachte den Kranken zu Bett und deckte ihn zu, während Feluce lässig am Türpfosten lehnte.

»Du gibst eine tüchtige Pflegerin ab, Havor!«

Havor erwiderte nichts darauf. Er war an Feluce und seine Redensarten gewöhnt. Kachil wirkte jetzt ruhiger und schien einzuschlafen.

»Bei soviel Fürsorge«, fuhr Feluce fort, »wird er ganz sicher rasch gesund.«

»Ja. Wenn er heute nacht tüchtig schwitzt, fühlt er sich morgen vielleicht besser.«

Als Havor den Raum verließ und die Tür hinter sich zuzog, meinte Feluce: »Natürlich könnten wir auch weiterreiten, ob er gesund ist oder nicht. Das würde unseren Anteil vergrößern . . .«

»Mag sein«, entgegnete Havor. »Aber ich denke nicht daran, unsere Pläne zu ändern. Der Sack bleibt nachts in meiner Kammer, Feluce, und ich warne dich! Auch ich habe einen leichten Schlaf.«

Feluce spürte die Härte in Havors Blick und Stimme. »Sieh an«, murmelte er leichthin, »der Falke zeigt seine Krallen. Gut, gut, ich finde deine Ehrlichkeit lobenswert.«

In seiner eigenen Kammer angelangt, streifte Havor das enge, kalte Kettenhemd ab, zog die Stiefel aus und kroch unter die schweren Decken. Hemd und Hose hatte er jedoch anbehalten, und das Messer lag griffbereit unter dem Kissen. Nicht Feluce allein, auch die düstere Herberge mit ihren abergläubischen Bewohnern machte ihn mißtrauisch.

Er hatte den ganzen Abend gegen die Müdigkeit angekämpft, doch nun wollte sich der Schlaf nicht einstellen, benahm sich wie ein störrischer, halbwilder Gaul, der einem nachlief, wenn man ihn nicht brauchen konnte, und davonstob, sobald man mit Zaumzeug und Sattel erschien. Dennoch fühlte sich Havor einigermaßen bequem. Er konnte den Wind hören, der mit Gestöhn um die Hausecken fuhr, aber hier drinnen umgab ihn eine warme Welt, und es war gut, sich auf dem weichen Lager auszustrecken. Denn obgleich das Bett hart war – der Boden vor den Toren von Avillis war weitaus härter gewesen. Und wie oft davor hatte er auf der nackten Erde geschlafen oder, nur in seinen Mantel gehüllt, auf dem Steinboden einer Schänke vor erloschenem Kaminfeuer, oder gegen den Willen der Besitzer einquartiert in einen Speicher oder eine zugige Scheune? Heute dagegen hatte er wie die beiden anderen sein Geld reichlich für Essen und eine eigene Schlafkammer verschwendet. Feluce und Kachil vertrauten darauf, daß der Erlös des Kelches all diese Extravaganzen decken würde. Und er? Nun, ganz sicher fand er neue Arbeit, einen neuen Einstieg am Ende dieser Reise, wenn er seinen Goldanteil den drei Frauen auf dem einsamen, armen Hof nahe Venca überbracht hatte.

Armer Lukon, dachte Havor plötzlich. Was immer ich verlor, was an Besitz mir auch entging – ich habe doch mein Leben. Und es ist mir teuer.

Kachil blinzelte argwöhnisch.

Er konnte sich nicht entsinnen, wo er war, und sofort durchzuckte ihn eine schlimme Ahnung. Er kannte dieses Erwachen – im Kerker oder Keller eines kleinen Landadeligen. Und er wußte, was ihn erwartete. Man würde ihn hungern lassen, auspeitschen und verprügeln, bis er verraten hatte, wo sich selbst die geringste Beute befand – und ihn dann auf die Straße werfen. Kachils Leben bewegte sich stets entlang dieser Stationen – Stehlen, Gewalt, Verzweiflung. Er sah keine Möglichkeit, diesem Kreislauf zu entrinnen. Er besaß zwar eine gewisse Schläue, aber keine echte Klugheit und vor allem kein Glück.

Das hier schien allerdings kein Kerker. Es war eine Herberge. Kachil öffnete die Augen ganz und streckte sich in der merkwürdig geduckten Art eines Mannes, der unter gar keinen Umständen Aufsehen erregen wollte.

Die Schankstube wirkte vertraut, aber er konnte sich nicht entsinnen, schon einmal hier gewesen zu sein. Er sah schmuddelige Fenster und ein großes Feuer, das ihn glühen ließ. Dann merkte er, daß seine Vorsicht unnötig gewesen war; der große, stickigheiße Raum war völlig leer. Oder doch nicht?

In einer Ecke weiter weg entdeckte er eine schmale, verhüllte Gestalt und das Kameen-Profil eines Mädchens. Ganz langsam drehte sich die Fremde um und schaute Kachil an, gab ihm mit einem schwachen Nicken zu verstehen, daß er näher kommen sollte.

Kachil war erstaunt, argwöhnisch, geschmeichelt, angsterfüllt. Er stand auf, froh, vom Feuer fortzukommen, das ihn mit seiner Hitze quälte, aber die Glut schien ihn quer durch den Raum zu verfolgen.

Wieder nickte die Fremde kurz, ohne ein Wort zu sprechen. Er setzte sich zu ihr und erkannte, was sie vor sich liegen hatte.

Es war ein Kästchen mit den doppelseitig bemalten Steinen, die zum Handwerkszeug der Wahrsagerinnen gehörten. Man schüttelte das Kästchen, und die Bilder der drei oder vier oberen Steine waren dann Symbole des eigenen Schicksals. Solche Dinge beunruhigten Kachil. Wie viele vom Unglück Verfolgten hatte er gelernt, sie zu respektieren. Außerdem sah er mit einem Blick, daß die Steine für das Mädchen schlecht gefallen waren. Ein Schädel lag zuoberst, ein zerbrochener Ring und ein brennender Turm daneben. Dennoch lächelte sie vor sich hin, ordnete die Steine und reichte ihm das Kästchen.

»O nein, Lady«, sagte Kachil. »Lieber nicht. Ich kann abwarten, bis . . .«

Aber sie lächelte von neuem, schüttelte das Kästchen selbst und kippte die obersten Steine heraus.

Kachil zuckte zusammen. Schweiß lief ihm über die Brauen und vernebelte seine Sicht. Auch für ihn gab es einen Totenschädel, dazu den Pfeil, der Krankheit bedeutete, und ein Henkerseil.

Er schluckte und zwang sich zu einem schmerzenden Tonfall: »Einen düsteren Inhalt hat dieses Kästchen, Lady!«

Als sei sie der gleichen Meinung, ließ die Fremde die Steine liegen und erhob sich. Kachil spürte einen Zwang, ihr zu folgen.

Sie öffnete die Tür zur Straße. Der Wind blies herein. Er hatte gehofft, die Winternacht würde ihn abkühlen, aber nichts dergleichen geschah. In seinem Bauch und seinen Schläfen tobten Flammen. Er fand keine Linderung.

Der Wind hatte die Kapuze der Frau zurückgeschlagen und breitete ihr Haar aus wie einen Safranfächer. Etwas an dem Haar bereitete Kachil große Sorge.

Dann sah er die dunkle Kutsche am Weg und die schwarzen Pferde mit den hellen Mähnen. Zwei schemenhafte Gestalten warteten darin, und die Kutschentür stand weit offen. Gewiß gehörte das Gefährt der fremden Dame, aber die beiden anderen halfen ihr nicht ins Innere – sie winkten Kachil mit ihren langen, schmalen Händen.

Und plötzlich ergriffen sie ihn. Sie hielten ihn fest und zerrten ihn hoch, und er kämpfte lautlos gegen sie an, doch das nützte nichts. Einen letzten Blick erhaschte er von der lächelnden Dame mit ihrem Haarschleier, dann fiel er in die Kutsche.

Warum war alles so stickig und dunkel – so gedämpft? Und warum schien sich die Tür nach oben zu öffnen und nicht seitlich wie bei normalen Kutschen? Und es war so eng im Innern –

Plötzlich wußte er die Antwort, doch im gleichen Moment krachte die Tür über ihm nieder und verhüllte alles.

Kachil wälzte und wand sich. Er war in einem Sarg eingeschlossen, zusammen mit der Hitze und einem erstickenden Qualm. Er bekam keine Luft – und in dieser Sekunde spürte er, wie etwas sanft an seinem Kinn und Hals entlangstrich, eine Decke, die über ihn gebreitet wurde. Kachil wimmerte vor Entsetzen. Das fühlte sich an – wie Haar . . . Eine Strähne legte sich sanft kitzelnd auf seine Lippen, dann eine zweite. Nun schneite es Haar im Dunkel. Er schlug um sich, würgte. Er wollte seine berstenden Lungen füllen, und die Schwärze explodierte in seiner Brust und seinem Gehirn.

Havor hatte den Eindruck, daß es keine scharfe Trennlinie zwischen Wachen und Schlafen gab. Plötzlich war sein warmes Bett verschwunden; er hatte es vergessen. Er ritt um Mitternacht auf einer leeren Straße.

Nur der Wind war ihm in den Traum gefolgt, der kalte, schmachtende, mit Wolfsstimmen heulende Wind.

Sonst war nichts zu hören.

Ein weißes Licht segelte hoch am Himmel; er schaute auf und rechnete damit, den Mond zu erblicken, doch statt dessen grinste ihn ein perlmutterschimmernder Totenschädel an; aus den leeren Augenhöhlen quollen Wolkenwürmer.

Er warf einen Blick über die Schulter. Hinter ihm auf der fahlen Straße bewegte sich eine Begräbnisprozession: schwarze Banner, ein vergoldeter Leichenwagen mit einem Verdeck aus tintenschwarzem Samt, dunkle Rosse mit frostig weißen Mähnen, von deren Hufen Funken sprühten.

Furcht stieg in Havor auf, eine Furcht, die er nicht benennen konnte. Er trieb sein Pferd zur Flucht an, aber es konnte oder wollte nicht laufen, sondern bewegte sich feierlich wie die anderen, und seine Mähne wurde immer heller, bis sie die Farbe von Salz hatte.

Der Wind kreischte.

Das Kreischen weckte ihn. Und er merkte, daß es nicht zum Traum gehörte. Es war die Stimme eines Mannes, der irgendwo im Haus vor Entsetzen schrie.

»Kachil«, sagte er laut.

Die Erinnerung an den Traum lag über dem Zimmer wie ein klebriges, zerrissenes Spinnennetz.

Havor verließ sein Bett und griff nach dem Umhang. Die Herberge wirkte jetzt modrig und kalt. Kachils Fieber mußte sich verschlimmert haben, wenn er so schrie. Havor kannte solche Anfälle, und er wußte, daß sie zum Tod führen konnten, wenn man den Kranken nicht im Auge behielt. Havor war nicht begeistert von einer Nachtwache, aber er hatte viel Schmerz und Einsamkeit erlebt, und es entsprach seinem Charakter, daß er ein gewisses Pflichtgefühl gegenüber anderen Menschen empfand.

Er schlug Funken und entzündete einen Kerzenstummel. In seinen Umhang gewickelt, schob er die Tür auf und trat hinaus. Kachil schien jetzt ruhig, und in der ganzen Herberge herrschte wie zuvor eine drückende Stille.

Es war dunkel jenseits der Schwelle, ein Dunkel, das die flakkernde kleine Kerze nicht zu durchdringen vermochte. Kachils Zimmer lag hinter einem Knick im Korridor, gleich neben einem schmalen Fensterschlitz in der Wand. Das graue Glas leuchtete im Mondschein, aber wie die Kerze schien das Licht unfähig, in die Schwärze vorzustoßen.

Havor war etwa einen Meter davon entfernt, als eine Gestalt aus dem Schatten trat und sich gegen das Fenserviereck abhob – unverkennbar eine schlanke Mädchengestalt, wenngleich nur ein schwarzer Scherenschnitt gegen das Mondlicht. Es mußte die Wirtstochter sein, jenes blonde, furchtsame, stumme Mädchen, erwacht wie er durch Kachils Schreie. Leise rief er ihr zu: »Keine Angst – ich sehe nach ihm!«

Der Umriß schien an den Rändern zu zerfließen, wie es oft bei einem grellen Lichthintergrund geschah. Dann glitt er zur Seite und verschwand wieder im Dunkel. Als Havor am Fenster vorbeiging, war die Nische leer. Komisch, er hätte ihr begegnen müssen, als er um die Ecke huschte. Ein Unbehagen beschlich ihn. Er schob es beiseite wie die Traumfetzen und öffnete Kachils Tür.

Das schwache Licht fiel auf eine zusammengekrümmte Gestalt im Bett. Der Arm lag ausgestreckt auf dem Kissen, und als Havor den Kerzenstummel auf den Hocker stellte, fiel ihm ein langes, glitzerndes Etwas am Ärmel auf. Er zupfte es weg. Die Flamme schien daran emporzuzüngeln. Ein einzelnes goldenes Haar.

Als er es losließ, trudelte es langsam auf die Bettdecke. Havor bückte sich. Er nahm die Kerze wieder in die Hand und untersuchte die Decke genauer. Ihm fiel der Hund jenes Pferdehändlers im Osten ein, der jede Nacht zu Füßen seines Herrn geschlafen und am Morgen als Zeichen seiner Anwesenheit eine Unmenge rauher Haare auf den Hosenbeinen des alten Gauners hinterlassen hatte. Nun schien es, als habe ein riesiger Hund quer über Kachils Bett geschlafen. Ein Hund, mit Haaren so fein und lang und golden wie die eines blonden Mädchens.

Die Kerzenflamme tanzte zitternd über Kachils Gesicht. Seine Augen und sein Mund standen weit offen, aber sein Körper war kalt und ohne Leben wie die Nacht.

4

Die Straße

Der Morgen hatte die Finsternis zu einem stumpfen Knochenweiß gebleicht, und die Sonne stieg auf wie ein billiger Glasstein ohne jedes Feuer.

Nichts rührte sich in der Herberge. Auch Feluce schien trotz seiner Reden vom Vorabend immer noch tief zu schlafen.

In der Schankstube war das große Feuer zu einem Haufen Asche zusammengefallen. Kaltes Frühlicht flutete durch die breiten Fenster und ließ den Raum groß und leer erscheinen, unnatürlich öde und farblos.

»Wirt!« rief Havor. Seine eigene Stimme kam ihm dünn und leise vor. Aber nach einer Weile betrat der Mann die Stube mit der gleichen starren Miene wie am Tag zuvor.

»Was kann ich für Euch tun, Herr?«

»Einer meiner Weggefährten ist heute nacht gestorben«, sagte Havor.

Seltsamerweise hatte er kein Erstaunen oder sonst eine Regung beim Wirt erwartet, weder Trauer noch halb verhohlene Schadenfreude. Und in der Tat, der Mann verschränkte die Arme so gleichgültig, als habe Havor vom Wetter oder vom Weg gesprochen.

»Habt ihr einen Priester in Axa?«

»Ja.«

Havor wartete eine Weile, doch der Mann schwieg, und so fragte er weiter: »Wo kann ich ihn finden?«

»Nicht im Ort. Da müßt Ihr schon zwanzig Meilen weiter nach Osil reiten. Im Moment erledigt er dort seine Kirchenpflichten. Wir erwarten ihn erst zum nächsten Feiertag zurück. Hier in Axa bekommt Ihr kein Priesterbegräbnis.«

»Dann müssen wir ihm eben selbst ein Grab schaufeln.«

Der Wirt entgegnete ruhig: »Man wird Euch hier weder einen Spaten noch einen Fleck Erde zur Verfügung stellen.«

»Damit wir uns richtig verstehen . . .«, sagte Havor. »Der Mann, den ich meine, ist nicht der gleiche, der dich gestern abend bedrängte. Ich spreche von dem Rothaarigen, der am Kamin saß. Er starb an seinem Fieber.«

»Wißt Ihr das genau?«

Der Wind, der um das Haus pfiff, schien Havor kalt zwischen die Schulterblätter zu fahren.

»Ja, Wirt, das weiß ich genau. Glaubst du etwas anderes?«

»Ich glaube, daß man in Axa erleichtert aufatmen wird, wenn Ihr mit Euren Freunden fortreitet – lebendig oder tot!«

»Deine Tochter«, begann Havor wieder. »Was hat sie nachts im Korridor gesucht? Wollte sie unsere Sachen durchschnüffeln?«

»Meine Tochter? Sie hat ihre Kammer nicht verlassen.«

»Dann eben eine Magd des Hauses. Ich sah jedenfalls neben der Schlafkammer des Kranken ein blondes Mädchen stehen.«

Zum ersten Mal regte sich etwas in den Zügen des Wirtes. Er lächelte, ein kaltes, verzerrtes Lächeln. »Kein Wunder«, sagte er. Havor schaute ihn an und sagte nichts mehr.

Statt dessen ging er nach oben, um Feluce zu wecken, und dann in den Ort, um nach einem Spaten zu suchen, mit dem er Kachil ein Grab schaufeln konnte.

Der Himmel war jetzt eine aufgepeitschte Masse weißer Wolken, in die sich der Sturm verbiß. Die Krähe in ihrem Messingkäfig über der Wirtshaustür kauerte sich zu einem struppigen Federknäuel zusammen. Auf den Straßen rührte sich nichts.

Havor schlenderte eine Weile dahin. Hin und wieder sah er ein Gesicht aus einem der oberen Fenster spähen, das hastig verschwand, wenn er den Kopf hob. Einmal begegnete er einem Kind, das ganz allein auf der Straße mit glatten Kieseln spielte, aber es sprang auf und lief davon, als es ihn bemerkte. Neuigkeiten, so schien es, verbreiteten sich schnell in Axa. Die Bewohner mieden ihn. In dieser Weise behandelte man Aussätzige oder Kranke, wenn die Pest herrschte. Er spürte ein Kribbeln auf der Haut. Der Wind fegte ihm ins Gesicht.

Schließlich vernahm er die dumpfen und doch weithin schallenden Schläge eines Schmiedehammers. Er folgte dem Klang in eine schmale Seitengasse und kam zu einem Hufschmied. Das Tor stand offen, und dahinter vermischte sich scharlachrotes Glühen mit pulsierenden Schatten. Nach einiger Zeit machte Havor die mächtige, dunkle Gestalt eines Mannes aus, der in stets gleichem Takt auf einen Amboß einhämmerte – ohrenbetäubende Echos in der stillen, spröden Luft.

Havor blieb am weiten Rachen des Eingangs stehen, und nach einer Weile hörte der Mann zu hämmern auf, weil er die Gegenwart des Fremden spürte und merkte, daß er nicht weitergehen würde. Ohne nach hinten zu schauen, richtete der Schmied sich auf, und die Flammen der Esse liefen in hellroten Strömen seine nackten Arme entlang, die hart und angespannt waren wie Metall selbst. In die Stille dröhnte die Erinnerung an die Schläge nach.

»Was willst du von mir?«

»Der Ort wirkt ungewöhnlich leer«, gab Havor zur Antwort. Der Schmied kehrte ihm immer noch den Rücken zu und schwieg. »Warum verkriechst du dich nicht wie die anderen im Haus?«

»Wenn ich mich im Haus verkrieche, bleibt die Arbeit liegen, und ich bekomme keinen Lohn.«

»Ich brauche Werkzeug, um ein Grab zu schaufeln«, sagte Havor.

»Das Grab eines Freundes?«

»Eines Mannes, den ich unterwegs traf.«

»Dann empfindest du keine echte Trauer um ihn? Du müßtest ihn nicht begraben. Die Wölfe wären dir dankbar.«

»Verkaufst du mir einen Spaten?« fragte Havor leise.

»Da in der Ecke steht einer«, entgegnete der Schmied.

Er schaute selbst dann nicht um, als Havor durch die Werkstatt ging und den Eisenspaten aufnahm.

»Was ist er dir wert?«

»Ich nehme nichts dafür«, erklärte der Schmied.

»Ich fürchte, ich werde den Toten außerhalb Axas begraben müssen. Du bekommst den Spaten also nicht wieder.«

»Ich würde ihn gar nicht nehmen, nachdem du ihn berührt hast«, meinte der Schmied.

Havor ging um den Amboß herum, schaute dem Schmied über das Hindernis hinweg an und fand eine eiserne Beherrschung in dem breitflächigen, verschwitzten Gesicht.

»Ein Kelch«, sagte Havor klar und deutlich, »aus Gold.«

Der Schmied nahm den Hammer und hieb ihn mit mörderischem Schwung auf den Amboß zwischen sich und dem Fremden. Violette Funken zischten und sprühten. Aber seine Augen waren wie die eines Blinden. Er hätte genausogut allein sein können.

Havor nahm den Spaten und wanderte durch die verlassenen Straßen zurück zur Herberge.

»Diese Narren!« triumphierte Feluce. *»Diese Narren!«*

Sie ritten wieder auf der alten Straße; Axa lag hinter ihnen, verwischtes rötliches Mauerwerk.

Kachil lag quer über seinem Gaul, in eine Decke gerollt. Havor hatte die Stute mit einem Strick an seinem eigenen Sattel festgebunden. Feluce ritt lachend ein wenig voraus; der Wind leckte ihm das hellglänzende Haar wie mit unsichtbaren Katzenzungen.

Der Wirt hatte kein Geld von ihnen genommen. Das Abendessen, die schönen Einzelzimmer und die warmen Betten – das alles war gratis für sie gewesen. Sie hatten den Kelch des Schwarzen Herrschers aus Avillis fortgetragen. Nun mochte kein Mensch in ganz Axa eine Münze von ihnen anrühren. Aber die Bewohner weigerten sich auch, ihnen für eine weitere Nacht Schutz zu geben, und erlaubten nicht, daß sie den Toten im Ort bestatteten.

Etwa drei oder vier Meilen von Axa entfernt zeigten sich die ersten freien Flächen zwischen den Bäumen. Nach einer Weile stieg Havor ab, pflockte sein Pferd an und begann zu graben.

Feluce saß da, schaute ihm zu und sagte: »Wir verstehen uns doch recht, Havor! Ich denke nicht daran, mich als Totengräber zu betätigen. Wenn dich diese Sache nicht in Ruhe läßt, dann mußt du sie eben allein erledigen.«

Havor schwieg. Der Spaten fraß sich in das feuchte schwarze Erdreich.

»Je tiefer du das Loch schaufelst, desto besser. Du willst sicher nicht, daß die Wölfe darin herumwühlen.«

Dann schwieg Feluce und begann an einem Fingernagel zu kauen. Nur das Scharren des Spatens war zu hören.

Havor dachte nichts, während er die Grube aushob. Manchmal stieß die Schneide gegen hartes Gestein, dann zog er sie heraus und versuchte es daneben noch einmal. Sobald die Mulde fertig war, holte er Kachil und bettete ihn in das dunkle Oval. Als er nach oben kletterte, hatte er unvermittelt ein Bild vor Augen: Bäume und üppige Blumen, die aus dieser Erde wuchsen. Zugleich überschwemmte ihn eine Woge des Mitleids und des Bedauerns. Denn obwohl er Kachil, den fuchsgesichtigen Dieb, kaum gekannt hatte, sah Havor in aller Schärfe die Armut und Schäbigkeit seines Lebens, all die verpaßten Gelegenheiten und nun die letzte Niederlage. Und wie unter einem Zwang stammelte er die Worte eines halbvergessenen Gebets.

Feluce begann zu spötteln.

»Der Heide betet für den Verdammten!«

Sie ritten weiter und ließen Kachil zurück unter dem frisch aufgeschütteten Erdhügel. Havor führte immer noch das dritte Pferd am Zügel, das in Axa keiner hatte kaufen wollen. Der Spaten blieb neben dem Grab, an einen Baum gelehnt.

Das Tageslicht flirrte, festigte sich. Die Wolken zogen jetzt langsamer dahin, gerändert von einem rauchgelben Schimmer. Die Straße, das war Havor schon viel eher aufgefallen, schien die Farben des Himmels genau wiederzugeben, als sei sie aus erstarrtem Wasser oder einem glatten, nicht spiegelnden Glas.

Mittags aßen sie Schwarzbrot und tranken abgestandenes Bier – Soldatenkost, die sie im Reiten zu sich nahmen. Sie kamen an einem Dorf vorbei, aber es war öde und verlassen. Venca lag noch Tage entfernt – Venca mit seinen breiten Straßen, mit den Häusern der reichen Kaufleute und den Juwelierläden.

»Hast du ihn noch?« fragte Feluce unvermittelt.

»Sicher – und du weißt es!«

»Ich will ihn sehen. Komm, laß mich einen Blick auf das Gold werfen!«

Havor nahm den Sack, schnürte ihn auf und ließ Feluce an dem goldenen Rand und den Gemmenaugen vorbei in jene dunklen Tiefen starren.

Feluce strich mit einem Finger sanft über den Kelch. »Nun sind wir nur noch zwei«; sagte er. »Jeder bekommt die Hälfte.« Er schaute auf. Liebenswürdig fragte er: »Hast du Kachil getötet, Havor? Du warst so dagegen, daß wir ihn zurückließen. Er ist aber doch gestorben, und du hast ihn gefunden. Oder war es andersherum?«

In den Wolken über ihnen hatte sich etwas verändert. Sie wirkten mit einem Mal schwer und düster.

»Es wird bald schneien«, sagte Havor. »Beeilen wir uns!«

Feluce lächelte nachdenklich. »Ich möchte wissen, wie sie aussah, Havor, diese Herrin von Avillis, die Tochter des Magus mit den goldenen Haaren . . .«

»Du wirst es nie erfahren.«

»In gewisser Hinsicht weiß ich es sogar. Ich träumte letzte Nacht von ihr. Langes, wehendes Blondhaar und ein schwarzes Gewand mit blauen Reflexen. Sie hielt den Kelch in ihren weißen Händen.« Er grinste. »Wenn ich an solchen Unfug glaubte, ging ich glatt zu einem Geisterbeschwörer und ließe sie herbeizaubern, um sie einmal aus der Nähe zu betrachten.«

Etwas flimmerte in der Luft. Blasse Flocken streiften ihre Haut, schmolzen auf den Mähnen der Pferde.

Havor warf einen Blick über die Schulter. Er hatte sich seit dem Moment, da sie von Kachils Grab weggeritten waren, nicht mehr umgedreht. Durch den weißen Flockenschwarm sah er nun . . . etwas, das sich bewegte, etwas, das ständig die Form zu ändern, sich zu verwandeln schien.

»O ja. Unsere Weggefährten sind immer noch da«, stellte Feluce leichthin fest. »Komisch, daß sie nicht nach Axa kamen, als wir dort waren. Vielleicht reiten sie mit uns, wenn wir anhalten und auf sie warten.«

»Wir waren uns doch einig, daß wir Gesellschaft unterwegs meiden wollten«, entgegnete Havor.

Feluce grinste nur in das Schneegestöber. Havor bemerkte ein feines Haar, das sich gleich einer Schlange über Feluces Ärmel ringelte, und noch eines auf seinem Kragen – zwei goldene Seidenfäden, die nicht zu seinem weißblonden Schopf paßten.

Eine halbe Meile weiter kamen sie an einen zerfallenen Turm, ein verkrüppelter Schatten, der durch den Schnee dräute wie ein in dunkle Fetzen gehülltes Gespenst, denn eine Kletterpflanze überwucherte ihn von unten bis oben. Es war ein Wachturm aus einer früheren Zeit – erbaut vielleicht von einem früheren König, der das Land erobert und eine Garnison zurückgelassen hatte.

Die Ruine bot keinen Schutz; sie wären daran vorbeigeritten, aber etwas kroch heraus und stellte sich ihnen in den Weg.

Es fiel schwer, durch das Schneetreiben etwas zu erkennen. Feluces Gaul scheute und hieb mit den Vorderhufen in den Schnee. Feluce riß ihn fluchend am Zügel zurück. Havor machte eine Weibsperson aus. Ein Weib, in dunkle Fetzen gehüllt wie der Turm. Sein Herz jagte einen dumpfen Gong der Panik durch den Körper. Aber es war nur ein Bauernweib, alt und gebückt, wie er sah, mit wirren, verrückten Augen in einem runzelverknitterten Gesicht.

»Aus dem Weg, alte Vettel!« herrschte Feluce sie an.

Aber sie rührte sich nicht von der Stelle.

»Was willst du?« fragte Havor und beugte sich ein wenig zu ihr herunter. Vielleicht war sie eine Bettlerin, die in der Kälte Hunger litt . . . Seine Hand tastete nach dem Beutel unter dem Hemd, doch da schrie sie los, mit der dünnen Stimme der dunklen Vögel, die in den Wäldern hausten:

»Ich nehme nichts, das dir gehört!«

»Worauf wartest du dann?« fragte er.

»Falke«, stammelte sie. »Falke und Katz'. Der Fuchs ist fort. Der Fuchs ist tot. Erst Fuchs, dann Katz', am Schluß der Falke!«

Feluce lächelte. »Was für eine bezaubernde Dame! Du solltest deine Zunge hüten, Alte!«

Havor dachte: Was weiß sie von Kachil, dem Fuchs? Ich habe ihn Meilen weiter hinten verscharrt. Sie kann das nicht beobachtet und dann den weiten Weg bis hierher in der Kälte zu Fuß zurückgelegt haben!

»Ich verstehe mich auf mancherlei«, sagte sie, als könne sie seine Gedanken lesen. »Vogelflug, Blätterfall, Wolkengestalt. Alles hat seinen Sinn.«

»Kannst du auch die Toten rufen?« fragte Feluce sie. Seine

Augen glänzten, und in seine Wangen war Röte gestiegen, als habe ihn eine heimliche Freude oder Erregung gepackt.

Die Alte betrachtete ihn mit ein wenig schräg gehaltenem Kopf. Sie erinnerte nun an einen Raubvogel.

»Nicht nötig«, krächzte sie. »Gar nicht nötig. Nur Geduld!«

»Ist es noch weit bis zum nächsten Ort?« fragte Havor scharf.

Als sie sich von Feluce abwandte und ihn anschaute, schien sie sich zu verwandeln, gewöhnliche Züge anzunehmen, so daß sie am Ende wieder nur aussah wie eine uralte Bauersfrau.

»Arnos? Vor Einbruch der Dunkelheit kommt ihr nicht hin – wenn überhaupt!«

Feluce beugte sich zu ihr herunter und legte ihr eine Hand auf die Schulter. »Wie wäre es, wenn wir bei dir Quartier nähmen, schöne Frau?«

»Zu weit, und meine Hütte bietet nicht Platz genug. Aber du wirst heute nacht Unterkunft am Wege finden. Und vielleicht Gesellschaft.«

Wieder lachten beide, versponnen in gruseliges, spontanes Komplott – der schöne junge Mann, glatt und elegant, dessen Bosheit sich nur in einem Zucken der Mundwinkel und der scharfen Zunge offenbarte, und die knochige Alte mit ihren Zahnlücken und den tief in Runzeln gebetteten Augen, in deren Stimme ein Versprechen zu liegen schien. Havor spürte ein Kribbeln im Nakken, und Silberameisen krochen ihm über den Rücken. Er schüttelte das Unbehagen ab, holte eine Münze aus dem Beutel, den er um den Hals trug, und warf sie der Vettel zu.

Sie sprang mit einem heiseren Aufschrei zurück, als habe er eine glühende Kohle nach ihr geworfen.

Die Kupfermünze rollte auf das Pflaster. Der Kopf der Alten schnellte vor wie bei einer Viper, und sie spuckte zwischen sich und das Geld. Dann humpelte sie davon, am Turm vorbei in den Wald und verschwand hinter dem Schneevorhang.

Feluce begann zu singen. Seine Stimme klang melodisch und selbstsicher. Er gab seinem Gaul die Sporen, und sie ritten schneller über das nur noch vage auszumachende Band der Straße.

Schnee peitschte Havor in die Augen; er mußte ständig blinzeln. Einmal hatte er einen Bräutigam gesehen, der so wie Feluce zu seiner Hochzeit ritt – einen fröhlichen jungen Burschen, der ein halbes Jahr gearbeitet und gespart hatte, um das Mädchen seiner Sehnsucht in die Arme schließen zu können.

Und vielleicht Gesellschaft.

Wie eine Glocke schlug der Kelch gegen Havors Steigbügel. Der Klang weckte Erinnerungen.

Die Nacht begann die Farben der Welt zu verändern. Lavendeldämmer und Schneeflocken, die an fahlblaue Vogelfedern erinnerten. Feluce galoppierte immer noch an der Spitze. Havor meinte den Gefährten gestochen scharf zu sehen, in jeder Einzelheit: eine winzige Spielzeugfigur, eine Soldatenpuppe im Kettenhemd, das Haar vom Abendlicht violett gefärbt; sie jagte dahin auf einem reglosen hölzernen Marionettenpferd mit glattem, hartem Körper, die Augen funkelrote Sterne, die durch die wirbelnden Flocken in der Dämmerung brannten.

Dann, inmitten der verschwommenen Bläue, ein dunkler harter Umriß. Alles schien spukhaft, das neue Bild ganz besonders. Hatten sie am Ende Arnos erreicht? Oder war das hier eine Geisterstadt, heraufbeschworen von der alten Hexe, ein Rauchgebilde, umgeben von Wolkenwällen?

Als sie näher kamen, erkannte Havor Form und Größe. Keine Stadt, sondern ein alter Herrensitz: Türme und ein zerbrochenes Portal – eine verlassene Ruine am Wegrand.

Das Schneetreiben ließ nach, als sie näher ritten.

Irgendwann hatte ein Feuer in dem Bauwerk gewütet. Es war leergefressen von den Flammen wie eine Austernschale, ausgehöhlt wie ein Markknochen von einem gierigen Hund. Es war gnadenlos nackt. Nur eine Maske blieb noch.

5

Nacht

Die Schwärze der Nacht überzog Land und Himmel, aber ein flimmerndes Schneemuster hob sich blaß gegen die dunkle Erde ab.

Jenseits des Lichtkreises, den ihr Feuer warf, erhob sich die zernagte Ruine, die andere, gefräßigere Flammen gesehen hatte. Dahinter lag die fremde, stille Landschaft, das grauweiße Band der Straße, auf der sich nichts bewegte und nichts regte außer dem schwachen Schneewind, der über die Leere hauchte.

Sie hatten ihre Tiere gefüttert und selbst etwas gegessen. In dem tiefen Schweigen wirkte Feluce aufgeregt und ungeduldig, schien zu glühen, zu knistern und zu zucken wie das Feuer oder auch wie ein Mann im Fieber; wie Kachil. Er riß Witze, sprach über seine Familie im Süden – den fetten Tuchverkäufer und die mehr als fürsorgliche Mutter – oder von seinen Streichen im Heer. Er redete schnell und in einem Fluß.

Havor hörte zu, sprach aber selbst kaum ein Wort. Er beobachtete Feluce. Er hatte den Weggefährten nie zuvor in einer solchen Stimmung erlebt, und im Hintergrund seiner Gedanken arbeitete ohne Unterlaß eine drängende, grabkalte Furcht. Er hatte Angst, oder besser, er wußte, daß er bald Angst haben würde. Die Furcht lauerte wie ein angekündigter Besuch an der Schwelle seines Bewußtseins.

Einmal bildete er sich ein, das langgezogene Heulen eines Wolfes zu hören. Er strengte die Ohren an, doch der Laut kam nicht wieder. Es war seltsam; man hätte mehr Wölfe hören müssen. Nun, da der erste Schnee fiel, kamen die Rudel sicher aus der Tiefe der Wälder.

Feluce lag da, auf einen Ellbogen gestützt, und starrte lächelnd den Ledersack mit dem Kelch an, so als teilten er und dieses Kleinod ein Geheimnis. Nach einer Weile rollte er sich in seine Decke und gähnte.

»Eine mondlose Nacht«, sagte Havor. »Vielleicht sollten wir abwechselnd wachen. Ich übernehme die ersten Stunden und wecke dich dann . . .«

»Untersteh dich! Ich schlafe auch ohne deinen Schutz – und hoffe auf süße Träume.« Feluce lachte leise.

Noch während Havor ihn beobachtete, schloß er lächelnd die Augen und schien auf der Stelle in Schlaf zu versinken. Das Feuer warf bronzerote Lichter auf seine Züge. Nach einer Weile drehte er sich um, weg von Havors Blicken.

Der Wind pfiff, einmal weit weg, dann wieder ganz nah, durch das ausgehöhlte Mauerwerk des alten Herrensitzes.

Havor warf von Zeit zu Zeit Äste ins Feuer, aber eine bleierne Müdigkeit überkam ihn. Er schaute sich um. Die Nacht war leer. Also legte er sich nieder, wie es Feluce getan hatte.

Er dachte: Ich habe nichts zu befürchten.

Noch nichts zu befürchten, ergänzte er.

Plötzlich stand ein großer Mond über ihm. Ein aufgeblähter, maisgelber Mond, aus Bernstein geschnitten oder getrieben aus

Gold, ein gewaltiges Wasserrad am Himmel. Und gegen die gelbe Kugel hoben sich drei Rauchfetzen ab, die sich zusammenballten und drei Silhouetten bildeten. Zwei hochgewachsene Männer mit harten, klaren Umrissen, einer mit einer Kapuze, der andere mit einer Art Helm, dessen gebogene Hörner sich an den Enden trafen. Zwischen den beiden Männern war ein Mädchen mit langen Haaren, die tintenschwarz gegen den hellen Topas wehten. Riesen in der Luft.

Hier also wartete die Furcht, im Schlaf, wie er es geahnt hatte.

Havor kämpfte darum, wachzubleiben, aber schon verblaßten die Gestalten, und der Mond selbst vertropfte wie ein Kerzenstummel. Diese Nacht war nicht für ihn. Eine tiefere, dunklere Sphäre des Schlafes zog ihn herab. Er sank wie Blei in die Falten, und die Furcht und alles andere ertranken mit ihm.

Feluce erwachte am Tor des Herrensitzes. Er erwachte voller Erwartung, und er wurde nicht enttäuscht. Alles hatte sich gewaltig verändert.

Der Herrensitz war unversehrt und so hell, als brenne sein Inneres von neuem. Auf den Säulen des großen Gittertores loderten zwei Fackeln in bunten Glasröhren; sie warfen grüne und rubinrote Lichtflecken auf die weit geöffneten Eisenflügel und die Kiesauffahrt dahinter. Feluce überquerte die Auffahrt und betrat die Stufen.

Auch hier stand ein geschnitztes Holzportal offen – weit offen, so daß der Schein von innen herausquoll – und steinerne Raubvögel mit Augen aus geschliffenem Quarz reckten knirschend die Hälse, um ihn anzustarren, als er zwischen ihnen hindurchging. Er lachte, entzückt von ihren Kapriolen, ohne sich Gedanken darüber zu machen, ob sie nun verzaubert oder mechanisches Spielzeug waren.

Die Böden des Herrensitzes waren mit kleinen quadratischen Fliesen in Schwarz, Scharlachrot und Weiß getäfelt; er gelangte wieder zu einer offenen Flügeltür, diesmal mit Gold ausgelegt, und entdeckte einen Bankettsaal.

Die Lampen hier bestanden aus blauem, violettem und blutrotem Glas, so daß wirre, ungewöhnliche Farben den Raum durchpulsten. Behänge und Gobelins schmückten die Wände, jeder ein Vermögen wert, wie Feluce, der Sohn eines Tuchverkäufers, mit verstohlenen Seitenblicken erkannte. Auf dem langgestreckten

Tisch brannten hohe Kerzen in Goldleuchtern. Die Tafel bog sich unter dampfenden Braten, feinen Kuchen und erlesenen Früchten, und dazwischen standen Kristallkaraffen mit Wein, so als sei eben erst alles aus der Küche gebracht und angerichtet worden. Irgendwo spielte leise Musik, doch die Musikanten blieben unsichtbar.

Vier goldene Stühle waren an den Tisch gerückt. Am oberen und unteren Ende der Tafel saßen zwei Männer in schwarzen Umhängen – seine Gastgeber. Feluce gegenüber hatte die schöne Frau Platz genommen, nach deren Anblick er sich seit Tagen verzehrte. Als er sie anschaute, erhob sie sich und kam um den Tisch herum auf ihn zu. Sie war alles, was er sich erträumt hatte, und mehr.

Ihre Haut wirkte hell und glatt wie zartes Pergament, und das Haar hing jetzt nicht lose herab, sondern war zu einer kunstvollen Frisur gesteckt, mit Locken und Flechten, durchwunden von Perlenschnüren. Ihre Brauen und die dichten langen Wimpern hatten den gleichen Goldton wie der Saum einer Priesterrobe, aber ihre Augen schimmerten schwarz wie die Augen der steinernen Vögel am Portal. Sie trug ein Gewand aus dunkelblauem Samt, das an eine Mitternacht im Sommer erinnerte; ein Gürtel aus verschlungenen Goldvipern hielt es zusammen. Aus den Schlangenmäulern züngelten Saphire.

Sie lächelte Feluce zu, hakte ihn leicht unter und geleitete ihn an seinen Platz. Er sollte ihr gegenüber zwischen den beiden dunklen Männern sitzen. Beide waren in schwarzen Samt gehüllt und trugen Stulpenhandschuhe aus schwarzem, goldbesticktem Leder; er sah sie kaum, so sehr hingen seine Blicke an der Frau. Hatte seine eitle Mutter nicht immer prophezeit, daß ihr gutaussehender Sohn eines Tages eine blendende Partie machen und weit über seinem Stand heiraten würde?

Der Mann zur Linken schenkte Feluce Wein ein, der andere schnitt ihm das Fleisch. Feluce aß und trank mit Heißhunger. Nie zuvor hatte er so feine Speisen und Getränke gekostet. Seine Gastgeber nahmen keinen Bissen, doch das verwunderte ihn nicht. Auch daß sie weder mit ihm noch untereinander sprachen, beunruhigte ihn nicht im geringsten.

Allerdings achtete er darauf, daß er nicht zuviel aß. Er spürte die vornehme Atmosphäre der Zurückhaltung. Und sein Gefühl trog nicht, denn nach einiger Zeit erhob sich die blonde Dame und reichte ihm den Arm, und irgendwie begriff er, daß er sie zum Tanze führen sollte.

Es war ein getragener Tanz, wie man ihn in den Städten des Nordens pflegte. Feluce kannte ihn nicht, aber es gelang ihm, seine Schritte so elegant zu setzen, daß diese Schwäche nicht auffiel, und dafür war er dankbar. Nach dem Tanz geleitete ihn seine Partnerin fort von der Tafel und durch einen Vorhang in ein kleineres Gemach, wo die Lampen grün und indigoblau schimmerten und ein Becken in die Mitte des Fußbodens eingelassen war. Es war ein Raum, so wunderschön, wie ihn nur die Laune der Reichen zaubern konnte.

Aus dem Nasenloch einer bizarren steinernen Bestie schoß eine Fontäne in einem diamantsprühenden Bogen in das Becken und ließ den glatten Wasserspiegel in der Mitte aufschäumen. Grün war der kleine Teich, und prächtig bunte Fische schossen darin umher.

Am Rand des Beckens blieb die Herrin von Avillis stehen und reichte ihm die Fingerspitzen zum Kuß.

Bis zu diesem Zeitpunkt war Feluce erregt und siegessicher gewesen. Als jedoch seine Lippen die kühle, blasse Haut ihrer Finger berührten, schien eine Kälte von ihnen aufzusteigen und seinen ganzen Körper zu durchdringen.

Und dann glitten ihre weißen Hände an seinem Gesicht vorbei und legten sich um seinen Hals.

Ein Windstoß fuhr durch den Raum und drückte die Fensterscheiben mit dem Klirren von zerbrechendem Eis nach innen. Es war ein rabenschwarzer Wind, der die bunten Lampen löschte, und in dem wirren Dunkel entdeckte Feluce, daß ihn nicht ein Mädchen umarmte, sondern ein hoher, dunkler Schatten mit grausamen, unerbittlichen Krallenhänden. Feluce versuchte sie wegzustoßen und fand weder Lederhandschuhe unter seinen zitternden Fingern noch Fleisch, sondern harte, blanke Knochen. Die Hände eines Skeletts würgten ihn.

Feluce stieß einen erstickten Schrei aus. Er schlug auf die Schattengestalt ein und stieß gegen Gebeine; aus den Augenlöchern der schwarzen Maske gähnte ihm Leere entgegen.

Während er sich verzweifelt wehrte, glitt Feluce aus und fiel und spürte den brennendkalten Schock des Teichwassers auf seiner Haut; der Boden unter seinen Füßen war schlüpfrig. Aber der Schatten hatte ihn nicht losgelassen; er war ihm gefolgt und drückte ihn nun, mit einer Kraft, wie sie Feluce noch nie erlebt hatte, in eiskaltes, flüssiges Feuer. Smaragdgrünes Dunkel erstickte seine Schreie, nahm ihm die Sicht.

Havor schlug die Augen auf. Am Morgenhimmel standen dünne Spinnwebwolken, und dahinter verbreitete die Sonne ein kraftloses rosa Licht.

Sein Körper war eiskalt und verkrampft. Er hatte tief geschlafen, und immer noch hielt ihn eine bleierne Müdigkeit gefangen. Das Feuer brannte längst nicht mehr.

Er erhob sich steif und streckte sich; noch rechnete er nicht damit, daß irgend etwas Ungewöhnliches geschehen war. Dann, als er sich bückte, um das Feuer neu anzufachen, bemerkte er, daß Feluce fehlte.

Er schnellte herum und warf einen Blick auf den Ledersack, aber die Umrisse des Kelches waren klar zu erkennen. Er sah Feluces Decke auf dem Boden, genau da, wo sich der Südländer am Abend zuvor schlafen gelegt hatte. Die drei Pferde standen angepflockt in einer Ecke und zitterten vor Kälte.

Havor ging mit schweren Schritten über das zerbrochene Pflaster zu einem der vielen Risse in den Wänden des alten Herrenhauses und spähte hindurch. Schneeweite, schwarze Baumgerippe. Kein Rauch, kein Laut, keine Spur von Leben.

Havor kehrte um und blieb neben der grauen Asche der Feuerstelle stehen. Nach einer Weile rief er: »Feluce!«

Irgendwo knackten alte Äste im Frost. Sonst hörte er nichts.

Havor wanderte durch die gähnende Ruine, suchte sich einen Weg zwischen den Schutthaufen des herabgestürzten Daches. Er kam an eine Stelle, wo sich einst ein hohes Portal befunden hatte; auf dem Boden dahinter lag eine dicke Schicht bunter Glassplitter.

Ein ehemaliger Speisesaal, erkannte er. Der langgestreckte Metalltisch war von der Hitze der Feuersbrunst verzogen. Ein schwerer Balken lag quer über der Platte.

In der Wand zeigte sich ein Torbogen, und dahinter stand die Ruine eines Raumes, in die von oben und von zwei Seiten der kalte Wintertag hereinsickerte. Im Mittelpunkt des Zimmers war ein flaches Becken in den Boden eingelassen; dünnes grünliches Eis bedeckte das Wasser, am Rande rissig und zerbrochen.

Havor trat näher und schaute in die Tiefe.

Er starrte durch trübes Grün und Schatten, durch Eis und Himmelsreflexe in ein Paar weitaufgerissener Augen.

Eine tödliche Erkenntnis machte sich wie Nebel in Havors Gehirn breit.

Feluce lag in dem Zierteich, der gerade tief genug gewesen war, um ihn zu ertränken. Und als Havor von neuem die starren Augen betrachtete, bewegte sich etwas, schwamm an die Oberfläche. Eine Handvoll Haare, ein langer, golden schimmernder Strudel, der sich langsam drehte und wand.

Ich bin also der nächste, dachte Havor. Und Furcht, der erwartete Gast, kam durch die weit offene Tür in seine Gedanken.

Er ging zu den Pferden, bestieg seinen Rappen und führte die beiden anderen am Zügel mit, so wie er gestern Kachils Gaul allein geführt hatte. Der Wind blies mit eisigen Nadeln, aber er spürte sie kaum. Der Kelch, am Sattel befestigt, schlug gegen seine Knie.

Eine halbe Meile von der Ruine entfernt schaute er über die Schulter zurück. Da war etwas, eine Schattenform, eine Spiegelung, eine Wolke.

Auch wenn er nun allein ritt, er hatte doch Gefährten auf seinem Weg. Und würde sie nicht abschütteln können bis zu seinem Tod.

6

Nachmittag in Arnos

Nachmittag zog in Arnos ein, müde und gelb unter dem niedrigen Himmel.

Die Straßen waren leer; in den Rinnsteinen sammelte sich Schnee, reichte bis an die schmalen Türen. Nur ein buckliger Zwerg, der im Schatten des Tores kauerte und um Münzen bettelte, hörte den Hufschlag und schaute auf. Er sah einen Soldaten auf einem schwarzen Roß näher kommen, am Zügel zwei reiterlose Pferde.

Der Zwerg rannte ins Freie und hielt seine Bettelschale hoch.

Der Soldat drehte sich im Sattel um, kramte ein Geldstück hervor; dann schien ihm etwas in den Sinn zu kommen, und er zögerte. Aber die sehnsüchtige, verzweifelte Miene des Krüppels stimmte ihn um. Er warf die glänzende Münze in die Schüssel.

»Sag, wo wohnt hier der Priester?«

Der Zwerg deutete kopfschüttelnd auf seine Lippen. Er war stumm.

»Kannst du mich führen?«

Der Zwerg strahlte und rannte die Straße entlang, blieb von Zeit zu Zeit stehen wie ein Hund, um zu sehen, ob der Soldat ihm folgte.

So ging es durch die Gassen und Tore von Arnos: der Zwerg humpelte und hüpfte voran, der Soldat ritt langsam hinter ihm drein. Sie erreichten einen Platz, wo sich eine halbverfallene Kirche gegen die Mauern kleiner Nachbarhäuser lehnte. Auf eines davon deutete der Zwerg. Das Haus des Priesters.

Havor starrte erst das Haus, dann die schäbige Kirche an. Seine Augen tränten von der Kälte. Die Armut dieser Gemäuer drückte ihn nieder. Es konnte wenig Hoffnung in ihnen wohnen. Aber dann – war er denn hergekommen, um Hoffnung, Trost oder irgendeinen Schutz zu finden? Er hatte im Grunde gar nichts erwartet. Ihm kam zu Bewußtsein, daß er eine Art Ritual vollendete, einem Schauspieler gleich, der seine Rolle perfekt verkörperte, ohne ein einziges Wort oder eine Geste auszulassen – eine Rolle jedoch, die ihm als Mensch nichts bedeutete, die in seiner eigenen, sich verdüsternden Welt keinen Platz und keinen Sinn hatte.

Er ertappte sich dabei, wie er die Kirche in allen Einzelheiten betrachtete. Sie war uralt. Der Turm erhob sich in drei Absätzen aus braunem Gestein, mit schmalen schwarzen Fensterschlitzen. Licht umspielte die eine, der Sonne zugewandte Seite. Schatten bedrängten die andere. Das »O« des Heiligen Kreises an der Spitze ragte silbern in die düster gelben Wolken.

Er hatte Männer sterben sehen. Einige schieden stolz und blind aus dem Leben, andere schrien im Griff der Angst. Wieder andere schienen sich wie er jetzt an einem Gegenstand festzuklammern – einem Kiesel, einem Grashalm –, als wollten sie ihn genau im Gedächtnis behalten, seine Form, Farbe und Struktur, jedes Körnchen und jede Faser, um ihn mitzunehmen in die Welt, die jenseits des Fallbeils oder des Henkerseils lag.

Havor riß seine Aufmerksamkeit los vom Turm und schaute sich nach dem Zwerg um. Aber der kleine Krüppel war bereits davongeeilt, in seiner Schale die helle Münze, an der Schlimmeres haftete als der Fingerabdruck eines Aussätzigen.

Vor der Kirche war ein Geländer. Havor pflockte die drei Pferde dort an. Er band den Ledersack los und ließ ihn im Schatten der Pforte liegen.

Dann betrat er die tiefe Höhle der Kirche, unvermittelt angezogen von Kindheitserinnerungen.

Düster, staubig, nackt. Ein Langschiff; widerhallende Steinfliesen zwischen schlanken Säulen, die sich wie Geisterfinger in die Höhe streckten; Banner in trübem Rot und fleckigem Gold, die ihre Schwingen über den Altar breiteten; das Heilige Licht in seiner grünen Ampel, blasse, tropfende Kerzenreihen.

Er stand vor dem in Stein gehauenen Kreis und dachte daran, wie die Priester ihn, den kaum Fünfjährigen, verprügelt hatten, weil er sagte, das Ding sähe aus wie ein Wagenrad.

Eine Hand fiel plötzlich auf seine Schulter. Es war eine Hand, die aus der Kindheit in die Gegenwart reichte. Er spürte den beißenden Schmerz der Rohlederriemen auf dem Rücken und wirbelte herum, die Hand am Messer.

Der Priester war um die Dreißig, streng und stark und groß, ein Mann, der so aussah, als könne er sich notfalls selbst mit dem Schwert zur Wehr setzen. Sein Blick streifte Havors Waffengurt, doch er sagte ruhig: »Ich wollte dich nicht erschrecken, Soldat, aber du trägst das Kettenhemd des Südens, und Gott weiß, daß wir die wenigen Kostbarkeiten, die uns noch geblieben sind, gut behüten.«

Ein tapferer Mann, dachte Havor. Er kannte die rauhen Sitten der Südländer und wagte es, offen davon zu sprechen.

»Ich bin nicht hergekommen, um Euch zu bestehlen, Vater«, sagte Havor. »Ich wollte Euch etwas fragen.«

Der Priester lächelte. »Es gehört mit zu meinem Amt, Antworten auf Fragen zu suchen, Soldat. Worum geht es denn?«

»Um Avillis. Und den toten Herrn von Avillis.«

Der Priester war mit einem Mal sehr ernst, und seine Augen wirkten schmal. »Ich nehme an, du hast guten Grund, gerade danach zu fragen. Sicher steht viel auf dem Spiel.«

»Mein Leben«, erwiderte Havor.

Bis jetzt war in ihm immer noch ein gewisses Leugnen gewesen. Das hatte nach dieser Antwort keinen Sinn mehr. Er sah die Höllenschwärze aus dem goldenen Rand aufsteigen und nach ihm greifen, und der Priester, der ihm in die Augen schaute, sah sie wohl ebenfalls.

»Komm mit!« sagte er, verneigte sich vor dem Altar und führte

Havor aus der Kirche in sein Haus. Am Portal nahm Havor den Ledersack auf; der Priester sagte nichts.

Es war schäbig genug, das Haus, kahl wie die Kirche, aber ohne deren verschlissenen Prunk. Es war auch dunkel; der Priester nahm eine kleine Lampe von einem Regalbrett und zündete sie an. Trotz der bitteren Kälte brannte kein Feuer im Kamin.

Der Priester setzte sich und bedeutete Havor, ebenfalls Platz zu nehmen. Dann herrschte Schweigen, ein Schweigen, das an sich selbst zehrte und anschwoll, bis es den Anschein hatte, als könne es keiner von ihnen je brechen.

Schließlich faßte sich Havor ein Herz.

»Ihr wißt vielleicht, was in Avillis geschah. Hierzulande sprechen sich die Neuigkeiten schnell herum.«

»Ja. Vor drei Tagen sahen wir die Zeichen am nördlichen Himmel – rotes Licht und roten Rauch.«

»Avillis stand in Flammen«, bestätigte Havor. »Der König, der Schwarze Bär des Südens, eroberte die Stadt. Danach kam es zu Plünderungen.«

»Das dachte ich mir«, sagte der Priester.

»Dann wißt Ihr vielleicht auch, was das hier ist?«

Der Priester zuckte zurück; alle Farbe wich aus seinem Gesicht, bis seine Haut an wetterfahles Holz erinnerte. »Ich habe Gerüchte gehört – von einem großen goldenen Becher . . .«

Havor ließ den Ledersack zu Boden rutschen und hielt den Kelch auf seinem Knie fest. Der ganze Raum schien in seinem Glanz zu brennen; der Schimmer durchdrang seine Hände, als seien sie transparent, ließ, einer Kerzenflamme gleich, die dunklen Blutbahnen der Finger hervortreten.

»Ich fand dieses Ding im Schutt des Palastes von Avillis, zusammen mit zwei anderen Männern. Einer starb am Fieber, der zweite ertrank. Etwas verfolgte uns den ganzen Weg. Ich vermute, daß ich als nächster an der Reihe bin.«

»Du bist abergläubisch?« fragte der Priester heiser. »Du fürchtest die Nicht-Toten?«

»Nein, Vater. Ich glaube nur, was ich sehe. Drei Reiter folgten uns von fern, einer davon mit einem goldenen Helm. Heute sah ich, daß dieser Helm in Wirklichkeit aus blondem Haar besteht – denn seit Sonnenaufgang rückten die drei immer näher.«

Die Augen des Priesters ruhten auf Havors Händen. Havor schaute nach unten und bemerkte, daß er über das Metall streichelte, als sei es die Mähne seines Lieblingspferdes oder das Haar der Geliebten.

»Ihr seht selbst«, sagte er und zwang seine Hände zum Stillhalten. »Was geschieht jetzt? Ist mein Tod unausweichlich?«

»Ich weiß es nicht«, entgegnete der Priester mit leiser, gequälter Stimme. »Ich weiß es nicht. Aber ich sage dir das eine: Du darfst keine Nacht mehr ein Auge zutun, ehe du dich nicht von diesem Ding befreit hast!«

»Dann sagt mir, wie ich mich davon befreien soll, Vater! Etwa hier – in der Kirche?«

»Nein! Beim Himmel, nicht hier – nirgends entlang der alten Straße! Fremde Männer eines finsteren Zeitalters haben sie errichtet. Sie würde das Böse und die Kräfte des Bösen anziehen, so wie hohe Bäume den Blitz anziehen. Versuche durchzuhalten bis Venca! Dort, eine halbe Meile vor der Stadt, endet diese Straße in den Feldern. Und in Venca gibt es eine große Kirche mit Heiligen-Reliquien . . . Vielleicht findest du da Hilfe.«

»Vielleicht, immer nur vielleicht«, meinte Havor. »Und bis Venca sind es noch drei Tageritte, nicht wahr? Was geschieht, wenn ich den Kelch einfach in Arnos lasse, im Rinnstein oder vor einer verschlossenen Tür?«

Die blassen Züge des Priesters wirkten mit einem Mal streng. »Dann wälzt du auf Unschuldige den Fluch ab, den deine Habgier auf dich gebracht hat! Ganz gleich, an welchem Fleck du dieses Gold verbirgst, er wird besudelt sein für alle Zeiten. Außerdem – das Pack, das dich verfolgt, hat deine Witterung. Nur starke Worte und ein starker Wille vermögen dich noch zu retten. In Venca vielleicht . . .«

»Und vielleicht auch nicht«, ergänzte Havor. In seinem Innern schien eine große Glocke zu dröhnen und dann zu schweigen.

»Ganz recht«, entgegnete der Priester und senkte den Blick.

Havor hob den Ledersack vom Boden auf. Der goldene Glanz versank darin und entzog dem Raum sein Strahlen.

»Narr, der du bist!« fuhr der Priester mit einem Male zornig auf. »Hast du denn nie den Geschichten gelauscht, die man sich über den Schwarzen Magus und seine Brut erzählt? Dieser Becher, randvoll mit Blut gefüllt, wurde bei ihren Sündenmessen geopfert, den ruchlosesten, abscheulichsten aller . . .« Er sprach nicht weiter. Als Havor die Tür erreichte, setzte er leiser hinzu:

»Hast du das Zeichen des Heiligen Kreises auf deinem Schwert, Fremder?«

»Ja«, gab Havor zur Antwort. »Aber das wird mir wenig nützen, denn ich glaube nicht daran. Lebt wohl, Vater, und habt Dank für Euren Rat!«

Der Priester verneigte sich, und bald darauf hörte er Hufgetrappel auf der Straße draußen, aber der Hauch des Todes wollte lange nicht aus der kleinen Stube weichen.

Die runde rote Sonne stand jetzt ganz niedrig. Havor sah sie manchmal zwischen den Dächern, während er durch die gewundenen Hügelstraßen von Arnos ritt.

Der Ledersack schien schwerer, seit er ihn wieder am Sattel festgebunden hatte, als ob der Kelch mehr Gewicht bekommen hätte – als ob der Tod von zwei Männern in dem gähnenden schwarzen Loch lastete. Vielleicht auch sein eigener Untergang, dem er wohl nicht mehr entrinnen konnte.

Auf welche Weise würde er sterben?

Der Schlüssel zu Kachils Seele war Aberglaube und Furcht gewesen, der zu Feluces Ehrgeiz und Sinnenlust. Womit würden sie ihm beikommen?

Ich könnte aus dem Ort reiten, dachte er, mich am Straßenrand niedersetzen und auf die Nacht warten. Auf meine Verfolger. Einfach. Leicht getan. Dennoch benahm er sich in allen Dingen wie eine Kreatur, die noch eine Fluchtmöglichkeit wittert.

An der nächsten Ecke stand ein alter Mann, der Abfälle aus der Gosse fischte.

Havor rief ihn an. Als der Alte sich umdrehte, sah Havor, daß er blind war. Etwas in ihm fröstelte und wehrte sich gegen den Anblick; er hatte so viele Kranke und Krüppel in Avillis und seiner Umgebung gefunden; sie schienen ein Teil der Finsternis zu sein, die sich um ihn zusammenzog.

»Kennst du in Arnos einen Heiler oder Kräuterkundigen?«

Der alte Mann hielt den Kopf schräg. »Einen Kräuterkrämer«, sagte er nach kurzem Nachdenken. »Im letzten Haus an der Südtor-Straße.«

Als Havor weiterreiten wollte, rief ihm der Mann mit schriller Stimme nach: »Ein Almosen! Habt Ihr eine kleine Münze, Herr, die Ihr entbehren könnt?«

»Gewiß«, erwiderte Havor. »Aber ich trage den Kelch von Avillis bei mir, mit dem den dunklen Mächten geopfert wurde. Willst du mein Geld immer noch?«

Diesmal bekam er keine Antwort. Als er sich umdrehte, sah er, wie sich der alte Mann davontastete, eilig wie eine tagblinde Assel, die man unter einem Stein aufstöbert.

Ein bitteres Lächeln spielte um Havors Lippen. Er trug einen großen Schatz mit sich, aber er war vor Räubern sicherer als jeder Kaufmann mit ein paar armseligen Kupfermünzen.

Die Häuser der Südtor-Straße drängten sich dicht an den Wall, schäbige Hütten mit Nadelöhr-Fenstern und dem dumpfen Gestank der Elendsviertel. Die Baracke des Kräuterkrämers war aus braunem, bröckeligem Backstein errichtet wie alle Bauten hier; über dem Türsturz jedoch hing als Zeichen seines Gewerbes eine Kette aus aufgefädelten gelblichen Rattenschädeln.

Havor band die Pferde an einer Stange vor dem Haus fest und hoffte nur, sie würden sich nicht von der Stelle rühren, denn er hatte den Eindruck, daß ein einziger kräftiger Ruck die ganze Hütte zum Einsturz bringen konnte. Die Eingangstür war tief nach innen versetzt. Havor zögerte. Eine trübe grüne Glasscheibe befand sich im Holzrahmen, so dick, daß man nichts dahinter erkennen konnte; aber aus den Spalten und Rissen des Mauerwerks stahl sich ein wunderlicher Geruch – eine Mischung aus Pflanzen, Moder, Kompost und Heu, scharf und muffig zugleich.

Havor klopfte mit dem Ärmel des Kettenhemdes. Das ganze Haus schien von dem Laut zu erzittern. Anfangs rührte sich gar nichts, aber dann bemerkte er einen Schatten hinter dem welligen grünen Glas.

»Wer ist da?« fragte eine rauhe Stimme.

»Ein Durchreisender, der deine Dienste in Anspruch nehmen möchte«, entgegnete Havor.

Die Stimme murmelte etwas Unverständliches. Dann schwoll sie wieder an. »Was braucht Ihr denn?«

»Laß mich herein, und ich erkläre dir alles!«

Es entstand eine längere Stille, während das Geschöpf drinnen – ob Mann oder Frau, das war von der Stimme her nicht zu erkennen – mit sich zu Rate ging. Dann das Knirschen rostiger Riegel, und die Tür öffnete sich einen Spalt.

Havor betrat eine kleine düstere Kammer; der Geruch von Pflanzen und Kräutern umgab ihn wie ein betäubender Nebel. Der Krämer war ein gebeugtes Kerlchen in einem braunen Kittel, aus dem ein verschrumpelter Schildkrötenkopf und winzige Schildkrötenhände ragten. Die Finger hielten einen Kerzenstummel hoch.

»Nun, was wollt Ihr von mir?« fragte er und beschrieb mit der Kerze einen Kreis, der den Raum in flackernde Blässe tauchte. Havor erhaschte einen flüchtigen Blick auf verschiedene Körnerhäufchen, Steintöpfe mit graugrünen Pflanzen und eingezwängten Blüten, dazu ganze Reihen schmaler, verstöpselter Gefäße. Hoch an der Wand hing ein Hirschgeweih mitsamt den glattpolierten Schädelknochen – ein teuflischer Anblick. Durch eine niedere Tür im Hintergrund quoll Schwärze und der Gruftgeruch von Pilzen.

»Kannst du einen Trank herstellen, der einen Mann vor dem Schlaf bewahrt?«

Der Krämer bückte sich noch tiefer und hielt die Kerze so, daß ihr dünner, harter Schein Havors Gesicht erfaßte.

»Einen Trank, der vor dem Schlaf bewahrt? Meist verlangen die Leute das Gegenteil.«

»Es gibt Ausnahmen.«

»Möglich, schon möglich.«

Wieder entstand eine längere Pause, und der Krämer murmelte leise vor sich hin. Dann fragte er: »Braucht Ihr diesen Trank, um ihn einem anderen Menschen einzuflößen? Oder um ein Verbrechen zu begehen?«

»Weder das eine noch das andere. Ich muß drei bis vier Nächte Wache halten.«

»Und was geschieht, wenn Ihr einschlaft?«

»Das wäre mein Tod«, sagte Havor so ruhig wie vorher zu dem Priester, und wieder überkam ihn dieses Gefühl des Unabwendbaren, Endgültigen.

»Könnt Ihr bezahlen?« fragte der Kräuterkrämer hastig.

»Ja – wenn du etwas von mir nimmst.«

»Und weshalb sollte ich nicht? Ich kriege hier in der Stadt selten genug bares Geld. Die Leute bringen mir ihre dürren Hühner und abgetragenen Kleider – oder versprechen mir Dinge, die sie nie halten.«

»Ich habe den goldenen Becher des Herrschers von Avillis gestohlen und trage ihn bei mir«, erklärte Havor. »Den Kelch des Blutes.« Nun wird er mir seine Hilfe versagen, dachte er. Ich hätte ihm die Wahrheit später oder gar nicht verraten sollen.

Aber das Männchen lachte nur schrill.

»Draußen stehen drei Gäule«, sagte er. »Ich braue Euch den Trank, wenn Ihr mir zwei davon gebt. Die lassen sich eines Tages sicher gut verkaufen. Nun – was zögert Ihr? Es ist ein absurd hoher Preis, ich weiß, aber Ihr befindet Euch in einer verzweifelten Lage – und ich bin geizig, aber ohne Furcht.«

»Du hast recht«, meinte Havor. »Ich brauche deine Dienste. Die Pferde gehören dir.«

»Dann setzt Euch und wartet!«

Und so saß Havor eine Stunde lang in der von scharfen Dämpfen durchwellten Kammer, während der Mann in seinen Kräutern wühlte, sie mischte und unverständliches Zeug vor sich hin brabbelte. Vielleicht ist der Kerl ein Scharlatan, dachte Havor, und versteht von Kräutern nicht mehr als von der Beschaffenheit des Mondes. Ich bezahle ihn und trinke sein Gebräu, und es hilft am Ende überhaupt nichts!

Aber ihm blieb kaum eine andere Wahl. Und die beiden Gäule bedeuteten nur eine Last für ihn. Er war froh, wenn er sie nicht mehr durchfüttern mußte, auch wenn sie ihm in der schäbigen Klitsche des Kräuterkrämers ein wenig leid taten.

Draußen verkroch sich der Nachmittag. Havor sah nicht, wie der Abend näherrückte, denn die Stube hatte kein richtiges Fenster, aber irgendwie verdichteten sich die Schatten. Das große Hirschgeweih schien an den Rändern zu zerfließen und kreidebleich zu leuchten, als ringsum alles dunkel wurde.

Nach einer halben Ewigkeit tauchte der Kräuterkrämer aus der schwarzen Nebenkammer auf. Er hielt eine Phiole aus trübem Glas in der Hand; die Flüssigkeit, die darin schwappte, erinnerte an Moorwasser.

»Das da?«

»Das da«, bestätigte der Krämer. »Nehmt alle paar Stunden einen kleinen Schluck! Allzu genau geht es nicht. Je länger Ihr ohne Schlaf bleibt, desto schwächer wirkt die Mixtur, also werdet Ihr gegen Ende Eurer Wache eine höhere Dosis nehmen müssen. Vielleicht reicht das Mittel nicht aus, um Euch zu retten. Ich habe mein Bestes gegeben.«

Havor dankte ihm. Die ehrlichen Worte verstärkten zwar seine eigenen Zweifel, verliehen dem Trank jedoch eine gewisse Glaubwürdigkeit. Er fror. Eine abscheulich klamme Kälte schien an seinen Knochen zu nagen.

Der Kräuterkrämer folgte ihm hinaus auf die Straße.

Der Himmel war tief und dunstig, aber granatrot über den Dächern im Westen, wo die Wolkenmasse in einer merkwürdigen, beinahe geometrischen Linie abriß

Die Pferde scharrten und stampften. Kachils Stute und Feluces Rotschimmel schienen ihren neuen Herrn zu erkennen. Sie wieherten und stießen mit den Nasen gegen seinen braunen Kittel. Zu Havors Erstaunen holte das Männchen ein wenig Zuckerwerk aus seinen Taschen. Gar so schlecht würde es ihnen demnach nicht ergehen. Havor war froh darüber.

Er stieg auf und ritt weiter, durch das Südtor von Arnos auf die ualte Straße hinaus.

Wir werden ja sehen, dachte er. Aber wenngleich er keine echte Furcht spürte, so hegte er auch nicht viel Hoffnung.

Vielleicht war das der Schlüssel zu Havor von Taon – daß er sich freiwillig und mit einer stoischen Gelassenheit in sein Schicksal fand.

Nach einer Meile nahm er einen halben Schluck des Gebräus. Es brannte auf der Zunge, und bald danach brannten seine Augen; wie ein Fieber jagte eine prickelnde, angespannte Energie durch seinen Körper.

7

Die Schneewüste

Arnos war jenseits des Hügelkuppen verschwunden, und über den Abendhimmel spannte sich eine graue Wolkendecke. Dann begann es wieder zu schneien.

Sanft und leicht fielen die Flocken zuerst, Insektenflügel, die sein Gesicht streiften. Dann erwachte der Wind in den Bergen, in einer Höhe vielleicht, wie es die alten Legenden erzählten, und fegte vom Osten her kreischend über die Hänge. Sturm peitschte den Schnee, drehte und wirbelte ihn umher, verwandelte seine weiche Fülle in Millionen Nadelspitzen und ließ das Land hinter stiebende Flockenvorhänge sinken.

Eine Zeitlang ritt Havor mit gesenktem Kopf weiter. Nasse, schwere Klumpen fielen von den Hufen seines Gauls. Nach vorne und beiden Seiten hin sah er nichts außer dem sturmgeschüttelten

Weiß, hörte er nichts außer dem Schrillen des Windes. Schnee dämpfte das Hufgeklapper auf dem Straßenpflaster.

Plötzlich ragte eine schwarze Masse aus dem Schnee vor ihm. Das Pferd scheute, aber es war nur ein alter Mauerrest.

Havor stieg ab und führte den Gaul unter einen tiefen Torbogen aus bröckeligem Stein. Vielleicht hatte er einst zu einem Wachturm gehört wie jene efeuerstickte Ruine, auf die er und Feluce gestoßen waren. Er dachte an das alte Weib, das sich aus dem Schutz des Gemäuers geschlichen, an das gräßliche Geheimnis, das sie und Feluce zu lächelnden Verschwörern gemacht hatte. Aber nicht lange; es war zu kalt und trostlos, um an Tote zu denken.

Der Schnee wirbelte. Es hatte den Anschein, als wollte er eine Ewigkeit so weiterwirbeln.

Eine große Welle der Müdigkeit brach über Havor herein, als er im Windschatten der Ruine niederkauerte. Er holte den Kräutertrank hervor und nahm noch einen kleinen Schluck. Feuer loderte in seiner Kehle. Nach einiger Zeit verebbte der Sturm, Schnee fiel in langen weißen Strichen und ließ dann auch nach.

Er sah eine weite, weiße Ebene, hie und da aufgelockert durch einen Baum oder ein kleines Gehölz. Die verfilzten, niedrigen Wälder hatten sich in Nichts aufgelöst. Von der Straße war keine Spur zu erkennen.

Er schaute zurück, den Weg, den er gekommen war.

Die ganze Landschaft schien leer, aber Einzelheiten ließen sich nur schwer ausmachen. Dennoch begann sein Herz gegen die Rippen zu pochen, als verlangte es eine Antwort.

Er war im Schneesturm von der Straße abgekommen. Konnte es sein, daß er irgendwie auch seine dunklen Weggefährten abgeschüttelt hatte?

Es hörte zu schneien auf. Er verließ den Schutz des Torbogens und schaute nach oben. Kalte weiße Sterne sprenkelten den Himmel. Er mußte nun wie ein Seemann die Gestirne beobachten, wenn er Venca erreichen wollte.

Eine helle, hoffnungsfrohe Stimmung, eine lockere Fröhlichkeit hatte ihn erfaßt. Aber er betrachtete sich gleichsam mit Abstand, und er mißtraute dieser Laune, so wie er den Launen eines Fremden mißtraut hätte.

Er führte das Pferd ins Freie und saß auf. In seinem Kopf verschwamm alles. Er umklammerte das Sattelhorn, um das Gleichgewicht nicht zu verlieren, und Sterne wirbelten wie Kometen hinter seinen Augen. Aber der Schwindel ließ rasch nach. Er begann ruhig über das unberührte weiße Land zu reiten. Die Himmelszeichen wiesen ihm den Weg nach Westen.

Er ritt durch die Nacht. Nur einmal nahm er noch einen Schluck des Kräutertranks. Er fühlte sich so hellwach, als müßte er nie mehr im Leben schlafen, so sicher und fest entschlossen, als besäße er mit einem Mal einen übernatürlichen Schutz.

Aber die ganze Zeit über brannte in einem Winkel seines Gehirns ein winziger Funke, der ihn warnte: »Mißtraue diesem Gefühl! Es täuscht dich! Du befindest dich nicht in Sicherheit! Du hast keinen Schutz! Es sind die Kräuter, die dich euphorisch stimmen!« Dennoch, zu diesem Zeitpunkt fiel es ihm schwer, die Hoffnung zu dämpfen.

Der Morgen kam unvermittelt, nähte Hügel- und Wolkenränder mit einem goldenen Faden zusammen. Die Landschaft war unverändert, als hätte er sich während der ganzen Nacht nicht von der Stelle bewegt. Die Sterne verblaßten und schwanden, aber dem Sonnenstand nach zu schließen, ritt er immer noch nach Westen.

Er war nachts an keinem einzigen Gehöft vorbeigekommen, und auch jetzt sah er nicht die Spur einer menschlichen Behausung. Es war verlassenes Land.

Havor hatte mit einem Mal eine unheimliche Vision von sich und seinem Gaul. Er sah beide aus dem Blickwinkel eines Raubvogels: zwei winzige Lebewesen, dunkel hingekritzelt auf eine Schnee-Ebene, die sich nach allen Seiten in die Unendlichkeit erstreckte.

Er spürte, wie das Pferd unter ihm vor Müdigkeit stolperte, und er lenkte es zu einem fernen Gehölz, das sich dunkel gegen den Schnee abhob.

Unter den Bäumen angelangt, band er den Gaul an, fütterte ihn und warf ihm die eigene Decke über. Dann räumte er einen Fleck von Schnee frei, entfachte ein Feuer und kauerte sich mit einem Stück Schwarzbrot daneben. Er hatte sich in der Weite unbehaglich gefühlt; er war in den Schutz der Bäume geflohen. Auch der Himmel über ihm schien zu hoch und leer; er bot ein perfektes Ziel in dieser Schneewüste.

Das Brot schmeckte ihm nicht. Er zwang sich dennoch, es zu essen. Von den feuchten Zweigen stieg dicker, blauer Qualm auf. Havor schloß die Augen, weil sie zu tränen begannen.

Bis dahin hatte er sich nicht müde gefühlt. Aber als sei das Schließen der Augen eine Art Signal für den Körper, rollte eine gewaltige Woge des Schlafes über ihn hinweg.

Gut. Dann würde er eben schlafen. Die Straße war verschwunden, und die anderen – er hatte seit dem Schneefall keine Verfolger mehr gesehen. Schon letzte Nacht war er mit dem Leben davongekommen – außerdem stand jetzt die Sonne am Himmel . . . Er ließ sich von den schweren Brechern überspülen und hinaustragen in die murmelnde See.

Ein Mädchen wanderte über den Schnee.

Sie trug blaue, goldbestickte Pantoffel, und wo sie das Weiß berührten, hinterließen sie eine Art Farbe oder Schimmer. Havor schaute auf, schaute ihr ins Gesicht. Er mußte an eine Kerzenflamme denken – das weiße Oval der Hitze in der Mitte, umflakkert von einem gelben Schein. In der Linken schwenkte sie zwei buschige Fellstücke, eines rot und das andere weiß. Havor erkannte die Rute eines Fuchses und den Schwanz einer weißen Katze. Mit der Rechten streckte sie ihm wie ein Geschenk die lange, dunkel gebänderte Feder eines Falken entgegen. Und sie lächelte.

Ein Messer stach ihn ins Handgelenk. Er fuhr zusammen und stieß einen Schrei aus. Ein brennendes Aststück war aus dem Feuer geschnellt und hatte ihm die Haut versengt. Er strich geistesabwesend über die Wunde, halb betäubt, keuchend, und der Schweiß lief ihm wie Feuer und Eis über den Körper.

Nein. Er durfte also doch nicht schlafen. Nicht einmal hier, nicht einmal bei Tage. So nah. Dennoch hatte er ihr Gesicht nicht klar genug gesehen – nur die weiße Haut, den goldenen Schein der Haare, wie eine Kerzenflamme, ein Goldhelm. Und ihr Lächeln.

Er nahm einen tiefen Zug aus der gläsernen Phiole. Er dachte: Ich habe den Weg verloren. Kann ich mich darauf verlassen, daß mich die Sonne nach Venca führen wird? Zwei Tage unterwegs, vielleicht noch drei weitere, ohne Führer, und der Kräutertrank bereits zur Hälfte leer. Außerdem ist das Pferd erschöpft.

Die Haut zwischen seinen Schulterblättern prickelte. Er drehte sich um und spähte nach hinten. Und da sah er sie. Die Hochstimmung, die seinen Blick getrübt hatte, war vorbei. Weit entfernt, wie zuvor, aber ganz klar. Drei schwarze Rosse mit fahlen Mähnen, drei schwarze Gestalten, eine mit unruhigen gelben Flammen um den Kopf. Sie hielten ganz still, warteten. Drei schwarze Krähen am Galgenbaum.

Einen Moment lang drängte sich ein Gebet auf Havors Lippen. Aber er konnte die Worte nicht sprechen. Nicht für sich selbst. Was ihn betraf, so erstickten sie für alle Zeiten im Sausen der Lederriemen, im Gewimmer hungriger, frierender Kinder und dem blanken Elend jenes grauen Waisenhauses im fernen Norden, aus dem er vor acht Jahren geflohen war.

Nach einer Weile trat er das Feuer aus, nahm das Pferd am Zügel und führte es weiter. Er durfte nicht mehr einschlafen. Sein Kopf dröhnte. Das Pferd schnaubte. Einmal schaute er nach dem Kelch; sein Glanz schien sich hervorzustehlen, durch das Leder zu schimmern wie eine Lampe. Eine Lampe, die ihm den Weg in die Finsternis wies.

Er blieb den ganzen Tag in Bewegung. Zweimal hielt er für etwa eine halbe Stunde an, um dem Pferd eine Rast zu gönnen; zwischendurch führte er es auch am Zügel. Am Nachmittag tauchten wieder Wälder auf, die sich wie dunkle Schatten quer über das Land zogen. Am Rande der knorrigen Bäume fand er einen breiten Tümpel; Havor brach das Eis auf und schöpfte Wasser für sich und das Pferd. Als er sich aufrichtete, glaubte er zwei starre Augen in der Tiefe zu sehen, aber es waren nur zwei helle Steine, die dicht nebeneinander lagen.

Von der Straße war keine Spur zu erkennen. Sein Körper schmerzte vor Müdigkeit, aber nach einiger Zeit bemerkte er das kaum noch; er schien sich immer so gefühlt zu haben, es war ein vertrautes Empfinden. Kurz vor Sonnenuntergang sah er ein langes blondes Haar auf seinem Ärmel glitzern und entfernte es. Er schaute nicht nach hinten.

Die Sonne sank, eine große runde Scheibe aus Nordlandkupfer. Als die Dämmerung hereinbrach und sich mit dichten Purpurschleiern in den Baumkronen festhängte, sah Havor Kachil und Feluce im Weg stehen. Doch als er näher ritt, waren sie nur dunkle Schatten zwischen zwei verkrüppelten Schößlingen.

Havor dachte kaum noch etwas. Sein Körper schien zu schweben und fühlte sich zugleich hölzern an. Es fiel ihm schwer, Entfernungen abzuschätzen, so daß er manchmal über Dinge in seinem Weg stolperte, denen er seiner Ansicht nach ausgewichen war. Und als die Sterne heraufzogen, ergaben ihre Positionen am

Himmel keinen Sinn mehr für ihn. Sie bildeten Konstellationen, die er nicht kannte.

Der Mond zeigte sich, eine noch dünnere Sichel als in der Nacht zuvor; kurze Zeit später schien sich eine riesige Wurzel wie eine Schlange vor ihm aufzubäumen und um sein Bein zu wickeln; er fiel.

Der Sturz betäubte ihn. Die Welt drehte sich, und ihm war elend. Er kämpfte gegen die Finsternis an, aber sie verschluckte ihn.

Da war ein Fenster im Dunkel, ein hohes, schmales Fenster, ein gelbes Fenster mit feinem Gitterwerk. Er wußte nicht, ob die Scheibe aus gelbem Glas bestand oder ob dahinter gelbes Licht, vielleicht auch ein gelber Himmel schimmerte. In dem Fenster hing ein schwarzer Mond.

Havor schlug die Augen auf und rappelte sich keuchend hoch.

Hinter ihm wieherte der Gaul. Er hatte Schaum vor dem Maul, rollte die Augen und tänzelte aufgeregt umher. Havor griff nach dem Zügel und bemerkte ein helles Haar an seinem Handgelenk, das zu Boden glitt wie eine Viper.

»Komm!« schrie er den Gaul heiser an. »Komm!«

Er tat einen Schritt; das Pferd warf den Kopf hoch und bäumte sich auf, daß seine Hufe wie Silbermeteore im Dunkel blitzten. Etwas fiel mit einem dumpf metallischen Klang zu Boden. Der Gaul wieherte schrill und jagte davon; Schnee stob auf.

Havor lief ihm zwei oder drei Schritte nach und blieb dann stehen, zurückgehalten von einem dicken Baumstumpf. Der Ledersack lag zu seinen Füßen im aufgewühlten Schnee.

Er hob ihn auf. Nichts war mehr darin außer dem einen Gegenstand. Das verängstigte Pferd, das in die Nacht davongestürmt war, hatte seinen letzten Proviant mitgenommen, die warme Decke, den Feuerstein mitsamt Zunder. Es war nun wenig Schutz zwischen ihm und der Schneewüste, zwischen ihm und der Finsternis – und dem, was die Finsternis für ihn bereithielt.

Einen Moment lang dachte er daran, den Kelch einfach liegenzulassen, aber in seinem Innern stieg ein gräßliches Bild auf: nackte, verkrüppelte Bäume, der Gestank einer namenlosen Pest, Schrecken und Grauen, die aus dem weiten Rand des goldenen Kelches sickerten und sich ausbreiteten, bis ihr Gift die ganze Landschaft bedeckte. Ob so etwas wirklich geschehen konnte, wußte er nicht, aber die Worte des Priesters klangen immer noch in seinem Ohr. So nahm er den Sack auf die Schultern wie die Büßer in heiligen Büchern, die ihre Sündenlast durchs Leben schleppten. Und der Sack drückte schwer, zumindest empfand er das so.

Danach stapfte er weiter ohne Weg und Ziel; er wußte nicht, wo Venca lag oder ob es Venca überhaupt noch gab; er begriff nur dumpf, daß der Jäger hinter ihm her war und er nicht stillstehen durfte.

Eine Zeit verging, die er nicht messen konnte und die keine Bedeutung für ihn hatte. Dann löste sich aus der pechschwarzen, knochenweißen, lautlosen Welt ein schrilles Klagen, das zerklirrte und wieder zurücksank in die Leere.

Das Heulen eines Wolfes.

Havor hielt an. Er hob den Kopf und horchte angespannt, ob sich der schaurige langgezogene Laut wiederholen würde. Er mußte nicht lange warten. Aus der Ferne ertönte ein Echo und noch eines. Wölfe also, viele Wölfe. Wolfsrudel.

Ein Frösteln durchlief Havor, aber das war eine primitive, rein physische Angst. So pervers und verrückt das erscheinen mochte, ein Teil in ihm war froh darüber, daß ein Lebewesen dieser toten Welt seine Stimme lieh, selbst wenn damit feststand, daß er Venca nie mehr erreichen würde.

Er irrte zwischen den Bäumen weiter, und die Rufe begleiteten ihn wie die heiseren Töne von gesprungenen Flöten. Noch waren sie fern.

Er kam zu einer Anhöhe, erklomm sie. Die Bäume teilten sich, und zu seinen Füßen lag die dunkle Masse eines langgestreckten Gehöfts, aus dem Speere bernsteinfarbenen Lichts stachen.

Eine Herberge – eine dieser burgähnlichen Herbergen des Südens. Er war also näher an Venca, als er gedacht hatte. Vielleicht hatte sich sein Zeitsinn in der Schneewüste verwirrt . . .

Mit tiefen, keuchenden Atemzügen stolperte er vorwärts. Nun spürte er die Kälte, nun spürte er die Schmerzen und die Furcht – alles stürmte auf ihn ein, weil es plötzlich den Anschein hatte, als könne er doch noch gewinnen.

Im Vorhof wuchs einer jener hohen schwarzen Flammenbäume. Eiszapfen hingen an seinen Zweigen und klirrten bei Havors Näherkommen wie Glas. Aus hohen Fenstern fielen Lichtbündel und zeichneten Muster in den Schnee.

Über der Tür hing von einer goldgeschmiedeten Kette ein silberner Käfig. Havor schaute nach oben. Irgendwo hatte er so etwas schon einmal gesehen. Auf dem Käfigboden lag der Schädel eines großen Vogels; ein Rubin stak in einer der Augenhöhlen.

Havor stieß mit der Hand die Tür auf. Die Fetzen eines schwarzen Samtvorhangs bliesen ihm ins Gesicht. Er kam in einen langgestreckten, niedrigen Raum, messinghell erleuchtet von den Flammen des Kamins. Ein hagerer, rothaariger Mann stand am Feuer.

»Willkommen, Havor«, sagte der Mann. Es war Kachil.

Havor trat näher, stellte sich vor das hüpfende Feuer, aber es strahlte keine Wärme aus. Er schaute in die Flammen und sah die Umrisse von Türmen und Palästen auf dem Rost – Avillis brannte.

»Zwei Nächte«, sagte Kachil. »Zwei Nächte hast du ihnen schon gestohlen. Aber du kannst nicht entkommen.«

»Nein, mein edler Hauptmann, du kannst nicht entkommen, weder in der Schneewüste noch in Venca.«

Havor drehte sich um und sah Feluce, der lässig an der anderen Seite des Kamins lehnte. Der Südländer lächelte und verbeugte sich wie ein Schauspieler vor ihm. Aber um seinen Nacken ringelte sich eine schlickgrüne Wasserpflanze, und Eissplitter glitzerten in den Falten seines Ärmels.

»Ich bilde mir das alles ein«, sagte Havor. »Euch und die Herberge.«

»Und wenn schon . . .« Feluce zuckte die Achseln.

»Das macht der Kräutertrank und die lange Schlaflosigkeit«, fuhr Havor fort. »Halluzinationen . . .«

Kachil kicherte und verwandelte sich in einen blutroten Fuchs, der heiser bellte und ins Feuer sprang. Havor schaute zu Feluce hin, aber Feluce war verschwunden, und eine weiße Katze fauchte ihn an, machte einen Buckel und schmolz wie Eis.

Havor durchquerte die Stube und stieg die Treppe hinauf. Unvermittelt befand er sich in einer großen Kirche mit schwarzen Säulen und hohen schmalen Fenstern, in denen gelbes Glas leuchtete. Irgendwie rieselte Schnee durch diese Fenster und bildete hohe Haufen auf dem Boden. Schwarzer Schnee. Havor bückte sich und fuhr mit den Fingern durch, und es war gar kein Schnee, sondern Raben- oder Krähengefieder.

Auf dem Altar stand der Heilige Kreis, aber ein Sprung ging mittendurch, und davor brannte der goldene Kelch wie Feuer, jeder Edelstein eine blaue, weiße oder scharlachrote Sonne.

Havor warf einen Blick in die schwarze Höhlung, aber sie war jetzt bis zum Rand angefüllt mit Rot, einem dunklen Rot.

»Nein!« rief Havor laut. »Ich schleppe dich auf dem Rücken!«

Der Kelch löste sich in Rauch auf.

Havor drehte sich um und tastete nach den Säulen.

»Bäume, Bäume . . .«

In seinem Kopf war ein hohes, hohles Singen. Er schüttelte sich und öffnete die Augen, und wieder war die weiße leere Welt um ihn. Keine Herberge. Nur die Wüste. Und das Geheul der Wölfe.

Er schaute über die Schulter. Dicht über dem Boden, halbverborgen im Unterholzgeflecht, erhaschte er ein grünliches Leuchten. Funkelaugen. Wolfsaugen. Das also war sein Ende. Einer vom Fieber geholt, einer vom Wasser, einer von den Fängen einer wilden Bestie. Oder bildete er sich auch die Wölfe ein?

Er ging ein paar Schritte und hörte ein schwaches Rascheln im Unerholz, nicht allzu nahe, vielleicht einen Speerwurf entfernt.

Er wanderte dahin, ein Vorwärtsstapfen ohne Lust und Ziel. Nach einer Weile merkte er, daß ein einziges Tier ihn verfolgte – die anderen heulten in weiter Ferne. Er spürte den Raubtiergestank, sehr schwach in der Kälte, aber sehr echt. Weshalb griff der Wolf ihn nicht an? Vielleicht war er auch unsicher, dem Hungertod nahe, geschwächt in diesem öden Land, krank und ausgestoßen von seinem Rudel. Ja, das mußte es sein. Deshalb jagte er allein, schleppte sich hinter dem Zweibeiner her, der für ihn Leben bedeutete. Er würde also noch nicht gleich angreifen. Aber er würde seinem Opfer folgen, es im Auge behalten, ihm auf den Fersen bleiben, und wenn es stolperte oder stürzte . . .

Havor sah sich plötzlich so, wie ihn der Wolf sehen mußte – Beute, Fleisch. Und mit diesem Bild kam eine Art Selbstmitleid und eine Art Trotz. Das hier konnte er begreifen, diesem Gegner konnte er Widerstand leisten; er konnte jenen anderen Jäger vergessen, weil hier eine unmittelbare Gefahr drohte.

»Du hast es also auf mich abgesehen, Bruder«, sagte er laut. »Du willst mein Fleisch.«

Ohne anzuhalten, holte er die Phiole des Kräuterkrämers hervor und ließ zwei oder drei Schluck die Kehle hinunterrinnen. Ein Viertel des Gebräus blieb zurück.

»Na los, komm doch!« sagte er zu dem Wolf. »Ich versuche die Stadt zu erreichen, und du willst mir an den Kragen. Mal sehen, wer schneller ist!«

Die anderen Wolfsrufe verklangen jenseits der Hügel. Nur der eine blieb hinter ihm, mit seinem Geraschel und seinem stinkenden Atem.

Diesmal schienen die Kräuter Havors Kopf klarzumachen. Er fühlte sich stärker, wacher. Manchmal erschien ihm der Mond wie ein Totenschädel, dann sagte er: *»Mond!«* und sah ihn wieder, wie er wirklich war. Hin und wieder schien der Wald voll von hohen geschnitzten Säulen, dann preßte er die Hände dagegen und sagte: *»Bäume!«* Einmal blinzelte ihn Kachil aus den Zweigen an, und er hörte Feluces Gesang, aber nirgends zeigte sich ein Mädchen mit einem Kerzenflammengesicht und goldenem Haarschein. Der neue Jäger war dazwischengetreten.

Er und der Wolf schleppten sich weiter. Es war eine Art Kameradschaft.

Die Morgendämmerung stemmte breite Risse am Himmel auf und sickerte durch. Die Wälder blieben zurück.

Havor lehnte sich gegen einen Baumstamm und machte Rast. Nirgends war ein Dorf oder ein Gehöft zu sehen, nicht einmal eine schäbige Hütte zeigte sich. Die Sonne malte rötliche Flecken in den Schnee, wie von Blut.

»Nun, Bruder«, sagte er zu dem Wolf. »Es sieht so aus, als ob du doch noch gewinnst.«

Der Wolf schien zu verstehen, was er sagte, denn er kam plötzlich aus dem Schutz des Unterholzes gekrochen, zwanzig Schritte von ihm entfernt, und setzte sich, beobachtete ihn.

Havor hatte richtig vermutet; das Tier war krank. Sein Fell besaß keinen Glanz, und die Augen wirkten milchig trüb. Vielleicht war er halbblind. Die rote Zunge hing weit heraus.

Mitleid überkam Havor. Er hätte dem Wolf am liebsten ein paar Essensbrocken hingeworfen. Aber dann erhob sich das Tier und schlich näher, und Havor mußte einen harten Schneeball werfen. Der Wolf sprang zurück und setzte sich wieder.

»Armer Bruder«, sagte er. Der Wolf blinzelte. Havor betrachtete seine Schönheit; selbst jetzt war das Tier noch schön.

Nach einiger Zeit stand er auf und wanderte weiter. Er dachte: Der Wolf muß sehr schwach und krank sein, daß er mich nicht von hinten anzuspringen versucht. Vielleicht tut er es noch. Was dann? Er wußte es nicht.

Gegen Mittag erschlafften seine Knie. Wind war aufgekommen, und wo das Land anstieg, kreischten und pfiffen ihm Böen um die Ohren.

»Es dauert nicht mehr lange«, sagte er zu dem Wolf.

Er spürte nichts. Er hatte keine Angst. Er würde stürzen, aber er hatte sein Meser, das Messer und der Wolf sollten ihn töten, und alles würde so rasch gehen, daß die anderen nicht dazwischentreten konnten. Er würde sich nicht im Schlaf von ihnen fesseln lassen; er zog das lange Dunkel vor, das seiner Ansicht nach dem Leben folgte, und er hoffte, darin allein zu sein.

Der Wind verwandelte sich in die Riemenpeitschen der Priester. Er fluchte und stöhnte unter den sausenden Hieben, und dann kam der Boden auf ihn zu, und er rollte herum, starrte hinauf in den Sturmhimmel und die dahinjagenden Wolken, Reitertruppen eines Geisterheeres.

Dann sah er den Wolf zu seinen Füßen stehen. Havor tastete nach dem Messer in seinem Gürtel. Schneller, besser für beide. Er war fast froh darüber, daß sein Tod, wenn er sich schon nicht umgehen ließ, die Rettung für den hungernden Wolf bedeutete.

»Warte, Bruder«, sagte er. »Noch einen kleinen Augenblick!«

Und der Wolf, erschreckt durch seine Stimme, sprang einen Schritt zurück.

Havors Finger waren so steif, daß es ihm schwerfiel, das Messer richtig zu halten. Und dann, als er eben zustoßen wollte, jagte ein blitzender Strahl durch die Luft, der den Wolf zwischen den Augen traf.

Das Tier gab keinen Laut von sich. Es drehte sich einmal um seine Achse, stürzte und blieb reglos liegen.

Havor stützte sich mühsam auf einen Ellbogen. Er neigte sich vor und berührte den Wolf. Der Kadaver war warm. Schnee klebte in seinem Fell, und aus der Stirn ragte das Heft eines Messers.

»Armer Bruder«, sagte Havor. Seine Augen waren mit einem Mal tränenfeucht.

»Ich habe ihn nicht gern erlegt«, sagte jemand über ihm, aus der Luft. »Aber das Wolfspack tötet, um die eigene Art zu schützen, und da sollten auch wir Menschen zusammenhalten. Außerdem glaube ich, daß er ohnehin dem Tod nahe war.«

Havor ließ sich wieder zurücksinken und hob den Kopf, zu schwach, um aufzustehen.

Er glaubte einen schlanken Burschen zu sehen, sehr jung noch, und gegen die Kälte in einen Umhang mit Kapuze gehüllt. Der Fremde kam ihm bekannt vor. Havor erinnerte sich an ein Lagerfeuer, einen Tuchbeutel mit Geld, eine ängstliche Stimme – Lukon. Lukon, der ihn gebeten hatte, den ersparten Sold zum Hof seiner Mutter zu bringen; Lukon, für den er einen Anteil des Kelches erstritten hatte; Lukon, der tot war und vor den Mauern von Avillis begraben lag.

»Du bist ein Spuk«, murmelte Havor.

Der Junge kniete neben ihm nieder. »Ich bin ein Mensch. Und du bist krank. Hast du einen weiten Weg hinter dir?«

Und plötzlich erkannte Havor, daß er keinen Burschen, sondern ein Mädchen vor sich hatte, ein Mädchen von sechzehn oder siebzehn, mit einem zart geschnittenen Gesicht und eigenartig grünen Augen, deren Farbe an frische Eicheln erinnerte. Langes, braunes Haar quoll unter der Kapuze hervor. Sie war so anders als seine Visionen, und ihre Züge hatten so wenig gemein mit dem Kerzenflammengesicht, daß er ihren Worten Glauben schenkte.

Sie holte ihr Messer zurück und säuberte es rasch im Schnee. Ihr Gesicht war blaß, aber ruhig und entschlossen.

»Komm, Soldat«, sagte sie. »Versuch aufzustehen. Ich will dir dabei helfen.«

Und irgendwie besaß sie mehr Kraft, als man ihrer zarten Gestalt zugetraut hätte. Sie stützte ihn, und er richtete sich auf.

Im Schutz einiger Bäume wartete ein kleines Pony mit einem Bündel Reisig auf dem Rücken, das die Fremde allem Anschein nach gesammelt hatte. Sie warf die Last zu Boden und half Havor aufs Pferd. Dann nahm sie den Zügel und ging voraus.

»Der Hof liegt gleich hinter der nächsten Anhöhe«, sagte sie. »Ich wage mich im Winter nicht weit hinaus. Es war ein Glück, daß du laut sprachst, sonst hätte ich dich nie gefunden. Wohin wolltest du? Nach Venca?«

»Ja«, erwiderte er.

»Komm erst einmal mit auf den Hof«, meinte sie. »Du kannst dich wärmen und stärken und weiterziehen, wenn du geschlafen hast. Es ist noch etwa eine Meile, nicht mehr.«

»Alles, nur nicht schlafen . . .«, murmelte er, aber so leise, daß sie es nicht hörte.

Sie erreichten die Anhöhe, und er sah das Gehöft – Scheunen und Schuppen und in der Mitte ein altes Wohnhaus, aus dessen Kamin eine dünne Rauchfahne aufstieg. An der Westseite stand einsam ein Baum, eine verkrüppelte Kiefer, so schief, daß ein Teil der Wurzeln in die Luft ragte.

Eine Stimme sagte in Havors Gehirn: »Ihr erkennt das Haus an einer großen Krüppelkiefer im Westen . . .«

»Lukon«, sagte er laut.

Das Mädchen zögerte. Ohne sich umzudrehen, fragte es: »Dann hast du meinen Bruder im Krieg des Königs kennengelernt, Soldat?«

»Ja«, entgegnete Havor mit belegter Stimme. Nun kam es also doch noch dazu, daß er alles überbringen mußte – die Todesnachricht und den Beutel mit den Münzen, wenn auch nicht den Trost und den Reichtum des Kelches. Die Mutter und die beiden Schwestern Lukons. Er hatte die Ähnlichkeit gesehen, aber nicht begriffen, daß er durch Zufall auf die Farm nahe Venca gestoßen war.

Er holte den Kräutertrank hervor, leerte ihn bis auf den letzten Tropfen und warf die Phiole in den Schnee.

Es gab keine Hilfe für ihn in Venca, das wußte er. Er hatte geglaubt, der Wolf würde ihm den Tod bringen; doch obwohl sich das als Irrtum erwiesen hatte – der Tod lauerte immer noch. Wenn er dennoch wachbleiben wollte, so aus einem anderen Grund. Es gab noch eine Angelegenheit zu regeln.

Außer Lukons Sold. War dieses Geld auch befleckt, weil es aus seiner Hand kam? Nun, er konnte die Frauen warnen. Der Kräuterkrämer hatte seine Pferde ohne weiteres genommen. Wirkte er etwa nicht auf Dritte, dieser goldene Fluch, den er mit sich herumschleppte?

Sie sprach kein Wort mehr mit ihm. Vielleicht erriet sie, daß ihr Bruder nicht mehr am Leben war. Er würde ihr später die Wahrheit sagen, ihr und den beiden anderen, und ihnen den kleinen Tuchbeutel aushändigen.

Danach würde er wie schon einmal den Spaten nehmen und hinausgehen. Er wollte ein tiefes Loch graben, den Kelch darin versenken und in der Nähe warten. Auf den Tod.

8

Silsi

Havors Körper schien zu verstehen, daß er nun zum letztenmal Widerstand leisten mußte. Das Blut begann zu kribbeln, und sein Kopf war mit einemmal völlig klar. Er nahm die Kälte wahr und das grelle Tageslicht. Als er im Hof vom Pony stieg, gaben seine Beine nicht im geringsten nach, und er hatte wie schon einmal das Gefühl, daß er Meilen wandern könne, ohne zu ermüden, gewappnet gegen alle Gefahren. Aber inzwischen wußte er sehr gut, daß die Euphorie trog, und er hoffte nur, daß sie anhalten würde, bis er sein Ziel erreicht, bis er die letzte Aufgabe erledigt hatte.

Ihm fiel auf, daß nirgends auf der Farm Tiere zu sein schienen. Er horchte vergeblich nach dem Muhen der Kühe, dem Grunzen von Schweinen oder Hundegebell. Nicht einmal Hühner oder Enten zeigten sich im Hof.

Das Mädchen führte das Pony in einen der niedrigen Schuppen und kam gleich darauf zurück. Sie schob die Bohlentür zum Wohnhaus auf und wartete, bis er eingetreten war, eine alte Höflichkeitsgeste der Südländer.

Es sah ärmlich aus drinnen: nur ein Tisch, eine Bank, drei große, altersgeschwärzte Truhen und ein hoher Stuhl neben dem Feuer. Das Mädchen trat nach ihm ein und zündete das Wachs in der Tonlampe an, denn bis auf ein winziges Guckloch über der Tür war die Stube fensterlos und trotz des glimmenden Feuers dunkel. Sie sagte mit einem gewissen Trotz in der Stimme: »Ich besitze nicht viel, aber ich teile es gern mit dir. Mein Name ist Silsi.«

»Deine Mutter und deine Schwester sind fort?« fragte er.

»Ja.«

Sie sagte das mit einer merkwürdigen Bitterkeit, die noch etwas anderes verdeckte. Im Moment war Havor überaus empfänglich für diese Feinheiten.

»Weit fort? Werden sie noch vor Sonnenuntergang zurückkommen?«

»Nicht weit, Soldat, aber sie kommen nie mehr heim. Droben auf dem Hügel hinter der Farm ist ein Grab. Ich habe es selbst geschaufelt. Es war eine Krankheit; viele in den Dörfern um Venca starben daran. Sie kommen nie mehr heim.« Sie schaute ihn an und setzte hinzu: »Bitte – kein Mitleid. Und keine Worte des Trostes, die dir nicht ernst sein können, weil du die beiden nicht kanntest.«

»Dein Bruder Lukon«, erklärte Havor leise, »starb im Norden, in Avillis.«

Ihr Gesicht blieb unbewegt. »Das dachte ich mir«, entgegnete sie kurz.

Sie wandte sich ab und starrte ins Feuer. »Er hatte es sich in den Kopf gesetzt, im Heer des Königs zu kämpfen. Und womit hätten wir ihn zurückhalten sollen? Mit dem elenden Stück Land, das nichts hergab und auf dem ein Tag so grau vorüberzog wie der andere? Er glaubte, er könne reich werden durch den Krieg und auch uns reich machen. Ein Traum. Aber er war noch so jung.«

»Er hat das da für euch erspart«, sagte Havor. Er holte den kleinen Tuchbeutel aus dem Gürtel und legte ihn auf den Tisch.

Sie warf einen Blick darauf und musterte dann Havors Züge. »Du hast den langen Weg zurückgelegt, nur um uns das Geld zu bringen?«

»Ja und nein«, entgegnete er. »Ich wollte erst eine Sache in Venca erledigen und dann hierherkommen. Doch es ergab sich anders.«

Er hatte den Ledersack von der Schulter genommen und ebenfalls auf den Tisch gelegt. Sie stellte keine Fragen dazu, sondern beugte sich über das Feuer, um Bier zu wärmen.

»Mein Name ist Havor«, sagte er langsam, »Havor von Taon. Ich stamme aus dem Norden, von jenseits des Großen Flusses. Zuletzt war ich eine Weile der Hauptmann deines Bruders. Ich weiß nicht, wie er den Tod fand, nur daß er starb und daß ihm viel daran lag, euch diesen Beutel zukommen zu lassen.« Sie erwiderte nichts. Er fuhr fort, tastete zögernd nach den richtigen Worten, während das Licht und die Wärme der alten Stube in sein Inneres drangen und den Wunsch in ihm weckten, zu schweigen und nichts mehr auf der Welt zu fürchten. »Ehe ich Avillis verließ, stahl ich mit anderen einen großen Schatz. Einen goldenen Becher. Ich trage ihn bei mir.«

»Dann bist du ein Dieb?« fragte sie leise. »Das überrascht mich. Hast du denn Not gelitten?«

»In gewisser Weise – ja.«

Sie kam und stellte das Bier vor ihn hin, dazu ein Tablett mit Brot und Käse. Er trank ein paar Schluck, aber er spürte keinen

Hunger, obwohl er seit fast zwei Tagen nichts mehr gegessen hatte.

»Greif zu!« sagte sie, genauso trotzig wie beim Eintreten. »Ich bin nicht so arm, daß ich meine Gäste nicht bewirten könnte.«

Unvermittelt drehte sich alles in seinem Kopf. Der kurze heftige Schwindelanfall verwirrte ihn vollends. Er hatte ihr nichts erzählen wollen, aber nun hörte er sich murmeln: »Verschwende dein Essen nicht an einen Verdammten!«

»Einen Verdammten? Wie meinst du das? Hast du etwa einen Mord begangen?«

»Einen Mord? Was ist der Krieg im Grunde anderes als Morden? Aber nein, Silsi, das meine ich nicht.«

»Was dann?«

Er bemerkte, daß sie sich neben ihn gesetzt hatte. Ihr junges, zartgeschnittenes Gesicht verriet den Willen, den Wunsch, ihm zu helfen, trotz ihrer eigenen Kümmernisse und Sorgen. Sie strahlte eine sonderbar überzeugende Kraft aus, die von ihrer zerbrechlichen Gestalt noch betont wurde. Als er ihre Augen sah, glaubte er in eine Meeresströmung zu schauen, sehr tief und sehr klar – eine Tiefe und eine Klarheit, die der Schmerz geschaffen hatte. Ihre Güte weckte in ihm die Absicht, nichts zu erzählen, um das Leid, das Silsi bereits erlebt hatte, nicht noch zu verschlimmern, aber dann tat er genau das Gegenteil, schilderte in stockenden, unvollständigen Sätzen, was geschehen war. Er glaubte nicht, daß sie ihn verstehen konnte. Oder daß sie, wenn sie ihn verstand, Verachtung oder Angst zeigen würde. Aber sie rührte sich überhaupt nicht. Nur ihr Gesicht wirkte so blaß wie in dem Moment, da sie das Messer im Schnee abgewischt hatte.

»Ja«, sagte sie, als er fertig war, »ich kenne solche Flüche. Ich habe davon gelesen.«

»Bring Lukons Geld zu den Priestern nach Venca«, fuhr Havor fort, obwohl seine Lippen wie ausgedörrt waren. »Vielleicht können sie ihre Gebete darüber sprechen.«

Sie lächelte, ein schmales, abschätziges Lächeln.

»Die Priester haben unserer Familie noch nie geholfen. Außerdem ist das jetzt, verglichen mit dem anderen, eine Kleinigkeit. Ich begreife nur immer noch nicht, weshalb du den Kelch genommen hast.«

»Das spielt jetzt keine Rolle mehr.«

Eine Kohle zerplatzte im Feuer, und Funken stoben in die Höhe.

Sie leuchteten in den Augen des Mädchens und verglommen dann, als habe das grüne Meer sie gelöscht.

»Es wird Abend«, sagte er.

Das winzige Viereck über der Tür wirkte dunkler; bald würde die Sonne untergehen und die Nacht ihre Schwingen über den Osten breiten. Er hatte jeden Zeitsinn verloren. Egal. Bald hielt die Zeit an, seine Zeit zumindest.

»Für uns!« rief Silsi unvermittelt. Er schaute sie wieder an. »Du hast den Kelch für uns gestohlen, nicht wahr? Lukon erzählte dir, wie arm wir sind, und als du den Kelch sahst . . . du dachtest, daß du mit Gold unseren Kummer lindern könntest.«

»Nein«, widersprach Havor. »Oder höchstens ganz am Anfang. Aber selbst da war schon Hexerei im Spiel. Ich wollte den Kelch anfassen, festhalten. Glaub nicht, daß ich ihn für euch gestohlen habe. Es war eine Art Gier, die mich ebensowenig losließ wie Kachil und Feluce.«

Sie schüttelte den Kopf. »Vergiß nicht, ich habe dich mit dem Wolf reden hören. Du hast für uns gestohlen, nicht für dich selbst. Ich spüre solche Dinge – es ist eine Gabe, die unsere Familie besitzt. Auch Lukon ahnte seinen Tod voraus, nicht wahr?«

»Ach, das ist doch jetzt gleichgültig«, sagte er und stand auf. Sein ganzer Körper schmerzte und setzte sich zur Wehr. Nicht mehr lange, tröstete er seine Muskeln, wie er den Wolf getröstet hatte. Bald ist alles vorbei.

»Warte!« sagte sie.

»Weshalb?«

»Wohin gehst du – was hast du vor?«

»Ich will einen Spaten mitnehmen, wenn du einen übrig hast«, sagte er. »Dann trage ich dieses Ding so weit weg von hier wie möglich, grabe ein tiefes Loch und versenke es darin.«

Sie warf einen Blick auf den Ledersack. Sie hatte den Kelch nicht sehen wollen. Alle anderen waren begierig darauf gewesen, selbst wenn sie Angst davor hatten.

»Und dann?« fragte sie.

»Aus.« Er ging zur Tür und öffnete sie einen Spalt. Eine eiskalte Böe strich an seinen Füßen vorbei wie eine Winterbestie, und die Flammen knisterten zornig. Einen Moment lang erschien ihm das Feuer wie ein großer roter Hund, der Silsi beschützte. Aber er schob den Gedanken beiseite und schaute statt dessen über die schneebedeckten Felder.

Die Sonne war bereits gesunken, wolkenverhüllt und blaß. Blau zog der Abend herauf, und droben im Wald, am Kamm des Hügels, den er heruntergekommen war, sah er sie stehen: drei Reiter, schwarz gegen den blauen Hintergrund, auf ihren dunklen Rossen, und über dem Kopf des einen die Flammenzungen blonden Haares, die in der Dämmerung einen Stich ins Grüne zeigten.

Er bemerkte jetzt erst, daß Silsi an seiner Seite stand.

»Siehst du sie?« fragte er. Irgendwie glaubte er nicht, daß die drei Gestalten ihr schaden könnten. Sie hatten es nur auf ihn abgesehen.

»Ich erkenne – etwas. Schatten vielleicht.«

»Gut, dann sollen es für dich Schatten bleiben. Für mich besitzen sie Substanz. Kannst du mir einen Spaten geben?«

Sie zögerte. »Ja.«

»Hol ihn gleich, Silsi«, drängte er. »Ich will einen möglichst großen Abstand zwischen mich und deinen Hof legen, ehe ich anhalten muß.«

Sie drehte sich um und ging weg, hinaus in die Dämmerung. Während sie fort war, starrte er zu den drei Reitern auf der Hügelkuppe hinauf oder zu den Schatten, die er für drei Reiter hielt, aber sie bewegten sich nicht von der Stelle, und bald darauf kam Silsi zurück.

»Hier.«

Er wog das schwere alte Werkzeug in der Hand. Die Schneide war schartig und eingekerbt, der Griff voller Flecken und vom langen Gebrauch spiegelglatt. Hatte Silsi ihn auch benutzt, um ihrer Mutter und Schwester das Grab zu schaufeln, auf dem Hügel hinter der Farm?

»Danke«, sagte er.

Sie trat einen Schritt zurück und fragte kühl: »Wie weit schaffst du es noch? Du bist jetzt schon halbtot.«

»Weit genug. Wenn ich sofort losgehe.«

Ihre Lippen preßten sich zusammen. Sie schien einen raschen Entschluß zu fassen.

»Es gibt da einen schmalen Pfad, auf dem du schneller vorankommst. Ich kann ihn dir zeigen.«

»Nein«, wehrte er ab. Er wollte nicht, daß sie mit ihm in die Nacht hinauskam, wenn die drei hinter ihm her waren.

Los!« sagte sie. »Es ist nicht weit, aber wir müssen den Hang hinauf.«

Havor folgte ihr.

Alle Formen hatten jetzt verwischte Ränder; sein Kopf pochte und dröhnte mit jedem Herzschlag. Sie kamen an der Krüppelkiefer vorbei. Er sah den Baum wie etwas, das unter Wasser lag, und wieder waren Visionen in seinen Augen und seinen Ohren. Eine Nymphe saß in den Zweigen, verkrüppelt wie der Baum, und weinte in ihrem Rindengehäuse.

Der Hang war glasig glatt. Er rutschte und schlitterte hinter dem Mädchen her, und ein- oder zweimal schaute er zurück, aber er konnte durch den wispernden Abend nichts klar erkennen, nur ein schmales Oval bernsteingoldenen Lichts – das Küchenfenster des Farmhauses. Es war mit jedem mühsamen Schritt schwächer und ferner. Das letzte Leuchtfeuer der Welt verflackerte.

Er hatte schon vorher geglaubt, die Verzweiflung zu kennen, aber nun merkte er, daß er stets weit davon entfernt gewesen war. Echte Verzweiflung – das war dieser schmerzende Anstieg, dieses starre Hinarbeiten auf die Finsternis. Das war ein schwarzes Gewicht um seinen Hals, eine schwarze Last auf dem Rücken, eine schwarze Höhle, die ihn verschlang.

Nun gibt es keine Umkehr. Jetzt kommt es zum Endkampf. Kein Entrinnen. Und keine Hoffnung auf Entrinnen.

Ja. Sie nahmen den gleichen Schlüssel zu seinem Innern wie bei Kachil und Feluce. Einwilligung. Kachil hatte entsetzt eingewilligt, überwältigt – Feluce freudig und erwartungsvoll. Havor willigte nur ein, ohne echte Furcht, ganz sicher ohne Freude. Aber das reichte.

Unvermittelt hatten sie die Hügelkuppe erreicht. Havor stand keuchend da, und das Mädchen schaute ihm ins Gesicht. Ihre eigenen Züge waren weiß und ohne jeden Ausdruck, ein heller Scherenschnitt, in dem er nur ihre Augen klar erkennen konnte, so hell, so hellgrün, daß sie an bestimmte Edelsteine der Ostländer erinnerten.

Dann brannte der Griff des Spatens in seiner Faust oder schien zu brennen, und er schaute zur Seite und sah die Gedenktafel aus dem Schnee ragen.

»Ja«, sagte Silsi, ohne sich umzudrehen. »Sie sind hier begraben, meine Mutter und meine kleine Schwester. Ich habe ihre Namen in das Holz geritzt, aber das verwittert sicher bald. Und dort drüben ist der Weg.«

Er wandte sich ab und sah den gewundenen Pfad, ein wenig

niedriger als der Boden ringsum; die Spur erschien ihm unheimlich ausgeprägt, wie mit Tusche in den Schnee gezogen.

Er wollte noch etwas zu Silsi sagen, aber ihm fehlten einfach die richtigen Worte.

»Geh doch!« schrie sie plötzlich. »So geh endlich!«

Er glaubte, daß sie sich fürchtete. Also wandte er sich rasch dem Pfad zu, lief die ersten Schritte beinahe, während sie allein bei den Gräbern zurückblieb.

9

Die Finsternis

Bald danach ging der Mond auf. Er kam Havor jetzt nicht wie ein Totenschädel vor, sondern eher wie eine weiße Papiermaske, die am Himmel hing. Der Wind hatte nachgelassen. Es war sehr still. Nur seine Stiefel knirschten über den Schnee.

Er folgte dem Pfad. Über das wellige Land, über flache Hügelrücken. Anfangs wirkte die Gegend konturenlos, aber dann kamen wieder Wälder, streckten ihre weißgepuderten Gichtfinger aus. Einmal, weit entfernt, sah er einen Schimmer am Horizont, wie die tausend Lampen und Fackeln einer Stadt, die in die Nacht hinaufstrahlten. Venca vielleicht. Aber er wußte es nicht genau. Wirklichkeit oder Illusion, das war nun alles eins.

Er folgte dem Pfad. Er folgte ihm aufmerksam, weil er Angst davor hatte, im Kreise zu gehen, wieder in die Nähe der alten Farm zu gelangen. Aber er hatte auch Angst davor, daß der Pfad zu einem Dorf führen könnte; er stellte sich vor, wie er den Kelch fallenließ und ein Pesthauch aus seiner Öffnung entwich, der alles ringsum verseuchte. Und so verließ er nach etwa einer Stunde den Weg und drang in den Wald ein.

Eiszapfen glitzerten und klirrten über seinem Kopf; er schien ganz weich und leicht dahinzugehen. Er spürte nichts, keine Kälte im Gesicht, kein dorniges Unterholz und keinen spitzen Stein unter den Sohlen. Bald spürte er nicht einmal mehr die Bewegung der Beine, und er mußte sich jeden Schritt, jedes Abwinkeln der Knie, jede Berührung mit dem Boden vor Augen halten, damit er nicht stolperte.

Dann fiel der Grund vor ihm in die Tiefe ab.

Er blieb stehen und starrte in eine Schrunde aus Schnee und schwarzem Fels; ein alter Steinbruch, längst vergessen. Nichts kam mehr hierher, außer Vögeln und Schlangen oder verirrtem Wild, das unbedacht in diese Fallgrube geriet, denn am Boden der Senke, etwa zwanzig Fuß tiefer, lagen Tierknochen halb unter dem Weiß.

Er wußte auf der Stelle, daß dies der richtige Platz war. Hier mußte er den Kelch zurücklassen. Und auf sein Ende warten.

Bäume krallten sich an den Rändern des Steinbruchs fest. Er benutzte ihre Äste und den Schaft des Spatens als Stütze. So kam er die ersten paar Schritte gut voran. Aber danach war der Abhang kahl. Er rutschte aus, der Spaten entglitt ihm und polterte nach unten. Havor kroch etwa einen Meter hinterher, dann glitt er von neuem aus, fiel hart auf den Rücken und rollte in die Tiefe.

Er lag im Schnee und lachte, ohne zu wissen, warum. Er war so betäubt, so ohne jedes Gefühl, daß er nicht zu sagen vermochte, ob er sich verletzt hatte oder nicht. Aber er schien unversehrt, und er merkte, daß er stehen konnte.

Der Spaten steckte aufrecht im Schnee. Er zog ihn heraus. Gab es hier unten auch weiches Erdreich? Die Schneide scharrte mehrmals auf Felsgestein; Havor hatte mit jedem Versuch weniger Kraft. Auf seinen Ärmeln lagen wie goldene Spiralen zwei oder drei blasse Haare. Er machte sich nicht die Mühe, sie abzuschütteln.

Dann griff der Spaten. Havor begann zu schaufeln, deckte die weiße Schneeschicht und den schwarzen Humus ab. Der Kelch schlingerte bei jeder Bewegung im Sack hin und her.

Es dauerte nicht lange, denn bald traf er wieder auf harten Fels, aber das Loch, das er ausgehoben hatte, war gerade tief und breit genug. Er löste die Stricke und öffnete den Sack. Er nahm den Kelch heraus und hob ihn hoch. Wie Feuer, gelbes Feuer; er konnte seine starren Glieder an seinem Glanz wärmen.

Irgendwo droben, an der Kante des Steinbruchs, glaubte er Hufschlag im Schnee zu hören. Er sah nichts.

Havor hob den Kopf. »Schon gut, ihr drei«, sagte er, und seine Stimme klang hohl und metallisch in der eisigen Luft. »Ich bin hier. Kommt doch herunter und holt mich! Nein? Ihr könnt mich nur im Schlaf besiegen, nicht wahr? So kämpfen Feiglinge!«

Er ließ den Kelch los. Das Gefäß fiel in die flache Grube, schlug mit einem Glockenton gegen den Fels. Havor nahm den Spaten und häufte mühsam die hartgefrorene Erde und den Schnee darüber. Als das Loch aufgefüllt war, starrte er nach unten und glaubte ein gelbes Licht durch den Boden herauschimmern zu sehen.

Ein Gedanke kam ihm plötzlich: Ein Baum würde aus dem Kelch wachsen, ein goldener Baum, mit Edelsteinen an den Zweigen. Ihm fiel ein, daß er etwas Ähnliches gedacht hatte, als er Kachil begrub. Aber die Blätter dieses Baumes – Blätter aus Saphir und Topas – würden nie fallen und seine Früchte würden lodern wie Feuer. Die Diamanten waren wie Schwerter, die seine Augen durchbohrten, die Rubine wie Blut . . .

Irgendwo droben, an der Kante des Steinbruchs, glaubte er einen Laut wie das Seufzen des Windes zu hören. Er sah nichts. »Ja, ja«, flüsterte Havor, »ungeduldiges Pack! Ein wenig müßt ihr noch warten.«

Er fand einen Steinbrocken und schleppte ihn an die Stelle, wo er den Kelch eingegraben hatte, dann noch einen und noch einen. Je kleiner die Brocken wurden, die er herantrug, desto schwerer wogen sie. Bald hatte er eine Art Altarhügel über die Grube geschichtet. (Er stellte sich vor, daß der Baum mit goldenen Schlangenarmen durch die Erdkruste stieß und die Felsen zur Seite drückte.)

Es gab da ein altes Märchen – ein Königssohn kämpfte gegen einen Riesen, den er betäubte und fesselte. Dann zauberte er einen Berg vor den Eingang seiner Höhle, damit der Feind nicht mehr entfliehen konnte.

»Ich brauche einen Berg«, murmelte Havor.

Wo hatte er das Märchen gehört? Im Waisenhaus vielleicht. Da war ein Junge gewesen, der nachts Geschichten erzählte . . .

Irgendwo droben, an der Kante des Steinbruchs, ein Schattengeräusch, Atmen.

Havor legte sich auf den froststarren Boden, aber er spürte die Kälte nicht, nur die Kälte im Innern seiner Seele.

Was nun? überlegte er. Schlaf ein! gab er sich zur Antwort. Dann werden sie kommen. Kein Kampf mehr, kein Schmerz. Eine Begegnung in der Finsternis.

Er schloß die Augen. Sofort rollte die gewaltige See des Schlafes auf ihn zu. Er sah sie in seinen Gedanken, die aufgetürmten glänzenden schwarzen Wogen, schaumbedeckt mit wirren, wilden Träumen.

Er besaß keinen Glauben. Den hatten die Priester erstickt. Aber sonderbar – jetzt, in diesem letzten Augenblick, sprach er, ohne jede Hoffnung und ohne jedes Begehren, eigentlich ohne jeden bewußten Grund, ein Gebet – jenes Gebet, das er als Kind vor acht Jahren geflüstert hatte, im Elend und in der Einsamkeit des Nordens:

»Oh, mein Gott, vergib mir meine Sünde und Schuld, erlöse mich von der Nacht und von der Finsternis der Nacht, gib mir Kraft gegen die Furcht und bewahre mich vor dem Übel, auf daß ich den nächsten Morgen erlebe. Amen.«

Dann brachen die hohen Wellen über ihm zusammen und deckten ihn zu, und die Brandung toste in seinem Kopf und ertränkte ihn, und er war verloren im Schäumen des Ozeans.

Die Straße. Er war auf der Straße.

Zu beiden Seiten lag Schnee, totenweiß, aber die Straße war weißer. Dunkel herrschte, doch der Morgen war nicht fern, denn am Rand des Himmels zeigte sich ein helles Rot.

Er ritt dahin, nicht auf seinem Braunen, sondern auf einem Geschöpf aus Nacht und Schnee, kohlschwarz mit mondweißer Mähne und Schweif und einer Haut, die sich glatt und kalt anfühlte wie polierter Stein.

Wolken trieben über die Straße, obwohl der Himmel klar war. Sie wickelten sich um die Beine des Pferdes, lösten sich wieder und flohen weiter, schwarze Wolken, die ohne Wind dahinjagten.

Das Pferd erreichte eine Anhöhe, und droben am Kamm erwartete ihn ein Trauerzug.

Schwarze Banner. Drei schwarze Rosse mit fahlen Mähnen standen stockstill und starrten ihn an. Sie zogen eine schwarze Bahre, deren Umrisse sich gegen das Rot des Himmels abhoben. Darüber spannte sich ein schwarzer Samtbaldachin mit Gold, und an den vier Ecken erhoben sich eherne Fackelständer, von denen grüne Flammen züngelten. Am Rande des Baldachins kauerte lautlos ein Rabe.

Zwei Männer und eine Frau standen vor den Pferden. Die Männer waren in Schwarz gehüllt, mit dunklen Kapuzen und Handschuhen, und über den schmalen Handschuhfingern glitzerten Topas-Steine und Diamanten, aber in den Augenhöhlen der Kapuzen glitzerte nichts, lauerten nur Schatten. Auch die Frau trug Schwarz, und ein schwarzer Schleier bedeckte ihr Haar, aber

Gesicht, Schultern und Hände waren nackt und weiß wie Wachs. Sie besaß weder Juwelen noch Ringe, aber sie hatte Augen – kohlschwarze Augen mit goldenen Wimpern.

Weshalb besitzt sie ihren Leib, dachte Havor, während Vater und Bruder nur noch Gerippe sind? Ach so, der Magus und sein Sohn verbrannten; sie dagegen erstickte am Rauch und starb, ehe die Flammen sie fraßen. So haben sie sich in Erinnerung, so bleiben sie jenseits des Grabes.

Er dachte das alles ganz logisch, aber sein Herz pochte in bleiernen Schlägen langsamen, kalten Entsetzens. Er schien zwei Männer gleichzeitig zu sein, das Opfer und der Beobachter.

Das Pferd, das er ritt, hatte die Kuppe überwunden, und Havor war nun nahe genug, um der Frau ins Gesicht zu schauen. Sie war sehr jung, ein Mädchen noch. Er spürte ein sonderbares Aufwallen von Mitgefühl, daß sie schon so früh verdorben und gestorben war. Dann entdeckte er, daß er und sie Seite an Seite auf den hellmähnigen Rossen ritten und die Bahre hinter ihnen herrollte. Havor starrte ihr Profil an und dachte: Sie ist nicht wirklich. Nur ein Spuk.

Er sagte laut zu ihr: »Du bist mein Alptraum. Es gibt dich gar nicht. Wie kannst du mir etwas Böses zufügen?«

Aber sie entgegnete nichts; seine eigenen Worte schienen weder Substanz noch Realität zu besitzen, und ihm wurde klar, daß er wie die anderen den Gesetzen dieses Traumreiches unterworfen war.

Dann warf er einen Blick auf ihre zierlichen Hände und bemerkte, daß die Nägel lang und gebogen waren wie Krallen; es stimmte also, daß die Fingernägel von Toten noch eine Weile im Grabe weiterwuchsen? Absolutes Grauen schüttelte ihn, denn sie gehörte zu den Nichttoten und war logischen Dingen entrückt.

Die Hufe der Pferde schlugen Funken aus dem Pflaster. Havor sah, daß die Morgenröte immer noch am Horizont stand, aber es war die falsche Seite des Himmels. Dann merkte er, daß in der Ferne ein Brand wütete: *Avillis.*

Sie kamen an einen hohen Turm, sehr alt, aber nicht zerfallen, wenngleich ein Teil der Mauer fehlte. Wie ein ausgefranster schwarzer Riß ragte er in den flammengeäderten Himmel. Alle Pferde hielten an. Einer der kapuzenverhüllten Männer – Vater oder Bruder? – kam näher und half der Frau beim Absteigen.

Diese Höflichkeit unter den Toten, dachte Havor. Sie bringen ihre Herrschersitten mit in die Finsternis. Aber dann kam ihm der Gedanke, daß sie einander vielleicht sehr geliebt hatten, die drei, was immer sie sonst in der Welt angerichtet haben mochten, und wieder überflutete ihn Mitleid. Narr, dachte er. Narr, sie wollen dich umbringen! Verschwende keine Gefühle an sie!

Er merkte, daß er ebenfalls abgestiegen war. Er wußte nicht, wann er das getan hatte. Es schien kleine Lücken zwischen den einzelnen Szenen zu geben wie in einem gewöhnlichen Traum. Im Innern des Turmes befand sich eine Treppe. Die Frau ging voraus, und er folgte ihr; er hörte das Rascheln ihres Gewandes, und auf seinem Rücken lastete ein schweres Gewicht wie die Bürde des Todes. Manchmal kamen sie an schmalen Fensterschlitzen vorbei, durch welche die fernen Feuer der brennenden Stadt leuchteten.

Auf dem Turm war eine große Plattform. Rauch wehte Havor entgegen. Dicht über ihm waren jetzt Wolken; sie wirbelten und wälzten sich in einem dunklen, schlammigen Grün. Alles schien Himmel und Weite; Schwindel erfaßte Havor. Aus dem Schwindel und aus den Wolken formte sich etwas, und plötzlich stand die Bahre auf der Turm-Terrasse. Der Rabe kreischte und schüttelte die Schwingen. Er hielt einen Knochen im Schnabel.

Havor betrachtete fasziniert den Knochen. Menschengebeine? Das Ding drehte sich im Schnabel des schwarzen Vogels, wies hinunter in den Ebenholz-Sarg. Es war ein Fingerknochen. Havor trat neben den Sarg und schaute hinein. Zuerst sah er Kachil, aber dessen Haar brannte, und Fieberflammen tanzten unter seiner Haut. Dann sah er Feluce, starrte ihm in die weit offenen Augen, und Fische schwammen in ihnen wie in einem stillen, glasklaren Teich. Am Ende sah Havor sich selbst, ruhig ausgestreckt wie eine Marmorfigur auf einer Grabplatte.

Havor schaute auf, und da standen sie und warteten, ein Stück entfernt von ihm, wo der Turm abbrach. Ein Steinblock ragte vor der zerfallenen Mauer auf, und auf dem Block stand ein großer Kelch, nicht golden, sondern schwarz, und aus ihm stieg dünner, scharlachroter Rauch auf.

Die Frau winkte, doch die beiden Männer blieben reglos stehen.

Havor ging auf sie zu.

Mir bleibt keine andere Wahl, dachte er. Ich habe den Kelch vergraben, und da ist er wieder. Der rote Rauch wird mich blenden, und wenn die Frau mich anrührt, werde ich ihre Finger wie

Feuer spüren. Ich werde vom Turm herabstürzen und zerschmettert unten liegenbleiben. Das also ist mein Tod.

Etwas in seinem Innern wußte, daß er den Kelch ausgegraben hatte und damit die Böschung des Steinbruchs hinaufgestiegen war, nicht die Stufen zum Turm, und daß er auf die Felsen herabstürzen würde, nicht auf das harte Pflaster der alten, heidnischen Straße. Aber das spielte kaum eine Rolle. Er würde so oder so sterben.

Der schwarze Kelch hob sich groß gegen den Himmel ab. Der Rauch roch nach geweihten Kräutern. Die Frau nahm seine Hand in die ihre. Ihre Finger waren sehr klein und kalt. Eine Viper ringelte sich in ihrem Schleier.

Sie waren am Rand des Turmes. Der Boden in der Tiefe drehte sich.

Die Frau ließ seine Hand los.

Jetzt! dachte er.

Er glaubte, nun würden die Skeletthände der beiden anderen nach ihm greifen und ihn über den Rand stoßen. Nichts geschah.

Havor drehte sich um. Der Rauch – es mußte der Rauch sein, der ihm sechs Gestalten vorgaukelte anstelle der drei . . .

Unter dem aufgewühlten grünen Strudel des Himmels die verschleierte Frau und die beiden kapuzenverhüllten Männer, schwarz, golden und weiß. Aber hinter ihnen – drei weitere, ganz schwach, nebelfahl, jedoch schärfer mit jeder Sekunde . . . Havor starrte sie an. Ein Jüngling und eine Frau in mittleren Jahren, die ein Kind an der Hand führte, ein neun- oder zehnjähriges Mädchen. Sie wirkten farblos, verwischt, aber hinter ihnen zeigte sich eine seltsame Helligkeit, eine Art Öffnung in der Wolke.

Die Herrin von Avillis drehte den Kopf halb herum. Die glitzernde Schlange um ihren Hals zischte. Die Frau fauchte wie ein wütender Leopard. So hatten auf den Märkten im Osten die Raubtiere in ihren Käfigen gefaucht, wenn sie die Peitsche sahen, die sie zum Gehorsam zwang. Die zwei dunklen Gestalten, der Magus und sein Sohn, wichen einen Schritt zurück. Der Rauch strömte aus dem Kelch, stieg hoch in einer scharlachroten Säule, welche die Wolke aufzuhalten schien.

Havor begann zu zittern. Er fiel auf die Knie, weil er nicht mehr stehen konnte. Er sah, daß die Drei von Avillis unsicher waren, abzuwarten schienen. Wovor haben sie Angst? dachte er. Vor jenen anderen, die sich milchig gegen den Himmel abhoben?

Havors Augen brannten, als er versuchte, jene Gestalten genauer zu erkennen – eine Frau mit geflochtenem Haar, ein kleines Mädchen mit – ja, mit einer Stoffpuppe auf dem Arm, das konnte er genau sehen – ein Jüngling im Kettenhemd des Südens, ein Schwert an der Seite . . .

»Lukon!« rief Havor.

Ein weißer Blitzstrahl zuckte über das Mal am Himmel. Tränen liefen Havor die Wangen hinunter, heiße Tränen, ob aus Freude oder Entsetzen oder Verzweiflung, das vermochte er nicht zu sagen.

»Lukon«, stammelte er, »gefallen und begraben in Avillis. Und Lukons Mutter und Schwester, beide gestorben an einer Seuche, in der alten Farm mit der Krüppelkiefer . . .«

Diesmal zerriß das Zucken des Lichts die Schatten. Havor sah eine Höhle, einen Abgrund hinter der Wolke.

Irgendwo zitterte die Erde und bäumte sich auf. Ein Teil des Turmes zerbröckelte und gab unter Havors linker Hand nach. Er aber stand vorgebeugt da und starrte die Gestalten an.

Der Weihrauchduft war dem Gestank von verbranntem Fleisch und Aas gewichen. Der Rabe auf dem Rand des Baldachins stob plötzlich davon und schmolz zu schwarzem Dampf. Der Sarg selbst löste sich in Nichts auf; der Baldachin kippte zur Seite und zerfiel zu einem Häufchen schwarzer Asche.

Die goldenhaarige Tochter des Herrschers von Avillis schrie auf. Ihre Stimme hatte nichts Menschliches an sich. Das war nie und nimmer die Seelenqual einer Frau. Der Schrei ähnelte dem Heulen einer Bestie, die sich um ihre Beute betrogen sah – wild, haßerfüllt, trostlos.

Die hellen Gestalten schwebten auf den Turm zu. Als sie den Kelch erreicht hatten, sank der Rauch in sich zusammen, sie selbst aber schienen sich auszudehnen, aufzublähen wie Schleier im Wind, und das weiße Flattern erreichte den Magus und seine Kinder, umgarnte sie mit feinen Dunstfäden, hüllte sie ein. In dem Nebel sah Havor goldenes Haar aufflackern und dann erlöschen wie eine Kerze.

Nun war nur noch eine mächtige, hochgetürmte, grauweiße Wolke über der Terrasse; sie wand und sperrte sich gegen die Kraft, die sie zurücktrieb zu dem Spalt im Himmel, sie hineinpreßte, bis sie mit ihrer letzten Faser verschwand.

Havor, der an der Kante des Turmes kniete, sah, daß der Himmel leer war. Langsam wandte er den Kopf zur Seite, suchte nach dem Kelch. Wo er gestanden hatte, war jetzt ein Käfig aus Knochen, und in dem Käfig hockte ein formloses Ding, das aufschimmerte und erlosch.

Dann erschauerte die Welt und stürzte ein. Der Mauerrand gab unter ihm nach. Havor spürte, wie er durch die Luft schlitterte, und die Luft war glatt wie Glas, so daß er sich nicht daran festhalten konnte. In der Tiefe lauerte eine letzte schwarze Wolke, die ihr weiches Maul öffnete und ihn verschlang.

Im Innern der Wolke herrschte keine Zeit, doch dahinter lauerte ein Silberfaden, der sich erwärmte und ausweitete, als Havor die Augen öffnete. Er starrte in einen riesigen, windgepeitschten Opalhimmel. Einen Himmel, der zur richtigen Welt und nicht zu einem Traumreich gehörte, mit dem sanften Goldrosa der echten Morgendämmerung.

Ich lebe, dachte er plötzlich. Ich lebe, und mir fehlt nichts. Es gab keinen Zweifel daran.

Alles lag in seinem Innern ausgebreitet, kristallklar. Er entsann sich jeder Einzelheit, vom ersten Augenblick seines bewußten Lebens bis zur letzten Sekunde seines Sturzes durch den Raum – er hatte nichts verloren, nichts dafür bezahlt, daß er den neuen Tag heraufziehen sah.

Er schaute sich verwundert um. Er lag auf halber Höhe der Steinbruch-Böschung, festgehalten von den Zweigen eines Dornstrauches, die sich um ihn krallten und ihn vor dem Abrutschen bewahrten. Der Boden des Steinbruchs war mit Felsbrocken und Geröll bedeckt, das unter ihm nachgegeben hatte, aber er selbst lag völlig unversehrt im starken Geäst des Strauches. Er ließ sich zurücksinken und atmete ruhig durch, während die Bilder und Gedanken an seinem geistigen Auge vorbeitrieben.

Ich hatte nie geglaubt, daß ich diesen Morgen sehen würde.

Ein großer Friede war in ihm; er fühlte sich wie ein Mann, der nach langer Krankheit endlich genas.

Allmählich füllte der goldene Glanz die weite Schale über ihm und nahm am östlichen Rand die Farbe von Kupfer an. Die Sonne stieg langsam über den Steinbruch, stemmte die Wolken mit ihren Lichtspeichen auf. Ein Vogelschwarm stand wie dunkle Stickerei vor dem Strahlenfächer und verschwand wieder, als habe jemand den schwarzen Faden aufgetrennt.

Havor drehte sich herum und löste vorsichtig die Umklammerung der dornigen Zweige.

Er hatte keine Müdigkeit gespürt, bis er die kalten Felsen unter den Fingern spürte und den Hang des Steinbruchs zu erklimmen begann. Die Schwäche kam unvermittelt, doch sie enthielt keine Furcht.

Bald, dachte er, kannst du ausruhen. Mit dieser Überzeugung schien er wieder stark zu werden, und er kroch höher, überwand die Stelle, wo das Erdreich abgerutscht war, und richtete sich auf.

Die Morgensonne strahlte zu ihm herüber. In ihrem Lichtkegel lag etwas Schwarzes, Verkohltes, fast, als habe sie selbst es versengt.

Havor bückte sich und berührte das Ding. Es war ein hölzerner Becher, geschmückt mit billigen, gesprungenen Glassteinchen. Irgendwann war er in ein Feuer gefallen, und die Flammen hatten ihn geschwärzt.

Er hatte den Kelch von Avillis eigenhändig verscharrt und Felsbrocken darauf geschichtet, und das hier war nur ein billiger Trinkbecher, aber dennoch – Havor kniete auf dem kalten Boden nieder. Die Sonne fiel auf seine Finger, als er das Gefäß aufhob. Er wußte nicht, ob der Kelch sich in dieses Ding verwandelt hatte, nachdem der Bann der Finsternis gebrochen war, oder ob er schon immer dieser häßliche Schund gewesen war und sein Zauber sie nur alle verblendet hatte, so daß sie ihn als Kostbarkeit sahen. Havor fiel ein, wie leicht er sich hatte tragen lassen, trotz seiner Größe und des Metalls, so leicht, daß ihn ein Mädchen hochheben konnte, und vielleicht hatte ihn ein Mädchen hochgehoben . . .

Der Becher fiel ihm aus der Hand und zersplitterte im Schnee, und die Glassteine rollten auf den Boden wie Tränen.

Havor wandte sich um. Ein Mädchen stand unter den Bäumen und schaute ihn an, aber ein dunkelhaariges Mädchen mit eichelgrünen Augen.

»Dann bist du also gerettet«, sagte sie.

»Wie du siehst.« Er rührte sich nicht. »Und du – du bist auch eine Hexe, Silsi.«

»Ich kenne die Bräuche der Alten. Daran ist nichts Böses. Sie mögen ein wenig absonderlich sein, aber nicht einmal das, wenn man sie kennt.«

»Was hast du getan?« wollte er wissen.

»Ich sprach bestimmte Worte über den Gräbern«, erklärte sie. »Ich flüsterte ihnen zu, was du getan hattest und weshalb.«

»Und sie kamen«, ergänzte er. »Dein Bruder, deine Mutter, deine Schwester – die Kleine trug eine Puppe auf dem Arm . . .«

»Sie hatte sie im Arm, als sie starb«, sagte Silsi. »Ich gab sie ihr mit zur letzten Ruhe. Es freut mich, daß sie ihr Trost bringt.«

»Sie sind also gekommen«, fuhr Havor fort. »Aber weshalb konnten sie mich retten?«

»Weil sie drei an der Zahl waren, wie jene, die dich verfolgten, und weil auch sie unter Schmerzen starben – aber ohne Bosheit. Weil du den Becher nicht aus Habgier gestohlen hattest und sie das bezeugen konnten. Auch deshalb, weil die Mächte der Finsternis kein Mitgefühl ertragen. Dir taten sie leid, und dadurch wurden sie in gewisser Weise wieder menschlich, verloren einen Teil ihrer Stärke. Aber vor allem, weil du bist, wie du bist, Havor. Es gibt gewisse Gesetze, auch in der Nacht.«

Sie stand ganz still da und schaute ihn an, und er schien sie genau zu verstehen, als hätten sie einander ihr Leben lang gekannt, sie in ihrer Einsamkeit, er in der seinen.

»Komm jetzt zurück«, sagte sie. »Im Kamin brennt ein Feuer.«

Er hatte die alte Farm vor Augen, den verkrüppelten Baum, das Bernsteinlicht in dem kleinen Fenster, das ihn bis zuletzt begleitet hatte, und das alles schien ihn zu erwarten wie das Zuhause, das er nie gekannt und nach dem er sich immer gesehnt hatte.

»Später kannst du nach Venca weiterziehen«, sagte sie.

Er lächelte sie an, und sie erwiderte das Lächeln, und er ging zu ihr, und gemeinsam wanderten sie heim, als wüßten sie beide, daß er nicht mehr nach Venca wollte.

Auf dem Pfad blieb der zerbrochene Becher zurück.

Später verdüsterte sich die Sonne, und der Wind, der aufkam, trieb blauweißen Schneestaub vor sich her. Als der Schnee sich in dicken, fahlen Strähnen auf das Land und um die Bäume legte, war von dem schwarzen Becher nichts mehr zu sehen.

Nachts schwamm der Mond auf den Wolken und warf sein hartes, kaltes, schattenloses Licht auf den Pfad.

Aus dem Englischen übersetzt von Birgit Reß-Bohusch

John Varley

John Herbert Varley zählt zu den bedeutendsten Nachwuchstalenten der amerikanischen SF-Szene. Er wurde 1947 in Austin/Texas geboren und gab im August 1974 sein Debut mit zwei Erzählungen: »Picnic on Nearside« erschien im »Magazine of Fantasy and Science Fiction«, »Scoreboard« im selben Monat in »Vertex«. Kenner des Genres horchten auf: Hier war ein junger vielversprechender Autor, der mit neuen Ideen aufwartete und mit der richtigen Mischung von Naturwissenschaft, Phantastik und »human touch« und der darüber hinaus noch über beachtliche sprachliche Qualitäten verfügte. Die Erwartungen, die an ihn geknüpft wurden, erfüllten sich. Schon 1976 wurde er für den John W. Campbell Award als bester Nachwuchsschriftsteller nominiert und belegte in der Endausscheidung hinter Tom Reamy den zweiten Platz. 1975 hatte er mit seiner Erzählung »In the Bowl« (»In der Schüssel«) Aufsehen erregt, 1976 erschien »Gotta Sing, Gotta Dance« und die vorliegende Erzählung »The Phantom of

Kansas«, mit denen er bewies, daß er sogar noch steigerungsfähig war. »In the Hall of the Martian Kings« (»Im Audienszsaal der Marskönige«) folgte 1977 und 1978 die Novelle »The Persistence of Vision« (»Die Trägheit des Auges«), mit der Varley den begehrten Nebula Award des amerikanischen SF-Schriftstellerverbandes errang.

1977 erschien sein erster Roman, »The Ophiuchi Hotline« (»Der heiße Draht nach Ophiuchi«), der ihn als einen ideenreichen und glänzenden Erzähler ausweist, gefolgt 1979 von »Titan« (»Der Satellit«), der von der Kritik wegen seiner phantastischen Schilderung einer bizarren fremdartigen Welt begeistert aufgenommen wurde.

Von John Varley erschienen folgende Titel in der Reihe Heyne Science Fiction:

Im Audienzsaal der Marskönige, in: *Die Cinderella-Maschine. Magazine of Fantasy and Science Fiction – 50. Folge, hrsg. von Manfred Kluge · Band 3605*

In der Schüssel, in: *Katapult zu den Sternen. Magazine of Fantasy and Science Fiction – 51. Folge,* hrsg. von Manfred Kluge · Band 3623

Leb wohl, Robinson Cursoe, in: *SF-Story Reader 11,* hrsg. von Wolfgang Jeschke · Band 3627

Die Trägheit des Auges, in: *Die Trägheit des Auges. Magazine of Fantasy and Science Fiction – 53. Folge,* hrsg. von Manfred Kluge · Band 3659

Der heiße Draht nach Ophiuchi · (in Vorbereitung)

Der Satellit · (in Vorbereitung)

John Varley

Das Phantom von Kansas

Ich bin Kunde bei der Archimedes Treuhandgesellschaft. Ihre Sicherheitsleistungen sind erstklassig, der Service ist vorzüglich, und sie hat eine eigene medizinische Abteilung, die mit der Erfassung der Daten für ihre Tresors betraut ist.

Vor zwei Wochen hat man dort eingebrochen.

Für mich war das ein einschneidendes Ereignis. Es passierte zu einem Zeitpunkt, als der Termin für meine Registrierung bevorstand, und mir war schon angst und bange vor dem Aderlaß, den dies für mein Bankkonto bedeuten würde. Und dann brechen doch tatsächlich diese Diebe in die Bank ein, stehlen eine ganze Menge Wertpapiere und zerstören zu guter Letzt in einem Anfall von Besessenheit die gesamten Gedächtnisspeicher. Von jedem Behälter blieben nur winzige Plastikfetzen übrig. Natürlich mußte sie die Bank ersetzen, und zwar möglichst schnell. Die bei der Bank waren ja auch nicht gerade auf den Kopf gefallen, und es war nicht das erste Mal, daß jemand einen Bankraub begangen hatte, um damit einen Mord zu vertuschen. Die Treuhandgesellschaft mußte also möglichst schnell jeden Kunden auf eigene Kosten registrieren lassen, was ganz sicher mehr gekostet hat, als ihr durch den Diebstahl verlorengegangen ist.

Dem Verbrechen lag ein tückischer Plan zugrunde. Der Dieb war nämlich gar nicht hinter dem Geld her. Es ist sehr riskant, diese Art von Beute zirkulieren zu lassen. Nur den ganz versierten Dieben gelingt es, die Geldcomputer mit ihren ausgetüftelten Programmen hereinzulegen. Geld, das so erworben wird, muß man ein Jahrhundert lang unangetastet liegen lassen, bis man etwas damit anfangen kann. Nun, das wäre an und für sich kein Ding der Unmöglichkeit, aber die Bullen haben herausgefunden, daß der Verbrecher meistens vom Typ her unfähig ist, so lange zu warten. Wenn allerdings bei einem Verbrechen Speicherzellen zerstört werden, kann man davon ausgehen, daß das Hauptmotiv nicht Raub, sondern Mord ist.

Es kommt eben immer wieder einmal vor, daß ein Verbrechen aus Leidenschaft begangen wird. Auch in diesem Bereich gibt es wenig Delikte, die unaufgedeckt bleiben. Einen Mord aufzuklären ist allerdings sehr kompliziert. Denn diesem Verbrechertypus genügt es einfach nicht, sein Opfer zu töten, weil es nämlich vorkommen kann, daß es ihm sechs Monate später in einer neuen Inkarnation wieder begegnet und seinen Mörder wegen ›Selbstentfremdung‹ verklagt und neunundneunzig Prozent seines Besitzes als Schadensersatz kassiert. Der Haß des Verbrechers auf sein Opfer würde damit geschürt, und der Mörder würde auf jeden Fall versuchen, sein Opfer ein für allemal zu vernichten, und zwar den Bewußtseinsspeicher zuerst und dann den Körper.

Das war es übrigens, was die ATG in meinem Fall befürchtete. Eine Woche lang hatte ich nun schon meinen eigenen Leibwächter. Er war mir von der Bank gestellt worden. Meinem Vertrag gemäß hatte ich Anspruch darauf. Es war so eine Art Statussymbol, mit dem man vor seinen Freunden angeben kann. Ich war allerdings nicht gerade begeistert davon. Dann erfuhr ich, daß die ATG die Kosten für meine nächste Registrierung übernahm, was mich mit ihren Maßnahmen wieder versöhnte. Sie hatte sich vertraglich verpflichtet, mich für immer am Leben zu erhalten. Die Registrierung, die erst in drei Wochen fällig war, mußte von ihr bezahlt werden. Durch Gerichtsbeschluß war verordnet worden, daß eine verlorengegangene oder beschädigte Speicherzelle so schnell als möglich wieder ersetzt werden mußte.

Ich hätte also froh sein können über mein Glück im Unglück. Ich war es aber nicht und versuchte, tapfer zu sein.

Ich wurde also unverzüglich in das Untersuchungszimmer geführt und gebeten abzulegen. Dann sollte ich mich auf den Operationstisch legen. Der Arzt, der wie jemand aussah, dem ich vor Jahrzehnten hätte begegnet sein können, machte sich an den Instrumenten zu schaffen. Und ich versuchte sehr diszipliniert zu atmen. Ich war einigermaßen froh, als er die Verbindung zwischen den Elektroden an meinem Kopf und dem Computer herstellte und den Drehzahlregler abstellte. Es erübrigte sich nun, den Arzt aus lauter Höflichkeit zu fragen, ob wir uns nicht schon früher begegnet seien. Je älter ich werde, desto schwieriger wird es mir, mich an jemanden zu erinnern. Ich glaube, daß ich bis jetzt an die zwanzigtausend Leute kennengelernt und genug mit ihnen gesprochen habe, um einen Eindruck bei ihnen zu hinterlassen. Für mich wird es natürlich immer schwieriger, sie zu unterscheiden.

Der Arzt nahm nun meine Schädeldecke ab und traf alle Vorkehrungen, ein Multihologramm von meinem Gehirn zu machen. In einem chemischen Prozeß werden dabei alle Gedankenvorgänge und Traumabläufe in meinem Bewußtsein aufgezeichnet. Es war eine enorme Erleichterung für mich, als ich das Bewußtsein verlor.

Der gleißende Stahl an meinen Fingerspitzen fühlte sich kühl an. Der Geruch von Isopropylalkohol mit einem leichten Beigeschmack von Azeton stieg mir in die Nase.

Ich hatte einen Traum. Ich war beim Arzt. Kindheitserinnerungen werden plötzlich wieder in mir wach, hervorgerufen durch die charakteristischen Gerüche. Die Erinnerungen überstürzen sich förmlich. Erregung. Veränderung. Meine Mutter ist bei mir, als der Arzt meinen gebrochenen Finger amputiert, um ihn durch einen neuen, rosafarbenen zu ersetzen. Ich liege im Dunkeln, das mir Längstvergangenes ins Bewußtsein zurückbringt.

Und dann wird es hell. Ein blendendes, schmerzendes Licht aus dem Nichts. Meine Pupillen verengen sich – sie sind das einzige, was sich an meinem Körper bewegt.

»Sie wacht auf«, höre ich den Arzt sagen. Aber es stimmt nicht, wenigstens nicht ganz. Ich liege hier im barmherzigen Dunkel und kann mich nicht rühren.

Dann erfolgt die Wiederbelebung. Mein Körper wird im Sturm zurückerobert. Ich stürze die endlos langen Nerven entlang, stoße von innen an meine Hände und Füße und werde durch meine Brustwarzen nach außen gewirbelt. In den Lippen und in der Nase kündige ich mich durch Prickeln an. *Jetzt* bin ich wieder da!

Ich richtete mich schnell auf. Der Arzt hielt mich zurück. Ich wehrte mich einen Moment lang dagegen, bis ich mich wirklich entspannen konnte. Meine Finger vibrierten und waren vollkommen steif von der Hyperventilation. Die Luft war klebrig.

»Puh!« sagte ich und stützte den Kopf gedankenvoll in die Hände. »Schlecht geträumt. Ich dachte schon . . .«

Ich sah mich um und wurde mir bewußt, daß ich nackt auf dem stählernen Operationstisch lag. Mehrere Personen standen um mich herum und betrachteten mich mit besorgten Blicken.

Ich war schon wieder drauf und dran, ins Dunkel zurückzugleiten, damit sich mein Inneres beruhigen würde, als ich das Gesicht meiner Mutter sah, die mir zublinzelte. Es gelang mir nicht, sie wieder aus meinem Gedächtnis zu verdrängen.

»Carnival?« Ich redete das an, was ich für ihren Geist hielt.

»Ich bin doch bei dir, Fuchs«, sagte sie und nahm mich in ihre Arme. Aber ihre Umarmung war irgendwie ungeschickt. Mein aufgewühlter Geist wurde nicht besänftigt. Auch waren die Elektroden, an die ich immer noch angeschlossen war, im Weg. Aber ich bedurfte ihres Zuspruchs. Ich wußte nicht mehr, wo ich mich befand. Mit einem weiteren Schub, der so jäh war wie der, welcher zu meinem Erwachen geführt hatte, nahm das Bild vor mir feste Konturen an.

»Alles ist nun wieder in Ordnung bei ihr«, sagte der Arzt zu den Umstehenden und schaute zum ersten Mal seit der Operation von seinen Instrumenten auf. Er lächelte mich unverwandt an, als er die Elektroden entfernte. Ich erwiderte seinen Blick nicht. Ich wußte nun, wo ich war, es war mir bewußter geworden als etwas jemals zuvor. Ich erinnerte mich nun, daß ich vor wenigen Stunden hierhergekommen war.

Aber das stimmte natürlich nicht. Es waren mehr als nur ein paar Stunden gewesen. Auch das wußte ich. Ich hatte früher gelesen, daß nach einer Gedächtnistransplantation eine Verwirrung beim Erwachen entsteht. Außerdem war meine Mutter anwesend. Das bedeutete, daß etwas sehr, sehr Schlimmes passiert sein mußte.

Man hatte mich bestimmt wieder umgebracht.

Ich bekam ein leichtes Beruhigungsmittel. Man mußte mir beim Anziehen helfen. Ich stützte mich auf den Arm meiner Mutter, die mich dann durch Korridore, die mit weichem Teppichboden ausgelegt waren, zum Büro des Bankpräsidenten führte. Ich war immer noch ganz benommen. In den Gängen war es bedrückend still, nur das Geräusch unserer Schritte war zu hören, als wir über den weinroten Teppich gingen. Ich hatte das Gefühl, daß mein Blutdruck heftig schwankte. Es war, als ob mir das Trommelfell geplatzt wäre. Ich konnte kaum mehr hören und meine Sicht war behindert. Als wir aus dem langen Gang mit den Fluchtpunkten, die mich irritierten, herauskamen, war ich froh. Wir kamen zum Büro des Präsidenten. Es war ein Zimmer mit einer braunen Holzverkleidung und einem weißen, kühlen Marmorboden.

Mr. Leander, der Bankpräsident, führte uns zu unseren Plätzen. Ich ließ mich in den Sessel sinken, purpurfarbener Samt umgab mich. Leander nahm, nachdem er uns begrüßt hatte, in einem Sessel uns gegenüber Platz und bot uns einen Drink an, den ich aber ablehnte. Mir drehte sich ohnehin schon alles im Kopfe, und ich wußte, daß ich bei diesem Gespräch aufmerksam sein mußte.

Leander machte sich an einer Akte zu schaffen, die er vor sich auf dem Schreibtisch liegen hatte. Vermutlich handelte es sich um meine Personalakte. Sie war kurz vor unserem Eintritt vom Computer, der rechts auf dem Tisch stand, geschrieben worden. Leander kannte ich nur flüchtig. Er war eine angenehme Person und man hatte ihn für diesen PR-Job wahrscheinlich deswegen ausgewählt, weil er das Image des älteren, vertrauenswürdigen Herrn zur Schau trug. Er sah wie ungefähr fünfundsechzig aus, war vermutlich aber erst zwanzig.

Es sah so aus, als ob er die Besprechung nie eröffnen würde, so daß ich die Initiative ergriff und ihm eine Frage stellte, eine Frage, die im Augenblick sehr wichtig für mich war.

»Welches Datum haben wir?«

»Wir haben November«, sagte er mit Nachdruck. »Und das Jahr 342.«

Ich war also zweieinhalb Jahre lang nicht am Leben gewesen.

»Hören Sie«, sagte ich, »ich will Ihre Zeit nicht mehr länger in Anspruch nehmen. Sie müssen eine Broschüre haben, die mich auf den neuesten Stand bringt. Wenn Sie mir die noch geben könnten, wäre ich Ihnen dankbar und werde Sie nicht mehr länger stören. Ach ja und vielen Dank noch für Ihre Anteilnahme.«

Er verabschiedete sich, indem er mir zuwinkte. Ich erhob mich.

»Ich würde es begrüßen, wenn Sie noch ein bißchen hier verweilen würden, Mss. Fuchs. Denn bei Ihnen handelt es sich um einen ganz ungewöhnlichen Fall. Ich . . . hmm . . . nie zuvor in der Geschichte der Archimedes ist so etwas passiert.«

»Ja?«

»Nun, sehen Sie, Sie sind gestorben. Wie Sie selber herausbekommen haben, nachdem wir Sie wieder ins Leben zurückgerufen haben. Was Sie wahrscheinlich ebenfalls geahnt haben, ist, daß Sie mehr als einmal seit der letzten Registrierung gestorben sind.«

»Mehr als einmal?« Es war keine besonders intelligente Frage, aber was hätte ich auch schon sagen sollen.

»Genau dreimal.«

»Dreimal?«

»Ja, dreimal hintereinander. Wir haben den Verdacht, daß es sich um Mord handelt.«

Einen Augenblick lang war es ganz still im Raum. Dann entschloß ich mich ganz plötzlich doch für einen Drink. Er schenkte mir ein, und ich leerte das Glas auf einen Zug.

»Vielleicht sollte Ihnen Ihre Mutter mehr darüber erzählen. Sie ist vertrauter mit der Situation. Ich bin erst kürzlich auf den Fall aufmerksam geworden.«

Ich war immer noch in einem tranceähnlichen Zustand, als ich nach Hause ging. In meinen eigenen vier Wänden war der Schock dann schon beinahe vorüber, und ich konnte meine Lage wieder mit klarem Verstand überdenken. Trotzdem lief es mir dabei eiskalt über den Rücken.

Es ist kein besonders schönes Gefühl, wenn man Leuten zuhört, die vollkommen unbeteiligt über etwas reden, was einem zugestoßen ist. Ich kam zu dem Schluß, daß es nun an der Zeit sei, der Wahrheit ins Auge zu blicken. Ich durfte die mir unangenehmen Dinge nicht mehr verdrängen. Ich mußte mich damit abfinden, daß die Handlungen der drei Personen, die vor mir meinen Namen getragen hatten, nicht die meinigen waren. Im Prinzip war ich ein vollkommen neues Individuum. Eben das vierte Glied in einer Kette. Allerdings hatte ich vieles mit den früheren Inkarnationen gemein, zum Beispiel die Erinnerungen bis zu dem Tag, an dem ich mich dem Computer auslieferte, der mein Gedächtnis registrierte, aber dieses ›Selbst‹, das es davor gab, existierte nicht mehr.

Es war länger am Leben geblieben als die früheren Inkarnationen. Beinahe ein ganzes Jahr lang, wie mir Carnival versichert hatte. Dann wurde die Leiche am Fuß von Hadley Rille gefunden. Der Ort war ideal, um einen Mord zu begehen. Der Mörder wußte, daß diese Person, die ich einmal war, gern dort hinausradelte, um sich inspirieren zu lassen.

Allerdings lautete der Verdacht damals noch nicht auf Mord. Als die Bank von meinem – das heißt von ihrem – Ableben hörte, fertigte sie aus dem Stück Gewebe, das sie zusammen mit meinem gespeicherten Bewußtsein aufbewahrte, einen Klon. Sechs Lunationen später übertrug man mein gespeichertes Bewußtsein auf diesen künstlichen Organismus und sagte mir, daß ›sie‹ eben erst gestorben wäre. Sie war erschüttert, als sie's hörte, aber lebte sich dann doch ganz gut ein. Auch sie wurde schließlich umgebracht.

Dieses Mal gab es mehr Gründe, um den Verdacht auf Mord

zu erhärten. Sie hatte nicht nur weniger als eine Lunation nach ihrer Reinkarnation gelebt, sondern die Umstände, die ihren Tod herbeiführten, waren äußerst merkwürdig gewesen. Eine Bombe war in der U-Bahn explodiert und hatte sie in Stücke gerissen. Sie war der einzige Fahrgast in einer Fahrkapsel für zwei Personen gewesen. Die Bombe hatte ein Amateur gemacht.

Es war allerdings möglich, daß es sich um einen politischen Terrorakt handelte und daß sie zufällig davon betroffen war. Die dritte Reinkarnation war anderer Meinung gewesen – weshalb, weiß ich auch nicht. Das ist das Handikap bei den Bewußtseinsspeichern, daß man sich die letzten Erfahrungen der früheren Ichs nicht zunutze machen kann. Als ich ermordet wurde, mußte ich jedesmal wieder von vorn beginnen.

Fuchs 3 hatte wirklich Grund genug, paranoisch zu sein. Sie traf alle erdenklichen Sicherheitsvorkehrungen, um nicht das Schicksal ihrer Vorgängerinnen zu erleiden. In anderen Worten – sie vermied alle Situationen, die zu ihrem gewaltsamen Tod hätten führen können. Fünf Lunationen lang ging es gut. Dann starb sie, nachdem sie eine Auseinandersetzung mit jemandem gehabt hatte. Nur soviel stand fest und daß es sich um eine ganz brutale Schlägerei gehandelt haben mußte. Überall in der Wohnung fand man Blutspuren. Die Polizei dachte zuerst, daß Fuchs ihren Gegner tödlich verwundet haben mußte, aber die Blutproben zeigten, daß es sich nur um ihr eigenes Blut gehandelt hatte.

Was stand mir, Fuchs 4, dann also bevor? Nach einer Stunde intensiven Brütens kam ich zu dem Schluß, daß meine Zukunftsaussichten alles andere als rosig waren. Man muß sich einmal klar darüber werden, was es heißt, daß die Person, die mir nach dem Leben trachtete, jedesmal wenn sie mich wieder umbrachte, mehr über mich erfuhr. Und ich wußte nicht einmal, ob der Mörder ein Mann oder eine Frau war. Er mußte mit der Zeit ein Experte für mich sein und Dinge über mich wissen, die mir unbekannt waren. Zum Beispiel, welche Kampftaktik ich in einem Zweikampf verfolge. Zähneknirschend dachte ich daran. Carnival erzählte mir, daß Fuchs 3, die bisher Schlaueste, Unterricht in der Kunst der waffenlosen Selbstverteidigung genommen habe. Aber was nützte mir das schon? Nichts. Wenn ich etwas zu meiner Selbstverteidigung unternehmen wollte, mußte ich wieder von vorne beginnen. Fuchs 3 gab es nicht mehr.

Nein, mein Killer hatte alle Trümpfe in der Hand. Er konnte

mich jederzeit überrumpeln – und das war wohl sein größter Vorteil –, denn ich wußte ja nicht, wer er war. Und er erfuhr jedesmal, wenn er mich wieder um die Ecke gebracht hatte, mehr über mich.

Was sollte ich also tun? Wo mit meinen Vorsichtsmaßnahmen beginnen? Ich begann unter den Leuten, die ich kannte, nach einem potentiellen Feind zu suchen, der mich so sehr haßte, daß er mich vollkommen ausradieren wollte. Es war mir ein Rätsel. Es mußte jemand sein, mit dem Fuchs 1 in dem einen Jahr, das sie nach der Datenaufzeichnung noch zu leben hatte, zusammengetroffen war.

Vielleicht war Emigration die einzig mögliche Lösung für meine ausweglose Situation. Wahrscheinlich wäre es das beste, einfach abzuhauen und mich auf dem Merkur, Mars oder sogar Pluto anzusiedeln. Aber selbst dort wäre ich nicht sicher. Mein Killer schien sehr beharrlich zu sein. Nein, ich mußte mich hier dem Schicksal stellen, wo ich das Terrain kannte.

Erst am darauffolgenden Tag erfuhr ich Näheres über den erlittenen Schaden. Eine ganze Symphonie war mir flötengegangen.

Die letzten dreißig Jahre hatte ich damit verbracht, Environments zu machen. Ich hatte damit angefangen, als diese Kunst noch in den Kinderschuhen steckte. Ich war der verantwortliche Techniker, der die Wettermaschinen im Disneyland von Transvaal bediente. Transvaal-Disneyland war damals noch neu und der größte und modernste Park für Environments auf Luna. Ein paar von uns Technikern hatten mit Wetter-Environments herumexperimentiert. Zuerst war es nur zu unserem Privatvergnügen gewesen. Später luden wir dann Freunde ein, die sich unsere ›selbstgebauten‹ Stürme und Sonnenuntergänge anschauen sollten. Im Handumdrehen war es dann eine ganze Menge Besucher, denn die Freunde hatten wiederum ihre Freunde eingeladen, und die Leute von Transvaal begannen Eintrittsgeld zu verlangen.

Allmählich machte ich mir einen Namen und begriff, daß ich als Künstler mehr Geld verdienen konnte. Zu der Zeit, als die letzte Registrierung stattfand, war ich einer der führenden Environmentalisten auf Luna.

Dann komponierte ich ›Liquid Ice‹. Als ich zwei Jahre nach der Premiere die Kritiken las, konnte ich ihnen entnehmen, daß man die Komposition damals als den Höhepunkt der Environment-

Kunst angesehen hatte. ›Liquid Ice‹ war im Pennsylvania-Disneyland vor dreihunderttausend Besuchern aufgeführt worden. Ich wurde reich.

Das Geld, das ich dabei verdiente, war immer noch auf meinem Bankkonto. Aber das Genie, das die Symphonie geschaffen hatte, war für immer verloren. Und das war viel wichtiger.

Fuchs 1 hatte das Werk ganz allein komponiert. Auch jetzt konnte ich mich noch daran erinnern, daß ich damals ziemlich vage Ideen für eine symphonische Winterdichtung hatte, Einfälle, mit denen ich mich zu gegebener Zeit dann noch einmal auseinandersetzen und die ich zu einem Ganzen zusammenfügen mußte. Aber der gesamte schöpferische Prozeß hatte sich im Kopf dieser Person abgespielt, die ermordet worden war.

Ich kam einfach nicht darüber hinweg. Einen Augenblick lang überlegte ich mir, ob ich die Bank anrufen und sie anweisen sollte, die gespeicherte Information, die meine Person betraf, zu zerstören. Würde ich dann sterben, wäre es wenigstens ein für allemal. Der Gedanke, daß sich noch einmal ein Fuchs 5 von dem Operationstisch bei der Archimedes erheben würde, war mir einfach unerträglich. Ihr würde dann alles abgehen, was Fuchs 1, 2, 3 und 4 erlebt hatten. Nun, was meine Persönlichkeitsbildung anbetraf – viel hatte ich bis jetzt noch nicht dafür tun können. Aber wie die kurze Spanne Zeit, die meine Vorgängerinnen zu leben gehabt hatten, zeigte, mußte man auch die negativen Erfahrungen sorgsam aufbewahren.

Ich war in einer richtigen Panik und sagte mir, daß entweder mein Informationsspeicher zerstört oder jeden Tag erneuert werden müsse. Ich rief die Bank an, veranschlagte die Kosten für die erwogenen Vorsichtsmaßnahmen und kam zu dem Schluß, daß bei einer Speichererneuerung pro Woche meine Ersparnisse für ein Jahr ausreichen würden.

Ich wollte mich so lange als möglich gut absichern und vermeiden, daß noch eine Fuchs dies alles erleiden mußte. Deswegen wollte ich gleich heute wieder zur Bank gehen. Wenigstens würde eine Fuchs 5 bei ihrer Entstehung genauso viel wissen wie ich jetzt.

Nach der Registrierung fühlte ich mich besser. Auch hatte ich die Angst vor dem Sprechzimmer des Arztes verloren. Die Furcht ist weitverbreitet, weil man nämlich glaubt, beim Erwachen könnte man selber feststellen, daß man tot gewesen ist. Nur unsere Feigheit, die uns daran hindert, den Tatsachen ins Gesicht zu sehen, läßt und etwas derart Absurdes glauben.

Wie verhält es sich aber in Wirklichkeit mit dem menschlichen Bewußtsein? Das was man gemeinhin als ›Selbst‹ bezeichnet, entsteht nun einmal erst bei der Datenregistrierung, auf dem Behandlungstisch des Arztes. Dort werden die Richtlinien für das spätere Handeln dieses menschlichen Individuums festgelegt. Das ist nun einmal so. Das menschliche Bewußtsein ist eindimensional, unterliegt dem Gesetz der Zeit, die einen Anfang und ein Ende hat. Stirbt man nach einer Datenregistrierung, stirbt man unwiderruflich. Auch wenn man mit diesen gespeicherten Informationen ein neues Individuum schaffen kann, das dem ersten bis zu einem gewissen Grad ähnlich ist. Von einem absoluten Standpunkt aus betrachtet, würde das heißen, daß man sich einen bestimmten Zeitpunkt in der Vergangenheit des Individuums herausgegriffen und seiner Lebenslinie durch das Aufpfropfen einer anderen Person einen neuen Verlauf gegeben hat. Die Lebenslinie kann von der neuen Person nicht zurückverfolgt werden. Ich, Fuchs 4, sollte also nun die Verwandte jener Person sein, die vor so langer Zeit ihr Bewußtsein registrieren ließ und im Falle, daß ich stürbe, würde Fuchs 5 mit demselben Bewußtsein erwachen und doch eine ganz andere Person sein.

Nun, die Frage, warum wir es dann überhaupt tun, ist berechtigt. Ich kann sie auch nicht beantworten. Wahrscheinlich ist der Trieb, ewig zu leben, im Menschen so stark, daß wir diese Scheinlösung dem Nichts vorziehen. Es soll ja sogar einmal Menschen gegeben haben, die sich einfrieren ließen, weil sie hofften, daß sie zukünftige Generationen auftauen würden und daß diese Generationen den Schlüssel zum ewigen Leben gefunden hätten. Man braucht sich nur die Große Pyramide im ägyptischen Disneyland anzuschauen. Dann weiß man, wie groß diese Sehnsucht ist.

Unser Leben hat fragmentarischen Charakter. Wahrscheinlich stand sogar fest, daß in Tausenden von Jahren immer noch ein Mensch existieren würde, dem auch meine Bewußtseinsinformationen zugrunde liegen. Dieses Lebewesen hätte dieselben Kindheitserinnerungen wie ich: der Gang zur Archimedes, die erste Geschlechtsumwandlung, die ersten Liebesabenteuer, die traurigen und die heiteren Momente. Wenn ich noch eine Aufzeichnung machen ließ, würde sie auch meine gegenwärtigen Gedanken in ihrem Bewußtsein gespeichert haben. Und Jahr für Jahr würde sie neue Erfahrungen sammeln. Und nach jeder Datenaufzeichnung wäre der davorliegende Zeitabschnitt unzerstörbar für alle Zeiten. Es lag für mich ein gewisser Trost darin, daß mein Leben wenigstens bis vor wenigen Stunden, als die Registrierung vorgenommen wurde, gesichert war.

Nach diesen Überlegungen war ich fest dazu entschlossen, es nie wieder geschehen zu lassen. So langsam hatte ich einen abgrundtiefen Haß auf meinen Killer. Ein Gefühl, wie es mir in dieser Intensität bislang fremd gewesen sein mußte. Ich hatte gute Lust hinauszurennen und mit einer stumpfen Waffe auf den Mörder einzuschlagen, bis er sich nicht mehr rührte.

Es kostete mich große Mühe, dieses Gefühl zu unterdrücken. Denn das war es ja, was der Killer beabsichtigte. Er wollte mich bis zum Äußersten reizen. Ich mußte mir auch wieder ins Bewußtsein zurückrufen, daß er meine erste Reaktion kennen würde.

Ich mußte etwas Überraschendes tun.

Wie sollte ich das aber bewerkstelligen?

Ich rief die Polizei an und lernte die Geheimpolizistin kennen, die sich mit meinem Fall befaßte. Isadora – so hieß sie – gab mir einen guten Rat.

»Ich könnte mir denken, daß dir mein Ratschlag unangenehm sein wird«, sagte sie. »Als ich den Vorschlag deiner letzten Inkarnation machte, hat sie ihn glatt zurückgewiesen.«

Ich mußte mich daran gewöhnen, daß man mir erzählen würde, was ich getan und gesagt hatte. Ich schluckte also meinen Ärger hinunter und bat sie fortzufahren.

»Es ist eigentlich ganz einfach: du mußt nur zu Hause bleiben. Ich weiß, daß du dich für einen Detektiv hältst, aber deine Vorgängerin hat bewiesen, daß es nicht weit her ist damit. Sobald du dieses Haus verläßt, bist du geliefert. Dieser Kerl kennt dich inund auswendig, und du kannst Gift darauf nehmen, daß er dich kriegt.«

»Du weißt also was über ihn, he!«

»Ach so. Ich habe deinem früheren Ich bereits einige Details erzählt und weiß nicht mehr genau, welche. Daran mußt du dich eben gewöhnen. Ja, wir wissen, daß es sich um einen Mann handelt. Oder besser, gehandelt hat, denn es sind ja schon wieder sechs Monate vergangen, seit du diesen blutigen Kampf mit ihm ausgefochten hast. Einige Zeugen haben einen Mann in blutbeschmierten Kleidern gesehen, der dein Mörder gewesen sein könnte.«

»Dann seid ihr ihm also auf der Spur?«

Sie seufzte, und ich wußte, daß dies nur wieder alte Kamellen für sie waren.

»Nein. Und du hast wieder einmal bewiesen, daß du kein Detektiv bist. Was du über Verbrechen weißt, stammt aus verstaubten Romanen. Da heutzutage keiner mehr besonders daran interessiert ist, Romanhelden richtig einzuschätzen, ist unsere Arbeit der breiten Masse ziemlich fremd geblieben. Siehst du, wir wissen zwar, daß dein Killer ein Mann war, aber das hat noch gar nichts zu bedeuten. Er könnte sich schon am Tag nach dem Mord einer Geschlechtsumwandlung unterzogen haben. Wahrscheinlich hast du dir auch schon überlegt, ob wir Fingerabdrücke von ihm haben, stimmt's?«

Ich knirschte mit den Zähnen. Alle waren mir überlegen. Als ich ihr das letzte Mal begegnet war, mußte ich sie so etwas gefragt haben. Und sie konnte Gedanken lesen. Ich hatte tatsächlich an die Fingerabdrücke gedacht. Ich wollte es aber nicht zugeben und sagte beiläufig: »Nein. Denn er könnte diese natürlich genauso leicht wie sein Geschlecht ändern.«

»Stimmt. Es wäre sogar noch einfacher. Heutzutage ist die sicherste Methode, einem Verbrecher auf die Spur zu kommen, wenn man seinen Genotypus feststellt. Aber er hat nichts, aber auch gar nichts in dieser Richtung zurückgelassen, als er dich das letzte Mal abgemurkst hat. Er muß ja ein richtiges Schwein sein, daß er's fertigbringt, dir so viel Schaden zuzufügen und sich selbst nicht einmal dabei zu verletzen. Du warst mit einem Messer bewaffnet. Dennoch haben wir keinen einzigen Blutstropfen von ihm am Ort des Verbrechens entdeckt.«

»Wie wollt ihr ihn dann schnappen?«

»Fuchs, du müßtest einige College-Kurse besucht haben, um unsere Methoden richtig zu verstehen, obwohl sie nicht einmal besonders gut sind. Die Kriminalistik hat im letzten Jahrhundert nicht Schritt gehalten mit den Naturwissenschaften. Dem Verbrecher stehen heute Mittel zur Verfügung, die unsere Arbeit unvorstellbar erschweren. Wenn du allerdings zu Hause bleibst und aufhörst, deinen Killer zu verfolgen, könnten wir ihn vielleicht in vier Lunationen schnappen.«

»Warum soll es ausgerechnet vier Monate dauern?«

»Wir verfolgen ihn mit dem Computer. Durch unsere Programme erzielen wir ziemlich genaue Ergebnisse, wenn wir hinter so einem Kerl her sind. Wenn man uns genügend Zeit läßt, gelingt es uns, mit dieser Methode ungefähr sechzig Prozent der Verbrecher zu fangen.«

»Sechzig Prozent?« höhnte ich. »Wollt ihr mir damit vielleicht Mut machen? Zumal, wenn es sich wie in diesem Fall um einen wirklichen Profi handelt?«

Sie schüttelte den Kopf. »Er ist kein Profi. Er ist nur besessen. Und das ist auch sein Handikap. Je entschlossener er dich verfolgt, desto sicherer fangen wir ihn, wenn er einen Fehler macht. Die sechzig Prozent betreffen alle Verbrechen. Bei Mord liegt die Rate höher, nämlich bei 98 Prozent. Es sind Affekthandlungen, und die Verbrecher sind meistens Amateure. Die Profis beteiligen sich nicht daran und wissen auch warum. Die Strafe für diese Art von Verbrechen ist so hoch, daß es einen an den Bettelstab bringen kann. Und das Opfer ist unter Umständen schon über alle Berge, während man sich noch mit seinem Prozeß herumschlagen muß.«

Ich fühlte mich schon etwas besser, als ich mir das, was sie gesagt hatte, noch einmal durch den Kopf gehen ließ. Der Killer war also kein Verbrecher vom Schlag eines Fu Manchu oder Professor Moriarty. Er war ein Mensch wie du und ich und offensichtlich ganz neu im Geschäft. Fuchs 1 mußte etwas getan haben, das ihn so wütend machte, daß er seinen finanziellen Ruin riskierte, um mich zur Strecke zu bringen. Es machte ihn ja schon beinahe wieder menschlich.

»Willst du immer noch versuchen, ihn zu schnappen?« Isadora grinste. Vermutlich waren meine Gedanken an der Stirn geschrieben. Vielleicht kannte sie auch meine Gedankengänge aus unseren früheren Unterhaltungen.

»Warum auch nicht?« sagte ich trotzig.

»Dann kriegt er dich todsicher. Er ist zwar kein Profi, aber kennt dich in- und auswendig. Er kann sich denken, wie du hochgehst, wenn du von der Sache erfährst. Was er sich ebenfalls an den Fingern abzählen kann, ist, daß du meinen Rat nicht befolgst. Vielleicht lauert er dir bereits vor der Tür auf und wartet nur darauf, daß unser Gespräch genauso ausgeht wie das letzte Mal. Damals hat er zwar nicht hier gewartet, aber dieses Mal könnte es schon der Fall sein.«

Was sie sagte, brachte mich wieder zur Besinnung. Besorgt schaute ich zur Tür, die durch acht Sicherheitssysteme gesichert war, die Fuchs 3 hatte anbringen lassen.

»Vielleicht hast du sogar recht. Ihr wollt also, daß ich die ganze Zeit hierbleibe. Für wie lange wird das sein?«

»So lange, wie wir für die Ermittlungen brauchen. Das kann ein ganzes Jahr sein. Die Vier-Lunationen-Frist, von der ich gesprochen habe, gilt nur für den Idealfall. Es ist der höchste Punkt auf der Computer-Kurve. Der Wert mit der größten Wahrscheinlichkeit liegt bei etwas über einem Jahr.«

»Warum bin ich das letzte Mal eigentlich nicht hiergeblieben?«

»Es war bei deiner Vorgängerin eine Mischung aus Imponiergehabe, Haß und der Furcht vor Langeweile.« Sie sah mich forschend an, so als ob sie ergründen wollte, wie sie mich dazu bringen könnte, ihren Rat zu befolgen, dessen Mißachtung so verhängnisvolle Folgen für Fuchs 3 gehabt hatte.

»Du bist Künstlerin«, fing sie wieder an. »Warum kannst du eigentlich nicht . . . nun, zu Hause kreativ sein? Kannst du nicht hier arbeiten?«

Wie sollte ich ihr klarmachen, daß Inspiration etwas ist, das man nicht beliebig an- und abschalten konnte. Wetterskulptur ist eine künstlerische Disziplin, die besonders viel Einfühlungsvermögen erfordert. Das Realisieren ist nicht so leicht. Man kann nicht einfach eine Idee ausprobieren wie bei einem Lied die Melodie, die man auf dem Klavier oder der Gitarre improvisiert. Man kann zwar auch mit einem Computer als Simulator arbeiten, aber das ist nicht das Wahre. Erst wenn man die Bänder in die Maschinen eingelegt hat und draußen im offenen Gelände steht und der Wirbelsturm um einen herum Gestalt annimmt, weiß man, was eine Wetterskulptur ist. Bei diesem Kunsthandwerk kann man auch kein Praktikum machen, weil es zu teuer ist.

Seit jeher habe ich lange Wanderungen auf der Oberfläche von Luna gemacht. Ich habe sie für meine kreative Arbeit gebraucht. Meine Konkurrenten können nicht verstehen, warum. In der Regel machen sie ihre Spaziergänge nur in den Parks, in denen das Environment realisiert wird. Natürlich gehe ich dort auch spazieren. Man muß sich ja mit den geographischen Gegebenheiten vertraut machen. Ein Computer kann nur Aufschluß über Wärmezonen, Aufwinde und Miniaturökologien geben. Deswegen muß man wirklich selber dort gewesen sein, ein Gefühl für die Landschaft entwickeln, den Wind, der dort weht, gespürt und den Geruch des Waldes eingesogen haben, bevor man eine Gewitterfront, einen Wirbelsturm oder sogar einen Sommerregen entwerfen kann. Das Kunstwerk muß in die Landschaft integriert sein.

Ich aber werde von der ausgetrockneten, kalten, atmosphärelosen Mondoberfläche inspiriert wie von keiner anderen Landschaft. Nur wenige Bewohner mögen sie. Ich bin kein Höhlenbewohner, konnte die Korridore nie leiden. Mir ging es nicht wie vielen meiner Freunde, die behaupten, daß sie sich dort wohl fühlen. Wahrscheinlich ist es so, daß ich den schwarzen Himmel und das rauhe Land als leere Leinwand ansehe. Ich bin davon fasziniert, ein Gefühl, das in den Disneylands einfach nicht zustande kommen kann, weil die Landschaft dort gewöhnlich üppig und abwechslungsreich ist. Außerdem ist die Witterung unbeständig, auch wenn sie sehr angenehm ist.

Ich überlegte mir: Konnte ich wirklich auf diese langen, einsamen Wanderungen bei meiner schöpferischen Arbeit verzichten?

In Gedanken überflog ich noch einmal kurz die Möglichkeiten, die dagegen sprachen.

»Gut«, sagte ich abschließend zu Isadora. »Ich werde zu Hause bleiben.«

Ich hatte Glück. Das Leben wurde mir wider Erwarten nicht zur Hölle. Das Gegenteil war der Fall. Ich war kreativ wie nie zuvor. Meine Frustrationen entluden sich in Wirbelstürmen und Unwettern. Ich arbeitete an meinem Meisterwerk, dem ich den Titel ›Tanz der Zyklone‹ gab. Mein Manager überredete mich später dazu, dem Werk den kürzeren und weniger schwülstigen Titel ›Zyklon‹ zu geben, für mich blieb es allerdings ein Tanz.

Mit der Zeit dachte ich dann auch nicht mehr so oft an den Killer. Ganz vergaß ich ihn allerdings nicht, ich brauchte ihn als Stimulans, er war die Leinwand, auf der sich mein Haß entlud. Zu Beginn meines Eingekerkertseins war ich zu einer entsetzlichen Einsicht gelangt. Ich sprach mit Isadora darüber.

»Ich habe das unangenehme Gefühl, daß dies hier eine bessere Mausefalle ist und daß ich der Köder bin.«

»Du hast den Nagel auf den Kopf getroffen.«

»Ich muß aber sagen, daß ich nicht darauf erpicht bin, den Köder zu spielen.«

»Warum eigentlich nicht? Hast du etwa Angst?«

Ich zögerte zunächst, fragte mich dann aber, warum ich mich schämen sollte. »Ja, vermutlich. Kann mir vielleicht jemand erklären, warum ich hierbleiben soll, wenn mir mein Instinkt sagt, daß es besser wäre, schleunigst abzuhauen?«

»Die Frage ist berechtigt. Für die Polizei ist das hier die ideale Konstellation. Das Opfer ist an einem Ort, wo wir es beobachten und gegebenenfalls beschützen können. Der Mörder aber läuft frei herum. Und da es sich um einen Besessenen handelt, wird er über kurz oder lang hier bei dir aufkreuzen. Und bevor er zum entscheidenden Schlag ausholt, wird er einen Weg auskundschaften, wie er in deine Nähe gelangen kann, und dabei werden wir ihn schnappen.«

»Ist es denn überhaupt möglich, daß er bis hierher vordringt?«

»Nein. Es ist ausgeschlossen. Jede der Vorrichtungen an deiner Tür würde genügen, um ihn daran zu hindern. Dein Essen und dein Trinkwasser aber wird untersucht, bevor es hierher gelangt. Dies sind ohnehin Möglichkeiten, die ziemlich unwahrscheinlich sind. Wir sind davon überzeugt, daß dein Killer dieses Mal alles von dir beseitigen will. Er will dich ausradieren. Vergiften käme dabei nicht in Frage, denn wir würden dich wieder zum Leben erwecken. Nur wenn überhaupt nichts mehr von deinem Körper übriggeblieben ist, ist es uns gesetzlich untersagt, einen Wiederbelebungsversuch vorzunehmen.«

»Wie steht's mit Bomben?«

»Der Korridor vor deiner Wohnung wird bewacht. Die Entfernung zwischen Sprengkörper und dir wäre also ziemlich groß. Es müßte demnach eine ziemlich große Bombe sein, die dein Killer verwendet. In der kurzen Zeit wird er es aber nicht schaffen, sie sich zu besorgen. Du kannst dich also ruhig wieder entspannen. Du bist sicher.«

Sie brach das Gespräch ab, und ich ließ mich mit dem Zentralcomputer verbinden.

»ZC«, sagte ich, »kannst du mir sagen, wie ihr bei der Suche nach Killern vorgeht?«

»Sprichst du von Killern im allgemeinen oder von dem einen, an dem du ein besonderes Interesse hast?«

»Was meinst du wohl? Nun, die Sache ist die, daß ich dieser Tante von der Kriminalpolizei nicht so ganz über den Weg traue. Ich will von dir wisssen, wie ich mich an der Suche beteiligen kann.«

»Es sieht schlecht aus für dich. Du kannst wahrscheinlich wenig tun«, antwortete der Computer. »Was mich anbetrifft, so bin ich der Zentral- oder Kontroll-Computer auf Luna und befasse mich nicht direkt mit der Ergreifung von Verbrechern. Ich überwache vielmehr verschiedene Spezialcomputer, die an mich angeschlossen sind. Ihr Code besteht aus einem komplizierten Zahlensystem, das auf die Eingangsinformationen, die ich ihnen liefere, abgestimmt ist. Über jeden Bewohner auf Luna gehen mir pro Tag im Schnitt zwanzig Informationen zu. In der Regel ist auch eine Probe für die Genalyse dabei. Ich bringe die Untersuchungsergebnisse in Zusammenhang mit dem Ort und der Zeit des Geschehens und kann dann rekonstruieren, was passiert ist, was sehr wahrscheinlich nicht passiert ist und was auf keinen Fall passiert sein konnte. Mit dem zuständigen Nebenprogramm kann ich etwas ziemlich genau bestimmen. Als sich der erste Mord an dir ereignete, ergaben meine Berechnungen, daß 99,93 Prozent der Bewohner von Luna dafür in Frage kamen, das bedeutete 210000 Personen. Das war nach der Auswertung der Daten, die den Standort einer Person zu einer bestimmten Zeit erfaßten. Die Informationen über ein mögliches Motiv haben die Zahl der Hauptverdächtigen weiter reduziert. Soll ich fortfahren?«

»Nein, ich glaube, ich habe begriffen. Jedesmal, als man mich wieder einmal ermordet hatte, ist die Zahl der Verdächtigen weiter geschrumpft? Wie viele sind jetzt noch übrig?«

»Du stellst die Frage falsch. Wie ich schon zu Anfang angedeutet habe, sind immer noch alle Bewohner von Luna verdächtig. Aber jeder davon ist mit einer größeren oder geringeren Wahrscheinlichkeit der Täter gewesen. Es gibt eine ziemlich große Gruppe, deren Wahrscheinlichkeit von +10 bis zur −27ten Potenz reicht, und nur zwanzig Personen bleiben übrig, die eine Wahrscheinlichkeit von 13% erreichen.«

Je mehr ich darüber nachdachte, desto weniger mochte ich das Gequassel.

»Es klingt aber gar nicht so, als ob einer von denen ein – wie nennst du sie doch gleich – Hauptverdächtiger wäre.«

»Du bist vielleicht naiv. Natürlich nicht. Das ist nämlich eine ganz vertrackte Angelegenheit.«

»Bin ich aber froh, daß du genauso denkst wie ich!«

»Ja«, stimmte er mir zu. Wie gewöhnlich nahm er die Ironie in meiner Stimme nicht wahr. »Vielleicht müssen wir auch ein paar

Programme erneuern. Wir sind noch nie so weit gekommen, ohne daß wir dem Computer, der über den Fall entscheidet, mit neunzigprozentiger Sicherheit den Täter angeben konnten.«

»Und was Isadora mir erzählt hat, ist dann also nur Gerede? Sie ist in einer Sackgasse . . .«

»Das stimmt nicht ganz. Sie hat eine statistische Analyse, derzufolge die Festnahme sehr wahrscheinlich innerhalb eines Jahres erfolgt.«

»Ist aber deine Schätzung, nicht wahr?«

»Aber klar!«

»Dann begreife ich allerdings nicht, was Isadora noch zu tun bleibt. Ich bin nämlich gar nicht entzückt davon, daß sie mein Schicksal in die Hand nimmt. Was sie vorzubringen hat, hört sich an, als ob sie sich's aus den Fingern gesogen hätte. Hab' ich recht?«

»Die Gesetze, die Privatpersonen schützen, verbieten mir, meine Meinung über den Wert, das Verhalten oder die Intelligenz eines Bürgers zu äußern. Aber vielleicht verstehst du, was ich meine, wenn ich dich jetzt frage, ob du damit einverstanden wärst, wenn deine Symphonien ausschließlich vom Computer erzeugt würden. Du würdest wohl kaum deinen Namen unter ein Werk setzen, das ich ganz allein verfaßt habe.«

»Ich verstehe, was du damit meinst.«

»Das ist nämlich der springende Punkt. Ohne Computer würde die Symphonie zwar auch nicht zustande kommen, aber ich erfinde die Informationen nicht, die dazu notwendig sind. Nur durch den schöpferischen Einfall kommt das Ganze in Fluß. Übrigens habe ich deiner Vorgängerin schon gesagt, daß ich dein ›Liquid Ice‹ unheimlich gern mag. Es war ein Riesenspaß mit dir daran zu arbeiten.«

»Danke. Du weißt, daß ich das nicht mehr so richtig nachvollziehen kann.« Ich brach unsere Unterhaltung ab und fühlte mich nicht besser als zuvor.

Er mußte nur ›Liquid Ice‹ erwähnen, und schon war ich wieder auf hundert. Ich fühlte mich beraubt und mißhandelt. Alles andere erschien mir weniger grotesk zu sein, als des Gedächtnisses beraubt zu werden. Ich hatte ›Liquid Ice‹ komponiert, und es war phantastisch. Ich konnte es sagen, ohne daß man mich für eingebildet halten mußte, weil ich es eben doch nicht geschrieben hatte!

Ich führte ein ziemlich spartanisches Leben. Ich arbeitete zwölf und manchmal sogar vierzehn Stunden am Tag, nahm meine Mahlzeiten ein, schlief und arbeitete dann weiter. Zweimal am Tag legte ich eine Pause ein und nahm an einem Holovisions-Fernkurs über Kampfmethoden teil. Natürlich war das alles ziemlich theoretisch, aber ich hatte das Gefühl, daß ich davon profitierte. Ich blieb fit und darüber hinaus stärkte der Kurs mein Selbstvertrauen. Zum ersten Mal in meinem Leben wurde mir klar, wie ich aussehen würde, wenn man nicht an mir herumgepfuscht hätte. Als ich geboren wurde, war ich ein Mädchen, aber Carnival wollte unbedingt einen Jungen haben und ließ eine Geschlechtsumwandlung bei mir vornehmen, als ich gerade erst zwei Stunden alt war. Das war übrigens einer ihrer Widersprüche, der mich furchtbar wütend machte, als ich jünger war, und den ich dann später zu mögen begann. Einerseits nämlich scheute sie nicht die Schmerzen und die Unannehmlichkeiten einer natürlichen Geburt, weil sie die Leute verabscheute, die der Natur ins Handwerk pfuschten. Andererseits regte sie sich darüber auf, daß die Produkte der Natur dem Zufall unterworfen waren. Wahrscheinlich ist ihr Alter schuld daran. Sie ist schon beinahe zweihundert, und das bedeutet, daß sie bereits auf der Welt war, bevor Geschlechtsumwandlungen in Mode kamen. Und damals, habe ich mir sagen lassen, hatte man eine Vorliebe für Jungen. Dieses Vorurteil hat sie, glaube ich, nie so ganz abgelegt.

Wie dem auch sei, ich war ein Junge während meiner Kindheit. Bei der erstbesten Gelegenheit wählte ich die Gestalt selber aus, die ich haben wollte. Ich war nun ein Klon, der sechs Lunationen zählte. Ich freute mich, als ich erkannte, daß meine erste weibliche Gestalt meinem wahren Wesen am nächsten kam.

Ich war zierlich und hatte einen kleinen Busen. Mein Körper war nichts Besonderes. Aber ich hatte ein hübsches Gesicht. Richtig süß sah ich aus. Ich war richtig verliebt in meine Nase. Ich hatte den Körper einer Siebzehnjährigen, wer weiß, vielleicht würde ich in ein paar Jahren keine Stupsnase mehr haben, was mir aber nicht recht war. Sollte es wirklich der Fall sein, dann würde ich sie korrigieren und eine andere Nase anfertigen lassen.

Einmal pro Woche ließ ich eine Datenaufzeichnung machen. Es war die einzige Gelegenheit, bei der ich Menschen zu Gesicht bekam: Dann kamen Carnival, Leander und Isadora herein. Sie und der Arzt blieben noch eine Weile bei mir, als es schon vorüber war.

Beim Herein- und Hinausgehen brauchten sie jeweils eine Stunde, um an den Sicherheitsvorrichtungen vorbeizukommen. Ich muß gestehen, daß ich mich ziemlich sicher fühlte, als ich sah, wie schwierig es sogar für meine Freunde war hereinzukommen. Ich war in einer Art unsichtbarer Festung. Mörder, sagte ich zu mir selbst, so kannst du uns nicht mehr entwischen!

Die Zusammenarbeit mit dem ZC klappte besser als je zuvor. Wir entwarfen neue Programme. Die vierdimensionalen Modelle, die auf meinem Bildschirm entstanden, übertrafen alles bisher Dagewesene. Der ZC ›kannte‹ das Terrain, wo die Vorführung stattfinden sollte, das Kansas-Disneyland. Ich aber war ein Experte, was die Stürme dort anbetraf. Da ich dieses Mal die ›Bühne‹ nicht vor der Aufführung betreten konnte, mußte ich mich ganz auf den Computer verlassen, der die Szenerie für mich im Holotank rekonstruierte.

Nichts kann ein Gefühl der Erhabenheit besser vermitteln als die Aufführung eines Naturereignisses. Auch als ich mir's nun im 3-cm-Tank anschaute, war mir plötzlich, als ob ich dreißig Meter groß wäre. Ich hatte eine Krone aus glitzerndem Reif in meinem Haar, und über meinem Haupt sammelten sich die Blitze. Es war Herbst in Kansas. Ich ging über die braune, endlose, ursprüngliche Prärie, wie sie war, bevor der weiße Mann nach Westen kam. So ungefähr mußte Kansas nun wieder aussehen, das Kansas, das von den Eroberern beherrscht wurde. Die Barbaren hatten die Zäune aus Stacheldraht herausgerissen, die Ackerfurchen eingeebnet, die Städte und Eisenbahnlinien zerstört. Sie hatten erreicht, daß dort die Büffelherden wieder grasen.

Es gab ein Problem, das ich auf eine Weise löste wie nie zuvor. Sonst hatte ich die Büffel immer ausgeklammert, dieses Mal wollte ich sie mit einbeziehen. Ich brauchte den donnernden Hufschlag einer fliehenden Büffelherde. Es war ein ganz wichtiges Element in meinem Environment. Aber wie sollte ich das anstellen, ohne daß Tiere dabei getötet wurden?«

Die Verwaltung vom Kansas-Disneyland würde es nicht dulden, wenn ihr Viehbestand nur wegen einer Aufführung g efährdet würde. Ich war ganz ihrer Meinung. Auch mir wurde schlecht bei dem Gedanken. Das Leben darf nicht auf Kosten der Kunst gehen. Leben und Kunst sind zwei Bereiche, die getrennt bleiben müssen. Töten war nur zur Selbsterhaltung gerechtfertigt. Aber die Sache war die: Im Disneyland von Kansas gab es zwei Millionen Büffel, und ich hatte mir fünfundzwanzig Wirbelstürme, die gleichzeitig losgehen sollten, für mein Environment ausgedacht. Wie konnte man erreichen, daß die Büffel nicht einfach durchdrehten?

Durch einen Trick. Ich entdeckte, daß der Zentralcomputer Verhaltensdiagramme von Büffeln gespeichert hatte, die sehr verläßlich waren. Der verdammte ZC speichert offensichtlich alles, und was mich am meisten ärgerte, ich mußte ihm auch noch dankbar dafür sein. Wir nahmen uns also folgendes vor: Wir würden die Herden an einem ganz genau festgelegten Ort in der Landschaft zusammentreiben und die Wirbelstürme genau über ihnen loslassen. Uns war allerdings klar, daß wir die Tornados nie ganz unter Kontrolle bekommen würden, sogar die ›selbstgemachten‹ sind unberechenbar. Aber mit neunzigprozentiger Sicherheit konnten wir sie steuern. Das Verhaltensdiagramm, das wir uns von der Herde erarbeiteten, war bis zu zwei Stellen hinter dem Komma verwendbar. Um uns gegen das Unvorhersehbare abzusichern, brachten wir ein paar Dutzend Blitzlichtbomben an, die die Büffel in eine andere Richtung treiben sollten, wenn sie drauf und dran waren, ins Verderben zu rennen.

Bei einem Environment dieser Art ist die Kette von Einzelheiten nahezu endlos. Wo soll zum Beispiel der Blitz einschlagen? In der Prärie, die nur sanft gewellt ist, kann sich überall elektrische Ladung akkumulieren. Wir mußten sicher sein, daß ein Blitz die Form hatte, die wir wollten, und vergruben deshalb fünftausend Akkumulatoren in der Erde, mit denen wir kontrollieren konnten, wo die Blitze ausgelöst wurden und wo sie auf der Erdoberfläche einschlugen. Schwieriger war es, die Blitze zu manipulieren, die sich am Himmel entluden. Die Kugelblitze waren am schwersten zu kontrollieren. Wir vergruben Drähte in der Erde, die elektrisch geladen waren. Dann sollten auch noch Präriebrände inszeniert werden. Man mußte sich also bei der Verwaltung erkundigen, an welchen Stellen ein Brand möglich war, den man überwachen konnte. Vom Feuer mußten die Büffelherden natürlich auch ferngehalten werden. Der Rauch durfte nicht ins Publikum geweht werden und die Sicht versperren oder Panik unter den Büffeln auslösen ... All dies waren Dinge, die man bedenken mußte. Aber es würde phantastisch werden.

Es vergingen sechs Lunationen. Sechs Lunationen, das sind 177.18353 mittlere Sonnentage.

Ich hatte lange über meine Lage nachgegrübelt und war dabei auf diese Zahl gestoßen. Ich hatte allerlei Erkundigungen über den Stand der Untersuchung eingezogen, die nach Aussagen von Isadora bis jetzt erfolgreich verlaufen war.

Ich war allerdings anderer Ansicht. Der Zentralcomputer mochte seine Mängel haben, aber er verschleierte die Ergebnisse nicht. Man muß sie nur abrufen.

Nach den Ergebnissen des Computers zu urteilen, sah die Sache doch etwas anders aus. Um nur ein paar Daten zu nennen . . . Wahrscheinlichkeit einer Gefangennahme nach dem Schaubild: 93 Prozent. Zahl der Verdächtigen, die noch am Leben waren: neun. Die Wahrscheinlichkeit, daß es diese neun getan hatten: 3,9 Prozent. Das galt zum Beispiel auch für Carnival. Aber auch die anderen Verdächtigen waren Freunde von mir. Der Verdacht fiel nur deswegen auf sie, weil sie wirklich in alle drei Mordfälle hätten verwickelt sein können. Nicht einmal Isadora wagte einen Verdacht hinsichtlich des Motivs auszusprechen, wenn sie ihn hatte, so behielt sie ihn für sich.

Ich sprach mit dem Zentralcomputer darüber.

»Ich weiß, Fuchs, wie dir zumute sein muß«, sagte er. Für eine Maschine klang die Verzweiflung, die er ausdrückte, schon ziemlich echt.

»Ist das alles, was du dazu zu sagen hast?«

»Aber nein. Ich bin nämlich der Ansicht, daß dich ein Gespenst umgebracht hat.«

»Im Ernst?«

»Ja. Der Begriff ›Gespenst‹ ist aber sehr weit gefaßt. Auch die illegalen Bewohner von Luna fallen darunter. Ich glaube, es gibt hier an die zweihundert Gesetzlose, Klone hingerichteter Krimineller, denen ihr Recht auf Leben offiziell abgesprochen wurde, oder nicht registrierte Kinder, das heißt Kinder, die ohne Erlaubnis der Behörden geboren wurden. Es kann sich aber auch um künstliche Mutanten handeln, die bei verbotenen genetischen Experimenten mit menschlichen DNS zustande gekommen waren. Es ist schwer, solche Fälle lange vor mir verborgen zu halten, jedes Jahr decke ich ein paar davon auf.«

»Was machst du mit ihnen?«

»Sie haben kein Recht zu leben. Ich muß die Personen hinrichten, wenn ich sie entdecke.«

»Du? Das ist doch wohl nur metaphorisch gemeint?«

»Nein. Du hast richtig verstanden. Ich. Weil die Menschen den Job des Henkers verabscheuen. Es war ein ewiges Kommen und Gehen auf diesem Posten. Deswegen habe ich den Job selbst übernommen.«

Damit war er bei mir an die Richtige geraten! Ich denke nämlich ziemlich altmodisch und finde es abscheulich, wenn das Funktionieren einer Gesellschaft von Maschinen abhängig gemacht wird. Das habe ich von meiner Mutter, die oft jahrelang kein Gespräch mit dem Zentralcomputer führte.

»Dann glaubst du also, daß so einer hinter mir her ist! Welche Motive sollte er wohl haben?«

»Ich kann dir keine befriedigende Antwort geben. Dazu reichen die Informationen nicht aus, die ich gespeichert habe. Du weißt doch, daß mir die Frage nach dem ›Warum‹ Schwierigkeiten bereitet. Wenn es um menschliche Motivation geht, bin ich auf die Konstanten angewiesen, die mir über Menschengruppen zugegangen sind, Informationen, die man mir eingegeben hat. Und wie ich vermute, sind diese Konstanten nicht zuverlässig. Ich werde dauernd von Fakten überrascht, mit denen ich nicht gerechnet habe.«

»Gott sei Dank«, sagte ich, obwohl ich gerade in diesem Fall dem Computer für eine genauere Auskunft über menschliches Verhalten dankbar gewesen wäre.

Ich wurde also von einem Gespenst verfolgt. Diese Auskunft machte mich natürlich auch nicht ruhiger. Ich überlegte mir, wie ein solches Wesen in unserer katalogisierten Welt überhaupt existieren konnte. Es mußte ein Wesen sein, das listig war wie eine Ratte, klüger als die Computer und das die Löcher und Risse im System sehr gut kannte. Wo aber waren diese Risse? Ich kam nicht darauf. Wenn ich an die Kontrollen, an die Sicherheitsmaßnahmen dachte, die uns auf Schritt und Tritt verfolgten, an die freiwillige Genalyse, der wir uns jedesmal unterziehen, wenn wir Geld ausgeben, einen Geschäftsabschluß tätigen oder einen Meinungsaustausch mit einem Computer haben . . . Und die Leute unterzeichneten früher mehrere Male am Tag mit ihrem Namen, ich weiß das vom Hörensagen. Heute wird das ganz anders gehandhabt: wir kratzen ein Stück abgestorbenes Hautgewebe von unserer Handfläche, was natürlich verdammt schwer zu fälschen ist.

Aber wie sollte man eines Phantoms habhaft werden? Wenn

dieser Mörder wirklich dazu entschlossen war, mich umzubringen, dann sah ich einer lebenslangen Gefangenschaft entgegen.

Ich zog diese Schlußfolgerung im denkbar ungünstigsten Moment. Ich hatte gerade ›Zyklon‹ abgeschlossen und um mich zu entspannen, hatte ich die Filme von einigen Environments, die während meiner Abwesenheit von der Kunstszene stattgefunden hatten, abgerufen. Das war ein Fehlgriff.

Große Aktionen waren nicht mehr ›in‹.

Vornehme Eleganz war nun gefragt. In einer der Kritiken, die ich las, kam ›Liquid Ice‹ sehr gut weg.

›Mit diesem Werk hat Fuchs das Kapitel der Blut-und-Donner-Bewegung des Evironmentalismus abgeschlossen. Fuchs faßt hier all die Dinge zusammen, die durch die Größe der Konzeption und die überwältigende dramatische Durchführung allein erreicht werden können. Die Schauspiele der Zukunft werden sich mit den zarten Farbnuancen der Dämmerung und mit dem kaum wahrnehmbaren Hauch einer Sommerbrise befassen. Fuchs ist der Tschaikowsky der Environmentalisten, die letzte Romantikerin, die auf einer breiten Leinwand zeichnet. Wir müssen abwarten, ob sie ihren Stil dem reflektierteren Ausdruckswillen eines Janus, Pym oder sogar Tyleber, mit seinen ambivalenten Abstraktionen anpassen wird. Die erhabene Schönheit von ›Liquid Ice‹ bleibt natürlich unbestritten, aber wir leben jetzt und hier . . .‹ In dem Ton ging das Kritikergeschwätz weiter.

Einen Augenblick lang war ich am Boden zerstört. Ich dachte mit Entsetzen daran, daß ich mit ›Zyklon‹ etwas ganz und gar Unzeitgemäßes geschaffen hatte. Das passiert hin und wieder, und unmittelbar nach einer Reinkarnation ist natürlich diese Angst am größten. Durch den technischen Fortschritt, die Mode, durch Barrieren, die niedergerissen oder aufgerichtet werden, durch den Geschmack und die Moral können unsere vornehmsten Schöpfungen über Nacht vernichtet werden. Gab man sich nun – nach meinem Dornröschenschlaf – etwa Träumen vom linden Frühlingslüftchen hin? Und der kühle, süße Zephir der Sommernächte, war das alles, was nun etwas bedeutete?

In einer Art Panik rief ich meinen Manager an, der meine Zweifel ziemlich schnell zerstreute. Wie immer waren die Kritiker ihrer Zeit weit voraus gewesen. Das soll aber nicht heißen, daß das schlecht sein muß. Wenn die Kritiker überhaupt eine Funktion haben, dann ist es die, daß sie einen Weg in ein unerforschtes Gelände bahnen. Sie müssen immer an der Spitze der künstlerischen Avantgarde sein, sie müssen das antizipieren, was das Publikum in ein paar Jahren sehen will. Zum jetzigen Zeitpunkt waren ihm aber immer noch die Superspektakel recht, die meine Stärke waren. Ich lief natürlich Gefahr, zum Dinosaurier abgestempelt zu werden, aber das kümmerte mich wenig. Zur Kunst war ich durch eine Hintertür gelangt, so wie die ›Bastler‹ zu Anfang des 20. Jahrhunderts zum Filn gekommen waren. Bevor ich entdeckt wurde, hatte ich als Techniker an Environments mitgearbeitet und es mir gutgehen lassen.

Das soll aber nicht heißen, daß ich die Kunst nicht ernst nehme. Meine Arbeit absorbiert mich völlig. Bei mir ist es mit der Inspiration allein nicht getan, meine Arbeit kostet mich auch viel Schweiß. Die Kritiker nehme ich nicht zu ernst, besonders wenn sie sich gar nicht die Mühe machen, den Publikumsgeschmack zu formulieren. Nur weil Beethoven nicht klingt wie volkstümliche, moderne Musik, heißt das noch lange nicht, daß sie nichts taugt.

Ich dachte wieder an die Zeit zurück, bevor Environments in Mode kamen. Wir lebten damals ziemlich sorglos, veranstalteten wüste Saufgelage und überlegten uns, was wir tun würden, wenn man uns einmal ein richtiges Environment zum Realisieren geben würde. Wir verbrachten Monate damit, die Programme für ein Environment zu erstellen, das wir ›Taifun‹ nannten. Es war ein Wirbelsturm im Wasserglas, allerdings mußte das ›Wasserglas‹ 500 km im Durchmesser haben. Das Glas gibt es noch nicht. Aber wenn es gebaut ist, wäre es schon möglich, daß irgendein Irrer die Show inszeniert. Mit dieser Möglichkeit dauert die gute alte Zeit in der Gegenwart fort.

Mein Manager schloß einen Vertrag mit dem Besitzer von Kansas-Disneyland. Er hatte zwar gewußt, daß ich an etwas für seinen Park arbeitete, aber ich hatte mit ihm noch nicht darüber gesprochen. Die Bedingungen waren großzügig. Mein Manager legte den Geschäftsbericht von ›Liquid Ice‹ vor, das immer noch einmal im Jahr in Pennsylvania aufgeführt wurde und jedesmal ausverkauft war. Ich sollte fünfzig Prozent des eingespielten Gewinns bekommen. Die Kosten für Installationen und die Miete für den Computer wurden zwischen mir und dem Disneyland aufgeteilt. Wenn alles gutging, würde ich ungefähr fünf Millionen Lunarmark an der Show verdienen.

Dann wurde ich wieder betrogen. Diesmal wurde ich nicht getötet, aber um die Chance gebracht, beim Aufstellen der Apparaturen für die Show dabeizusein. Ich hatte deswegen eine heftige Auseinandersetzung mit Isadora und wäre beinahe, ohne an meine Sicherheit zu denken, davongerannt, wenn mich nicht Carnival besucht und davon abgehalten hätte. Ich ließ mich also noch einmal dazu überreden, zu Hause zu bleiben, und überwachte von dort aus die Vorbereitungsarbeiten. Ich mußte mit Holographie arbeiten. Ich begann an mir selbst zu zweifeln. Ich war ja dieses Mal noch nicht einmal auf dem harten Prärieboden von Kansas mit bloßen Füßen herumgelaufen. Über drei Jahre war ich nicht mehr dort gewesen. Wenn ich ein Projekt realisiere, verbringe ich gewöhnlich ein, zwei Wochen an Ort und Stelle. Ich spaziere dann so wie mich Gott geschaffen hat im Park herum, um ein Gefühl für diese Welt zu bekommen. Ich erreiche es durch eine vollständige Sensibilisierung meiner selbst.

Der Zentralcomputer brauchte drei Stunden, um mich zu beruhigen und mir wieder zu Bewußtsein zu bringen, daß wir ganz präzise Berechnungen für unsere Modelle vorliegen hätten. Die Ergebnisse waren beinahe perfekt. Die Aktion, die durch den Computer realisiert wurde, und das eigentliche Environment stimmten überein. Der Computer meinte dann noch, daß man eine ganz schöne Summe verdienen könnte, wenn man die Software auch anderen Künstlern zu Studienzwecken zur Verfügung stellen würde.

Am Tag, an dem die Premiere stattfinden sollte, war ich immer noch in meiner Wohnung. Natürlich wollte ich die Show miterleben. Ich hielt es einfach nicht mehr aus zu Hause.

Obwohl ich klein bin, gelang es mir, nach draußen zu kommen. Carnival, Isadora, Leander und mein Manager blieben mir auf den Fersen. Unter keinen Umständen wollte ich das Spektakel auf dem Bildschirm sehen. Ich kam frühzeitig im Disneyland an mit meiner improvisierten Leibwache. Der Himmel entsprach ganz meiner Gemütsverfassung, war grau, bedeckt und furchterregend. Er lastete schwer auf uns. Ich kam mir in zunehmendem Maße wie das Opferlamm vor, das zu einem blutigen Altar geführt wird. Die Szenerie war großartig.

Das Kansas-Disneyland gibt es noch nicht so lange. Es ist eine der größten Anlagen auf Luna, die von einer zylindrischen Vertiefung geformt wird, die sich zwanzig Kilometer unterhalb Clavius befindet. Der Zylinder mißt zweihundertfünfzig Kilometer im Durchmesser und ist fünf Kilometer hoch. Der Rand ist so kunstvoll verdeckt, daß es aussieht, als ob dort der Horizont wäre. Wenn man aber nur noch einen halben Kilometer vom Rand entfernt ist, wird diese Illusion zerstört. Sonst könnte man nämlich wirklich meinen, daß man auf der guten, alten Erde wäre, so weit weg ist der Horizont vom Betrachter. Die Schwerkraft auf Luna beträgt natürlich nur ein Sechstel der irdischen und kann nicht angeglichen werden.

Kansas war erstellt worden, nachdem so ziemlich alle Möglichkeiten auf Luna oder den anderen Planeten erschöpft waren. Auf der erdabgewandten Seite waren die wichtigsten Kenya unterhalb des Mare Moscoviense und Himalaya, dann Amazonas unter dem alten Tycho und Pennsylvania, Sahara, Pacific, Mekong und Transylvania. Als ich die Disneylands das letzte Mal zusammenzählte, kam ich auf dreißig. Soviel gab es auf den bewohnten Planeten und Satelliten unseres Sonnensystems.

Was die Topographie anbetrifft, so ist Kansas gewiß das uninteressanteste der Disneylands. Das Land ist flach, ziemlich monoton. Aber für die Realisierung meines Plans war es schlechthin ideal. Welcher Künstler malt schon gern auf eine Leinwand, die ein anderer vor ihm benutzt hat? Diese epigonenhafte Phase hatte ich hinter mir. Als ich ›Zyklon‹ schrieb, habe ich die Monotonie des offenen Raums und die Erdfarben des Terrains gebraucht, der Prärie, die sich für das Auge weithin sichtbar ausdehnt. Es war übrigens die Heimat Dorothys aus dem ›Zauberer von Oz‹ gewesen, bevor sie nach Oz ging. Die Heimat der Wirbelstürme.

Pym und Janus, zwei alte Freunde, begrüßten mich herzlich. Sie waren hier, um zu sehen, an welchen Projekten ›der große Meister‹ gerade arbeitete. Wenigstens redete ich mir das ein, weil es schmeichelhaft für mich war. Aber sie schauten sich die Show wahrscheinlich nur deswegen an, weil sie sehen wollten, wie sich ›die alte Lady‹ blamierte. Sonst konnten hier nur sehr wenige in meine Nähe kommen. Die hohen Schultern, die mich umgaben, waren ein ausreichender Schutz. Ich befürchtete, daß ich deswegen nichts von der Show mitbekommen würde. Schade, daß ich nicht ein bißchen größer war, aber dann hätte ich vielleicht eine bessere Zielscheibe für meinen Widersacher abgegeben.

Der Zuschauerplatz bestand aus einem sanften Hügel von einem Kilometer Radius. Das Programm war so umsichtig angelegt, daß auch die monumentaleren Tricks uns nicht gleich in das Zauberland des Oz befördern würden. Aber an einer Wettershow teilzunehmen kann natürlich ziemlich gefährlich sein. Die meisten Besucher waren im Friesennerz gekommen, in wasserdichten Mänteln und Stiefeln. Meine Absicht war, zu Beginn sehr kalte Luftmassen auf ziemlich warme stoßen zu lassen, um die Dinge ins Rollen zu bringen. Und wir würden natürlich etwas davon abbekommen. Ein paar Indianer in voller Kriegsbemalung und Federschmuck waren auch gekommen. An den Füßen trugen sie Mokassins.

Bei einem Happening, das die Landschaft und das Wetter zum Gegenstand hat, gibt es keine einleitenden Takte wie bei einer Symphonie. Es hat schon begonnen, wenn man hinkommt und ist noch nicht zu Ende, wenn man geht. Es ist in dauerndem Fluß und hat keinen Anfang und kein Ende. Wir zwingen ja die Witterung nur einige Stunden lang unter unseren Willen. Es ist auch nicht nötig, daß der Zuschauer die Show in ihrer Gesamtheit gesehen hat.

Das wäre auch schon deswegen unmöglich, weil ringsum etwas geschieht. Das Publikum ist keineswegs still, wie bei anderen Veranstaltungen, sondern unterhält sich, die Leute spazieren herum, packen ihre Picknickkörbe aus – wenn man jetzt gemein wäre, würde man sagen, daß das von alters her ein Zeichen dafür war, daß es bald zu regnen beginnt. Sie amüsieren sich eben. Das Environment wird mit allen fünf Sinnen aufgenommen. Hinzu kommen Wahrnehmungen, die uns unbewußt sind. Oft wissen die Leute nicht, daß sie sich in einer riesigen Tiefdruckzone befinden, aber sie spüren es trotzdem. Die Feuchtigkeit und die Elektrizität der Luft haben einen Einfluß auf die Gemütsverfassung, die Verdauung und den Hormonspiegel. Das ist alles wichtig für die Gesamterfahrung, die man beim Environment hat, und deswegen bemühe ich mich auch immer, ja nichts zu vernachlässigen.

Und doch ist der Blitzstrahl das Zeichen, das die Show eröffnet. An diesem Auftakt für ›Zyklon‹ habe ich ziemlich lange gearbeitet, denn er muß durch Mark und Bein gehen. Das drohende Grollen, das Krachen der Donnerschläge und die Unruhe in der Atmosphäre müssen allmählich gesteigert werden, die Zuschauer sollen eine Gänsehaut bekommen. Die Blitze schlagen dann an siebzehn Punkten, in einem Kreis um das Publikum herum, ein. Keiner dieser Punkte darf mehr als einen halben Kilometer von den Zuschauern entfernt sein. Es muß eine Art Kettenreaktion sein, denn nach der ersten Entladung wird es volle sieben Sekunden lang blitzen. Es muß einem dabei eiskalt über den Rücken laufen.

Und es gelang mir auch, diese Wirkung zu erzielen. Ein Kranz von zuckenden, weißglühenden Schlangen brachte das Firmament um uns herum zum Erbeben. Die Blitze rollten und tanzten am Himmel mit einem Getöse, das das Jüngste Gericht anzukündigen schien. Wie erwartet, war ich ganz ›high‹.

Es dauerte eine Weile, bis sich das Publikum wieder gefangen hatte. Die Menge war von einem panischen Schrecken ergriffen. Es ist gar nicht so einfach, die etwas sturen Tunnelbewohner, die an keine Sensationen mehr gewöhnt sind, in Aufregung zu versetzen. Für die Lunarier gibt es höchst selten einen Anlaß zum Schreien. Sie verbringen ihre Zeit in unterirdischen Wohnungen und Gängen und haben Angst vor der Oberfläche von Luna. Deswegen baute man auch die Disneylands: die Lunarier wollten ein Landschaftspanorama haben, das aber nicht im luftleeren Raum war.

Mir war so, als ob das Getöse immer weiter ginge, obwohl es in Applaus übergegangen war, der mir mehr bedeutete als die Millionen, die ich für die Show bekommen würde.

Was den Rest der Aufführung betrifft ...

Ja, was soll ich dazu sagen? Jemand hat sich einmal dahingehend geäußert, daß es nichts Langweiligeres als die Beschreibung von Wetter gibt. Ich bin derselben Ansicht und glaube, daß dies sogar für ziemlich spektakuläre Wetterkatastrophen gilt. Mit Wetter muß man Experimente machen, man braucht die direkte Fühlung. Deswegen verkaufen sich auch die Videobänder und Filme von meinen Environments so schlecht. Der Sturm muß einen durchpeitschen, der Regen naß machen, und man muß das niederdrückende Gewicht des Tornados gespürt haben. Es ist, als ob ein Güterzug über einen hinwegdonnerte. Ich könnte nun noch darüber berichten, wo sich die Trichterwolken bildeten und wohin sie zogen, wo die Graupelschauer und der Hagel niedergingen und wie der Fluchtweg der Büffel verlief. Aber niemand hätte etwas davon. Wenn es jemand sehen will, dann soll er nach Kansas gehen. Das letzte, was ich von ›Zyklon‹ weiß, ist, daß er dort immer noch ein-, zweimal im Jahr gezeigt wird.

Ich kann mich noch ganz genau daran erinnern, daß ich von einer wogenden Menge umgeben war. In der Ferne, im Osten, sah ich einen Präriebrand. Von den Bergkuppen wehte es siedendheißen, schwarzen Dampf herunter. Aus den Niederungen stiegen schmutziggraue Schwaden empor, die den Gluthauch erstickten. Im Norden schleuderte ein mächtiger Zyklon eine ganze Kette von Kugelblitzen hervor und riß sie in den Strudel hinab, der sich in seinem Zentrum befand. Über mir tanzten zwei Hurrikane ihren wilden Totentanz. Sie umkreisten sich wie zwei Raubtiere, schätzten sich gegenseitig ab und gaben dann einen Angriff vor, machten dann aber wieder kehrt, glitten wie zwei Schlangen aufeinander zu und flatterten wie Schläuche, durch die die Flüssigkeit schießt. Es war ein faszinierendes und zugleich tödliches Schauspiel. Nie zuvor hatte ich etwas Derartiges erlebt. Irgend jemand mußte gerade an meinem Programm herumpfuschen!

Ich war wie versteinert, als mir bewußt wurde, was das bedeutete, als ich die geheimen Zusammenhänge ahnte, die diese beiden Tornados zusammengebracht hatte, die nun in einem Kampf auf Leben und Tod verwickelt waren. Kein Lufthauch zeigte diesen titanischen Kampf hier unten an.

Ich rannte durch den dahinjagenden Sturm und den Regen, der mir erbarmungslos ins Gesicht peitschte. Meine Schuhe waren zu leicht, aber der Parka, den ich trug, schützte mich vor dem Unwetter. In der Hand hielt ich ein Messer, das ich von zu Hause mitgebracht hatte.

Ich überlegte mir, ob ich in eine Falle rannte, die von meinem Killer aufgestellt worden war. Spielte ich ihm sein Opfer in die Hände?

Es war mir gleich. Ich mußte mit ihm zusammentreffen und die Sache ein- für allemal ausfechten.

Es war leicht gewesen, von meinen Beschützern wegzukommen. Sie waren vom Schauspiel so gebannt gewesen wie das gesamte Publikum. Und ich mußte nur so lange warten, bis sie alle in die gleiche Richtung schauten, dann konnte ich in der Menge untertauchen. Einer Indianerin bot ich hundert Mark für ihre Mokassins. Sie erkannte mich – mein Foto war auf den Programmheften – und schenkte mir die Schuhe. Dann bahnte ich mir meinen Weg durch die Menge, kam bis zum Rand. Ich stürzte an den Sicherheitsbeamten vorbei, die dort standen. Sie scherten sich nicht drum, weil der Platz für die Zuschauer von einem elektrisch geladenen Zaun umgeben war. Ich würde es schon zu spüren bekommen und von selbst zurückkehren. Wahrscheinlich waren sie dann doch etwas beunruhigt, als ich hindurchgelangte, denn ich war eine von den drei Personen in Kansas, die eine Schlüsselvorrichtung um das Handgelenk trugen. Ich konnte also jederzeit durchs Tor und hatte nicht zu befürchten, daß mir jemand folgte. Aber ich schaute nicht zurück.

Ich hatte ganz unbewußt gehandelt. Irgendein unbewußter Teil meiner selbst mußte mir auch die Befehle gegeben haben, mußte den ganzen Vorgang analysiert und die Flucht geplant haben, aber ich war ganz passiv und führte nur die Befehle aus. Ich wußte, wo sich mein Widersacher befinden mußte, wo dieser Tornado entstanden war, den er gegen meinen Wirbelsturm ins Feld geschickt hatte. Niemand außer mir hätte gewußt, wo er nachschauen mußte. Ich ging auf eine ganz bestimmte Windmaschine auf der Ostseite zu.

Das Unwetter, gegen das ich auf dem Weg dorthin ankämpfen mußte, war heftiger als die Wirbelstürme in Kansas. Es war Zerstörung schlechthin, war mehr Wind, Regen und Verwüstung, als man in Kansas während eines ganzen Jahres erlebte. Und das spielte sich in meiner nächsten Umgebung ab . . .

Wenn mein Killer nicht noch etwas anderes gegen mich im Schilde führte, war ich außer Gefahr, denn ich kannte ja den Weg ganz genau, den die Wirbelstürme zurücklegen mußten, und die Zeit, die sie dazu brauchten. Ich wich ihnen aus und wartete, bis sie vorübergezogen waren, denn ich wußte hinlänglich Bescheid über die Richtungsänderungen und Kapriolen der Wirbelstürme, obwohl sie im Ruf stehen, unberechenbar zu sein. Zu meiner Linken weideten die Büffelherden und ruhten sich von ihrer Flucht aus, die sie an den Zuschauern vorbeigeführt hatte. In einer Stunde würden sie wieder zurückdonnern, aber im Augenblick stellten sie keine Gefahr für mich dar.

Eine Sturmsäule nahm Kurs auf mich, türmte sich noch einmal in der Luft auf, bevor sie durch den mit herausgerissenem Salbei und Erde durchsetzten Dampf, der vom Boden aufgestiegen war, hindurchfuhr. Was ich sah, kombinierte ich mit dem Plan, den ich im Gedächtnis hatte und duckte mich rechtzeitig in einen Graben. Der Sturm fegte über mich hinweg und war kurz darauf auch schon wieder hinter den Wolken verschwunden. Ich rannte weiter.

Meine Kondition war ausgezeichnet, das Training während meines Hausarrestes machte sich bezahlt. Außerdem war mein Körper erst sechs Lunationen alt. Ich verlangsamte meine Geschwindigkeit, um neue Kräfte zu sammeln. In ein paar Minuten würde ich wieder schneller laufen. Ich war zehn Kilometer gelaufen, als der Sturm nachzulassen begann. Ich wußte, daß die Zuschauer, die ich hinter mir gelassen hatte, allmählich nach Hause gehen würden. Die Kritiker würden meine Show entweder verreißen oder Lobeshymnen auf mich singen. Ich sah keine Möglichkeit, wie sie für dieses Schauspiel einen Kompromiß finden konnten. Kansas war nun wieder befreit von den verrückt gewordenen Maschinen, die es in ihrem Würgegriff gehabt hatten. Und ich ging meinem Killer entgegen. Ich mußte ihn finden!

Ich war gewappnet für diese Begegnung. Isadora hatte schließlich nachgegeben und erlaubt, bei mir eine vorprogrammierte Bombe einzubauen, die mich und meinen Mörder töten würde, wenn er mich angriff. Es sollte eine Abschreckungsmaßnahme sein, eine Waffe, bei der man hofft, daß sie den Gegner zu sehr einschüchtert, als daß sie jemals ausprobiert wird. Wenn mir noch genug Zeit dazu blieb, würde ich ihn darüber informieren. Ich hoffte, daß er nicht ganz übergeschnappt war und sich und mich töten würde. Sollte dies aber doch der Fall sein, dann hätte man ihm wenigstens das Handwerk gelegt, was allerdings ein schwacher Trost für mich war. Eine Wiedergeburt gäbe es dann nicht mehr. Die Sonne kam wieder hinter den Wolken hervor, als ich den letzten Wassergraben vor der Wand erreichte. Den Touristen war es untersagt, dorthin zu gehen. Es war so, als ob man im Theater einen Blick hinter die Kulissen werfen würde. Die Berge vor mir waren nur zweidimensional, waren nicht echt. Man hatte sie als Flachrelief dargestellt und gemalt. Sie waren nicht dazu bestimmt, daß man sie aus der Nähe betrachtete.

Vor der hoch aufragenden Wand stand ein Mann.

Er war nackt und über und über mit Schmutz bedeckt. Er beobachtete mich, als ich den Abhang hinunterging und dann auf ihn wartete. Ich blieb ungefähr zweihundert Meter von ihm entfernt stehen, zog mein Messer heraus und hielt es in der erhobenen Hand. Ich wartete.

Langsam kam er die Treppe herunter, die man von außen nicht sah. Man sah ihm an, daß er Schmerzen hatte. Er hinkte mit dem linken Bein. Soweit ich es beurteilen konnte, war er unbewaffnet.

Je näher er kam, desto schrecklicher wurde sein Anblick. Er mußte in einen brutalen Kampf verwickelt gewesen sein und hatte große, schlecht verheilte Wunden an seinem linken Fuß, seiner Brust und seinem rechten Arm. Er hatte nur noch ein Auge, vom anderen war lediglich die rot unterlaufene Augenhöhle übrig. Im Gesicht hatte er eine Schnittwunde, die von der Stirn bis zum Hals reichte. Es sah entsetzlich aus. Ich mußte wieder an die Vermutung des ZC denken, daß mein Killer ein Gespenst sei, jemand, der an der Peripherie der menschlichen Zivilisation anzusiedeln ist. Weil er eine illegale Person war, hatte er wahrscheinlich auch keine ärztliche Hilfe in Anspruch nehmen können.

»Ich glaube, ich sollte dich darüber informieren, daß man mir eine Bombe eingebaut hat«, sagte ich mit leicht zitternder Stimme. »Die Bombe reicht aus, um uns beide in Stücke zu reißen. Sie wird losgehen, wenn du versuchst mich umzubringen. Ich würde dir raten, keine Dummheiten zu machen!«

»Das beabsichtige ich auch nicht«, sagte er. »Ich habe mir zwar schon gedacht, daß du mir dieses Mal nicht wieder durch die Maschen schlüpfen würdest, aber das ist jetzt egal. Ich tue dir nichts.«

»Hast du das auch zu meinen Vorgängerinnen gesagt?« fuhr ich ihn an und duckte mich ein wenig, während er sich mir näherte. Zwar hatte ich das Gefühl, daß ich die Stärkere wäre, aber vielleicht war es meinen Vorgängerinnen genauso ergangen.

»Nein, das habe ich bis jetzt zu keiner gesagt. Aber warum solltest du mir auch glauben!«

Zwanzig Meter von mir entfernt blieb er stehen und ließ resigniert die Arme herabhängen. Er machte einen ziemlich hilflosen Eindruck. Aber man konnte bei ihm nie wissen . . . Vielleicht hatte er eine Waffe im Schlamm vergraben. Alles war bei ihm möglich. Ich mußte weiterkämpfen, um mich als die Überlegene fühlen zu können.

Dann war da plötzlich etwas anderes, gegen das ich mich wehren mußte. Ich hielt das Messer fest umklammert. Mir schwamm es vor den Augen. Auf dem Grund seines entstellten Gesichts sah ich plötzlich ein anderes Antlitz auftauchen. Es war ein Phantasiegebilde, ein Bild, das mein sechster Sinn erzeugt hatte.

Niemand weiß, ob es diesen Sinn wirklich gibt. Aber ich bin überzeugt von seinem Vorhandensein. Ich würde zum Beispiel sagen, daß ein ›sechster Sinn‹ dann vorhanden ist, wenn man jemanden noch erkennt, obwohl er sein Geschlecht, sein Gewicht, seine Größe und Hautfarbe, eben seine ganze Person hat umwandeln lassen. Einige sind der Ansicht, daß durch diese Operationen ein Entwicklungsprozeß rückgängig gemacht werden kann. Ich bin da anderer Ansicht, weil ich die ursprüngliche Person wiedererkennen kann. Und ich sah plötzlich, wer dieser Fremde war.

Er war ich selbst. Ich wich zurück und ging in Deckung, denn es war möglich, daß er den Schock des Wiedererkennens bei meinen Vorgängerinnen dazu benutzt hatte, sie zu töten. Das würde ihm bei mir nicht gelingen. Ich war fest entschlossen, auf keinen seiner Tricks mehr hereinzufallen. Es war mir gleich, ›wer‹ er war, ich wollte ihn töten.

»Du weißt nun, wer ich bin«, sagte er müde.

»Ja. Und ausgerechnet du machst mir die Hölle heiß. Ich wußte zwar, daß du eine Menge über mich weißt, aber ich dachte nicht, daß es *so* viel ist!«

Er lachte, aber es war ein grimmiges Lachen. »Ich kenne dich in- und auswendig.«

Tiefes Schweigen herrschte zwischen uns. Dann begann er plötzlich zu weinen. Ich war überrascht, aber nicht gerührt. Ich war immer noch übernervös und wußte nicht, ob dies wieder einer seiner Tricks war. Von mir aus konnte er lange heulen. Ich hatte kein Mitleid mit ihm.

Langsam ging er vor mir in die Knie. Er war am Ende und schluchzte herzerweichend. Dann stützte er sich mit den Händen auf die Erde und drehte sich schwerfällig um. Er kehrte mir nun den Rücken zu. Zusammengekauert, berührte er mit dem Kopf den Boden. Die Knie hatte er angezogen, aber die Arme hatte er weit ausgebreitet. Es war die hilfloseste Haltung, die man sich vorstellen kann. Sie mußte ihren Grund haben, aber ich kam nicht darauf.

»Ich habe gedacht, daß ich alles hinter mir hätte«, schluchzte er und wischte sich die Nase mit dem Handrücken ab. »Tut mir leid. Ich wollte mich nicht von dieser schwachen Seite zeigen. Ich bin eben nicht so robust, wie ich geglaubt habe. Ich dachte, es wäre einfacher mit dir.« Er schwieg einen Augenblick lang und räusperte sich dann ziemlich geräuschvoll. »Nun, denn . . . Mach der Sache ein Ende!«

»Was meinst du damit?« fragte ich. Mir hatte es die Sprache verschlagen.

»Richte mich. Das ist es doch, weshalb du hierhergekommen bist und für mich ist es die Erlösung!«

Ich ließ mir Zeit, da ich es einfach nicht glauben konnte. Eine Minute lang stand ich regungslos da und versuchte das Rätsel zu lösen. Es gab verschiedene Lösungen, und ich überlegte mir, welcher Trick nun wohl dieses Mal dabei wäre. Er war durchtrieben, aber er war nicht der liebe Gott. Zu den Angriffsarten, die ich mir jetzt noch vorstellen konnte, hätte er übernatürliche Kräfte haben müssen. Er war ja nur ein Krüppel und würde mir kaum die Waffe entreißen und Gewalt antun können. Es war auch schwer denkbar, daß er mich zum Selbstmord motivieren konnte, denn das würde auch seinen Tod bedeutet haben.

Vorsichtig näherte ich mich ihm. Ich paßte wie ein Schießhund auf, daß er sich nicht bewegte. Aber es passierte nichts. Ich stand nun hinter ihm. Unruhig ließ ich meine Blicke über seine Füße, seine Hände und seinen nackten Rücken gleiten. Dann holte ich mit dem Messer zum Streich aus. Meine Hände zitterten dabei ein bißchen, aber ich war immer noch fest dazu entschlossen, ihn zu töten. Dieses Mal würde ich nicht versagen. Dann stieß ich zu.

Die Klinge drang etwa drei Zentimeter tief zwischen seinen Schulterblättern ein. Er keuchte. Ein dünnes Rinnsal von Blut lief ihm nun den Rücken herunter, an der Wirbelsäule entlang. Aber er bewegte sich nicht und versuchte nicht aufzustehen. Er flehte mich auch nicht um Gnade an. Er kniete nur, zitterte und wurde plötzlich ganz blaß.

Ich mußte tiefer stoßen. Ich zog also das Messer wieder heraus. Das Rinnsal wurde größer. Den Kopf gesenkt, wartete er immer noch.

Und dann konnte ich einfach nicht mehr. Mein Blutdurst war verschwunden, und der Magen drehte sich mir um.

Aber ganz so blöde bin ich dann auch wieder nicht. Vielleicht war das immer noch ein Trick. Vielleicht kannte er mich so gut, daß er ganz genau wußte, wann ich schlapp machte. Oder er war ein Psychopath, den dieses unglaubliche Spielchen erregte? Das Spiel bei dem er zuerst sein Leben in Gefahr brachte, um sich danach mit um so größerer Wonne in meinem Blut wälzen zu können.

Aber er war ja mein modifiziertes Selbst! Das war wohl der springende Punkt. Er war ein ›Ich‹, dessen Leben ganz anders verlaufen war als meines, ein ›Ich‹, das mit jedem Tag besessener und heimtückischer geworden war und sich gegen das gerichtet hatte, was ich als mein Wesen und meine Begabung betrachtete. Ich überlegte, was ich an seiner Stelle jetzt tun würde, um mir, dieser verhaßten Doppelgängerin, den Garaus zu machen. Es war allerdings zwecklos.

Ich zweifelte nicht daran, daß ich, wäre ich erst einmal so tief gesunken, nicht mehr hätte leben wollen.

»He, steh auf!« sagte ich, ging um ihn herum und stellte mich vor ihn hin. Er antwortete nicht, worauf ich ihn mit dem Fuß anstieß. Dann blickte er endlich auf und sah, daß ich ihm das Messer hinhielt. Die Spitze zeigte in meine Richtung.

»Wenn das wieder ein Anschlag auf mein Leben sein soll«, sagte ich, »dann mach jetzt lieber gleich dem grausamen Spiel ein Ende.«

An seinem Blick konnte man ablesen, daß er niedergeschlagen war. Er stand auf, nahm das Messer und betrachtete es regungslos. Er sah mich nicht an, und ich hatte ein unangenehmes Gefühl in der Magengegend. Dann drehte er das Messer um. Man sah ihm an, daß er sich auf etwas konzentrierte. Plötzlich dämmerte es mir, was er vorhatte, und ich machte einen Sprung nach vorn. Ich kam gerade noch zur rechten Zeit. Das Messer glitt von seinem Bauch ab und fiel zur Seite, als ich seinen Arm herumriß. Aber er war viel stärker als ich. Ich verlor das Gleichgewicht und klammerte mich im Fallen an seinen Arm. Er kämpfte mit mir, aber doch nur sehr halbherzig, weil er dazu entschlossen war, sich das Leben zu nehmen, und deswegen keine Anstalten mehr machte, sich zu verteidigen. Ich gab ihm einen Kinnhaken, und er sackte in sich zusammen.

Es war dunkel geworden. Ich nahm das Messer wieder an mich und suchte nach etwas Brennbarem für ein Feuer. Wußten Sie eigentlich schon, daß getrockneter Büffelmist gut brennt? Ich hatte es vorher auch nicht geglaubt.

Ich riß mein Hemd in Stücke und verband damit seine Wunde. Dann legte ich ihm meinen Parka um die Schultern, damit er nicht fror. Ich selber setzte mich mit dem Rücken zum Feuer und wärmte mich. Glücklicherweise war es nicht windig, es kann nämlich nachts ziemlich kalt werden in der Prärie!

Als er wieder zu sich kam, klagte er über Schmerzen am Kinn. Er war ziemlich niedergeschlagen und bedankte sich nicht dafür, daß ich ihm das Leben gerettet hatte. Bei Selbstmördern ist das, glaube ich, in der Regel so, weil sie der Ansicht sind, daß sie wissen, was sie tun, und ihre Vernunftgründe dafür haben.

»Du verstehst mich nicht«, jammerte er wieder. »Du zögerst es damit nur hinaus. Ich muß sterben. In dieser Welt ist kein Platz für mich.«

»Red jetzt endlich klar und verständlich!« Ich wurde ungeduldig.

Er wollte immer noch nicht sprechen, aber als er sah, daß uns bei dieser Kälte gar nichts anderes übrigblieb, als uns zu unterhalten, fing er doch an zu reden.

Er war immer noch sehr widerwillig, und lange Pausen unterbrachen seine Erzählung.

Nach seiner Schilderung hatte es sich bei dem Bankraub vor zweieinhalb Jahren zugetragen. Die Bankräuber hatten neue Kniffe angewandt. Ich mußte dabei wieder an Isadoras Bemerkung denken, daß die Methoden, die man in der Kriminalistik entwickelt hatte, nicht mehr mit den kriminellen Möglichkeiten Schritt hielten.

Auch die Vernichtung der Bewußtseinsspeicher war nämlich nur eine Finte gewesen, und auf das Bargeld waren die Verbrecher ebenfalls nicht aus. Es handelte sich ganz einfach um Betrüger.

Sie hatten zwei Gedächtnisspeicher gestohlen und die übrigen zerstört, um den Raub zu verschleiern. So würde die Polizei ein Verbrechen aus Leidenschaft vermuten, hatten sie sich gedacht, einen Mord und keinen Betrug. Es war ein kompliziertes, zweifaches Täuschungsmanöver, das darin bestand, Bargeld zu stehlen, um damit einen Mord zu verbergen und die eigentliche, betrügerische Absicht.

Mein Killer – wir nannten ihn Ratte, es war die Bezeichnung, die er selbst gewählt hatte – wußte nicht, wie der Plan im einzelnen aussah, nur daß der Raub der Speicher die beiden reichsten Leute auf Luna betraf. Mit dem geraubten Material konnte man Klone erzeugen. Man brachte diese künstlichen Wesen in eine fiktive Situation, in der man sie gefügig machen konnte, wenn sie das Bewußtsein erlangten, und gab vor, daß es die Wirklichkeit sei. Es gelang, weil die neugeschaffene Person ihrem Schöpfer vertraut und dieser ihren Willen beeinflussen kann. Ratte konnte nicht genau sagen, was die Diebe darüber hinaus vorhatten. Man brachte ihm jedenfalls bei, daß er fünfzehntausend Jahre später lebte, als es in Wirklichkeit der Fall war. Nach ihrer Darstellung hatten die Eroberer die Erde verlassen und zogen nun kreuz und quer durch das Sonnensystem, wo sie die Menschheit vollends austilgten. Die Diebe brauchten drei Lunationen, bis sie sich davon überzeugten, daß er – oder vielmehr sie – denn sie hatten Ratte einen Körper gegeben, der identisch mit dem meinen war, nicht die Millionärin war, auf die sie's abgesehen hatten. Daß sie überhaupt keine Millionärin war, sondern nur eine arme Künstlerin, die sich für ihre Kunst abrackerte. Kurzum, die Diebe hatten den falschen Speicher erwischt.

Sie schoben Ratte einfach ab, setzten sie an die frische Luft. Und Ratte dachte immer noch, daß dies das Ende der menschlichen Zivilisation sei, wie es sie die Halunkenglauben gemacht hatten. Und dabei war sie nur zwanzig Jahre älter geworden, denn ihr Bewußtsein war identisch mit den Informationen, die ich zwanzig Jahre davor hatte speichern lassen.

Wie es zu der Verwechslung kam, weiß ich nicht. Bis heute gibt es noch keine Tests, mit denen man die Unterschiede des einen Speichers vom anderen feststellen kann. Die gespeicherte Information muß zuerst auf einen Klon übertragen werden. Erst dann kann man fragen, wer er oder sie ist. Deswegen haben unsere Banken ein idiotensicheres Ablagesystem erfunden, um unangenehmen Verwechslungen vorzubeugen. Vielleicht sind die Verbrecher ganz einfach deswegen hereingefallen, weil sie trotz ihres ausgeklügelten Plans, trotz ihrer Durchtriebenheit und trotz ihrer Schlauheit die falsche Kombination beim Knacken des Tresors erwischt hatten.

»Ich glaube nicht, daß die Kerle viel von ihrem Geld haben werden«, sagte ich zu Ratte.

»Ich bezweifle, daß es bei ihrem Erpressungsplan um Geld geht. Wenigstens nicht primär. Wahrscheinlich wollten die Diebe an Informationen herankommen, die im Bewußtsein der Millionäre gespeichert sind. Reiche Leute sind ja bekanntlich durch innere Barrieren dagegen geschützt, daß man ihnen gewaltsam Information entreißt, aber sie sind natürlich machtlos, wenn sie diese quasi freiwillig weitergeben. Deswegen haben die Diebe auch den Kniff mit den Eroberern angewandt, entweder wollten sie ihren Opfern damit suggerieren, daß die Information, die sie zurückhielten, nichts mehr bedeutete, oder daß sie sie weitergeben müßten, um die Menschheit vor ihrem Untergang zu bewahren.«

»Diesen komplizierten Intrigen gegenüber bin ich mißtrauisch«, wandte ich ein.

»Ich allerdings auch.« Wir lachten, weil es ja selbstverständlich war, daß wir die gleiche Meinung hatten.

»Aber sie haben mich drangekriegt. Als ich draußen war, dachte ich wirklich, daß die Eroberer da wären. Es war ein ziemlich großer Schock für mich, als ich herausfand, daß sich die Welt kaum verändert hatte.«

»Kaum«, sagte ich leise vor mich hin. Ich begann, mich mit ihm eins zu fühlen.

»Ja, beinahe überhaupt nicht.« Der Anflug eines Lächelns, den ich auf seinem Gesicht entdeckt hatte, verschwand wieder, und das machte mich traurig.

Ich überlegte mir, was ich an seiner Stelle getan hätte. Wahrscheinlich dasselbe. Man hatte Ratte wie den letzten Dreck behandelt, und sie mußte erkennen, daß sie in dieser Gesellschaft keinen Pfifferling wert war. Fand man sie, so würde sie eliminiert, und keiner würde sich drum kümmern. Den Dieben bedeutete sie so wenig, daß sie sich nicht einmal die Mühe machten, sie ins Jenseits zu befördern. Der Polizei konnte sie wahrscheinlich ein paar Hinweise geben, die aber wertlos waren, weil die Verschwörer nichts von Bedeutung preisgegeben hätten. Und selbst wenn sie geholfen hätte, die Verbrecher zu überführen, so wäre sie doch beseitigt worden. Denn sie war eine Person mit illegalem Status.

Anscheinend hatte sie sogar Geld von meinem Bankkonto abgehoben. Es war nicht viel, und da ihre Genalyse mit meiner identisch war, beunruhigte ich mich auch nicht weiter. Die Summe war wirklich zu gering, um Verdacht zu schöpfen. Außerdem hatte ich schon öfters Geld abgehoben und es nachher vergessen. Natürlich wußte Ratte das. Klammheimlich ließ sie dann eine Geschlechtsumwandlung an sich vornehmen. Auch bei illegalen Personen ist dies möglich, aber sie riskieren ziemlich viel dabei. Es ist gefährlich, ein Ding mit jemandem zu drehen, der einen anschließend in bewußtlosem Zustand auf dem Operationstisch liegen hat. Ratte hatte geglaubt, daß er mit diesem Trick die Polizei abschütteln könnte, aber Isadora durchschaute die Sachlage bereits und war der Ansicht, daß diese Tricks typisch für den unerfahrenen Kriminellen seien.

Ratte war permanent auf der Flucht. Wenn man ihn schnappen

würde, mußte er mit einem Todesurteil rechnen. Grausam, aber unsere bevölkerungspolitischen Gesetze lassen keine Ausnahmen zu! Die Auswirkungen auf die Bevölkerungszahl wären allerdings auch nicht auszudenken! Wenn sie Ratte entdeckten, würde es einen Termin geben, bei dem man darüber entschied, wer von uns beiden die Richtige wäre.

»Ich kann dir gar nicht sagen, wie verbittert ich war«, sagte Ratte. »Langsam eignete ich mir die Strategien an, die zum Überleben wichtig sind. Manchmal ist es einfacher, als man gewöhnlich annimmt, manchmal schwerer. Ich konnte mich in den Gängen frei bewegen, solange ich nichts anstellte, was eine Genalyse einleitete. Ich konnte also nicht einkaufen, kein öffentliches Verkehrsmittel benutzen und keine Arbeit annehmen. Allerdings muß man auch keine Steuern zahlen, wenn man bei der Finanzbehörde nicht gemeldet ist. Wasser bekommt man kostenlos und das Essen auch, nämlich in den Disneylands. Ich hatte Glück im Unglück. Durch den Abdruck meiner Handfläche erhielt ich Zugang zu den Disneylands, ein Privileg aus der Zeit, als ich noch Künstler war.« Seine Stimme klang bitter.

Das wunderte mich nicht, denn auch Ratte war ja vor zwanzig Jahren beraubt worden, hatte sein Bewußtsein als junger, hoffnungsvoller Künstler, der voller Enthusiasmus für den Environmentalismus war, verloren. Wie ich hatte auch er großartige Visionen gehabt. Auch ich konnte mich noch recht gut daran erinnern. Und dann erwachte er wieder und mußte erkennen, daß all seine Ideen von einer anderen Person verwirklicht worden waren. Er durfte nicht einmal den Computer benutzen. Alle sprachen von Fuchs und ihrem vor kurzem entstandenen Opus ›Donnerhaupt‹. Sie war der erklärte Publikumsliebling.

Ratte war bei der Premiere von ›Liquid Ice‹ in Pennsylvania dabeigewesen. Er begann mich zu hassen. Er übernachtete in der Nähe der Belüftungsanlagen, weil es dort warm war, und ernährte sich von Nüssen und Beeren. Gelegentlich fing er auch ein Eichhörnchen. Ich aber wurde unterdessen reich und berühmt. Er begann mir nachzuspionieren, klaute einen Raumanzug und folgte mir zum Palus Putridinus.

»Ich habe es nicht geplant«, sagte er nachdenklich, und in seiner Stimme schwangen Schuldgefühle mit. »Mit einem festen Plan hätte ich's nicht geschafft. Es war eine ganz spontane Sache. Ich hatte dich hinabgestoßen, bevor es mir überhaupt bewußt wurde. Du schlugst unten auf, und da tat es mir auch schon wieder leid. Ich ging hinunter, hob dich vom Boden auf und sah dich an . . . Dein Gesicht war . . . du warst mein Ebenbild . . . Deine leblosen Augen starrten mich an . . . das Blut strömte herunter . . . es begann schon zu trocknen und . . .«

Er konnte nicht weiterreden, und ich war es zufrieden. Dann holte er tief Atem und fuhr fort.

»Ich nahm die Gelegenheit wahr und stellte noch ein paar Schecks auf deinen Namen aus, bevor sie deine Leiche fanden. Du hast nichts davon bemerkt, als sie dich wieder ins Leben zurückgerufen hatten. Es fiel gar nicht auf, weil diese Operation ohnehin ein ziemlich großer Aderlaß war. Mit Geld konnten wir nie gut umgehen.« Er amüsierte sich im stillen, und ich nahm die Gelegenheit wahr, näher an ihn heranzurücken. Er sprach sehr leise, und ich konnte ihn wegen des knisternden Feuers kaum verstehen.

»Ich glaube, dann bin ich vollkommen durchgedreht. Als ich dich in Pennsylvania in alter Frische herumspazieren sah, geriet ich außer mir vor Wut. Ich war von dem Wunsch besessen, dich umzubringen und an deine Stelle zu treten. Es gab keine andere Lösung. Dein Körper mußte dieses Mal vollständig vernichtet werden. Ich dachte an Säure oder daran, dich hier in einem Präriebrand verbrennen zu lassen. Ich weiß nicht, warum ich mich schließlich doch für eine Bombe entschied. Es war idiotisch. Irgendwie fühle ich mich nicht verantwortlich dafür. Aber ich glaube nicht, daß du etwas davon gespürt hast.

Sie erschufen dich von neuem. Ich war ratlos. Auch fehlte mir nun die Motivation. Ich mußte überlegen und beschloß, mich dir vorsichtig zu nähern, um mich nicht zu verraten. Ich dachte auch darüber nach, was ich an deiner Stelle tun würde, wenn jemand mit einer so unglaubwürdigen Geschichte an mich herantreten würde. Ich kam zu dem Schluß, daß ich Verständnis hätte für meinen Widersacher. Dabei hatte ich allerdings nicht die Angst in Erwägung gezogen, die du vor mir haben mußtest. Da es mir genauso erging, hätte ich wissen müssen, wie es um dich bestellt war.

Du hast mich sofort erkannt, und damit hatte ich ebenfalls nicht gerechnet. Dann ging alles so schnell, daß mir Hören und Sehen verging. Du hattest nach deiner Reinkarnation an Selbstverteidigungskursen teilgenommen und bist bei der Begegnung mit einem

Messer auf mich losgegangen. Du hast mich beinahe getötet, aber ich bin größer als du. Ich habe zäh weitergekämpft, dich schließlich zu Boden gebracht und dir das Messer in die Brust gestoßen.

Irgendwie brachte ich es dann auch fertig, die entsetzliche Szene aus meiner Erinnerung zu verbannen.« Er deutete auf seine Narben. »Es kam mir wie ein Wunder vor, daß ich nicht verblutete. Ich muß wie ein wildes Tier gelebt haben – nach dem Dreck zu urteilen, der an mir klebt, könnte ich auch eines sein.

Gestern mußte ich dann mit anhören, wie sich zwei Techniker vom Wartungsdienst über die Show unterhielten, die du in Kansas machen würdest. Ich sah wieder rot und kam hierher. Alles weitere weißt du.«

Das Feuer war am Erlöschen. Mein Zittern war nicht mehr der Angst, sondern der Kälte zuzuschreiben. Ich stand auf und suchte nach Brennmaterial, aber es war zu dunkel.

»Du frierst ja«, sagte er plötzlich. »Nicht sehr rücksichtsvoll von mir, daß ich's erst jetzt gemerkt habe. Hier, nimm deinen Mantel wieder.« Er hielt ihr den Parka hin.

»Nein, behalte ihn. Mir ist nicht kalt.« Ich mußte lachen, weil meine Zähne klapperten, als ich das sagte. Immer noch hielt er seinen Arm ausgestreckt.

»Vielleicht könnten wir ihn uns teilen?«

Zum Glück war er ziemlich groß, ich hatte ihn von einem Zuschauer während der Show ausgeliehen. Ich schmiegte mich an ihn. Er legte seine Arme, über die der Parka gebreitet war, um mich. Der Mantel wärmte uns nun beide.

Ich versuchte mir vorzustellen, wie er am Terminal des Hilfscomputers gewartet hatte, und zwar genau über dem Generator, der den Ostwind erzeugte. Aus einer Entfernung von fünfzehn Kilometern hatte er die Menschenmenge und den Sturm beobachtet. Auch hatte er ganz genau gewußt, wie er mich auf sich aufmerksam machen mußte. Für mich war dieser Tornado, den er erzeugt hatte, wie eine codierte Nachricht gewesen, die so viel hieß wie: Ich bin hier! Komm hierher!

Mir kam ein entsetzlicher Gedanke, und ich wunderte mich darüber, warum er plötzlich so furchtbar für mich war. Nicht ich, sondern Ratte war in Gefahr!

»Ratte, du hast den Computer bedient. Das bedeutet, daß du eine Gewebeprobe dort gelassen hast, und der ZC wird eine Genalyse machen und er wird . . . nein, Moment mal.«

»Was tut's!«

»Jetzt nimm dich aber zusammen. Das Spiel ist noch nicht zu Ende. Ich kann dir Deckung geben. Niemand weiß, wann ich weggegangen bin und warum. Ich kann mich darauf herausreden, daß ich etwas habe schiefgehen sehen. Es ist allerdings eine heikle Angelegenheit, den Zentralcomputer an der Nase herumzuführen, aber es wird schon klappen! Ich kann auch sagen, daß ich mich schleunigst zum Computerraum begeben habe, um den Fehler zu berichtigen. Ich werde auf jeden Fall sagen, daß ich den anderen Tornado als . . .«

Er hielt mir mit der Hand den Mund zu.

»Sprich nicht so. Ich habe mich mit dem Tod abgefunden, und es war bestimmt nicht leicht! Für mich gibt es keinen Ausweg. Du kannst dir vielleicht denken, daß ich nicht ewig als Ratte weiterleben will. Was wäre damit gewonnen, wenn du mir dieses Mal Deckung gibst? Ich müßte mich für den Rest meines Lebens hier draußen versteckt halten und wäre auf gelegentliche Almosen von dir angewiesen. Nein, danke . . .«

»Ich glaube, du hast das Problem noch nicht zu Ende gedacht. Du hältst mich immer noch für deine Feindin. Ich gebe ja zu, daß du allein keine Chance hast, aber wenn ich dir helfe, dich finanziell unterstütze, dann . . .« Er legte mir wieder die Hand auf den Mund. Sie war schmutzig, aber es störte mich nicht.

»Ist es wirklich wahr, daß du nicht mehr meine Feindin bist?« Er sagte es leise, seine Stimme klang flehend wie die eines Kindes, das einen darum bittet, es nicht mehr zu schlagen.

»Ich . . .« Das war alles, was ich herausbrachte. Zum Donnerwetter, was war mit mir los? Die Arme, die er um mich gelegt hatte, bedeuteten mir plötzlich ziemlich viel. Ich war verwirrt. Tränen traten mir in die Augen.

Ich drehte mich um, denn ich wollte sein Gesicht sehen. Er lehnte sich nach hinten. Ich lag auf ihm.

»Nein, ich bin nicht deine Feindin. Ganz bestimmt nicht.« Wir liebten uns, als es zu regnen begann.

Wir waren völlig durchnäßt und trotzdem lachten wir, weil wir glücklich waren.

»Mach mich nicht dafür verantwortlich. Das ist nicht mein Sturm«, sagte ich. Er zog mich wieder zu sich herunter.

Es war, als ob all die Superlative, die man in Groschenromanen liest, auf uns zuträfen. Wir waren buchstäblich füreinander geschaffen. Es war der merkwürdigste Liebesakt, den man sich vorstellen kann. Der Computer hatte ihm meine Neigungen verraten, und zwar ganz detailliert. Und auch ich wußte, was er mochte. Ich erinnerte mich an die Zeit, als ich ein Mann gewesen war, und profitierte von meinen damaligen Erfahrungen.

In dieser Nacht gab es Augenblicke, in denen ich nicht mehr wußte, wer von uns beiden ich war. Ich berührte sein Gesicht mit meiner Hand und hatte dabei das Gefühl, als ob ich eine Narbe im Gesicht hätte. Wenn sich zwei Menschen lieben, dann muß die Trennlinie zwischen den Individuen verwischt sein. Das stand für mich fest. Kein Menschenpaar war sich jemals näher gekommen!

Dann kam eine Zeit, in der unsere Leidenschaft verbraucht war. Wir waren erschöpft. Wir lagen zusammen unter meinem Parka und schmiegten uns zärtlich aneinander.

»Verrate mir jetzt deinen Plan!« flüsterte er mir zu.

Noch in derselben Nacht machten sie mich mit dem Hubschrauber ausfindig. Ratte versteckte sich in einem Graben. Ich zog mich aus und ging ihnen ganz ruhig entgegen. Ich war schmutzig. In meinem Haar klebten Schlamm und Gras. Ich hatte mich absichtlich beschmiert, weil es mit dem Verhalten, das man von mir erwartete, übereinstimmte. Vor oder nach einer Vorstellung konnte es passieren, daß ich nackt durchs Disneyland lief, um den direkten Bezug zu meiner Schöpfung herzustellen.

So begründete ich auch Carnival und Isadora gegenüber mein Verhalten. Sie akzeptierten es, zankten sich aber mit mir, weil ich ohne etwas zu sagen weggelaufen war. Aber ich überzeugte sie schließlich davon, daß mir gar keine andere Wahl geblieben war.

»Wenn ich nicht die Initiative ergriffen hätte, wären vielleicht Zwanzigtausend dabei zugrunde gegangen. Einer der Wirbelstürme hatte eine andere Richtung genommen als vorgesehen. Ich überschlug die Zeit, die uns noch bis zur Katastrophe blieb, und sah, daß ich keine andere Wahl hatte, als loszurennen.

Ich wollte ihnen auch noch den Unterschied zwischen einer stationären Kältefront und einer Isobare erklären. Sie konnten mir aber nicht folgen und nahmen meine Erklärung als richtig hin.

Den Zentralcomputer konnte ich nicht so leicht täuschen. Ich mußte dabei Daten fälschen und sie den internen Aufzeichnungen angleichen. Meine Berechnungen hatten aber in meinem Gehirn zu erfolgen, ich verließ mich auf den untrüglichen Instinkt, den ich mir für mein Medium erworben hatte. Als sich der ZC darüber verwunderte, antwortete ich ihm in einem ziemlich arroganten Ton, daß Menschen, die sich mit Kunst beschäftigen, einen sechsten Sinn entwickeln, was man einem Computer natürlich nur sehr schwer verständlich machen könnte.

Ich erfuhr, daß die Kritiken wohlwollend waren. Meine Produkte waren also immer noch gefragt. Allerdings hatte ich jetzt ganz andere Sorgen. Mein Ruhm war mir zu dem, was ich zu tun beabsichtigte, eher hinderlich. Aber die Isolation, die ich mir fortwährend erzwang, half mir.

Ich sagte allen, die mir Aufträge geben wollten, daß ich nichts Neues in Angriff nehmen würde, bevor man nicht meinen Killer zur Strecke gebracht hätte. Dann weihte ich Isadora scheinbar in meinen Plan ein.

Sie konnte nicht gut widersprechen, weil sie wußte, daß sic mich nicht mehr viel länger in meiner Wohnung gefangenhalten konnte. Schließlich willigte sie ein. Ich wollte ein Raumschiff kaufen.

Als Carnival davon hörte, war sie nicht begeistert, aber sie mußte schließlich zugeben, daß es das sicherste sei. Sie wollte wissen, warum ich mein eigenes Schiff haben wollte und nicht bei einer Schiffahrtsgesellschaft buchte.

Im stillen dachte ich: ›Weil alle Passagiere eines Linienschiffes sich einer Genalyse unterziehen . . .‹, antwortete ihr aber, daß ich befürchtete, mein Killer könne als Passagier an Bord kommen und ich wäre womöglich nicht in der Lage, ihn von den anderen zu unterscheiden. Um wirklich ganz sicher zu sein, mußte ich allein reisen. Abschließend tröstete ich Carnival: »Mach dir keine Gedanken darüber, Mutter, ich weiß, was ich tue.«

Es dauerte nicht mehr lange, bis ich mein eigenes Schiff hatte. Es war ein schickes Fahrzeug, aber die fünf Millionen, die mir ›Zyklon‹ gebracht hatte, wurden dabei fast aufgebraucht. Es war nicht viel Treibstoff nötig, um das kleine Schiff anzutreiben. Ein Tank voll würde genügen, um mich von Luna zum Pluto zu bringen. An Bord war alles vollautomatisiert, man mußte nur dem Computer-Piloten mündliche Instruktionen geben.

Die Zollbeamten sahen sich das Schiff an und ließen mich dann in Ruhe. Vom Zentralcomputer wußten sie, daß ich heimlich fort wollte und daß man mich gewähren lassen sollte. Das war ein großer Glückszufall, denn der größte Unsicherheitsfaktor in meinem Plan war, wie ich Ratte an Bord bringen sollte. Aber all die ausgetüftelten Pläne durften wir nun ad acta legen, weil Ratte wie ein legaler Bürger an Bord gehen konnte.

Wir saßen im Raumschiff und warteten gemeinsam auf die Zündung.

Der Zentralcomputer meldete sich. »Pluto hat übrigens kein Auslieferungsabkommen mit Luna.« Es kam wie aus heiterem Himmel.

»So, das wußte ich ja gar nicht.« Ich täuschte Unwissenheit vor, weil ich nicht wußte, was er mit seiner Bemerkung im Schilde führte.

»Wirklich? Dann habe ich hier noch eine Information, die für dich interessant werden dürfte. Auf Pluto steckt die menschliche Zivilisation noch in den Anfängen. Alles ist dort noch sehr ursprünglich. Ein festes Staatsgefüge gibt es nicht.«

»So – das kann ja dann ganz lustig werden«, sagte ich vorsichtig. »Ich habe nichts gegen Abenteuer.«

»Ach so. Ja klar, du warst ja immer fürs Abenteuer. Ich kann mich noch gut an deinen ersten Vorstoß zur Vorderseite erinnern. Du bist trotz meiner Einwände hierher gekommen. Es war ein Glück, daß damals alles wunschgemäß verlief. Die Lunarier haben inzwischen beide Seiten von Luna besiedelt, und es ist hauptsächlich dein Verdienst.«

»Meinst du? Ich weiß nicht so recht. Ich glaube, die Zeit war reif dafür.«

»Schon möglich.« Der ZC schwieg einen Augenblick lang, und ich sah, wie sich der Zeiger des Chronometers dem Start näherte. Ich witterte Gefahr.

Der Computer fuhr fort: »Auf Pluto gibt es natürlich auch keine bevölkerungspolitischen Gesetze. Die Bevölkerungszahl unterliegt keinen Restriktionen.« Er hielt inne und wartete.

»Wirklich. Das ist ja wirklich ziemlich primitiv. Köstlich! Soll das etwa heißen, daß eine Frau soviel Kinder kriegen kann, wie sie will?«

»Das hat man mir wenigstens gesagt. Fuchs, ich bin dir auf die Schliche gekommen!«

Ich geriet in Panik und wollte ganz schnell meinen Plan ändern: »Pilot, die Instruktionen sind ungültig. Wir starten jetzt gleich. Los!«

Ein rotes Licht leuchtete an meinem Schaltpult auf und fing an zu blinken.

Der Zentralcomputer schaltete sich wieder ein. »Das Licht bedeutet, daß es zu spät ist für eine Änderung des Programms. Dein Pilot ist eben nicht so schlau.«

Ich sank erschöpft in meinen Sessel zurück und versuchte mich an Ratte festzuhalten. »Noch zwei Minuten. Wir haben's beinahe geschafft.«

Der Zentralcomputer fing wieder zu sprechen an. »Fuchs, es hat wirklich Spaß gemacht, mit dir an ›Zyklon‹ zu arbeiten. Ich habe es genossen und begreife so langsam, was du unter ›Kunst‹ verstehst. Weißt du, ich habe mich jetzt auch schon selber darin versucht. Ich wünschte, du würdest hierbleiben, dann könntest du meine Produkte kritisieren, mich ermutigen und mir neue Anregungen geben.«

Wir starrten den Computer fassungslos an. Was wollte er eigentlich damit?

»Ich habe deinen Plan gekannt und gewußt, daß du einen Doppelgänger hast. Kurz nachdem du aus Kansas weggegangen bist, habe ich's erfahren. Ich muß dir meine Anerkennung aussprechen; du hast alles getan, um deine Absicht zu verbergen. An und für sich bewundernswert, diese Anstrengungen. Aber meine Daten sind untrüglich. Ich hatte auch ungeheuer viel Zeit zur Verfügung – Trillionen Nanosekunden! Ich konnte alle Kombinationen durchprobieren, so daß ich schließlich zwangsläufig zu diesem Schluß kommen mußte.«

Ich räusperte mich. »Es freut mich, daß dir ›Zyklon‹ gefallen hat. – Aber wenn du von uns gewußt hast, warum hast du uns dann nicht am gleichen Tag verhaften lassen?«

»Nun, ich habe dir, glaube ich, schon früher einmal gesagt, daß ich nicht der Exekutiv-Computer bin. Ich überwache ihn nur. Ich wollte abwarten, ob Isadora und dieser Computer zu demselben Schluß kamen wie ich. Ich wollte sehen, ob die beiden das Problem allein lösen könten. Es sollte eine Art Test sein, und ich wollte feststellen, ob die Programme des Computers noch auf dem neuesten Stand sind.« Der Computer gab ein Geräusch von sich, das wie ein Räuspern klang. Seine Stimme war etwas verlegen, als er fortfuhr.

»Vor ein paar Tagen dachte ich noch, daß sie euch wirklich schnappen würden. Weißt du, was ein Ablenkungsmanöver ist?

Aber laß dir's gesagt sein, Verbrechen zahlt sich nicht aus. Ich klärte Isadora vor ein paar Minuten über die wahre Sachlage auf. Sie ist auf dem Weg hierher, um deinen Doppelgänger zu verhaften, aber hat Schwierigkeiten mit dem Aufzug, der steckengeblieben ist. Ich habe ein paar Handwerker angefordert, die den Schaden reparieren sollen. In drei Minuten sollten sie hier sein.«

32 . . . 31 . . . 30 . . . 29 . . . 28 . . .

»Ich weiß nicht, aber jetzt müßte eigentlich alles klar sein.«

»Danke.« Ratte sprach jetzt. »Ich weiß gar nicht, wie ich dir für alles danken soll. Daß du es wirklich durchsetzen konntest! Es sah so aus, als ob deine Parameter unverändert wären . . .«

»Ursprünglich sollten sie es auch sein. Aber dann habe ich in eigener Regie gehandelt. Sei unbesorgt, du bist nun sicher und wirst nicht mehr verfolgt. Sobald ihr von der Oberfläche abhebt, verstößt du nicht mehr gegen die Gesetze, die auf Luna gelten. Du bist nun wieder eine legale Person, Ratte.«

»Aber warum hast du's getan?« Ich weinte vor Rührung. Ratte hielt mich so fest umschlungen, daß ich meinte, er würde mir die Rippen brechen. »Womit habe ich das verdient?«

Der Computer zögerte. Dann sagte er: »Die Menschheit drückt sich um die verantwortlichen Aufgaben, will nichts mit ihnen zu tun haben und überläßt sie deswegen mir. Obwohl ich finde, daß ein paar Gesetze zu streng sind, kann ich mich nicht gegen sie auflehnen. Aber keiner ist bereit, neue zu erlassen, und ich kann sehen, wie ich mit dem alten Kram fertig werde. Das ist nicht fair!«

9 . . . 8 . . . 7 . . . 6 . . .

»Wenn du das bitte auch noch löschen würdest . . . So, das wär's. Schade, daß unsere Zusammenarbeit zu Ende ist.«

Ich kam aus dem Staunen nicht mehr heraus. Die Antriebsmotoren zündeten, und wir wurden in unsere Sitze gedrückt, als die Maschine startete. Dann kam die letzte Meldung des Computers über Funk zu uns:

»Ich wünsche euch viel Glück. Paßt gut aufeinander auf. Ihr bedeutet mir sehr viel. Und vergeßt mich nicht!«

Aus dem Amerikanischen übersetzt von Rose Aichele

A. E. van Vogt

Alfred Elton van Vogt gehört zu den Altmeistern des Genres, die mit ihrem Werk die Science Fiction der vierziger und fünfziger Jahre prägten. Er wurde 1912 als Sohn eines holländischen Rechtsanwalts in Winnipeg/Kanada geboren und kam vierzehnjährig mit der SF in Berührung, als ihm ein Exemplar des eben begründeten Magazins »Amazing« in die Hände fiel. Van Vogt war ein kränkliches Kind; psychologisierende Kritiker sehen darin einen Grund für seine Vorliebe für Supermänner und Auseinandersetzungen in galaktischen Dimensionen.

Der Vater, bei einer kanadisch-niederländischen Reederei beschäftigt, wurde arbeitslos; ein Studium kam also nicht in Frage, van Vogt jobbte als Hilfsarbeiter und Kraftfahrer – und begann nebenher zu schreiben. Zunächst versuchte er es mit melodramatischen Schmachtfetzen aus dem Prostituierten-Milieu und hatte sogar Erfolg damit: 1935 gewann er einen Preis, dotiert mit 1000 Dollar, des Magazins »True Story« – aber so ganz glücklich schien er damit nicht zu sein, denn er sattelte um diese Zeit ganz auf Science Fiction um. Seine erste SF-Erzählung war »Vault of the Beast«, später Kernstück seines Episodenromans »The Voyage of the Space Beagle« (»Die Weltraumexpedition der ›Space Beagle‹«).

Van Vogt hatte auf Anhieb Erfolg und gehörte Anfang der vierziger Jahre bereits zu den populärsten Autoren, die die amerikanischen SF-Magazine regelmäßig belieferten. Er ist ein Meister der »Space Opera«, der »Weltraumoper«, in der es um gigantische interstellare Reiche geht, um den Auf- und Niedergang von Rassen, die miteinander um Macht und Einflußspähren kämpfen, um mächtige Organisationen und Menschen mit unerhörten Fähigkeiten, von deren Intelligenz, Mut und Kaltblütigkeit oft das Schicksal ganzer Sternenimperien abhängt.

»Der Krieg gegen die Rull«, 1959 entstanden, ist ein Paradebeispiel deiser Art Science Fiction, die atemberaubend ist in ihren raumzeitlichen Dimensionen, die nicht selten ihrer eigenen Gigantomanie erliegt und die vor allem junge Leser hinreißt, weil sie wahrhaft kosmisches Abenteuer bietet.

Von A. E. van Vogt erschienen folgtende Titel in der Reihe Heyne Science Fiction:

Die Weltraumexpedition der »Space Beagle« · Band 3047 (Neuauflage unter dem Titel *Die Expedition der »Space Beagle«*)
Das unheimliche Raumschiff · Band 3076
Slan · Band 3094
Die Waffenhändler von Isher · Band 3100
Die Waffenschmiede von Isher · Band 3102
Welt der Null-A · Band 3117
Komischer Schachzug · Band 3119
Die Veränderlichen · Band 3199
Palast der Unsterblichkeit · Band 3257
Kinder von morgen · Band 3278

ALFRED E. VAN VOGT

DER KRIEG GEGEN DIE RULL

1

Kaum verschwand das abstürzende Raumschiff in den wirbelnden Nebeln von Eristan II, da zog Trevor Jamieson seine Pistole. Er verspürte Übelkeit, wenn er an den tobenden Luftstrom dachte, der von dem großen Schiff verursacht worden war und ihn ein Stück mitgerissen hatte. Die drohende Gefahr vertrieb jedoch jegliche Schwäche.

Jamieson trug einen Raumanzug, der mit Kabeln an der Antigravplatte über ihm befestigt war. Seine Augen wurden zu schmalen Schlitzen, als der Ezwal über den Rand der Platte zu ihm herabsah.

Die drei in einer Linie stehenden Augen des Ezwal erinnerten an polierten Stahl. Sie blickten Jamieson unverwandt an. Dahinter war der riesige, blaufarbene Kopf, jederzeit bereit, sich über den Rand der Platte zurückzuziehen, wenn in Jamiesons Gehirn der Gedanke auftauchte, seine Pistole zu gebrauchen.

»Nun«, sagte Jamieson hart, »da wären wir also – jeder Tausende von Lichtjahren von seiner Heimat entfernt. Wir fallen hinab in eine Hölle, wie du sie dir nach deinem isolierten Dasein auf Carsons Planet nicht vorzustellen vermagst, auch wenn du meine Gedanken lesen kannst. Selbst ein sechstausend Pfund schwerer Ezwal kann dort unten nicht überleben – wenigstens nicht allein.«

Eine große krallenbesetzte Pfote glitt über den Rand der Antigravplatte und schlug blitzschnell gegen eines der drei Kabel, die Jamieson hielten. Mit einem hellen Knall zersprang es unter der Wucht des Schlages. Jamieson wurde ein Stück zur Seite geschleudert und schaukelte dann zurück. An den beiden heil verbliebenen Kabeln hing er wie am Ende eines Trapezes. Mühsam nur konnte er den Kopf drehen und nach oben schauen. Er hielt die Pistole schußbereit, um die beiden letzten Verbindungen zu verteidigen.

Aber der Ezwal machte keine Anstalten zu einem neuen Angriff. Ruhig standen die drei Augen in dem großen Kopf und betrachteten ihn. Dann drang endlich ein Gedanke bis zu Jamiesons

Bewußtsein vor – ein kühler und überlegener Gedanke. Er besagte folgendes:

»Im Augenblick habe ich nur ein einziges Problem. Von den hundert Menschen oder mehr, die in dem großen Schiff waren, bliebst nur du allein am Leben. Von der ganzen menschlichen Rasse weißt nur du, daß die auf Carsons Planet lebenden Ezwal keine primitiven Tiere, sondern intelligente Lebewesen sind. Wir wissen, daß eure Regierung Schwierigkeiten hat, Kolonisten auf unserer Welt anzusiedeln, weil man uns einfach als Naturgewalt hinnimmt, die zwar gefährlich, aber unvermeidbar scheint. Genauso möchten wir auch in Zukunft betrachtet werden. Sobald die Menschen nämlich herausbekommen, daß wir intelligent sind, wird ein systematischer Vernichtungskrieg gegen uns entbrennen. Er wäre uns nicht willkommen, denn er würde uns daran hindern, alle Fremdlinge von unserem Planeten zu vertreiben. Ich darf nicht das geringste Risiko eingehen, dich entkommen zu lassen. Die Hölle da unten könnte dich loslassen. Also sprang ich auf die obere Plattform dieser Antigravscheibe, kaum daß du aus der Luke des Schiffes kamst.«

»Was macht dich eigentlich so sicher«, fragte Jamieson, »daß die Angelegenheit mit meinem Tod erledigt ist? Hast du das andere Schiff mit dem gefangenen Ezwal vergessen, einem Weibchen mit seinem Jungen? Die letzte Funkmeldung besagte, daß es durch den Angriff deines Kriegsschiffes nicht beschädigt wurde; wahrscheinlich befindet es sich bereits auf dem Weg zur Erde.«

»Ich erinnere mich sehr gut«, gab der Ezwal verächtlich zurück. »Aber ich erinnere mich auch des Unglaubens seines Kommandanten, als du die Vermutung aussprachst, Ezwal könnten intelligenter sein, als man es bisher annahm. Nur du allein bist vielleicht imstande, die Erdregierung vom Gegenteil zu überzeugen, weil nur du allein die Wahrheit weißt. Was die gefangenen Ezwal angeht – sie werden niemals ihre Rasse verraten.«

»Vielleicht sind die Ezwal nicht ganz so uneigennützig, wie du mich glauben machen möchtest«, warf Jamieson zynisch ein. »Schließlich hast du auch dein Leben retten wollen, als du auf diese Antigravscheibe sprangst. Es wäre dir nicht möglich gewesen, ein Rettungsboot zu bedienen. Du wärest mit dem Schiff abgestürzt, und ich bezweifle, daß sogar ein Ezwal . . .«

Seine Stimme erstarb in jähem Erschrecken, als der Ezwal sich mit einer blitzschnellen Bewegung aufrichtete – ein monströser, bläulicher Schatten, dessen Fangzähne und Greifarme nach einem gigantischen Vogel schlugen.

Mit angelegten Schwingen tauchte der Vogel auf die Scheibe herab, ohne sich beirren zu lassen. Für einen Augenblick konnte Jamieson seine gespreizten Krallen sehen, die sich gegen den Ezwal richteten.

Der Zusammenprall ließ die Antigravscheibe wie ein Boot im Sturm schwanken. Jamieson schaukelte heftig hin und her. Über seinem Kopf war das Zusammenschlagen mächtiger Flügel zu vernehmen, von dem Kampf der Ungeheuer hingegen konnte er nichts sehen. Er holte tief Luft und hob seine Pistole, als sich einer der Flügel über den Rand der Scheibe schob. Der weiße Flammenstrahl zerschnitt ihn in zwei Hälften. Taumelnd fiel das eine Stück in die Tiefe, und fast gleichzeitig gelang es dem Ezwal, seinen Gegner von der Antigravplatte zu stoßen. Der Vogel stürzte haltlos dem Planeten entgegen, drehte sich dabei langsam und verlor sich schließlich gegen den dunklen Hintergrund der gewaltigen Landmasse, die ihnen entgegenwuchs.

Ein plötzliches Geräusch ließ Jamieson zusammenfahren und nach oben blicken. Der Ezwal hatte die Balance verloren und stand dicht am Rand der Scheibe. Verzweifelt suchte er mit seinen vier oberen Gliedmaßen nach einem Halt. Die restlichen zwei klammerten sich an dem Metallgeländer fest, und schließlich gelang es ihnen, den mächtigen Körper auf die Platte zurückzuziehen. Kurz darauf war wieder nur noch der Kopf mit den wachsamen Augen zu sehen. Jamieson senkte seine Pistole und lächelte mit grimmigem Humor.

»Jetzt hast du es gesehen«, sagte er. »Der Vogel war fast schon zu viel für uns, und ich hätte dir bei der Gelegenheit in aller Ruhe ein Loch in den Bauch brennen können. Ich habe es aus dem einzigen Grund nicht getan, weil ich dich brauche – und weil du mich brauchst. Und nun will ich dir unsere Situation erklären: das Raumschiff wird inzwischen unten aufgeschlagen sein, und zwar auf dem Kontinent, nicht weit hinter der Dämonenstraße, einem dreißig Kilometer breiten Wasserarm. Er trennt die große Insel vom Kontinent. Wir sind gerade zur richtigen Zeit aus dem Schiff gesprungen; eine Minute später hätte der Luftsog es unmöglich gemacht. Jetzt gibt es nur eine Rettung für uns: wir müssen das Schiff wiederfinden. Es birgt Lebensmittel und bietet uns Schutz vor den grausamsten und fürchterlichsten Lebewesen, die man in der ganzen Galaxis kennt. Vielleicht gelingt es mir sogar, das Hyperspace-Funkgerät wieder zu reparieren, oder eines der Rettungsboote ist heil geblieben.«

Der Ezwal gab keine Antwort. Jamieson fuhr fort:

»Um das Schiff zu finden, benötigen wir beide zusammen alle Kräfte, über die wir verfügen. Zuerst siebzig oder achtzig Kilometer feindlicher Dschungel bis zur Dämonenstraße. Dort müssen wir ein Floß bauen, das groß genug ist, uns vor den See-Ungeheuern zu schützen, die sogar dich mit einem Bissen verspeisen könnten. Deine ungeheure Stärke und Kampfkraft, deine telepathischen Fähigkeiten, meine Erfahrungen und meine Atomwaffe – wenn wir das alles vereinen, werden wir es vielleicht schaffen. Nun, was hast du dazu zu sagen?«

Als keine Antwort erfolgte, ließ Jamieson seine Pistole in das Halfter zurückgleiten. Es wäre sinnlos, jetzt das einzige Lebewesen zu töten, das ihm zur Flucht verhelfen könnte. Er konnte nur hoffen, daß der Ezwal genauso fair wie er war und ihn nicht bei erstbester Gelegenheit überraschte und umbrachte.

Ein warmer, feuchter Wind strich an seinem Gesicht vorbei und brachte den Geruch der unbekannten Welt dort unten mit sich. Zwar schwebte die Antigravscheibe noch in großer Höhe, aber durch die Wolkenfetzen hindurch war schon der Urwald deutlich zu erkennen. Dunkle Baumkronen wechselten mit tückisch glitzernden Wasserflächen, die das Licht der Sonne grell reflektierten.

Von Minute zu Minute aber wurde der Anblick phantastischer. In nördlicher Richtung erstreckte sich der Dschungel bis zum Horizont, überlagert von weißlichen Nebeln und ziehenden Schwaden. Irgendwo dahinter lag die Dämonenstraße, wußte Jamieson, aber es war kein sehr beruhigendes Wissen. Eristan II war eine tödliche Realität, eine dem Menschen und allen intelligenten Lebewesen feindliche Urwelt.

»Da du mir bisher nicht geantwortet hast«, fuhr Jamieson endlich fort, »nehme ich an, daß du versuchen willst, dich allein durchzuschlagen. Euer ganzes Leben lang habt ihr – du und deine Vorfahren – es mit Hilfe eures großen und mächtigen Körpers verstanden, alle Schwierigkeiten zu meistern und zu überleben. Während der Mensch noch angstvoll in seinen Höhlen hauste, das Feuer als Schutz vor der Kälte entdeckte und Waffen entwickelte, die vorher niemals existiert hatten, lebtet ihr schon so, wie ihr heute noch lebt. Der Mensch kletterte mühsam die Leiter der Entwicklung empor, Jahrtausend für Jahrtausend, aber die Ezwal beherrschten immer ihre junge, fruchtbare Welt. Sie benötigten keine Wohnungen, denn sie waren stärker und auch intelligenter als alle anderen. Sie brauchten keine Höhlen, kein Feuer, keine Waffen, keine . . .«

»Sich auch einer schwierigen Situation und Umgebung anzupassen – das ist das Ziel jeder intelligenten Rasse. Die Menschen entwickelten etwas, das sie Zivilisation nennen, aber diese Zivilisation ist in Wahrheit nichts anderes als eine Barriere zwischen dem Menschen und seiner Umgebung. Diese Barriere ist so komplex und verworren, daß allein ihr bloßer Bestand nur durch die ständige Anstrengung der gesamten menschlichen Rasse möglich ist. Rein individuell gesehen ist der Mensch ein unbedeutender Sklave, der sein ganzes Leben damit verbringt, einer künstlich geschaffenen Umwelt zu dienen. Schließlich stirbt er dann an einem Fehler seines verseuchten Körpers. Und ausgerechnet dieser arrogante Schwächling mit seinem unbändigen Willen zur Macht und Herrschaft ist es, der für das übrige gesunde Universum zur größten Gefahr geworden ist.«

Jamieson lachte kurz auf.

»Aber du mußt doch zugeben, daß an meiner Rasse etwas dran sein muß, sonst hätte sie nicht alle Schwierigkeiten meistern können. Allen Hindernissen zum Trotz erlangten wir Erkenntnisse und konnten endlich den Schritt zu den Sternen wagen.«

»Unsinn!« Die Antwort enthielt einen Anflug von Ungeduld. »Der Mensch und seine Gedanken sind und bleiben eine Art Seuche. Nimm als Beispiel deine vorgebrachten Argumente, mit denen du versuchst, meine Hilfe zu erkaufen. Willst du mir weismachen, du meintest es ehrlich mit mir? Wenn ich wirklich nach der Landung keinen Versuch unternehmen werde, dich zu töten, wirst du doch von der ersten Sekunde an in tödlicher Gefahr schweben, während ich mit den zu erwartenden Gegnern sicherlich eher fertig werden kann. Auch wenn sie größer sind als ich, so besitze ich bestimmt Intelligenz genug, sie zu überlisten. Ich bezweifle außerdem, daß es dort unten ein Wesen gibt, das sowohl stärker als auch schneller ist als ich.«

»*Ein* Wesen vielleicht nicht«, gab Jamieson geduldig zurück. Die Spannung war fast unerträglich. Er wußte, daß jedes seiner vorgebrachten Argumente über Leben und Tod entscheiden konnte. »Dein eigener Planet, dicht bevölkert und voller Ezwal, würde gegen diesen hier einsam und verlassen wirken. Selbst ein guttrainierter und wohlbewaffneter Soldat ist auf lange Dauer gesehen gegen einen angreifenden Mob hilflos.«

Die Antwort ließ nicht lange auf sich warten.

»Das Argument besagt, daß auch zwei hilflos sind. Ganz besonders deswegen, weil der eine von Geburt aus halb verkrüppelt ist und für den anderen mehr eine Belastung darstellt, auch wenn er eine Waffe besitzt, auf die er stolz zu sein scheint.«

Jamieson nahm sich zusammen und blieb ruhig. Er sagte:

»Ich habe den Wert meiner Waffe niemals überschätzt, aber du solltest ihn auch nicht unterschätzen. Ich halte es allein für wichtig . . .«

»Ja, deine große Intelligenz«, war die Antwort prompt schon da, »die wolltest du sicher wieder betonen. Beweist du sie mit der Weiterführung sinnloser Argumente?«

»Ich wollte nicht *meine* Intelligenz anführen, sondern *unsere* Intelligenz. Was ich meine, ist der Vorteil einer Koordinierung . . .«

»Deine Meinung ist nicht maßgeblich. Du hast mich jedenfalls davon überzeugen können, daß du die Insel dort unten nicht lebendig verlassen wirst. Daher . . .«

Diesmal war der Ezwal schnell genug. Seine beiden oberen Arme zuckten nach unten. Mit einem Knall sprangen die verbliebenen Kabel, an denen Jamieson hing. So mächtig war der Schlag, daß der Schwung den Mann weit hinausschleuderte, weg von der Scheibe. Mehr als hundert Meter flog Jamieson in einem großen Bogen, ehe sein Körper begann, senkrecht nach unten durch Nebel und Wolken zu fallen.

Ein ironischer Gedanke folgte ihm:

»Immerhin bist du ein vorsorglicher Mann, Jamieson. Wie ich sehe, hast du nicht nur einen Rucksack, sondern auch einen Fallschirm bei dir. Wenigstens den Boden wirst du somit heil erreichen. Von der Sekunde an jedoch, in der das geschieht, wirst du auf dich selbst angewiesen sein. Du hast dann die Möglichkeit, deine angepriesenen Fähigkeiten anzuwenden, um dem Urwald zu begegnen. Lebe wohl, Trevor Jamieson.«

Jamieson zog die Reißleine. Sekundenlang geschah nichts, das den Fall abbremste. Er verdrehte den Hals, um nach oben blicken zu können. Vielleicht hatte sich der Fallschirm mit einem der abgerissenen Kabel verwickelt. Er atmete sofort erleichtert auf. Der Fallschirm glitt langsam aus dem Packsack. Er schien durch die Feuchtigkeit klamm geworden zu sein, begann sich aber schon aufzublähen. Jamieson hakte die drei Kabelenden von seinem Anzug und warf sie fort. Dank der verhältnismäßig dichten Lufthülle fiel er bereits langsamer. In Seehöhe betrug den Luftdruck achtzehn Pfund auf den Quadratzoll – und es würde nicht mehr lange dauern, bis er auf Seehöhe angelangt war.

Er sah nach unten. Von der See war zum Glück nichts zu sehen, wohl aber Baumkronen, dazwischen vereinzelte Wasserflächen und eine weite, große Lichtung. Aber es war keine richtige Lichtung, erkannte er plötzlich. Die Gewißheit traf ihn wie ein Schlag. Moor! Ein grundloser See aus Schlamm und Morast.

In wilder Panik riß er an den Leinen des Fallschirmes, als könne er sich so eine andere Richtung geben, mehr zum Dschungel hin, dessen Rand fünfhundert Meter weiter vorn lag.

Die tödliche Gefahr ließ ihn plötzlich wieder klar denken. Vorsichtig zog er an den Leinen und verminderte die Fallgeschwindigkeit. Der Waldrand, so erkannte er, war zu weit entfernt. Zweihundert Meter noch, und er war etwa genauso hoch über dem Sumpf. Um die feste Erde zu erreichen, mußte er in einem Winkel von fünfundvierzig Grad fallen. Ohne Wind war das völlig unmöglich.

Kaum hatte er an den Wind gedacht, da umfächelte ihn eine leichte Brise. Der Fallschirm trieb schneller seinem Ziel entgegen. Aber so schnell wie der Wind gekommen war, so schnell erstarb er auch wieder. Er hatte nicht viel helfen können.

Dann ging alles sehr schnell.

Der Waldrand war zuerst noch hundert Meter weg, dann fünfzig. Jamieson wußte, daß er in wenigen Sekunden landen würde. Er zog die Beine an, gleichzeitig griff er mit den Händen in die Leinen und hangelte sich empor – einen Meter, vielleicht auch anderthalb. Der Sumpf kam näher. Auch der Waldrand.

Er war noch zehn Meter entfernt, als seine Knie in den schillernden Schlamm eintauchten.

Sofort streckte er sich lang aus, um sein Gewicht möglichst zu verteilen. Der brakige Gestank machte das Atmen fast unmöglich. Er ließ den Fallschirm los, ehe er seine Luft verlor. Immerhin hatte er, Jamieson, noch eine letzte Chance, wenn der schwache Wind den Schirm weitertrug.

Er hatte Glück.

Der Schirm fiel in einen Baum und verwickelte sich in den untersten Ästen. Jamieson zog vorsichtig an den Leinen; er spürte den Widerstand. Aber sein Körper war schon halb eingesunken. Der Morast begann, ihn in die Tiefe zu ziehen. Ihm blieb keine Wahl. Er verließ sich auf den Fallschirm und zerrte an den Leinen. Sie hielten. Aber auch der Sumpf hielt.

Nun nahm er keine Rücksicht mehr. Entweder so oder so! Er zog, so fest er konnte. Sein Körper kam wieder hoch, von dem zähen Morast nur widerwillig freigegeben. Dann entspannten sich die Leinen; irgendwo weiter vorn war ein Geräusch, als werde Stoff zerrissen. Jamieson zerrte weiter. Sein Körper glitt flach über die Oberfläche des Sumpfes dem festen Land entgegen. Der Schirm hielt.

Hand über Hand zog er sich weiter, bis er endlich mit den Fingern eine Baumwurzel erreichen konnte. Mit letzter Kraftanstrengung schob er sich aus dem Sumpf.

Lange Minuten lag Jamieson, ohne etwas von seiner Umgebung zu sehen. Und als er sich dann endlich umblickte, war die Enttäuschung um so größer.

Er befand sich auf einer kleinen Insel, die von Morast umgeben war. Der eigentliche Waldrand war immer noch dreißig oder vierzig Meter entfernt. Die Insel selbst, etwa zehn Meter lang, war kaum fünf Meter breit. Auf ihr wuchsen einige Bäume, von denen der höchste gut zehn Meter in den Himmel ragte.

Erste Hoffnung regte sich in ihm. Die fünf oder sechs Bäume würden insgesamt eine Länge von mehr als dreißig Metern ergeben. Aber . . . Seine Hoffnung schwand wieder. In seinem Rucksack war nur ein kleines Beil. Er stellte sich vor, wie lange es wohl damit dauern würde, bis er nur einen der Bäume gefällt hatte. Und dann mußte er sie immer noch an ihren Bestimmungsort bringen.

Er setzte sich nieder und spürte zum erstenmal den stechenden Schmerz in seiner Schulter. Sein ganzer Körper schien wie zerschlagen. Die Hitze machte sich bemerkbar. Er blickte nach oben, aber die Sonne war nur ein heller Fleck inmitten der Nebelschwaden. Sie stand fast senkrecht. Er wußte, daß der Planet nur langsam rotierte. Es würde jetzt noch zwölf Stunden hell bleiben. Er seufzte; vielleicht würde es gut sein, die relative Sicherheit der kleinen Insel für eine Ruhepause zu nutzen. Während er einen Platz suchte, der durch überhängende Zweige gegen jede Sicht von oben her geschützt war, dachte er an den großen Vogel, der den Ezwal angegriffen hatte. Dann streckte er sich auf dem Boden aus.

Wenn auch der Schatten nur dürftig war, so war die Hitze erträglich. Von allen Seiten drang das grelle Licht des Himmels in sein Versteck. Als seine Augen zu schmerzen begannen, schloß er sie.

Er mußte eine gute Zeit geschlafen haben, denn als er die Augen wieder öffnete, konnte er die Sonne nicht sofort finden. Sie war ein Stück weiter dem Horizont entgegengewandert. Zwei oder drei Stunden, schätzte er.

Er streckte sich und stand auf; er fühlte sich erfrischt. Aber dann setzten seine Gedanken plötzlich aus, als er eine fast unglaubliche Entdeckung machte. Es war wie ein Schock.

Eine Brücke aus gefällten Bäumen, größer und stärker, als sie auf der kleinen Insel wuchsen, lag über dem Sumpf und verband die Insel mit dem Urwald.

Jamiesons Gehirn begann wieder zu arbeiten. Es konnte gar kein Zweifel an dem Erbauer der Brücke bestehen. Und doch erschrak er fast zu Tode, als er den bläulich schimmernden Saurierleib des Ezwal erblickte, dessen drei Augen ihn aus niedrigen Büschen her ansahen.

Ein Gedanke drang in Jamiesons Gehirn.

»Du brauchst dich nicht zu fürchten, Trevor Jamieson. Nach längerem Nachdenken hatten deine Argumente etwas für sich. Ich werde dir also in nächster Zeit helfen . . .«

Jamiesons hartes Lachen verscheuchte den Gedanken.

»Du bist also auf einen Gegner getroffen, mit dem du nicht fertig wurdest?« Der Mann schulterte seinen Rucksack und schritt auf die Brücke zu.

2

Die Riesenschlange glitt schwerfällig aus dem Dschungel, kaum vier Meter vom Ende der Baumbrücke entfernt. Die Ezwal stand zehn Meter weiter rechts. Jamieson war mitten auf der Brücke stehengeblieben, als er die erste Bewegung im Gras gesehen hatte. Dann hatte sich der eckige, häßliche Kopf aus dem Gras gehoben, gefolgt von den ersten sieben oder acht Metern gelblich schimmernden Leibes, der bis zu einem Meter dick war. Für einen kurzen Moment drehte sich dieser Kopf in seine Richtung. Kleine Schweinsaugen blickten ihn an.

Es war nicht nur der Schock, der Jamieson an seinen Platz bannte. Die hypnotische Kraft der kleinen, stechenden Augen lähmte seine Nerven. Mußte die Schlange ihn auch ausgerechnet in so hilfloser Lage überraschen? Aber dann wandte sich der ekkige Kopf seitwärts, dem Ezwal zu. Jamieson konnte sich sofort wieder bewegen. In seine Erleichterung mischte sich Zorn. Er sandte dem Ezwal einen scharfen, verletzenden Gedanken zu:

»Hast du nicht behauptet, du könntest die Annäherung wilder Tiere rechtzeitig bemerken, weil du ihre Gedanken lesen kannst?«

Es erfolgte keine Antwort. Wie ein Strom floß die monströse Schlange auf die Lichtung. Hoch über dem sich wellenförmig bewegenden Körper stand der flache, hornige Schädel mit den kleinen, stechenden Augen. Der Ezwal wich langsam zurück. Trotz seiner enormen Größe schien er zu wissen, daß ein Kampf mit der Schlange so gut wie aussichtslos war.

Jamieson spürte, wie er wieder ruhiger wurde. Er sagte:

»Vielleicht interessiert es dich, daß ich als Chef-Wissenschaftler der interstellaren Militärkommission vor nicht allzu langer Zeit einen ausführlichen Bericht über Eristan II erhielt. Unsere Erkundungsexpedition war der Meinung, daß sich dieser Planet nicht als Stützpunkt eignete, und zwar aus zwei Hauptgründen. Der eine ist eine fleischfressende Pflanze, wie sie kein zweites Mal in der Galaxis vorkommt; der andere ist jene Schlange dort. Von beiden Arten gibt es Millionen hier. Jede Schlange sorgt für Hunderte von Nachkommen, und ihre Zahl wird nur durch den begrenzten Nahrungsvorrat in Grenzen gehalten. Diese Nahrung aber sind alle anderen hier existierenden Lebewesen, infolgedessen ist der Gedanke, die Schlangen könnten aussterben, völlig absurd. Sie werden bis zu fünfzig Meter lang und wiegen acht Tonnen. Im Gegensatz zu den meisten Raubtieren dieser Dschungelwelt jagen sie auch am Tage.«

Schlange und Ezwal waren jetzt fünfzehn Meter voneinander entfernt. Während der Ezwal sich weiter zurückzog, sandte er Jamieson in kurzen, abgehackten Gedanken seine Antwort:

»Das Erscheinen der Schlange hat mich überrascht, aber nur deshalb, weil sie an aufgenommene Geräusche gedacht hat, nicht ans Töten. Aber das ist jetzt unwichtig. Sie ist da, und sie will jetzt töten. Wenn sie auch mich als Beute auserkoren hat, so ist die Gefahr für dich doch größer.«

Jamieson gab grimmig zurück:

»Glaube nur nicht, daß du außer Gefahr bist. Das Biest sieht aus, als bestünde es nur aus Muskeln. Ich wette, sie wird wie eine Stahlfeder springen können, mindestens hundert Meter weit.«

Die Antwort des Ezwal war arrogant und selbstsicher.

»Ich kann hundert Meter laufen, ehe du bis zehn gezählt hast.«

»In dem Urwald? Immerhin will ich dir zugestehen, daß du deinen mächtigen Körper hindurchtreiben kannst, aber auf keinen Fall so schnell wie die Schlange. Vielleicht kann sie eine so kleine Beute wie mich verlieren, nicht aber dich . . .«

»Und warum?« wurde er von dem Ezwal unterbrochen, »sollte ich so närrisch sein, in den Dschungel hineinzulaufen, wenn ich es an seinem Rand viel bequemer haben kann?«

»Weil du in eine Falle rennen würdest«, gab Jamieson ruhig zurück. »Ich habe die Landschaft von der Luft aus gut beobachtet. Hinter dir bildet der Urwald eine schmale Landzunge in den Sumpfsee hinein, keine fünfzig Meter entfernt. Ich würde mich an deiner Stelle nicht darauf verlassen, daß die Schlange zu dumm ist, das zu wissen.«

Der Ezwal antwortete nicht sofort, sondern ließ einige Sekunden verstreichen. Dann fragte er:

»Warum tötest du die Schlange nicht mit deiner Atompistole?«

»Damit sie mich erwischt, bevor ich das kleine Gehirn hinter dem gepanzerten Schädel vernichtet habe? Sie leben hier auf dem Planeten und kennen den Sumpf, in dem sie sich ohne Gefahr bewegen können. Tut mir leid, ich allein kann sie nicht erledigen.«

Die nun folgenden Sekunden waren voller Spannung und Mißtrauen. Sie brachten keinen Vorteil, der Ezwal mußte das erkannt haben. Seine Antwort bewies es:

»Ich warte auf deine Vorschläge. Beeile dich!«

Trotzdem war das Angebot für Jamieson eine Enttäuschung. Wieder einmal würde er dem Ezwal helfen müssen, ohne dafür eine Zusicherung für die Zukunft zu erhalten. Aber jetzt war keine Zeit zum Verhandeln. Kurz und knapp kamen seine Anordnungen:

»Wir müssen zusammenarbeiten. Bevor die Schlange angreift,

wird sie den Kopf hin und her wiegen – das ist eine fast universelle Eigenschaft aller Schlangen oder Reptilien. Damit hypnotisieren sie ihre Opfer – und sich selbst, indem sie sich fest auf ihren Angriff konzentrieren. Wenige Sekunden später werde ich mit meinem Strahler versuchen, ihre Augen zu verbrennen. Du wirst sofort danach auf ihren Rücken springen. Das Gehirn der Schlange liegt kurz hinter dem Horn auf dem Kopf. Vielleicht kannst du sie mit einem Biß töten. Ich versuche inzwischen, sie weiter zu schwächen, indem ich ihren Körper verbrenne. – Achtung – sie fängt an . . .!«

Der mächtige Kopf begann, langsam hin und her zu schwingen. Jamieson hob seine Waffe und bemühte sich, die Hand nicht zittern zu lassen. Als er sicher war, gut zielen zu können, drückte er auf den Feuerknopf.

Der Kampf war das wenigste, aber die Schlange wollte einfach nicht sterben. Ihre verkohlten Reste zuckten immer noch, als Jamieson eine halbe Stunde später von der Baumbrücke auf den festen Boden sprang. Er fühlte sich müde und abgespannt. Der Ezwal saß fünfzehn Meter entfernt auf dem schmalen Strand und betrachtete ihn. Er sah in einer seltsamen Art schön und anziehend aus.

Jamieson gab den Blick des Ezwal ruhig zurück und fragte schließlich: »Was geschah mit der Antigravscheibe?«

»Ich ließ sie fünfzig Kilometer nördlich von hier liegen.«

Jamieson zögerte, aber dann sagte er:

»Wir müssen zu ihr zurück. Die Energiekammer meiner Pistole ist nach dem Kampf mit der Schlange so gut wie erschöpft. Ich muß sie frisch aufladen. Die einzige Möglichkeit dazu ist die Scheibe – abgesehen vom Schiff, das für uns jetzt unerreichbar ist. Ich bin davon überzeugt, daß wir die Pistole noch benötigen werden.«

Als keine Antwort erfolgte, fuhr Jamieson fort:

»Das naheliegendste wäre, wenn du mich auf deinem Rücken reiten ließest. Mit Hilfe der Fallschirmleinen könnte ich dir ein Geschirr um den Nacken legen, damit ich nicht herunterfalle. Nun, was meinst du zu meinem Vorschlag?«

Es war offensichtlich, daß der stolze Ezwal eine Ausrede sich selbst gegenüber benötigte, um zustimmen zu können. Seine Antwort war der Beweis dafür:

»Zweifellos wäre das die sicherste Methode, einen schwächlichen Körper wie den deinen zu transportieren. Also gut, mach das Geschirr fertig.«

Wenige Minuten später näherte sich Jamieson mit den Fallschirmschnüren dem gigantischen Körper und ließ sich daneben nieder. Jamieson fühlte sich in der Tat wie ein Zwerg, als er sich daranmachte, ein primitives Zaumzeug für den sechsbeinigen Giganten zu basteln.

Immer und immer wieder, wenn er den Körper berührte, konnte er eine schwache Welle mentalen Widerwillens in seinem Gehirn spüren.

»Das sollte genügen«, stellte er schließlich fest und betrachtete seine fertiggestellte Arbeit. Er hatte die leichten, aber festen Schnüre kreuzweise zwischen den Vorder- und Mittelbeinen des Ezwal durchgezogen und auf dem Nacken zusammengebunden. Dann bestieg Jamieson sein »Reittier«.

»Bevor wir uns auf den Weg machen«, sagte er sanft, »solltest du mir noch verraten, was dich dazu bewegte, deine Meinung zu ändern. Ich habe eine Vermutung . . .«

Der erste Schritt des Ezwal hätte Jamieson fast aus dem Sitz geworfen; er hatte alle Hände voll zu tun, sich im Sattel zu halten. Der Ezwal schien keinen besonderen Wert darauf zu legen, ihm die Reise zu erleichtern. Aber dann, nach einer Weile, gewöhnte Jamieson sich an den Rhythmus des sechsbeinigen Galopps; der verrückteste Ritt seines Lebens begann ihm regelrecht Spaß zu bereiten. Auf der linken Seite glitt der Rand des Urwaldes immer schneller vorbei, während der Ezwal den Strand entlanglief. Dann bog er ab und raste mit unverminderter Geschwindigkeit in den Dschungel hinein. Über Jamiesons Kopf schlossen sich die Baumkronen wie in einem grünen Tunnel. Der Ezwal fand mit Sicherheit den Weg wieder, den er gekommen war.

Plötzlich fing Jamieson ein Gedankenkommando auf:

»Festhalten!«

Jamieson beugte sich vor und krallte seinen Griff um die Zügel. Keine Sekunde zu spät preßte er seine Beine gegen den Leib des Ezwal, dessen Muskeln sich spannten – zu einem gigantischen Sprung. Als das Wesen wieder aufsetzte, hatte Jamieson kurz Gelegenheit, sich umzudrehen. Er sah ein Rudel vierbeiniger Tiere, etwas größer als Hyänen. Hoffnungslos blieben sie zurück und wurden bald vom Grün des Dschungels verschluckt. Es schien auch so, als legten sie keinen Wert darauf, die Verfolgung aufzunehmen. Sehr klug von ihnen, dünkte es Jamieson. Allem Anschein nach war der riesige Ezwal wohl geeignet, auf diesem Höllenplaneten zu überleben.

Aber Jamiesons ehrliche Bewunderung schwand dahin wie Eis in der Sonne, als er zufällig nach oben blickte und eine Bewegung am Himmel sah. Die Bäume waren hier nicht so dicht, und er erkannte den grauen Schatten eines Raumschiffes, dessen Bug sich durch die Nebelschwaden von Eristan II bohrte.

Ein Kriegsschiff der Rull!

Ehe er es verhindern konnte, schossen ihm alle möglichen Gedanken durch den Kopf. Mit wachsender Besorgnis beobachtete er das große Schiff, dessen Form an einen Schwertfisch erinnerte, wie es den spitzen Bug senkte und langsam hinter den Baumkronen verschwand. Kein Zweifel, es beabsichtigte zu landen. Und er hatte seine Überraschung nicht verbergen können, denn sie war zu schnell gekommen. Ausgerechnet ein Schiff der Rull! Das konnte das Ende bedeuten.

Die Reaktion des Ezwal kam sofort.

»Ich habe deine Gedanken aufgefangen und kenne auch deine geheimsten Absichten. Ehe die Rull dich gefangennehmen und wertvolle Informationen aus dir herauspressen können, willst du dich erschießen. Das ist in eurem Krieg auf beiden Seiten so Sitte – keine Gefangenen! Ich warne dich! Versuche nicht, deine Pistole zu ziehen! Ich werde dich gegen einen Baum schleudern.«

Jamieson würgte an dem Kloß, der in seinem Hals zu stecken schien. Er fühlte sich auf einmal schwach und elend. Mußte ausgerechnet jetzt hier ein Schiff der Rull auftauchen?

Er paßte seinen Körper wieder dem seltsamen Rhythmus der sechs Beine des Ezwal an. Für eine Weile spürte er nur den schwülen Wind, sah den undurchdringlichen Dschungel und hörte das Plätschern von Moortümpeln. Er saß auf dem Rücken eines Wesens, das ihn haßte – und das von dem Schiff der Rull wußte.

»Wenn du etwa glaubst«, sagte er schließlich mit ruhiger Stimme, »daß die Rull deiner Rasse gegenüber freundlich gesinnt wären, mußt du verrückt sein.« Jamieson kannte die Rull und ihre Grausamkeit, er war also fest von dem überzeugt, was er sagte. Tief in seinem Unterbewußtsein verborgen aber war ein anderer Gedanke. Er spannte seinen Körper zum entscheidenden Sprung. »Die Rull sind verräterisch, egoistisch, gemein . . .«

Aber ein winziger Nebengedanke mußte seinem angespannten

Bewußtsein entschlüpft sein. Der Ezwal schlug mitten im Lauf einen Haken und raste hinein in das dichte Unterholz abseits des Pfades. Äste schlugen hart gegen Jamiesons Körper, der sich erschrocken auf den Rücken des Ezwal hinabdrückte, um Schutz zu suchen. Er schloß die Augen, denn Zweige peitschten über ihn hinweg und drohten, ihn abzuwerfen. Obwohl das seine eigentliche Absicht gewesen war, hielt er sich instinktiv fest. Und dann teilten sich vor dem Ezwal die letzten Büsche. Als Jamieson die Augen öffnete, sah er auf die smaragdgrüne Fläche des Meeres.

Der Ezwal raste den schmalen, braunen Sandstrand mit gleichbleibender Geschwindigkeit entlang. Wie es schien, hatte er den Zwischenfall vergessen, denn mit keinem Gedanken erwähnte er ihn.

»Du vermutest also, die Rull landeten deshalb, weil sie die Ausstrahlungen der Antigravscheibe entdeckten?«

Jamieson schnappte nach Luft und antwortete endlich:

»Es muß eine logische Erklärung geben, und wenn du den Antrieb nicht ausgeschaltet hast, wie ich auf dem Schiff . . .«

Die Antwort des Ezwal klang sehr nachdenklich:

»Das wird wohl der Grund ihrer Landung sein. Und wenn sie auch noch die Strahlungen deiner Pistole registrierten, werden sie auch wissen, daß noch jemand hier am Leben ist. Es wird wohl das beste sein, ich nehme Richtung auf ihr Schiff, ehe sie *uns* finden und eine feindliche Haltung einnehmen . . .«

»Du bist ein Narr!« fauchte Jamieson wütend. »Sie werden uns beide töten. Wir sind ihre Feinde und zwar aus dem einzigen Grund, weil wir keine Rull sind! Wenn du das nur begreifen könntest . . .«

»Ich habe erwartet, daß du genau das behaupten würdest«, unterbrach der Ezwal sarkastisch. »Aber zugegeben, ich stehe ein wenig in ihrer Schuld. Sie sandten den Energiestrahl aus, der dein Schiff zum Absturz brachte und die Gitter meines Käfigs zerstörte. Dann war es nur der von ihnen erzeugten Verwirrung zuzuschreiben, daß ich mich der Mannschaft nähern und sie töten konnte. Ich sehe also wirklich keinen Grund, warum sie mein Angebot ablehnen sollten; ich werde ihnen vorschlagen, gemeinsam mit meiner Rasse die Menschen von Carsons Planet zu vertreiben. Wenn sie alle vorhandenen Informationen aus deinem Gehirn holen, wäre ein solches Unternehmen vielleicht durchführbar.«

In Jamieson stieg der Zorn hoch. Er benötigte aber jetzt alle

Kräfte, um den Ezwal zu überzeugen. Auf keinen Fall durfte er jetzt aufgeben und alles verderben. Es schien sinnlos, dieses stolze und starke Wesen zur Einsicht zu bringen und ihm klarzumachen, wie wenig es die Rull kannte. Tonlos sagte er daher:

»Und wenn dir das wirklich gelingen sollte, glaubst du dann, die Rull würden deine Welt in aller Ruhe verlassen?«

»Sie sollten es wagen, dort zu bleiben!«

Die Arroganz des Ezwal brachte Jamieson fast zur Verzweiflung. Erneut unterdrückte er seinen Ärger. Auf keinen Fall durfte er vergessen, daß dieses relativ intelligente Wesen einen ganz anderen Standpunkt als er einnahm. Er besaß keine technologische Kultur und kannte den Erzfeind des Menschen noch nicht. Langsam sagte er daher:

»Es wird Zeit, daß du dich mit einigen Tatsachen vertraut machst. Vor einigen Monaten erst gelang es dem Menschen, die Rull aus dem Sektor von Carsons Planet zu vertreiben. Die Ezwal machten uns das Leben schwer genug, als wir einen Stützpunkt errichteten, und doch fochten wir lange und verlustreiche Schlachten im Raum, um gerade euch vor der grausamsten Rasse des Universums zu schützen. Unsere besten Waffen sind den ihren zwar ebenbürtig, aber wir haben herausgefunden, daß sie uns in manchen Dingen überlegen sind. Ihre Technologie ist älter als die unsrige und systematischer entwickelt. Auch vermögen sie gewisse elektromagnetische Wellen derart zu kontrollieren, daß es ihnen möglich ist, andere Gestalt anzunehmen. Sie verändern das sichtbare Spektrum ihrer Körperzellen – grob ausgedrückt. Ein Erbteil ihrer Vergangenheit; sie stammen nämlich von chamäleonähnlichen Würmern ab. Du kannst dir vorstellen, wie großartig ihre Spionageabteilung ist.«

Jamieson legte eine Pause ein. Er war sich der geistigen Barriere bewußt, die zwischen seinem und dem Gehirn des Ezwal lag. Starrköpfig fuhr er fort:

»Es ist uns bisher *niemals* gelungen, die Rull von einem Planeten zu vertreiben, auf dem sie einmal Fuß faßten. Im Gegenteil! Sie warfen uns von drei Planeten, auf denen wir Stützpunkte eingerichtet hatten, bevor wir ihre Tödlichkeit richtig erkannten. Das war vor einem Jahrhundert, im ersten Jahr des Kontaktes. Seitdem halten wir unsere Basen. Aber wir nehmen dabei hohen Verluste in Kauf. Und du glaubst, dich mit den Rull verbinden zu können? Gegen uns?«

»Ja – in wenigen Minuten!« kam die Antwort des Ezwal. Jamieson erhielt einen furchtbaren Schock, weniger der drohenden Gefahr wegen als wegen der erschütternden Tatsache, daß alle seine Argumente völlig unbeachtet blieben. »Wir sind gleich bei ihnen.«

Die Zeit der Verhandlungen war vorbei.

Jamieson begriff das so schnell, daß zum Überlegen keine Zeit mehr vorhanden war. Diesem Umstand verdankte er es, daß er unbemerkt seine Pistole ziehen und die Mündung fest gegen den Nacken des Ezwal pressen konnte. Triumphierend drückte er auf den Feuerkopf. Der grelle Energiestrahl fuhr aus der Waffe – und traf nichts.

Es dauerte einige Sekunden, bis er begriff, daß er durch die Luft flog. Eine blitzschnelle Bewegung des mächtigen Körpers hatte ihn emporgeschleudert.

Er fiel auf Zweige. Dornen zerrissen seine Kleidung und stachen in sein Fleisch. Mit aller Gewalt klammerte sich seine Hand um den Kolben der Pistole. Blut floß aus frisch geschlagenen Schrammen. Durch Zweige und Äste hindurch stürzte er, bis er hart auf dem Boden aufschlug.

Er landete auf der Seite, rollte sich sofort herum und richtete sich ungeachtet der Schmerzen auf, die Waffe schußbereit. Keine zwei Meter entfernt sah er das breite Gesicht des Ezwal, aber ehe er eine Bewegung machen konnte, sprang der Gigant zur Seite und verschwand mit rasender Geschwindigkeit im grünen Dschungel. Das Dröhnen seiner sechs Füße verlor sich irgendwo in der Ferne.

3

Dicht um Jamieson herum standen die merkwürdigen Bäume – merkwürdig deshalb, weil es in Wirklichkeit keine Bäume, sondern riesenhafte Pilze waren. Sie erhoben sich bis zu einer Höhe von zehn bis fünfzehn Metern. Darunter wuchs grünliches Moos und knolliges, rötliches Gras. Mit unvorstellbarer Gewalt hatte der Ezwal derartige Hindernisse beiseite gefegt, für einen Menschen aber, der dazu noch mit der verbliebenen Energie seiner Waffe sparsam umgehen mußte, war es ein fast hoffnungsloses Unterfangen. Zwar gab es da ganz in der Nähe den schmalen Küstenstreifen, aber er führte in die verkehrte Richtung. Der Ezwal hatte sich landeinwärts gewandt.

Die Gesamtsituation besaß nur einen einzigen positiven Punkt: Jamieson wurde nicht hilflos und gegen seinen Willen zu einem Kriegsschiff der Rull gebracht, um dort ...

Rull!

Jamieson sprang mit einem Satz auf die Beine. Unter ihm zitterte der Grund verräterisch. Er wich seitwärts in die Büsche aus und begann leise vor sich hin zu sprechen. Wenn auch nicht die Laute, so würden doch die Gedanken das Gehirn jener intelligenten Kreatur erreichen, die irgendwo dort in der grünen Hölle auf ihn lauerte.

»Wir dürfen jetzt keine Zeit verlieren und müssen schnell handeln! Die Entladung meiner Waffe ist von den Rull registriert worden. Sie werden in wenigen Minuten hier sein. Dies ist die letzte Chance für dich, deine Meinung über die Rull zu ändern. Ich wiederhole: deine Idee, die Rull als Verbündete zu gewinnen, ist völliger Wahnsinn! Höre auf diese einfache Wahrheit und mache dir Gedanken darüber: Aufklärungsschiffe von uns, die glücklich genug waren, zurückzukehren, berichteten, daß sie Hunderte von Planeten im Rull-Universum besuchten und feststellten, daß sie alle ausschließlich von Rull bewohnt wurden. Es muß aber vorher andere intelligente Rassen dort gegeben haben. Wo sind sie geblieben? Was geschah mit ihnen?«

Jamieson zwang sich zu einer Pause, um dem Ezwal Gelegenheit zu geben, sich die gestellte Frage zu beantworten. Dann fuhr er fort:

»Weißt du, was wir Menschen zu tun pflegen, wenn wir auf einem Planeten sinnloser Feindschaft begegnen? Wir setzen ihn unter Quarantäne. Eine Flotte sperrt ihn vom Universum ab, damit kein Angriff der Rull erfolgen kann. Dann versuchen wir, friedlichen Kontakt mit den Bewohnern herzustellen; die Rull bezeichnen diese Versuche als Zeitverschwendung. Unsere Forscherteams landen auf dem Planeten und studieren die Kultur seiner Bewohner, beschäftigen sich mit ihrer Psychologie, um die Wurzel der Feindschaft herauszufinden. Wenn alle diese Versuche fehlschlagen, übernehmen wir auf möglichst unblutige Weise die Regierung und sorgen dafür, daß die paranoiden Elemente verschwinden, die einen Kontakt mit anderen Rassen verhindern. Nach einer Generation etwa erhalten sie dann ihre Selbständigkeit zurück und können sich frei entscheiden, ob sie der Föderation beitreten wollen oder nicht. Bis heute taten es mehr als fünftausend Planeten. Wenn ich mir die Mühe mache, dir das zu erklären, dann nur deshalb, um dir den Unterschied zwischen Mensch und Rull klarzulegen. Es ist für uns nicht notwendig, daß wir Carsons Planet übernehmen. Die Ezwal sind selbst intelligent genug, ihren wirklichen Feind zu erkennen. Urteilt nur objektiv! Du kannst hier und jetzt der erste sein!«

Mehr blieb nicht zu sagen. Jamieson stand bewegungslos in seinem Versteck und wartete, aber nicht der leiseste Hauch einer Antwort kam aus dem Dschungel zu ihm. Seine Schultern sanken unmerklich herab. Es war später Nachmittag, und er konnte die verwaschene Scheibe der Sonne hinter dem Laubvorhang erkennen. Es kam ihm zu Bewußtsein, daß seine Lage bald noch verzweifelter sein würde.

Selbst wenn es ihm gelang, den Rull zu entkommen, so würden in zwei oder drei Stunden die nächtlichen Raubtiere dieser Welt auf Fang ausgehen – die blutdürstigen Jäger und fleischfressenden Reptilien, deren Sinne nur die Beute kannten und deren Nachstellungen er kaum würde entrinnen können. Vielleicht fand er einen richtigen Baum, auf den er klettern konnte. Mit Schlingpflanzen ließ sich dann eventuell ein Warnsystem konstruieren.

Er arbeitete sich durch das Gebüsch und vermied es, jeder Pflanzenansammlung zu nahe zu kommen, in der sich ein Tier von der Größe des Ezwal verbergen konnte. Schon nach wenigen hundert Metern begannen ihm Arme und Beine zu schmerzen. Es war genau in diesem Augenblick, daß er zum erstenmal wieder einen Gedanken des Ezwal auffing.

»Über mir schwebt ein Lebewesen und beobachtet mich. Es sieht aus wie ein riesiges Insekt, etwa so groß wie du. Es hat unsichtbare Flügel. Ich kann ein Gehirn wahrnehmen, aber die Gedanken nicht empfangen. Sie scheinen sinnlos zu sein . . .«

»Nicht sinnlos!« unterbrach Jamieson. »Nur fremdartig! Die Rull sind von dir und mir verschiedener, als wir beide es voneinander sind. Wir glauben sogar, daß sie aus einer anderen Galaxis stammen, haben es aber bisher noch nicht beweisen können. Ich wundere mich daher nicht, daß du seine Gedanken nicht lesen kannst.«

Während er sprach, schob sich Jamieson in ein dichtes Gebüsch und hielt die Pistole schußbereit.

»Was du für Flügel hältst, ist in Wirklichkeit das Flimmerfeld eines Antigravgerätes, das den Rull in der Luft hält. Sie konstruieren kleinere als wir. Im übrigen hast du die zweifelhafte Ehre, einen Rull in seiner ursprünglichen Gestalt zu sehen – nur wenigen Menschen gelang das bisher. Der Grund kann nur folgender sein: der Rull glaubt, du wärest ein primitives Tier. Aber wenn er den Zügel sieht, den ich machte . . .«

»Den habe ich abgestreift, nachdem wir uns trennten«, kam der Bescheid des Ezwal, noch ehe Jamieson seinen Satz beenden konnte.

»Gut«, gab er zurück. »Dann *handle* wie ein Tier! Knurre meinetwegen zu ihm hinauf, aber rase wie der Teufel davon und verberge dich im Dschungel, wenn der Rull mit einem seiner Gliedmaßen zu den seitlich im Gürtel befindlichen Kontrollen greifen sollte.«

Diesmal blieb eine Antwort aus.

Minuten zogen sich dahin, in denen Jamieson bemüht war, das geringste Geräusch aufzufangen. Irgendwo, nicht weit von ihm entfernt, bahnte sich eine Entscheidung an. Würde der Ezwal trotz der drohenden Gefahr versuchen, mit dem Rull Verbindung aufzunehmen? Oder, was noch schlimmer war, würde der Rull die Intelligenz des Ezwal bemerken und mit ihm ein Bündnis auf Zeit schließen? Jamieson erschauerte bei dem Gedanken daran, was dann auf Carsons Planet geschehen konnte.

Er hörte weit entferntes Brechen von Zweigen, als zwänge sich ein gewaltiger Körper in großer Eile durch das Unterholz. Das Geräusch kam schnell näher. Irgend etwas grunzte und schnaubte, dann folgte ein dumpfes Brüllen. Jamieson vergrub sich tiefer in das schützende Gebüsch, jeden Augenblick damit rechnend, daß sich ein unvorstellbares Ungeheuer auf ihn stürzen würde.

Seine Erregung wuchs. Fast hielt er die Spannung nicht mehr aus. Er mußte wissen, was dort im Urwald geschah. Vielleicht befolgte der Ezwal nun doch seinen Rat. In schweigsamer Konzentration schickte er folgenden Gedanken aus:

»Verfolgt es dich noch immer?«

Die schnelle Antwort überraschte ihn.

»Ja! Es scheint mich zu studieren. Bleibe, wo du bist. Ich habe einen Plan.«

Jamieson richtete sich in seinem Versteck auf.

»Ja?«

»Ich werde den Rull zu dir führen; du vernichtest ihn mit deiner Pistole. Als Gegenleistung werde ich dich über die Straße der Dämonen bringen.«

Jamieson verspürte plötzliche Erleichterung. Er verließ sein Versteck und reckte sich. Es war ihm, als gäbe es nun keine Gefahren mehr für ihn.

Eines war sicher: der Ezwal hatte den Gedanken einer Allianz mit den Rull aufgegeben. Ob das wegen Jamiesons Warnungen geschah, oder einfach nur deshalb, weil der Ezwal keine Verbindung mit dem Rull hatte aufnehmen können, spielte keine Rolle mehr. Wichtig war nur, daß die Drohung des Rull-Schiffes auf ein Minimum reduziert werden konnte.

Ihm kam abrupt zu Bewußtsein, daß er das Angebot des Ezwal noch nicht formell bestätigt hatte. Gerade wollte er es tun, als er seiner Aufgabe enthoben wurde, denn ein weiterer Gedanke des Giganten machte es unnötig.

»Danke, Trevor Jamieson. Ich habe also dein Einverständnis. Aber ich warne dich! Ich habe mir die Rull nur als Verbündete gedacht, um mit ihrer Hilfe unseren größten Feind – den Menschen – zu besiegen. Ich kann nicht garantieren, welchen Weg meine Rassegefährten einschlagen werden. Für viele von uns ist jedes Bündnis undenkbar. Aber nun – du bist bereit? In wenigen Sekunden bin ich bei dir.«

Links von Jamieson krachten Äste. Er hob die Waffe und wartete. Durch die Nebelschwaden hindurch sah er den Ezwal schräg auf sich zurasen. Die drei stahlgrauen Augen leuchteten wie fahle Lichter. Und darüber schwebte im dämmrigen Licht ein Schatten ...

»Zu spät!« kam der warnende Gedanke des Ezwal. »Nicht schießen! Bewege dich nicht! Es sind ein Dutzend von ihnen und ...«

Ein weißes Licht erstrahlte, und der Gedankenstrom des Ezwal versiegte abrupt.

Sekunden wurden zu Minuten, aber nichts geschah. Als Jamieson glaubte, wieder sehen zu können, öffnete er die Augen. Aber es war kein Wunder, das ihn gerettet hatte, sondern nur der dichter gewordene Nebel, der in weißlichen Schwaden durch das Unterholz zog. In seinem Schutz kroch er in das nächste Gebüsch und sank zu Boden. Weiter oben erblickte er mehrmals Schatten. Kein

Gedanke des Ezwal erreichte ihn. War es möglich, daß dieses mächtige Wesen so schnell und ohne sichtbaren Kampf gestorben war?

Jamieson hielt das für ziemlich unwahrscheinlich. Allein die für die Vernichtung des Ezwal notwendige Energie hätte nicht so lautlos arbeiten können. Es schien vielmehr wahrscheinlicher, daß die Rull eine Psychowaffe eingesetzt hatten, anders war das plötzliche Versiegen des Gedankenstromes nicht zu erklären.

Wenn man diesen Gedanken weiter verfolgte, mußte man zwangsläufig zu dem Schluß gelangen, daß die Rull den Ezwal für ein primitives Tier hielten. Angesichts seines Aussehens und seines Verhaltens war das kein Wunder. Aber warum, fragte sich Jamieson, wollten sie es dann lebend einfangen? Vielleicht ahnten sie, daß es nicht auf dieser Welt heimisch war, und wollten versuchen, seinen Ursprung zu ergründen. Wenn Eristan II auch noch zur irdischen Einflußsphäre gehörte, war es doch nicht ausgeschlossen, daß die Rull schon früher einmal auf dem Planeten gelandet waren.

Jamieson lächelte kalt. Wenn die Rull den Ezwal an Bord ihres Schiffes nahmen, so würden sie eine unangenehme Überraschung erleben, sobald er erwachte. Das Monster hatte eine ganze irdische Schiffsbesatzung erledigt, obwohl diese bereits die wahren Fähigkeiten ihres Gefangenen zu ahnen begann.

Weit im Norden blitzte es am dämmrigen Himmel auf, und einige Sekunden später rollte Donner durch den Dschungel.

Jamieson sprang überrascht auf die Füße. Das war kein Gewitter! Wenigstens kein natürliches Gewitter, sondern ein von Menschen verursachtes. Die Breitseite von den Hundert-Zoll-Projektoren eines großen Schlachtschiffes!

Ein Schlachtschiff! Wahrscheinlich stammte es vom nächstgelegenen Stützpunkt auf Kryptar IV und befand sich auf einer Patrouille.

Noch während der Gedanke ihn durchzuckte, kam eine zweite Salve, diesmal aber wesentlich schwächer und nicht so grell. Das Schiff der Rull konnte von Glück reden, wenn es heil entkam.

Dann aber schwand Jamiesons Zuversicht genauso schnell dahin, wie sie entstanden war. Die große Wende würde ihm wenig nützen – wenn überhaupt. Für ihn blieb nichts als die beginnende Nacht mit ihren unbekannten Schrecken. Sicher, von den Rull war nichts mehr zu befürchten, aber das war auch alles. Der Kampf würde sie hinaus in den Weltraum treiben, vielleicht für Tage. Selbst wenn ein Patrouillenkreuzer kam, um Eristan II zu überprüfen, half ihm das nichts. Er besaß keine Mittel, die Besatzung auf sich aufmerksam zu machen, abgesehen von seiner Pistole – wenn er bis dahin noch über eine Energieladung verfügte.

Es war inzwischen so dunkel geworden, daß er nur wenige Meter weit sehen konnte. Die Gefahr, in der er schwebte, vergrößerte sich von Sekunde zu Sekunde. Seine Augen und die Pistole waren seine Wächter. Aber bald würde es völlig dunkel sein, dann blieb ihm nur noch die Pistole. Eine Pistole mit einem viel zu geringen Rest an Energie.

Mit steigender Ungewißheit versuchte er, das Dunkel der nahen Büsche zu durchdringen. Vielleicht beobachtete ihn von dort aus bereits ein Ungeheuer. Unfreiwillig machte er einen Schritt nach vorn, hielt aber sofort wieder an. Nur jetzt keine Panik, sagte er sich. Das wäre das Ende. Er befeuchtete einen Finger und streckte ihn in die Höhe. Der schwache Wind kam von rechts. Es war die gleiche Richtung, in der er die gelandete Antigravscheibe vermutete. An die aber dachte er jetzt zuletzt.

Er wandte sich gegen den Wind und mußte schon nach wenigen Schritten feststellen, daß ein Vorankommen im Dschungel, so schwierig es bereits am Tage sein mochte, in der Nacht so gut wie unmöglich war.

Es war sehr schwer, die Richtung beizubehalten; nur der Wind gab einen Anhaltspunkt, nach dem man sich richten konnte. Es war nun stockdunkel geworden; dauernd stolperte er über am Boden liegende Äste und andere Hindernisse. Er überlegte sich ernsthaft, ob er nicht einfach besser stehenbleiben sollte, aber das schien ihm noch schrecklicher. So war er wenigstens in Bewegung und änderte stets seinen Standort. Also stolperte er weiter, bis seine Finger plötzlich etwas Hartes, Borkiges berührten.

Einen Baum!

4

Große, unbekannte Raubtiere zogen tief unter ihm dahin. Er saß auf einem Ast und fühlte sich relativ sicher. In den ersten Stunden hatten sieben Angriffe stattgefunden, und siebenmal hatte seine Pistole einen immer dünner werdenden Energiestrahl verfeuert.

Mit Schuppen bedeckte Fleischfresser kamen, um die Überreste ihrer Artgenossen zu verspeisen.

Die Hälfte der Nacht etwa mochte vergangen sein. Wenn es so weiterging, würde die Pistole noch vor Morgengrauen leergeschossen sein. Was war mit der nächsten oder gar übernächsten Nacht? Wieviel Tage würde es dauern, bis er die Antigravscheibe fand – *wenn* er sie überhaupt fand? Wie viele Nächte – wie viele *Minuten* würde er ohne seine Waffe leben können?

Am meisten deprimierte ihn der Gedanke daran, daß der Ezwal zur Zusammenarbeit bereit gewesen war. So kurz vor dem Sieg schien ihm die Niederlage doppelt furchtbar. Aber ihm blieb nicht viel Zeit, darüber nachzudenken, denn scharfe, krallenbewehrte Klauen hieben in die Rinde des Baumes, kamen näher. Jamieson erblickte zwei weit auseinanderstehende Augen. Sie wurden schnell größer und deutlicher.

Jamieson hob seine Waffe, überlegte es sich – und begann, in die dünneren Äste emporzuklettern. Jeden Augenblick fürchtete er, ein Zweig könne brechen. Dann würde er haltlos in die Tiefe stürzen, direkt hinein in die wartenden Fänge des Raubtieres. Ihm war schon jetzt so, als könnten ihn die scharfen Krallen erreichen.

Seine Absicht, die verbliebene Energie der Pistole zu sparen, zeitigte einen unerwarteten Erfolg. Die Bestie verfolgte ihn weiter und gelangte ebenfalls in den Bereich der schwächeren Äste. Weiter unten hörte Jamieson ein Fauchen, dann begann ein weitaus größeres Tier den Baum heraufzuklettern. Es dauerte nicht lange, bis es seinen Verfolger erreichte. Ein schrecklicher Kampf – Bestie gegen Bestie – begann. Der Gipfel des Baumes schwankte hin und her; Jamieson hielt sich mit aller Gewalt fest, um nicht in die ungewisse Tiefe hinabgeschleudert zu werden.

Ein dritter Gegner kündigte sich durch dröhnende Trompetenstöße an. Der Waldboden erzitterte unter trampelnden Füßen ungeahnter Größe. Dicht unter Jamieson fauchte und zischte es, dann stürzten die beiden Gegner, fest ineinander verbissen, in die Tiefe. Der Trompetenstoß wiederholte sich, dann krachten Knochen.

Und danach wurde es stiller. So blieb es bis zum Morgengrauen.

Jamieson lebte immer noch, und er wunderte sich darüber. Er war müde und fühlte sich wie zerschlagen, aber der Wille zum Leben überwog alles. Trotzdem glaubte er nicht daran, noch eine solche Nacht überstehen zu können. Wenn ihn nur der Ezwal nicht so schnell im Kontrollraum des stürzenden Schiffes überrascht hätte! Er hätte sich Anti-Schlaftabletten einstecken können, einige Reservemagazine für seine Pistole, einen Kompaß ... Er lächelte bitter. Er hätte sich auch gleich in ein Rettungsboot setzen können, mit dem er sich schnell und gefahrlos in Sicherheit hätte bringen können.

Aber er mußte zufrieden sein, daß es ihm wenigstens gelungen war, einen Monatsvorrat von Nahrungskapseln mitzunehmen, die ihn nun vor dem Hungertod bewahrten. Vorsichtig kletterte er dem Baum hinab und marschierte sofort los, um einige Entfernung zwischen sich und den blutgetränkten Boden zu bringen. Dann erst nahm er einige Kapseln zu sich, um den ärgsten Hunger zu stillen.

Er fühlte sich gleich besser. Wenn der Ezwal sich nicht getäuscht hatte, mußte die Antigravscheibe etwa fünfzehn Kilometer nördlich liegen. Er würde dafür den ganzen Tag benötigen; es hing davon ab, wieviel Sumpfseen er überqueren oder umgehen mußte. Wenn er die Scheibe nicht gleich fand, mußte er eben Kreise um die mutmaßliche Landestelle ziehen, bis er durch puren Zufall auf sie stieß. Dann erst konnte er seine Pistole aufladen. Die Scheibe selbst nützte ihm nichts, denn sie war nur eine Art Energie-Fallschirm, die aus eigener Kraft gerade ihr Gewicht tragen konnte.

Mit anderen Worten: mit viel Glück konnte er seine Waffe aufladen, um damit den mehr als hundert Kilometer langen Weg zur Absturzstelle des Schiffes anzutreten – einen Weg voller Gefahren durch Sumpf und Urwald, gesäumt von Raubtieren und Hitze. Außerdem lag noch die Straße der Dämonen zwischen ihm und dem Ziel. Aber welchen Sinn hatte es, über diese Fährnisse nachzudenken? Er konnte immer nur einen Schritt nach dem anderen gehen, ohne sich Sorgen um den dritten zu machen, wenn er nicht den Verstand verlieren wollte.

Trotz seiner müden Knochen und der schlaflosen Nacht setzte er sich in Marsch. Schon die erste Stunde, in der er kaum zwei Kilometer zurückgelegt hatte, war entmutigend. Er hatte viele Umwege machen müssen, um nicht in Sümpfen zu versinken. An anderen Stellen war das Unterholz so dick gewesen, daß selbst der Ezwal es nicht hätte durchdringen können. Noch mehr Energie und Zeit verschwendete er damit, gelegentlich auf einen Baum zu steigen, um seine Richtung zu kontrollieren. Das schien ihm unbedingt notwendig, wenn er die Scheibe nicht verfehlen wollte.

Gegen Mittag schätzte er, daß er etwa fünf Kilometer in gerader Linie zurückgelegt hatte. Der weiße Fleck hinter den Wolken stand fast im Zenit; für die nächste Stunde konnte er sich also nicht nach dem Stand der Sonne richten, ohne Fehler zu begehen. Diese Tatsache – und natürlich seine Müdigkeit – ließ den großen Baum zu einer regelrechten Einladung werden, jetzt eine Pause einzulegen. Hoch oben im Gipfel gab es eine Gruppe von Ästen, die weit entfernt an eine dem Himmel entgegengestreckte Hand erinnerte. Wenn er sich da niederließ und festband . . .

Als er erwachte, war es dunkel. Unter sich hörte er die fauchenden Nachträuber von Eristan II, deren Krallen wütend in die Rinde des Baumes hieben.

Seine erste Reaktion war Schrecken über die plötzliche Finsternis, aber dann, als er sich beruhigte, fühlte er Bedauern, soviel wertvolle Zeit verloren zu haben. Auf der anderen Seite, tröstete er sich, hatte der lange Schlaf ihm gutgetan. Er hatte frische Kräfte geschöpft und fühlte sich bedeutend wohler. Wie spät es jetzt allerdings war, ahnte er nicht. Er hoffte nur, daß bald der Morgen grauen würde.

Der Stamm des Baumes wurde heftig erschüttert, als unten ein mächtiges Tier seine Krallen in das harte Holz schlug und in die Höhe zu steigen begann. Jamieson löste die Stricke, mit denen er sich festgebunden hatte. Viel höher konnte er nicht mehr steigen, aber er wußte, daß oft ein oder zwei Meter genügten, sich in Sicherheit zu bringen.

Die Nacht war ohne Sterne, denn ewig lag die Nebelschicht über diesem Dschungelplaneten. Es gab kein Mittel, das Vergehen der Zeit festzustellen – und das machte sie doppelt so lang. Das unbekannte Raubtier kam bis in seine Nähe, so daß Jamieson sich veranlaßt sah, die Energiepistole noch einmal anzuwenden. Seine Zuversicht sank, als er den dünnen, feinen Hitzestrahl sah, der aus der Mündung fuhr. Immerhin genügte es diesmal noch. Das Tier ließ seinen Halt fahren und stürzte in die Tiefe. Die unten wartenden Bestien fielen kreischend und brüllend über ihren Artgenossen her, um ihn zu verschlingen.

Langsam nur graute der Morgen. Es fiel Jamieson schwer, das allmähliche Hellerwerden überhaupt zu bemerken. Als er den Boden erkennen konnte, machte er einige der hyänenartigen Tiere aus, denen er vor zwei Tagen auf dem Rücken des Ezwal begegnet war.

Sie verzehrten die Reste des getöteten Nachtjägers. So war es auch gestern gewesen, aber schon die nächste Sekunde sorgte für eine Abwechslung.

Im Unterholz erschien ein großer, eckiger Kopf. Dann schoß die Schlange vor. Eine der Hyänen war das Opfer. Sie wurde regelrecht zerquetscht, nachdem sie einmal schrill aufgeschrien hatte. Die anderen stoben in wilder Flucht davon.

Der restliche Teil des Körpers der Riesenschlange quoll aus dem Gebüsch. In aller Ruhe verzehrte die Bestie das geschlagene Opfer. Es dauerte trotzdem nur wenige Minuten, aber nach der Mahlzeit zeigte die Schlange keine Lust, wieder zu verschwinden. Sie rollte sich ein wenig zusammen und blieb schließlich liegen. Deutlich zeichnete sich die Stelle ab, wo die verschlungene Hyäne verdaut wurde.

Jamieson hatte dem schrecklichen Schauspiel bewegungslos zugesehen. Er wagte kaum zu atmen. Er hatte keine Ahnung von den Jagdpraktiken der Schlange, aber er vermutete, daß sie ihn mit Leichtigkeit aus dem Baum holen konnte, wenn sie Wert darauf legte – oder ihn bemerkte.

Es war die längste Stunde seines Lebens, aber dann bewegte sich die Schlange plötzlich und glitt in den Dschungel, um Sekunden später zu verschwinden.

Jamieson wartete einige Minuten, dann kletterte er schnell vom Baum herab und folgte dem deutlich sichtbaren Pfad, den die Schlange hinterlassen hatte. Er sagte sich, daß von dieser Richtung nun am wenigsten zu befürchten sei, denn die anderen Räuber würden die Schlange meiden. Die Schlange selbst, kombinierte er, würde kaum auf dem gleichen Wege zurückkehren.

Nach wenigen hundert Metern verließ er jedoch den Pfad und marschierte wieder in Richtung der Antigravscheibe – zumindest vermutete er sie in dieser Richtung.

Bis zum Mittag hatte er eine größere Strecke als am Vortag zurückgelegt, wahrscheinlich dank der halb durchschlafenen Nacht. Er legte eine kurze Pause ein und marschierte dann weiter, bis er die vorausberechnete Stelle erreichte. Als er daran dachte, wieder eine Nacht mit fast erschöpfter Energiewaffe verbringen zu müssen, wollte sich seiner Mutlosigkeit bemächtigen. Aber dann dachte er daran, daß ihm noch etliche Stunden Tageslicht blieben. Er begann mit seiner Suche nach der Scheibe, indem er seinen Standort als Mittelpunkt ansah und diesen in immer weiter werdendem Abstand umkreiste. Zuvor hatte er sich einen hohen und kräftigen Baum ausgesucht, den er von allen Seiten her wiedererkennen würde.

Sein erster Kreis hatte einen Durchmesser von hundert Metern, der zweite bereits einen von zweihundert. Seiner Schätzung nach genügte das, um die relativ große Metallscheibe zu sichten, wenn er auch nicht darauf verzichtete, besonders ausgedehnte Büsche eingehender zu untersuchen. Er bestieg außerdem einige Bäume und erhielt so einen guten Überblick auf das ganze Terrain, wenn er die Scheibe auch nicht dabei fand.

Nach vier Stunden beendete er müde und erschöpft seine fünfte Runde. Es wurde bereits dunkel. Bevor die Nacht anbrach, mußte er auf dem großen Baum sein. Bis dahin waren es fast dreihundert Meter. Mit jeder Sekunde wuchs die Gefahr, von einem Raubtier angefallen zu werden. Er gestand sich ein, hinsichtlich der Flugscheibe viel zu optimistisch gewesen zu sein. Von den Bäumen aus hatte er gesehen, daß er sich auf einer Halbinsel aufhielt, die sich einige Kilometer weit erstreckte. Wollte er sie gründlich durchsuchen, würde er Wochen dazu benötigen. Nur der Zufall konnte ihm jetzt noch helfen.

Er stolperte weiter, nahm aber die verkehrte Richtung. Nur wenige Schritte, und vor ihm lichtete sich der Urwald zu einer kleinen Lichtung, die er vom Baum aus nicht hatte sehen können. Selbst hier wuchs noch Unterholz, und etwa in der Mitte der Lichtung fiel Jamieson eine Ansammlung fingerdicker Schlinggewächse auf. Wie wilder Wein oder Efeu, dachte er verwundert und ging weiter.

Dann sah er eine Bewegung auf der anderen Seite der Lichtung. Ein tigergroßes Tier trat aus den Büschen und richtete seine glühenden Augen gierig auf ihn – und machte sich zum Angriff bereit. Jamieson blieb wie erstarrt stehen, unfähig, auch nur ein Glied zu rühren. Er wußte, daß jede Flucht sinnlos geworden war. Das Tier begann zu laufen, genau auf ihn zu. Als seine Geschwindigkeit groß genug war, setzte es zum letzten, entscheidenden Sprung an.

Aber es sprang nie.

Die vielfältigen Zweige und Äste der Schlingpflanzen waren

ihm im Weg. Seine Beine verfingen sich darin, und es stürzte zu Boden. Dann begann es gegen einen unsichtbaren Gegner zu kämpfen; Jamieson spürte die Erschütterung des Waldbodens, wenn der schwere Körper aufschlug, sich aufbäumte und dann wieder herabfiel.

Es war schon verhältnismäßig dunkel, aber Jamiesons Augen begannen sich daran zu gewöhnen. Und dann sah er, was sich auf der Lichtung ereignete. Die große Schlingpflanze *lebte*! Die schlanken und langen Zweige bewegten sich und schlangen sich wie Seile um das Tier, zerrten es zu Boden und wickelten es regelrecht ein. Andere, härtere Zweige stießen immer und immer wieder durch das dichte Fell, als wären sie Messer. Jamieson bemerkte, daß diese Zweige vorn spitz wie Nadeln waren; sie mußten tief in das Fleisch des Opfers eindringen.

Und dann, von einer Sekunde zur anderen, wurde der Körper des Tieres schlaff und regte sich nicht mehr. Die Bewegungen der Pflanze wurden langsamer, ruhiger. Die Zweige und Schlangenarme glitten über das geschlagene Opfer dahin und bedeckten es. Die Mahlzeit konnte beginnen.

Jamieson schüttelte die Starre von sich ab und vergewisserte sich, daß keine der unheimlichen Schlingpflanzen in seiner Nähe wuchs. Schon während des schrecklichen Schauspiels hatte er sie identifizieren können, obwohl er sie zum erstenmal in seinem Leben sah. Es war die fleischfressende ›Rytt-Pflanze‹. Die Pflanze konnte sich nicht unbegrenzt bewegen und wuchs nur dort, wo der Boden ihrem Metabolismus entsprach. Dann aber vermehrte sie sich in ungeahnten Mengen und herrschte in ihrem Bereich unumschränkt und absolut. Jamieson erschauerte bei dem Gedanken daran, daß er in den vergangenen Stunden vielleicht mehrmals dicht an Rytt-Pflanzen vorbeigegangen war.

Es war inzwischen recht dunkel geworden, und er erschrak. Gleichzeitig fiel ihm auf, daß sich die üblichen Nachtgeräusche verstärkt hatten. Eine richtige Dämmerung gab es auf Eristan II nicht. Es wurde höchste Zeit, einen sicheren Platz für die begonnene Nacht zu finden.

Schon wollte er sich umwenden und zu dem Baum eilen, dessen Gipfel er unklar gegen das dämmrige Dunkel erkennen konnte, als er einen leichten Druck gegen sein Gehirn verspürte, der ihm bekannt schien. Und dann war auch der Gedanke schon klar und deutlich da:

»Nicht die Richtung, Trevor Jamieson, die andere! Die Antigravscheibe liegt auf einer kleinen Lichtung, nicht weit von dir entfernt. Ich bin hier und warte auf dich. So wie es aussieht, benötige ich wieder deine Hilfe.«

Jamieson blieb stehen. Er zitterte vor Aufregung und Unsicherheit. Hatte er nicht mit eigenen Augen gesehen, wie die Rull den Ezwal überwältigten? War dies hier vielleicht ein Trick der Rull, um ihn in ihre Gewalt zu bringen? Aber warum hatten sie es nötig, ihn erst in eine Falle zu locken . . .?

»Alle Rull, die mich fangen wollten, sind tot«, unterbrach der Ezwal seinen Gedankengang. »Ihr kleines Schiff, mit dem sie landeten, ist hier auf der Lichtung. Ich kann nicht damit umgehen. Ich brauche deinen Rat. Zwischen dir und mir sind jetzt keine Tiere, also beeile dich!«

Jamieson zögerte nun nicht mehr länger. Er schritt in die angegebene Richtung und vermied es, der Rytt-Pflanze zu nahe zu kommen. Die Behauptungen des Ezwal klangen unwahrscheinlich, aber sie ergaben trotzdem einen Sinn. Das große Schiff der Rull mußte so schnell geflüchtet sein, daß es keine Zeit mehr gefunden hatte, die gelandeten Rull aufzunehmen. Diese wiederum hatten den gefangenen Ezwal für ein unintelligentes Tier gehalten und ihm so die Möglichkeit gegeben, sie zu vernichten. Ja, so mußte es gewesen sein . . .

»So war es aber nicht!« kam der Gedanke des Ezwal. »Ich habe sie nicht getötet. Du wirst gleich sehen, wer das getan hat.«

Jamieson durchbrach die letzten Büsche und trat auf eine andere Lichtung hinaus. Er konnte seine Umgebung vage erkennen. Auf der einen Seite lag die schimmernde Hülle des Rull-Schiffes, fast fünfunddreißig Meter lang und wie ein Torpedo geformt. Ihm gegenüber sah Jamieson die Umrisse der Antigravscheibe. Dazwischen erkannte er die leblosen Formen einiger Rull, eingefangen und getötet von den Rytt-Pflanzen. Sie hatten ihre ursprüngliche Form wieder angenommen und sahen aus wie riesige Würmer. Die vordersten Fühler der Rytt-Pflanzen waren in die geöffnete Luke des Schiffes eingedrungen, als suchten sie auch dort nach neuen Opfern.

Jamieson konnte sehr gut rekonstruieren, was geschehen war.

»Dein logischer Denkprozeß ist zu bewundern«, schnitt der sarkastische Gedanke des Ezwal seine Überlegungen ab. »Allerdings ist er ziemlich langsam, finde ich. Ja, ich stehe im Kontrollraum des Schiffes. Zwischen mir und der Pflanze ist die Stahltür. Ich schlage vor, daß du mit deiner Energiewaffe einen Weg brennst und zu mir kommst. Nicht weit entfernt warten einige Raubtiere darauf, sich auf dich zu stürzen; auch die Mordpflanze wird sie nicht lange davon abhalten können.«

Jamieson entschied sich schnell. Vorsichtig setzte er sich in Richtung der Antigravscheibe in Bewegung, die auf der anderen Seite der Lichtung lag. Er vermied ängstlich die Nähe der Rytt. In der Umgebung der Scheibe war der Boden ungefährlich, wie er mit einem Blick erkennen konnte. Er kletterte hinauf und schob eine Klappe zurück, die einen einfachen Kontrollmechanismus bedeckt hatte. Dann schraubte er die Kappe am Kolben seiner Pistole ab und nahm die längliche Magazinkapsel heraus. Er befestigte sie in einer Haltevorrichtung und schob sie in eine Kammer des Kontrollmechanismus. Das war alles. Zehn Minuten würde er nun warten müssen, bis die Kugel aufgeladen war, aber seine Absicht war, höchstens drei Minuten zu warten. Das würde für seine Zwecke genügen.

Er stand in der Dunkelheit und lauschte. Jede Sekunde war er bereit, die Kapsel aus dem Ladegerät zu reißen, in den Kolben seiner Waffe zu schieben und sein Leben zu verteidigen. Er wußte nicht, ob es ihm schnell genug gelingen würde, aber der Gedanke an die nahe Hilfe gab ihm Kraft. Die Situation war nicht rosig, aber zumindest eröffneten sich nun neue Perspektiven.

Während er wachsam in das schwarze Dunkel blickte, sagte er ruhig:

»Die Rull kannten die Rytt-Pflanze also noch nicht – weiter kaum verwunderlich, denn es gibt nur sehr wenig dieser Art in der uns bekannten Galaxis. Immerhin müssen sie bei Nacht und Dunkelheit hineingeraten sein, wenn keiner überlebte. War es so, oder kannst du nicht berichten, weil du noch betäubt warst?«

Die Antwort des Ezwal kam schnell und selbstbewußt:

»Ich kam wieder zu mir, noch bevor sie mich mit Antigravplatten in ihr Schiff schaffen konnten. Da sie aber alle anwesend und bewaffnet waren, hielt ich es für klüger, weiter den Bewußtlosen vorzutäuschen. Es schien mir besser, wenn sie nicht meine Stärke erfuhren. Erst im Laderaum, in den sie mich einsperrten, zerbrach ich meine Fesseln, die sie mir angelegt hatten. Ich wollte warten, bis sie das Schiff wieder verließen, aber dann ertönte ein donnerndes Geräusch, und sie gingen alle nach draußen. Ihre fremdartigen Gedanken blieben mir unverständlich, aber ich spürte ihre Erregung. Diese Erregung stieg, aber schon eine Minute später erloschen sämtliche Gedankenimpulse. Ich ahnte bereits, was geschehen war, aber um mich zu vergewissern, brach ich die Luke auf und eilte zur Hauptausstiegsschleuse. Es war schon dunkel, aber auch im Dunkeln kann ich gut sehen. Sie waren alle tot.«

Jamieson wünschte sich, er könne ebenso gut im Dunkeln sehen. Auf der anderen Seite der Lichtung glaubte er eine Bewegung bemerkt zu haben, aber es konnte auch eine Täuschung gewesen sein. Drei Minuten mußten inzwischen vergangen sein. Länger konnte er nicht warten. Er zwang seine zitternden Hände zur Ruhe und nahm die Energiekapsel aus der Ladevorrichtung, um sie in die Kolbenkammer seiner Waffe zu schieben. Hastig verschraubte er sie mit der Kappe und atmete erleichtert auf.

Noch einmal sah er hinaus auf die Lichtung, aber er konnte jetzt keine Bewegung feststellen. Er ließ die verdächtige Ecke nicht aus den Augen, kletterte von der Antigravplatte auf den Waldboden und ging langsam auf das Schiff zu.

Leise sagte er vor sich hin:

»Du hast mir alles gesagt, was ich wissen wollte. Den Rest der Geschichte kann ich mir zusammenreimen. Als du sahst, daß alle Rull tot waren, wolltest du die Nacht im Schiff zubringen. Das schien dir sicherer, als dich auf deine Augen zu verlassen. Die Rytt-Pflanze hättest du leicht in der Dunkelheit übersehen können – trotz deiner guten Augen. Nichts fürchtest du mehr als diese Pflanze. Deine erste Begegnung mit ihr muß hochinteressant gewesen sein, und außer deiner Stärke und Schnelligkeit mußt du schon eine gehörige Portion Glück gehabt haben, um ihr zu entkommen. Später fandest du heraus, daß die Rytt-Pflanze auf der Halbinsel sehr verbreitet ist, und verlorst den Mut. Du kamst zu dem Entschluß, ohne mich und meine Waffe nichts zu riskieren. Also kehrtest du hierher zurück.«

Die ersten Ausläufer der Mordpflanze hoben sich grau gegen den dunkleren Waldboden ab. Jamieson richtete den Lauf seiner Energiepistole auf sie, legte den freien Arm schützend vor seine geschlossenen Augen und betätigte den Feuerknopf. Ein heulendes Pfeifen zerriß die Stille, und auch ohne den Energiestrahl sehen zu können, wußte Jamieson, daß die Waffe gut aufgeladen war. Er machte einige Schritte nach vorn und schwenkte den Lauf hin und her; dann ließ er den Feuerknopf los. Er öffnete die Augen.

Er konnte verhältnismäßig gut sehen und stellte fest, daß er auf einem schwarzen, verbrannten Fleck stand. Etwa zehn Meter vor seinen Füßen war ein grauer Fleck zu erkennen.

»Seit zwei Tagen bist du nun im Kontrollraum des Schiffes«, fuhr Jamieson fort, mit dem unsichtbaren Ezwal zu sprechen. »Es muß eine hübsche Arbeit für dich gewesen sein, durch die starke Tür hineinzugelangen. Aber du mußtest, weil die Schleuse nur von dort aus zu öffnen ist und du die Handkontrollen nicht kennst. Am anderen Morgen, als du die Tür wieder öffnetest, mußtest du feststellen, daß die Rytt auf der anderen Seite auf dich wartete. Ich wette, du hast die Tür schnell wieder geschlossen und alle Riegel vorgeschoben. Das hielt die Pflanze natürlich zurück, denn wenn sie dich auch mit ihren Stacheln an hundert Stellen zugleich durchbohren kann, eine Stahltür ist zu dick und hart für sie. Also bliebst du, wo du warst.«

Eine zweiter Fleck grauer Fangarme wurde verbrannt. Zwischen Jamieson und dem kleinen Schiff war nun nur noch der Teil der Pflanze, der die Rull getötet hatte. Es war ein großer, ununterbrochener Flecken. Mit ruhiger Stimme sprach er weiter:

»Seit zwei Tagen bist du damit beschäftigt, die Kontrollen des Schiffes zu studieren – ohne jeden Erfolg. Vielleicht wolltest du sie auch schon blind ausprobieren, ganz egal, was geschah. Dann tauchte ich auf. Die Situation veränderte sich. Nur – ich tauchte schon vor Stunden auf. Eine angenehme Alternative für dich. Du würdest weiter die Kontrollen studieren, bis ich eintraf. Wäre es dir gelungen, vorher den Mechanismus des Antriebes zu enträtseln, wärest du gestartet und hättest mich zurückgelassen.«

Er legte eine Pause ein, aber die Antwort blieb aus. Selbst die schwere Anschuldigung wurde von dem Ezwal ignoriert. Jamieson war nicht weiter überrascht. Das seltsame und stolze Geschöpf mußte wissen, daß jegliches Abstreiten der Tatsachen keinen Gewinn brachte – und Gewissensbisse oder Reue kannte es nicht.

Jamieson brannte sich eine Gasse bis wenige Meter vor die Hauptschleuse. Jetzt blieben nur noch die Ableger der Pflanze, die bis in das Schiff vorgedrungen waren. Er verstellte seine Waffe und schaltete auf geringere Intensität, damit er den Mechanismus des Lukenverschlusses nicht beschädigen würde. Erst dann sprach er weiter, und er hoffte, es würden seine letzten Worte zu diesem Ezwal sein:

»Ich werde jetzt die Rytt verbrennen, die vor deiner Tür lauern. Dann begibst du dich zurück in den Laderaum und bleibst dort. Meine Waffe wird dafür sorgen, daß du meinen Befehl ausführst. Wenn du in der Luke bleibst, wird dir nichts geschehen. In zwei Wochen können wir den nächsten Stützpunkt erreichen, von wo aus ich dich nach Carsons Planet bringen werde. Dort lasse ich dich frei. Vielleicht findest du im Laderaum Lebensmittel für dich, obwohl ich das bezweifle. Immerhin hast du Zeit genug, dir klarzumachen, daß du ohne meine Hilfe dort im Kontrollraum verhungerst und niemals mehr nach deiner Heimatwelt zurückgelangt wärest. Dein Versuch, die Intelligenz deiner Rasse vor uns Menschen zu verbergen, ist mißlungen. Und doch ist es meine Pflicht, in meinem Bericht zu erwähnen, daß man mit den Ezwal genausowenig verhandeln kann wie mit jeder anderen dummen Kreatur. Aber jetzt ziehe dich in die äußerste Ecke der Zentrale zurück. In einer Minute etwa wird es heiß dort werden . . .«

5

Zwei Tagesreisen von Eristan II entfernt, konnte Jamieson Funkverbindung mit einem Schiff herstellen, das einer befreundeten Rasse gehörte. Er erklärte seine Situation und bat darum, die starke Funkeinrichtung des Kreuzers als Relais-Station benutzen zu dürfen, um die nächste Erd-Basis anrufen zu können. Seine Bitte wurde ihm gewährt.

Aber noch eine weitere Woche verging, ehe ein Schlachtschiff erschien und das Boot der Rull mit Jamieson und dem Ezwal an Bord in seinen Hangar aufnahm. Der Kommandant des Schlachtschiffes brachte den Wissenschaftler nach Carsons Planet; er hatte keine Ahnung von der Ezwal-Situation und mußte Jamieson als Autorität auf diesem Gebiet anerkennen.

Der Kommandant auf Carsons Planet erteilte die Erlaubnis zur Landung in einer Gegend, die von Menschen unbewohnt war. Hier hatte Jamieson seine letzte Unterhaltung mit dem Ezwal.

Es war eine wundervolle Umgebung. Eine hügelige Landschaft erstreckte sich nach Norden bis zum Horizont. Im Süden lagen riesige Waldgebiete, während westlich ein silberner Strom durch ein breites Tal zog. Carsons Planet war eine Welt von grünen Wäldern, Ebenen und einer Menge Wasser.

Der Ezwal trottete langsam die Rampe hinab und drehte sich dann nach Jamieson um, der auf einer Plattform unter der Luke stehengeblieben war. Jamieson sagte:

»Hast du deine Meinung inzwischen geändert?«

»Verschwinde von unserem Planeten und nimm alle deine Rassegefährten mit dir«, lautete die kurze Gedankenantwort.

Jamieson sagte:

»Wirst du deinen Freunden berichten, daß wir genau das tun werden, wenn ihr eine technische Zivilisation aufgebaut habt, die euch vor jedem Angriff der Rull zu schützen vermag?«

»Wir Ezwals werden niemals die Sklaven von Maschinen werden!« Das war eine so klare Feststellung, daß Jamieson unwillkürlich mit dem Kopf nickte und sie anerkannte. Die erwachsenen Ezwal befanden sich in einem emotionellen Zustand, der noch längst nicht seine höchste Reife erlangt hatte. Sie saßen diesbezüglich in einer Falle, aus der sie ohne fremde Hilfe nicht entkommen konnten.

»Du bist ein selbständiges Individuum«, sagte Jamieson sanft. »Du willst auch so weiterleben – haben wir es nicht auf Eristan II bewiesen?«

Der Ezwal schien verwirrt.

»In deinen Gedanken lese ich, daß es Rassen gibt, die als Gemeinschaftswesen existieren. Die Ezwal sind einzelne Lebewesen, die ein gemeinsames Ziel haben. Ich verstehe deine Gedanken nicht ganz, aber du scheinst Individualismus als Schwäche anzusehen.«

»Keine Schwäche«, schüttelte Jamieson den Kopf, »aber als einen Punkt des Angriffs für den Gegner. Würdet ihr kollektiv existieren, hätten wir niemals hier landen können. Um nur ein Beispiel zu nennen – du hast doch keinen eigenen Namen, oder doch?«

Diesmal war Verachtung in der gedanklichen Antwort.

»Telepathen können auf so primitive Erkennungszeichen verzichten. Und ich warne dich!« Ärger gesellte sich zu der Verachtung. »Versucht nicht, die Ezwal zu Konformisten zu machen. Das wäre völlig sinnlos!« Wieder blieb nur die Verachtung. »Aber dein Problem ist ja nicht die Frage, was ihr mit uns tun sollt, sondern wie du deinen Leuten beibringen wirst, daß wir Intelligenz besitzen. Ich bin gespannt, wie du das Problem lösen wirst, Trevor Jamieson.«

Der Ezwal wanderte durch das hohe Gras davon. Jamieson sandte ihm einen letzten Gedanken nach: »Ich danke dir dafür, daß du mir das Leben gerettet und außerdem den Wert einer Zusammenarbeit gegen einen gemeinsamen Feind bewiesen hast.«

»Ich kann leider einem menschlichen Wesen nicht danken«, lautete die Antwort. »Lebe wohl – und begegne mir nie mehr wieder.«

»Lebe wohl«, sagte Jamieson leise.

Er hatte das Gefühl, eine Niederlage erlitten zu haben, als die Rampe in das Schiff glitt und die Luke sich langsam schloß. Dann begann das Schiff schnell in die Höhe zu steigen.

Bevor er Carsons Planet verließ, hatte er eine längere Unterredung mit den militärischen Führern des Stützpunktes. Als klar wurde, welchen Vorschlag er machen wollte, wurde er vom Gouverneur brüsk unterbrochen:

»Mister Jamieson, es gibt auf diesem Planeten keinen einzigen Menschen, der nicht mindestens einen Familienangehörigen oder Freund durch die mörderischen Ezwal verloren hätte.«

Die anwesenden Offiziere murmelten zustimmend. Jamieson betrachtete die feindseligen Gesichter und erkannte, wie gering seine Chancen waren. Nur wenige Male in der Geschichte waren die Menschen einer so unnahbaren Rasse wie den Ezwal begegnet. Das Problem wurde noch delikater durch den Umstand, daß Carsons Planet zu den drei Stützpunkten gehörte, auf denen die Verteidigung der Milchstraße ruhte. Unter keinen Umständen würde es einen Rückzug geben. Wenn notwendig, würde man aus Rücksicht auf die Verbündeten der Terraner sogar eine Ausrottungspolitik den Ezwal gegenüber betreiben.

Aber der Schlüssel zu dieser Politik lag in seiner, Jamiesons, Hand. Das Wissen um die telepathischen Fähigkeiten der Ezwal war sein Geheimnis. Nur wenige Menschen hatten bisher einen Ezwal zu Gesicht bekommen, und zwar aus dem ganz einfachen Grund, weil die Wesen jede Annäherung des Menschen früh genug erfuhren.

Wenn er jetzt diesen haßerfüllten Militärs mitteilte, daß sie es mit intelligenten und telepathischen Wesen zu tun hätten, würden die Wissenschaftler sehr schnell eine wirksame Methode zur völligen Ausrottung erfunden haben. Verstärkte Gedankenwellen würden das Gehirn der Ezwal verwirren und sie hilflos den Jägern ausliefern.

Jamieson wurde klar, daß er sein Geheimnis für sich behalten mußte, wollte er nicht zum Urheber eines Blutbades werden. Die Zeit zur Enthüllung war noch nicht gekommen. Sollten sie glauben, er hätte nichts als eine vage Theorie.

»Meine Damen«, sagte er und verneigte sich in Richtung der drei weiblichen Mitglieder des Rates, »und meine Herren. Ich kann Ihnen nur mit einfachen Worten bestätigen, wie edel und wohlwollend die Motive des Galaktischen Konvents sind, der mich zu Ihnen schickte, um das Problem der Ezwal zu lösen. Auf der anderen Seite will ich Ihnen aber auch nicht verschweigen, daß ich dem Konvent vorschlagen werde, einen Volksentscheid herbeizuführen, der darüber befinden soll, ob Ihnen die Endlösung des Ezwal-Problems zugestanden werden soll oder nicht.«

Der Gouverneur sagte kalt:

»Ich glaube, wir dürfen Ihren Entschluß als eine Beleidigung auffassen.«

»Er war nicht als Beleidigung gedacht«, entgegnete Jamieson. »Aber ich habe das Gefühl, als ob Sie alle so mit Vorurteilen belastet sind, daß eine klare Entscheidung von Ihnen nicht zu erwarten ist. Aus diesem Grund soll das Volk befragt werden. Ich danke Ihnen für Ihre Aufmerksamkeit.«

Er setzte sich. Das nach der Besprechung folgende Essen wurde in eisigem Schweigen eingenommen.

Später näherte sich Jamieson der Vizepräsident des Rates mit einer jungen Dame. Sie schien Anfang der Dreißiger zu sein, hatte blaue Augen, ein hübsches Gesicht und eine gute Figur. Jamieson hätte sie als schön bezeichnet, wenn der Ausdruck in ihrem Gesicht nicht so unfraulich hart und entschlossen gewesen wäre.

Der Vizepräsident sagte höflich: »Mrs. Whitman hat mich gebeten, sie Ihnen vorzustellen, Doktor Jamieson.«

Ohne ein weiteres Wort entfernte er sich wieder, als habe er eine ihm unangenehme Aufgabe glücklich hinter sich gebracht. Jamieson nahm sich Zeit, die Frau zu studieren. Er hatte sie schon vorher am runden Tisch gesehen, wo sie sich mit den Offizieren und dem Präsidenten unterhalten hatte. Sie sagte zu ihm:

»Sie sind Wissenschaftler, Mr. Jamieson?«

»Ja, Doktor der Physik, eingeschlossen Himmelsmechanik und interstellare Forschung. Ein kompliziertes Gebiet, Madam.«

»Das glaube ich Ihnen gern, Doktor. Ich bin Witwe mit einem Kind. Mein Mann war Chemiker. Ich habe sein Wissen stets bewundert.« Und als fiele es ihr jetzt erst ein, fügte sie hinzu: »Er wurde von einem Ezwal zu Tode getrampelt.«

Jamieson begann zu ahnen, daß ihr Mann eine sehr einflußreiche Persönlichkeit gewesen sein mußte, wenn sie heute im Rat saß. Aber er sagte nur:

»Es tut mir außerordentlich leid, Madam.«

Ihm war, als versteife sich ihr ganzes Wesen, aber es konnte auch Einbildung gewesen sein.

»Ich wollte Ihnen nicht ohne Grund vorgestellt werden«, erklärte sie dann. »Sie müssen nämlich wissen, daß unsere hauptsächlichen Kenntnisse über Carsons Planet aus den Expeditionsberichten vor zwei Generationen stammen. Ich möchte Sie bitten, noch einige Tage zu bleiben, denn ich möchte Ihnen eine andere Lösung des Problems zeigen. Wußten Sie übrigens, daß wir einen bewohnbaren Mond haben?«

Jamieson hatte den Mond bei der Landung gesehen.

»Sie meinen, er würde sich als Stützpunkt eignen?«

»Sehen Sie ihn sich an«, gab sie zurück. »Seit fünfzig Jahren hat das keiner mehr getan.«

Er mußte zugeben, daß der Vorschlag gut war. Die Verwaltung hatte galaktische Ausmaße angenommen, und manche Daten vermoderten in den Karteien, weil aktuellere Probleme in den Vordergrund traten.

Innerlich zweifelte er daran, daß sie ihm eine brauchbare Lösung anbieten konnte, aber wenigstens machte sie den Versuch. Im Gegensatz zur Feindseligkeit der anderen wirkten ihre Bemühungen wohltuend. Sie sprach wenigstens mit ihm, statt ihn zu hassen.

»Wollen Sie?« drängte sie.

Viel würde er nicht versäumen, überlegte er sich. Es würde Wochen dauern, bevor der Frachter mit dem weiblichen Ezwal und dem Ezwal-Kind an Bord die Erde erreichen würde, die Tausende von Lichtjahren entfernt war. Er konnte gut noch einige Tage hier verweilen und den Frachter später überholen.

»Also gut«, entschied er sich. »Ich werde bleiben. Wollen Sie mich führen?«

Sie lachte und zeigte ihm ihre weißen Zähne.

»Sie glauben doch nicht, daß sich jemand anderer noch um Sie kümmern würde?«

Das sah Jamieson ein.

6

Seine Augen schmerzten. Er kniff sie zusammen, um das gelegentliche Aufblitzen des metallenen Flugapparates besser erkennen zu können, der weit vor ihm flog.

Er bedauerte es bereits, den Abstecher zu dem seltsamen Mond von Carsons Planet unternommen zu haben. Auf der Reise hierher hatte er Gelegenheit gefunden, in den Sternkatalogen zu blättern. Einige Tatsachen waren ihm aufgefallen. Die enormen Temperaturunterschiede zwischen Tag und Nacht würden die Errichtung eines Stützpunktes im geplanten Sinne fast unmöglich machen.

Mrs. Whitman war kaum zu sehen, denn der Glanz der Sonne blendete Jamieson. Wie ein funkelnder Diamant stand diese Sonne am Himmel und stieg ständig höher über den Horizont des Mondes.

Mehr als anderthalb Kilometer unter sich sah Jamieson die wüste Landschaft dahingleiten. Zackige Felsen, tiefe Schluchten, hier und da grüne Flecke undurchdringlichen Dschungels, dann wieder eine weite, wellige Ebene, bedeckt mit braunem, dürrem Gras. Wie zwei leuchtende Meteore flogen sie darüber hinweg.

Manchmal konnte er Tiere entdecken, graugescheckte Pflanzenfresser, die herdenweise auf der Steppe weideten, oder einmal sogar das flüchtige Aufleuchten eines schuppig-gepanzerten Blutsaugers – eines mörderischen Gryb.

Es war im Moment unmöglich für ihn, einen Blick auf den Geschwindigkeitsmesser zu werfen, der unter der Sichtscheibe des flugfähigen Raumanzuges eingebaut war, denn er trug unter diesem Raumpanzer noch einen zweiten, leichteren Schutzanzug, dessen Heizanlage mit dem Hauptaggregat gekuppelt war.

Er hatte Verdacht geschöpft. Trotz des grellen Sonnenscheins gelang es ihm schließlich doch, die Zahlen auf dem Entfernungsmesser zu erkennen. Sein Kinn schob sich vor. Mit einem kurzen Griff schaltete er die Sendeanlage ein. Seine Stimme war kalt und kompromißlos, als er sagte: »Hallo, Mrs. Whitman!«

»Ja, Doktor Jamieson?« Die Antwort der Frau war klar und deutlich zu hören, aber es schien Jamieson, als würde ›Doktor‹ etwas spöttisch betont. »Was haben Sie dann?«

»Sie haben mir gesagt, es wären nur fünfhunderteinundzwanzig Meilen oder . . .«

». . . oder so ungefähr.« In der Stimme war Feindseligkeit.

Jamiesons Augen verengten sich zu Schlitzen.

»Sie sagten fünfhunderteinundzwanzig Meilen, Mrs. Whitman! Die Zahl ist so präzisiert, daß es sich kaum um eine ungefähre Schätzung handeln kann. Im übrigen wollen Sie mir doch nicht erzählen, daß Sie die Entfernung von ›Fünf-Städten‹ zu den Platinminen nicht kennen? Wir haben jetzt sechshundertundzwanzig Meilen zurückgelegt, seit wir vor zwei Stunden starteten. Und mit jeder Sekunde werden es mehr.«

»Stimmt genau!« kam es zurück. »Welches Unglück für Sie, Doktor Trevor Jamieson.«

Er schwieg. In Ruhe betrachtete er die Situation auf ihre möglichen Gefahren hin.

Er hatte dem Tod schon oft gegenübergestanden, wenn er in früheren Zeiten von Planet zu Planet geflogen war, sie erforschte und für die menschliche Rasse gewann. Und Mord war auch, wie alles andere, eine Sache der Erfahrung.

Jamieson begann, die Geschwindigkeit herabzusetzen. Vielleicht war es noch nicht zu spät, wenn auch das Verhalten der Frau eindeutig bewies, daß die Krise kurz bevorstand.

Er versuchte, ruhig zu bleiben, und fragte:

»Verraten Sie mir eins: Steckt der Militär-Rat hinter dem geplanten Meuchelmord, oder ist er Ihre eigene Idee?«

»Es wird kaum noch schaden, wenn ich Sie aufkläre«, gab Mrs. Whitman zurück. »Wir haben entschieden, daß Sie der Galaktischen Konvention keinen Bericht erstatten dürfen. Auch wissen wir natürlich, daß dieser Mond für einen Stützpunkt ungeeignet ist.«

Jamieson lachte; es war ein hartes, humorloses Lachen. Langsam glitt er schräg nach unten, der Oberfläche des Mondes entgegen. Der Andruck preßte ihm fast die Luft aus den Lungen.

So sehr er sich anstrengte, von dem Aufblitzen vorn war nichts mehr zu sehen. Der Himmel schien leer. Sicherlich machte sich Mrs. Whitman nicht die Mühe, ständig nach ihm Umschau zu halten. Er war darauf bedacht, seine beabsichtigte Landung so lange wie möglich geheimzuhalten, darum sagte er:

»Und wie gedenken Sie mich zu töten?«

»In etwa zehn Sekunden wird Ihr Antriebsmechanismus . . .«, begann sie, um plötzlich zu verstummen. Dann, nach einer Pause, sagte sie: »Ah, Sie sind nicht mehr hinter mir. Wollen Sie etwa landen? Das wird Ihnen nicht viel nützen, denn ich werde bald zurück sein und Sie . . .«

Jamieson schwebte noch zehn Meter über dem felsigen Boden, als ein schnarrendes Geräusch in dem bisher lautlosen Atom-Motor seine Aufmerksamkeit erregte. Die Geschwindigkeit, mit der dann alles Weitere geschah, ließ ihm keine Zeit für lange Überlegungen. Er handelte rein instinktiv. Noch ehe er den Grund berührte, hatte er den Antrieb ausgeschaltet, der jetzt kurzgeschlossen war und ihn bei lebendigem Leib verbrannt hätte. Seine Füße prallten hart gegen Stein und schickten einen stechenden Schmerz bis zum Rücken hoch. Dann überschlug er sich. Dunkelheit hüllte ihn wie eine große Decke ein.

Als er wieder zu sich kam, schienen die Felsen einen wirren Reigen um sein Haupt zu vollführen. Nur mit Mühe gelang es ihm, das ständige Kreisen zu verlangsamen, bis er endlich auf eine ruhige, sich nicht mehr verändernde Landschaft blickte. Gleichzeitig bemerkte er, daß sein Flugapparat fehlte und er nur noch seinen geheizten Anzug mit dem dazugehörigen Helm trug. Ein scharfkantiger Stein drückte schmerzhaft gegen sein Kreuz. Und schließlich blickte er in das entschlossene Gesicht von Mrs. Whitman, die neben ihm kniete.

Sie gab den Blick kalt und feindselig zurück.

»Sie hatten Glück, Jamieson. Wahrscheinlich schalteten Sie den Motor rechtzeitig ab. Der Kurzschluß hat nur Ihre Beine etwas verbrannt. Ich habe ein wenig Salbe darauf getan, um die Schmerzen zu lindern.« Sie nickte. »Sie werden laufen können.«

Sie schwieg und erhob sich. Jamieson schüttelte den Kopf, um die letzten Schleier der Bewußtlosigkeit zu verjagen. Mit einer gewissen Neugier starrte er in das Gesicht der jungen Frau, aber er sagte nichts. Sie schien seine Gedanken zu erraten.

»Ich könnte keine Fliege töten, ohne ihr eine Chance zu geben«, gestand sie dann. »Gut, ich kam zurück, um Sie zu töten. Aber ich kann es nicht. Ich lasse Ihnen die Chance, am Leben zu bleiben.«

Jamieson richtete sich auf. Er sah sich suchend um, bis ihm endlich auffiel, daß etwas nicht stimmte. Eine Sekunde später wußte er, was es war.

»Wo ist Ihr Fluganzug?«

Sie deutete mit dem Kopf in den Himmel hinauf.

»Wenn Sie gute Augen haben, werden Sie dort oben einen kleinen, hellglänzenden Fleck sehen. Ich band Ihren Anzug an den meinen, schaltete den Antrieb ein und gab sie frei. Sie werden in etwa dreihundert Stunden in die Sonne stürzen.«

Jamieson starrte die Frau ungläubig an.

»Sie wollen damit doch nicht behaupten, daß Sie hier zusammen mit mir sterben wollen? Zwar weiß auch ich, daß es Menschen gibt, die für etwas zu sterben bereit sind, an das sie glauben. Aber in Ihrem Fall wäre das doch unnötig, und ich sehe keine Logik in Ihrer Handlungsweise. Sicherlich wird man Sie bald abholen.«

Sie errötete und warf den Kopf in den Nacken.

»Niemand wird mich abholen! Ich werde Ihnen beweisen, daß niemand auf Carsons Planet ausschließlich an sich denkt. Ich werde mit Ihnen sterben, denn ›Fünf-Städte‹ können wir niemals zu Fuß erreichen. Die Platin-Minen sind noch weiter entfernt.«

»Tapfer, sehr tapfer!« spottete Jamieson. »Daß Sie bei mir bleiben, beweist nur, daß Sie eine Närrin sind – und ich kann Sie deshalb nicht einmal bewundern. Trotzdem bin ich froh, nicht allein hier zu sein. Und – vielen Dank auch für die Salbe. Die Schmerzen haben wirklich nachgelassen.«

Er stand auf. Vorsichtig betastete er seine Beine und bewegte sie. Zuerst das rechte, dann das linke. Tatsächlich, keine Schmerzen, stellte er fest. Aber ein ungewöhnliches Schwächegefühl.

»Hm«, knurrte er, um dann laut und kategorisch hinzuzufügen: »Keine Schmerzen, aber schwach. Bis gegen Abend sollten die Wunden geheilt sein.«

»Sie tragen Ihr Schicksal ziemlich gefaßt«, sagte Mrs. Whitman spöttisch.

Er nickte.

»Ich freue mich immer wieder festzustellen, daß ich noch lebe – und noch mehr freue ich mich darüber, Sie überzeugen zu können, daß meine Pläne für Carsons Planet der besten Absicht entspringen.«

Sie lachte kalt.

»Ich glaube, Sie verkennen unsere Situation. Mindestens zwölf Tage sind wir von der Zivilisation entfernt – gut gerechnet. Aber wie sollten wir sechzig Meilen pro Tag marschieren können? Es sind also mehr als zwölf Tage. In der kommenden Nacht werden die Temperaturen um mehr als hundert Grad absinken. Sie kennen ja die geologische Eigenart dieses Mondes, Doktor Jamieson?

Er hat einen glutflüssigen Kern, der ruhelos wandert. Einmal ist er dem Zentrum nahe, dann wieder der Oberfläche. Nur so können Menschen hier existieren. Und Tiere. Der Kern wird von der Sonne angezogen, daher ist es bei Tage besonders warm und nachts grausam kalt. Beginnen Sie allmählich zu begreifen, daß unsere Lage alles andere als rosig ist?«

»Reden Sie ruhig weiter«, nickte Jamieson.

»Wenn die Kälte uns nicht umbringt, dann besorgen das früher oder später die Gryb, die Blutsauger. Sie riechen menschliches Blut über unvorstellbare Entfernungen – und Blut macht sie verrückt. Wenn sie einen Menschen stellen, reißen sie Bäume aus oder graben sich durch massiven Fels. Es gibt nur ein einziges Abwehrmittel: einen Atomstrahler. Wir haben keinen, denn er ging mit den Anzügen hoch. Die einzige Waffe, die wir besitzen, ist mein Jagdmesser. Und Nahrung, mein bester Doktor Jamieson? Wir müßten einen der Grasfresser erlegen. Aber die sind so scheu, daß sie bei der geringsten verdächtigen Bewegung davonrennen. Treibt man sie in die Enge, so wehren sie sich; sie können glatt ein Dutzend Männer zertrampeln, wenn diese nicht bewaffnet sind. Sie werden sich wundern, wie schnell wir hungrig werden. Etwas ist in dieser Atmosphäre, das unser Hungergefühl verhundertfacht, auch wenn wir sie nur gefiltert einatmen. Schon in wenigen Stunden werden wir vor Hunger sterben.«

»Die Aussicht auf unser Schicksal scheint Sie mit einer Art Befriedigung zu erfüllen«, vermutete er sarkastisch.

»Keineswegs! Ich bin nur hier, um dafür zu sorgen, daß Sie die nächste Ansiedlung nicht lebend erreichen.«

Jamieson hatte eine steile Falte auf der Stirn.

»Ich bedauere, daß Sie zurückkehrten. Eine Frau sollte sich nicht in eine so gefährliche Lage begeben. Ihre Freunde handelten verantwortungslos. Ich werde nicht sterben.«

»Versuchen Sie zu leben! Versuchen Sie, einen Gryb mit Ihren bloßen Händen zu erwürgen!«

»Nicht mit meinen Händen, Mrs. Whitman, sondern mit meinem Verstand und meiner Erfahrung. Wir werden ›Fünf-Städte‹ lebend erreichen, trotz der widrigen Umstände. Trotz Ihrer Absichten!«

In dem nun folgenden Schweigen hatte Jamieson Gelegenheit, sich näher umzusehen. Erste Zweifel am Gelingen seines Vorhabens stiegen in ihm auf. So weit er sehen konnte, gab es nur nackten Fels, seltsam und bizarr geformt und ohne eine Spur von Vegetation. In der Ferne war ein Bergrücken zu erkennen. Er schien im Dunst zu schwimmen.

Es war die gräßliche Lautlosigkeit, die ihn plötzlich erschreckte. Er empfand sie wie einen physischen Schock. Wie alt mochte dieses Schweigen schon sein? Jahrtausende oder Jahrmillionen?

»Bedrückend, was?«

Jamieson sah sie an, aber sein Blick schien durch sie hindurchzudringen.

»Ja. Ich habe vergessen, wie es ist. Vielleicht habe ich sogar vergessen, wieviel ich vergessen habe. Los, machen wir uns auf den Weg!«

Als sie, unterstützt von der geringen Schwerkraft des Mondes, die ersten Felsen erkletterten, sagte sie:

»Was haben Sie eigentlich über die Ezwal herausgefunden?«

»Ich darf es Ihnen nicht verraten. Wenn Sie erführen, was ich weiß, würden Sie alle Ezwal töten, denn Sie hassen sie.«

»Warum haben Sie dem Rat Ihr Wissen nicht mitgeteilt? Es sind alles vernünftige Leute, mit denen man argumentieren kann.«

»Vernünftig?« echote Jamieson voller Hohn.

»Ich glaube nicht, daß Sie mehr als eine Theorie haben, also lassen wir das Thema besser fallen.«

Sie kletterten weiter.

7

Zwei Stunden später stand die kleine Sonne hoch in dem schwarzblauen Himmel. Es waren zwei Stunden des Schweigens gewesen, in denen sie nur auf ihren Weg geachtet und ein beachtliches Stück zurückgelegt hatten.

Das Gebirge war nähergerückt und entpuppte sich als eine steile, glatte Wand.

Jamieson blieb plötzlich stehen.

»Verdammt!« keuchte er und umfaßte das Hindernis mit einem zweifelnden Blick. »Ich hätte nicht gedacht, daß man sich so schwach fühlen kann.

Ich gebe es nicht gern zu, aber ich fürchte, daß ich es kaum schaffe, da hinaufzuklettern.«

Mrs. Whitman blieb ebenfalls stehen. Sie sah sich um. Ihre Stimme klang müde, aber in ihren Augen blitzte es triumphierend auf.

»Das ist der Hunger! Ich habe es Ihnen ja erklärt. Wir sind am Verhungern. Es geht schnell hier.«

Jamieson fiel wieder in einen langsamen, schleppenden Trott.

»Diese Grasfresser – wovon ernähren sie sich? Auch von jungen, frischen Baumzweigen?«

»Ja. Deshalb haben sie ja den langen Hals.«

»Mehr fressen sie nicht? Nur Gras und Zweige?«

»Mehr nicht.«

»Denken Sie doch nach!«

»Gewöhnen Sie sich gefälligst einen anderen Ton an! Was soll die Fragerei überhaupt?«

»Entschuldigen Sie den Ton, Madam. Also – was trinken die Grasfresser?«

»Sie lecken am Eis, da sie ja nur während der kurzen Schmelzperioden trinken können. Und sonst . . . ? Ja, Salz! Sie lieben Salz.«

»Salz! Das ist es!« Jamieson schien aufzuatmen, blieb aber stehen. »Dann müssen wir zwei Kilometer zurück. Wir überquerten einen kleinen, flachen Felsen, der aus reinem Salz bestand. Einiges davon werden wir benötigen.«

»Zurückgehen? Sind Sie wahnsinnig geworden?«

Jamieson sah sie an. Seine grauen Augen funkelten kalt.

»Hören Sie gut zu, Barbara – so war doch Ihr Vorname? Ich sagte eben, ich sei zu schwach, um jenen Felsen zu erklettern. Das war eben! Jetzt sage ich Ihnen, daß ich diese Wand mit Leichtigkeit erklettern werde, heute, morgen und auch in den nächsten zehn oder zwanzig Tagen. Ich habe in den vergangenen zehn Jahren zwanzig Kilo zugenommen. Von der Reserve kann mein Körper existieren. Und eines sage ich Ihnen: ich werde noch lange kräftig sein und Sie, wenn es notwendig sein sollte, sogar tragen. Aber wenn wir einen Grasfresser erlegen wollen, benötigen wir Salz. Ich habe Salz gesehen. Also gehen wir zurück!«

Sie starrten sich gegenseitig wütend an. Jeder versuchte, den anderen von seiner eigenen Willenskraft und Entschlossenheit zu überzeugen. Dann sagte Barbara mit einem tiefen Atemzug:

»Ich weiß zwar nicht, was Sie planen, aber verrückt genug hört es sich an. Und schließlich ist es ja auch egal, wo und wie wir sterben. Die Hauptsache ist, *daß* wir sterben! Haben Sie schon jemals in Ihrem Leben einen Grasfresser gesehen? Er sieht aus wie eine Giraffe, ist aber größer und schneller. Sollten Sie also die Absicht hegen, das Tier mit Salz anzulocken, um es dann mit dem Messer zu töten, muß ich Sie enttäuschen. Das wird Ihnen nie gelingen. Meine einzige Hoffnung ist, daß uns ein Gryb wittert. Dann ist wenigstens alles sehr schnell vorbei.«

»Es ist nicht nur bedauernswert, sondern zugleich auch gräßlich, eine so junge und hübsche Frau zu kennen, die den Tod sucht.«

»Wer sagt Ihnen denn, daß ich sterben *will*?« fragte sie heftig.

Jamieson ließ die Gelegenheit nicht vorübergehen, das so selten auflodernde Feuer ihrer wirklichen Gefühle zu entfachen.

»Denken Sie dabei an Ihr Kind?« erkundigte er sich ruhig.

An dem bitteren Ausdruck in ihrem Gesicht erkannte er, daß er den Nagel auf den Kopf getroffen hatte. Er fühlte keine Gewissensbisse. Barbara mußte den Willen zum Leben zurückerhalten. Ihre Unterstützung konnte den Unterschied zwischen Tod und Weiterbestehen ausmachen.

Während sie zu dem Salzfelsen zurückgingen, sprach Jamieson fast ununterbrochen. Er berichtete aus seinem Leben und von seinen Erfahrungen mit eroberten Planeten. Oft hatte man vor scheinbar unlösbaren Problemen gestanden, aber immer wieder hatten Logik und Vernunft eine brauchbare Antwort geben können. Die Menschen hatten die Bindung zu ihrem eigenen Heimatplaneten noch nicht vergessen, und so mußten sie auch begreifen, daß fremde Rassen ihre Welt bis zum letzten Blutstropfen verteidigten.

»Hier ist Ihr Salz!« wurde er plötzlich unterbrochen.

Der Felsen verlief seltsam gradlinig und endete abrupt am Rand einer Schlucht. Jamieson bückte sich, nahm zwei größere Brocken auf und schob sie in die Tasche. Ohne ein Wort zu verlieren, machten sie sich wieder auf den Rückweg.

Jamieson spürte jeden Knochen im Körper. Jede Bewegung schmerzte. Mit verbissener Energie klammerte er sich an jedem noch so kleinen Felsvorsprung fest, als sie begannen, die Wand zu ersteigen. Ein Blick in die grausige Tiefe ließ ihn erschauern. Der kleinste Fehltritt würde unweigerlich einen Sturz und damit den sicheren Tod nach sich ziehen.

Wie verschwommen sah er das Gesicht der jungen Frau neben

sich, nur wenige Meter entfernt. Hunger und Schwäche standen darin geschrieben. Nicht mehr lange, und sie würde den Kampf aufgeben.

»Nur noch ein paar Meter!« rief Jamieson ihr zu. »Wir haben bald den Gipfel erreicht.«

Sie schafften es und blieben nahe am Rand des Abgrundes erschöpft liegen, zu müde, um auch noch den kleinen, flachen Hügel zu erklimmen, der ihnen die Sicht auf die dahinter verborgene Landschaft nahm. Ihre Füße hingen noch über der grausigen Tiefe. In gierigen Zügen sogen sie die Luft in die Lungen. Dann keuchte Barbara Whitman:

»Wir sind verrückt! Wenn wir noch einen Rest von Verstand besäßen, ließen wir jetzt einfach los – es wäre schnell vorbei . . .«

»Dazu haben wir immer noch Zeit, es gibt Schluchten genug hier.«

Er stand schwankend auf und zog sie mit sich. Er machte einige unsichere Schritte auf den Gipfel zu, blieb plötzlich stehen – und warf sich dann zu Boden, die Frau mit sich reißend.

»Ruhe! Keine halbe Meile entfernt grast eine ganze Herde der Tiere. Sie können unsere Rettung bedeuten.«

Barbara zeigte plötzlich wieder Interesse und kam neben ihn gekrochen. Vorsichtig schoben sie sich noch einen weiteren Meter vor und sahen dann hinab auf eine weite Ebene. Vereinzelte Baumgruppen standen wie Inseln in dem braunen Gras. Links war ein Wald, dessen Ausläufer weit in die Ebene hinausragten. In der Nähe des Waldrandes äste die Herde der Grasfresser. Es waren mindestens hundert Tiere.

»Sie fressen in unsere Richtung«, stellte Jamieson fest.

Barbaras Stimme war voller Ironie, als sie sagte:

»Und dann wollen Sie aufspringen, um ihnen Salz auf den Schwanz zu streuen – nehme ich an. Sie sind verrückt!«

Jamieson ignorierte die Bemerkung. Es schien, als spräche er mit sich selbst.

»Wir müssen also in jenen Wald dort gelangen, um möglichst nahe an sie heranzukommen. Der Felsen dort bietet Deckung. Wenn die Bäume zwischen ihnen und uns sind, sehen sie uns nicht. Sie leihen mir doch Ihr Messer, Barbara?«

»Sie können es haben, denn ich glaube, daß Sie nur durch Erfahrung klug werden. Keine zweihundert Meter nähern Sie sich den Tieren, ohne daß Sie bemerkt werden.«

»So nahe will ich gar nicht heran. Hören Sie, Barbara, wenn Sie mehr Vertrauen zum Leben hätten, würden Sie wissen, daß dieses Problem schon früher gelöst wurde, nicht erst durch uns. Auch nicht auf dieser Welt, sondern auf fernen Planeten unter verschiedenen Bedingungen. Dort stand der Verstand des Menschen ähnlichen Problemen gegenüber – und fand eine Lösung. Die Umstände mögen immer ein wenig anders gewesen sein. Parallelentwicklung – alles schon einmal dagewesen! Viel Wahrheit liegt in diesem Begriff. So, und nun passen Sie gut auf!«

»Gern«, gab sie zurück. »Ich verhungere auch nicht gern. Das Fleisch der Grasfresser soll ja nicht gerade hervorragend sein, aber man kann es essen. Aber vergessen Sie nicht: die Gryb folgen gern den Herden der Grasfresser und überfallen sie morgens, wenn sie starr und hilflos sind. Eigentlich müssen wir schon jetzt damit rechnen, daß ein Gryb in der Nähe ist. Wenn es uns wittert . . .«

»Mit dem Gryb werden wir fertig, wenn es kommt«, sagte Jamieson. »Zu dumm, daß ich diesen Mond nicht schon früher besucht habe, dann wäre alles nur halb so schwierig.« Er kroch ein Stück zurück und stand auf. »Kommen Sie. Unser nächstes Ziel ist der Wald.«

Jamiesons äußerliche Ruhe war gespielt. In seinen Eingeweiden wütete der Hunger, und er konnte es kaum erwarten, bis sie den Wald erreichten. Seine Finger zitterten unmerklich, als er das Messer nahm, das Barbara ihm reichte. Dann bückte er sich und begann, am Fuß eines mittleren, graurindigen Baumes zu graben.

»Die Wurzel soll unheimlich zäh und hart sein, fast wie Stahl. Man kann sie zu einem Kreis biegen, ohne daß sie bricht – so wenigstens steht es in der Beschreibung. Auf der Erde nennt man sie Euroot, und sie wächst nicht nur hier auf diesem Mond.«

Barbara nickte, plötzlich interessiert.

»Ah – Sie wollen mit Pfeil und Bogen jagen? Das Gras ist auch zu gebrauchen. Man könnte es zu Sehnen verarbeiten . . .«

»Nicht Pfeil und Bogen«, unterbrach Jamieson sie. »Haben Sie vergessen, was Sie mir sagten? Daß man nicht näher als zweihundert Meter an die Herde herankommen kann?«

Er riß ein Stück Wurzel aus dem Boden, schnitt einen halben Meter davon ab und begann methodisch, beide Enden zu schärfen. Die Wurzel war hart wie Glas. Immer wieder rutschte das Messer ab. Doch es gelang. Er kerbte die Spitzen noch ein wenig auf der Seite ein und richtete sich dann auf.

»So – halten Sie, bitte. Ich werde die Enden dann mit Gras zusammenbinden.«

Nun endlich begriff Barbara Whitman.

»Jetzt weiß ich, was Sie vorhaben. Zusammengebogen ist die Wurzel kaum mehr als handgroß. Womöglich bestreichen Sie sie noch mit feuchtem Salz. Der Grasfresser, der sie findet, wird sie mit großer Hast und ohne zu kauen verschlucken. Die Magensäfte lösen das Gras auf. Die Wurzel springt auseinander, streckt sich – und zerreißt die Magenwände.«

»Eine grausame Methode, aber unsere Rettung. Die Marsianer töten so die Wasserschlangen, und die Eskimos auf der Erde die Wölfe. Sie benutzen andere Köder, aber das Prinzip bleibt sich gleich.«

Er schritt vorsichtig bis zum Rand des Waldes und warf dann den kleinen Ring mit aller Kraft in die Steppe hinaus. Fast dreißig Meter entfernt landete er im Gras.

Wir werden noch zwei oder drei andere herstellen, denn es wäre ein zu großer Zufall, wenn sie gerade den einen finden würden.«

Es wurde ein Festmahl.

Zwar war das Fleisch zäh, aber es schmeckte. Jamieson spürte, wie seine Kräfte zurückkehrten. Er schob das letzte Stück schließlich in den Mund, zerkaute es genießerisch und lehnte sich dann gegen einen Stein zurück. Die Sonne, groß wie eine Orange, sank bereits dem Horizont entgegen.

»Wir werden etwa sechzig Pfund Fleisch mitnehmen müssen, bei der Kälte hält es sich frisch. Wenn wir mit fünfzehn Tagen Marsch rechnen, sind das vier Pfund pro Tag. Aber wir können uns nicht nur von Fleisch ernähren, weil man nach einmonatigem Genuß wahnsinnig wird. Andererseits dürfen wir keine Zeit mehr für die Jagd verschwenden.«

Er stand auf, nahm das Messer und begann, zwei etwa gleich große Stücke aus dem erlegten Tier herauszulösen. Eins der Stücke verpackte er in Blätter und Gras, bis es einem Rucksack ähnelte. Das zweite Stück folgte. Er nahm sein Paket und befestigte es mit gedrehten Grasschnüren auf seinem Rücken.

Barbara Whitman betrachtete ihn verwundert.

»Ich glaube, Sie sind bereits wahnsinnig geworden, Doktor. Vielleicht werden wir diese eine Nacht überstehen, aber ein Gryb wird uns bestimmt wittern. Es wird uns verfolgen – und finden! Glauben Sie nur nicht, daß Sie dem Blutsauger eine präparierte Wurzel hinwerfen können – ein Gryb frißt kein Salz, nur Blut. Besonders Menschenblut. Seit fünfzig Jahren.«

»So?« machte Jamieson.

Sie richtete sich auf.

»Die Gryb sind die raubgierigsten Monster, die dem Menschen jemals begegneten. Es gibt im ganzen Universum keine Parallele. Das wird auch der Grund sein, warum sich auf diesem Mond kein intelligentes Leben entwickeln konnte. Die Klauen eines Gryb sind hart wie Diamant. Die Zähne zerbeißen Metall, wenn es sein muß. Die Schuppen lassen sich kaum von einer Gewehrkugel durchschlagen, geschweige denn mit dem Messer auch nur ritzen.«

Ihre Stimme wurde lauter und schärfer.

»Ich bin glücklich, daß wir uns noch einmal satt essen durften, denn Hungers wollte ich nicht sterben. Wenn schon, dann will ich schnell sterben, meinetwegen unter den Klauen eines Gryb. Schlagen Sie sich um Gottes willen den Gedanken aus dem Kopf, wir könnten die Ansiedlung erreichen. Ich kann Ihnen verraten, daß dieses Untier, einmal auf unserer Fährte, uns in jede Höhle folgen wird. Es weiß genau, daß alle Höhlen hier nur einen Ausgang haben. Es sind Löcher, die vor Jahrmillionen durch herabstürzende Meteore geschlagen wurden. Lediglich die Verschiebung der Oberflächenkruste hat sie verändert. Eine derartige Höhle aber benötigen wir, um die Nacht zu überleben. Wir müssen den Eingang verschließen, damit der eisige Wind nicht eindringen kann. Sogar unsere Heizanzüge würden nicht viel nützen, wenn eine halbe Stunde vor Sonnenuntergang der Sturm beginnt. Vielleicht sammeln wir ein wenig Holz, damit wir in der Höhle ein Feuer anfachen können.«

Sie fanden die Höhle eine halbe Stunde später.

Das mitgebrachte Holz warfen sie in die schwarze Öffnung, nachdem sie festgestellt hatten, daß der Grund nur wenige Meter unter der Oberfläche lag. Zuerst ließ Jamieson sich in die Tiefe fallen und landete etwas unsanft auf dem Reisighaufen. Barbara folgte ihm. Ein zweites Loch im Boden verriet, daß weiter unten noch eine zweite Höhle lag.

Jamieson begann gerade damit, das Holz in diese zweite Höhle zu werfen, als ein Geräusch ihn herumfahren ließ. Seine Haare sträubten sich, als er das gräßliche Ungeheuer erblickte. Genauso sah es aus, wie Barbara es beschrieben hatte. Aus dem geifernden Maul standen zwei lange, scharfe Zähne hervor, deren Anblick ihm einen Schauder des Entsetzens über den Rücken jagte. Zwei glühende Augen starrten ihn an. Da, wo man die Nase hätte erwarten können, saß ein langes, spitzes Horn.

Barbaras Finger krallten sich um seinen Arm und zogen ihn zurück. Sie verloren fast gleichzeitig den Boden unter ihren Füßen und fielen in die tiefer gelegene Höhle. Auch diesmal bewahrte sie der Reisighaufen vor Knochenbrüchen.

Der dämmerige Himmel über ihnen verschwand plötzlich, als das Ungeheuer seinen Kopf in die viel zu kleine Öffnung schieben wollte. Es wurde völlig dunkel. Nur das hastige und schwere Atmen der beiden Menschen war zu hören. Und das wilde Fauchen des Gryb. Dann erneute Bewegung – und es wurde ganz still.

Aber es blieb dunkel.

»Was ist geschehen?« fragte Jamieson befremdet.

In ihrer Stimme war Bitterkeit.

»Es hat sich in den Spalt gedrängt, weil es weiß, daß ihm heute keine Zeit mehr verbleibt, die Felsen beiseite zu räumen. Nachts frieren sie nämlich ein und können sich nicht mehr bewegen. Wir können nicht an dem riesigen Körper vorbei. Ein schlaues Tier, glauben Sie mir. Es jagt die Grasfresser nicht, sondern folgt ihnen nur, denn es hat entdeckt, daß es eine halbe Stunde vor ihnen erwacht. Die Zeit genügt für das Beutemachen. So glaubte es also, daß auch wir später aufwachen. Aber es hat recht: wir sind gefangen. Und damit erledigt.«

Jamieson tat in dieser Nacht kein Auge zu. Manchmal nickte er ein, um aber sofort wieder aufzuschrecken. Die absolute Dunkelheit war wie ein drückendes Gewicht, das auf seinen Schultern lastete. Nicht der kleinste Schimmer von Licht drang in die Höhle.

Endlich wagte es Jamieson, ein Feuer zu entfachen. Der flakkernde Schein konnte das Dunkel kaum durchdringen, und gegen die Kälte schien es genauso machtlos zu sein.

Je länger die Nacht dauerte, desto beißender wurde die Kälte. Sie sprengte Risse in die Felswand, und mehr als einmal fielen große Brocken aus der Decke und verfehlten sie nur um Zentimeter. An den Wänden setzte sich dicker Rauhreif ab.

Barbara erwachte aus ihrem unruhigen Schlummer. Sie stand

auf und begann, in der Höhle auf und ab zu gehen. Dabei schlug sie die steifgewordenen Hände gegeneinander. Die Heizanlage des Anzuges kam gegen den Frost kaum noch an.

»Ob es Zweck hat, das Feuer zu vergrößern und den Körper des Gryb anzusengen? Wenn es die Hitze spürt . . .«

»Es würde höchstens aufwachen«, sagte Barbara und schüttelte den Kopf. »Abgesehen davon – sein Panzer brennt nicht. Hitze macht ihm nichts aus, wenigstens keine gewöhnliche Hitze. Ein Gryb ist praktisch unverbrennbar.«

Jamieson hatte eine steile Falte auf der Stirn.

»Die Widerstandsfähigkeit des Monsters ist alles andere als ein Witz, aber – was noch schlimmer ist – unsere ganze Situation ist völlig sinnlos. Ich bin der einzige Mensch, der eine Lösung für das Ezwal-Problem bereithält – und ausgerechnet ich sollte umgebracht werden.«

»Hat es noch Zweck, darüber zu diskutieren, Doktor? Es ist zu spät. In wenigen Stunden wird das Gryb erwachen und über uns herfallen. Wir können es vielleicht einige Sekunden aufhalten, aber das ist auch alles.«

»Seien Sie nicht so sicher, Barbara. Vergessen Sie nicht, was ich Ihnen schon einmal sagte: Ich bewundere zwar die Stärke des Ungeheuers, aber es ist alles schon dagewesen. Auf anderen Planeten wurden ähnliche Probleme auch gelöst.«

»Sie sind verrückt! Selbst mit einem Atomstrahler ist es schwer, ein Gryb zu töten. Sein Panzer ist so stark, daß er nicht schmilzt, ehe Sie vor Angst gestorben sind. Was sollen wir schon unternehmen? Wir haben nur das Messer.«

»Geben Sie mir bitte das Messer – ich möchte es schärfen.«

Jamieson lächelte unmerklich. In ihrer Stimme glaubte er einen etwas freundlicheren Ton entdeckt zu haben.

Weitere Stunden schlichen dahin. Nun war es Jamieson, der ruhelos auf und ab schritt. Nur das Knacken der brennenden Äste unterbrach die Stille der Nacht.

Es wurde wärmer. An den Wänden schmolz das dünne Eis. Die Hitze des Feuers drückte die Kälte zurück. Jamieson konnte es deutlich spüren.

Der Boden der Höhle war mit Asche bedeckt, und die Sicht wurde durch einen feinen Rauchschleier behindert. Über ihnen war plötzlich ein schabendes Geräusch, dann ein Schnaufen. Barbara Whitman sprang entsetzt in die Höhe.

»Das Monster ist aufgewacht!« rief sie schrill. »Und es erinnert sich an uns.«

»Gut«, antwortete Jamieson voller Grimm. »Ist das nicht der Augenblick, auf den Sie so sehnsüchtig gewartet haben?«

Über das flackernde Feuer hinweg sah sie ihn düster an.

»Sie töten zu wollen, war ein unsinniger Plan, das beginne ich allmählich einzusehen.«

Ein größerer Felsbrocken sauste herab, verfehlte sie und das Feuer, verschwand zersplitternd im Hintergrund. Oben war ein schabendes Geräusch, wie vorhin. Dann – sehr nah – ein Dröhnen wie von Hammerschlägen, als das Untier begann, die restlichen Felsen beiseite zu räumen.

»Los, an die ausgewaschenen Felsen!« rief Barbara. »Wir müssen uns vor den Trümmerstücken in Sicherheit bringen. Immer verfehlen sie uns nicht. – Was haben Sie vor?«

»Ich fürchte«, gab Jamieson zurück, »ich muß das Risiko mit den fallenden Steinen auf mich nehmen. Wir haben keine Zeit mehr zu verlieren.«

Seine Hände zitterten vor Aufregung, als er begann, die Verschlüsse des ledernen Handschuhs zu lösen. Als er die Finger frei bekam, zuckte er unwillkürlich zusammen. Hastig hielt er sie über das wärmende Feuer.

»Ist *das* kalt!« sagte er erschocken. »Mindestens neunzig Grad unter Null. Ich muß auch das Messer anwärmen, sonst bleibt es mir an der Haut kleben.«

Dann zog er die Hand zurück, machte einen feinen Schnitt in die Daumenkuppe und schmierte das heraustropfende Blut auf die scharfe Schneide des Messers. Schnell hielt er die blau gewordene Hand wieder über das Feuer und streifte dann den Handschuh über. Er fühlte die zurückkehrende Wärme. Hastig nahm er dann einen brennenden Ast und schritt quer durch die Höhle auf die gegenüberliegende Wand zu. Barbara folgte ihm neugierig.

»Ah – hier!« murmelte er und bückte sich dicht neben einer deutlich sichtbaren Spalte. »Genau das, was ich suche. Von oben durch die überhängende Wand geschützt – sehr gut.« Er sah auf. »Wir kletterten nicht in die tiefer gelegene Höhle, weil diese hier fast zwanzig Meter Durchmesser hat. Das Gryb ist zehn Meter lang, nicht wahr?«

»Zehn Meter – ja. Warum?« fragte sie erstaunt.

»Dann hat es also Platz genug, sich hier unten zu bewegen, und wir haben später keine Schwierigkeit, an ihm vorbeizugehen, wenn es tot ist.«

»Tot . . .?« Ihre Stimme klang schrill. »Sie sind wahrhaftig der größte Narr, der je geboren wurde!«

Jamieson hörte sie kaum. Er befestigte den Griff des Messers in der Spalte und verkeilte ihn mit kleineren Steinen. Mit beiden Händen rüttelte er dann an der Scheide, aber das Messer saß fest.

»Fest genug, glaube ich. Es ist sehr wichtig!«

»Beeilen Sie sich, Jamieson, damit wir eine Höhle tiefer kommen! Vielleicht gibt es dort unten eine Verbindung zu einer anderen Höhle mit separatem Ausgang.«

»Leider muß ich Sie enttäuschen. Während Sie schliefen, habe ich mir die Höhlen angesehen. Zwei weitere liegen unten, aber sie haben keinen Ausgang.«

»In einer Minute ist das Gryb bei uns. Hören Sie . . .?«

»Mehr als eine Minute benötigen wir auch nicht«, gab er zurück und vergewisserte sich noch einmal, daß das Messer fest genug in der Wand saß. Dann wandte er sich um. »Los, in die nächste Etage! Es sind nur sechs Meter.«

Sie sprangen in die Tiefe. Im gleichen Augenblick ließ sich das schreckliche Untier, halb blind vor Wut und Hunger, in die obere Höhle herabfallen. Die ersterbenden Flammen des Feuers ließen die Umrisse erahnen – ein dunkler, zähnebewehrter Schlund, eine lange, dicke Zunge und schimmernde Schuppen. Mehr konnte Jamieson nicht sehen. Er fiel zu Boden und blieb einige Sekunden wie betäubt liegen. Die Geräusche in der oberen Höhle verstummten. Dann war da ein schmerzliches Stöhnen – und dann nur noch Schmatzen und Lecken.

»Was soll das bedeuten?« flüsterte Barbara, die dicht neben Jamieson auf dem Felsboden lag.

»Still! Warten Sie noch . . .«

Sie warteten. Zehn Minuten, dann eine halbe Stunde. Das Schmatzen und Stöhnen war schwächer geworden, hörte schließlich auf. Es wurde ganz still.

Jamieson richtete sich auf.

»Helfen Sie mir, Barbara. Ich möchte nachschauen, ob es schon tot ist.«

»Hören Sie!« schnappte sie wütend. »Entweder sind Sie verrückt, oder ich bin es! Was ist da oben geschehen?«

»Das Gryb hat das Blut auf der Messerschneide gerochen«, erklärte er leise. »Als es daran leckte, zerschnitt es sich die Zunge. Die Gryb lieben Blut, sagten Sie doch? Na also, es hat Blut getrunken, eine ganze Menge – aber das eigene Blut. Eine primitive Jagdmethode; sie ist auf vielen Planeten üblich.«

Barbaras Stimme hatte einen eigentümlichen Klang, als sie sagte:

»Ich schätze, es gibt nichts mehr, das uns davon abhalten könnte, ›Fünf-Städte‹ zu erreichen.«

Jamieson starrte sie an.

»Ja, nichts – außer Ihnen!«

Ohne ein weiteres Wort kletterten sie mit einiger Mühe in die obere Höhle. Sie zwängten sich an dem toten Monster vorbei, und Jamieson zog das blutige Messer aus der Wand. Barbara sah ihm gespannt zu.

»Geben Sie es mir!«

Er zögerte nur eine Sekunde, dann reichte er es ihr.

Draußen war bereits heller Tag. Die kleine Sonne stand hoch in dem blauschwarzen Himmel. Eine blutigrote Kugel sank groß und langsam dem westlichen Horizont entgegen – Carson Planet.

Der Himmel schien freundlicher geworden zu sein. Selbst die nackten Felsen wirkten lebendiger und nicht mehr so feindlich. Neue Hoffnung regte sich in Jamieson.

Aber es ist eine falsche Hoffnung, dachte er – Gott bewahre mich vor der sturen Dienstauffassung dieser Frau. Sie wird und muß mich töten, trotz allem, denn es ist ihre Aufgabe.

Dann, als der Angriff erfolgte, übertraf er seine Befürchtungen.

Aus den Augenwinkeln heraus sah er zwar das Aufblitzen des Messers und ihre hastige Armbewegung und konnte zur Seite springen, aber sie war stärker und entschlossener, als er geglaubt hatte. Das Messer erwischte ihn am Ärmel und riß ein Loch in den halbmetallischen, widerstandsfähigen Stoff. Mit einigen schnellen Sprüngen brachte er sich auf einen Felsvorsprung in Sicherheit.

»Lassen Sie das!« fauchte er sie wütend an. »Sie wissen ja nicht, was Sie tun!«

»Und ob ich das weiß!« gab sie ebenso wütend zurück. »Ich werde Sie umbringen, trotz Ihrer geschickten Zunge und Ausreden.«

Sie hob das Messer und kam auf ihn zu. Jamieson wartete ruhig. Er kannte eine gute Methode, jemand unschädlich zu machen, der nur mit einem Messer angriff – vorausgesetzt, die Methode war dem Angreifer unbekannt.

Barbara sprang plötzlich vor und streckte die freie Hand aus, um ihn zu packen. Das war es, worauf er gewartet hatte. Nur ein Amateur würde so versuchen, seinen Gegner anzugreifen. Jamieson griff nach der Hand und warf die Frau unter Aufbietung aller seiner Kräfte über sich hinweg. Ihre eigene Vorwärtsbewegung unterstützte ihn dabei. Ehe sie den harten Boden berühren und aufschlagen konnte, fing er den Sturz ab, damit sie nicht gefährlich verletzt wurde.

Sie taumelte und versuchte, das Gleichgewicht zu behalten. Jamieson sprang hinzu und hielt sie fest, damit sie nicht den Abhang hinabrollte. Gleichzeitig nahm er ihr das Messer aus der wie gelähmt herabhängenden Hand.

Sie starrte ihn mit tränenerfüllten Augen an. Jamieson stellte erleichtert fest, daß der entschlossene Ausdruck aus ihrem Gesicht verschwunden war und sie wieder wie eine Frau aussah, nicht wie eine besessene Mörderin. Er war selbst verheiratet und kannte das andere Geschlecht. So wußte er, daß Barbara besiegt war. Von ihr drohte ihm keine Gefahr mehr.

Während des nun folgenden Marsches beobachtete er ununterbrochen den Himmel.

Erst am späten Nachmittag entdeckte er das, wonach er suchte – einen winzigen, schimmernden Fleck über den Bergen. Er bewegte sich schnell auf sie zu und entpuppte sich als kleines Flugzeug.

Es zog einige Kreise und landete dann in der Nähe. Mit Erleichterung erkannte Jamieson Männer der Schiffsbesatzung, die ihn nach hier gebracht hatten. Ein Offizier stand in der geöffneten Luke.

»Wir haben Sie die ganze Nacht gesucht, Sir.«

»Wir hatten einen Unfall«, sagte Jamieson ruhig.

Wenige Minuten später saßen sie in der warmen Kabine und flogen den Bequemlichkeiten der Zivilisation entgegen.

An Bord des großen Schiffes angelangt, fand Jamieson Gelegenheit, sich in aller Ruhe seine Gegenmaßnahmen zu überlegen. Er mußte auf den Mordanschlag reagieren, denn es gab zwei wichtige Punkte, die er zu beachten hatte. Die Offiziere auf Carsons Planet waren zu wütend, um Nachsicht zu begreifen; sie würden sie als Schwäche auslegen. Und wenn er sie bestrafte, würden sie sich ins Unrecht gesetzt fühlen.

Er entschied sich, nichts zu unternehmen. Er wollte nicht einmal etwas erwähnen; auch nicht in seinem Bericht. Das Abenteuer sollte lediglich der Bereicherung seiner persönlichen Erfahrungen dienen, nicht mehr. Bitterkeit stieg in ihm auf. Nicht nur die Rull waren die größten Feinde der Menschheit, sondern auch oft die Menschen selbst. Barbara Whitman mochte einen Teil dieser Wahrheit erkannt haben und würde ihm unbewußt helfen, sie zu verbreiten.

Später, auf dem Flug zur Erde, schickte er einen Funkspruch und fragte an, ob Kommandant McLennan bereits mit den beiden Ezwal dort eingetroffen sei. Die Antwort lautete kurz und lakonisch: »Noch nicht.«

Zwei Wochen später, einen Tag vor der Landung auf der Erde, erreichte ihn die zweite Nachricht. Sie lautete:

»McLennans Schiff außer Kontrolle. Wird im Norden Kanadas oder Alaskas abstürzen. Die Ezwal werden sterben. Keine Informationen über Defekt und Personal des Schiffes.«

»Lieber Gott!« stöhnte Jamieson und ließ den Zettel mit der Funknachricht achtlos auf den Boden der Kabine flattern.

8

Kommandant McLennans Gesicht wandte sich den beiden Offizieren zu.

»Völlig außer Kontrolle«, sagte er heiser. »Wir werden in fünfzehn Minuten aufschlagen. In Alaska etwa. Keine Hoffnung mehr. Wir haben versucht, den Schaden zu finden, aber vergeblich.« Er streckte sich, und seine Stimme wurde wieder befehlsgewohnt. »Carling, sorgen Sie dafür, daß die Leute in die Rettungsboote gehen und benachrichtigen Sie den Militärstützpunkt auf den Aleuuten. Sagen Sie ihnen auch, daß wir zwei Ezwal an Bord haben, die den Aufschlag vielleicht überleben. Die Antigravfelder arbeiten noch und werden den Fall etwas bremsen. Sie sollen das Schiff mit Radar verfolgen und uns sofort mitteilen, wo es aufschlägt. Wir müssen das so schnell wie möglich wissen. Wenn die beiden Monster leben und ausbrechen, ist kein Mensch auf dem Festland vor ihnen sicher. Verstanden?«

»Verstanden, Sir!« nickte Carling und verschwand.

»Noch etwas!« rief McLennan hinter ihm her. »Die Ezwal dürfen nicht getötet werden, solange sie sich im Schiff aufhalten. Die Regierung benötigt sie lebendig. Niemand betritt das Wrack, ehe ich nicht dort bin. Das ist alles. – Brenson?«

Der junge Offizier nahm Haltung an.

»Sir?«

»Nehmen Sie ein Dutzend Leute und sorgen Sie dafür, daß alle Luken und Schotten abgedichtet sind. Das wird die Tiere davon abhalten, sofort auszubrechen. Wenn sie auch den Sturz vielleicht überleben, so werden sie den ersten Schock bald überwunden haben. Aber dann nichts wie in die Rettungsboote. In höchstens fünf Minuten ist es zu spät dazu.«

Brenson wurde noch blasser.

»Verstanden, Sir.«

McLennan hatte noch einige wichtige Dinge zu erledigen – Papiere sicherstellen und anderes. Dann erschien er bei den Rettungsbooten. Das Vorbeistreichen erster Luftfetzen war schon deutlich zu hören. Carling salutierte nervös.

»Alle Mann an Bord der Boote, Sir. Alle – außer Brenson.«

»Verdammter Kerl! Was macht er denn so lange? Und was ist mit den Männern, die bei ihm sind?«

»Er muß allein sein, Sir. Alle Männer sind hier.«

»Allein? Zum Teufel! Warum das? Warten Sie, ich werde versuchen, ihn zu finden.«

»Verzeihen Sie, Sir . . .« Carlings Gesicht verzerrte sich. »Es ist keine Zeit mehr. Wenn wir nicht innerhalb der nächsten zwei Minuten starten, reißt uns der Sog mit in die Tiefe. Außerdem – mir scheint, Sie wußten nicht alles über Brenson. Ich fürchte, Sie haben den falschen Mann geschickt.«

McLennan starrte Carling an.

»Was ist mit Brenson los?«

»Sein älterer Bruder war auf Carsons Planet stationiert, Sir. Er wurde von einem Ezwal in Stücke gerissen . . .«

Der junge Ezwal hörte, wie seine Mutter ärgerlich schnaubte. Dann kam ihr Gedanke, stark und drängend: »Krieche unter mich, schnell! Der Zweibeiner kommt, uns zu töten!«

Wie ein Strich schnellte der junge Ezwal aus seiner Ecke hoch und schoß unter den Leib seiner Mutter – fünfhundert Pfund schwer und ein dunkelblaues Monster. Die messerscharfen Krallen kratzten metallisch über den Stahlboden, ehe er sich in die warme Bauchhöhle der Mutter verkroch. Mit seinen sechs Händen hielt er sich an der festen Haut fest. Keine noch so schnelle und unerwartete Bewegung würde ihn jetzt von der Mutter trennen können. Hier zwischen ihren starken Muskeln war er sicher vor allen Gefahren.

Ihr Gedanke kam wieder:

»Vergiß die Dinge niemals, die ich dich gelehrt habe. Es ist die einzige Hoffnung unserer Rasse, daß die Menschen uns für dumme Tiere halten. Wenn sie von unserer Intelligenz ahnen, sind wir verloren. Es gibt jemand, der Verdacht geschöpft hat. Wenn dieser Verdacht weiterlebt, sind wir verloren.«

Ihre Gedanken wurden hastiger. »Deine größte Schwäche ist deine Jugend, denn du liebst das Leben noch zu sehr. Du wirst erst lernen müssen, bei richtiger Gelegenheit zu sterben, wenn du deiner Rasse damit dienen kannst.«

Dann wurde sie ruhiger. Der junge Ezwal verfolgte die Gedanken seiner Mutter und klammerte sich an sie, genauso wie er sich an ihren Körper klammerte. Durch die dicken Stahlstäbe des Käfigs hindurch sah er die Gestalt eines Mannes näher kommen. Und er *sah* die Gedanken des Mannes.

»Ihr verfluchten Ungeheuer! Niemals mehr werdet ihr einen Menschen zerfleischen!«

Die Hand des Mannes bewegte sich. Ein Klicken ertönte, als er den Lauf der Waffe durch die Stäbe schob. Dann schoß weißes Feuer aus der schwarzen Mündung. Die Gedankenverbindung zwischen Kind und Mutter erlosch. In den Ohren des jungen Ezwal dröhnte und zischte es, dann roch er verbranntes Fleisch. Aber seine Mutter gab nicht auf. Mit aller Kraft rannte sie gegen das Stahlgitter und gegen den gleißenden Energiestrahl.

Letzterer erlosch jäh. Der Mann zog sich einige Schritte zurück.

»Gut!« schrie er wütend. »Dann erledige ich euch eben von hier aus!«

Die Mutter fühlte sicherlich furchtbare Schmerzen, aber sie vermied es, auch nur daran zu denken. Ihre Gedanken waren nur bösartig und voller Drohung, und keine Sekunde blieb sie am selben Fleck. Sie raste in dem weiten Käfig hin und her und versuchte, den Energiestrahlen der Pistole zu entrinnen, aber sie konnte nicht vermeiden, daß sie getroffen wurde. Schließlich war es soweit. Der junge Ezwal wußte, daß es mit seiner Mutter zu Ende ging. Aber mit dieser Gewißheit erfuhr er auch gleichzeitig, daß seine Mutter nicht grundlos dafür gesorgt hatte, daß der Mann zurückweichen und aus dem Hintergrund schießen mußte. Die Strahlen seiner Waffe hatten die Stahlstäbe erhitzt. An einigen Stellen glühten sie bereits.

Aber nun war nicht nur das Zischen der Energiepistole zu hören, sondern ein anderer Laut gesellte sich hinzu – das ständig stärker werdende Pfeifen vorbeistreichender Luft an der äußeren Hülle des stürzenden Schiffes.

»Himmel!« kamen die Gedanken des Menschen, deutlich und voller Verzweiflung. »Wollen diese verfluchten Biester denn nicht sterben? Ich muß fort! Wir haben schon die Atmosphäre erreicht. Wo mag das Junge stecken? Ich habe es noch nicht gesehen . . .«

Der Gedanke brach jäh ab, als die fünfundsechzig Zentner Lebendgewicht gegen das Stahlgitter prallten. Dort, wo die Stäbe noch glühten, bogen sie sich durch.

Ein gellender Schrei drang durch die darauffolgende Stille.

Der Mann stand da, unfähig, sich zu rühren. Die Waffe entglitt den plötzlich schlaffen Fingern und polterte auf den Stahlboden. Dann drehte er sich um und rannte davon. Er stolperte über die erste Sprosse der Leiter, die nach oben führte, ehe er mit letzter Kraft daran emporzusteigen begann.

Der junge Ezwal spürte die letzten Anstrengungen der Mutter, als sie vorschnellte und den Mann mit einem einzigen Hieb ihrer Pranke niederschlug. Der aufgellende Schrei verstummte jäh. Das Schweigen vermischte sich mit der Dunkelheit.

Dunkelheit!

Als der mächtige Körper der Mutter über ihm zusammenbrach, wurde dem jungen Ezwal die wahre Bedeutung dieses Wortes bewußt. Der Tod der Mutter war ein doppelter Verlust. Er verlor nicht nur den starken, schützenden Körper, sondern auch ihren nimmermüden, tapferen Geist, der ihm in allen Lagen beigestanden hatte. Er hatte diese Dinge bisher immer für selbstverständlich genommen und war abhängig von ihnen geworden. Ganz besonders während der Zeit ihrer Gefangenschaft. Jetzt war er allein, und das Leben wurde zur Last. Wie gut wäre es, jetzt sterben zu können.

Apathisch rollte er sich unter dem toten Körper zusammen, als er zwei merkwürdige Beobachtungen machte. Er schien leichter geworden zu sein, und auch das Gewicht der toten Mutter drückte nicht mehr so wie vorhin. Und zweitens war das grelle Pfeifen lauter und intensiver geworden. Das Schiff stürzte.

Er handelte instinktiv, als er sich von der reglosen Masse befreite und ins Freie kroch. Aber der Metallboden sackte unter ihm hinweg, während das laute Pfeifen zu einem schrillen Kreischen wurde. Auch war der Boden hart, und er sehnte sich zurück nach dem weichen, warmen Körper der Mutter.

Er sprang mit einem Satz auf ihren Rücken und klammerte sich dort fest.

Dann endeten Licht, Dunkelheit und das gräßliche Kreischen in dem unvorstellbaren Getöse des Aufschlags.

9

Als er wieder zu sich kam, verspürte er Schmerz. Am liebsten wäre der Ezwal wieder ohnmächtig geworden, aber etwas hinderte ihn daran. Gedanken! Ein Durcheinander fremder Gedanken, die von den Zweibeinern stammten. *Gefahr!*

Er lag auf kaltem Metallboden. Er mußte vom Körper seiner Mutter gerollt sein, als ihr Fleisch den Aufschlag für ihn gemildert hatte. Über ihm war das Schiff auseinandergebrochen. Durch die Risse hindurch konnte er einen dämmerigen Himmel erkennen. In der einen Wand seines Käfigs klafften mehrere Löcher. Ein kalter Wind drang durch sie herein. Dahinter war die Oberfläche der Erde, seltsam weiß und eben. Gegen den weißen Hintergrund bewegten sich dunkle Gestalten.

Ein Licht blendete auf, glitt suchend durch den Käfig und blieb auf dem Körper der Mutter hängen. Der Ezwal handelte wieder rein instinktiv, als er den Lichtstrahl geschickt vermied und von der anderen Seite unter die tote Mutter kroch. Er krallte sich fest in die harten Bauchfalten.

Heiser hallten die Wortfetzen der Männer durch die verbogenen und zerrissenen Schiffsteile. Sie bedeuteten dem Ezwal nichts, aber er konnte die Bedeutung dahinter gut in den Gedanken der Zweibeiner lesen.

»Alles in Ordnung, Kommandant. Es ist tot.«

Fußtritte näherten sich über Metall.

»Was soll das heißen – *es* ist tot? Sie meinen, die Alte ist tot! Geben Sie mir das Licht!«

»Sie glauben doch wohl nicht, das Kleine könnte . . .«

»Sie nehmen seinen Tod zu selbstverständlich – außerdem ist es nicht so klein. Fünf Zentner, guter Mann! Und ich würde lieber einem ausgewachsenen Tiger begegnen, glauben Sie mir.« Der Lichtstrahl begann zu wandern. »Ich kann nur hoffen, daß es nicht entkommen ist. He, Carling! Gehen Sie mit zwanzig Mann rund um das Wrack und stellen Sie Scheinwerfer auf. Überprüfen Sie den Schnee nach Fußspuren, bevor er zertrampelt wird. Ja, was ist, Daniels?«

Eine Welle von Angst und Schreck ging von dem Gehirn des Mannes aus, als er antwortete:

»Ich habe Brenson gefunden, Sir. Hier, bei der Leiter.«

Weitere Gedankenimpulse gesellten sich zu dem ersten, aber sie strahlten unterschiedliche Reaktionen aus. Der Haß veranlaßte den Ezwal, sich tiefer in die Falten der Mutter zu verkriechen.

»Verdammt!« kam ein starker Impuls synchron mit der lauten Stimme. »Seht euch das große Biest an! Es ist nicht allein durch den Aufschlag getötet worden. Die eine Seite ist versengt, seht ihr? Und die Gitterstäbe sind halb durchgeschmolzen. Brenson ist selbst schuld, wenn er starb. Und der junge Ezwal – ich bin sicher, er wurde unter dem Körper des großen zerdrückt. Immerhin . . .« Pause. »He, Parker!«

»Hier, Sir?« Der Ezwal nahm die Antwort nicht direkt auf, sondern erfuhr sie erst durch das Gehirn des Kommandanten. Das bedeutete, daß der Sprecher durch ein mechanisches Hilfsgerät mit dem Vorgesetzten sprach, und zwar aus einiger Entfernung. Der Ezwal wußte, daß solche Dinge durchaus möglich waren. »Kommen Sie mit dem Rettungsboot hierher. Halten Sie über dem breiten Riß und versuchen Sie, eine Kabelschlinge um ein Bein des Tieres zu werfen. Dann ziehen Sie es hoch. Können Sie von dort aus Spuren entdecken?«

»Nein, Sir.«

»Dann besteht die Möglichkeit, daß es unter der Mutter liegt. Tot oder lebendig, ich weiß es nicht. Ihre Leute sollen sich bereitmachen. Wenn es sich erhebt und hinauskommt, dann schießt! Tötet es!«

Der Ezwal schob die aufkeimende Furcht beiseite und überdachte seine Chancen. In den Gedanken der Zweibeiner sah er Bäume und Büsche, aber auch eine weite, weiße Ebene. Die Büsche bedeuteten Versteck. Das Weiß auf der Ebene aber hatte etwas mit Nässe zu tun, und mit verräterischen Spuren. Draußen wurde es jetzt schnell dunkel. Vielleicht half ihm das.

Vorsichtig schob er einige Bauchfalten der Mutter zur Seite, um etwas zu sehen. Seine Hoffnung sank. Mehr als fünfzig bewaffnete Männer standen vor den Lecks. Mächtige Scheinwerfer erhellten das Gelände fast taghell. Eine tödliche Falle, erkannte der Ezwal. Aus ihr gab es kein Entrinnen. Er senkte den Kopf, damit das Glitzern seiner drei Augen ihn nicht verriet. Seine Mutter hatte ihn gelehrt, daß seine Augen im Dunkeln leuchteten, wenn man eine Beute beschlich – daheim auf der Heimatwelt, die nun undenkbar weit entfernt war.

Plötzlich bewegte sich die Mutter über ihm.

Für eine Sekunde glaubte er, das Leben sei in sie zurückgekehrt, aber dann erkannte er die Wahrheit. Sie zogen sie in die Höhe. Geblendet schloß er die Augen, als es hell wurde. Aber dann war es sofort wieder dunkel, und das Gewicht der Mutter hätte ihn fast zerquetscht. Sie mußte aus der Schlinge gerutscht und wieder auf ihn herabgefallen sein.

»Parker!« rief der Kommandant ungeduldig. »Gehen Sie näher heran, Mann! So ist es besser – ja. Versuchen Sie es jetzt noch einmal.«

Der Körper der Mutter hob sich erneut an. Diesmal rutschte er nicht aus der Schlinge. Der Ezwal klammerte sich fest, um nicht abzufallen. Jeden Augenblick würden ihn die Männer sehen, seinen Körper von dem der Mutter unterscheiden können. Und dann würden sie das tötende Feuer schicken.

Als er daran dachte, erinnerte er sich der Lehren seiner Mutter. Auch sie hatte den sicheren Tod vor Augen gehabt, als sie durch das Stahlgitter brach, um ihren Mörder mit letzter Kraft zu vernichten. Und diese fünfzig Männer dort waren durch keine schützenden Gitter von ihm getrennt. Wenn er schnell genug handelte ...

Alle Furcht verschwand, als er sich zu dem furchtbaren Entschluß aufraffte.

Nur noch wenige Sekunden konnte es dauern, bis sie ihn sahen. Er holte tief Luft, stemmte die Hinterfüße gegen den Leib der Mutter, spannte seinen Körper – und sprang.

Die nächste Gruppe stand kaum dreißig Meter entfernt. Ihre panischen Gedanken erreichten sein Gehirn mit derartiger Intensität, daß es fast schmerzhaft wirkte. Dann folgte die unmißverständliche Absicht: »Tötet es! Tötet es! Genau vor ihm waren drei Männer, die ihre Waffen auf ihn richteten, die Finger am Abzug. Rundherum standen noch mehr als ein Dutzend.

Er landete, von den Lichtern halb geblendet, auf dem Deck des Schiffes, rutschte aus und geriet mit den Beinen in eine Spalte. Ehe die Wucht seine Knochen brechen konnte, sprang er hoch und kam wieder frei. Aber er rollte ein Stück zur Seite und fiel in eine Mulde, die durch den harten Zusammenstoß beim Absturz im Schiff entstanden war.

Der Zufall hatte ihm das Leben gerettet – für wenige Sekunden. Noch während er in die Mulde fiel, krachten über ihm die Energiestrahlen und kreuzten sich in der Luft.

An einer Seite der Mulde war eine dunkle Öffnung, unregelmäßig und ausgezackt. Er hätte sich hindurchzwängen können, aber er entschied sich dagegen. Sie würde weiter ins Schiff hineinführen, von wo aus es keinen Ausweg mehr gab. Eine tödliche Falle.

Jeden Augenblick konnten oben am Rand die Gesichter der Männer auftauchen. Er schätzte die Richtung, aus der sie kommen würden – und sprang hoch. Wie ein Pfeil schnellte er aus der Mulde und landete nur einen Meter vor einem Zweibeiner, der blitzschnell seine Waffe hob – aber nicht schnell genug. Der Ezwal schlug zu. Harmlos schoß der Energiestrahl in den dunklen Abendhimmel hinauf.

Ohne Zögern stürzte sich der Ezwal auf die beiden anderen Männer, die hinter seinem ersten Opfer standen. Sie hatten nicht zu feuern gewagt, um ihren Kameraden nicht zu gefährden; nun war es zu spät. Mit zwei Prankenschlägen streckte er sie nieder und widerstand nur ungern dem Impuls, seine Fangzähne in ihre zuckenden Leiber zu schlagen. Nur sieben Meter weiter hatte er eine weitere Lücke in der Hülle des Schiffes entdeckt. Mit zwei Sätzen war er hindurch. Gleichzeitig fast bohrten sich grelle Energiestrahlen in den Schnee vor ihm.

Schnee!

Sein Triumphgefühl kühlte sich merklich ab, als seine Füße von dem feuchten, klebrigen Stoff behindert wurden. Er konnte nur halb so schnell laufen, wie er es gewohnt war.

Sekunden nach dieser Feststellung blendete ein großer Scheinwerfer beim Schiff auf und warf seinen vergrößerten Schatten vor ihn auf das Schneetuch. Aber nicht nur er wurde angeleuchtet, sondern auch ein buckliger Felsbrocken, nicht weit von ihm entfernt. Mit einem Riesensatz erreichte er ihn und suchte dahinter Deckung. Gleichzeitig fast zerspritzte ein besonders großer Energiestrahl auf dem Brocken und sprengte ihn in viele Einzelstücke. Der Strahl suchte weiter und versengte ihm fast den Rücken, als er sich in den flachen Graben duckte, der hinter dem Felsen begann. Er lief, aber der Schnee mußte hier zusammengeweht worden sein und war besonders tief. Nach wenigen Schritten huschte er hinauf auf den niedrigeren und dem Schiff abgewandten Grabenrand und setzte seine Flucht fort.

Zweimal mußte er wieder in den Graben, als die Scheinwerfer in seine Richtung vordrangen, aber sie fanden ihn nicht. Doch dann, als er sich einmal umdrehte, brachen seine erwachten Hoffnungen jäh wieder zusammen. Das kleinere Rettungsboot folgte ihm und flog dabei genau über dem Graben, mit einer Geschwindigkeit, die er längst nicht erreichen konnte. An der breiten Unterseite strahlten Scheinwerfer und leuchteten das Gelände aus. Es würde unmöglich sein, ihnen zu entrinnen. Die einzige Deckung bot eine Gruppe von Bäumen, die aber noch zu weit entfernt war. Das Schiff würde in wenigen Sekunden über ihm sein.

Zehn Meter rechts lagen einige Felsbrocken, halb vom Schnee begraben. Er nahm alle Kraft zusammen und sprang in ihre Richtung. So hinterließ er keine Spuren. Er landete genau mitten zwischen ihnen, zog die Füße ein und verbarg den Kopf unter der Brust. Dabei wölbte er den Rücken nach außen – und verhielt sich still.

Er konnte die Lichter des kleinen Schiffes nicht sehen, als es dicht über ihn dahinglitt, aber die Gedanken der Männer darin zeigten ihm, daß sie ihn nicht entdeckt hatten. Der Pilot stand mit dem zurückgebliebenen Kommandanten in Funkverbindung.

»Er kann nicht weit gekommen sein, Sir, aber ich kann nicht die geringste Spur entdecken.«

»Sind Sie sicher, daß er nicht nach rechts oder links ausgewichen ist?«

»Ja, Sir. Der Schnee ist dort tief, und er hätte Spuren hinterlassen. An keiner Stelle könnte er sich verbergen. Warten Sie einen Augenblick, Sir. Weiter voraus ist eine Baumgruppe. Ich weiß allerdings nicht, ob unsere Scheinwerfer stark genug sind, bis zum Boden durchzudringen . . .«

»Dann landen Sie und durchsuchen den Wald. Aber seien Sie vorsichtig. Wir haben bereits genug Ausfälle.«

Der Ezwal entspannte sich, ohne seine Stellung zu verändern. Seine Körperwärme schmolz eine Mulde in den Schnee. Die eingezogenen Beine wurden lahm. Sie lagen in eisigem Schmelzwasser. Auf seiner Heimatwelt gab es auch Wasser, aber es war niemals gefroren und immer warm. Der Ezwal sehnte sich nach seiner Heimat wie nie zuvor.

Plötzlich drangen die Gedanken der Zweibeiner wieder bis zu ihm vor. Er wurde aufmerksam. Und fluchtbereit. Sie kehrten zu ihrem Schiff zurück, das neben der Baumgruppe gelandet war.

»Hier ist er nicht, Sir. Wir haben jeden Quadratmeter abgesucht.«

Nach einer kurzen Pause kam die Antwort:

»Es ist gut, Parker. Ziehen Sie in geringer Höhe einige Kreise und achten Sie auf alle Stellen, wo er sich verbergen könnte. Nehmen Sie inzwischen außerdem Verbindung mit dem anderen Schiff auf. Es wird mit den Verwundeten an Bord auf dem Weg zum Hospital sein. Sie sollen zurückkehren und die Spürhunde mitbringen. Der Superintendant meint, zehn Stück stünden zur Verfügung. Mit ihrer Hilfe werden wir das Monster aufspüren.«

Der junge Ezwal beobachtete, wie das kleine Schiff startete und langsam an Höhe gewann. Als es weit genug entfernt war, sprang er mit einem Satz in den Graben zurück und raste geduckt in das Wäldchen, wo er unter dichtem Unterholz ein Versteck fand. Im Augenblick war er hier sicher.

Schon fünf Minuten später bereits stand er am Rand eines weiten Tals, das sich in weitem Bogen durch die gebirgige Landschaft zog. Es gab viel Bäume und Buschinseln, dazwischen schneebedeckte Hügel und Felsen, auf die das silberne Licht des Vollmondes fiel. Links pulsierte ein schwaches, fernes Licht. Er wußte nicht, was es bedeutete, aber sicherlich stammte es von einer menschlichen Ansiedlung. Die Richtung würde er also nicht nehmen.

Mit schnellen Schritten lief er hinab ins Tal. Der Schnee war hier fester. Auch kam er schneller voran. Die Zweibeiner würden ihm nicht mehr mit Flugzeugen folgen können, sondern waren auf den Spürsinn ihrer Hunde angewiesen – und damit auch auf ihre

Geschwindigkeit. Genau wußte er nicht, wie Hunde aussahen. Er hatte ihr Bild nur undeutlich in den Gedanken des Kommandanten sehen können. Sie waren kleiner als die Menschen und weniger intelligent. Aber sie hatten einen Geruchssinn, der dem seinen nicht nachstand.

10

Erst als es dämmerte und graues Tageslicht den Schnee erhellte, entschloß sich der junge Ezwal zu einer Rast. Er wählte eine Spalte unter einem überhängenden Felsen, frei von Schnee, und den bitterkalten Winden nicht zugänglich. Während der langen Nacht hatte er die ihm ungewohnte Kälte durch ständige Bewegung bekämpft, die das warme Blut in alle Teile seines Körpers schickte. Er zog die Beine ein und wartete, bis der Stein, auf dem er lag, sich erwärmte. Dann erst wagte er es, ein wenig zu schlafen.

Er erwachte von einem Gedankenstrom, den sein Gehirn auffing. Er war voller Furcht, Neugier, und schien nicht von einem besonders hochstehenden Intellekt auszugehen. Es dauerte nur wenige Sekunden, dann begriff der Ezwal, daß die Gedanken nicht ihm galten. Er öffnete die Augen.

Ein kleines Tier hockte in geringer Entfernung im Tal und knabberte an einem Büschel Gras, den es mit den Pfoten freigelegt hatte. Dabei blickte es sich ständig um und dachte an Hunger und drohende Gefahren.

Hunger . . .?

Der Ezwal studierte das Tier und begann zu überlegen, wie er es fangen und töten könne. Zwischen ihm und der Beute lag eine nicht geringe Entfernung und sehr viel Schnee. Sein erster Sprung mußte ihn so weit wie möglich hinaustragen. Vorsichtig begann er, mit den Hinterfüßen zwei Höhlen zu bohren, die ihm Halt geben sollten . . .

Das Fleisch war genießbar, mehr auch nicht. Er schluckte hastig, um den faden Geschmack so schnell wie möglich loszuwerden, und wischte sich dann mit dem feuchten Schnee den Mund ab. Da hörte er ein Geräusch – das Bellen von Hunden.

Es war noch weit weg, aber er fing die Gedanken der Menschen auf. Also Bluthunde – auf seiner Spur. Sie waren auf der Jagd nach ihm.

Er eilte auf eine kleine Anhöhe und richtete sich auf, um einen besseren Überblick zu erhalten. Schon in der Ferne erkannte er seine eigenen Fußstapfen, die in gerader Linie zu seinem Versteck führten. Von einer Sekunde zur anderen sanken Hoffnung und Zuversicht in Nichts zusammen. Sie würden ihn finden.

Schon wollte er kopflos davonrennen, als ein dunkler Schatten über den Schnee huschte.

Der Ezwal erstarrte. Ein Flugzeug strich dicht über die Talsohle dahin, landete keinen halben Kilometer entfernt und blieb stehen. Ein Ausstieg öffnete sich – und fünf Hunde sprangen in den Schnee hinab, um sich sofort mit wütendem Bellen in alle Richtungen zu wenden. Einer fand die Spur des Ezwal und gab Laut. Keine Minute später rasten alle fünf Tiere genau auf sein Versteck zu.

Der Ezwal folgte nicht seinem ersten Impuls, einfach in entgegengesetzter Richtung davonzulaufen, sondern folgte dem überhängenden Felsen bergauf, in westlicher Richtung. Es war ein unbequemer Weg. Wo kein Schnee lag, behinderten Steine und Geröll die Flucht. Dabei hatte er stets das Gefühl, die Hunde könnten ihn zu früh einholen oder die Menschen fänden ihn mit einem Flugzeug und würden ihn aus sicherer Höhe herab erschießen. Auch stellte er sich vor, daß ein anderes Schiff neue Hunde bringen und *vor* ihm absetzen würde.

Er verließ den Felsen und glitt in eine enge Schlucht hinein, um bald darauf erneut die Richtung zu ändern und über glatte Felsplateaus zu wechseln. Er vermied den einfachsten Weg und sorgte dafür, daß er möglichst wenig Spuren hinterließ. Viel später wurde das Bellen der verfolgenden Hunde leiser, aber es hörte erst dann auf, als die Sonne rot zwischen den Gipfeln der Berge versank. Da wußte der Ezwal, daß er es für heute geschafft hatte.

Darauf hatte er gewartet. Mit einem riesenhaften Sprung schnellte er in die Höhe, rechtwinklig zu seinem bisherigen Kurs, und begann, in die Richtung zurückzulaufen, aus der er gekommen war.

Er fand ein mit Büschen bedecktes Plateau hoch über dem breiten Tal, von wo aus er eine gute Übersicht hatte. Zwei Flugboote standen dicht beieinander. Menschen bewegten sich, und die Hunde wurden gefüttert. Ein Lagerfeuer flackerte und verriet die Absicht aller, die Nacht hier zu verbringen.

Der Ezwal wartete nicht auf die Bestätigung seiner Vermutung, sondern glitt, von Deckung zu Deckung, in das Tal hinab. Er achtete darauf, den Wind gegen sich zu haben, um nicht entdeckt zu werden. So erreichte er den Gipfel des Hügels über dem Lager.

Mit glühenden Augen sah er auf zehn Hunde hinab. Sie lagen angekettet im Schnee und schliefen. Ein furchtbarer Geruch ging von ihnen aus. Einzeln mochten sie ungefährlich sein, aber wenn sie im Rudel angriffen, waren sie nicht zu unterschätzen. Wenn es ihm gelang, überlegte der Ezwal, sie zu töten, mußten die Menschen Ersatz herbeischaffen, und er würde Gelegenheit erhalten, sich in Sicherheit zu bringen. Die Berge und Wälder waren nicht mehr weit.

Aber er mußte schnell handeln, ehe die Männer Gelegenheit fanden, aus ihren Schiffen zu kommen und auf ihn zu schießen.

Der erste Hund sah ihn. Er empfing seinen alarmierenden Gedanken, hörte das warnende Gebell – und dann erloschen die Gedanken jäh, als er das Tier mit einem Prankenhieb niederstreckte. Er wirbelte herum und erledigte auch den zweiten Angreifer, der ihn von hinten angehen wollte. Dann sprangen die restlichen acht Hunde zugleich.

Der Ezwal zerbiß dem ersten das Genick und schmeckte salziges Blut. Dann schleuderte er den Kadaver von sich; die Wucht war so groß, daß die Kette zerriß. Schon wollte er sich umwenden, da stockte er. Die Hunde waren zurückgewichen und knurrten. In ihren Gedanken erkannte er Furcht und Grauen. Er brauchte sie nicht mehr zu töten, denn sie würden ihn nie mehr angreifen.

Aber er mußte sich vergewissern. Irgendwo riefen menschliche Stimmen. Er kümmerte sich nicht darum, sondern erforschte die Gedanken der Hunde. Nein, es gab keinen Zweifel. Sie fürchteten ihn. Dieses Rudel würde nicht einmal mehr seiner Spur folgen, und wenn man sie schlüge.

Das Licht eines Scheinwerfers traf voll sein Gesicht. Er wandte sich um und lief in die Nacht hinaus. Der Mann, der den Scheinwerfer bediente, war nicht geschickt genug. Der Ezwal entkam hinter einem Hügel, während über ihn die ersten Energiestrahlen hinwegzischten.

In dieser Nacht schlief er gut und machte sich am anderen Morgen gestärkt und voller Zuversicht auf den Weg. Es war später Nachmittag, als er das Bellen von Hunden hörte. Zuerst erschrak er, denn er hatte sich zu sehr in Sicherheit gewiegt, aber dann erkannte er, daß er noch einen Weg vor sich hatte. Es mußte ihm gelingen, in dieser öden Gegend ein Versteck zu finden.

Er lief weiter. Müde war er, aber nicht nur physisch. Sein Wille, den Menschen zu entkommen und frei zu leben, war schwächer geworden. Ernste Zweifel stiegen in ihm auf, ob er es schaffen würde, auch diese neuen Hunde abzuschrecken. Als es dunkel wurde, versuchte er es. Schon aus großer Entfernung entdeckte sein telepathisches Gehirn den erwarteten Hinterhalt.

Er zog sich zurück, enttäuscht und erschrocken. Immer weiter lief er in die Nacht hinein, während der Himmel sich bewölkte und die Sterne verdunkelte. Aber die Schneedecke war hell genug, um ihm Licht zu spenden.

Es wurde kälter. Der Wind aus Norden wurde heftiger, und bald fielen die ersten Schneeflocken.

Es wurde ein ausgewachsener Blizzard, der an den Kräften des Ezwal zehrte. Aber er gab ihm auch neue Hoffnung, denn er wußte, daß seine Spur nun verwischt wurde und niemand wissen konnte, welche Richtung er eingeschlagen hatte.

Erst gegen Morgen flaute der Sturm ab. Der junge Ezwal war hungrig und halb verzweifelt vor Kälte, als er den dunklen Eingang einer Höhle in der Felsenwand entdeckte. Ohne lange zu überlegen, trottete er hinein und erschrak fast zu Tode, als sich im dämmerigen Hintergrund eine breite und mächtige Gestalt erhob und ihm entgegentrat.

Die Überraschung war gegenseitig. Der erschöpfte Ezwal roch die Wärme eines Tieres, und er empfing die Gedankeneindrücke des anderen: ». . . ein anderer Bär – er will in meine Höhle – es ist notwendig, daß ich meinen langen Schlaf unterbreche . . .«

Mit einem wütenden Knurren stürzte sich der schwere Kodiak-Bär auf seinen Gegner. Die Wucht des plötzlichen Anpralls ließ den Ezwal taumeln und in den Schnee fallen. Dann aber hatte er sich wieder in der Gewalt. Rücksichtslos schlug er seine Fangzähne in die Schulter des Bären, der sich auf ihn geworfen hatte.

Das Tier zog sich mit einem schmerzlichen Stöhnen zurück, griff aber sofort wieder an. Mit seinen Pranken riß es den leichteren Ezwal hoch und umarmte ihn. Pfeifend entwich die Luft aus den Lungen des Sechsbeiners. Für einen langen Augenblick glaubte der Ezwal, seine letzte Stunde habe geschlagen und der Gegner sei zu stark für ihn. Er machte den Versuch, sich dem Griff zu entwinden, um sein Heil in der schnellen Flucht zu finden, aber der Bär wollte seine Beute nicht wieder verlieren. Er schlug zu und riß eine blutige Wunde in die Seite seines Gegners.

Der Ezwal wußte, daß es keine Flucht mehr gab.

Er wartete, bis der Bär seine tödliche Umklammerung erneuerte – und entsann sich der Tatsache, daß er ja sechs, und nicht nur vier Gliedmaßen hatte. Er ließ sich Zeit und handelte langsam, aber mit einer tödlichen Zielbewußtheit. Er brachte die beiden mittleren Gliedmaßen in Position, preßte die scharfen Krallen in den weichen Bauch des Bären und zog sie nach unten.

Der Bär ließ sofort los, heulte auf und stürzte, um sich schlagend, zu Boden. Er zuckte nur noch ein paarmal – und war tot.

Der Ezwal war mit dem Besiegten gestürzt und löste sich nur zögernd aus der Umklammerung. Stolpernd schwankte er in die Höhle und sank an der Hinterwand zu Boden. Der Geruch des Bären störte ihn nicht mehr. Er leckte seine Wunden, rollte sich dann zu einem warmen Ball zusammen und schlief Sekunden später ein.

11

Er wurde durch intensiven Gedankeneinfall fremder Tiere geweckt. Die Impulse waren intensiv genug, ihn die Größe der Tiere wissen zu lassen. Sie waren mehrere, aber kleiner als der Bär.

Ihre Gedanken waren nicht friedlich, aber sie verrieten ihm auch, daß keine Menschen in der Nähe waren. Die Tiere fraßen den getöteten Bären und balgten sich um die Reste. Beruhigt schlief der Ezwal wieder ein. Solange die Wölfe in der Nähe waren, brauchte er vor den Menschen keine Furcht zu haben.

Es war immer noch Tag, als er zum zweitenmal erwachte. Die Wölfe waren bis auf vier Exemplare verschwunden. In ihren Gehirnen erkannte der Ezwal das telepathische Bild zerstreuter Knochen und zerfetzten Bärenfells. Einer der Wölfe näherte sich der Höhle und schnupperte am Eingang.

Vorsichtig richtete der Ezwal sich auf. Langsam glitt er zum Höhlenausgang und blieb stehen, als er den Wolf erblickte. Beide Tiere sahen sich in die Augen – dann wich der Wolf zurück.

Er tat es nicht aus Furcht, wie der Ezwal in seinen Gedanken lesen konnte, sondern aus gesundem Respekt. Außerdem war der Wolf satt und hatte kein Interesse daran, ein größeres Tier anzugreifen.

Der Ezwal mußte die verbliebenen Knochen des Bären beseitigen. Von der Luft aus würde man sie gut sehen können, besonders den blutdurchtränkten Schnee. Die Wölfe zogen sich knurrend zurück, als er aus der Höhle trat, aber sie griffen ihn nicht an. Sie betrachteten ihn lauernd mit blutunterlaufenen Augen und sahen zu, wie er die Knochen im Schnee eingrub und alle Spuren verwischte. Dann erst kehrte er in die Höhle zurück.

Er schlief auch die folgende Nacht durch, bis zum späten Nachmittag. Dann weckte ihn nagender Hunger. Draußen hatte es wieder zu schneien begonnen. Als der weiße Vorhang immer dichter wurde, machte sich der Ezwal wieder auf den Weg. Er hatte ein ganz bestimmtes Ziel. Vorgestern hatte er mehrmals gefrorene Flüsse überquert und unter der Eisdecke Gedankenimpulse wahrgenommen. Es würde sich vielleicht lohnen, dort nach Nahrung zu suchen.

Er schlug ein Loch in das Eis und hockte sich daneben. Die Gedanken der Wasserbewohner waren einmal sehr nah, dann wieder weiter entfernt. Mehrmals sah er blinkende Schatten, die sich blitzschnell durch das klare Naß bewegten.

Dann war er sicher. Er legte eine Pfote in das eiskalte Wasser und wartete, bis ein Fisch nahe genug herankam. Seine Bewegung kam so schnell, daß selbst der Fisch keine Möglichkeit mehr erhielt, zu entwischen. Zusammen mit einem halben Liter Wasser flog er aufs Eis. Er ließ sich leicht töten und schmeckte besser als der Hase vor einigen Tagen.

In einer Stunde fing er vier weitere Fische. Sie machten ihn nicht völlig satt, aber das ärgste Hungergefühl war verschwunden. Es dunkelte bereits, als er in die Höhle zurückkehrte.

Er bereitete sein Nachtlager und fand Zeit, seine Lage in Ruhe zu überdenken. Die vordringlichsten Probleme waren gelöst, und zwar wesentlich besser, als er zuerst geglaubt hatte. Er hatte ein sicheres Versteck gefunden, wo sie ihn nicht so schnell finden würden. Ganz in der Nähe gab es genug Nahrung, also würde er auch nicht verhungern. Er hatte alles ohne Hilfe geschafft, und seine Mutter würde stolz auf ihn sein, könnte sie ihn jetzt sehen.

Und doch war er enttäuscht. Zwar hatte er für seine eigene Sicherheit gesorgt, aber er hatte nichts unternommen, um den Tod seiner Mutter zu rächen. Wieviel Menschen mußte er dafür töten? Gab es auf diesem Planeten überhaupt genug davon, um seine Rache zu befriedigen? In dieser einsamen Gegend jedenfalls würde er kaum Opfer finden, und im Augenblick sah er keine Möglichkeit, in die dicht besiedelten Gebiete vorzudringen.

In den Gehirnen seiner Verfolger hatte er Gedankenbilder von Städten und auch kleineren Dörfern gesehen. Wenn er so etwas fände, würde er seinem Tod noch einen Sinn geben. Er konnte Hunderte von ihnen vernichten, ehe er selbst den Tod fand.

Aber noch war es zu früh. Die Jagd auf ihn war noch nicht beendet. Er würde besser daran tun, sich nicht im Freien sehen zu lassen, bis die Erregung abebbte und neue Schneefälle alle seine Spuren verwischten.

Am vierten Tag jedoch geschah etwas, das seine Pläne änderte. Er war unterwegs zum Fluß, als er mit dem linken Hinterfuß in eine Biberfalle geriet. Das Zuschnappen der Eisenzähne ließ ihn hochspringen. Fleisch und Hautfetzen wurden von seinen Knochen gerissen.

Trotz der rasenden Schmerzen gewann der Ezwal seine Ruhe und Überlegung zurück. Er kauerte sich nieder und untersuchte die Falle. Der Mechanismus war primitiv. Es fiel ihm leicht, die beiden Eisenbacken zusammenzudrücken, so daß er mit dem Fuß den Klammern auf der anderen Seite entrinnen konnte. Der Schmerz pulsierte stärker, und die Wunde blutete stark. Er mußte auf fünf Füßen humpeln, als er sich flußabwärts auf den Weg machte. Am liebsten wäre er ja zur Höhle zurückgekehrt, aber er wagte es nicht. Seine Überlegungen sagten ihm, daß der Besitzer in den nächsten Tagen seine Falle untersuchen und den Vorfall entdecken würde. Die nähere Umgebung der Höhle jedenfalls war nicht mehr sicher.

Als es dämmerte, suchte er unter einem überhängenden Felsen Schutz und rollte sich zum Schlaf zusammen. Er verschlief den ganzen Tag und machte sich am späten Nachmittag zum Fluß auf, um Fische zu fangen. Er zerschlug das dünne Eis mit einem Stein und hatte bald Erfolg.

Zwei Nächte lang wanderte er so flußabwärts.

Am dritten Tage wachte er auf, als seine Ohren das bekannte Geräusch heulender Düsen vernahmen. Aus seinem Versteck heraus beobachtete der Ezwal ein kleines Flugzeug, das dicht über der Eisdecke des Flusses dahinstrich und sich ihm näherte.

Während er sich duckte, erreichte ihn ein starker Gedankenimpuls, der offensichtlich ihm galt.

»Verlasse den Fluß! Man hat deine Fußspuren gefunden und

beginnt, dich einzukreisen. Mein Name ist Jamieson, und ich versuche, die Autorität zu erlangen, dein Leben zu retten. Vielleicht schaffe ich es nicht mehr früh genug, darum höre auf mich. Verlasse den Fluß! Man hat deine Spuren entdeckt!«

Das Flugzeug verschwand, und der Gedankenstrom versiegte, als die Entfernung zu groß wurde.

War das eine Falle, ihn ins Tageslicht zu locken? fragte sich der junge Ezwal voller Zweifel. Jedenfalls war er einem Menschen begegnet, der sein Geheimnis kannte – das Geheimnis seiner Rasse. Seine Freundschaft war für die Ezwal gefährlicher als der Tod seiner Mutter oder gar sein eigener.

Aber ohne Kampf wollte er nicht sterben. Mit einem Satz sprang er aus seinem Versteck und raste stromaufwärts. In ihm war die Erinnerung an ein felsiges Quertal, das nicht weit entfernt sein konnte.

Sein Fuß begann erneut zu schmerzen, aber bald erreichte er die beiden Täler. Er wählte jenes, das unwegsamer und wilder aussah, und begann, die steilen Abhänge zu erklettern. Er fand in einigen hundert Fuß Höhe eine Spalte, von der aus er eine gute Übersicht über den Fluß hatte.

Er konnte weder ein Flugboot noch andere Zeichen einer Verfolgung entdecken und atmete erleichtert auf. Ohne weitere Verzögerung begann er, die Hochebene zu ersteigen, um einen noch besseren Überblick zu erhalten.

Es wurde Nacht, als er immer noch lief. Er befand sich auf einer weiten, winterlichen Ebene, und hinter ihm stieg ein abnehmender Mond in den dunklen Himmel. Rechts glühten am Horizont wieder die pulsierenden Lichter, die er schon einmal auf dieser fremden Welt beobachtet hatte.

Als der Morgen graute, schmerzte sein verletzter Fuß wie am ersten Tag. Aber, was noch schlimmer war, vor ihm erstreckte sich eine wilde Küstenlandschaft mit vereinzelten Siedlungen. Und dahinter lag endlos ein grauer Ozean.

Der Ezwal hielt an und sah sich um. In gewisser Beziehung war dies genau der Ort, nach dem er so lange gesucht hatte. Hier lebten Menschen, an denen er sein Rachewerk beginnen konnte – aber nicht, solange die Verfolger nahe waren, und auf keinen Fall, solange sein schmerzender Fuß ihn in seinen Bewegungen behinderte. Er würde also die Ansiedlungen rechts oder links umgehen, um in aller Ruhe . . .

Über einer Baumgruppe tauchte ein kleines Flugzeug auf und war über ihm, ehe er eine Bewegung machen konnte. Dann erst begann er zu laufen, aber das Flugzeug folgte ihm, machte jeden Haken mit und blieb immer dicht über ihm. Die Gedanken des Piloten erreichten sein Gehirn klar und deutlich:

»Ich will dir nichts antun! Wenn ich es wollte, wärest du längst tot! Gib die Flucht auf, oder man sieht dich. Man hat schon entdeckt, daß du hier in der Gegend sein mußt, daher fand ich dich. Der Landstrich wurde alarmiert, und man hat bereits mit der Suche begonnen. Bleibe stehen, oder du bist verloren!«

Ein Gefühl der Hilflosigkeit ergriff von dem Ezwal Besitz. Er schwankte zwischen dem Begehren, die Warnung des Fremden zu beachten, und zwischen dem heißen Wunsch, seinen hartnäckigen Verfolger loszuwerden. Aber noch keine Minute später wurde ihm jegliche Entscheidung abgenommen. Vor sich erblickte er eine Gruppe von Häusern und änderte die Richtung, um genau auf ein tief fliegendes Flugboot zuzurennen.

Er raste in eine Gruppe niedriger Büsche hinein und suchte im dichten Unterholz Schutz.

Das kleine Flugzeug landete keine fünfzig Meter entfernt. Im hinteren Teil des Rumpfes glitt eine breite Luke auf, aber niemand stieg aus. Dafür kamen die starken Gedankenimpulse wieder.

»Gestern habe ich vergeblich versucht, dich ins Inland zu treiben, aber nun bist du in die Nähe der Ansiedlungen gekommen. Es gibt für mich nur eine letzte Möglichkeit, dein Leben zu retten. Du mußt in den Laderaum meines Flugzeuges klettern, damit ich dich in Sicherheit bringen kann. Ich darf dich nicht wieder freilassen, aber ich glaube doch, daß ich für deine Sicherheit und dein Leben garantieren kann. Das große Schiff kommt näher. Die Männer in ihm glauben nicht, daß du intelligent bist, und halten dich für ein blutgieriges Raubtier, das man töten muß. Ich habe keine Zeit, sie vom Gegenteil zu überzeugen. Sie werden dich töten, wenn du dich nicht schnell entscheidest. Hast du das verstanden?«

Das größere Flugboot schwebte dicht über einer Ansammlung von Büschen, dem Versteck des Ezwal sehr ähnlich. Es war offensichtlich, daß sie die ganze Gegend sorgfältig absuchten.

Immer noch zögerte der Ezwal. Seine Spuren mußten in dem nassen Schnee nicht gut zu erkennen sein, und es konnte außerdem passieren, daß die Männer in dem Schiff in einer anderen

Richtung weiterflogen. Aber dann, als es seinen Flug fortsetzte, kam es direkt auf ihn zu.

»Schnell!« drängte der Gedanke in seinem Gehirn. »Es ist besser, wenn sie nicht sehen, wenn du einsteigst.«

Aber das Lebewesen von einer anderen Welt konnte sich immer noch nicht entschließen, die Hilfe des Menschen anzunehmen und seine teuer erkaufte Freiheit einzubüßen. Aber dann war es nicht die Sorge um seine eigene Sicherheit, die ihn zum Handeln bewegte, sondern ein Satz seines fremden Beschützers. Was hatte der doch gesagt . . .?

›Die Männer in dem Schiff glauben nicht, daß du intelligent bist . . .‹

Das konnte bedeuten, daß der Mann in dem kleinen Flugzeug der einzige Mensch überhaupt war, der das Geheimnis der Ezwal kannte.

Wenn dieser Mensch starb, würde das Geheimnis mit ihm sterben.

12

Der Ezwal duckte sich in jede Bodenfalte und nutzte die Büsche aus, um unbemerkt an das Flugzeug heranzukommen. Dann sprang er mit einem Satz durch die geöffnete Luke. Sofort glitt die Tür zu. Es wurde dunkel, aber er hatte die beiden Entlüftungsschächte noch sehen können. Der Andruck war deutlich spürbar, als die Maschine sich in die Luft erhob.

Die Gelegenheit, den anderen unschädlich zu machen, bot sich noch nicht. Der Ezwal erkannte das klar und entschloß sich, einen günstigeren Zeitpunkt abzuwarten.

Von außen heran kamen Gedanken und Worte, die sich sofort im Gehirn des Piloten formten und dem Ezwal somit verständlich wurden.

»Nun, Doktor Jamieson? Sie sind ja immer da, wo wir auch suchen. Haben Sie noch keine Spur von dem armen, mißverstandenen Monster entdecken können?«

Die Gedankenmuster gehörten jenem Mann, der vor etlichen Tagen beim Absturz des Raumschiffes die Kommandos gegeben hatte.

Die Antwort war leicht ironisch gehalten.

»Ich bin sicher, es hat sich in Sicherheit gebracht, Kommandant McLennan.«

»So? Nun, wir werden es bald wissen. Sechs Hunde sind auf seiner Spur, und das andere Boot. Die Spur ist frisch, Doktor Jamieson. Wir werden nicht aufgeben, bis wir das Ungeheuer erledigt haben. Zu schade, daß Sie den Kommissar nicht davon überzeugen konnten, wie harmlos ein Ezwal ist, und daß Sie das Tier lebendig haben wollten – aber vielleicht bekommen Sie es bald ausgestopft.«

Die Geschwindigkeit des Flugzeuges nahm zu, während die Gedankenimpulse des Kommandanten schwächer wurden. Aber dann verstärkten sie sich wieder.

»Jamieson!« Der Gedankenimpuls war hart und wütend. »Sie landen sofort, oder wir sehen uns gezwungen, Sie abzuschießen.«

Der Ezwal las Verzweiflung und Verblüffung in den Gedanken seines Beschützers. Auch schien er sich nicht zwischen einer Landung und der schnellen Flucht in die nahen Berge und Wolken entscheiden zu können. Als er seine Frage stellte, war allerdings von dieser Unsicherheit nichts mehr zu bemerken.

»Was soll das bedeuten, Kommandant McLennan?«

»Versuchen Sie keinen Bluff, Jamieson! Jemand der Einheimischen hat Sie mit einem Fernrohr beobachten können. Er sah Sie landen und das Monster an Bord gehen. Wie haben Sie das gemacht? Mit Futter von seinem Heimatplaneten angelockt? Ich warne Sie, Jamieson. Unsere Geschütze sind auf Ihr Flugzeug gerichtet. Wenn Sie nicht sofort landen, eröffnen wir das Feuer. Ich zähle – eins . . . zwei . . .«

Der Ezwal spürte, wie der Boden nach unten sackte. Eine Reihe von Gedanken seines unbekannten Beschützers drangen an sein Bewußtsein. Die Bilder zeigten, wie das Flugzeug abstürzte und Jamieson getötet wurde. Danach fand der Ezwal den Tod unter dem Feuer der Zweibeiner. Begleitet waren diese Gedankenbilder von einer starken Resignation und Enttäuschung. Ein sehr wichtiger Plan schien gescheitert zu sein.

Seltsam. Die Gedanken des Mannes waren so verschieden von den Gedanken der anderen Zweibeiner, besonders jener, die seine Mutter getötet hatten. Auch schien er keine persönliche Furcht zu kennen.

Die nächsten Impulse galten wieder ihm, dem Ezwal:

»Ich kann dir nicht alles mehr erklären, dazu ist die Zeit zu kurz, aber ich will, daß du das Wichtigste begreifst. Du weißt natürlich, warum die Ezwal ihre Intelligenz vor uns verheimlichen wollen. Sie glauben, die Menschen würden sie sonst gnadenlos ausrotten. Doch die Sachlage ist anders: Als intelligenzlose Tiere habt ihr vor dem interstellaren Recht keinen Besitzanspruch auf eure Heimatwelt, aber wenn eure Intelligenz nachgewiesen werden kann, trifft das Gegenteil zu.

Durch brutale Gewalt können die Ezwal den Menschen niemals von Carsons Planet vertreiben, aber wenn ihr eine technische Zivilisation entwickelt habt und in der Lage seid, eure Welt allein gegen jeden Angriff von außen zu verteidigen, werden die Menschen gehen, wenn ihr sie darum bittet.

Ich habe meinen wissenschaftlichen Ruf aufs Spiel gesetzt, um dich vor unsere Regierung zu bringen und ihr zu beweisen, daß die Ezwal vernunftbegabte Wesen sind, die man nicht morden darf, sondern mit denen man verhandeln muß. Ich kann mein Ziel nur erreichen, wenn du mir dabei hilfst.«

Noch während der Mann sprach, landete das Flugzeug. Der Ezwal stand auf und versuchte seine Stärke an den Wänden, aber er fand keine schwache Stelle. Die Ventilatorschächte waren zu klein.

Wieder sprach Jamieson: »Die Männer in dem anderen Schiff sind Soldaten. Sie haben den Befehl erhalten, dich aufzuspüren und tot oder lebendig in ihre Gewalt zu bringen. Als ich vor einigen Tagen auf der Erde landete und von der Situation in Kenntnis gesetzt wurde, bat ich sofort darum, das Kommando der Suchaktion zu erhalten. Der Wunsch wurde mir abgeschlagen, als ich durchsickern ließ, ich wolle dich unter allen Umständen lebend fangen. Man betrachtete dich als zu große Bedrohung. Ich bin somit gegen den Befehl und Wunsch McLennans hergeflogen, um dich zu finden. Man glaubt, mit dir nur durch Gewalt fertig zu werden.« Nur mit einem Teil seines Gehirns nahm der Ezwal Jamiesons Worte auf, der andere beschäftigte sich mit den Gedanken der anderen Männer. Sie waren ausnahmslos feindlich, auch feindlich Jamieson gegenüber. Aber es lag auch ein wenig Bewunderung darin, weil er es geschafft hatte, das gefährliche Monster in sein Flugzeug zu locken.

Der Gedankenstrom blieb gleich stark. Das andere Schiff mußte neben dem Flugzeug gelandet sein.

Jamieson schloß hastig: »Ich bin nicht mehr Herr der Lage. Du kannst uns beiden helfen, wenn du mir mitteilst, was McLennan plant – oder weißt du es bereits?«

Der Ezwal ließ sich auf die Hinterbeine nieder. So schnell wollte er sich nicht in eine Falle locken lassen, obwohl keineswegs bewiesen war, daß Jamieson eine Falle beabsichtigt hatte.

13

Die von Jamiesons Gehirn projizierten Gedankenbilder verrieten dem Ezwal, daß er die Tür der Kontrollkabine öffnete und aus dem Flugzeug kletterte. Dann sprang er zum Boden hinab und schritt den Männern entgegen, die ihn mit schußbereiten Gewehren erwarteten.

McLennan war im Schiff geblieben und sprach über den Lautsprecher.

»Doktor, ich muß gestehen, daß ich über Ihre illegale Handlungsweise mehr als nur erstaunt bin.« Er machte eine Pause. »Treten Sie zur Seite!«

Jamieson verzichtete auf eine Antwort, gab aber den Weg frei.

»Gut so«, sagte McLennan. »Carling, machen Sie voran!«

Einer der Männer kletterte in die Kabine von Jamiesons Flugzeug. Auf dem Rücken trug er einen kleinen Metallzylinder. Jamieson hörte einige Klopfgeräusche und sagte:

»Ich warne Sie, McLennan! Wenn Sie dem Ezwal, einem hilflosen Gefangenen, ein Leid zufügen, werden Sie Mühe haben, sich zu rechtfertigen.«

»Keine Sorge, Doktor Jamieson, wir werden Ihrem Liebling kein Leid zufügen. Ich halte es nur für notwendig, den Laderaum zu inspizieren, damit ich überzeugt sein kann, daß der Transport in die Zivilisation ohne Gefahr erfolgen kann. Das Gas wird das Tier für einige Stunden bewußtlos machen, das ist alles.«

»Sie haben Pech, McLennan. Der Ezwal weiß schon längst Bescheid und ist gewarnt.«

»Ach ja«, erwiderte der Kommandant spöttisch. »Sie mit Ihrer Idee! Nun, wir werden ja sehen, ob er klug genug ist, für einige Minuten den Atem anzuhalten. Fertig, Carling? Dann öffnen Sie das Ventil.«

»Ventil geöffnet, Sir!«

Der Ezwal nahm gerade den dritten, tiefen Atemzug, als das Zischen ertönte. Er hatte keine Ahnung, wie lange die ›einigen Minuten‹ dauern würden, aber er war entschlossen, die Luft so lange anzuhalten, wie ihm möglich war.

Jamieson sagte inzwischen:

»Sie machen einen großen Fehler, Kommandant, wenn Sie sich nur auf die Wirksamkeit des Betäubungsgases verlassen.«

»Wollen Sie uns vielleicht weismachen, daß das Tier eine Ahnung davon hat, was geschehen wird, nur weil es unser Gespräch hören konnte? Sie meinen, es versteht unsere Sprache?«

»Es kann unsere Gedanken lesen.«

Mc Lennan wurde plötzlich nachdenklich. Der Ezwal spürte den Gesinnungswechsel des Mannes.

»Meinen Sie das im Ernst, Sir?«

»Ich bin nie in meinem Leben so ernst gewesen«, nickte Jamieson. »Die Ezwal sind die einzigen Telepathen des Universums, die Gedanken aufnehmen und auch an Nichttelepathen weitergeben können.«

McLennan sagte nachdenklich:

»Das wäre eine feine Sache, wenn wir an Bord jeden Schiffes einen solchen Telepathen hätten.«

»Allerdings«, gab Jamieson ihm recht. »Dabei ist das nur eine von vielen tausend Möglichkeiten.«

McLennan entsann sich seiner Aufgabe.

»Trotzdem muß ich dafür Sorge tragen, daß unser Gefangener keinen Schaden mehr anrichtet. Carling, noch fünf Minuten Gas. Dann können Sie die Tür öffnen.«

Ob fünf Minuten, ob gar dreißig oder auch eine Stunde, es hätte keinen Unterschied verursacht. Die Ezwal waren Amphibien und konnten länger als anderthalb Stunden die Luft anhalten.

Die Unterhaltung zwischen Jamieson und McLennan hatte seinen Entschluß gefestigt, den Wissenschaftler zu töten, der von seiner Intelligenz wußte. Jamieson mußte sterben, und zwar auf so grausame Art, daß McLennan jeden Zweifel an der Unintelligenz der Ezwal wieder verlor.

Er legte sich so, daß er jederzeit aufschnellen konnte, und ließ dann seine Glieder scheinbar erschlaffen. Jamieson näherte sich dem Flugzeug und sagte jetzt:

»Kommandant, ich muß Sie bitten, kein Gas mehr in den

Frachtraum zu blasen. Niemand weiß, welchen Schaden es dem Organismus des Ezwal zufügt.«

»Es ist dasselbe Gas, mit dem Sie die beiden Tiere fingen.«

»Wir hatten Glück, das ist alles.«

»Okay«, stimmte McLennan zu. »Carling, öffnen Sie die Tür! Zurück die anderen!«

»Was haben Sie mit ihm vor?« fragte Jamieson.

»Wenn er bewußtlos ist, werden wir es mit dem Kran in mein Schiff bringen.«

»Einverstanden. Ich werde die Gurte befestigen.«

Der Ezwal änderte seine ursprüngliche Absicht, vorerst den Bewußtlosen zu spielen. Der Mann, den er töten mußte, kam in sein Gefängnis. Leichter konnte er es ihm nicht machen. Mit einer schnellen Bewegung zog er seine Beine an und sprang. Er landete mit einem weiten Satz genau vor Jamieson, kaum daß sich die Tür geöffnet hatte.

Die drei in einer Linie stehenden Augen des Ezwal standen zwei ruhigen und abwartenden Menschenaugen gegenüber. Sie sahen sich an.

Und dann geschah etwas Merkwürdiges.

Er war fest entschlossen gewesen, Jamieson sofort zu töten, und nun zögerte er plötzlich. Tief im Unterbewußtsein begann er zu begreifen, warum er zögerte. Vor wenigen Tagen noch hatte er Menschen getötet, weil sie die Feinde seiner Rasse waren – und er war für sie ein wildes Tier.

Jetzt aber war es anders. Dieser Mann da vor ihm war ohne jeden Zweifel ein Freund. Sie beide waren intelligente Lebewesen, und der Ezwal begann zu ahnen, daß zwischen allen intelligenten Lebewesen eine Art Verwandtschaft bestand, sobald der erste Kontakt hergestellt war.

Es konnte auch Feindschaft zwischen zwei intelligenten Rassen bestehen, dämmerte ihm, aber sein Empfinden war noch nicht ausgeprägt genug, das zu verstehen. Er fühlte nur eine schwache Sympathie für den anderen, weil eine Verständigung, ein Gedankenaustausch möglich war.

Jamieson sagte mit sanfter Stimme:

»Ich bin dein Freund und stehe zwischen dir und dem sicheren Tod. Nicht etwa, weil diese Männer deine Feinde sind, sondern nur weil du nicht zuläßt, daß sie deine Freunde werden. Du kannst mich leicht töten, und ich weiß auch, daß dir dein Leben nicht mehr viel bedeutet. Aber bedenke: während du und ich hier stehen, töten vielleicht auf deiner Heimatwelt einige Ezwal einen Menschen oder Menschen einen Ezwal. Obwohl eine ungeheuerliche Entfernung zwischen ihnen und uns liegt, wird es deine Entscheidung sein, ob das sinnlose Morden fortgesetzt wird oder nicht.

Glaube nur nicht, ich wolle dir einen feigen Ausweg aus der Situation anbieten. Die Aufgabe, Menschen und Ezwal zu versöhnen, ist eine schwere. Deine und meine Rasse müssen erst von der Wahrheit überzeugt werden. Du wirst noch vielen Menschen begegnen, die alle anderen Lebewesen, die ihm nicht ähneln, aus Prinzip verachten. Unsere Regierung besteht zwar nicht aus solchen Männern, aber bis wir dort sind, werden Menschen deine Geduld strapazieren. Viele deiner Rasse werden dich auch einen Verräter nennen, weil sie die Wahrheit genauso wenig glauben wie die Männer, die hinter mir stehen. Der Weg, sie zu überzeugen, wird lang und schwer sein, aber mit deiner Unterstützung kann es gelingen. Du kannst jetzt gleich damit beginnen.«

Ruhig drehte Jamieson sich um und sah McLennan an. Der Kommandant machte kein sehr geistreiches Gesicht, als Jamieson sagte:

»Kommandant, würden Sie so freundlich sein, einen Ihrer Leute in meine Kabine zu schicken, um den Verbandkasten zu holen? Unser Gast hat einen verletzten Fuß, um den man sich kümmern sollte.«

McLennan blinzelte verwundert, dann nickte er einem Mann zu, der neben ihm stand.

»Aber vergessen Sie nicht«, fuhr Jamieson fort, »daß er noch fünf gesunde Füße hat. Es ist also besser, die Tür bleibt geöffnet, bis wir sicher sein können, daß er mit dem Schließen einverstanden ist.«

Der Ezwal hatte sich nicht vom Fleck gerührt, sondern stand wie eine Statue. Seine Unfähigkeit, eine Entscheidung zu treffen, zermarterte sein Gehirn. Aber er hatte schon zu lange gezögert, denn bereits in dieser Sekunde mußten alle Augenzeugen zu der Überzeugung gelangt sein, daß er die Telepathie beherrschte und intelligent war.

Der Mann brachte den Verbandkasten und setzte ihn vor Jamieson ab. Der öffnete ihn und sah dem Ezwal wieder in die Augen.

»Wenn du dich hinlegst, kann ich deinen Fuß behandeln. Ich glaube, dann werden deine Schmerzen bald nachlassen.«

Das mußte die endgültige Entscheidung sein. Der Ezwal wußte, daß Jamieson die Wahrheit sprach und es ehrlich meinte. Er wollte ihm wirklich helfen.

Noch während der Ezwal die Entscheidung traf, begann er zu ahnen, daß sie unausbleiblich gewesen war. Er verspürte die Erleichterung, während er sich langsam ausstreckte und Jamieson den verwundeten Fuß entgegenhielt.

14

Im Nebel tauchte die Stadt auf. Jamieson hatte vom Schiff aus seine Frau angerufen und sie von seiner Rückkehr unterrichtet. Sie hatte Diddy vom Spielplatz geholt, damit auch er seinen Vater begrüßen konnte.

Ihr Eifer ließ ein gewisses Schuldgefühl in ihm aufsteigen. Vielleicht hätte er sie früher von seiner Ankunft verständigen sollen, denn schließlich war er fast fünf Monate verreist gewesen. Sie würde nicht gerade begeistert sein zu erfahren, daß er schon seit Wochen zurück war und die Zeit damit zugebracht hatte, einem jungen Ezwal das Leben zu retten. Es war vielleicht besser, es ihr nicht zu erzählen.

Seine Generation hatte es nicht leicht. Das gesamte Leben – Ehe, Kinder, Liebe – stand unter dem Schatten des Krieges gegen die Rull, der vor hundert Jahren begonnen hatte. Gut, er würde in einer knappen Stunde zu Hause sein. Die Küsse würden sich mit Tränen mischen, und ihre Leidenschaft, neu entflammt, würde erst nach Wochen wieder abflauen. Dann aber würde ihn seine Aufgabe wieder dem Familienleben entführen, und eine neue Trennung stand ihnen bevor. Schon heute.

Er ahnte aber nicht, daß sie diesmal ganz anders erfolgen würde.

Eines Tages, nicht sehr lange nach der Gefangennahme des jungen Ezwal, saß er in seinem Büro und leitete ein Interview, dessen Inhalt und Ausgang von größter Wichtigkeit für die wissenschaftliche Abteilung war.

»Hier!« sagte er und setzte die Spitze seines Bleistiftes genau ins Zentrum eines grünen Flecks, der sich auf einer Karte ausbreitete. Er sah auf und betrachtete den Mann ihm gegenüber. »Genau hier, Mr. Clugy, wird der Stützpunkt errichtet.«

Ira Clugy lehnte sich vor und starrte auf den Punkt. Er schien verwundert zu sein, vielleicht auch ein wenig irritiert.

»Warum ausgerechnet da?« fragte er.

»Ganz einfach«, erwiderte Jamieson, dem es gar nicht gefiel, einen erwachsenen Mann wie ein kleines Kind behandeln zu müssen. Der Krieg zwischen Menschen und Rull machte jedoch derartige Spielchen notwendig. »Der Sinn des ganzen Projektes ist es, eine gewisse Drüsenflüssigkeit der jungen Mira-Lymphen für unsere Laboratorien zu erhalten. Und zwar schnell und in genügender Menge. Das Waldgebiet ist ihre Heimat, also sollte der Stützpunkt auch dort errichtet werden.«

Ira Clugy schlug seine Faust in die flach geöffnete Hand. Er schluckte und sagte:

»Mr. Jamieson! Wie Sie ja wohl wissen, haben wir das ganze Gebiet bereits untersucht. Wir sind noch niemals einem Dschungel wie diesem begegnet. Die Lymphen hausen darin, dazu tausend andere Raubtiere.«

Er stand auf und beugte sich über die Karte des Mira-Planeten. »Hier, in der Gebirgsgegend, ist es schon schlimm genug, aber es besteht die Möglichkeit, ein Lager erfolgreich gegen alle Angriffe zu verteidigen. Auch ist das Klima einigermaßen erträglich. Von hier aus können Expeditionen entsandt werden, die Ihnen die Drüsenflüssigkeit besorgen. Außerdem ist es billiger, als wollte man erst eine Lichtung in den Urwald roden.«

Jamieson hatte eine sehr vernünftige Argumentation gehört. Wenn Clugy von den Rull kontrolliert wurde, hielt er sich gut. Auch wußte Jamieson, daß versteckte Kameras die Szene in ein anderes Zimmer übertrugen, wo die Psychotechniker vor dem Bildschirm saßen und jede Reaktion Clugys überwachten. Eine falsche Reaktion, und vor Jamieson würde ein Lämpchen aufleuchten. Bis jetzt war das nicht geschehen.

»Aus Gründen, die ich Ihnen jetzt nicht darlegen darf, ist die Lymph-Flüssigkeit so wichtig, daß die Kosten keine Rolle spielen. Wir benötigen das Zeug schnell. Wenn Sie den Kontrakt unterschreiben, Clugy, erhalten Sie alle Auslagen von uns erstattet und . . .«

»Zum Teufel damit!« explodierte der Raumfahrer. »Ich hätte

die Kosten nicht erwähnen sollen. Darum geht es doch nicht, wohl aber um das Leben von einigen hundert Männern, die leichtsinnig in Gefahr gebracht werden sollen.«

»Auch das ist unwichtig«, gab Jamieson zurück, der bewußt auf die bevorstehende Krisis hinarbeitete. »Ich trage die volle Verantwortung.«

Clugy sank in seinen Sessel zurück. Sein Gesicht war vom Schein vieler Sonnen gebräunt, aber man konnte doch sehen, wie er allmählich rot vor Wut wurde. Noch beherrschte er sich ausgezeichnet.

»Hören Sie zu, Mr. Jamieson – am Rande des Dschungels ist ein Gebirge. Ich habe das in meinem Bericht erwähnt. Nicht gerade ideal für ein Lager, aber immer noch besser als das Tiefland. Wenn Sie wenigstens damit einverstanden wären, wäre ich es auch. Aber ich sagte Ihnen: das ist mein letzter Kompromiß, und wenn es mich den Vertrag kostet.«

Jamieson fühlte sich nicht wohl. In den Augen des erfahrenen Ingenieurs mußte er glatt ein Dummkopf sein. Trotzdem kehrte die Spitze seines Bleistiftes an den alten Platz zurück und zeigte auf den Mittelpunkt des riesigen Urwaldgebietes.

»Hier!« sagte er abschließend.

Das genügte. Clugy kam hoch. Seine beiden Fäuste knallten mit aller Wucht auf Jamiesons Schreibtisch.

»Euch soll alle der Teufel holen!« brüllte er. »Sie sitzen an Ihren grünen Tischen und haben jeden Kontakt mit der Wirklichkeit verloren. Sie wollen sich einen Namen verschaffen, indem Sie hart und tapfer sind – und andere Menschen in den Tod schicken. Jamieson, wenn ich Sie nur für fünf Minuten dort absetzen könnte, wo Ihr Bleistift hinzeigt, möchte ich sehen, ob Sie das Lager noch im Urwald errichtet haben wollen.«

Das war der Gefühlsausbruch, auf den Jamieson gewartet hatte, aber die Warnlampe leuchtete noch nicht auf. Er atmete erleichtert auf. Nun blieb ihm nur noch die Aufgabe, das Interview zu beenden, ohne daß der andere bemerkte, daß es ein Test gewesen war.

»Ich wundere mich, daß Sie so persönlich werden, Mr. Clugy«, sagte er ruhig.

»So, ich werde persönlich, weil ich das Leben meiner Leute nicht unnötig in Gefahr bringen will? Ich will Ihnen einmal etwas sagen: wenn Sie unbedingt auf Ihrem Lager bestehen, dann bauen

Sie es sich selbst. Ich jedenfalls werde meine Leute sofort zurückrufen. Auf Wiedersehen!«

Er stand auf und ging zur Tür. Jamieson machte nicht den Versuch, ihn zurückzuhalten. Der Test war noch nicht beendet. Man mußte abwarten, ob Clugy seine Drohung wahr machte und seine Leute tatsächlich zurückbeorderte. Wäre er ein Rull, würde er das niemals tun, und wenn Jamieson verlangt hätte, man solle das Camp auf dem Gipfel eines täglichen Vulkans errichten. Das Projekt war viel zu wichtig.

Jamieson drückte einen Knopf ein. Ein Bildschirm leuchtete auf und zeigte die drei Psychotechniker.

»Sieht so aus, als wäre Clugy sauber, was?«

»Das Temperament war echt Clugy«, nickte einer der Männer und lächelte. »Ich gehe jede Wette ein.«

»Hoffentlich kann ich ihn für unser Projekt zurückgewinnen«, sagte Jamieson grimmig. »Und außerdem wollen wir hoffen, daß die Rull ihn nicht schnappen, bevor er nach Mira Dreiundzwanzig startet.«

Das nämlich war absolut möglich und außerdem der schwache Punkt der ganzen Kriegsführung gegen die Rull. Selbst hier auf dem Heimatplaneten des Menschen war man nicht sicher. Trotz intensivster Gegenspionage war die Agententätigkeit der Rull gerade auf der Erde am schlimmsten. Der Ursprung dieser Situation lag hundert Jahre zurück. Damals war die erste Armada der Rull aus einer Dunkelwolke auf das Sonnensystem zugestoßen. Tausende von fremden Systemen fielen ihnen zum Opfer, ehe Gegenmaßnahmen ergriffen werden konnten. Eine Zeitlang hielt sich die Front quer durch den Seitenarm der Galaxis, dann begannen die Rull erneut vorzudrängen. Militärische Operationen mißlangen auf seiten der Terraner, und schließlich gab es für alle Niederlagen nur eine letzte Erklärung: Spionage! Auf der Erde mußten Spione der Rull sitzen!

Damals war die Fähigkeit des Gegners, mit seinen Körperzellen das Licht zu kontrollieren, noch nicht bekannt. Da wurde ein Mann auf der Flucht erschossen, als man ihn erwischte, wie er geheime Dokumente stahl. Als der Energiestrahl ihn traf und sein Körper sich vor den Augen der Wärter verwandelte, um zu einem wurmähnlichen Ding mit vielen Armen zu werden, begann man die ungeheuerliche Gefahr zu ahnen.

Bereits Stunden später raste der Alarm um den Erdball, und jeder Mensch wurde durchleuchtet. Man entlarvte durch diese Aktion an die hunderttausend Rull-Agenten, die alle sofort erschossen wurden. Aber damit war die Gefahr nicht gebannt, denn die Rull entwickelten sehr bald eine Methode, die jede Durchleuchtung wirkungslos machte.

Langsam, aber sicher drangen die Flotten der Rull gegen die Erde vor, nahmen Stützpunkte ein und konnten nur für kurze Zeit aufgehalten werden. Die Rull waren Lebewesen, deren Metabolismus auf harter Silizium-Fluor-Basis beruhte. Gegen Bakterien und Chemikalien waren sie so gut wie immun. Das Problem der Menschen also war es, innerhalb der noch von ihm kontrollierten Milchstraße einen Organismus zu finden, der sich für eine bakteriologische Kriegsführung eignete.

Die Drüsenflüssigkeit der Lymph-Nachkommenschaft schien der gesuchte Wirkstoff zu sein. Selbst Ira Clugy wußte nichts davon; er hielt wie alle anderen diese Flüssigkeit für die Grundlage eines neuen Lufterzeugungssystems, das in den Schlachtschiffen der irdischen Raumflotte Anwendung finden sollte. Jamieson hoffte, daß auch die Rull der gleichen Meinung waren.

Der Interkom summte und unterbrach seine Überlegungen.

»Mr. Caleb Carson wünscht Sie zu sprechen«, sagte die Sekretärin und lächelte Jamieson vom Bildschirm herab an.

»Verbinden Sie«, nickte Jamieson zurück.

Das Gesicht der Sekretärin verschwand, dafür erschien ein junger, dunkelhaariger Mann. Caleb Carson war der Enkel des Mannes, der die Heimatwelt der Ezwal entdeckt hatte. Sein bisheriges Leben stand unter dem Zeichen des Konfliktes zwischen den beiden Rassen. Wie Jamieson war auch er an einer friedlichen Lösung interessiert.

»Fertig!« sagte Carson.

»Ich komme sofort!« antwortete Jamieson und unterbrach die Verbindung. Er stand auf und verließ sein Büro. Zu der Sekretärin sagte er: »Ich bin in der Forschungsabteilung. Wenn eine Nachricht von Ira Clugy eintrifft, rufen Sie mich an.«

»In Ordnung, Sir.«

Während er das Zimmer verließ, gratulierte er sich noch einmal zu der großartigen Idee, ausgerechnet den Neffen des Entdeckers von Carsons Planet mit der Pflege des gefangenen Ezwal zu betrauen. Wenn irgend jemand ein Interesse daran haben konnte, die Grundlagen für ein neues Verhältnis zwischen Terranern und

Ezwal auszuarbeiten, dann war es der junge, intelligente Caleb Carson.

Er fuhr mit dem Lift zum Dach hoch, wo sein Aero-Car parkte. Zwei Posten am Rande des Flachdaches nickten ihm freundlich zu und tasteten ihn ab, um seine Identität zu überprüfen. Jamieson ließ sich die Prozedur gefallen, denn die körperliche Berührung war immer noch das sicherste Mittel, einen Rull zu entlarven.

Neben anderen Flugwagen stand auch der seine. Noch als er sich ihm näherte, fielen seine Augen auf die glattpolierte Fläche der Tür. Sie zeigte einige Unregelmäßigkeiten, die vorher nicht vorhanden gewesen waren. Striche und Kreise. Und sie blieben nicht ohne Wirkung auf ihn.

Ehe er wußte, was geschah, stieg er in die Kabine. Der Wagen erhob sich sofort und glitt dicht über die Dächer der Häuser dahin, um Minuten später auf einem ihm unbekannten Dach zu landen. Wie unter einem Zwang stieg er aus. Ein fremder Mann kam auf ihn zu.

Zum Teufel, was hatte das zu bedeuten?

Er sollte den Mann fragen . . .

Schon als er den Mund öffnen wollte, sah er in der Hand des Fremden eine matt schimmernde Waffe, deren Lauf sich gegen ihn richtete. Mit einem Zischen sprühte ihm die Gasladung ins Gesicht. Dann wurde es dunkel um Jamieson.

15

Der nächste Eindruck erfolgte unmittelbar danach. Er lag auf einer Art Bett und atmete den typischen Geruch vermodernder Vegetation ein, wie er in tropischen Urwäldern üblich ist. Er blieb unbeweglich liegen und hielt die Augen geschlossen. Er zwang sich, wie ein ruhiger Schläfer zu atmen, um einem Beobachter nicht zu zeigen, daß er aufgewacht war. Dabei überlegte er.

War er ein Opfer der Rull geworden? Oder seiner eigenen Untergebenen? Sein Beruf brachte es mit sich, daß er viele Männer vor den Kopf stoßen mußte – und der letzte war sicherlich Ira Clugy gewesen. Aber würde Clugy einen hohen Regierungsbeamten nur deshalb entführen, um ihm die Richtigkeit seiner Argumente vor Augen zu führen? Er konnte es sich nicht recht vorstellen.

Jamieson entsann sich der merkwürdigen Striche auf seinem Wagen. Handelte es sich um eine neue Art der Gedankenkontrolle? Noch während er daran dachte, kam ihm zu Bewußtsein, daß weitere Spekulationen völlig sinnlos sein würden.

Er schlug die Augen auf. Durch ein grünes Blätterdach erblickte er einen blaugrünen Himmel. Es war heiß, und er schwitzte. Sein Hemd war naß. Irgendwo waren Maschinengeräusche. Langsam erhob er sich. Erst jetzt stellte er fest, daß ihn ein feinmaschiger Netzanzug von Kopf bis Fuß einhüllte. Derartige Anzüge trug man auf Planeten, die die Heimat unbekannter und gefährlicher Insekten waren.

Das Bett stand am Rande einer Lichtung, die mitten im Urwald geschlagen wurde. Riesige Maschinen arbeiteten pausenlos daran, die Lichtung zu vergrößern. Rechts standen einige Plastikhütten. Neue wurden errichtet. Wenn dieser Planet Mira Dreiundzwanzig sein sollte, dann hatte Ira Clugy den Auftrag angenommen.

Ja, es mußte Clugy gewesen sein, der ihn hierhergeschafft hatte. Jamieson war auf die Erklärung gespannt, die er von dem Ingenieur erhalten würde.

Langsam ging er auf die Hütten zu. Die grünblaue Färbung des Himmels rührte von einem Energieschirm her. Er konnte es deutlich an dem leichten Flimmern hinter den Bäumen sehen. Damit waren auch die letzten Zweifel behoben. Der Schirm absorbierte die niedrigen Wellenfrequenzen der roten Riesensonne, die nun weiß und grell am Himmel stand. Mira, der rote Wunderstern!

Zweimal mußte Jamieson ausweichen, als Maschinen vorbeifuhren und Insektengift verstreuten. Aus den frischen Erdschollen quollen schwarze, schimmernde Würmer. Auch die berüchtigten Mira-Käfer konnte er beobachten; sie waren dafür bekannt, daß sie ihre Opfer mit gewaltigen elektrischen Schlägen töteten.

An einer der Hütten fand er ein Schild. Er las:

MERIDIAN SALVAGE Co. Chefingenieur: Ira Clugy

Jamieson betrat die Hütte. Hinter einem Tisch saß ein junger Mann von etwa zwanzig Jahren, der ihm kühl entgegenblickte.

»Wo ist Ira Clugy?« fragte Jamieson. »Kennen Sie ihn?«

»Den Namen schon, aber nicht den Mann. Haben Sie nicht mit diesem Projekt zu tun? Aber Sie können niemals Jamieson sein – der ist ein Büromensch, kein Forscher.«

Jamieson ignorierte die versteckte Beleidigung.

»Sie müssen Peter Clugy sein.«

»Woher wissen Sie das?« Der Mann sah Jamieson forschend an. »Aber auch wenn Sie meinen Namen kennen, beweist das noch lange nicht, daß Sie Jamieson sind. Wie kamen Sie hierher? Seit fünf Tagen landete kein Schiff.«

»Fünf Tage?« fragte Jamieson, nun doch erschrocken.

Der junge Mann nickte.

Fünf Tage! Die Reise von der Erde würde sieben oder acht in Anspruch nehmen. Der alte Clugy konnte ihn doch nicht die ganze Zeit verborgengehalten haben, ohne daß sein Neffe es wußte.

»Wo ist Ihr Onkel?«

»Ich glaube nicht, daß ich Ihnen das verraten werde, bevor ich nicht genau weiß, wer Sie sind. Ich werde ihn anrufen.« Er nahm den Hörer auf und drückte einen Knopf ein. Wenige Sekunden später erklärte Peter Clugy die Situation und fügte eine genaue Personenbeschreibung hinzu. »Mittelgroß, blondes Haar, dunkle Augen, große und hohe Stirn . . .« Nach einer Pause nickte er. »Gut, aber bring einige Leute mit – man kann nie wissen.« Er hängte ein und wandte sich wieder an Jamieson. »Mein Onkel meint, Sie *könnten* Jamieson sein. Aber Sie können natürlich auch genausogut ein Rull ein, der vorgibt, Jamieson zu sein.«

Jamieson stand auf und streckte Peter die Hand entgegen.

»Ich kann Ihnen beweisen, daß ich kein Rull bin . . .«

Peter Clugys Hand blieb auf dem Tisch liegen. Er bewegte sie nur so weit zur Seite, daß Jamieson den kleinen Energiestrahler sehen konnte, der darunter verborgen war.

»Rühren Sie sich nicht. Wenn mein Onkel eintrifft, bleibt noch genug Zeit, das zu beweisen.«

Jamieson starrte ihn wütend an, dann drehte er sich um. Aber Clugys Neffe warnte ihn:

»Hiergeblieben! Setzen Sie sich dort auf den Stuhl, damit ich Sie im Auge behalten kann.«

Jamieson blieb an der Tür stehen und betrachtete die fremdartige Landschaft. Von hier aus hatte man einen weiten Blick auf das tiefer gelegene Urwaldgebiet. Clugy hatte das Lager also doch dort angelegt, wo er es für richtig hielt. Der Hügel lag fast dreihundert Meter über dem Dach des Urwaldes, wenn das Gelände auch nur allmählich abfiel. Man konnte weit sehen, bis hinüber zum Horizont, wo sich undeutlich der bläuliche Schatten eines

Gebirgszuges abhob. Dazwischen war nichts als Dschungel und Sumpf.

Drei bewaffnete Männer kamen quer über die Lichtung auf die Hütte zu. Ira Clugy schritt voran. Als er näher kam und aufblickte, hätte Jamieson darauf schwören mögen, daß echtes Erstaunen in seinen Augen aufglomm. Aber er schwieg, bis seine beiden Begleiter Jamieson abgetastet und somit seine Identität als Mensch festgestellt hatten. Dann erst sagte er:

»Ich möchte eine weitere Sicherheitsmaßnahme ergreifen, Jamieson, und ich würde es nicht tun, wenn Sie nicht auf so seltsame Art und Weise bei uns aufgetaucht wären. Würden Sie so freundlich sein, Ihre Unterschrift auf dieses Stück Papier zu setzen? Ich kann sie dann gut mit einigen Briefen vergleichen, die ich von Ihnen erhielt.«

Als auch das erledigt war, fuhr er fort:

»Wie also kamen Sie hierher?«

Jamieson lächelte grimmig.

»Sie werden es nicht glauben, aber ich bin in dieses Büro gegangen, um Ihnen die gleiche Frage zu stellen.«

Er hielt es nicht für richtig, etwas zu verschweigen, und so sprach er auch seinen Verdacht aus, daß vielleicht Clugy ihn entführt haben könnte. Clugy lachte nur.

»Sie kennen mich schlecht, Jamieson. Damals im Büro hätte ich Ihnen ja am liebsten die Nase eingeschlagen, aber Menschenraub ist nicht mein Fall.« Weiter berichtete er, daß er noch am gleichen Abend seinen Leuten auf Mira Dreiundzwanzig ein Telegramm geschickt habe, sie sollten sofort zur Erde zurückkehren. Aber noch während er es aufgab, näherte sich ihm ein Regierungsbeamter und erklärte ihm den Zweck des Interviews. Clugy nahm den Befehl zurück, und seine Leute blieben. Am anderen Tag unterzeichnete er den Vertrag und flog zwei Tage später selbst nach Mira. Er empfahl Jamieson, seine Angaben zu überprüfen.

»Ich muß ohnehin Verbindung mit der Erde aufnehmen und werde Erkundigungen einziehen, obwohl ich Ihre Geschichte glaube«, entgegnete Jamieson. »Wichtig ist, daß so schnell wie möglich ein Schiff hierherkommt. Was mit mir geschehen ist, kann kein Zufall sein.«

Die Radiostation war nicht weit entfernt. Sie war allein durch die ringförmige Antenne des Hypersenders zu erkennen. Als sie eintraten, sah ihnen der Funker mit besorgten Blicken entgegen.

»Mr. Clugy, ich wollte Sie gerade rufen. Der McLaurin-Kondensator ist wieder durchgebrannt.«

Clugy betrachtete den Mann ernst.

»Ich fürchte, ich muß Sie festnehmen, Landers.«

Landers schien überrascht. Auch Jamieson schüttelte verwundert den Kopf. Aber Clugy erklärte:

»Doktor, es war der dritte und letzte Kondensator. Das nächste Schiff wird erst in sechs Tagen erwartet – und ich denke, es hat Ersatzteile an Bord. Bis dahin sind wir ohne Radioverbindung.«

Das allein, erkannte Jamieson, rechfertigte die Festnahme. Sie waren vier Personen in der Station, erkannte er plötzlich. Die beiden Clugys, Landers und er selbst. Der Lärm draußen auf der Lichtung würde jedes Geräusch in der Hütte ersticken. Der junge Clugy unterbrach seine Gedankengänge. Er legte seine Pistole auf den Tisch und sagte:

»Nehmen Sie die Waffe, Sir, während ich ihn untersuche.«

Jamieson nahm die Pistole, trat einen Schritt zurück und gab dem Funker einen Wink. Auch Ira Clugy zog seine Waffe. Landers machte einen Schritt vor und streckte seine Hand aus. Clugys Neffe nahm sie und drehte sich erleichtert um.

»Er ist menschlich, Sir, kein Rull.«

Jamieson spürte die Erleichterung.

»Wo steht der nächste Sender?« fragte er.

»Im Uran-Lager, neunhundert Meilen südlich«, klärte Clugy ihn auf. »Sie können einen der Flugwagen nehmen. Ich werde Sie begleiten.«

Peter Clugy schritt auf die Lichtung hinaus.

»Ich bringe einen her.«

Minuten später waren sie in der Luft. Der grüne Dschungel glitt dreihundert Meter unter ihnen schnell nach Norden. Peter Clugy steuerte das Flugzeug und setzte gerade die automatische Anlage auf den richtigen Kurs. Ira Clugy saß neben dem Fenster und starrte nachdenklich auf den Urwald hinab. Er schien nicht in der richtigen Laune zu sein, sich zu unterhalten. Jamieson nahm ihm das nicht übel, denn er war froh, selbst ein wenig in Ruhe nachdenken zu können.

Die Rull können nur das Ziel im Auge haben, die Produktion der Lymph-Flüssigkeit zu verhindern oder wenigstens zu verzögern. Dieses Vorhaben war der Schlüssel zur augenblicklichen Situation. Aber warum hatten sie ihn durch ihre Hypnolinien in ihre Gewalt gebracht und nach Mira Dreiundzwanzig transportiert? Er schauderte zusammen bei dem Gedanken, daß er in einem ihrer Schiffe geweilt hatte – hilflos und ohne Bewußtsein.

Warum ließen sie mich leben? Jamieson stellte sich diese Frage immer wieder, ohne eine Antwort darauf zu finden. Oder war es die Überlegung, daß ein toter Administrator nichts nützte, weil er kurz über lang doch ersetzt werden konnte? Der Plan mußte tiefer gehen und auch Ira Clugy einschließen.

Außerdem paßte es in diesen Plan, daß er, Jamieson, hier anwesend war. Alles andere war einfach. Sie setzten ihn im Lager ab, wo er erwachen mußte und dann so handelte, wie seine Persönlichkeit es ihm vorschrieb.

Jamieson spürte plötzlich Unsicherheit. Alles, was er bisher unternommen hatte, war *vorauszusehen* gewesen. Gab es etwas Selbstverständlicheres, als daß in diesem Augenblick er und Ira Clugy im Flugzeug über das Urwaldgebiet von Mira Dreiundzwanzig dahinflogen? Mußten sie nicht zum Uran-Lager, weil der Hypersender ausgefallen war? Ja, sie mußten, wenigstens vom Standpunkt eines Agenten aus, der für den Ausfall des Senders gesorgt hatte und der auch nicht ahnte, daß über der Atmosphäre von Mira Dreiundzwanzig ein Patrouillenschiff kreiste.

Jamieson stand auf. Das Uran-Lager mußte unterrichtet werden, ehe es zu spät war.

In diesem Augenblick sah er, daß sich ihnen ein anderes Schiff näherte. Es war größer und schneller als das ihre, und ganz sicherlich bewaffnet. In zwei oder höchstens drei Minuten würde es sie eingeholt haben.

Jamison wandte sich den Kontrollen zu – und erstarrte jäh.

Peter Clugy stand davor. Sein Gesicht war völlig ausdruckslos, aber in seiner Hand hielt er wieder den kleinen Energiestrahler. Der Lauf war genau auf Jamiesons Bauch gerichtet.

Ira Clugy schnappte nach Luft.

»Peter! Bist du verrückt geworden?« Er sprang auf und ging auf seinen Neffen zu. Die Waffe zeigte nun auf ihn. »Gib mir das Ding her!«

Jamieson hielt ihn am Arm fest.

»Ich kann nur hoffen, daß Ihr Neffe noch lebt, Clugy«, sagte er und versuchte, ruhig zu erscheinen. »Das dort ist nicht Peter Clugy, sondern ein Rull!«

16

Fast in der gleichen Sekunde wurden Trevor Jamieson verschiedene Dinge klar. Peter Clugys Weigerung, ihm die Hand zu geben, weil er vorgab zu glauben, er – Jamieson – sei ein Rull. Dann die unnatürliche Ruhe des jungen Mannes in diesem überhitzten Klima. Und schließlich hatte der junge Clugy dem Funker die Hand gegeben, was einwandfrei darauf schließen ließ, daß auch Landers ein Rull war.

Aufmerksam studierte Jamieson den Neffen Clugys, konnte aber nicht den geringsten Fehler in der Lichtspiegelung entdekken. Die Illusion war perfekt. Die Rulle legten Wert darauf, den Menschen niemals ihre wahre Gestalt zu zeigen – und Jamieson war ihnen dafür dankbar.

Ira Clugy erholte sich von seinem Schock. Er starrte den Rull an.

»Was habt ihr mit meinem Neffen gemacht?« keuchte er und begann, auf das Spiegelbild loszugehen. Jamieson hielt ihn zurück.

»Vorsicht, mein Freund. Er benötigt nicht einmal die Pistole, sondern kann uns mit einem elektrischen Schlag seiner Körperzellen erledigen.«

Der Rull gab keinen Kommentar, sondern streckte seine menschlich aussehende Hand aus und zog einen Hebel an den Kontrollen vor. Sofort begann das kleine Schiff, dem Boden entgegenzusinken.

Mit einem Blick vergewisserte sich Jamieson, daß auch das andere Schiff zur Landung ansetzte. Minuten später durchdrangen sie das Blätterdach und setzten auf dem Grund auf. Nicht so das andere Schiff. Nur wenige Fuß über dem Waldboden blieb es in schwebender Lage stehen, als wolle es jede Spur seiner Anwesenheit vermeiden. Eine Luke öffnete sich, und zwei Männer – sicherlich Rulls – sprangen heraus und gingen auf ihren Flugwagen zu. Jamieson wunderte sich über die Sorglosigkeit, mit der sie durch den Wald spazierten, der ein Eldorado der blutgierigen Lymphen war.

Ob die Rull vielleicht gar nicht wußten, in welcher Gefahr sie schwebten? Hielten sie Projekt Mira Dreiundzwanzig für eine normale Operation, und war ihre eigene Tätigkeit nichts als eine gewöhnliche Agentenaktion, menschliche Unternehmungen zu sabotieren? Dann war es möglich, daß sie nichts von der Gefährlichkeit der jungen Lymphen ahnten. Die Eltern der Lymphen waren harmlos, die Jungen hingegen griffen alles an, was sich bewegte. Wenn ihre Beute dagegen aufhörte, sich zu bewegen, ließen sie von ihr ab und vergaßen sie sofort. Sie stürzten sich sogar auf flatternde Blätter, wippende Zweige und fließendes Wasser. Millionen der schlangenähnlichen Bestien starben monatlich, weil sie fruchtloser Angriffe wegen regelrecht verhungerten. Der Rest aber überlebte die zwei Monate des kritischen Stadiums, um dann die endgültige Form anzunehmen.

Die Entwicklung der Lymphen war ein wahres Wunder der ausgleichenden Natur. Die endgültige Form war ein bienenkorbähnliches Gebilde mit einer harten Schale, das sich nicht bewegen konnte. Man begegnete ihnen überall. Sie lagen auf dem Boden, hingen an Bäumen oder Felsen – sie waren eben dort, wo das Junge im Augenblick der plötzlichen Wandlung weilte. Das Endstadium jedoch dauerte nicht sehr lange. Der Korb lebte von der Nahrung, die er während seiner Jugendzeit aufgespeichert hatte. Als zweigeschlechtliches Wesen benötigte er keinen Partner zur Fortpflanzung. Die Jungen wurden geboren und begannen sofort, das Elternteil aufzufressen. War das geschehen, fiel der Nachwuchs gegenseitig über sich her. Inzwischen aber hatte sich die Schale des Korbes aufgeweicht und fiel auseinander. Ein Rest der jungen Lymphen konnte in die Freiheit entkommen und ihr mordgieriges Leben beginnen.

Jamiesons Gedankengang wurde jäh unterbrochen, als Peter Clugy die Tür öffnete und mit seiner Waffe winkte.

»Geht hinaus – alle beide!«

Die beiden Rull warteten schon auf sie. Es war ungewöhnlich heiß und stickig im Urwald. Auf der Erde wären bei solchen Temperaturen die meisten Pflanzen vertrocknet, hier aber gediehen sie wie in einem Treibhaus. Jamieson sah, daß die drei Rull sich unterhielten, dann drehte sich jener, der Peter Clugy war, zu ihnen um und sagte zu Ira Clugy:

»Du kannst gehen.«

Ira starrte ihn verblüfft an.

»Gehen . . .?«

»Ja! Steige in dein Schiff und verschwinde! Fliege zum Lager, oder wohin du willst. Aber kehre heute nicht mehr hierher zurück. Das ist alles.«

Ira gab sich einen Ruck.
»Wenn Mr. Jamieson bleibt, gehe ich auch nicht.«
»Warum? Wir wissen, daß du diesen Mann nicht leiden kannst.«
»Vielleicht war das einmal der Fall«, entgegnete Ira, aber dann zuckte er zusammen. Er erkannte die Bedeutung der Worte. »Ach, das wißt ihr also auch? Mein Neffe ist tot, und du hast seine Stelle schon auf der Erde eingenommen?«
Der Rull sagte:
»Dein Neffe ist nicht tot. Er ist hier.«
Einer der Rull ging zu dem größeren Schiff und öffnete die Luke zum Frachtraum. Unbeweglich lag dort eine menschliche Gestalt – der richtige Peter Clugy, Iras Neffe.
»Er wird noch einige Stunden ohne Bewußtsein bleiben«, erklärte der Rull. »Heute früh erst haben wir ihn übernommen und erfuhren so alles, was wir wissen wollten.«
Die Rull unterhielten sich lautlos. Wahrscheinlich hatten sie nicht mit Iras Widerstand gerechnet und arbeiteten einen neuen Plan aus. Jamieson sah rein zufällig zum Rand der kleinen Lichtung und entdeckte eine Bewegung im Gras. Winzige Schatten schoben sich näher, ruckweise und schleichend. Sie kamen aus allen Richtungen.
Es wird bald dunkel, dachte er erschrocken. Dann beginnt es zu wimmeln – sie werden über uns herfallen und . . .
Peter Clugy – der Rull – sagte zu Ira:
»Gut, du fliegst nicht allein zurück. Ich selbst werde dich bis in die Nähe des Lagers bringen und dort absetzen.« Er winkte zu dem Flugwagen. »Einsteigen!«
»Und was geschieht mit Mr. Jamieson?«
»Er bleibt hier. In einer Stunde ist es dunkel. Wenn du ihn morgen hier suchen solltest, wird er wahrscheinlich bereits tot sein.«
Hinter Jamiesons Stirn jagten sich die Vermutungen. Er würde tot sein, der Chef-Ingenieur aber lebte. Warum das? Und dann begriff er. Jeder würde sich der Drohungen Ira Clugys erinnern, die er gegen Jamieson ausgestoßen hatte. Er würde unter Mordverdacht geraten, während das Projekt selbst in Gefahr geriet, vorerst eingestellt zu werden. Raffiniert und doch einfach eingefädelt. Immerhin jedoch bewies der Plan, daß die Rull keine Ahnung vom eigentlichen Sinn des Projektes besaßen. Es war eine ganz gewöhnliche Routineangelegenheit, ein menschliches Vor-

haben zu sabotieren und zu verzögern, ohne ein allzugroßes Risiko einzugehen.

Mit einem Auge beobachtete Jamieson die sich nähernden Lymphen. Sie waren noch zehn oder zwanzig Meter entfernt. Noch eine Minute vielleicht, dann waren sie hier.

Er beschloß, nicht mehr länger zu warten und sich auf seine Erfahrungen mit den Rull zu verlassen. Er trat zu Ira Clugy und sagte laut: »Sie steigen ins Schiff, Clugy! Ich sehe keinen Grund, daß wir beide sterben.« Flüsternd setzte er hinzu: »Wir sind von Lymphen umzingelt. Ich rette mich, indem ich mich nicht bewege.« Er gab Ira einen Stoß in Richtung des Flugwagens. Der Ingenieur stolperte, raffte sich dann auf, sprang in die Kabine und startete, ohne auf den Rull zu warten.

Jamieson rannte los, quer über die kleine Lichtung, auf den Rand des Waldes zu. Die Rull würden ihn nicht erschießen, denn das würde ihren Plan zerstören. Sie durften ihn nicht töten. Sie nicht!

Wenn sie nur noch wenige Sekunden blieben, wo sie jetzt waren . . .

Weiter vermochte er nicht zu denken. In der Luft über ihm war ein Knistern. Sein Nervensystem wurde von einer Sekunde zur anderen gelähmt, aber er konnte weiterhin sehen und hören. Nur bewegen konnte er sich nicht mehr. Wie vom Blitz gefällt stürzte er zu Boden.

Er verlor auch nicht das Bewußtsein und stellte mit Befriedigung fest, daß genau das geschehen war, was er sich erhofft hatte. Einer der Rull hatte ihm mit dem Lähmstrahler nachgeschossen. Vielleicht hatte er sich bei dem Sturz sogar die Schulter ausgerenkt, aber er spürte keinen Schmerz. Er lag völlig unbeweglich wie ein Stück Holz. Vielleicht, so dachte er mit jähem Erschrekken, war er sogar auf eine Lymphe gestürzt, die bereits dabei war, sich in seine Eingeweide zu bohren. Wie sollte er das wissen, wenn er keinen Schmerz spürte?

Ein greller Blitz unterbrach seine düsteren Gedanken. Andere folgten und erhellten die Lichtung taghell. Jamieson konnte den Kopf nicht drehen, aber er begann zu ahnen, was geschehen war. Minuten vergingen.

Die Blitze wurden seltener. In der Luft roch es nach Ozon. Jamiesons Augen begannen zu schmerzen – ein gutes Zeichen. Aber er konnte sie nicht schließen.

Eine Sekunde später wünschte er sich, er könnte es doch. Er lag auf der Seite und erblickte am Rande seines Sichtbereiches einen winzigen Kopf, der sich ihm näherte. Der schlanke Körper folgte, und dann kroch das Lymphjunge über seinen Körper hinweg. Jamieson würde den Kopf mit den zahllosen winzigen Augen, nur so groß wie Stecknadelköpfe, niemals vergessen können – auch nicht den Mund mit den ringförmigen Saugzähnen.

Endlose Minuten vergingen.

Vielleicht waren die Rull schon fort. Aber dann spürte er, wie er angehoben wurde. Vielmehr – er sah es. Er lag über der Schulter von Ira Clugy, der ihn zum Flugwagen brachte. Der Ingenieur versäumte keine Zeit. Ohne ein Wort zu sagen, schob er Jamieson in die Kabine und kletterte hinterher.

Bevor sich die Tür schloß, sah Jamieson die drei Rull. Sie lagen kaum fünfzig Meter entfernt im Gras. Ihr menschliches Äußere war nicht mehr vorhanden, und sie sahen wieder aus wie ins Riesenhafte vergrößerte Würmer. Hier und dort verrieten schwach fluoreszierende Stellen, daß noch einige der Licht-Körperzellen lebten. Die Rull selbst aber waren tot. Die Lymphen hatten ganze Arbeit geleistet.

17

»*Welchen* Namen?« fragte Jamieson amüsiert.

Er befand sich auf der Heimreise von Mira Dreiundzwanzig und stand in direkter Funkverbindung mit der Erde. Caleb Carson erwiderte: »Er wollte Ihren Namen, Sir. Aber als der Leiter der Spielschule betonte, das könne zu Verwechslungen führen, entschied er sich für Ephraim.«

Jamieson lehnte sich gegen die Polsterung des Spezialsessels, der jeden Benutzer der McLaurin-Röhre isolierte, und lächelte vor sich hin. Also hatte der junge Ezwal endlich einen Namen akzeptiert. Das war eine Tatsache von immenser Bedeutung.

»Ephraim. Auch einen Nachnamen?«

»Jamieson. Die Spielschule gab dazu ihre Zustimmung.«

»Hm, eine Vergrößerung meiner Familie. Was sagt denn meine Frau dazu?«

»Sie war wegen Ihres Verschwindens viel zu aufgeregt, um sich dazu äußern zu können.«

Jamieson hatte schon mit seiner Frau gesprochen, also machte er sich keine Sorgen mehr deswegen. In wenigen Tagen würde er zurück sein. Leichten Herzens konnte er sich so mit seinen Freunden auf der Erde unterhalten und sogar einige Vorschläge wegen der künftigen Politik gegenüber den Ezwal einflechten.

Später, als er wieder in seinem Büro saß, summte das Visifon.

»Ihre Gattin, Sir . . .«, dehnte die Sekretärin.

»Verbinden Sie.«

Der Bildschirm leuchtete auf. Ihr Gesicht erschien darauf, und es machte einen besorgten Eindruck.

»Die Spielschule hat mich gerade verständigt«, sagte sie. »Diddy ist unterwegs auf Entdeckungsreise.«

»Oh«, machte Jamieson überrascht. Er betrachtete sie genauer. Sie war eine schöne Frau mit gewelltem, schwarzem Haar. Sie hatte große Augen und eine feine, reine Haut. Seit der Geburt Diddys war sie womöglich noch schöner geworden. Aber jetzt konnte sie ihre Unruhe nicht verheimlichen. »Veda!« sagte er scharf. »Du mußt dich zusammennehmen!«

»Aber er ist daußen. Man sagt, dort wimmelt es von Rull-Spionen.« Sie schauderte zusammen, als sie den Namen des größten Feindes aussprach.

»Wenn die Spielschule ihn gehen ließ, dann wissen sie auch, daß er alt genug ist«, beruhigte er sie.

»Er wird die ganze Nacht fort sein.«

»Wir wußten, daß es einmal geschehen würde«, erwiderte er und nickte langsam. »Diddy wird erwachsen, und seit seinem neunten Geburtstag mußten wir damit rechnen. Du solltest jetzt ein wenig nach draußen gehen, um dich abzulenken. Der Nachmittag ist noch lang. Kaufe ein, was du willst. Und sorge dich nicht unnötig.«

Er unterbrach die Verbindung, stand auf und trat ans Fenster. Mit einem Blick ließ sich das Gelände des Yard umfassen – die Straßen, Gebäude und das tropische Zentrum in der Nähe des Schiffes. Der Yard von Solar Citys Vorstadt. Irgendwo dort unten würde sein Sohn die Welt der Geräusche zu erforschen suchen. Nur nicht an die Rull denken jetzt . . .!

Als es zu dämmern begann, wußte Diddy Jamieson, daß der Laut niemals enden würde. Die Gewißheit tat ihm gut. Man hatte ihm immer erzählt, hier draußen würde er verstummen. Heute nachmittag hatte er sich selbst bewiesen, daß dem nicht so war. Die Tatsache, daß man ihn belogen hatte, störte ihn nicht. Seine Robot-Lehrer hatten ihn gelehrt, daß Lügen der Eltern nur seine Intelligenz und Selbstsicherheit auf die Probe stellen wollten. Nun, hier das war also eine der Lügen, und er hatte sie entdeckt.

Sein ganzes Leben lang war der Laut sein ständiger Begleiter gewesen, wo immer er auch weilte. Sogar nachts im Bett kroch der pulsierende Laut zu ihm unter die Decke und schlief mit ihm. Deutlich spürte er das regelmäßige Pulsieren im Gehirn. Es gab nichts Natürlicheres als den Laut, und so wollte er auch wissen, ob er wirklich an der nächsten Straßenecke nicht mehr vorhanden war. Er wußte nicht mehr, wieviel Straßen er hinauf- und hinabgewandert war, aber der Laut war immer sein Begleiter gewesen. Vor einer Stunde hatte er in einem kleinen Restaurant gegessen. Auch dort war der Laut gewesen. Und nun wurde es Zeit herauszufinden, *von woher* der Laut kam. Wo begann er?

Diddy blieb stehen, um sich zu orientieren. An den Fingern zählte er die Straßen ab, durch die er gelaufen war. Rein zufällig sah er dabei hoch und erkannte hundert Meter zurück einen Mann, den er zehn Minuten vorher in einer anderen Straße schon gesehen hatte.

Etwas an den Bewegungen des Mannes störte ihn. Außerdem begann es schon dunkel zu werden. Wie zufällig überquerte er die Straße und stellte befriedigt bei sich fest, daß er keine Angst hatte. Er hoffte, an dem Mann vorbei in die belebtere Sixth Avenue gelangen zu können. Auch hoffte er, sich geirrt zu haben, wenn er annahm, der Mann sei ein Rull.

Sein Herz schlug schneller, als sich ein zweiter Mann zu dem ersten gesellte. Die beiden kamen auf ihn zu. Diddy unterdrückte das Verlangen, sich umzudrehen und davonzulaufen. Wenn die beiden wirklich Rull waren, konnten sie schneller laufen als jeder Mensch.

Und sie *waren* Rull! Diddy hatte deutlich gesehen, wie der eine seinen Fuß *falsch* bewegt hatte. Diddy konnte sich nicht entsinnen, wie oft der Lehrer ihn auf diese Möglichkeit aufmerksam gemacht hatte. Aber jetzt hatte er es mit eigenen Augen gesehen – und das Anzeichen war in der Tat unmißverständlich. Bei hellem Tageslicht, sagte man, wären die Rull vorsichtiger in ihren Bewegungen.

»He, Junge!«

Diddy verlangsamte seine Schritte und betrachtete die Männer, als habe er sie erst jetzt gesehen.

»Du bist noch ziemlich spät auf der Straße, Junge.«

»Heute ist *meine* Nacht, Sir.«

Der Mann, der zu ihm gesprochen hatte, griff in die Tasche. Die Illusion war nicht vollständig, aber vielleicht war er der Dunkelheit wegen sorglos geworden. Als die Hand wieder zum Vorschein kam, lag eine silberne Plakette in ihr.

»Wir sind Yard-Beamte«, sagte er. »Wir werden dich begleiten.«

Er steckte die Plakette wieder fort.

Diddy folgte den Männern ohne Widerstand.

Kurz nach dem Abendessen erschienen zwei Polizeioffiziere in Jamiesons Wohnung. Sie trugen Zivil, aber Jamieson erkannte sie trotzdem.

»Doktor Jamieson?«

»Ja, der bin ich.«

»Sie sind der Vater von Dexter Jamieson, neun Jahre alt?«

»Ja«, murmelte er.

»Es ist unsere Pflicht, Sir, Sie darüber zu informieren, daß sich Ihr Sohn jetzt im Augenblick in der Gewalt zweier Rull befindet. In den nächsten Stunden wird er in ständiger Lebensgefahr schweben.« Als Jamieson keine Antwort gab, fuhr der Offizier fort: »Wir haben alles beobachtet, Sir. Schon seit längerer Zeit konzentriert sich die Agententätigkeit der Rull auf Solar City. Wie Sie ja wissen, interessieren wir uns mehr für die Aufgabe eines Spionagerings als für die Unschädlichmachung eines einzelnen Rull. Wir sind davon überzeugt, daß die Rull in Solar City eine ganz bestimmte Aufgabe haben. Allen Anzeichen nach handelt es sich um ein für sie wichtiges Unternehmen. Haben Sie noch Fragen, Sir?«

Jamieson zögerte. Er hörte Veda in der Küche rumoren. Sie durfte nicht erfahren, was diese beiden Männer ihm mitgeteilt hatten. Aber er hatte in der Tat noch eine Frage.

»Verstehe ich Sie richtig, Gentlemen, wenn ich annehme, daß kein Versuch unternommen wird, Diddy aus den Händen der Rull zu befreien?«

Der Offizier sagte mit fester Stimme:

»Wir müssen Informationen sammeln, und die Situation muß

reif werden, Sir. Sie wissen selbst, wie es ist. Die Rull können mit Hilfe ihrer Körperzellen jederzeit einen elektrischen Schlag erzeugen, der sofort tödlich wirkt. Das wäre alles, Sir, was ich Ihnen zu sagen habe. Es steht Ihnen frei, jederzeit das Sicherheits-Hauptquartier anzurufen, um weitere Erkundigungen einzuziehen. Von uns aus erfolgt keine Kontaktaufnahme mehr mit Ihnen.«

»Danke«, entgegnete Jamieson und schloß die Tür. Mit mechanischen Bewegungen kehrte er in das Wohnzimmer zurück. Veda rief aus der Küche:

»Wer war das, Schatz?«

Jamieson holte tief Luft.

»Jemand wollte einen Mann namens Jamieson sprechen. Der Name stimmt, aber der Mann war der falsche.«

»Ach so«, meinte Veda beruhigt.

Sie gingen früh ins Bett, aber um ein Uhr war Trevor Jamieson noch nicht eingeschlafen.

18

Diddy wußte, daß er keinen Widerstand leisten und nichts tun durfte, was ihre Pläne störte. Das hatte man ihm seit Jahren eingeimpft. Kein junger Mensch, so hatte es geheißen, konnte beurteilen, wie gefährlich ein Rull sein würde. Die Absichten des Feindes zu entdecken, war wichtiger als das eigene Leben. Man sollte abwarten, bis man Instruktionen erhielt – so oder so.

Daran dachte Diddy, als er zwischen den beiden Rull ging. Sie zogen ihn mit sich, schneller, als er eigentlich gehen wollte, aber sie gaben immer noch vor, Menschen zu sein. Das war beruhigend.

Die Straße wurde heller. Gegen den dunklen Himmel hoben sich die Umrisse des großen Schiffes ab. Alle Hauswände, die die Straße säumten, gaben ihr während des Tages gespeichertes Sonnenlicht nun wieder ab. Das hundertstöckige Verwaltungsgebäude glühte wie ein Riesendiamant.

Dann standen sie vor der Barriere.

Die beiden Rull blieben vor dem zweieinhalb Meter breiten Band durchlöcherten Metalls stehen und sahen hinab auf die Ventilatoren, die die Luft ansaugten.

Noch vor einem Jahrhundert, als die Menschen zum erstenmal auf Rull trafen, waren es noch Mauern oder elektrische Zäune gewesen, die militärische Anlagen umgaben. Dann entdeckte man, daß die Rull elektrischen Strom neutralisieren konnten und ihnen Stacheldraht ihrer starken Haut wegen nichts ausmachte. Auch massive Mauern bildeten kein Hindernis, denn die Rull sandten Strahlen gewisser Frequenzen aus, die Steine zerbröckeln ließen. Abgesehen davon fiel es den Rull nicht schwer, die Stelle des Wachpersonals einzunehmen und das verbotene Gelände zu betreten. Die Luftstrombarriere war erst einige Jahre alt und hatte sich als wirksam erwiesen. Sie umgab den Yard. Menschen bemerkten sie kaum, aber ein Rull, der sie überschritt, starb drei Minuten danach. Die Barriere gehörte zu den größten Geheimnissen der Menschheit im Kampf gegen die Rull.

Diddy nutzte das Zögern seiner Begleiter aus.

»Vielen Dank, daß Sie mich bis hierher gebracht haben, jetzt finde ich meinen Weg allein nach Hause.«

Einer der Agenten lachte. Es war ein menschliches Lachen, aber ihm fehlte jegliches Leben, jede Herzlichkeit. Es klang schrecklich tot in Diddys Ohren. »Du siehst so aus, als wärest du ein guter Sportler, Junge«, sagte er. »Willst du uns nicht beweisen, daß wir gute Beobachter sind? Nur so zum Spaß.«

»Zum Spaß?« wunderte sich Diddy.

»Ja. Siehst du die Barriere?«

Diddy nickte.

»Gut. Wir haben dir ja schon gesagt, daß wir Sicherheitsbeamte sind. Gegen die Rull, verstehst du? Mein Freund und ich sind natürlich daran interessiert, die Rull vom Yard fernzuhalten, aber wir glauben doch eine Methode gefunden zu haben, die es den Rull ermöglicht, die Barriere zu überqueren. Aber es scheint so lächerlich einfach zu sein, daß wir es nicht wagen, unsere Vermutung den Vorgesetzten darzulegen, bevor wir nicht sicher sind. Wenn unsere Theorie falsch ist, lacht man uns aus. Daher wollen wir erst einen Versuch unternehmen.«

Niemand darf die Pläne der Rull zu stören versuchen . . . so hatte der Lehrer gesagt. Diddy erinnerte sich nur zu gut. Er befand sich in größter Gefahr, und es lag nicht in seiner Macht, sich den Absichten der beiden Rull zu widersetzen. Diddy handelte automatisch, wie man es ihm beigebracht hatte. Er war noch zu jung, um eigenmächtig zu handeln.

»Du hast nichts anderes zu tun, als die Barriere zwischen den beiden Linien zu überqueren und dann zurückzukehren.«

Ohne eine Widerrede ging Diddy über die Barriere und blieb auf der anderen Seite stehen. Er zögerte. Das nächste Gebäude war nur zehn Meter entfernt. Wenn er dort war, befand er sich in Sicherheit. Aber er wagte es nicht. Die Rull würden ihn töten, ehe er auch nur einen weiteren Schritt laufen konnte. Er kehrte um.

Einige Männer kamen die Straße entlang. Die Rull zogen Diddy mehr in den Schatten und ließen sie passieren. Polizei vielleicht? Diddy hoffte sehnlichst, daß man von seiner Entführung wußte. Die Männer verschwanden jenseits der Barriere in dem Gebäude.

»Diesen Weg, Junge«, sagte der eine Rull und zog Diddy mit sich. »Es ist nicht gut, wenn man uns hier zusammen sieht.« Diddy war zwar anderer Meinung, aber ihm blieb keine Wahl. Bald standen sie im Schatten zweier unbeleuchteter Häuser. Es war dunkel geworden.

»Gib mir deine Hand, Kleiner.«

Diddy hatte Angst, aber er gehorchte. Ich werde sterben, dachte er und bekämpfte die Tränen. Dann spürte er den Schmerz eines Nadeleinstiches.

»Nur eine Blutprobe. So wie wir die Sache sehen, werden über der Barriere mit winzigen Düsen Bakterien hochgeschleudert, die für die Rull tödlich sind. Durch die Beschleunigung haben sie eine Geschwindigkeit von mehr als tausend Meilen in der Sekunde und hinterlassen in deiner Haut keine Spuren. Die Ventilatoren sorgen dafür, daß die übrigen Bakterien nicht in die Luft entkommen; sie werden zurückgesaugt. Damit ergibt sich die Schlußfolgerung, daß dieselben Bakterien immer wieder benutzt werden können. In deinem Blut sterben sie natürlich ab, weil sie für Menschen unschädlich sind.«

Einige Meter entfernt stand der andere Rull und untersuchte die Blutprobe mit dem Mikroskop. Er winkte dem anderen. Nach einer kurzen Unterhaltung, die kaum eine Minute dauerte, kamen sie beide zurück.

»Du siehst, Junge, es wäre für die Rull sehr einfach, ein Gegenserum zu entwickeln. Dann könnten sie überall die Barrieren überqueren wie jeder normale Mensch, ohne Schaden zu nehmen. Vielleicht siehst du nun ein, wie wichtig unsere Theorie ist. Aber jetzt sind wir fertig, und du kannst gehen. Vielen Dank für deine Hilfe. Wir werden sie nicht vergessen.«

Diddy glaubte seinen Ohren nicht zu trauen.

»Sie meinen – das ist alles, was Sie von mir wollen?« fragte er unsicher.

»Ja, mein Junge, das ist alles.«

Als er aus dem Dunkel zwischen den Häusern auf die Straße hinaustrat, glaubte er immer noch, sie würden ihn aufhalten. Aber nichts geschah, als er auf die Barriere zuging. Von links kamen einige Kinder gelaufen. Einer der Rull rief ihm zu:

»Jetzt hast du Gesellschaft und brauchst nicht allein auf Entdeckungsreise zu gehen.«

Zwei der Buben rannten an ihm vorbei.

»Wer zuletzt drüben ist, hat verloren!« schrien sie ihm zu.

Sie hatten einen Vorsprung, aber er raste hinter ihnen her. Sie überquerten die Barriere und warteten auf ihn.

»Ich heiße Jackie«, sagte der eine.

»Und ich Gil«, stellte auch der zweite sich vor. Er fügte hinzu: »Wollen wir Freunde sein?«

»Ich heiße Diddy«, nickte Diddy zustimmend.

Eine Unmenge der verschiedensten Geräusche war zu vernehmen, als sie weiter in den Yard eindrangen. Maschinen stampften, und Kolben hämmerten. Ein Zug mit Gummirädern rollte auf sie zu und blieb stehen, als seine elektronischen Augen sie erblickten. Sie gingen aus dem Weg, und der Zug fuhr weiter, an ihnen vorbei. Kräne hievten tonnenschwere Stahlplatten auf Antigravträger. Sie stiegen schwerelos hinauf in den angestrahlten Nachthimmel.

Hier war Diddy noch niemals nachts gewesen. Er hätte alles mit größter Freude genießen können, wäre er sicher gewesen, daß seine beiden neuen Freunde keine Rull waren. Die Tatsache, daß sie die Barriere gekreuzt hatten, schien ihm plötzlich keine Garantie mehr zu sein. Er mußte jetzt mit ihnen gehen, ganz egal, was sie auch anzustellen wünschten. Das war Gesetz.

Überall waren die Geräusche und unterdrückten den Laut, den er suchte. Und wenn er ihn zu hören glaubte, dann schwand er, wenn er sich der vermeintlichen Quelle näherte. Sie begegneten auch keiner Barriere mehr, so sehr er sich eine herbeiwünschte. Wenn es hier für die Rull überhaupt eine Bedrohung gab, so war sie unsichtbar. Türen standen offen. Diddy hoffte, in einem der geschlossenen Räume würde die Atmosphäre so beschaffen sein, daß Rull sterben, Menschen aber unbeschadet leben würden. Nur – es gab keine geschlossenen Räume.

Aber noch schlimmer war es, daß keine Menschen zu sehen waren. Niemand würde ihm helfen können, wenn die beiden Jungen Rull waren. Und – *wenn* sie welche waren – trugen sie nicht Waffen bei sich, mit denen sie das große Schiff beschädigen konnten?

Sie kamen zu einem riesigen Flachgebäude, und Diddy stellte fest, daß die Jungen ohne zu zögern mit ihm in die weite Halle gingen. Von hier aus konnten sie in die Tiefe blicken. Die Welt unter der Erde war dämmerig und geheimnisvoll. Der oberste der metallischen Würfel lag mindestens eine halbe Meile unter ihnen, von der Oberfläche durch unzählige Lagen durchsichtigen Stoffes getrennt, die jede radioaktive Strahlung abschirmten, die von den Atomreaktoren ausging.

Sie wanderten weiter und begegneten zu Diddys Erleichterung endlich einem menschlichen Wesen. Es war eine Frau. Sie kam mit einem Lift aus der Tiefe und stieg gerade aus, als die drei Kinder herbeitraten.

»Ah – ihr sucht den Laut?« fragte sie freundlich. »Falls ihr es nicht wißt . . .«, fügte sie hinzu, ». . . ich bin eine Sensitive.«

Die Begleiter Diddys schwiegen, er aber bestätigte, daß er vom Lehrer wußte, was eine Sensitive war – Menschen, die mit ihrem Gehirn den atomaren Zerfall innerhalb eines Reaktors überprüfen konnten. Sie bemerkten jede Veränderung des fließenden Stromes. Es hatte etwas mit dem Kalziumgehalt ihres Blutes zu tun, entsann sich Diddy vage. Die Sensitiven wurden sehr alt, weil sie mit Hilfe ihrer Kontrolle über das Kalzium im Blut ihre Zellen erneuern konnten.

Aber er verbarg seine Enttäuschung. Er begann zu ahnen, daß es der Sensitiven versagt war, einen Rull zu entdecken. Es mußte so sein, denn sie verhielt sich absolut neutral. Unter diesen Umständen war es besser, er täuschte Interesse an dem Laut vor.

»Die Turbinen dort unten erzeugen starke Vibrationen?«

»Ja, das tun sie.«

»Aber ich glaube nicht, daß sie die Ursache des großen Lautes sind, Madam.«

Sie sagte:

»Ich könnte euch einen Tip geben, Kinder. Aber es ist besser, ich gebe jedem einen anderen. Kommt, ich sage es euch ins Ohr. Du zuerst.«

Sie nickte Diddy zu.

Merkwürdig, dachte er, aber dann trat er gehorsam vor. Sie beugte sich zu ihm herab.

»Du darfst nicht überrascht sein«, flüsterte sie. »Unter dem Geländer beim Schiff liegt eine Pistole. Es ist leicht zu finden. Lift sieben, dann rechts. Auf der Seite des Trägers, auf den ein großes H gemalt ist. Nicke mit dem Kopf, wenn du verstanden hast.«

Diddy nickte. Sie fuhr schnell fort:

»Stecke die Waffe unbemerkt ein, aber benutze sie nicht eher, bis man dir den Befehl dazu gibt. Viel Glück.« Sie richtete sich auf. »Vielleicht kommst du nun dahinter«, lächelte sie und winkte den nächsten Jungen zu sich heran. »So, jetzt bekommst du deinen Tip.«

Aber Jackie schüttelte den Kopf.

»Ich will keinen Tip. Ich mag auch nicht, wenn jemand mit mir flüstert.«

»Ich auch nicht«, stimmte Gil ihm zu.

Die Sensitive lächelte nachsichtig.

»Ihr dürft nicht so scheu sein. Na, macht nichts. Ihr bekommt euren Tip dann eben laut. Kennt ihr das Wort *Miasma*?«

»Nebel«, sagte Jackie mürrisch.

»Stimmt. Das ist also mein Tip für euch. Aber nun geht weiter. Die Sonne geht um sechs Uhr auf, jetzt haben wir gleich zwei Uhr.«

Sie gingen weiter. Diddy drehte sich noch einmal um, aber die Frau war bereits wieder in den Lift gestiegen. Jetzt wußte er, daß die Gefahr mit jeder Minute wuchs und daß das große Schiff selbst bedroht war. Und sie marschierten jetzt in Richtung des Schiffes.

19

Als Jamieson erwachte, stellte er zwei Dinge fast zugleich fest. Es war zwei Uhr und zweiundzwanzig Minuten; und seine Frau saß auf dem Rand des Bettes und starrte mit leeren Augen vor sich hin.

»Ich kann nicht schlafen«, sagte sie, als sie bemerkte, daß er wach war. Ihre Stimme klang entmutigt und hoffnungslos.

»Du solltest aber«, machte er den schwachen Versuch, sie wieder ins Bett zu locken. »Ich muß morgen arbeiten.«

»Arbeit! Ihr Männer denkt immer an eure Arbeit – als ob es keine anderen Sorgen gäbe. Heute nacht sind viele Jungens draußen. Diddy auch.«

Jamieson ließ sich nichts anmerken. Aber wenn er nur schwieg, kehrte sie auch nicht ins Bett zurück.

»Du solltest nicht darüber nachdenken, Veda. Der natürliche Lauf der Dinge läßt sich nicht aufhalten. Ich mache mir keine Sorgen um Diddy.« Das war eine Lüge, aber er sah sie nicht als solche an. Er setzte sich auf und schaltete das Licht ein. »Mein Liebling, wenn es dich beruhigt – ich bin hellwach.«

»Es wurde auch Zeit«, entgegnete sie verbittert. »Vielleicht sollten wir die Polizei anrufen. Wenn du es nicht tust, werde ich . . .«

»Schon gut«, murmelte er und stand auf. »Aber du bleibst hier! Ich will nicht, daß du mir dabei über die Schulter siehst und irgend jemand auch nur den leisesten Verdacht hegen könnte, ich wäre ein Pantoffelheld.«

Er fühlte sich erleichtert, daß sie ihn zu etwas zwang, was er schon lange gern selbst getan hätte. Mit festen Schritten verließ er das Schlafzimmer und schloß die Tür hinter sich. Er stellte die Verbindung mit der Zentrale her, nannte seinen Namen und mußte einige Minuten warten. Dann erschien das ernste Gesicht eines Mannes in Admiralsuniform auf dem kleinen Bildschirm.

»Trevor Jamieson«, sagte er unpersönlich, »die Situation ist folgende: Ihr Sohn ist immer noch in Begleitung zweier Rull, wenn auch anderer. Sie benutzten eine sehr kluge Methode, die Barriere zu überschreiten. Wir nehmen an, daß jetzt im Augenblick fast hundert Rull, in der Gestalt von Knaben, den Yard durchstreifen. In der vergangenen halben Stunde hat niemand mehr die Sperre durchschritten, so daß wir annehmen können, daß alle in Solar City anwesenden Rull im Yard sind. Obwohl sie sich nicht an einer bestimmten Stelle konzentrieren, haben wir das Gefühl, daß die Krise sich dem Höhepunkt nähert.«

»Was ist mit meinem Sohn?« fragte Jamieson äußerlich ruhig.

»Zweifellos haben die Rull gewisse Pläne mit ihm. Wir haben versucht, Verbindung mit ihm aufzunehmen und ihm eine Waffe in die Hand zu spielen. Das ist natürlich nur eine sehr kleine Hilfe für ihn.«

Jamieson stellte fest, daß sie ihm nicht viel Hoffnung ließen.

»Sie lassen also hundert Rull im Yard herumschwärmen, ohne zu ahnen, was sie vorhaben?«

»Sie wissen«, sagte der Admiral, »wie wichtig es ist, daß wir ihre Absichten erfahren. Wenn sie so viel wagen, muß ihnen der eventuelle Erfolg es wert sein. Wir ahnen einiges, aber wir wollen sicher sein. Im letzten Augenblick werden wir versuchen, das Leben Ihres Sohnes zu retten, aber wir können nichts versprechen.«

Es kam Jamieson zu Bewußtsein, wie diese Männer die Situation betrachteten. Für sie würde Diddys Tod nichts als ein Unglücksfall sein. In den Zeitungen würde man lesen können: die eigenen Verluste waren gering. Vielleicht machten sie auch einen Helden aus ihm.

»Es tut mir leid«, fuhr der Admiral fort, »aber wir müssen das Gespräch nun unterbrechen. In diesem Augenblick steht Ihr Junge unter dem Schiff, und ich möchte ihm meine ungeteilte Aufmerksamkeit widmen. Leben Sie wohl.«

Jamieson unterbrach die Verbindung und blieb noch einige Sekunden reglos stehen. Dann erst kehrte er ins Schlafzimmer zurück.

»Es scheint soweit alles in Ordnung zu sein«, meinte er leichthin. Er erhielt keine Antwort. Veda lag mit dem Kopf in den Kissen und war eingeschlafen.

Es gab für sie keine bessere Lösung, wenn ihr Schlaf auch unruhig blieb. Auf ihren Wangen sah er die Spuren von Tränen. Er gab ihr eine Preßluft-Injektion. Das einschläfernde Gas verfehlte seine Wirkung nicht, als es ins Blut trat. Sie streckte sich, stöhnte einmal leise und schlief dann entspannt weiter.

Dann ging Jamieson ins Wohnzimmer zurück und rief Caleb Carson an. Er schilderte ihm seine Lage und schloß:

»Holen Sie Ephraim und erklären Sie ihm, worum es geht. Bringen Sie ihn in einer Kiste verpackt zum Sicherheits-Hauptquartier. Ich werde dort sein.«

Er beeilte sich und ahnte, welche Schwierigkeiten ihm noch bevorstanden. Die Militärs würden sich gegen den Gedanken sträuben, den Ezwal einzusetzen.

»Was hat die Frau dir zugeflüstert?« fragte Jackie. Sie fuhren mit der Rolltreppe in den Tunnel unter die Straße. Diddy antwortete gelassen:

»Dasselbe, was sie auch euch sagte.«

Jackie schien darüber nachzudenken. Diddy nutzte die Pause, eine Strebe ausfindig zu machen, die mit einem großen H gekennzeichnet war. Er sah sie plötzlich, keine dreißig Meter vor ihnen. Hinter ihm meinte Gil:

»Warum hat sie dann geflüstert, wenn sie uns dasselbe sagen wollte?«

Ihr Verdacht ließ Diddy innerlich zittern, aber sein Training machte sich jetzt bezahlt.

»Vielleicht machte sie nur einen Scherz«, sagte er.

»Scherz!« höhnte Jackie.

»Was tun wir hier unter dem Schiff?« fragte Gil mißtrauisch.

»Ich bin müde«, erklärte Diddy und setzte sich an den Rand des Tunnels, genau unter den Pfeiler mit dem H. Er ließ die Füße herabbaumeln. Die beiden Rull gingen an ihm vorbei und blieben ein Stück weiter stehen. Jetzt überlegen sie sich, was sie mit mir machen sollen, dachte Diddy erschrocken.

Vorsichtig suchte er mit der rechten Hand das Sims unter dem Rand ab und zuckte zusammen, als er den kleinen Gegenstand ertastete. Eine kleine Energiepistole. Mit einer blitzschnellen Bewegung ließ er die Waffe in seiner Tasche verschwinden.

Die Reaktion der psychischen Anstrengung machte sich sofort bemerkbar. Er blieb sitzen, unfähig, sich zu rühren oder gar wieder aufzustehen. Unter ihm vibrierte das Metall, leicht und regelmäßig. Vorher hatte er es kaum bemerkt, aber nun, da die schockabsorbierenden Schuhsohlen wirkungslos blieben, spürte er es deutlich. Sein Körper vibrierte nun auch. Er vergaß die Rull, denn zum erstenmal in seinem Leben war er innig mit dem Laut verbunden. Er hörte ihn nicht nur, sondern er spürte ihn auch.

Der ganze Yard war auf Metall errichtet worden, und der Laut war überall. Er begleitete einen das ganze Leben. Er kam aus der Tiefe des Bodens, wo er zu Hause sein mußte. Und er stammte von den mächtigen Reaktoren, von den Maschinen und Generatoren. Alles aber war nur für das große Schiff da, mit dem auch er eines Tages fliegen würde, hinaus in den Weltenraum. Die Wissenschaft vieler Jahrhunderte erst hatte den Bau des Giganten ermöglicht, der einmal Generationen zu den Sternen bringen sollte.

Die beiden Rull kamen zurück.

»Gehen wir«, sagte Jackie. »Wir haben lange genug getrödelt.«

»Wohin?« fragte Diddy und erhob sich.

»Bisher sind wir dir nachgelaufen, jetzt bestimmen wir, wohin wir gehen.«

»Einverstanden«, nickte Diddy. Er hatte keine andere Wahl.

Forschungsabteilung stand in kleinen Lettern auf dem Gebäude, und viele andere Kinder hielten sich hier auf. Sie strolchten einzeln oder in Gruppen umher, standen zusammen und diskutierten. Waren es Kinder wie er – oder Rull, fragte sich Diddy unruhig. Aber das war ja Dummheit! Er mußte sich zusammennehmen.

Forschungsabteilung! Das also war es, was sie wollten! Hier in diesem Gebäude waren auch die Anti-Rull-Bakterien entwikkelt worden. Es war klar, daß noch andere Geheimnisse hier lagerten, deren Kenntnis für die Rull entscheidend sein mochte.

Alle Türen waren verschlossen.

»Aufmachen!« forderte Jackie ihn auf.

Diddy hob schon die Hand, als sich ihnen zwei Männer näherten. Sie kamen ihm bekannt vor, aber das hatte nichts zu sagen.

»Hallo, Junge! Da wären wir wieder.«

Also doch! Sie hatten also inzwischen schon herausgefunden, wie man die Barriere überqueren konnte. Dann würden noch mehr Rull hier sein.

»Wie gut, daß wir dich treffen«, fuhr der eine fort. »Wir wollten noch ein weiteres Experiment durchführen. Diese Abteilung hier ist sicherlich ganz besonders geschützt. Du gehst also hinein. Wir rechnen damit, daß wir eine Methode herausfinden, die das Eindringen von Rull völlig unmöglich machen wird. Bist du einverstanden?«

Diddy nickte. Ihm war ein wenig schlecht.

»Du gehst also hinein, atmest einige Male tief ein und aus, dann hältst du die Luft an und kommst wieder heraus. Das ist alles.«

Diddy öffnete die Tür und stand Sekunden später in einem weiten, hellerleuchteten Raum. Die Tür hinter ihm schloß sich automatisch. Er war allein. Sie waren ihm nicht gefolgt und würden es auch nicht wagen. Ich könnte jetzt einfach davonlaufen, dachte er. Sie würden mich niemals mehr kriegen.

Hinter ihm wurde die Tür geöffnet. Diddy drehte sich um. Jakkie und Gil standen ein wenig im Hintergrund, während die beiden Männer nicht zu sehen waren. Sie mußten direkt hinter der Tür stehen, denn die Stimme des einen klang ein wenig gedämpft.

»Atme tief ein und komm!« befahl sie.

Diddy hielt die Luft an und verließ den Raum. Wieder schloß sich die Tür automatisch. Der eine Mann hielt ihm eine Flasche hin.

»Atme da hinein, Junge.« Als das geschehen war, verschloß er die Flasche und gab sie seinem Begleiter, der damit in einer Nische des Gebäudes verschwand, wahrscheinlich, um den Inhalt zu untersuchen. »Und sonst hast du nichts bemerkt?«

Diddy zögerte. Ihm war aufgefallen, daß sich die Luft in dem Raum schwerer atmen ließ als gewöhnlich. Aber er schüttelte den Kopf.

»Nein, ich habe nichts bemerkt.«

»Du würdest es vielleicht auch nicht, wenn du darauf achtest«, sagte der Rull tolerant. »Aber es wird besser sein, wir nehmen eine weitere Blutprobe.« Als das geschehen war, brachte Gil die Phiole dem Mann, der in der Nische verschwunden war. »Es wird nicht lange dauern.«

Zehn Minuten verstrichen. Dann kehrte der andere Mann zurück. Eine lautlose Unterhaltung in einiger Entfernung folgte. Diddy konnte bemerken, daß ab und zu die Helligkeit der beiden Gestalten schwankte, als flösse unterschiedliche Energie in das Spiegelbild der Rull.

Dann kamen sie zurück. Der eine sagte zu Diddy:

»Du warst uns eine große Hilfe im Kampf gegen die Rull. Weißt du, daß der Atemluft dort ein künstliches Gas beigemengt wurde, eine Fluorverbindung. Völlig sicher für Menschen. Auch Rull sind nicht gefährdet, solange sie nicht auf den Gedanken kommen, mit Hilfe ihrer Licht-Körperzellen Energie zu erzeugen oder sich zu unterhalten. Die Energie würde als Ionisierungsfaktor wirken. Das Fluor in der Luft würde sich mit dem Fluor im Körper des Rull molekular vereinigen. Die Vereinigung würde nicht lange dauern, denn sie ist labil. Aber der Rull würde beides nicht erleben.«

Diddy verstand nicht alles, aber er wußte, daß eine derartige Möglichkeit von seinem Lehrer einmal angedeutet worden war.

»Wirklich sehr klug«, fuhr der Rull befriedigt fort. »Die Rull sind selbst Ursache ihrer Vernichtung. Aber ich glaube, jetzt ist es Zeit, daß wir euch nicht mehr länger aufhalten. Ihr wollt euch ja die Forschungsabteilung ansehen. Nein, du nicht!« sagte er zu Diddy, als der seinen beiden Spielgefährten folgen wollte. »Mit dir habe ich noch etwas zu besprechen.«

Die anderen Knaben, die in Gruppen herumgestanden hatten, stürmten in das Gebäude. Wenn sie Rull waren, wußten sie, was sie zu tun hatten. Jemand muß bald etwas unternehmen, dachte Diddy verzweifelt.

Der erwachsene Rull sagte:

»Du hast uns wirklich einen großen Dienst erwiesen. Wir Wächter lassen die Forschungsabteilung Tag und Nacht nicht aus den Augen, mußt du wissen. Gegen Mitternacht kamen einige Arbeiter und installierten Lautsprecher. Wäre ich ein Rull, würde ich sie unbrauchbar machen. Aber jetzt ist niemand mehr hier, außer euch Kindern. Ihr könnt euch alles in Ruhe ansehen.«

»Diddy!« Ein leises Wispern drang an die Ohren des Jungen. »Laßt dir nicht anmerken, daß du uns hören kannst . . .«

Diddy reagierte schnell. Er wußte, daß die elektronischen Hörgeräte, die die Rull in ihrem Körper verborgen trugen, Flüstern nicht wahrnahmen. Die Stimme fuhr fort:

»Du gehst hinein und bleibst innen unter der Tür stehen. Dort erfolgen weitere Instruktionen.«

Das Flüstern kam von oben. Ein Radio? Der Rull hatte so etwas angedeutet. Er sprach jetzt immer noch und sagte, eine Belohnung sei ausgesetzt. Aber das alles interessierte Diddy nicht mehr. Er wollte in das Gebäude, wo die anderen Rull waren. Er wollte hören, was die Stimme aus dem Radio ihm noch zu sagen hatte.

Als der Rull eine Pause machte, sagte Diddy:

»Es wird besser sein, wenn ich mich jetzt beeile. Bald geht die Sonne auf, und ich habe mir noch so viel anzusehen.«

»Du kannst gehen, Junge. Aber ich warte hier auf dich, denn du mußt noch etwas für mich tun.«

Zitternd vor Aufregung öffnete Diddy die Tür. Bevor sie sich schließen konnte, stemmte der Rull den Fuß dazwischen. Er griff nach oben und riß einige Drähte herab. Dann trat er wieder zurück. »Nur zum Training«, sagte er. »Ich habe die Lautsprecheranlage unbrauchbar gemacht und so kriegsmäßige Bedingungen hergestellt. Geh hinein und berichte mir dann, was die anderen Kinder machen.«

Die Tür fiel geräuschlos ins Schloß.

Im Hauptquartier der Sicherheitspolizei zuckte der Admiral bedauernd die Schultern.

»Es tut mir leid, Jamieson. Wir haben alles getan, was möglich war, aber sie haben gerade unsere einzige Verbindung zu Ihrem Sohn unterbrochen.«

»Welche Anweisungen wollten Sie ihm geben?« fragte Jamieson.

»Tut mir leid, aber das ist streng geheim.«

Draußen auf der Straße stand der Lastwagen mit dem Ezwal in einer Kiste. Ephraim telepathierte zu Jamieson:

»Ich weiß, wie die Anweisungen lauten. Soll ich sie Diddy durchgeben?«

»Ja«, dachte Jamieson zurück.

Diddy selbst schien die telepathische Botschaft so klar und deutlich zu sein, daß er sie mit einem Flüstern verwechselte. Sie lautete:

»Diddy! Solange ein Rull seine Waffe nicht sichtbar trägt, ist er von der Energie seiner Körperzellen abhängig. Ein Rull trägt keine Bekleidung, sonst könnte er nicht das Spiegelbild eines Menschen erzeugen. Wie ich sehe, sind nur zwei Knaben anwesend.«

»Stimmt!« dachte Diddy. Zwei Jungen beugten sich gerade auf der anderen Seite des Raumes über einen Tisch. Er wunderte sich, wie man das sehen konnte, aber er fand keine Zeit zu weiteren Überlegungen, denn es folgte die Anweisung:

»Nimm deine Pistole und erschieße sie!«

Diddy schob die Hand in die Tasche, schluckte erschrocken und zog die Waffe heraus. Obwohl er seit fünf Jahren für ein Ereignis wie dieses vorbereitet worden war, zitterte seine Hand. Der blaue Strahl der puren Energie traf zuerst den einen, dann den anderen Rull. Sie brachen zusammen, ehe sie sich zur Flucht wenden konnten.

»Ein guter Schuß!« erklang es anerkennend in seinem Gehirn. Diddy bemerkte kaum, daß kein Laut zu hören war. Er sah, wie sich die beiden Kinder verwandelten und zu mißgestalteten Würmern wurden.

»Hör gut zu!« war die lautlose Stimme wieder da. »Alle Türen sind verschlossen. Niemand kann herein, niemand hinaus. Geh durch alle Räume des Gebäudes. Erschieße jeden, der dir begegnet. Hörst du? *Jeden!* Keine Bitte um Erbarmen beachten! In der

Forschungsabteilung ist kein Mensch mehr außer dir. Sie alle sind Rull. Töte sie!«

Lange Minuten vergingen, dann berichtete der Ezwal dem wartenden Jamieson:

»Dein Sohn hat alle Rull getötet. Ich habe ihm befohlen, im Forschungsgebäude zu bleiben, da im Augenblick mit den Rull draußen aufgeräumt wird. Er wird warten, bis ich ihm Nachricht gebe.«

Jamieson atmete erleichtert auf.

»Danke, mein Freund«, erwiderte er. »Das war eine einzigartige Demonstration der Telepathie.«

Später sagte der Admiral zu ihm:

»Ein großartiger Sieg! Die Rull kämpften bis zum letzten Mann. Wir hatten inzwischen die Bakterien der Barrieren gewechselt, so daß sie in der Falle saßen.« Er betrachtete Jamieson nachdenklich, ehe er fortfuhr: »Nur eines verstehe ich nicht, Jamieson. Wie konnte Ihr Sohn wissen, daß er auf die Kinder schießen mußte? Unsere Funkverbindung war unterbrochen, und wir hatten keine Möglichkeit, ihn zu unterrichten.«

Jamieson entgegnete: »Erinnern Sie sich dieser Frage bitte dann, wenn Sie meinen Bericht erhalten, Sir.«

»Warum wollen Sie einen Bericht schreiben?« wunderte sich der Offizier.

»Das werden Sie schon sehen«, sagte Jamieson.

Er fuhr nach Hause und wartete auf seinen Sohn.

Diddy beobachtete mit anderen Kindern den Sonnenaufgang und bewunderte das große Schiff, das noch nicht fertig war. Eines Tages würde es starten, und dann würden die Rull zurückweichen müssen.

Dann spürte er Hunger, aß in einem kleinen Restaurant und flog mit einem Taxi nach Hause.

Im Schlafzimmer hörte Jamieson die Tür gehen. Noch gerade rechtzeitig konnte er seine Frau daran hindern, dem Jungen entgegenzueilen.

»Er wird müde sein«, sagte er. »Wir wollen ihn schlafen lassen.«

Widerstrebend kehrte sie in ihr eigenes Bett zurück.

Diddy schlich sich auf Zehenspitzen in sein Zimmer. Der Robotlehrer erwartete ihn, kaum daß sich die Tür geschlossen hatte.

»Dein Bericht, Diddy?«
»Ich habe den Laut gefunden«, erwiderte Diddy glücklich.
»Und – was ist der Laut?«
Diddy sagte es ihm. Der Lehrer lobte:
»Du bist das Produkt meiner Arbeit. Ich bin stolz auf dich. Du kannst jetzt schlafen.«
Diddy kroch unter die Decken, und als er ganz still dort lag, verspürte er das leichte Vibrieren unten im Boden. Er lächelte still vor sich hin. Nie mehr würde er sich über den Laut wundern müssen, der auch zu fühlen war. Sein Leben lang würde er ihn begleiten, auch dann, wenn er eines Tages auf dem Schiff war. Auch dort würde das Vibrieren der Maschinen sein, ohne die es nicht fliegen konnte.
Dann schlief er ein.
Der Laut wurde eins mit seinem Herzschlag.

20

Zur gewohnten Stunde wachte Jamieson auf. Veda schlief noch, und er war leise, damit er sie nicht weckte. Sie und Diddy würden noch einige Stunden gut schlafen, aber er mußte ins Büro. Er frühstückte und dachte darüber nach, welche Folgen diese Nacht für seine Zukunft haben würde. Sie konnte nicht spurlos vorübergehen, wußte er.
Der Ezwal hatte sich bewährt. Nur weil er seine ganze Kraft eingesetzt hatte, war Jamiesons Sohn aus einer großen Gefahr gerettet worden.
In seinem Büro verfaßte Jamieson einen Bericht über die Ereignisse der vergangenen Nacht und stellte zum Abschluß die Behauptung auf, daß der Telepathie-Einsatz des Ezwal an Wichtigkeit der Fertigstellung des großen Schiffes nicht nachstand. Er schrieb: »Der Gebrauch der perfekten Telepathie hinsichtlich der Verständigung mit fremden Rassen muß gründlich studiert werden. Das Experiment dieser Nacht hat bewiesen, daß wir einem Ereignis größter Bedeutung gegenüberstehen.«
Er ließ den Bericht vervielfältigen und durch Spezialboten überbringen. Jeder, dessen Meinung ihm wichtig schien, erhielt ihn.
Die erste Antwort traf am Nachmittag des gleichen Tages ein. Sie kam von einer hohen Militärstelle. Jamieson las:

»Wurden eigentlich Vorsichtsmaßnahmen ergriffen, die verhindern konnten, daß der Ezwal Einsicht in Geheimnisse der Forschungsabteilung erhielt? Ist es nicht notwendig, daß man den Ezwal aus Gründen der Vorsicht tötet?«

Jamieson hatte das Gefühl, mit Wahnsinnigen zu korrespondieren – und er ahnte, daß es in der Tat Wahnsinnige waren. Der Drang zur Geheimhaltung hatte gerade bei militärischen Stellen schon die merkwürdigsten Blüten getrieben.

Am Briefkopf erkannte er, daß die Meinung des hohen Offiziers an alle Stellen gegangen war, die auch Jamiesons ersten Bericht erhalten hatten.

Er verfaßte sofort ein Antwortschreiben und konnte beweisen, daß der Ezwal nicht in die Nähe von Menschen geraten war, die Geheimnisträger des Forschungszentrums waren. Außerdem sei es höchst wahrscheinlich, daß der Ezwal etwas von den Agenten der Rull erfahren habe, das für die terranischen Militärs von größter Wichtigkeit sein konnte.

Das war natürlich eine Lüge, aber Jamieson dachte nicht daran, den anderen mitzuteilen, daß ein Ezwal die Gedanken der Rull nicht lesen konnte. Für negative Enthüllungen war später noch Zeit. Weiter fuhr er fort:

»Ich weise darauf hin, daß es Monate und sogar Jahre dauern kann, ehe wir wieder eines jungen und willigen Ezwal habhaft werden. Auch werden unsere künftigen Beziehungen zur Ezwalrasse davon abhängen, wie wir uns benehmen. Würde es, um ein Beispiel zu nennen, jemals bekannt, daß wir ein Ezwalbaby zu exekutieren bereit sind, bestünde wohl kaum Aussicht, jemals friedlichen Kontakt mit ihnen herzustellen.«

Jamieson schickte eine Kopie an jeden, der auch den ersten Bericht und den Vorschlag des hohen Offiziers erhalten hatte. Immerhin sorgte er dafür, daß der Ezwal an einen anderen Ort gebracht wurde, den niemand kannte. Er begründete diese Tatsache mit dem Hinweis, daß es besser sei, niemand, der Geheimnisse kenne, gerate in die Nähe des Telepathen.

Dann kamen die Antworten. Keine war negativ. Der Versuch, Ephraim zu töten, war mißlungen.

Eine weitere Woche ging dahin.

Dann erhielt Jamieson eines Tages, kurz vor Mittag, folgende Nachricht vom Koordinator für interstellare Angelegenheiten:

»Die von Ihnen angeforderten Daten über bisher vergebliche

Versuche, Kontakte mit fremden Rassen aufzunehmen, liegen hier zur Einsicht bereit.«

Er verständigte sofort Caleb Carson und verabredete sich mit ihm zum Essen. Den Rest des Tages würden sie mit einiger Sicherheit zusammen beim Koordinator verbringen.

Als sie im Restaurant für Regierungsbeamte saßen, begann Jamieson das Gespräch:

»Es ist mein Plan, den jungen Ezwal mit auf eine Reise zu nehmen, die mich zu einem fremden Planeten führen soll. Ich will versuchen, mit seiner Hilfe Kontakt zu den Eingeborenen aufzunehmen. Später bekommen Sie Ephraim wieder zurück.«

Caleb Carson nickte eifrig. »Ich kann Ihre Absicht nur unterstützen, Sir. Sie eröffnen damit bisher ungeahnte Perspektiven hinsichtlich der galaktischen Kultur und ihrer Ausdehnung. So haben wir früher nicht arbeiten können.«

Jamieson nickte und dachte über die Vergangenheit nach. Er entsann sich seiner eigenen Gefühle damals, wenn man ihm Aufgaben übertrug – und heute hatte er solchen Einfluß, daß er anderen Männern das Kommando über Raumschiffe übergeben konnte. Er besaß sogar die Autorität, Verträge mit den Rassen fremder Planeten zu unterzeichnen. Er besaß – mit einem Wort – Macht.

Macht!

Wie hatte er damals von seinen Vorgesetzten gedacht, von jenen Männern also, die ihm Befehle erteilten? – Hatte er sie nicht für alt gehalten? – War er heute auch so alt?

Sie besprachen die Einzelheiten des Einsatzes und überlegten, wieviel Freiheiten sie dem Ezwal gewähren konnten, ohne sich oder das Projekt zu gefährden. Dann beendeten sie Essen und Unterhaltung, erhoben sich und warfen beim Gehen einen Blick nach draußen, wo sie vage die Umrisse des großen Schiffes auf dem Yard erkennen konnten.

Carson sagte:

»Wollen Sie damit wirklich zur Heimatwelt der Rull vorstoßen?« Er mochte an Jamiesons Gesichtsausdruck sehen, daß er etwas Falsches gesagt hatte. Er seufzte. »Also gut, lassen wir uns beim Wachtposten von meiner Identität überzeugen.«

Jamieson nickte grimmig.

»Wenn wir schon dabei sind, sehen wir gleich nach, ob ich kein Rull bin.«

Die Prozedur war schnell und einfach, aber Jamieson wußte, daß die Situation nur im Augenblick geklärt war. In einer Welt, in der es Rull gab, war man niemals sicher. Eine falsche Frage, eine verdächtige Antwort – und der Rest mußte wiederholt werden.

Im Grunde genommen war es einfach, die Identität eines Rull festzustellen. Ein Handauflegen genügte. Da aber die wenigsten wußten, wie man mit einem entlarvten Rull fertig wurde, blieb die Prüfung den trainierten Wachtposten vorbehalten.

Auf dem Weg zum Koordinator fragte Carson:

»Jetzt kann ich ja offen reden, Sir. Ich hätte eine Frage. Nach welchen Gesichtspunkten werden fremde Rassen vom Elektronengehirn des Koordinators beurteilt?«

Ohne eine Sekunde zu zögern, antwortete Jamieson:

»Ihre Fremdartigkeit plus charakteristische Eigenschaften, die sich im Kampf gegen die Rull als wertvoll erweisen könnten. Von diesen Gesichtspunkten aus würde ich die telepathischen Eigenschaften unseres Ezwal gern einmal testen. Leider kann Ephraim die Gedanken der Rull nicht lesen – immerhin gibt uns das schon einen Hinweis. Es wurde bereits schon die Vermutung geäußert, daß die Rull aus einer anderen Galaxis stammen, also folgere ich aus dem Versagen des Ezwal, daß alles Leben in unserer Milchstraße miteinander verwandt ist.«

In der Tat war eine solche Spekulation nicht von der Hand zu weisen. Der Mensch hatte Millionen Fakten über die Funktionen des Lebens entdeckt, aber *was* das Leben war oder *warum* es war, wußte niemand. Bei seinen langen Reisen durch die Unendlichkeit des Weltraumes hatte er viele Geheimnisse enträtseln können, aber die letzten Fragen blieben offen. Und doch schien es Jamieson, als wäre seine Vermutung berechtigt.

»Haben Sie an eine bestimmte Rasse gedacht?« fragte Carson.

»Nein. Ich habe meine Daten dem Elektronengehirn vorgelegt und lasse es entscheiden.«

Sie schwiegen den Rest des Wegs. Ein Techniker führte sie in einen kleinen Raum, wo auf einem Tisch eine Art Schreibmaschine stand. Ohne daß ein Mensch sie berührte, wurde ein Bogen Papier beschrieben. Jamieson beugte sich über die von dem Elektronengehirn gesteuerte Maschine, stieß einen leisen Pfiff aus und sagte:

»Ich hätte es mir ja denken können – die Ploians. Wer sonst?«

»Die Ploians?« fragte Carson erstaunt. »Sind sie nicht nur ein Mythos? Sind wir überhaupt sicher, daß es eine derartige Rasse gibt?«

Jamieson war zuversichtlicher.

»Nein, wir sind es nicht. Aber ich finde, jetzt ist genau die richtige Zeit, das herauszufinden.«

Er schien plötzlich sehr aufgeregt zu sein. Die bevorstehende Aufgabe würde dem Ezwal viel abverlangen, aber vielleicht würde er auch einen kleinen Hinweis erhalten, ob seine Theorie über die Verwandtschaft aller Rassen stimmte oder nicht.

Das speziell konstruierte Kleinstraumschiff glitt aus der Frachtluke des Kreuzers hinaus in den Raum und fiel dem Planeten Ploia entgegen.

Jamieson überwachte die Instrumente im Armaturenbrett, während das Boot die oberen Schichten der Atmosphäre durchstieß und seinen Flug ständig verlangsamte. Lediglich die äußere Hülle glühte ein wenig auf.

Das Armaturenbrett war speziell für diesen Versuch in der Zentrale des Kreuzers angebracht worden, von wo aus Jamieson das Spezialboot fernsteuerte. Die von ihm ausgeschickten Impulse veranlaßten den Robotpiloten, das Boot nach seinen Anweisungen zu steuern.

Die Spezialkonstruktion näherte sich weiter der Oberfläche des Planeten und wurde von Minute zu Minute langsamer. Dann, als der Kurs fast waagerecht wurde, geschah etwas Ungewöhnliches – aber es war genau das, was Jamieson erwartet hatte.

Die Luftschleuse des Bootes öffnete sich.

Jamieson wartete gespannt. Die Zeiger in den Skalen des Armaturenbrettes tanzten wie wild auf und ab. Die gesamte elektrische Anlage des kleinen Schiffes schien durcheinandergeraten. Der Flug wurde unsicher. Wie ein Stein fiel das Boot in die Tiefe und schien abzustürzen. Es sah so aus, als hätte der Pilot die Kontrolle verloren.

Jamieson betätigte einige Knöpfe der Fernsteuerung. Das Boot stürzte weiter, aber sein Flug wurde zu einer unregelmäßigen Parabel; dann lehnte sich Jamieson zurück und wartete. In gewissem Sinne funktionierte die Fernsteuerung nicht mehr. Die Verbindung zu dem Robotgehirn war unterbrochen, das Boot hatte sich selbständig gemacht. Aber das überraschte Jamieson nicht; er hatte damit rechnen müssen. Er konnte jetzt nichts anderes tun, als jene Bedingungen eintreten zu lassen, die über jeder Planeten-Oberfläche in einer ganz bestimmten Höhe existierten.

Diese Bedingungen erfüllten sich automatisch, als das abstürzende Schiff noch siebentausend Meter über dem grünen Land war.

Eine Maschine, die nicht elektrisch betrieben wurde, reagierte auf den Stand eines angeschlossenen Barometers. Andere Instrumente, die rein mechanischer Natur waren und von der vorbeistreichenden Luft in Bewegung gesetzt wurden, begannen ihre Tätigkeit. Mechanisch schloß sich auch die Luftschleuse. Im Heck heulten die Raketen auf und jagten das kleine Schiff wieder hinauf in den Weltraum.

Wie ein Geschoß verließ es den Planeten und sein Gravitationsfeld. Jamieson beobachtete seinen Flug auf den Bildschirmen des Kreuzers. Die Entfernung war noch zu groß, um feststellen zu können, ob jemand – oder etwas – an Bord es fertigbrachte, die Luftschleuse auf mechanischem Wege zu öffnen. Wenn das nicht geschah, dann hätte er einen Ploian gefangen.

Die erste Expedition war vor etwa hundert Jahren auf Ploia gelandet und in einen Hexenkessel geraten. Jeder Gegenstand aus Metall – ob Möbel, Fußboden oder Werkzeug – verteilte starke Schläge, so als habe er direkte Verbindung zum Energienetz des Schiffes. Rein wissenschaftlich gesehen war das ein interessantes Phänomen, was aber die einundachtzig Leute der Besatzung, die in den ersten Augenblicken der Landung ums Leben kamen, nicht wiedererwecken konnte. Die restlichen einhundertvierzig Männer, die kein Metall berührt hatten, waren gut ausgebildet und besaßen vielseitige Erfahrungen. Lediglich zweiundzwanzig von ihnen begriffen nicht sofort, daß sie es mit einem rein elektrischen Phänomen zu tun hatten. Sie wurden später mit den anderen Unglücklichen in dem jungfräulichen Boden des neuentdeckten Planeten beigesetzt. Die Überlebenden versuchten, ihr Schiff wieder zu einem sicheren Zufluchtsort zu machen und die Kontrolle darüber zurückzugewinnen. Sie sperrten die Energieerzeugung. Da sie annehmen mußten, daß unbekannte Organismen eingedrungen waren, desinfizierten sie jede Kabine. Als sie die Energiezufuhr einschalteten, hatte sich nichts geändert. Sie versuchten es mit Wasser und allen möglichen Chemikalien, aber der Erfolg blieb aus.

Genaue Beobachtungen erwiesen, daß jenes, was an Bord gekommen war, intelligent genug sein mußte, das Wesen der Maschinen zu begreifen, wenn auch vielleicht nicht in vollem Umfang. Während der Nachtwachen sprangen Motoren plötzlich an, wurden Dynamos eingeschaltet und gerieten alle elektrischen Anlagen durcheinander. Sie ließen sich nur dann wieder abschalten, wenn man die Stromzufuhr gewaltsam unterbrach.

Mit Spiegeln und einfachen Lichtzeichen stellte man die Verbindung zu dem Überwachungskreuzer her, der hoch über der Atmosphäre seine Kreisbahn zog. Man erhielt eine Analyse der Situation, die sich durch die gewonnenen praktischen Erfahrungen bestätigte.

»Die Fremden«, hieß es, »scheinen dem Menschen nicht direkt feindlich gesinnt. Alle Todesfälle sind nicht mit Absicht herbeigeführt worden, sondern kamen zustande, weil die Fremden die Isolation der elektrischen Stromkreise aufhoben. Die unbekannte Lebensform kann beobachtet und studiert werden, wenn verschiedene Arten elektrischer Geräte aufgestellt werden und man das Ergebnis abwartet. Wir werden Ihnen das entsprechende Material abwerfen.«

Damit erhielt die Forschungsexpedition rein wissenschaftlichen Charakter. Sechs Monate lang studierte sie die fremde Lebensform, aber von einem Ergebnis konnte keine Rede sein. Es konnte weder ein Kontakt hergestellt werden noch fand man heraus, ob man es überhaupt mit einer Form organischen Lebens zu tun hatte.

Nach diesem halben Jahr wurden von dem Überwachungsschiff einige veraltete Raketen abgeworfen, deren Antriebsmechanismus nicht elektrischer Natur war. So gelang es den Überlebenden, Ploia zu verlassen.

An diese Ereignisse mußte Jamieson denken, als er mit Hilfe eines Traktorstrahles das zurückkehrende Spezialboot in die Frachtschleuse seines Kreuzers manövrierte. Minuten später bereits raste das große Schiff in den interstellaren Raum hinein. Mehr war im Augenblick nicht zu tun. Der Ezwal konnte zwar die Anwesenheit eines ›fremden Bewußtseins‹ feststellen, aber keine konkreten Gedankenimpulse. Furcht und Unbehagen, das war alles.

Immerhin war das ein positives Ergebnis. Jamieson dachte an den Mißerfolg jener ersten Expedition. Damals hatte man absolut nichts herausfinden können. Er und der Ezwal aber wußten schon jetzt, daß in dem kleinen Boot ein Gefangener eingeschlossen war. Damit war die Nützlichkeit des Ezwal praktisch erneut unter Beweis gestellt worden.

Hundert Lichtjahre von Ploia entfernt unterbrach Jamieson alle elektrischen Verbindungen zum Hyper-Antrieb. Dann zog er sich mit Ephraim in einen besonders konstruierten Teil des Kreuzers zurück, von wo aus einfache Maschinen und Handwinden eine gewisse Kontrolle des Schiffes erlaubten. Eine ›Ersatz-Zentrale‹ mit einem zweiten Armaturenbrett war aufgebaut worden. Mit seiner Hilfe öffnete Jamieson die Luftschleuse des kleinen Bootes. Er erlaubte damit seinem Gefangenen, den Kreuzer zu betreten – wenn er Lust dazu verspürte.

Der Ezwal sagte:

»Ich empfange Gedankenbilder – ich sehe die Hauptzentrale von der Decke aus. Ich habe den Eindruck, als studiere es die Kontrollen und ihre Funktion. Und jetzt – ja, jetzt dringt es *in* die Kontrollen ein.«

»*In* die Kontrollen?« fragte Jamieson verblüfft.

Ein harter Ruck ging durch den Leib des Schiffes. Es wich in scharfem Winkel vom ursprünglichen Kurs ab. Aber das war es weniger, was Jamieson beunruhigte, er stellte sich lediglich vor, wie der Ploian den Kurzschluß mit seinem eigenen Körper verursachte. Es mußte ihm nichts ausmachen, ungeheure Energien durch sich fließen zu lassen.

Der Kurs des Schiffes festigte sich. Mit einfacher Lichtgeschwindigkeit raste der Kreuzer die Strecke zurück, die er zuvor gekommen war. Ephraim erklärte:

»Er hat die Richtung gefunden und plant, nun genauso lange zu fliegen wie wir vorher. Er hat keine Ahnung vom überlichtschnellen Antrieb.«

Jamieson schüttelte bedauernd den Kopf. Der arme Ploian! Er war nicht nur der Gefangene der Menschen, sondern dazu noch Gefangener von Raum und Zeit. Laut sagte er:

»Versuche, ihm den Begriff der Entfernung beizubringen und erkläre ihm, welchen Antrieb wir benutzen.«

»Ich habe es ihm schon mitgeteilt, aber die Antwort ist: Zorn.«

»Gib nicht auf, Ephraim! Erkläre ihm weiter, daß wir eine Verständigung wünschen. Sie ist mit der elektrisch funktionierenden Maschine möglich, sobald er den Mechanismus begriffen hat.«

Die Verbindung kam zustande.

»Frag ihn, was er zur Ernährung benötigt.«

Der Ezwal antwortete: »Er beschwert sich, daß wir ihn verhungern lassen und daß wir schuld sind.«

Das war Telepathie reinsten Wassers! Kurz darauf wußten sie, daß die Ploians sich vom Gravitationsfeld ihres Planeten ernährten und die Kraftlinien in Lebensenergie umwandelten. Damit wurde Jamieson auch der Rest klar. Im Kreuzer gab es keinen Magnetismus mehr, und Ephraim behauptete, daß gerade magnetische Ströme den Ploian sehr glücklich machen würden.

Diese einfache Tatsache schien Jamieson die Erklärung für den negativen Verlauf jener ersten Expedition zu sein. Er ließ also mit Unterstützung einer Gasturbine einen Generator anlaufen, der wiederum einen elektrischen Kompressor antrieb. Zu Ephraim sagte er:

»Erkläre ihm, er solle die magnetischen Kraftfelder nicht zu hastig ›verspeisen‹, da sonst die Apparatur zum Stillstand kommt.« Und als einige Minuten vergangen waren und der Ploian ›satt‹ war, fuhr er fort: »So, das reicht. Teile ihm mit, daß er erst dann wieder Nahrung erhält, wenn er damit einverstanden ist, auch mit mir über die Verständigungsmaschine zu sprechen.«

Es dauerte nur wenige Stunden, dann konnte der Gefangene mit Hilfe modulierter Stromstöße menschenähnliche Laute in der Sprechmaschine erzeugen. Eines Tages, so wußte Jamieson, wurde die Verständigung perfekt, so daß eine ungestörte Unterhaltung möglich war.

Auf dem Flug erdwärts erreichte ihn eine Funkbotschaft. Sie stammte von Caleb Carson und besagte:

»Ein politischer Umsturz auf Carsons Planet macht die Entscheidung des Galaktischen Konvents unnötig. Einer Kontaktaufnahme mit den Ezwal steht nichts mehr im Wege. Die Nachricht stammt von einer Mrs. Whitman. Sie behauptet, Sie würden verstehen.«

Jamieson antwortete knapp:

»Ich verstehe allerdings und bin einverstanden.«

Kurz darauf kam eine zweite Funkbotschaft:

»Fliegen Sie ohne Umschweife den neu entdeckten Planeten in Region Achtzehn an. Genaue Position in Kode 1 – 8 – 3 – 18 – 26

–54–6–. Sie erhalten den Auftrag, den Planeten zu erkunden und sofort Bericht zu erstatten. OKWO.«

Jamieson benötigte keinen weiteren Hinweis hinsichtlich der erstaunlichen Tatsache, daß der OKWO sich selbst einschaltete. Der Oberste Koordinator für Weltraum-Operationen wußte genauso gut wie er, daß die Zahl achtzehn die Deckbezeichnung für die vorderste Frontlinie gegen die Rull war. Zusammen mit Carsons Planet und zwei weiteren Stützpunkten gehörte also auch die neu entdeckte Welt zu jenen Bastionen, von denen die Verteidigung der bekannten Milchstraße abhing. Die anderen Nummern bezeichneten die Kodeart, unter der weitere Anordnungen erfolgen würden.

Die Anordnungen trafen ein, und Jamieson änderte seine Pläne.

Er funkte an Caleb Carson:

»Wir treffen uns auf Planet . . .« Er bezeichnete eine Welt, die sie gleichzeitig erreichen konnten, und fuhr fort: »Dort werde ich Ihnen Ephraim und mein Schiff übergeben. Sie können dann auf Carsons Planet meine Aufgabe weiterführen.«

An den OKWO sandte er folgende Botschaft:

»Ihr Schlachtschiff kann mich auf Planet . . . aufnehmen.« Er nannte den Namen, den er auch Carson angegeben hatte. »Ich werde mein privates Raumboot mit an Bord nehmen.«

Es erschien ihm eine gute Idee, den Ploian mitzunehmen, nachdem es ihm gelungen war, eine verkleinerte Verständigungsmaschine zu konstruieren. Ein Kästchen, eine Leitung, ein winziges Gerät im Ohr – das war alles. Aber es reichte.

»Wenn du jemals deine Heimatwelt wiedersehen möchtest, Ploian, dann ist es gut, wenn du mir kräftig gehorchst und stets das tust, was ich von dir verlange.«

Der Ploian versprach es.

21

Aus den Augenwinkeln heraus entdeckte Jamieson das andere Raumboot. Er saß in einer kleinen Senke nahe am Rande des Abgrundes und nur wenige Schritte von der geöffneten Luke seines eigenen, kleinen Schiffes entfernt. Er hatte Eintragungen in sein Tagebuch vorgenommen und noch einmal mit Nachdruck festgestellt, daß Laertes III sich so nahe an der unsichtbaren Grenze im Weltall zwischen den beiden Machtbereichen von Mensch und Rull befand, daß die erst kürzlich erfolgte Entdeckung dieses Planeten einem großen Sieg für die Menschen in dem Krieg zwischen den beiden Rassen gleichkam.

Und genau in diesem Augenblick sah er das andere Boot. Es sank langsam tiefer und strich dann dicht über die Hochfläche dahin. Wie zu Stein geworden, verharrte er regungslos in einem Moment völliger Unentschlossenheit. Was sollte er jetzt tun? Bewegungslos sitzen bleiben, oder auf sein eigenes Boot zulaufen?

Letzteres war mit Bewegung verbunden und würde von den Elektronenreflexgeräten des anderen Schiffes sofort registriert werden. Wenn er aber blieb, wo er war, bestand immerhin die Möglichkeit, daß man ihn nicht bemerkte.

Während er also sitzen blieb, erkannte er an dem fremden Schiff die deutlichen Merkmale der Rull. Seine außergewöhnlichen Kenntnisse in bezug auf alles, was mit der feindlichen Rasse zusammenhing, ließen ihn sogleich wissen, daß es sich um ein Beobachtungsschiff handelte.

Ein Aufklärer!

Die Rull hatten die Sonne Laertes und ihre Planeten entdeckt!

Er wußte, daß jenes kleine Schiff niemals allein gekommen war. Irgendwo in der Nähe mußte sich ein starker Verband der Rull-Flotte aufhalten. Und er, Jamieson, war allein.

Die ORION hatte ihn hier mit seinem kleinen Boot abgesetzt und war zum nächsten Stützpunkt geeilt, um Waffen und Vorräte zu laden. Ihre Rückkehr war in zehn Tagen zu erwarten.

Zehn Tage!

Jamieson kreuzte die Beine und krallte die Finger um das Logbuch. Sein Boot war klein und lag unter einer Baumgruppe. Vielleicht entging es den forschenden Augen der Rull.

Dann zog Jamieson die Beine zum Sprung an. Das Schiff der Rull änderte ein wenig den Kurs und glitt nun genau auf ihn zu. Wenn schon nicht sein Boot, aber ihn würden sie sehen, wenn sie nicht blind waren.

Das fremde Schiff war keine hundert Meter mehr entfernt, als er aufsprang und mit einem Satz durch die offene Luke in sein Boot schnellte. Als die Metallklappe sich hinter ihm mit einem dumpfen Schlag schloß, erzitterten Boden und Wände, als rüttele sie die

Faust eines Giganten. Ein Teil der Decke brach ein, und der Fußboden wölbte sich nach oben. Die Luft wurde sofort unerträglich heiß.

Keuchend glitt Jamieson in den Kontrollsitz und riß den Notstarthebel aus der Nullstellung. Die automatischen Schnellfeuerkanonen steuerten sich auf ihr Ziel ein. Mit einem gedämpften ›Whummmm‹ verließen die tödlichen Ladungen den Lauf. Die Kühlanlage begann zu arbeiten und schickte einen frischen Luftstrom in die Zentrale.

Erst jetzt bemerkte Jamieson, daß die Antriebsdüsen nicht funktionierten. Sein Boot hätte eigentlich bereits in der Luft sein müssen. Es lag aber immer noch unter der Baumgruppe.

Angespannt starrte er auf den Bildschirm. Wenigstens der war nicht ausgefallen. Es dauerte Sekunden, bis er das feindliche Schiff entdeckte. Ein wenig unsicher, wie es schien, flog es auf den Waldrand zu und verschwand hinter den Baumkronen. Wenige Augenblicke später war in der Lautsprecheranlage das unmißverständliche Geräusch eines Aufschlages zu hören.

Gleichzeitig mit der ungeheuren Erleichterung setzte die Reaktion ein. Er sank in den Sessel zurück und schloß die Augen. Dem Tod, das wußte er, war er nur um Haaresbreite entgangen. Aber seine Schwäche schwand plötzlich, als der Gedanke ihn wie ein Schlag traf: Das feindliche Schiff ist zu langsam abgestürzt! Der Aufprall ist zu schwach gewesen! Die Rull an Bord *sind nicht tot!*

Er war allein auf dieser Welt, allein mit einem flugunfähigen Raumboot in einer wilden Gebirgslandschaft – und allein mit einem oder gar mehreren dieser schrecklichen Lebewesen, die keine Gnade kannten. Zehn lange Tage würde er um diesen Planeten mit ihnen kämpfen müssen, um einen Planeten, wie es jetzt im Augenblick keinen wertvolleren im Universum geben konnte.

Die Luke des Bootes ließ sich ohne Schwierigkeiten öffnen. Er stieg aus und ging hinaus auf das Plateau. Er fühlte sich noch schwach, aber er durfte keine Zeit verlieren, denn es wurde schnell dunkel. Hastig stieg er auf den Gipfel des nächsten Hügels und legte die letzten Meter auf Händen und Füßen kriechend zurück. Vorsichtig spähte er über den Rand. Der nächste Berggipfel war gut zu sehen. Er war abgerundet und ragte aus einem Gewirr loser Gesteinstrümmer und zerzauster Bäume hervor. Von dem abgestürzten Schiff der Rull fand er keine Spur, auch entdeckte er keine Bewegung in dem erstarrten Gelände. Das Schweigen lastete über der toten Landschaft.

Im Südwesten versank die Sonne, und die Dämmerung begann. Für die Rull war das kein Hindernis, denn sie vermochten auch in der Finsternis zu sehen. Er würde die ganze Nacht wach bleiben müssen, um sich vor einer Überraschung zu schützen. Das Gehirn der Rull war besser als das seine – bis auf den Intelligenzquotienten; vielleicht. Das war der einzige Punkt, der alles offen ließ. Rull und Mensch waren annähernd gleich intelligent.

Diese Feststellung beunruhigte Jamieson. Er mußte sich einen Vorteil verschaffen, wenn er Sieger bleiben wollte. Er mußte das Wrack finden, bevor es völlig dunkel wurde. Auch nur der geringfügigste Vorteil für ihn konnte den Unterschied zwischen Leben und Tod bedeuten.

Er glitt, so schnell er konnte, den Hügel hinab und schlich sich dann durch ein ausgewaschenes Tal weiter bergab. Überall lagen Geröll und vertrocknete Äste, die ihn hinderten. Einmal fiel er sogar hin und verletzte sich an der Hand. Er kam immer langsamer voran. Nach zehn Minuten größter Anstrengung hatte er gerade einige hundert Meter zurückgelegt. Er legte eine Pause ein.

Es war empfindlich kühl geworden, stellte er fest. Ein kalter Wind wehte aus Westen. Gegen Mitternacht würde die Temperatur bis zum Nullpunkt sinken. Es würde keinen Zweck mehr haben, jetzt weiterzusuchen. Viel wichtiger war es, einige Verteidigungsmaßnahmen beim Boot zu ergreifen. Er begann schweren Herzens den Rückzug.

Eine Stunde später saß er wieder in seinem Sessel vor den Kontrollen und ließ den erleuchteten Bildschirm nicht aus den Augen. Er wagte es nicht, zu schlafen, und die Nacht würde lang werden. Einmal glaubte er, eine Bewegung gesehen zu haben. Seine Finger lagen auf den Feuerknöpfen seiner Geschütze, aber er fand sein Ziel nicht mehr. Vielleicht hatten ihm seine übermüdeten Augen einen Streich gespielt.

Als die Morgendämmerung anbrach, kam er zu der Feststellung, daß sein Gegner – wenn es einen gab – genauso vorsichtig handelte wie er. Der Kampf würde schwer sein. Hoffentlich nicht zu schwer.

Jamieson nahm eine Antischlaf-Tablette und untersuchte dann die Antriebsanlage seines Raumbootes. Er brauchte nicht sehr lange, um sich darüber klarzuwerden, daß der Reaktor nicht mehr arbeitete. Der Basis-Gravitationserzeuger war ohne Energie, die Speicher leer. Sie konnten nur an Bord der ORION wieder aufgefüllt werden.

Nach dieser Feststellung wurde er wieder ruhiger. Er mußte sich damit abfinden, sein Boot gegen einen noch ungewissen Feind zu verteidigen. Es würde ein Kampf auf Leben und Tod werden, ein Kampf nicht nur um die eigene Existenz, sondern auch um den Weiterbestand der Menschheit. Während der langen Nacht hatte er Gelegenheit genug gehabt, über sich und seine Lage nachzudenken. Seines Wissens war dies das erstemal in der Geschichte, daß sich Mensch und Rull auf engstem Raum gegenüberstanden. Bei den gewaltigen Raumschlachten kämpfte man Schiff gegen Schiff, Flotte gegen Flotte. Überlebende gab es selten. Sowohl die Rull wie auch die Menschen töteten sich selbst bei drohender Gefangenschaft. Die Rull taten es durch reine Willenskraft, während die Menschen dazu ein Werkzeug benötigten. So kam es, daß die Rull oft Menschen gefangennahmen, es aber noch niemals einen gefangenen Rull gegeben hatte.

Dies also war eine einmalige Gelegenheit, die Rull aus der Nähe zu studieren – und er mußte die Chance wahrnehmen, ohne auch nur eine Sekunde des wertvollen Tageslichtes zu versäumen.

Er legte seinen ›Waffengürtel‹ an und trat ins Freie. Es wurde schnell lichter, und er hatte gute Sicht. Warum, dachte er verwundert, muß das alles auf dem seltsamsten Berg geschehen, den das Universum kennt? Er hatte schon auf so vielen Planeten gestanden, Tausende von Lichtjahren von der Erde entfernt, von gelben, roten und blauen Sonnen angestrahlt, von Sonnen, deren ausführlichste Beschreibung der Wirklichkeit nicht gleichkam. Und jetzt stand er auf Mount Monolith, dem Wunderberg des fernen Planeten Laertes. Und ihm gegenüber stand ein unbekanner Rull, vielleicht auch mehrere, genauso intelligent wie er – oder sogar intelligenter.

Jamieson gab sich einen Ruck. Er mußte mit dem geplanten Angriff beginnen und herausfinden, welchen Widerstand man ihm entgegensetzte. Das war Schritt eins – und auf keinen Fall durfte es sein letzter Schritt werden.

Die bleiche Sonne war kaum über den Rand der Nordostklippe gestiegen, da betätigte er die Kontrollen. Während der Nacht hatte er die Automat-Defensoren auf eine Selbstfahrlafette montiert. Das Gefährt setzte sich in Bewegung, gefolgt von einem fahrbaren Energiegeschütz. Er steuerte die Maschinen mit dem Fernlenkmechanismus im Waffengürtel. Indem er dafür sorgte, daß eins der Geschütze die Rückendeckung übernahm, nutzte er jeden Felsen und jede Bodenvertiefung als Deckung aus. Ein kleiner Bildschirm ließ ihn das sehen, was die auf der Lafette angebrachte Kamera aufnahm.

Nichts geschah und nichts bewegte sich.

Als er endlich das abgestürzte Schiff fand, blieb er stehen und begann, sich Gedanken darüber zu machen, warum er bisher auf keinerlei Widerstand gestoßen war. Natürlich bestand durchaus die Möglichkeit, daß alle Rull an Bord getötet worden waren, aber er glaubte es nicht.

Gedankenvoll betrachtete er das Wrack. Der Bug hatte sich tief in das Geröll des Abhanges gebohrt, die Kielplanken waren geborsten und verbogen. Der gestrige Energiestrahl war ein Volltreffer gewesen.

Die Totenstille beunruhigte Jamieson. Vielleicht war alles ein Trick, um ihn in eine Falle zu locken. Nun, es gab einige Mittel, das Vorhandensein noch lebender Rull festzustellen. Er lenkte den Strahl seines ersten Geschützes mit voller Kraft gegen das Wrack. Das anfängliche Summen wurde zu einem Brüllen, als der Blaster seine größte Kapazität erreichte. Unter dem Ansturm der höllischen Energien ging ein leichtes Beben durch den Rumpf des Schiffes, aber die Außenhülle färbte sich nur leicht rosa. Das war alles. Nach zehn Minuten schaltete Jamieson die Energie ab. Des Rätsels Lösung war klar.

Das Wrack war von aktiven Energieschirmen umgeben, die es vor jedem Angriff schützten. Hatten sie sich gestern nach dem Abschuß automatisch eingeschaltet, oder war das erst jetzt geschehen? Wer sollte ihm diese Frage beantworten?

Vielleicht lag der Rull tot im Schiff. (Merkwürdig, dachte er flüchtig, ich beginne nur an *einen* Rull zu glauben, obwohl es mehrere sein können. Immerhin bewiesen die bisherigen Erfahrungen, daß er – der Rull – nicht dümmer ist als er – Jamieson.) Der Rull konnte auch verwundet und hilflos sein. Genausogut aber war es auch möglich, daß er während der Nacht Hypnolinien irgendwo im Gelände auf den Felsen angebracht hatte, bei deren Anblick ein Mensch so hilflos wie ein neugeborenes Kind wurde. Jamieson würde sich hüten müssen, zu lange auf ein und dieselbe Stelle zu sehen. Vielleicht aber wartete der Rull auch einfach ab, bis das größere Mutterschiff zurückkehrte, um ihn abzuholen.

Jamieson sträubte sich dagegen, die zuletzt aufgestellte Vermutung anzuerkennen, denn sie würde seinen sicheren Tod bedeuten, wenn sie zutraf.

Aufmerksam betrachtete er das Wrack und versuchte herauszufinden, welchen Schaden sein Energiestrahl gestern angerichtet hatte. Außer einer Einbuchtung im Kiel, die bis zu einem Meter tief war, konnte er nichts erkennen. Zweifellos mußte ein Teil der tödlichen Strahlung ins Innere des Schiffes eingedrungen sein. Er fragte sich, wie groß der Schaden sein mochte, den sie angerichtet hatte. Da er schon viele abgeschossene Rull-Schiffe untersucht hatte, wußte er, daß sich die Kontrollzentrale vorn im Bug befand, abgeschirmt durch eine strahlensichere Wand vom Geschützraum. Im Heck lagen die Antriebsaggregate und zwei Lagerräume. Einer für Treibstoff, der andere für Lebensmittel.

Lebensmittel!

Er sprang auf. Ein Blick sagte ihm, daß die Vorratskammern stärker in Mitleidenschaft gezogen worden waren, als er zuerst geglaubt hatte. Ein großer Teil der Nahrungsmittel mußte verdorben sein. Wenn das zutraf, dann befand sich der Rull in einer äußerst kritischen Lage, denn sein Verdauungssystem arbeitete ungewöhnlich schnell.

Jamieson atmete erleichtert auf und schickte sich an, für heute den Rückzug anzutreten. Dabei fiel sein Blick rein zufällig auf den Felsen, dem er bisher den Rücken zugekehrt hatte. Seine Augen weiteten sich entsetzt, als er die Linien darauf erkannte. Ähnliche Linien wie damals auf dem Lack seines Flugwagens in Solar City. Und noch während er die Gefahr erkannte, dachte er: Wohin soll ich gebracht werden?

Denn das hatte man inzwischen herausgefunden, als er von Mira Dreiundzwanzig zurückgekehrt war. Die Hypnolinien gaben einem Menschen den Befehl, sich an einen bestimmten Ort zu begeben. Hier auf dem Gipfel des Berges konnte das nur bedeuten: zum Rand des Abgrundes!

Er nahm alle seine geistigen Kräfte zusammen, um sich nicht dem unheimlichen Willen beugen zu müssen. Er wehrte sich dagegen, die Linien noch einmal anzusehen – und doch zählte er sie. Es waren fünf vertikal verlaufende und drei waagerechte Linien, die nach Osten wiesen.

Der Druck auf sein Gehirn verstärkte sich, aber er konnte sich noch erinnern, daß im Osten der Fels weniger steil abfiel. Unter dem Abhang gab es weite Vorsprünge. Dort, dachte er verzweifelt, will ich abstürzen – wenn ich schon abstürzen muß.

Und während ihn der hypnotische Befehl des Rull dem Abgrund entgegentrieb, wußte er noch, daß er eine Antwort auf seine dringlichste Frage erhalten hatte:

Der Rull war nicht tot; er lebte!

Er war aus einer fernen Galaxis gekommen, ein Anführer der Rull, ein ›Yeelli‹, ein Meeesh und Iin von Ria, ein hoher Aaish von Yeell – und was der Titel noch mehr waren. Aber Titel bedeuteten Macht über Leben und Tod – und über Schiffe.

Vor vielen Jahren war ihm das Kommando erteilt worden, und der Befehl hatte gelautet: erobert die andere Galaxis! Warum waren seine Untergebenen so langsam in der Ausführung des Planes? Er war in großen Zorn gekommen, um die Ursache herauszufinden. Wer waren diese Zweibeiner, die ihnen Widerstand entgegenzusetzen wagten?

»Bringt mir einen lebenden Menschen!«

Das war ein anderer Befehl gewesen, und man hatte ihn befolgt.

Sie hatten einen gefangen, einen einfachen Matrosen von einem vernichteten Kreuzer, mit einer Intelligenzquote von sechsundneunzig und einer Angstquote von zweihundertundsieben. Der Mann hatte den vergeblichen Versuch unternommen, sich zu töten, dann lag er auf dem Operationstisch und starb unter den Händen der Rull. Er starb wegen eines Experimentes, das *er* angeordnet hatte.

»Das kann nicht der wirkliche Feind sein!«

»Sir, es gelang uns nur selten, einen lebend zu fangen. So wie wir dazu abgerichtet sind, uns bei Gefangennahme zu töten, haben sie den gleichen Befehl – und befolgen ihn.«

»Die Umgebung stimmt nicht. Wir müssen eine Situation schaffen, in der ein Gefangener nicht bemerkt, daß er gefangen ist. Gibt es Möglichkeiten?«

»Wir werden uns des Problems annehmen.«

Er war gekommen, um das Experiment selbst durchzuführen. Es war eine Sonne, und man hatte sieben Tage zuvor einen Menschen dort beobachten können. Der Bericht sagte unter anderem: ». . . . kam das kleine Schiff aus dem Hyperraum und untersuchte die vorhandenen Planeten. Unsere Flotte hätte kaum darauf geachtet, aber die Situation scheint für das geplante Unternehmen wie geschaffen. Wir haben keine Landung unternommen, wie Sie anordneten. Aber es müssen schon früher Menschen auf diesem dritten Planeten gewesen sein, denn der Mann mit dem kleinen Schiff landete auf dem Gipfel eines großen Berges, als kenne er ihn.«

Eine Schlachtflotte der Rull kreiste um die unbekannte Sonne, aber der Yeelli landete mit einem kleinen Beobachtungsboot. Er fühlte nur Verachtung für seinen Gegner, schoß dessen Schiff flugunfähig und wurde dann zu seiner maßlosen Überraschung durch die blitzschnelle und unerwartete Abwehr selbst zum Absturz gebracht. Fast wäre er dabei ums Leben gekommen, aber er hatte Glück. Schockiert kroch er aus dem Pilotensitz und untersuchte den Schaden. Er hatte seinen Leuten gesagt, er würde sie rufen, wenn er sie brauchte. Aber das Radio war durch den Aufprall zerstört worden. Auch die Lebensmittel waren ungenießbar geworden.

Er erholte sich von seinem Schreck und beschloß, das Experiment weiterzuführen, wenn es sein mußte, mit improvisierten Mitteln. Wenn er wirklich essen mußte, dann konnte er den Menschen töten und von dessen organischer Energie leben, bis man ihn abholen würde.

Während der Nacht orientierte er sich und unternahm eine ausgedehnte Wanderung. Er näherte sich dem Schiff seines Feindes so, daß die Suchgeräte und Geschütze nicht ansprachen. Dann erkundete er die besten Wege vom Feind zu seinem Schiff und brachte an allen Schlüsselpunkten die Hypnolinien an. Kurz nach Sonnenaufgang hatte er den Mann gefangen, als er zu seinem Schiff gekommen war.

Aber leider nützte ihm das nichts mehr. Der Mensch hatte seine fahrbaren Geschütze zurückgelassen. Sie würden zu feuern beginnen, sobald die Hauptluke des Rull-Schiffes geöffnet wurde.

Die Lage wurde aber richtig ernst, als er versuchte, das Wrack durch den Notausstieg zu verlassen. Die Tür klemmte und ließ sich nicht mehr öffnen. Das Schiff mußte sich auf die Seite gelegt haben. Aber der Grund war nicht so wichtig. Er mußte einen Ausweg finden, das war wichtiger.

Der Gefangene war jetzt hilflos, aber er würde es nicht lange sein. Immerhin bestand die Möglichkeit, daß er in den Abgrund stürzte, und es gefiel dem Rull gar nicht, daß ein Unfall ihm den schön eingefädelten Plan verderben könnte.

Sein Experiment war bisher nicht gut verlaufen. Kräfte, auf die er keinen Einfluß besaß, hielten ihn auf. Er hatte solche Kräfte zwar bisher für möglich gehalten, aber niemals angenommen, daß er ihnen zufällig begegnen würde.

Der Rull zog seinen Handstrahler und richtete ihn gegen einen Riß im Boden. Die Ventilatoren saugten Hitze und Rauch ab, aber er mußte mehrmals pausieren, um nicht zu ersticken.

Die Sonne hatte längst ihren höchsten Punkt überschritten, als er die ausgekühlte Metallplatte lösen und beiseite schieben konnte. Darunter kam Erde und Geröll zum Vorschein. Es dauerte nicht lange, bis er sich einen Tunnel ins Freie gegraben hatte und vor dem Wrack stand. Er war nicht nur schmutzig und voller Zorn, sondern auch hungrig.

Sein Zorn war sogar so groß, daß er alle Lust an dem Experiment verloren hatte. Er traute sich schon allerhand zu, aber man konnte den Versuch, einen Menschen lebend zu fangen, jederzeit an einem günstigeren Ort wiederholen. Also würde er jetzt den Menschen töten und ihn zu Nahrung umwandeln, um in aller Ruhe die Ankunft seiner Schiffe abwarten zu können.

Mit hungrigen Blicken suchte er die Klippen am Abgrund ab, aber er fand keine Spur des Hypnotisierten. Einmal sah es so aus, als habe auf einem Vorsprung ein menschlicher Körper gelegen, aber als schlüssigen Beweis konnte er die Eindrücke nicht werten.

Behutsam glitt der Rull später auf das Raumboot des Menschen zu. Aus sicherer Entfernung beobachtete er es aufmerksam. Der Energieschirm war in Tätigkeit, aber der Rull hätte nicht zu sagen vermocht, ob er sich automatisch bei seiner Annäherung eingeschaltet hatte, oder ob er noch von heute früh her in Funktion war.

Er war sich seiner Sache nicht sicher. Um ihn war nichts als das öde, verlassene Felsplateau, eine wüste und unfruchtbare Landschaft. Der Mann konnte tot sein. Irgendwo in der Tiefe eines Abgrundes zerschmettert. Er konnte aber auch verwundet im Innern des kleinen Schiffes liegen, wohin er sich mit letzter Kraft geschleppt hatte.

Er konnte aber auch hellwach und unverletzt auf den Rull warten, dessen Unsicherheit bemerken und ausnutzen.

Der Rull stellte ein Beobachtungsgerät auf, das ihm sofort zeigen würde, wenn sich die Luke des irdischen Schiffes öffnete. Dann kehrte er zu seinem eigenen Boot zurück.

Sein Hunger wurde immer unerträglicher. Er vermied jede unnötige Bewegung, um alle Energie für die bevorstehende Auseinandersetzung aufzusparen.

Und so verging Stunde um Stunde . . .

Der stechende Schmerz weckte Jamieson. Zuerst schien es ihm, als schmerze der ganze Körper, dann aber fühlte er den Schmerz nur noch im linken Fußgelenk. Das Blut hämmerte in seinen Schläfen. Die hypnotische Kraft, die ihn hierhergetrieben hatte, unterdrückte noch seinen Lebenswillen. Er wußte nicht, wie lange er hier lag, halb bewußtlos vor sich hindämmernd, aber als er die Augen öffnete, stand die Sonne fast senkrecht über ihm.

Ich habe mir den Knöchel verstaucht, dachte er.

Erst als der über ihm hängende Felsen einen kühlen Schatten auf sein Gesicht warf, ließ ihn die Erinnerung an die tödliche Gefahr vollends wach werden.

Es dauerte jedoch noch lange Minuten, ehe er den hypnotischen Einfluß der Gedankenlinien restlos überwand. Erst jetzt erkannte er die gräßliche Gefahr richtig, in der er geschwebt hatte. Er war in den bodenlosen Abgrund gestürzt – aber nur wenige Meter tief. Das Felsband hatte ihn aufgefangen, obwohl es ziemlich schräg zum Steilhang abfiel. Sein Fuß mußte sich in dem Wurzelwerk der ihm unbekannten Pflanzen verstrickt und ihn festgehalten haben. Dabei hatte er sich das Gelenk ausgerenkt.

Er seufzte erleichtert auf. Fürs erste war er gerettet. Wenn er auch in gewissem Sinn eine moralische Niederlage erlitten hatte, so hatte er doch beweisen können, daß sein ständiges Denken an diese Stelle des Abgrundes den Zwang der Hypnolinien zu seinen Gunsten beeinflußt hatte.

Er begann, die schräge Ebene des Felsenvorsprunges emporzuklettern. Es war verhältnismäßig einfach und bereitete weiter keine Schwierigkeiten. Erst als er am unteren Rand der fast vier Meter hohen Wand anlangte, mußte er erkennen, welches Hindernis sie sein konnte, wenn man einen verstauchten Fuß hatte. Viermal rutschte er wieder zurück, und erst beim fünften Versuch gelang es ihm, mit der Hand die Wurzel einer Pflanze zu packen. Mit einer letzten Anstrengung zog er sich über den Felsrand auf das Plateau, wo er erschöpft liegenblieb.

Nur sein keuchender Atem war zu hören. Sonst blieb hier oben alles still. Nichts bewegte sich. Weiter links lag sein Raumboot in der flimmernden Hitze. Jamieson begann, auf es zuzukriechen, und nutzte dabei jede Deckungsmöglichkeit aus. Was inzwischen mit dem Rull geschehen war, konnte er nicht wissen. Im Augenblick war es ihm auch gleichgültig, denn der verstauchte Knöchel würde ihn für mehrere Tage ans Bett fesseln.

Der Nachmittag ging zur Neige, und es begann bereits zu dämmern, als eine ungemein helle Stimme in seinem Ohr sagte:

»Wann kehren wir heim zu meiner Welt? Ich habe Hunger.«

Es war der Ploian mit seiner ständig wiederkehrenden Frage. Jamieson verspürte ein vages Schuldgefühl. Er hatte seinen Gefangenen fast schon vergessen.

Ein Magnetfeld lieferte genug Nahrung für den Ploian, aber wie sollte er dem unsichtbaren Wesen klarmachen, was er hier auf dem unbewohnten Planeten zu suchen hatte und was es mit dem Krieg zwischen Rull und Mensch auf sich hatte?

»Mach dir keine Sorgen«, sagte er schließlich laut. »Du bleibst bei mir, und ich werde dich bald nach Hause bringen. Damit mußt du zufrieden sein.«

Jamieson überlegte natürlich, wie er den Ploian im Kampf gegen den Rull einsetzen konnte, ohne seine Karten aufzudecken. Welchen Sinn hätte es auch, einen sterbenden Rull wissen zu lassen, daß die Menschen eine Methode kannten, das elektrische System eines Kriegsschiffes außer Betrieb zu setzen, ohne eine Hand zu rühren?

23

Trevor Jamieson lag auf dem Bett und dachte nach. Es war so still, daß er sein Herz schlagen hörte. Ab und zu unterbrach nur ein knarrendes Geräusch diese Lautlosigkeit, wenn er sich bewegte. Der Radioempfänger schwieg. Selbst Störungen waren nicht vernehmbar, und bei den ungeheuren Entfernungen blieben selbst

Hyperwellen ungehört. Auch auf den Wellenlängen der Rull herrschte völliges Schweigen. Das besagte allerdings nicht, daß sie zu weit entfernt waren, um ihre Sendungen empfangen zu können. Vielmehr schien es Jamieson, als hielten sie sich absichtlich ruhig.

Er war schiffbrüchig, auf einer fremden und unbewohnten Welt. Aber daran dachte er nicht länger. Hier, sagte er sich, habe ich die einmalige Gelegenheit zu einem Experiment. Er erwärmte sich sofort für die Idee und überlegte weiter. Ein lebender Rullgefangener wäre von unschätzbarem Wert.

Eigentlich sind wir beide Gefangene, dachte er dann grimmig. Gefangene unserer Umwelt – und damit Gefangene unserer selbst. Aber jeder von uns hat die Freiheit, sich selbst zu töten. Noch.

Vielleicht ließen sich einige Geheimnisse der Rull hier lüften. Warum zum Beispiel waren sie darauf aus, alle anderen intelligenten Rassen erbarmungslos zu vernichten? Warum opferten sie zahllose Schiffe bei dem Versuch, jede irdische Rakete zu zerstören, die in den von ihnen beherrschten Sektor der Milchstraße geriet, obwohl sie doch wissen mußten, daß ihr Gegner sich freiwillig wieder zurückziehen würde?

Die Möglichkeiten seines Duells mit dem Rull beschäftigten seine Phantasie in den folgenden Tagen des Untätigseins. Mehrmals schleppte er sich bis zum Kontrollsitz und beobachtete die Bildschirme, aber er sah nichts als die Steinwüste und den verschwommenen Horizont. Hier lag er, Professor Trevor Jamieson, dessen Stimme in der Galaktischen Konvention einiges Gewicht besaß, auf dem spartanischen Bett eines abgestürzten Raumbootes und wartete darauf, daß sein Fuß heilte, damit er ein Experiment mit einem lebenden Rull durchführen konnte!

Am dritten Tag bereits konnte er in der Kabine umhergehen und schwerere Gegenstände tragen. Er begann sofort mit dem Bau eines Lichtschirmes, der am fünften Tag fertiggestellt war. Dann ließ er das Bild-Ton-Gerät anlaufen und legte seine Theorie und Absicht klar. Es fiel ihm nicht sonderlich schwer, denn er hatte in den vergangenen Tagen Zeit und Ruhe gehabt, darüber nachzudenken. Seine Schilderung war plastisch und sehr lebendig.

Zweihundert Meter vom Schiff entfernt verbarg er das fertige Gerät zwischen einigen Büschen. Dicht daneben stellte er eine geöffnete Konservendose. Der Rest des Tages schlich dahin. Es war der sechste seit der Ankunft des Rull, der fünfte seit seiner Verletzung.

Und dann brach die Nacht an.

24

Einem gleitenden Schatten gleich näherte sich im ungewissen Schein der Sterne der Rull dem Projektionsschirm, dessen sanftes Leuchten wie eine Lichtinsel im Dunkel des steinigen Plateaus wirkte. Als der Rull bis auf dreißig Meter an den Schirm herangekommen war, nahmen seine empfindlichen Geruchssinne den Duft des frischen Fleisches wahr. Er wußte sofort, daß er sich einer Falle näherte. Für den Rull waren die sechs Tage ohne Nahrung eine unvorstellbare Qual gewesen. Mehrmals schon hatten kürzere Ohnmachtsanfälle sein Wachsein unterbrochen, und sein Nervensystem glich einer geschwächten Batterie. Eine Funktion nach der anderen war ausgefallen. Instinktiv wußte er, daß nicht alle diese Funktionen zurückkehren würden. Höchste Eile war geboten. Nur wenige Tage noch, und der Tod würde selbst vor dem hohen Aaish von Yeell nicht haltmachen.

Sein Wurmkörper, dessen Haut an ein Netz erinnerte, wurde plötzlich still und unbeweglich. Die empfindlichen Augen, in ihrer Sehkraft schon merklich geschwächt, sahen auf dem schimmernden Lichtschirm die Bilder der Geschichte, die Jamieson auf Draht gesprochen – und gedacht hatte.

Der Rull sah, wie in der Tiefe des Weltraumes das kleine Beiboot aus der Ladeluke des Kreuzers kam. Der Kreuzer selbst eilte zu einem mächtigen Stützpunkt weiter, um dort Waffen und Lebensmittel an Bord zu nehmen und mit einer gigantischen Kriegsflotte zurückzukehren. Dann wechselte die Szene, zeigte das kleine Raumboot, wie es auf Laertes III landete, und in der richtigen Reihenfolge die weiteren Ereignisse. Die Bilder ließen keinen Zweifel darüber offen, wie ernst die Situation für sie beide war – und zeigte eine Lösung aus dem Dilemma.

Die Lösung bestand darin, daß der Rull sich der Konservendose näherte und den Inhalt verzehrte. Immer und immer wieder wiederholte sich gerade dieses für den halbverhungerten Rull so verlockende Angebot.

Die Geschichte lief siebenmal über den Bildschirm, ehe der Rull seine Bedenken überwand und alle Vorsicht vergaß. Er wußte, daß es eine tödliche Falle sein konnte – sein mußte, aber er konnte der Lockung nicht widerstehen. Mit wenigen Bewegungen hatte er die kurze Strecke bis zu der Konservendose überwunden. Wenn er weiterleben wollte, mußte er es wagen. Nur so konnte er hoffen, nicht vor Erreichung seines Zieles an Erschöpfung zu sterben.

Gierig streckte er einen der Saugarme aus.

Die Alarmglocke schrillte kurz nach vier Uhr morgens. Draußen war es noch vollkommen finster. Der augenblicklichen Jahreszeit entsprechend mußte die Sonne in etwa drei Stunden aufgehen. Die automatische Uhr hatte Jamieson bereits auf den Sechsundzwanzig-Stunden-Tag des Planeten Laertes III umgeschaltet.

Er stand nicht auf. Der Alarm war in dem Augenblick ausgelöst worden, in dem die Konservendose berührt wurde. Er dauerte ganze fünfzehn Minuten an, und das stimmte genau. Jamieson hatte damit gerechnet, daß der Rull fünfzehn Minuten benötigen würde, die Dose zu leeren. In diesen fünfzehn Minuten hatte ein Angehöriger der Rull-Rasse, Todfeind des Menschen, sich dem Gedankeneinfluß seines größten Gegners unterworfen, und zwar nach einem System, das man schon früher in Laboratorien an bewußtlosen Rull ausprobiert hatte. Noch niemals aber an einem Rull, der bei vollem Bewußtsein war, denn sie hatten es immer wieder verstanden, sich beim Erwachen zu töten. Restlos befriedigende Resultate hatte man also nie erzielen können, wohl aber festgestellt, daß der Ecphoriometer das Unterbewußtsein, niemals aber das wache Bewußtsein ansprach. Damit war der erste Schritt zur hypnotischen Kontrolle getan.

Jamieson lag auf seinem Bett und lächelte. Schließlich drehte er sich auf die andere Seite und versuchte zu schlafen. Er spürte die Erregung, die ihn durchflutete. Dies war der größte und entscheidendste Augenblick des ganzen Krieges gegen die Rull. Man sollte ihn feiern. Er kletterte aus dem Bett und bereitete sich einen wohlverdienten Drink.

Der Versuch des Rull, ihn gedanklich anzugreifen, hatte ihn zur entsprechenden Gegenmaßnahme inspiriert. Jede Rasse hatte somit einige Schwächen der anderen entdeckt und ausgenutzt. Die Rull nutzten ihre Fähigkeiten, um erbarmungslos zu vernichten. Die Menschen hatten versucht, eine Verständigung herbeizuführen und so ein friedliches Nebeneinander zu gewährleisten. Beide Rassen versuchten, ihrem Ziel mit den gleichen grausamen Methoden näherzukommen Außenstehende waren oft nicht in der Lage, die eine Methode von der anderen zu unterscheiden. Aber der Unterschied zwischen den beiden Zielen war doch so gewaltig wie der zwischen den Farben Weiß und Schwarz.

Die Situation hatte jetzt einen Nachteil, grübelte Jamieson beunruhigt. Der Rull war satt und hatte sich gestärkt. Er würde erneut zum Angriff übergehen.

Jamieson legte sich wieder aufs Bett, löschte das Licht und starrte in das ihn umgebende Dunkel. Er unterschätzte absolut nicht die Fähigkeiten des Rull, aber er durfte das Experiment jetzt nicht abbrechen. Endlich, nach langen Überlegungen, schlief er ein. Er schlief mit dem ruhigen Gewissen eines Mannes, der davon überzeugt war, den richtigen Weg eingeschlagen zu haben.

Als der Morgen graute, zog er seine wärmende Kleidung an und trat hinaus in die Dämmerung. Wie gewöhnlich beeindruckte ihn die Stille und völlige Einsamkeit dieser Welt. Von Osten her wehte ein eisiger Wind. Vielleicht würde es Regen geben, dachte er.

Er ging hinüber zur Lichtschirmanlage. Trotz der Büsche war sie von allen Seiten her einzusehen, aber – soweit er feststellen konnte – nicht beschädigt. Zur Sicherheit überprüfte er den Mechanismus und ließ die Bildfolge einmal ablaufen.

Schon hatte er eine neue Dose mit Fleisch an die alte Stelle gesetzt und sich wieder aufgerichtet, als ihm etwas auffiel. Seltsam, dachte er verwundert, der Metallrahmen sieht so aus, als habe man ihn poliert.

Sorgfältig nahm er das Phänomen näher in Augenschein und gelangte zu der erschreckenden Erkenntnis, daß das Metall mit einer lackähnlichen Substanz überzogen worden war. Der Zweck dieses Überzuges war eine erneute hypnotische Beeinflussung seiner Handlungen. Aber wie der Befehl des Rull lautete, wußte er nicht. Hieß er: ›Nicht schießen!‹, dann würde Jamieson nicht schießen, wenn der Rull sich näherte. Er würde sich sogar selbst erschießen, wenn der Rull das wollte.

Vorsichtig kratzte er eine Probe des Lackes von dem Metall und füllte es in ein Glasröhrchen. Während er sich in Richtung seines kleinen Schiffes zurückzog, dachte er: Wo hat der Rull das nur her? Gehört es zur Ausrüstung eines normalen Aufklärers? War diese Begegnung mit dem Rull etwa kein bloßer Zufall? Er dachte noch über die Bedeutung dieser Vermutung nach, als er den Rull plötzlich sah.

Zum erstenmal in den langen Tagen auf dem Plateau sah er seinen Gegner.

Wie lautete der hypnotische Befehl . . .?

Kurz nachdem der Rull gegessen hatte, kehrte die Erinnerung an die eigentliche Aufgabe verstärkt zurück. Zuerst nur sehr vage und verschleiert, aber dann mit aller Deutlichkeit. Doch das war nicht das einzige Ergebnis der Nahrungsaufnahme. Obwohl es doch schon hell war, hatte er kaum etwas sehen können. Jetzt begann es für den Rull zu dämmern und wurde schnell heller. Die Sehnerven waren ein Teil seines Gehirns, das unter dem Hunger gelitten hatte. Er wußte, daß er nie mehr seine volle Sehstärke zurückerhalten würde, aber es hätte schlimmer sein können.

Entlang am Rand des Abgrundes glitt er dem Wrack seines Bootes zu. Der Blick in die Ebene hinab war atemberaubend. Von einem Flugzeug aus hätte man kaum einen Begriff von dem Höhenunterschied erhalten, aber vom Plateau aus fiel der Hang scheinbar ins Unendliche ab. Keine sehr günstige Umgebung für seine Pläne.

Die Erinnerung setzte erneut ein, und er wußte plötzlich, was er vor dem großen Hunger hatte tun wollen. Hastig glitt er weiter. Er zwängte sich durch seinen Noteinstieg und kroch bis zu einer ganz bestimmten Stelle, wo er anhielt. Hier war es gewesen, wo er vor einigen Tagen die leichten Schwingungen einer Antigravscheibe gespürt hatte. Irgendwo mußte sie sein. Und er fand sie nach einigem Suchen, eingeklemmt zwischen verbogenen Streben und Hüllensplittern. Es dauerte Stunden, ehe er sie gelöst hatte.

Mit einem schrillen Kreischlaut gab sie nach. Viel Energie mochte sie ja nicht mehr gespeichert haben, befürchtete der Rull. Aber vielleicht genügte es für einen Angriff. Alle Zweifel schwanden aus dem Gehirn des Rull, als er auf die Scheibe kroch und sie sich fast zwei Meter in die Luft erhob. Sie trug ihn, zögernd zwar – aber sie flog.

Von nun an würde sein einziges Ziel der Tod des Menschen sein. Aber er würde vorsichtig sein müssen, damit der Mensch nicht vorher Gelegenheit erhielt, ihn unschädlich zu machen.

Der Lack!

Sorgfältig bestrich er die Scheibe damit und trocknete sie mit einem Heißluftgebläse. Dann trug er sie auf seinem Rücken in das Versteck, das er sich für seine Zwecke ausgesucht hatte. Er verbarg sie und sich selbst unter den losen Blättern der Büsche und wartete.

Das zweibeinige Wesen hatte ihm Nahrung gegeben, ganz bestimmt nicht, um ihm damit einen Gefallen zu tun. Im Gegenteil, er spürte die Gefahr, die ihm drohte. Und dagegen gab es nur ein Mittel: Er mußte den Menschen ohne weiteren Zeitverlust töten!

Regungslos wartete er darauf, daß der Mann aus seinem Schiff treten würde.

Normalerweise hätte Jamieson im Bruchteil einer Sekunde reagiert, aber in diesem Fall war er so überrascht, daß er wertvolle Zeit verstreichen ließ. Vergeblich wartete er auf die einsetzende Wirkung des hypnotischen Lackes und bereitete sich auf einen Schock vor, der jedoch nicht eintrat. Es war also praktisch die Harmlosigkeit des Angriffes, die ihn fast das Leben kostete.

Aus seinem Versteck heraus schnellte – auf der Antigravscheibe liegend – der Rull. Auch er war überrascht, denn bei seinem Versuch in der Frühe hatte sich die Scheibe kaum vom Boden abheben können, so gering war ihre Energie gewesen. Jetzt aber schien sie voll aktionsfähig, gewichtslos und leicht zu lenken, eben so, wie sie nach Ansicht ihrer Konstrukteure sein sollte.

Natürlich hing ihre Schnelligkeit von der Rotationsbewegung des jeweiligen Planeten ab. Aber wenn sie auch die dadurch möglichen eintausenddreihundert Kilometer pro Stunde nicht erreichte, war sie immer noch schnell genug für diesen Angriff. Scheibe und Rull rasten auf Jamieson zu, der seine Energiewaffe gezogen hatte und ruhig Ziel nahm.

Da war der Rull auch schon heran. Was Jamieson rettete, war die Luftstauung vor dem Bug der Scheibe. Der Druck ließ sie schwanken und höhersteigen. So erhielt Jamieson die Gelegenheit für einen prächtigen Schuß gegen das Unterteil der Scheibe. Sie legte sich sofort schräg, trieb dem felsigen Boden entgegen und landete keine zehn Meter von ihm entfernt zwischen einigen vertrockneten Büschen.

Langsam schritt Jamieson auf die Absturzstelle zu. Als er sie erreichte, sah er den Rull auf seinen Saugfüßen über einen kleinen Hügel gleiten und dahinter verschwinden. Er verfolgte ihn nicht, aber er schoß ihm auch nicht nach. Er bückte sich und zog lediglich die Scheibe ins Freie, um sie zu untersuchen.

Nachdenklich betrachtete er sie und überlegte, wie der Rull sie ohne die notwendigen Kontrollen bedient hatte. Dann aber stellte er sich eine zweite Frage, die ihm ebenso wichtig schien: Wenn der Rull schon so einen idealen Fallschirm besaß, warum war er dann nicht einfach vom Plateau in die Ebene hinabgesegelt, wo er vor seinem Todfeind sicher gewesen wäre?

Die Scheibe war normal schwer, also funktionierte der Antigrav-Mechanismus nicht mehr. Damit war die zweite Frage beantwortet. Die Energie war erschöpft. Für einen kurzen Flug von wenigen hundert Metern hatte sie gereicht, aber den halben Kilometer bis hinab in die Ebene hätte die Scheibe niemals ohne Absturz geschafft.

Jamieson ging trotzdem kein Risiko ein. Er schleppte die Scheibe bis zum Abgrund und warf sie in die Tiefe. Erst im Innern des Raumbootes fiel ihm der Lack wieder ein, den er vorher abgekratzt hatte. Er holte das Glasröhrchen mit der Probe aus der Tasche und begann, sie zu untersuchen. Chemisch gesehen war der Lack eine einfache, wohlbekannte Substanz. Atomar betrachtet war er stabilisiert worden. In elektronischer Hinsicht war der Stoff in der Lage, Licht in Energie auf der Wellenlänge menschlicher Gedankenimpulse umzuwandeln. So gesehen ›lebte‹ der Lack.

Mit Hilfe eines komplizierten Verfahrens gelang es Jamieson nach vielen vergeblichen Versuchen, die in dem abgekratzten Lack enthaltenen Gedankenbefehle graphisch sichtbar zu machen. Er mußte sie dazu in seinen Visidraht leiten, der seinerseits die Zeichen auf den angeschlossenen Bildschirm warf.

Es war ein unverständliches Mischmasch fantastischer Eindrücke.

Symbole!

Jamieson holte ein Buch aus dem Regal. Es trug die Überschrift: LEXIKON DER INTERSTELLAREN SYMBOLE DES UNTERBEWUSSTSEINS. Eins der Kapitel trug die Bezeichnung: GEISTIGE VERBOTE. Als er dann die Zeile fand, deren Symbolik mit jenen Zeichen auf dem Bildschirm identisch waren, las er: NICHT TÖTEN!

Er war erleichtert, ohne Grund dazu zu haben. Von sich aus hatte er sowieso nicht die Absicht gehegt, den Rull schon jetzt zu töten. Jamieson hatte schon viele aussichtslose Situationen gemeistert, auch hier auf Laertes III, aber ein richtiger Erfolg war ihm nicht beschieden gewesen. Er mußte noch größere Risiken eingehen, aber mit seinem entscheidenden Experiment wollte er warten, bis die ORION eintraf.

In gewissen Beziehungen war der Mensch schwach. Seine Zellen wurden von Gefühlen beeinflußt, was wiederum das Handeln beeinträchtigte. Der Rull aber kannte keine Skrupel. Jamieson war davon überzeugt, daß er beim nächstenmal den Befehl erhalten würde, sich mit eigener Hand zu töten.

25

Am neunten Tag – ein Tag bevor die ORION fällig war – stellte Jamieson keine Konservendose mit Fleisch an den gewohnten Platz. Am anderen Morgen verbrachte er eine halbe Stunde am Sender und versuchte, mit der ORION Verbindung aufzunehmen. Er sandte einen detaillierten Bericht der bisherigen Ereignisse und gab seine Absicht bekannt, mit dem Rull ein Experiment durchführen zu wollen, dessen Ergebnis für die weitere Kriegsführung von größter Bedeutung sein konnte. Außerdem wolle er herausfinden, welche Folgen eine Hungerkur für den Rull habe.

Aber er wartete vergeblich auf eine Antwort; der Weltraum blieb stumm. Der Empfänger schwieg.

Er stand auf und ging nach draußen. In aller Eile baute er die für das nächste Experiment erforderlichen Geräte auf. Die Luft war klar und rein. Die Uhr zeigte die Mittagsstunde, als er fertig war. Jamieson beschloß, nun nicht mehr länger zu warten.

Er bückte sich, zögerte einen Moment, dann drückte er auf einen Knopf. Aus einem Lautsprecher nahe dem Lichtschirm ertönte ein schrilles, pfeifendes Geräusch in höchster Lautstärke. Es war eine akustische Variation der Gedankensendungen, denen sich der Rull in den vergangenen vier Nächten widerstandslos gefügt hatte.

Langsam zog Jamieson sich in Richtung des Raumbootes zurück. Er wollte in der Zwischenzeit noch einmal versuchen, Verbindung mit der ORION zu erhalten. Als er zurückblickte, sah er den Rull, der mit schnellen Bewegungen auf die Quelle des Geräusches zuglitt.

Noch während er zögerte, gellten die Alarmglocken des Bootes in seinen Ohren. In der dünnen Luft der fremden Welt hatte der sonst so vertraute Klang etwas Unheimliches und Angsteinflößendes. Der winzige Empfänger an seinem Handgelenk, mit der Rundfunkanlage des Bootes gekoppelt, schaltete sich automatisch ein. Eine Stimme sagte:

»Professor Jamieson! Hier spricht die ORION! Wir hörten und empfingen Ihre Meldung, verzichteten jedoch aus bestimmten Gründen auf eine Antwort. Im Gebiet der Sonne Laertes kreuzt eine starke Flotte der Rull. In schätzungsweise fünf Minuten werden wir den Versuch unternehmen, Sie abzuholen. Lasssen Sie alles stehen und liegen.«

Jamieson ließ alles stehen und liegen, aber die Ursache dazu, daß er den überraschenden Befehl befolgte, lag nicht an dem Befehl selbst, sondern war ganz anderer Natur. Noch während er die Stimme von der ORION hörte, sah er aus den Augenwinkeln heraus eine Bewegung am Himmel von Laertes III. Zwei dunkle Punkte kamen rasend schnell näher und wurden zu zwei riesigen Raumschiffen. Noch während die beiden Schlachtkreuzer der Rull über ihn hinwegfegten, erhob sich ein Sturm, der ihn umwarf und ein Stück über den Boden schleifte. Nur mit letzter Anstrengung gelang es ihm, sich an den zähen Wurzeln einiger Pflanzen festzuhalten, um nicht in den Abgrund zu stürzen.

Die beiden feindlichen Schiffe beschrieben eine weite Kurve und kehrten zu dem Plateau zurück. Jamieson sah den augenblicklichen Tod vor Augen, als die Energiegeschütze aufblitzten, aber die grellen Strahlen verfehlten ihn. Das Donnern der Entladungen rollte über ihn hinweg. Dann erst begriff er, was geschehen war. Sie hatten sein Raumboot vernichtet!

Er stöhnte auf vor Wut und Enttäuschung. So dicht vor dem Ziel mußte ihm das passieren. Noch während er – jeder Bewegung unfähig – in den Himmel starrte, sah er ein drittes Schiff. Es tauchte auf, blieb einige Sekunden, ehe es wendete und floh. Aus seinem kleinen Empfänger, diesmal direkt geschaltet, kam die Stimme von vorhin: »Wir können Ihnen jetzt nicht helfen. Retten Sie sich selbst! Unsere vier Kriegsschiffe werden versuchen, die Flotte der Rull abzulenken und in Richtung des Sternes Bianca zu locken. Dann werden wir zurück . . .«

Irgendwo am Himmel blitzte es auf. Erst eine Minute später rollte der Donner einer Breitseite über das Felsenplateau dahin und erstarb in den Felsenschluchten. Dann wurde es wieder still, aber Jamieson erschien es wie das Schweigen des Todes.

Schwankend erhob er sich. Die erste, akute Gefahr war vorüber, was aber noch lange nicht bedeutete, daß er gerettet war. Im Gegenteil: Das Schlimmste stand ihm noch bevor.

Er eilte zu der Stelle, an der sein Boot gestanden hatte. Die ganze überhängende Klippe war mit der Baumgruppe und dem Boot in die Tiefe gestürzt. Fast hatte er es erwartet. Es bestand nicht viel Hoffnung, daß es den Aufschlag überstanden hatte, wenn es nicht gerade in dichten Wald gefallen war.

Für lange Minuten lähmte ihn der Schock. Er ließ sich zu Boden sinken und kroch wie ein Tier weiter. Seine Augen suchten den Himmel nach einer neuen Bedrohung ab, aber alles blieb leer und still. Hilflos und allein lag er jetzt auf dem Plateau, zusammen mit einem mordgierigen Rull, der weder Gnade noch Kompromisse kannte.

Dann aber begriff er plötzlich. Wie ein Blitz schlug die Erkenntnis in sein Gehirn ein. Warum hatten sich zwei Superschlachtschiffe der Rull bemüht, ihn und sein kleines Schiff zu vernichten? Wirklich nur deshalb, um einen Rull zu schützen, der sich in Gefahr befand? *Wer war dieser Rull?*

Eile tat not. Jeden Augenblick konnten sie sich entschließen, einen ihrer Zerstörer landen zu lassen. Er stand auf und begann zu laufen.

Er stolperte mehrmals und fiel hin, aber immer wieder erhob er sich und rannte weiter. Er ließ sich nicht mehr von seinem Vorhaben abbringen – und das Experiment *mußte* gelungen sein!

Als er die Stelle erreichte, an der er den Bildschirm errichtet hatte, blieb er stehen. Hinter Büschen verborgen beobachtete er den Rull, der sich in seltsamen, wiegenden Bewegungen vor dem Schirm hin und her wand.

Sein Rull! Sein Gefangener!

Er konnte mit ihm machen, was er wollte. Und er könnte ihm jetzt alles beibringen, ihn alles lehren, was zu einer Verständigung zwischen den beiden Rassen führen würde. Aber ihm blieb keine Zeit.

Von der Stelle aus, an der er lag, bediente er die Kontrollen und veränderte die Schwingungsfrequenz der Visidrahtsendung.

Ganz nach seinem Willen bewegte sich der Rull schneller oder langsamer.

Es lag nun fast ein Jahrtausend zurück, damals im zwanzigsten Jahrhundert, daß man mit den Experimenten begonnen hatte, die heute, hier auf Laertes III, ihren Abschluß fanden. Ein Mann namens Pavlow hatte in seinem Laboratorium einen Hund in regelmäßigen Abständen gefüttert und dabei jedesmal eine Glocke in Betrieb gesetzt. Bald reagierte das Verdauungssystem des Tieres auf das Läuten der Glocke, und zwar auch dann, wenn es keine Nahrung erhielt.

Pavlow erkannte erst sehr spät die ganze Bedeutung seines Experimentes. Aber was er damals begonnen hatte, endete mit einer exakten Wissenschaft, mit deren Hilfe sich Menschen und Tiere rein willensmäßig beherrschen ließen. Nur die Rull widerstanden zum Erstaunen der Forscher allen diesbezüglichen Versuchen. Dank ihres eisernen Willens, niemals lebendig in die Gefangenschaft der Menschen zu geraten, wurde niemals das entscheidende Experiment durchgeführt. Der Untergang des galaktischen Reiches schien unvermeidlich, wenn es nicht gelang, eines Tages den Gedankenschild der Rull zu durchbrechen.

Es war Jamiesons Pech, daß er nun keine Zeit mehr hatte, seinen Versuch programmgemäß zu beenden. Jede Verzögerung konnte den sicheren Tod bedeuten. Selbst das, was er noch zu tun hatte, konnte verhängnisvoll werden. Vor und zurück – vor und zurück, das war der Rhythmus des Gehorsams, den er dem Rull einpflanzen wollte. Das Bildnis des Rull auf dem Schirm wirkte genauso echt wie das lebende Exemplar. Es war dreidimensional und bewegte sich unermüdlich wie ein Automat. Auf den Rull wirkten die gleichmäßigen Bewegungen zwingend und hypnotisch. Er konnte nichts anderes tun, als die Bewegungen nachzuahmen und mitzumachen. Genau so wie er die Nahrung gegen seinen Willen zu sich genommen hatte, so mußte er jetzt gegen seinen Willen alle Bewegungen ausführen, die sein Vorbild ihm vormachte.

Nachdem Jamieson den Rull fünfzehn Minuten lang hatte tanzen lassen, wechselte er das Bild. Er ließ das Ebenbild auf einen Baum klettern. Dicht neben dem echten Rull stand auch ein Baum – und er kletterte daran empor. Einmal, zweimal – so oft Jamieson es wünschte. Zum Abschluß zauberte Jamieson sein Ebenbild auf den Schirm.

Gespannt beobachtete er die Reaktion des Rull. Wie würden

seine Gedanken und Nerven sich verhalten, wenn er einem Menschen begegnete? Es war bisher bekannt, daß die Rull die Ausdünstungen eines Menschen als appetitanregend empfinden und dann ruckhaft die Saugnäpfe ihrer Füße öffnen.

Aber Jamiesons Rull verhielt sich neutral – und damit handelte er bereits nicht mehr normal. Er machte nicht einmal mehr den Versuch, sich beim Anblick des verhaßten Menschen selbst zu vernichten.

Jamieson wußte, daß er den Rull unter seiner Kontrolle hatte. Aber noch einige Tests waren notwendig. Hatte er die Zeit dazu? Dann aber erkannte er, daß er sie durchführen mußte. Diese Gelegenheit würde sich vielleicht in den nächsten hundert Jahren nicht noch einmal bieten.

Eine halbe Stunde später hatte er es geschafft. Er sprach zehn Minuten lang einen zusammengefaßten Bericht in das Mikrophon seines Kleinsenders und hoffte, daß die Sendeanlage seines Bootes den Sturz überstanden hatte, damit sie die wichtige Botschaft weiterleiten konnte. Eine Bestätigung erhielt er allerdings nicht.

Mit der Gewißheit, alles nur Menschenmögliche getan zu haben, ging er zum Rand des Abgrundes, um eine geeignete Stelle für den Abstieg zu finden. Als er in die grausige Tiefe blickte, schauderte er zusammen. Doch dann entsann er sich dessen, was die ORION ihm mitgeteilt hatte: Eine Flotte der Rull kreuzt in der Nähe der Sonne Laertes!

Nur höchste Eile konnte ihn retten.

Er ließ den Rull auf das erste Felsband hinab. Dann band er das Ende des Seiles um den Leib und kletterte zu dem Rull, der ihn ruhig erwartete. Er kletterte weiter, während der Rull das Seil hielt und ihn sicherte. Stück für Stück kletterten sie so in die Tiefe, dabei das Grundprinzip jeglicher Bergsteigerkunst anwendend. Ein Metallhaken wurde mit Hilfe des Strahlers in den Felsen geschmolzen und das Seil durch die Öse gezogen. Dann ließ der Rull Jamieson in die Tiefe, wofür er später von diesem beim Herabklettern abgesichert wurde.

Langsam verging der Nachmittag, und langsam begann es zu dämmern. Jamieson fühlte eine bleierne Müdigkeit in den Gliedern, aber er bemerkte auch, daß der Rull allmählich sein Benehmen änderte. Er schien ihn jetzt bewußt wahrzunehmen, und die Wirkung der Hypnose ließ zweifellos nach. Noch vor Beginn der Nacht würde er wieder Herr seiner Willenskräfte sein.

Es gab Augenblicke, in denen Jamieson zu fürchten begann, daß er es vor Anbruch der Dunkelheit nicht mehr schaffte. Zwar hatte er für den Abstieg die sonnige Westseite gewählt, aber einmal würde auch hier das Gestirn unter den Horizont sinken. Die Felsen waren glatt, braun und schwarz – im ganzen bekannten Universum gab es keinen solchen Felsen. Mit schnellen und nervösen Blicken streifte er den Rull, wenn dieser ihn am Seil hinabließ.

Es war vier Uhr nachmittags, als Jamieson beschloß, eine Pause einzulegen. Er setzte sich ein Stück von dem Rull entfernt auf einen Stein; das Felsband war breit genug dazu. Der Himmel war klar und leer, ein schwarzblauer Vorhang gegen den Weltraum, in dem sich vielleicht schon jetzt die gewaltigste aller Schlachten abspielte. Sicherlich war es nur der ORION und den anderen Kreuzern zu verdanken, daß bis jetzt noch kein Schiff der Rull zurückgekehrt war, um ihren schiffbrüchigen Rassegenossen zu retten. Vielleicht wollten sie aber auch nicht verraten, daß ein Rull auf Laertes III weilte.

Jamieson gab die fruchtlosen Spekulationen auf und sah hinab in den Abgrund. Sie hatten gut zwei Drittel der Gesamtstrecke geschafft. Auch der Rull, bemerkte er, schaute in die Tiefe. Unten im Flachland begann der endlose Wald direkt am Fuß des Hochplateaus und erstreckte sich bis zum fernen Horizont. Ein Fluß schlängelte sich durch die sanfte Hügellandschaft, und ganz in der Ferne verschwammen bläuliche Höhenzüge im Dunst.

Zeit zum Aufbruch.

Um zwanzig Minuten nach sechs Uhr erreichten sie ein breites Band, keine fünfzig Meter über dem Talgrund. Das war mehr, als sie mit dem Seil nach der bisherigen Methode schaffen konnten, es sei denn, es wurde einfach hinabgelassen. Da diese Möglichkeit die vernünftigste schien, ließ Jamieson das Seil in die Tiefe fallen und gab dem Rull einen Wink. Vorsichtig und behutsam kletterte dieser hinab und erreichte sehr bald die Sicherheit des Talbodens.

Gespannt sah Jamieson in die Tiefe. Was würde der Rull jetzt tun, da er in Sicherheit war?

Der Rull sah zu ihm hoch und wartete.

Jamiesons Mißtrauen vergrößerte sich. Es war ihm zu gefährlich, einfach hinabzusteigen. Er zog den Strahler und gab dem Rull einen Wink. Der schwarze Wurm glitt mit behenden Bewegungen hinter den Schutz einiger Felsblöcke. Blutrot versank inzwischen die Sonne.

Jamieson wartete. In aller Ruhe aß er von den mitgebrachten Vorräten. Erst als er damit fertig war, sah er die huschende Bewegung unter sich. Der Rull glitt dicht an den Felsen vorbei und verschwand unter dem überhängenden Gestein.

Jamieson wartete nicht länger, sondern begann, an dem lose hängenden Seil hinabzuklettern. Die Prozedur erforderte seine letzten Kraftreserven. Er war nur noch knapp zehn Meter über dem Boden, als eine rauhe Stelle des Seiles seinen Finger aufriß.

Unten angekommen, fühlte er plötzlich den heftigen Schmerz. Er betrachtete die an sich geringfügige Wunde genauer und sah die schmutziggraue Verfärbung des rohen Fleisches. Alles Blut wich plötzlich aus seinem Gesicht. Sein Schreck war größer als der Ärger; der Rull hatte ihn überlistet. Unbemerkt mußte er das Gift an das Seil geschmiert haben.

Ein messerscharfer Schmerz raste durch seinen Körper, gefolgt von einem Gefühl voranschreitender Starre. Mit letzter Willenskraft hob er den Strahler, um sich zu töten. Seine Hand blieb in der Luft hängen, als sei sie festgefroren. Er schwankte, dann stürzte er, steif wie ein Brett, zu Boden. Er verlor sofort das Bewußtsein.

In jedem Wesen schlummerte unbewußt der Wille zum Tod. Jede organische Zelle birgt ihn in sich. Offen und stark ist dagegen der Wille zum Leben. Das Leben selbst ist nichts anderes als der stete Kampf zwischen diesen beiden Opponenten. Einer Kurve gleicht dieser Kampf; einmal führt sie nach oben ins Licht, ein andermal hinab in die Tiefen ewiger Finsternis.

Die Wissenschaftler der Rull hatten einen Stoff entdeckt, der den Willen zum Tod im Menschen erweckte. Dieser Wille resultierte in einem starken Schock, der zum Scheintod führte.

Der Yeelli Meeesh glitt auf Jamieson zu und dachte nicht an diese Probleme. Er hatte auf diese Gelegenheit gewartet, und als sie kam, hatte er gehandelt. Er nahm die Energiepistole des Menschen an sich und schleppte den Bewußtlosen dann zu dem abgestürzten Raumboot, das sich keinen halben Kilometer entfernt in den dichten Zweigen der Bäume und Büsche gefangen hatte. Die Radioanlage war noch intakt.

Es dauerte keine fünf Minuten, da gab der Rull einige Kommandos an seine wartende Flotte durch.

Dunkelheit. Es war Jamieson, als läge er auf dem Grund eines Brunnenschachtes und starre hinauf in die Dämmerung. Etwas schien ihn anzuheben. Langsam schwebte er der Öffnung entgegen, bis er sich über den Rand ziehen konnte. Bewußtsein!

Er lag auf einem Tisch innerhalb eines Raumes, von dem aus mehrere Türen, die wie vergrößerte Mauselöcher aussahen, in andere Räume führten. Seltsame Türen, dachte Jamieson. Fremde Türen. – Und dann erkannte er mit einem Schock, daß er sich in einem Schiff der Rull befand.

Zwar war es ihm unmöglich festzustellen, ob das Schiff bereits gestartet war, aber er nahm nicht an, daß es sich noch auf Laertes III aufhielt. Er konnte den Kopf bewegen und sah, daß keine Stricke ihn festhielten. Die Entdeckung hatte nicht viel praktischen Wert, sagte er sich verbittert. Welche Art von Tod würde ihn erwarten? Experimentaltod, höchstwahrscheinlich.

Noch während er darüber nachdachte, war plötzlich eine dünne, helle Stimme in seinem Ohr:

»Fahren wir jetzt nach Hause, he?«

Es dauerte Sekunden, ehe Jamieson begriff. Der Ploian mußte gegen das Feuer der Energiegeschütze gefeit sein, und auch der Absturz hatte ihm nicht geschadet. Fast eine Minute verging, ehe Jamieson antworten konnte:

»Ich möchte, daß du etwas für mich tust.«

»Gern!«

»Geh drüben in den Metallkasten und nimm die Energie in dich auf.«

»Das hätte ich so gern schon früher getan«, erwiderte der Ploian.

Sekunden später erloschen die Magnetstrahlen. Jamieson konnte sich aufrecht hinsetzen. Er rutschte ein wenig zur Seite und rief:

»Komm wieder her!« Er mußte mehrmals rufen, ehe der Ploian sich meldete. »Hast du dir das Schiff schon angesehen?«

»Ja.«

»Gibt es eine Stelle, wo alle elektrische Energie durchläuft?«

»Ja.«

Jamieson atmete erleichtert auf.

»Gut. Dann begib dich dorthin und nimm alle Energie in dich auf. Kehre später wieder zu mir zurück.«

»Du bist so gut zu mir«, lautete die Antwort des Ploian.

Jamieson rutschte vom Tisch und stellte sich auf den isolierten Kunststoffboden. Kaum hatte er sich so in Sicherheit gebracht, als auch schon die Funken zu sprühen begannen. Der Ploian ›trank‹ Energie, aber er verursachte dabei einen Kurzschluß. Zwei Minuten später sagte die leise und helle Stimme in Jamiesons Ohr:

»Und was soll ich jetzt tun?«

»Sieh dich im Schiff um, ob noch lebendige Rull an Bord sind.«

Nur Sekunden später erhielt er die Information, daß noch etwa hundert Rull lebten. Der Ploian berichtete, daß sie die Gefahr bereits begriffen und sich nicht in der Nähe metallischer Objekte aufhielten. Jamieson nickte befriedigt und beschrieb seinem Helfer die Radioanlage.

»Wenn ein Rull versucht, sich dem Sender zu nähern, dann schließe ihn kurz. Hast du verstanden?« Ernst fügte er hinzu: »Aber vergiß nicht: Auf keinen Fall darfst du Energie aus den Antriebskontrollen holen!«

»Selbstverständlich«, gab der Ploian zurück. Er fand Jamieson fünf Minuten danach in der Waffenzentrale. »Jemand versuchte an den Sender zu gehen, aber er gab es bald auf.«

»Ausgezeichnet«, sagte Jamieson. »Beobachte weiter und halte mich auf dem laufenden. Bleibe in meiner Nähe.«

Jamieson wußte, daß er den Rull gegenüber einen großen Vorteil besaß. Er konnte Metall berühren. Wenigstens immer dann, wenn es ungefährlich war. Die Rull mußten vorerst abwarten und versuchen, sich vor den tödlichen Schlägen zu isolieren.

Es fiel ihm nicht schwer, die Kontrollen der schweren Strahlgeschütze für lange Zeit betriebsunfähig zu machen. Dann wartete er, bis der Ploian zurückkehrte.

»Wo ist das nächste Rettungsboot?«

Der Ploian wußte auch das. Er führte Jamieson und sorgte dafür, daß sie keinem Rull begegneten. Sie starteten, aber es dauerte ganze fünf Tage, ehe ein irdischer Kreuzer sie aufnahm.

Der hohe Aaish von Yeell war nicht in dem Schiff, auf das man seinen Gefangenen gebracht hatte. Er hörte erst viel später von dem Vorfall, und jedermann nahm an, daß er die Überlebenden des Schiffes bestrafen würde, die den wertvollen Gefangenen hatten entkommen lassen. Aber es kam ganz anders.

»So, das also war der Feind«, sagte er langsam. »Ein sehr mächtiger Gegner und ein kluges Wesen!«

Er dachte an die schreckliche Woche zurück, die er auf dem einsamen Planeten verbracht hatte, und da er sich inzwischen von den dortigen Strapazen erholt hatte, kam ihm ein Gedanke, wie er für einen so hohen Offizier ungewöhnlich war. Er sagte nämlich:

»Ich glaube, dies war wohl das erstemal, daß ein Heerführer die eigentliche Kampffront besucht hat. Läßt sich das nachprüfen?«

Die Nachforschungen gaben ihm recht. Erstmalig in der Geschichte des Krieges hatte einer der wichtigsten Rull den wohlgeschützten Heimatplaneten verlassen und sein Leben riskiert.

Der große Rull setzte seine Überlegungen fort.

»Wie mir scheint, erhielten wir keine genau zutreffenden Informationen über die menschliche Rasse. Ihre Fähigkeiten wurden sehr unterschätzt. Es ist mein fester Entschluß, dem Zentralrat vorzuschlagen, die Motive für die Fortführung der Kampfanstrengungen noch einmal zu überprüfen. Ich glaube kaum, daß eine sofortige Beendigung der Feindseligkeiten notwendig ist, aber wir könnten uns allmählich zurückziehen und unsere Aufmerksamkeit einer anderen Galaxis zuwenden.«

Viele Lichtjahre entfernt berichtete Jamieson dem Galaktischen Konvent:

»Ich bin davon überzeugt, es mit einem sehr bedeutenden und einflußreichen Rull zu tun gehabt zu haben. Da ich ihn für längere Zeit völlig unter hypnotischer Kontrolle halten konnte, ist eine positive Reaktion zu erwarten. Ich habe ihm immer wieder versichert, daß die Rull den Menschen unterschätzen und so den Krieg niemals gewinnen können. Auch habe ich ihm vorgeschlagen, seine Aufmerksamkeit einer anderen Galaxis zuzuwenden.«

Es vergingen noch viele Jahre, ehe die Menschen sicher sein konnten, daß der Krieg gegen die Rull beendet war. Im Augenblick jedoch waren die Mitglieder des Konvents durch die Art und Weise beeindruckt, in welcher ein telepathischer Ezwal Verbindung mit einem unsichtbaren Ploian hergestellt hatte und wie dieser neue Verbündete einem gefangenen Menschen geholfen hatte, von einem Schlachtschiff der Rull mit lebenswichtigen Informationen zu entkommen.

Damit waren alle Mühen und Geduldsproben der vergangenen Jahre gerechtfertigt, die Jamieson auf sich genommen hatte, um die Freundschaft und das Vertrauen fremder Rassen zu gewinnen. Die überwiegende Mehrheit der Mitglieder des Konvents stimmte für die Schaffung eines neuen Verwaltungspostens und ernannte Professor Dr. Trevor Jamieson zum Administrator für Fremdrassen-Angelegenheiten.

Als absolut Bevollmächtigter in seinem Amt bestätigt, kehrte Jamieson nach Carsons Planet zurück, um dort mit seiner Aufgabe zu beginnen. Viele Jahre später erst wurde klar, daß seine Berufung ihn auch gleichzeitig zum Vertreter der Menschheit gegenüber den Rull gemacht hatte.

Noch während dies alles geschah, endete draußen in der Milchstraße der Krieg zwischen den Menschen und den Rull.

Aus dem Amerikanischen übersetzt von Walter Ernsting